KB198465

둔색환시행

이 넓고 큰 바다는
먼 그 밤으로 이어진다

둔색환시행

온다 리쿠 장편소설
이정민 옮김

SIGONGSA

차례

서장 ——————————

베트남에서 본 파리에 대해 생각하고 있다.

여행하는 동안 가장 인상 깊게 남은 것이 뭐냐고 묻는다면 대답할 것은 많다. 호화로운 크루즈 여행, 역동적인 대륙 사람들, 구식민지의 건축물, 자연이 만든 조형미.

하지만 개인적으로 여행의 상징으로 남아 있는 장면은 선택 관광을 마치고 돌아오는 버스 안에서 파리를 봤던 것이다.

해는 벌써 서쪽 하늘로 가라앉아 하늘이 조금씩 보라색으로 비쳐 보이기 시작했다. 버스 안은 어둡고, 인프라 정비가 진행되고 있는 도시의 이제 막 생긴 도로를 시원한 에어컨 바람이 나오는 버스가 달리고 있었다.

승객들은 꾸벅꾸벅 졸고 있어 모두가 잠든 것처럼 보였다.

표면을 깎아 막 도로를 낸 산의 모습이 어찌나 살풍경한지 앞으로 무미건조한 '개발'이라는 명목하의 자연 파괴와 공사가, 다시 말해 과거 일본이 지나온 것과 똑같은 길이 이 대지에 기다리고 있음을 느끼면서 나는 저물어가는 창밖을 가만히 내다보고 있었다.

그때 시야 한구석에 파리가 들어왔다.

작고 까만 파리.

파리는 호화로운 버스의 잘 닦인 창문 안쪽에 있어 마치 구름 없는 하늘에 덩그러니 떠 있는 것처럼 보였다.

투명한 유리에 붙어 옴짝달싹 않고 있는 파리는 세상을 어떻게 인식하고 있을까.

서서히 땅거미가 내려앉는 풍경 속을 버스는 계속 달리고 있고, 승객들은 모두 잠들어 고요한 가운데 나와 파리만 깨어 있는 듯한 기분이 들었다.

어쩌면 파리도 자고 있었을지도 모른다. 그러나 그 여행을 떠올리려 하면 그 버스 안에서 파리에게 느낀 기묘한 공감과, 창문 너머로 어두워지는 하늘을 바라본 기억만이 몸속에 괴괴하고도 서늘하게 남아 있었다.

지금도 그 여행 중에 해놓은 메모에 의지해 원고를 쓰고 있지만, 그 작업만 해도 역시 나 자신이 그 투명한 유리에 붙어 있던 파리로 느껴져 견딜 수가 없다. 그 작품에 대한 여러 사람들의 이야기를 충분히 들을 수 있었던 것은 의미 있는 일이었지만, 결국 보이지 않는 유리를 쓰다듬고 있을 뿐이지 않은가 하는 무력감에 계속해서 시달리고 있다.

피아노 소리가 들린다.

누군가 직접 치고 있는지, 오디오에서 흘러나오는 소리인지는 모르겠지만 그 '이탈리아 협주곡'은 제법 훌륭했다.

나는 지지부진한 원고에서 눈을 떼고 신경을 다른 데로 돌렸다.

그러고 보니 우리는 중국 아모이에 있는 피아노의 섬에 갔었다. 19세기 유럽에서 제작된 그랜드피아노가 잔뜩 진열된 박물관에서 골동품 같은 피아노 사이를 돌아다니며 구경했다.

여행을 떠나기 전에 TV에서 그 섬의 다큐멘터리를 본 적이 있다. 작고 낡아빠진 집에서 음악 교사인 아버지가 딸에게 피아노 특훈을 해주고 있었다. 오래된 업라이트피아노로 쇼팽 연습곡 제1번을 쉴 새 없이 연주하는 딸. 아버지는 머리를 땋은 딸을 랑랑이나 윤디리 같은 세계적인 피아니스트로 키우는 꿈을 꾼다.

쇼팽 연습곡 제1번은 밀려왔다 밀려가면서 저 멀리 굽이쳐가는 파도 소리를 닮았다.

바다의 표면이, 흰 물마루가 쇼팽 연습곡과 겹쳐져 유리 너머로 넘실거린다.

하늘과 바다를 끝없이 일직선으로 가르는 회색빛 도는 옅은 파란색의 수평선에 바다의 너울이 무언의 포효를 반복하고 있다.

나는 작업실 창문 너머로 그 암회색의 어둑어둑한 바다를 본다.

아무도 없는 바다, 산 자의 기운이라고는 없는 바다.

소금기를 먹어 약간 부예진 유리창에 옴짝달싹 않고 붙어 있는 파리 한 마리를 본다.

나와 파리는 고요히 저물어가는 하늘 저편에서, 보이지 않는 것을 느낀다. 우리만 공유할 수 있는 세계, 우리만 깨어 있는 세계, 우리가 두려워하면서도 동경하는, 결코 눈에 보이지 않는 세계를.

1 승선까지 ────

섣달을 한 주 앞둔 그날은 하늘이 구름 한 점 없이 맑게 개어 거의 밤을 새우다시피 한 눈이 잔뜩 쏟아지는 햇빛에 뒷걸음질을 쳐야 했다.

후키야 고즈에는 슴벅슴벅한 눈으로 캐리어를 끌면서 택시를 세웠다.

책과 자료 등의 무거운 짐은 미리 부쳐놓았지만 아무래도 2주 이상의 여행이다 보니 가장 큰 캐리어가 꽉 차서 택시 운전사와 함께 트렁크에 실을 때는 허리가 부러지는 줄 알았다.

뒷좌석에 앉은 순간 피로가 한꺼번에 몰려왔다.

절로 담배 생각이 났지만 '금연 택시' 표시를 보고 아무 생각도 나지 않은 척을 했다.

하긴 금연한 지도 벌써 1년이 다 되어 간다. 큰 불편함 없이 금연에 성공했으니, 그렇게 담배를 좋아한 것도 아닌 듯하다. 그리고 한때 흡연자였던 사람일수록 일단 금연을 하면 타인의 흡연에 엄격해진다는 떠도는 소문대로 요즘 들어 사람들의 흡연 매너에 점점 엄격해지는 자신의 모습을 발견했다.

어쨌든 출발했다. 늦지 않았다.

고즈에는 작게 한숨을 쉬었다.

하지만 길이 막혀서 시나가와역에 도착할 때까지 가슴을 졸여야 했다. 아니, 더 정확히 말하면 가슴을 졸여야 했지만, 몸이 완전히 녹초가 된 나머지 진지하게 다급해할 기운조차 없었다. 예정된 신칸센을 놓치면 고베에 늦게 도착하고 그곳에서 항구로 이동하는 시간까지 생각하면 승선 자체가 어려워진다. 일단 배가 떠나버리면 다음 기항지 전에는 승선할 수가 없기 때문에 여행 일정이 어그러진다. 매우 위급한 상황인데도 몸이 축 늘어져 긴장도 느끼지 못했다.

시나가와역에 도착했을 때는 발차 시간까지 10분 남짓밖에 안 남아 과연 당황했지만, 다행이 승강장이 가까운 곳에 있어 열차가 들어오기 전에 가까스로 승강장에 들어갈 수 있었다.

그곳에서 신칸센에 오른 승객들은 말쑥한 차림의 비즈니스객뿐이라 운 좋게도 평소 금방 차는 맨 뒤의 짐 싣는 공간에 캐리어를 실을 수 있었다. 홀가분한 몸으로 좌석에 앉자 이번에야말로 진짜 피로가 온몸의 땀과 함께 솟구쳤다.

갑자기 졸음이 몰려와 커피를 주문했다. 졸다가 내릴 역을 지나치면 큰일이다. 혹시 몰라 휴대폰에 알람을 설정해두었다.

여행은 이미 시작되었다. 아직 아무것도 하지 않았지만.

고즈에는 이 어중간한 시간이 싫지 않았다. 고속으로 달리는 조용한 신칸센 차내는 사생활을 침해하지 않는 질서가 지배하고 있었다.

멍하니 차창을 바라보고 있는데 문득 유키히로의 목소리가 되살아났다.

"그거 그만두는 게 낫지 않아?"

며칠 전의 일이다.

오랜 친구인 영상작가 시로타 유키히로와 함께 연극을 본 뒤 술을 마셨다. 여행 출발이 며칠 앞으로 다가왔지만 워낙 오래 전에 예매해 둔 연극표라 오랜만에 만났다.

"왜?"

고즈에가 되묻자, 유키히로는 당연한 걸 왜 묻느냐는 얼굴로 "왜냐니" 하고 기막혀했다.

"저주받았으니까?"

고즈에는 잇따라 그렇게 질문했다.

이에 유키히로는 진지하게 "맞아" 하고 고개를 끄덕였다.

이번에는 고즈에가 기막힐 차례였다.

"설마 영화 관계자들 모두 그걸 진짜로 믿는 거야?"

유키히로는 쓴웃음을 짓다 다시 진지한 얼굴을 하더니 몸을 내밀고 타이르듯 말했다.

"진짜로 믿는 건 아니지만 뭐가 있긴 있구나 싶은 거지. 아직도 《요쓰야 괴담》을 가부키 무대에 올릴 때는 제작진이 무조건 사당에 공양하러 가는 거 알잖아."

"알고 있고, 공양이나 액막이 같은 걸 무시하는 게 아니야. 정신적으로 필요한 일도 있고 옛날부터 해온 일인 만큼 꼭 그래야만 하는 이유가 있다고도 생각해."

유키히로가 허공에 담배 연기를 푹 뿜어냈다.

"그거, 아직도 끝나지 않았더라."

"아직도?"

"그래, 아직도. 그 저주가."

"《밤이 끝나는 곳》의?"

"그래."

"설마."

고즈에는 등골이 약간 오싹했다.

유키히로는 담배 연기가 가는 곳에 눈길을 준 채 입을 열었다.

"실은 작년에 CS 방송에서 《밤이 끝나는 곳》을 드라마로 제작 중이었어."

"아, 몰랐어."

"극비였으니까. 소식이 알려지면 관계자들이 반대할 게 뻔하잖아. 그런데 신기하게도 몇 년에 한 번은 그걸 영상화하겠다는 사람이 나온단 말이지. 물론 머릿속에 자연스럽게 그려지게 만드는 이미지 환기력이 있는 원작 소설이고 매력이 있지만."

"그렇지, 그 화재 장면이 특히."

"촬영은 순조롭게 진행됐어. 바로 그 화재 장면을 찍는 부분까지."

"와. 보고 싶다."

"그런데 한창 그 장면을 찍고 있을 때 카메라맨이 급사하고 만 거야. S씨."

"앗, S씨가 돌아가신 건 알았는데, 그걸 찍는 와중에 그렇게 된 거였어?"

"그래. 업계로서는 타격이 아주 커. 정말 실력 있는 카메라맨이었는데. 다들 충격이 이만저만이 아니었지. 디렉터와 프로듀서는 마음이 많이 안 좋은지 보기 딱할 정도로 초췌했어. 자신들이 그걸 드라마로 만들려고 했기 때문에 그런 엄청난 일이 벌어졌다고 자책하더라."

"아무리 그래도 《밤이 끝나는 곳》 때문은 아닐 거 아냐. 실력 있는 카메라맨은 찾는 곳이 많고 S씨는 워낙 성실한 사람이니 그 일을 다 해주다가 과로하게 된 거 아냐?"

"그렇긴 하지. 그런데 S씨가 돌아가시기 며칠 전부터 묘한 소리를 했다더라."

"묘한 소리라니?"

"한 명이 많다고."

"그게 무슨 소리야?"

"화재 장면에서 사람들이 허둥지둥 도망가는 장면을 며칠째 찍고 있었는데, 예정된 보조 출연자 인원보다 한 명이 더 많고 그 한 명이 매번 이상한 위치에 서 있다는 거야."

"뭐야, 무섭잖아."

"보조 출연자들에게 주의를 주었는데 그 사람들은 지시대로 움직였다고 하고. 디렉터나 스태프가 봐도 모르겠는데 S씨는 계속 한 명 더 많다고 주장했어. 결국에는 S씨의 기분 탓이었던 걸로 마무리되었지만."

"필름은 어떻게 됐어?"

"창고행."

"방영은 안 하고?"

"날아갔지, 뭐."

두 사람은 천장에 달려 있는 오렌지색 조명을 쳐다봤다.

신주쿠 뒷골목에 있는 오래된 선술집인 이곳은 영상이나 연극 관계자가 주로 많이 찾는다. 그래서인지 벽에는 포스터가 빈틈없이 붙어 있다.

고즈에는 조심스럽게 입을 열었다.

"애써 찍었는데 아깝다. 화재 장면은 정말 보고 싶었는데. 완성할
생각은 안 했대?"

"스태프들이 완전히 겁에 질렸으니 글렀지. 새로운 전설이 추가된
이상 또 당분간 아무도 손대지 않겠네."

"그게 벌써 세 번째인가?"

"촬영이 어느 정도 진행된 걸로 따지면 그렇지. 그전의 기획 단계
까지 포함하면 영상화 얘기가 꽤 있었을걸."

"저주받은 영화라. 데이비드 린치 감독도 그런 영화 찍었던데."

"그 감독이 찍은 건 저주받은 영화 얘기잖아. 그쪽이랑 달리 이건
진짜로 저주를 받았어."

"왜 그런 걸까."

"원작이 저주받았으니까 그렇지."

유키히로가 눈썹을 살짝 치켜올렸다. 이럴 때 고즈에는 자신이 활
자 매체 측 사람이라는 사실을 깨닫는다. 영상 매체 측 사람과는 역
시 어디쯤엔가 넘지 못할 벽이 있다.

"진짜로 쓰려고?"

잠시 뜸을 들였다가 유키히로가 다시 입을 열었다.

고즈에는 애매하게 고개를 끄덕였다.

"당분간 어디 발표할 예정은 없어. 의뢰받고 쓰는 것도 아니고, 소
설로 할지 논픽션으로 할지도 아직 안 정했거든."

유키히로는 살피는 눈초리로 말했다.

"흐음. 편집자한테는 말했고?"

"오래 알고 지낸 담당자한테는 이 테마로 써보고 싶다고 슬쩍 내비
쳤어."

"반응은?"

"그냥 하고 싶은 대로 하라는 느낌. 그보다는 지금 늦어지고 있는 원고부터 빨리 썼으면 하는 게 솔직한 심정이겠지."

유키히로는 그도 그렇겠다는 듯 고개를 크게 끄덕였다.

"내가 편집자였으면 그만두길 바랐을 거야. 소설가가 논픽션을 쓰다니, 꽤 위험하지 않나."

"그렇지 않아. 물론 픽션밖에 쓴 적이 없는 사람이 논픽션을 쓰면 스타일이라는 의미에서 이런저런 문제도 있겠지만, 써보고 싶은 심정은 알 거 아냐. 세상을 넓히고 싶다고나 할까. 픽션만 쓰다 보면 현실에서 일어나는 일을 쓴다는 건 어떤 느낌일까 궁금해져."

"원래 취재해서 소설을 쓰는 유형의 소설가였다면 괜찮겠지만 그렇지 않은 유형은 어떨지 모르겠네."

"나는 내가 취재해서 쓰는 편이라고 생각하는데."

유키히로는 이 말에는 대답하지 않았다.

"순전히 픽션만 써온 사람이 실제로 일어난 일을 글로 쓰려고 하면 끌려가. 실제로 그런 작가를 몇 명 알고 있어. 영상 관계자 중에도 있거든. 남의 인생에 빠져들기 십상이야. 트루먼 커포티가 딱 그랬잖아."

"《인 콜드 블러드》? 영화도 본 거야?"

"갈채와 사형대. 무서운 얘기였지."

트루먼 커포티는 조숙한 천재라 불린 미국 작가다. 캔자스에서 일어난 일가족 참살 사건에 매료되어 그 이야기를 소설로 집필할 때 사형수인 범인과 오랜 시간 교류했다. 그렇게 완성한 《인 콜드 블러드》는 《바람과 함께 사라지다》 이후 미국에서 베스트셀러가 되어 큰 성공을 거뒀지만, 사망할 때까지 새로운 작품을 완성해내지 못했다.

"《인 콜드 블러드》를 쓸 수만 있다면 정신병을 앓아도 좋은데."

고즈에는 작게 웃었다. 그리고 결심하고 입을 열었다.

"《밤이 끝나는 곳》관계자들을 한꺼번에 만날 수 있는 기회가 주어졌거든. 글쟁이라면 이 기회를 놓칠 수야 없지."

"그건 그래."

유키히로는 선뜻 동의했다.

"나 같아도 네 입장이었으면 기꺼이 취재하지."

"그렇지?"

"그래도 나는 그만두는 게 좋다고 생각해. 이성적으로 생각하면 말이야."

그렇다, 결국 놓칠 수는 없었다.

고즈에는 뜨거운 커피를 홀짝이며 생각했다.

그때 유키히로의 눈빛. 아무리 유키히로라도 내가 취재를 포기하리라고는, 아무것도 쓰지 않으리라고는 생각하지 않았음에 틀림없다.

그러나 그는 당사자가 아닌 충고해야 할 입장에 우연히 놓여 있었다. 그래서 친구로서는 그렇게 말할 수밖에 없었던 것이다.

영화에서든 소설에서든 친구는 주인공에게 충고를 한다. 선의와 이성으로, 혈육의 심정으로 불행에 끌려가는 주인공을 만류한다. 왜냐하면 그들은 주인공이 아니기 때문이다. 자신이 주역이 아니라는 것을 알고 있는 그들은 주역이 자기 책무를 다하지 않고는 못 배기는 것을 잘 알고 있다. 그래서 그들의 눈에는 체념과 질투가 있다. 친구라는 역할을 부여받은 이상, 해야 할 연기는 정해져 있는 데다 연기를 마치고 나면 신속히 퇴장해야 하기 때문이다.

저주란 무엇일까.

고즈에는 멍하니 커피를 마신다.

저주의 굴레와 각인. 어떤 의미에서 우리는 저주를 갈망한다. 스스로를 옭아매기를, 매료되기를, 어쩔 수 없이 이끌리기를 갈망한다.

맑게 갠 초겨울의 하늘 아래 평소와 다름없이 일상을 살아가는 사람들의 풍경이 창밖을 스쳐 지나간다.

내 저주는 무엇일까.

고즈에는 멍하니 생각에 잠겼다.

후키야 마사하루와 결혼한 것. 그리고 그의 친척 중에《밤이 끝나는 곳》의 관계자가 있다는 것.

아니, 그게 아니다.

고즈에는 고개를 천천히 가로저었다.

소설을 쓰고 있다는 것, 이것이 저주다. 아주 오래 전부터 시작되었음이 틀림없다.

"아, 그렇지, 이번에 창고로 직행한《밤이 끝나는 곳》의 각본은 5년 전에 완성된 영화 제작용 시나리오를 바탕으로 썼다고 하더라."

돌아가려고 의자에서 몸을 일으켰을 때 유키히로가 생각났다는 듯이 말했다.

고즈에는 동전을 세면서 대답했다.

"정말? 그럼 그때도 기획은 있었다는 거네."

"그렇지. 그때는 시나리오를 완성한 각본가가 그 직후에 자살하는 바람에 제작이 엎어졌다더라.”

고즈에는 무심코 유키히로를 돌아봤다.

“세상에. 너무 끔찍하다. 각본가가 누구였는데?”

“사사쿠라 이즈미.”

순간 침묵이 흘렀다.

고즈에는 유키히로의 얼굴을 뚫어지게 쳐다봤다.

무표정인 눈이 그런 고즈에의 시선을 받아낸다.

휴대폰 알람이 울리려던 순간 황급히 알람을 껐다.

안내 방송이 흘러나와 신코베역에 거의 다 왔음을 알려준다.

쉬익 하는 소리와 함께 문이 열리자 찬바람을 맞으며 휑한 승강장
에 내려섰다. 순간 사정없이 내리쬐는 햇볕에 눈이 부셔 우뚝 멈춰
섰다.

빨리 정신을 가다듬고 다른 승객들을 따라 택시 승강장으로 향했다.

마사하루가 항구에서 기다리고 있다.

그는 어젯밤에 이미 요코하마항에서 크루즈에 승선해 하룻밤에
걸쳐 고베에 와 있다. 참으로 여유로운 여정이다. 한편 고즈에는 출
발 시간이 임박할 때까지 최대한 작업실에 틀어박혀 자질구레한 용
무를 처리한 뒤 고베항에서 승선하기로 했다.

묘한 흥분이 일었다.

아니, 이건 불안해서 가슴이 두근거리는 걸까? 아니면 다른 무언
가 때문일까?

고즈에는 스스로에게 물어봐도 판단이 서지 않았다.

남편이 배에서 기다리고 있다.

그의 전처는 사사쿠라 이즈미라는 각본가였다.

2 푸른 수염에 관한 생각 ─────

그렇다, 항구에 도착하기까지가 하나의 큰 과제였다.

그때 나는 택시에서 내려 큰 캐리어를 끌면서도 아직 완전히 여행 기분에 젖어들지는 못했다. 뭔가 하다 만 일이 있는 것은 아닌가 하고 머릿속 체크리스트를 점검하면서 눈으로는 우체통을 찾았다. 분명히 있을 텐데, 하고 주위를 둘러보자 차 대는 곳을 지나서 저 앞에 네모난 상자가 외따로 서 있는 것이 보였다.

다행이다 싶어 서둘러 우체통 앞으로 갔다.

사방이 뚫려 있어 바람이 거세다.

살짝 까치발을 하고 서서 우체통 위에서 엽서를 썼다. 계속 미루었던 답례장과 업무 관련 거절장 등 사전에 받는 사람의 주소와 이름만 써온 뒤 신칸센 안에서 내용을 생각해두었다. 신칸센 안은 세로로 글을 쓰기에는 적합하지 않은 곳이었기 때문이다. 지금 보내놓지 않으면 또 몇 주 뒤에나 보낼 수 있다고 생각하니 이번에는 기필코 보내야겠다는 다짐이 들었다.

그때 그 우체통의 차가운 감촉.

우체통에 손목을 붙이고 있었더니 손이 점점 시리고 저리듯이 아팠다.

오자가 없는지, 실례되는 표현은 없는지 확인하면서도 그때 나는 머리 한구석에서는 다른 일에 정신이 팔려 있었다.

푸른 수염.

왠지 푸른 수염을 생각하고 있었다.

물론 이유는 알고 있었다.

무의식중에 마사하루와 나를 덧대어 본 것이다. 전처가 죽었다는 사실. 그녀가 《밤이 끝나는 곳》이라는 '저주받은' 원작과 그 영상화에 관여했다는 사실. 스스로 생각해도 지극히 단순한 발상이라 쓴웃음을 짓지 않을 수가 없다.

푸른 수염. 거듭 결혼한 뒤 아내를 죽이고 그 재산을 가로챈 남자라는 이미지다. 프랑스의 동화 작가 샤를 페로의 동화로, 푸른 수염은 결국 일곱 번째 아내의 오빠 손에 죽지만 일곱 번째 아내는 살아남았던가?

샤를 페로는 구전 민담을 모아 동화를 집필했으며 푸른 수염도 모티브가 된 인물이 있는 것으로 알려졌다. 그중 한 명인 질 드 레 남작은 공포 소설과 전기傳奇소설에서 유명한 15세기 귀족으로, 살인을 하지 않고서는 못 배기는 사람처럼 유아와 소년, 소녀를 포함해 수백 명을 살해했다고 한다. 다른 한 명으로 영국의 헨리 8세가 모티브가 되었다는 설도 있다. 생각해보면 이혼하기 위해 카톨릭과 결별하고 영국국교회를 세운 것하며 좋아하는 여자가 생길 때마다 현재 왕비를 서슴없이 죽인 것도 그렇고, 비범한 혈기와 공포로 사람들을 지배한 이 사람도 푸른 수염의 이름에 걸맞다.

푸른 수염이라고 하면 왠지 파란색 수염이 나 있을 것 같고 동화에서도 그렇게 묘사되었지만, 실제로는 수염을 민 자국이 파릇하게 보이는 상태를 가리키는 것이지 정말로 파란색 수염이 나 있는 것은 아니다. 질 드 레 남작도 수염 자국이 파릇했다고 한다. 이런 이유로 푸른 수염은 정력이 뛰어난 이미지가 만들어졌던 것이리라.

우체통 위에서 엽서를 쓰는 몇 분 동안 멍하니 그런 생각을 하다 우체통에 엽서를 넣을 무렵에는 에른스트 루비치의 영화 《푸른 수염의 여덟 번째 아내》의 클로데트 콜베르의 상대역이 누구였는지 열심히 기억해내려 했다. 《푸른 수염의 여덟 번째 아내》는 제목에 푸른 수염이 들어갔을 뿐 내용은 전혀 관계없다. 로맨틱 코미디의 전신이라고 할 수 있는 스크루볼 코미디 영화로, 파자마의 상의만 사러 온 남자와 파자마의 하의만 사러 온 여자가 백화점에서 마주치는 장면은 전부터 유명했다.

그 상대역은 결국 크루즈 여행 중에 아야미 씨가 말해주기 전까지 계속 잊고 있었지만 지금은 게리 쿠퍼였다는 것을 안다.

게리 쿠퍼는 매우 유명한 배우인데도 번번이 얼굴이 생각나지 않는다. 클라크 게이블이나 제임스 스튜어트는 바로 떠오르는데, 게리 쿠퍼의 얼굴은 망사 천이 둘러쳐진 듯이 기억 속 어둠에 있다. "클라크 게이블이랑 제임스 스튜어트는 표정이 풍부해서 코미디 연기도 잘 소화하는데, 게리 쿠퍼는 코미디 센스가 영 부족한 것 같아"라고 말한 사람은 시오리 씨였지만, 나도 동감이었다. 성실하고 좋은 배우지만 표정이 조금 빈약하다.

엽서가 우체통 속으로 사라지자 말 그대로 무거운 짐을 내려놓은 듯 마음이 홀가분해졌다.

무거운 캐리어를 끌고 항구 시설 안으로 들어갔다.

그런데도 나는 여전히 정신이 딴 데 가 있었다.

'푸른 수염' 운운은 요컨대 아무래도 상관없는 연상에 불과했다. 의식은 어느 한 점으로 집약되고 있었다…….

왜 마사하루는 전처인 사사쿠라 이즈미가 《밤이 끝나는 곳》의 시나리오를 썼다고 말하지 않았을까.

참으로 흥미로운 의문이었다.

왜냐하면 나는 앞으로 그와 함께 긴 크루즈 여행을 이용해 《밤이 끝나는 곳》에 얽힌 저주를 밝히려 하고 있기 때문이다. 그리고 그런 자리를 마련해준 장본인이 마사하루이며 그 또한 이 기획을 기대하고 있기 때문이다.

그 태도가 거짓일 리는 없다. 먼저 말을 꺼낸 것도 마사하루였고 주저한 나를 설득해 결심하게 만든 것도 그였다. 여행 준비를 할 때도 소풍 갈 준비를 하는 초등학생처럼 들떠 있었다.

사사쿠라 이즈미의 자살이 《밤이 끝나는 곳》과 관련이 있는지 여부는 모른다. 하지만 시기적으로 그녀는 시나리오를 완성한 직후에 목숨을 끊었고, 그렇지 않아도 《밤이 끝나는 곳》은 '저주받은' 원작으로 불리는 만큼 그 죽음을 연관 지어 생각하게 된다.

전처의 자살이 재미있는 화제일 리는 없으니 마사하루가 그 일에 관해 말하고 싶어 하지 않는 것은 당연하다. 실제로 우리 사이에서 그 일이 화제에 오른 적은 거의 없다.

하지만 이번 여행을 기획한 단계에서 그 화제가 나와도 이상할 것은 없을 것 같다. 아니, 오히려 나오지 않는 것이 부자연스럽지 않은가.

어쩌면 마사하루는 이번 여행에서 그 일을 털어놓으려 할지도 모른다.

문득 그런 생각이 들었다.

마사하루에게는 몹시 청개구리 같은 구석이 있다. 평소에는 쓸데 없는 일에 관여하지 않고 침착하게 행동하지만 이따금 스위치가 켜지면 뜻하지 않게 자신의 허물을 보이는 것이다.

서프라이즈 파티.

과연 그는 어떤 '서프라이즈'를 몰래 간직하고 있을까.

3 승선 ─────────────────

잔잔한 음악이 흐른다.

트리오 밴드의 라이브 연주가 승객을 환영하고 있었다.

고즈에는 순간 그 자리에 우뚝 섰다.

휑하게 뚫린 높은 천장 아래 널찍한 공간.

큰 유리창 너머로 우울한 색을 띤 회청색 바다가 펼쳐져 있다.

고즈에는 승선구 옆의 로비에 와 있다. 고즈에의 캐리어를 본 직원이 재빨리 다가와 승선하는지 확인한 뒤 투어 전용 태그가 붙은 캐리어를 옮겼다. 고즈에는 몸을 속박하던 것이 떨어져나가 홀가분했다.

고베에서 승선하는 승객은 그리 많지 않는 모양이다. 승객을 기다리는 접수처에는 여러 쌍의 노부부가 줄을 서 있을 뿐이었다.

유니폼을 입은 직원이 고즈에를 깍듯이 맞이했다. 승선권을 내보이고 승선증과 객실 카드키를 받았다. 직원이 객실까지 안내해주겠다고 했지만 고즈에는 몇 군데 전화할 곳이 있다며 나중에 가겠다고 사양했다.

창문 너머로 거대한 흰색 크루즈가 정박해 있었다. 크루즈치고는 일본 국내에서도 그리 큰 편은 아니라고 하지만, 흰색 벽이 한눈에 다 들어오지 않을 만큼 높이 솟아 있었다. 어마어마한 크기다.

지금 당장 승선할 수 있는데도 고즈에는 한동안 로비에서 뭉그적 댔다.

저 안에서 무엇이 기다리고 있을까.

차라리 배에 타면 편하다는 것은 알고 있다. 이제 이동하는 호텔에 머물기만 하면 된다. 손 하나 까딱 않고 편히 지낼 수 있는 데다 느긋하게 취재에 전념할 수 있으므로 자신을 얽어매는 생각을 빨리 끊고 배에 뛰어드는 편이 낫다.

그런데도 이번 여행에는 고즈에를 주저하게 하는 뭔가가 있었다.

취재를 위해 여행을 떠나는 일은 많지만 사적인 일과 취재가 완전히 겹치는 여행은 처음이었다. 그리고 잘 생각해보니 재혼하고 나서, 아니 만나고 나서 지금껏 남편과 함께 이렇게 오랜 기간 연속으로 한 공간에서 지내는 일이 처음이라는 것을 깨닫고 경악했다.

그 긴장감 때문이었구나.

불안한 이유를 찾아낸 고즈에는 내심 고개를 끄덕였다.

한 집에 살고 있기는 해도 서로 나름대로 사회적인 지위를 쌓다 보면 실은 연속해서 얼굴을 마주할 시간은 적은 법이다.

자신의 속내를 꿰뚫어보는 것은 아닐까, 혹은 알고 싶지도 않은 남편의 정체를 알게 되지 않을까. 무엇보다 그렇게 될까 봐 두려워하고 있음을 깨달았다.

일단 깨닫고 나니 마음이 차분해졌다.

고즈에는 승선구를 향해 걸어갔다.

찰칵, 찰칵 하는 소리가 났다.

젊은 여성이 승객들의 사진을 찍고 있었다. 직원용 바람막이 점퍼를 착용한 것으로 보아 전속 사진사인지 승객들이 여행하는 모습을 카메라에 담고 있었다.

연결 복도 같은 트랩을 지나 배 안으로 들어갔다. 입구는 배의 5층이나 6층에 해당하는 듯했다.

입구에 대기하고 있던 직원이 유원지 입구처럼 승선증을 기계로 판독해 출입을 확인하고 있다. 당연히 인원을 철저히 점검하고 있으리라.

배에 발을 들여놓은 순간 호텔처럼 호화로운 공간이 펼쳐졌다.

안내 데스크 앞에는 나선형 계단이 위층으로 이어져 있고 천장에는 밝고 화려한 샹들리에가 매달려 있다.

위로 올라가보니 널찍한 로비가 나왔다. 로비에 늘어서 있는 큰 창문으로 항구의 풍경이 내다보였다. 이곳은 배 안에서는 고층부에 가까워 경치도 밝게 느껴진다.

고즈에가 걸음을 멈추고 바깥 풍경을 보고 있는데, 누군가 뒤에서 "왔어?" 하고 말을 걸어왔다.

뒤돌아보자 바스락하고 신문을 접는 소리가 나고, 나선형 계단의 난간을 에워싸듯 늘어서 있는 많은 의자 중 하나에 앉아 있던 마사하루가 손을 흔들고 있다.

고즈에는 그 모습을 신기한 것을 보듯 바라봤다.

머리는 약간 길고 부스스한 편이지만 지저분하다는 느낌은 들지 않는다. 파마를 한 것처럼 꼬불꼬불한 정도까지는 아니고 약간 곱슬기 있는 웨이브 진 머리다.

서구적인 얼굴에 듬직한 체격. 요즘 살이 조금 찐 것 같다. 캐주얼한 복장을 선호하지 않아 폴로셔츠도 입지 않는다. 휴일에도 늘 와이셔츠를 차려입는다. 구두 닦기와 다림질이 취미라 그 두 가지 일 모두 좋아하지 않는 고즈에 입장에서는 다행스러운 일이었다.

이것이 남편이라는 이름의 타인인가. 그런 식으로 마사하루를 객관적으로 본 것은 오랜만이었다.

"어머, 거기 있었어?"

고즈에는 남편에게 다가가 맞은편에 앉았다.

"일은 끝났어?"

마사하루가 신문을 커피 테이블에 내려놓으며 물었다. 고즈에는 고개를 갸웃거린다.

"으음, 그럭저럭."

"대답이 시원치 않은데?"

"몇 군데에서 교정지 올 게 있긴 한데. 당분간 전화되지?"

"일본 근해 항해 중에는 되지. 위성 회선을 이용하는 거라 비싸지만."

"그렇겠지. 이거 오늘 신문이야? 신문도 볼 수 있어?"

고즈에는 마사하루가 가지고 있던 경제 신문의 날짜를 확인했다.

"아까 밖에 나가서 사왔지."

마사하루는 활자 중독에 니코틴 중독이기도 하다. 선호하는 모든 것을 지나치게 탐한다.

"담배는?"

고즈에가 윗주머니의 담배에 눈길을 보내며 물었다. 마사하루는 떨떠름한 표정을 지었다.

"흡연실이 있긴 한데, 때마다 가서 피우기가 귀찮아."

"이참에 금연하는 게 어때?"

"생각해볼게. 방 볼래? 당신 짐은 아까 지원이 가져다놨어. 아니면 점심 먼저 먹을까?"

"방에 코트 놓고 올래."

"그럼 가자."

마사하루가 자리에서 일어나 앞장섰다.

로비 중앙에 있는 엘리베이터 앞에 섰다.

"하룻밤 먼저 와서 지낸 소감이 어때?"

"승객들 중에서 아마 우리가 최연소일걸."

"역시 선박 여행은 나이 지긋한 사람이 많구나."

"평균연령 65세는 가볍게 넘을 것 같아. 어제 직원하고 얘기했는데, 80퍼센트 가까이가 전에도 이 크루즈 여행을 이용한 적이 있는 리피터 여행객이라더라."

"어머, 정말?"

"만약 여름방학이나 휴가철이었으면 연령이 더 내려갈 테지만 지금처럼 어중간한 시기에는 아무래도 높을 수밖에 없지."

"하긴. 직장인 같으면 12월을 한 주 앞둔 시기에는 쉴 수가 없으니까. 당신은 용케 휴가를 받았네."

"그렇지, 뭐. 지난 3년간 하루도 쉰 날이 없어서 억지로 밀어붙였지."

마사하루는 변호사다. 대형 법률사무소에 소속되어 있다. 변호사 일이 어찌나 바쁜지, 고즈에는 바깥에서 봤을 때부터 힘들겠다고 생각은 했지만, 막상 한 집에서 생활해보니 그 바쁜 정도가 상상을 초월한 수준이었다. 고즈에 역시 여러 문예지에 연재를 병행하고 있어 매월 전쟁터를 방불케 하는 상황에서 원고와 씨름을 하고 있지만, 자칫하면 일주일 가까이 얼굴을 마주하지 못하는 일도 드물지 않았다. 그런가 하면 새벽 4시가 넘은 시각에 부엌에서 맞닥뜨려 함께 맥주를 마시며 서로의 근황을 밝히는 일도 있었다.

　그런 그가 '억지로'라고 말했으니 거의 강제로 밀어붙였으리라.

　"그나저나 다들 오셨어?"

　고즈에는 자연스럽게 물었다.

　마사하루는 엘리베이터 층수 표시를 보면서 "응" 하고 대답했다.

　"이따 밤에, 식사하고 나서 소개해줄게. 지금은 피곤할 테니 좀 쉬어. 어젯밤에 못 잤을 거 아냐."

　"세 시간 잤어."

　"작업실에서? 그런데도 제때 일어났네."

　"다른 사람은 어떨지 몰라도 내 수면 시간은 90분 단위거든. 한 토막에 90분이라고나 할까. 대체로 그 배수에서 눈이 떠져."

　"그거, 대학 수업 시간 때문인가?"

　"앗."

　고즈에가 갑자기 소리를 질러서 마사하루는 놀란 듯이 돌아봤다.

　"내가 작업실 에어컨을 껐던가?"

　"기억 안 나?"

　고즈에는 필사적으로 기억을 더듬었다.

　"끈 것 같아. 그런데 이런 건 무의식중에 하는 행동이라 자신이 없네."

　"그럼 껐을 거야."

　고즈에는 불안해졌다. 신칸센 시간을 맞추려 정신없이 움직인 탓에 작업실을 나오기 직전의 기억이 날아간 것이다.

　"점점 불안해지네. 작업실 문은 잠갔나."

　온갖 것이 다 걱정되기 시작했다.

"건물 관리인에게 전화해서 봐달라고 하지 그래?"

"아니, 괜찮아. 괜찮아, 잠갔어. 에어컨도 분명히 껐을 거야. 마지막에 불이 깜빡이지 않는 거 확인했거든."

고즈에는 고개를 흔들어 불안을 떨쳐냈다.

그러자 이번에는 마사하루의 얼굴에 그늘이 드리워졌다.

"그러니까 나까지 불안해지는데. 나도 베란다 새시, 제대로 잠그고 왔을 거야."

"아이참."

이런 불안은 증폭되기 십상이라 두 사람은 의심의 소용돌이에 빠진 채 고층부에 도착해 조용한 복도로 나왔다.

"이 층이 스위트룸이야. 선내에서 계급이 가장 높다는 뜻이지."

마사하루가 반 농담처럼 말했다.

방 문제는 예약 직전까지 고민했다. 크루즈 여행 중에도 고즈에는 일을 해야 하기 때문이다.

고즈에는 작은 방을 두 개 예약하는 편이 낫지 않겠느냐고 제안했지만, 마사하루는 넓은 방 하나가 좋다고 주장했다.

고즈에의 의견은 이러했다.

자신은 결코 신경질적인 편도 아니고 주변에 누가 있어도 일에 집중할 수 있다. 하지만 방 안에 살기등등한 기세로 일하는 아내가 있다는 것은 남편의 입장에서는 어떤가. 적어도 남편이 느긋하게 쉴 수 있다고는 하기 어렵다.

마사하루의 반론은 이러했다.

배는 넓다. 영화관, 바, 도서관, 라운지 등 얼마든지 객실을 떠나 휴식할 수 있는 장소가 있다. 직업상 평소에도 전쟁터 같은 상황에 익숙한 자신은 살기등등한 아내가 작업을 하고 있다고 해서 눈치를 볼 만큼 섬세한 성격도 아니고, 오히려 이 기회에 도대체 소설을 어떤 식으로 쓰는지 봐두고 싶을 만큼 기대와 흥미를 느끼고 있다. 몇 날 며칠 얼굴을 맞대느라 답답해하거나 싸움을 하는 것도 하나의 재미가 아니겠느냐.

결국 마사하루의 의견이 받아들여졌다. 가장 큰 이유는 중간 규모의 방을 두 개 잡기보다 스위트룸을 하나 잡는 편이 경제적이었기 때문이다.

방은 충분히 널찍했다.

침실과 거실이 벽으로 구분되어 있고 L자형 소파와 테이블이 비치되어 있었다. 별개로 벽을 따라 카운터형 책상도 놓여 있었다.

일의 성격상 호텔의 책상을 체크하는 습관이 있는 고즈에는 이런 책상이라면 집중할 수 있겠다고 한눈에 알아보고 안도했다.

"응, 이거라면 괜찮아."

"그렇지?"

옷장도 넉넉하고, 한두 달간의 여행이 드물지 않은 선박 여행인 만큼 가구 비치도 알찼다.

고즈에는 옷걸이에 코트를 걸었다. 마사하루의 양복과 재킷이 벌써 옆에 가지런히 걸려 있었다.

창밖의 발코니에는 하얀 의자 두 개가 나란히 놓여 있었다. 크게 낸 창문을 열고 나갈 수 있도록 되어 있다.

"발코니에서 담배 피울 수 있겠네."

"응, 몰래."

마사하루가 히죽 웃는 모습을 보고 고즈에는 혹시 남편이 이 방을 고집한 이유가 발코니에 나갈 수 있기 때문이 아닐까 의심했다.

"담뱃재 털면 안 돼."

"물론이지."

고개를 크게 끄덕이는 남편을 보고 고즈에는 그 짐작이 맞았구나 싶었다.

"아, 택배로 부쳤던 짐은 거기 있어. 내 짐은 먼저 풀었고."

마사하루가 소파 옆에 놓인, 배 앞으로 먼저 보내놓은 두 개의 박스를 턱으로 가리켰다.

두 사람 다 짐의 대부분은 책이다. 자료와 소설, 전문서. 그 밖에는 고즈에가 매일 마시는 차, 마사하루의 담배, 약간의 인스턴트식품 등이 빈틈없이 들어 있다.

"책이 떨어지면 어쩌나 싶었는데, 도서관이 제법 잘되어 있더라. 적어도 읽을 책이 떨어질 일은 없을 것 같아."

활자 중독인 마사하루는 항해 중에 읽을거리가 떨어질 것에 대비해, 그리고 이번 기회에 실컷 읽어야겠다며 이런저런 책을 잔뜩 챙겨 왔다.

리조트 호텔 등의 시설에 '도서관' 간판을 단 곳은 많지만 책을 제대로 갖춘 예는 없다, 심한 곳은 손님이 놓고 간 베스트셀러가 있기도 하고, ○○하는 법과 같은 책을 아무렇지도 않게 그대로 진열하기도 한다며 마사하루가 늘 못마땅하게 여기고 있는 만큼 그에게 합격점을 받았으면 상당히 좋은 도서관인 모양이다, 하고 고즈에는 생각했다.

"흐음, 도서관 궁금하네."

"밥 먹기 전에 가볼까?"

"그러자. 짐은 나중에 풀래."

"좋아."

다시 복도로 나갔다.

"저쪽이 로열 스위트룸."

마사하루가 복도 안쪽을 슬쩍 가리켰다. 엘리베이터 홀 건너편에 있는지, 여기서는 그곳이 보이지는 않았다.

"모두 저쪽에 있어. 마나베 자매도 어젯밤에 만났어."

"그래?"

고즈에는 저도 모르게 심호흡을 하고 있었다.

모두, 있다. 관계자들이, 한 배에. 지금 그들은 나와 같은 층에 있고, 앞으로 2주 넘게 시간을 공유할 것이다.

마사하루가 걸음을 옮긴 뒤에도 고즈에는 복도 안쪽을 가만히 바라보고 있었다.

4 자매 ────────────

　　아내 고즈에를 도서관으로 안내하면서 나는 어젯밤 마나베 자매와 나눈 대화를 떠올리고 있다.

　마사하루는 글 쓰는 여자가 취향인가 봐.

　내 얘기를 쓰면 어쩌나, 그런 생각은 안 해?

　쓸데없는 참견이라고 생각한다.

　읽은 책이나 본 영화에 관해 제대로 대화를 나눌 수 없는 여자와는 사귈 생각이 없다. 아니, 그보다 실제로 궁금해서 죽을 지경이다. 세상의 모든 부부는 도대체 무슨 대화를 나누는 걸까. 아무런 취미도 없이 1년에 영화를 한 편 볼까 말까, 책을 한 권 읽을까 말까 하는 부부는 무슨 대화를 나눌까. 자식의 성적? 동네에 떠도는 소문? 정부의 정책? 아니면 세계 평화 같은 거?

　뭘 집에서까지 대화를 하고 그래.

　딱히 얘기할 것도 없는데.

　동료에게 물어봤더니 모두 귀찮다는 듯이 혹은 나를 불쌍한 눈으로 보며 그렇게 대답했다.

　부부 사이는 대등해야 한다고 말하는 남자에는 두 종류가 있다. 진심으로 그렇게 생각하는 유형과 이른바 정치적 올바름으로 그렇게

믿는 유형이다. 후자가 특히 성가신데, 본래는 남존여비 사상에 깊이
젖어 있는 사람인데도 그것을 억제하고 있기 때문에 스트레스가 쉽게
쌓인다. 1947년에서 1949년 사이에 태어난 단카이 세대가 가장 나
쁜 예로, 입으로는 남녀평등을 떠들어대면서 행동은 철저한 남존여
비를 따르는 모순덩어리 무리들이다. 애초에 그토록 정치에 대해 실
컷 떠들어대면서 정작 누구 하나 의견을 가진 사람이 없고 이것이 정
치적 무관심임을 깨닫지 못한 것 자체가 자기 객관화가 전혀 되어 있
지 않다는 뜻이다. 그래서 그들은 신뢰할 수 없다.

한편 여자는 남자보다 모자라고, 모자라도 되며, 대등하게 대화할
수 없어도 된다고 말하는 남자는 전부 진심으로 그렇게 생각한다.

어머니의 언니의 두 딸인 마나베 자매. 나와는 외사촌지간이다. 그
러나 어머니와 두 조카딸은 피 한 방울 섞이지 않았다. 어머니를 낳
아주신 외할머니는 어머니가 어렸을 때 돌아가셨다. 이후 외할아버
지는 재혼을 했고, 이모는 그때 외할머니가 데려온 자식이었다. 그런
데도 외할머니나 이모, 어머니와 마나베 자매는 어쩐지 모두 분위기
가 비슷해서 혈연관계가 아니라는 느낌은 들지 않는다.

외사촌 누나인 마나베 자매를 만날 때면 묘하게 신경이 곤두선다.
만날 때마다 그 감각이 되살아나, 아아, 이 누나들이 이랬던가, 하고
생각하지만 그 이유를 명확히 설명할 수가 없어 또 그 때문에 약간
짜증이 난다. 박식해서 화제도 풍부하고 영리한 데다 아름답기까지
하다. 그 점은 매력적이고 매우 흥미롭지만, 역시 누나들이 지닌 모
종의 독에 중독되는 듯한 느낌을 떨칠 수 없다.

두 사람은 잘 나가는 만화가로, 둘이서 콤비를 이루어 하나의 필명
으로 활동하고 있다. 대학 재학 시절부터 활동해 경력이 길고, 큰 성

공을 거둔 시리즈도 한두 개가 아니며 애니메이션으로도 만들어져 해외에서도 인기를 끌고 있어 상당히 부유하다. 두 사람의 작품 중 역사 판타지 만화를 읽은 적이 있는데, 치밀한 구성과 상세한 시대 고증에 감탄했다. 그림도 화려하면서 품위가 있고 지적 흥취가 넘쳐 재미있었다.

도쿄에 자산 운용을 위한 아파트를 몇 채 보유 중이고 도치기현 나스에 별장도 가지고 있다. 평소에는 기치조지 외곽에 위치한, 작업실과 용마루가 이어져 있는 단독주택에 함께 살고 있다.

하루 종일 붙어 있어도 지겹지 않느냐, 싸우지는 않느냐고 물어본 적이 있지만, 이제 서로가 공기처럼 당연한 존재이기 때문에 익숙하다, 그리고 집 안에 두 사람의 공간이 확실히 구분되어 있다, 욕실과 부엌도 각자 따로 사용하기 때문에 사람들이 생각하는 것만큼 붙어 있지는 않다고 설명해줬다.

영상 쪽이든 만화 쪽이든 작가라 불리는 인물에게 흥미가 있는 사람이라면 두 사람의 업무 배분이 어떻게 되어 있는지 궁금할 것이다.

플롯은 편집자도 포함해 셋이서 구상하는 일이 많다고 한다. 상세한 고증을 통해 플롯을 다지고 자료를 참고해 콘티를 짜는 일은 자매 중 언니인 아야미가 맡아서 하는 모양이다. 한편 주요 인물을 비롯해 실제로 그림을 그리는 것은 동생인 시오리의 역할이다. 아야미도 그림을 그리기는 하지만 배경이나 조연 그림이 대부분이었고, 지금은 그것도 어시스턴트가 맡아서 하고 있다고 한다.

그럼 아무래도 그림을 담당하는 사람의 부담이 너무 크지 않아? 소설가의 경우 한쪽이 플롯, 한쪽이 집필로 나누었을 때 아무래도 집필 쪽에 책임이 쏠려서 결국 콤비를 해체한 사례도 있거든.

내가 다소 짓궂게 묻자 시오리는 웃었다.

만화는 또 조금 달라. 콘티가 생명이거든. 만화는 매 회마다 페이지 수가 정해져 있잖아. 그래서 컷 분할과 대사를 전부 정해놓은 상태가 아니면 펜 선 작업을 하지 않아. 반대로 이미 콘티가 짜여 있으면 작화 쪽은 어시스턴트도 오고 물리적으로 며칠이 걸릴지 예상되니까 체계적으로 완성할 수 있지.

그럼 알고 보니 콤비를 해체했다든가, 무대 위에서는 호흡이 완벽했던 만담가 콤비가 무대에서 내려오면 서로 한마디도 안 한다는 얘기도 심심찮게 들려오던데, 그런 일은 없는 거네.

내가 그렇게 서슴없이 묻자, 두 사람은 "지금은, 없어" 하고 깔깔대며 환하게 웃었다.

그나저나 두 사람은 소설《밤이 끝나는 곳》에 대한 애정과 집착이 엄청나다. 아니, 누나들은 소설도 소설이지만, 그 소설의 작가인 메시아이 아즈사의 열성팬이다.

두 사람은 메시아이 아즈사에 대해 이런저런 조사도 하고 있는 모양이다. 누나들은 나름대로《밤이 끝나는 곳》에 얽힌 저주의 수수께끼에 대한 답을 가지고 있는 것 같다.

《밤이 끝나는 곳》.

그 제목을 떠올릴 때면 어떤 밤 풍경이 어김없이 머리를 스친다.

눅진하고 무거운 밤.

달콤한 향기.

유서는 없었다.

고통스러워한 흔적도 없었다.

그 얼굴은 말 그대로 잠이 든 것처럼 보였지 죽은 사람 같지는 않았다. 어깨를 두드리면 "지금 몇 시야?" 하고 눈을 비비며 벌떡 일어날 것 같았다.

목에 끈을 거는, 이런 고전적인 방법으로 지금도 죽을 수 있다는 것이 너무나 뜻밖이었다.

작업실도 특별히 달라진 것은 없고 평소와 다름없이 깔끔하게 정리된 방이었다.

환기를 위해 작은 창문이 열려 있고 방충망 너머로 달콤한 향기가 풍겨왔다.

아파트 밖의 아카시아.

이토록 농후하고 달콤한 향기가 나는 수목이라는 것을 그날 밤 처음 알았다.

언제였더라, 회사에서 출장 겸 단체 여행으로 서울에 간 적이 있는데, 번화가 한복판에 있는 미군 기지 주변에도 아카시아 가로수가 줄지어 서 있었다. 그 향기를 들이마신 순간 나는 그날 밤으로 되돌아갔다.

반려자의 죽음에 대한 실감. 남겨진 자로서의 실감.

사람들은 별로 언급하려 하지 않지만, 아직도 아내가 자살했고 내가 그런 아내의 남편이었다는 사실이 실감나지 않는다. 갑자기 사라졌다. 그저 그뿐이다.

유서는 없었다. 원래 모든 것이 잘 정돈되어 있었고 물건 자체를 별로 가지고 있지 않았다.

다만 책상 위에 노란색의 큰 포스트잇이 붙어 있었는데 거기에 적혀 있던 한마디가 눈에 각인되어 있다.

필연성?

 그 포스트잇을 본 사람은 모두 고개를 갸웃했다. 나도 무슨 의미인지 이해할 수 없었다.

 알고 지내는 프로듀서는 혹시 각본을 손보기 위해 어딘가에 붙이려던 것 아니겠냐고 했지만, 이미 초고가 완성된《밤이 끝나는 곳》의 시나리오는 단단히 묶어서 다른 곳에 쌓아둔 상태였고, 그녀는 워낙 꼼꼼한 성격이라 붙일 거였으면 진작 붙였을 것이다.

 이것이 그녀 나름의 유서가 아니겠냐고도 했다. '내가 이 세상에 있어야 할 필연성이 있나?'라는 의미가 아니겠냐는 것이다.

 완벽주의자인 그녀라면 충분히 있을 법한 표현이긴 하지만, 완벽주의에 더해 꼼꼼한 성격이기 때문에 이런 포스트잇 한 장의 메모로 유서를 대신한다는 것은 가장 가능성이 없는 이야기였다.

 징후는 없었어?

 집요하리만치 많이 받은 질문이지만 유감스럽게도 '없었다'고 대답할 수밖에 없었다. 혹은 나는 몰랐다고. 그녀는 완벽주의자였다. 그렇다는 것을 알아차리지 못하게 할 만큼 완벽주의자였다. 빈틈을 보이지 않는 여자. 작가의 고된 생산 활동을 단순히 루틴에 집어넣는 여자. 그 점을 존경했고 서로 존중하면서 그럭저럭 괜찮게 살아가고 있다고 생각했지만 그녀는 친정과 사이가 별로 좋지 않았다. 아니, 그것은 조심스러운 표현으로, 그녀와 친정은 서로 상관하지 않도록 하고 있었다.

 오히려 내가 장인어른, 장모님과 이야기를 나눌 정도였다. 무슨 이유 때문인지는 잘 모른다. 그녀는 거의 친정에 가지도 않았고 내가 적극적으로 권해도 '됐다'는 한마디로 무뚝뚝하게 거절했다. 친정 쪽에서 연락이 오는 일도 손에 꼽을 정도밖에 없었으며 딸을 버거워한다고 해야 할지, 전혀 이해하지 못하겠다는 느낌이라 그 부분을 장인어른, 장모님에게 물어봐도 두 사람 다 당혹스러워할 뿐 아무런 대답도 해주지 않았다.

그녀가 죽었다는 소식을 전했을 때도 반응이 미묘했다. 미리 각오한 것 같기도, 이미 포기한 것 같기도 했다. 더 솔직히 말하자면 희미한 안도감마저 드러냈던 것 같다.

혹시 누나가 옛날부터 그런 경향이 있었어?

장례식이 끝난 뒤 처남에게 물어봤다. 공무원인 처남은 고향에서 가정을 꾸려 자식을 둘 낳고 살고 있었다.

그런 경향이라니요?

처남은 곤혹스러운 표정으로 나를 봤다. 아니, 이 집 사람들은 왜 하나같이 나를 이런 얼굴로 보는 걸까.

이른바 리스트컷 증후군이나 뭐 그런 경향이 있었어? 사춘기 때 자살 시도를 한 적이 있다거나?

나는 빙빙 돌리지 않고 대놓고 물었다.

처남은 눈에 띄게 동요했다. 이렇게까지 동요할 일인가. 괜히 나쁜 사람이 된 기분이었다.

딱 한 번, 하고 그는 기어들어가는 목소리로 어물댔다.

언제? 나는 잇따라 물었다.

고등학교 3학년 봄에요.

그때는 뭘로?

수면제를 먹었어요. 빨리 발견해서 생명에는 지장이 없었죠.

이유는?

별로 얘기하고 싶어 하지 않았어요. 앞으로 자기가 원하는 삶을 살 수 있을 것 같지 않다고 했대요.

정말 그 사람다운 이유네. 일찌감치 자기 능력의 한계를 확인하고 절망한 거겠지.

처남은 그늘진 눈으로 나를 흘끗 쳐다봤다.

매형은 누나하고 같이 있는데도 어떻게 그렇게 아무렇지도 않을 수가 있었어요?

내가 그랬나?

나는 당황했다.

누나가 집에 있다는 게 얼마나 큰일이었던지. 부모님도 저도 긴장해서 마른침까지 삼키고 누나의 눈치를 살폈어요. 누나의 완벽주의에 맞추느라 가족들 모두 참기만 했죠. 누나는 우리 집의 지배자였거든요.

지배자. 그렇게 나오다니.

그런데 나는 그녀의 심정을 알 것 같았다. 툭하면 흠칫거리면서 자신의 안색을 살피는 가족들. 일을 시끄럽게 만들고 싶지 않고, 부딪히고 싶지도 않고, 겉모습만이라도 좋으니 아무 탈 없이 조용히 지내고 싶은, 자기 안위만 중요한 가족들. 뭘 물어도 "어?" 하고 곤혹스러워하고, 의견을 요구하면 부당한 일을 당하고 있다는 듯 피해자인 척하는 이 사람들을 보고 있으면 주먹을 휘두르고 싶은 충동이 불쑥불쑥 솟아올랐다.

지배자라고? 지배당하는 것 말고는 아무런 재주도 없는 주제에. 늘 누군가의 안색을 살피고 누군가의 뒤를 따라가는 것밖에 모르는 당신들이 그녀를 지배자로 만든 것이다. 당신들은 언제나 지배자를 열망한다. 지배당하고 있어서 아무것도 못 한다고, 아무런 의견도 말하지 못했다고 핑계를 대고 싶은 것이다. 자기 머리로는 뭔가를 생각한 적도 없는 주제에.

그녀는 평생 이런 충동과 싸워온 걸까.

유품은 어떻게 하는 게 좋겠습니까? 작업실은요?

장인, 장모님에게 묻자 그들은 또 곤혹스러운 얼굴로 대답했다.

자네가 알아서 처분해주게. 우리는 딸애의 일에 대해 잘 모르니 자네한테 맡기겠네.

개인 물품은 장모님과, 사적으로도 친분이 있었다는 방송국 여성 프로듀서가 와서 묵묵히 정리해줬다. 그녀는 사적으로는 친구다운 친구가 거의 없었던 것이다. 유품 분배를 할 때 나는 그녀가 사용했던 만년필과 종이칼을 받기로 했다.

작업실은 나와 그녀의 업무 관계자 네다섯 명이서 정리했다.

나는 그녀가 쓴 각본과 그 밑 원고나 자료를 정리한 노트만 남기고 나머지는 전부 처분했다. 그 각본 등은 박스 두 개에 담아 내 서재의 천장 바로 밑 벽장에 집어넣었다.

필연성. 그리고 그 밑에 적힌 물음표의 의미.

필연성? 내가 지금 여기에 있는 의미? 그들이 여기에 있는 의미는? 우리가 《밤이 끝나는 곳》에 관해 이야기해야 하는 필연성은 어디에 있는가?

"와, 정말이네, 골고루 다 갖추었어. 새로 나온 책도 이렇게나 많아."

고즈에가 들뜬 목소리로 말했다.

어느덧 도서관에 도착해 책장 앞에서 이야기하고 있었다.

"여기는 분명히 서점에서 책을 정기적으로 납품받고 있을 거야."

"나도 그렇게 생각해. 분야도 치우쳐 있지 않고."

선박 도서관답게 책은 전부 유리문이 달린 붙박이 책장에 꽂혀 있다. 잡지와 신문 코너도 있고 컴퓨터가 설치된 칸막이 좌석도 세 개 있다. 컴퓨터에 시선을 고정한 채 고즈에가 말했다.

"아, 선내 전용 메일 주소 받아야 하는데. 마사하루, 당신은?"

"일단 받아뒀어. 별로 사용하고 싶지는 않지만."

당장 처리해야 할 일은 다하고 왔다. 가능하면 연락하지 말라고도 당부했다. 그런데도 어젯밤부터 휴대폰에 드문드문 메일이 들어왔다. 그럴 때면 머리가 업무 모드로 되돌아간다.

"아직 이틀은 더 휴대폰 쓸 수 있지?"

"어디쯤 가서까지 쓸 수 있을지 기대되는데."

배 안에서 승객은 각자 전용 메일 주소를 발급받을 수 있고, 그 메일 주소로 선내 컴퓨터에서 위성 전화 회선을 통해 메일을 전송할 수 있다. 당연히 날씨에 영향을 받기 때문에 악천후일 때는 전송이 불가능할 수도 있고, 어느 정도 데이터가 쌓인 뒤에 단속적으로 전송하기 때문에 전송하고 나서 도착하기까지 시간차가 나기도 한다.

"역시 《밤이 끝나는 곳》은 없네."

고즈에가 농담조로 말했다.

책장 속의 책을 정기적으로 교체하는지, 최근 몇 년간 출간된 책이 대부분이었다. 고전이나 문학 전집에 들어갈 만한 명작은 거의 놓여 있지 않았다.

"마나베 자매가 가지고 있어."

두 사람의 얼굴을 머릿속에 그렸다.

두 사람의 손가락에 줄줄이 끼워진 알이 큼직한 반지.

방 조명에 반짝반짝 빛나던 두 사람의 반지.

마사하루는 글 쓰는 여자가 취향인가 봐.

내 얘기를 쓰면 어쩌나, 그런 생각은 안 해?

"물론 나도 가져왔지만. 초판본."

"마나베 자매가 여러 판본을 가져왔나 보던데."

"대단하네. 지금은 문고본도 품절인데."

"어차피 같은 배 안에 있으니 나중에 보여달라고 하지 그래?"

"보여주면 나야 고맙지. 그나저나 모을 만큼 '여러 판본'이 존재한다는 거 자체가 굉장해."

"당신은 수집가는 아니지."

"그렇지. 책은 좋아하는데 수집욕은 없어. 그런 경향은 당신이 더많지 않아?"

"그럴지도."

"한동안 읽지 않으니 다시 한번 제대로 읽어야겠어."

"점심은?"

"철야하다시피 해서 입맛이 없으니까 됐어. 마사하루, 당신은 먹고와."

"나도 됐어."

실은 조금 출출했지만 이 시점에 또 혼자서 마나베 자매와 얼굴을 마주하는 것이 내키지 않았다. 스위트룸 층의 승객은 그 외의 승객과 레스토랑이 따로 구분되어 있어 인원이 적어서 말을 섞지 않기가 어렵다.

"이제 곧 출항이야."

고즈에가 손목시계를 들여다봤다.

출항은 오후 2시. 이제 몇 분 남지 않았다.

고즈에는 프런트에 메일 주소를 발급받으러 갔다.

나는 담배 생각이 났지만 꾹 참고 커다란 창문 곁으로 갔다.

유리창 너머의 바다.

항구의 풍경은 직선이다. 크레인이나 케이블의 직선이 하늘에서 교차해 컨테이너의 모자이크 무늬를 이곳저곳에 쌓고 있다.

신기한 시간이다.

이렇게 머리를 싹 비우고 경치를 바라본 것이 얼마 만인지 모르겠다.

여기저기 앉아서 편히 쉬고 있는 사람들. 라운지, 살롱, 카페 겸 펍 등 공공 공간은 많다. 성수기가 아니기 때문에 승객은 그리 많지 않았다. 선내에는 구동과 관련된 사람들을 포함해 수많은 직원들이 있다. 지금은 승객 수와 똑같거나 어쩌면 직원이 승객보다 더 많지 않을까. 성수기에는 식당의 운영 시간을 2부로 나눈다고 하던데 그렇게 되면 직원들은 바빠서 쩔쩔매고, 인구밀도도 지금과는 비교도 안 될 만큼 높으리라.

갑자기 뱃고동이 길게 울렸다.

승객들이 흥겨워한다. 묘한 감격이, 쓸쓸함이, 초조함이 치밀어 오른다.

출항이다.

뱃고동이 잇따라 길게 울렸다. 매우 큰 소리인데도 시끄럽게 느껴지지 않아 신기했다.

부두는 비어 있었다. 평일이라 배웅하는 사람도 거의 없다. 종이테이프를 들고 손을 흔들고 있는 사람은 여행회사 직원들이리라. 그러고 보니 스위트룸에는 갑판에서 던질 수 있게 종이테이프가 놓여 있었던가.

"거짓말 같아. 정말 출항하는구나."

언제 왔는지 옆에 고즈에가 서 있다.

"자, 이거. 여기는 케이크도 다양해서 정말 좋아."

손에 접시 두 개를 들고 있다.

"앉을까."

둘이서 창문 옆 의자에 마주 앉았다.

"아, 움직인다."

출렁, 하고 배가 움직인 듯한 기분이 들었다. 하지만 그런 기분이 들었을 뿐 실제로는 약간 어지러운 느낌에 가까웠다. 선박 자체가 크기 때문에 그리 실감은 나지 않았다.

배는 확실히 움직이고 있었다. 부두의 경치가 서서히 바뀌고 바다를 향해 방향을 전환했다는 것을 알 수 있었다. 부두와의 거리가 조금씩 벌어졌다. 배웅하는 사람의 얼굴이 보이지 않게 됐다. 조금씩 하늘이 넓어지고 바다가 시야를 채워갔다.

뱃고동이 한 번 더 울렸다.

고즈에가 케이크를 포크로 잘라 입으로 가져갔다. 크림의 달콤한 향기가 여기까지 풍겨온다.

아카시아의 달콤한 향기.

눅진한 밤.

참으로 농후한 밤.

나는 서재 벽장에 들어 있는 두 개의 박스를 떠올렸다.

그리고 그 속에서 이번에 처음 끄집어낸 것을 생각했다.

완성된《밤이 끝나는 곳》의 시나리오. 그리고 그녀가 그 시나리오를 쓰기 위해 쓴 대학 노트 한 권을.

5 《밤이 끝나는 곳》 ————

여자는 기다리고 있었다.

어두운 방 안에서, 열린 창문 앞에 오도카니 앉아 창백한 얼굴로 멍하니 기다리고 있었다. 생기 없는 얼굴은 수명이 다한 전구를 연상케 했다. 먼지가 뽀얗게 내려앉아 가슬가슬하게 마른 전구. 뺨과 눈동자를 빛내기 위한 가냘픈 전선이 영원히 끊어진 유리알 껍데기.

여자는 빨간 색연필을 손에 쥐고 있었다. 끝이 날카롭게 깎인 어린이용 젓가락 길이의 빨간 색연필을 무릎 위로 단검처럼 쥐고 있다. 할복이라도 하려는지 뾰족한 부분이 배를 향하고 있다.

이따금 느닷없이 빨간 색연필을 눈앞으로 천천히 들어 올려 색이 탁한 혀를 고양이처럼 날름 내밀어 색연필 끝을 핥았다. 그러고는 이내 흥미를 잃은 듯이 색연필을 쥔 손을 무릎 위로 툭 떨어뜨린 뒤 꼼짝 않고 창밖을 바라보는 것이었다.

여자는 항상 똑같은 것을 보고 있었다.

여자가 있는 2층 모퉁이 방의 창밖 처마 끝에는 낡은 새장이 매달려 있었다. 초롱처럼 생긴 녹슨 철제 새장에는 새가 든 적이라고는 없이 언제 봐도 텅 비어 있었다.

여자는 하루 종일 꼼짝 않고 새장을 올려다봤다.

그리고 뭔가를 기다렸다.

간혹 여자는 새장에 시선을 고정한 채 느닷없이 캬아악, 하고 기묘한 소리를 질렀다. 소름끼치는 그 쇳소리는 한 번 시작하면 웬만해서는 멈추지 않았다. 부릅뜬 눈과 찡그린 얼굴로 끊임없이 소리를 지르다, 누군가가 "시끄러워! 조용히 좀 해!" 하고 외쳐야만 그쳤다.

공작새 울음소리를 흉내 내는 거야, 하고 사야코가 가르쳐줬다.

사야코는 많은 것을 알고 있었다. 수컷 공작새는 밤에 울기도 하거든, 공작새는 숲에 사는데 밤중에 숲속에서 저런 울음소리를 낸대.

사야코는 무슨 이야기를 하든 늘 별것 아닌 것처럼 말했다.

가즈에 씨는 어쩌면 새장 속에서 공작새를 보고 저렇게 소리를 지르는 걸지도 모르겠어.

공작새 울음소리를 흉내 내고, 하루 종일 텅 빈 새장을 바라보고 있는 여자가 나를 낳아준 엄마라는 사실을 가르쳐준 것도 사야코였다.

고즈에는 도입부를 읽고 난 뒤 조용히 책을 덮었다.

수없이 읽은 책인데도 왠지 머리에 들어오지 않는다.

아니, 수없이 읽은 탓일지도 모른다. 그런데 마지막으로 읽은 것이 언제였더라? 이 취재가 결정되었을 때에도 대강 훑어봤는데 그때의 인상이 거의 남아 있지 않다.

팔랑팔랑 책장을 넘겨봤다.

그리 긴 작품은 아니다. 200자 원고지로 800매까지는 되지 않을 것이다.

소파에 앉아 책을 읽고 있는 마사하루를 흘끗 쳐다봤다.

한 방에서 같은 책을 읽고 있는 남편을 보는 것도 우스운 일이다. 이런 일이 가능한 남편의 존재 자체가 신기하다.

고즈에는 방구석의 박스를 열어 스틱 타입의 코코아를 꺼냈다. 단 음료가 당기기도 했지만 실은 《밤이 끝나는 곳》의 문장을 마주하는 것을 미루고 싶은 마음이 더 컸다.

전남편은 책이라고는 결코 읽지 않는 사람이었다.

문득 오랜만에 그런 생각을 했다.

"나도 줘."

갑자기 들려오는 목소리에 가슴이 덜컥했다. 한순간이라도 전남편을 생각한 만큼 머릿속을 들킨 기분이 들었다.

"알았어."

코코아를 하나 더 꺼낸 뒤 컵 두 개를 나란히 놓고 뜨거운 물을 부었다.

컵 속의 액체 표면을 빤히 봐도 전혀 흔들림이 없다.

출항 후에도 배는 한가로이 이동하고 있었다. 항구를 나올 때는 감격이 밀려왔지만 일단 바다 위로 나오고 나면 그것도 곧 일상이 된다. 그리고 아직 꼬박 하루는 일본의 육지를 따라 항해할 예정이라 그런지 안도감도 든다.

승선하고 나서 24시간 이내에 하기로 되어 있는 피난 훈련과, 두 항구에서 올라탄 승객이 모두 모인 가운데 첫 오리엔테이션을 마치고 방으로 돌아온 두 사람은 나란히 '예습'을 시작했다.

"전혀 안 흔들리네. 크게 넘실거리는 느낌은 나지만."

"아직 외해로 나가지 않아서 그럴걸."

소파 앞 고정된 테이블로 컵을 가져갔다.

마사하루는 거의 진도가 나가지 않은 책에서 눈을 떼고 컵을 손에 들었다.

"옛날에 처음 읽고 강렬한 인상을 받은 책을 다시 읽으려니 긴장되네."

마사하루가 말했다. 고즈에는 남편도 자신과 똑같은 것을 느꼈구나 싶어 내심 놀랐다.

"왜 있잖아."

마사하루는 컵에 입을 대고 시선을 허공에 던졌다.

"옛날에 동경했던 사람을 다시 만났을 때의 느낌."

고즈에는 소리를 내지 않고 웃었다.

"그러게. 괜히 만나서 환상이 깨지면 어쩌나, 반대로 내 모습을 보고 상대의 환상이 깨지면 어쩌나 하고 두근두근하는 느낌."

한때 감동한 책은 마음에 인상만 새겨져 있는 데다 세월이 그 인상을 더욱 감미롭게 만든다. 부풀어 올라 양념이 첨가된 인상을 간직한 채 재회하면 뜻밖에 배신을 당하게 된다.

새삼 관심이 생겨 물어봤다.

"마사하루, 당신 첫사랑은 어떤 사람이었어?"

"어떤 걸 첫사랑으로 볼 수 있으려나. 가슴이 두근거리는 거면 유치원 때부터 두근거렸거든."

"조숙한 아이였네."

"유치원 때 아사카와 선생님이 첫사랑인가. 아니, 더 현실적으로 말하면 중학교 때 테니스부 선배인 것 같은데."

"어머, 근사하네."

"부장이었는데 씩씩하고 강했어."

"강한 여성을 좋아했구나."

"응."

"이 책을 처음에 읽은 건 언제야?"

고즈에는 테이블에 놓인 책에 눈길을 보냈다.

오래된 단행본. 표지는 검은색 바탕으로, 완만한 곡선으로 나뉜 3분의 1 정도가 붉은색이고 그곳에 《밤이 끝나는 곳》의 제목이 흰 색으로 들어가 있다. 아마 초판본일 것이다.

"고등학생 때. 한때 탐미주의 문학에 빠져 지냈거든. 책을 좋아하는 십 대는 퇴폐적인 것에 심취하는 시기가 있잖아. 그래서 이 책도 탐미적인 인상이 강했는데, 지금 읽으니까 전혀 그렇지가 않아. 오히려 담담하달까."

"그런 경우가 있더라. 나도 요코미조 세이시의 소설은 영화나 책 표지의 이미지 때문에 엄청나게 무섭고 오싹하다는 인상이 있었는데, 최근 오랜만에 다시 읽어 봤더니 조리 있고 오히려 도회적인 필치라 놀랐거든."

"특정 연령이어야만 강렬한 인상을 받을 수 있는 유형의 책이 있는 거지. 그 시기를 놓치면 너무 빨라도, 너무 늦어도 감동하지 않아."

"《밤이 끝나는 곳》은 그런 유형의 책은 아니라고 생각하지만. 연령보다는 어떤 특정한 기호를 가진 사람의 마음에 확실히 와닿는 유형인 거지."

"맞아. 그런데 따지고 보면 과대평가되는 책이기도 하지 않나? 독자의 망상을 부추긴다고 해야 할지. 내 머릿속에서는 이미지가 거대해지고 이상화되어 있기 때문에 꽤 갭이 커서 스릴이 있어."

"이거 초판본이야?"

"응. 학교 근처 헌책방에서 샀지."

"봐도 돼?"

"물론이지."

고즈에는 책을 들고 판권면을 살폈다. 뒤쪽 면지에 헌책방 주인이 연필로 적은 것으로 보이는 책값이 남아 있었다. 그 옆에 장서인 같은 것이 찍혀 있다. 타원형 동그라미 속에 꽃이 휘감긴 알파벳 M자가 그려진 책 도장. M자에는 호랑나비가 앉아 있고 뒤로는 구름 낀 달이 보인다. 아래쪽 공백에 책을 구입한 날짜가 적혀 있었다.

"마사하루, 이거 당신 장서인이야?"

"아, 찍혀 있어?"

"응. 당신이 만들었어?"

"아니. 지인 중에 손재주가 좋고 그림을 잘 그리는 녀석이 있어서 조각해달라고 했지."

"M은 알겠는데, 호랑나비랑 달은 뭘 의미하는 거야?"

"몰라. 녀석이 멋대로 디자인했거든."

"무슨 의미냐고 안 물어봤어?"

"물어봤는데 안 가르쳐주더라. 그런데 디자인이 마음에 들어서 모르는 상태로 사용했지."

호랑나비와 달. 그 사람은 마사하루를 어떤 이미지로 받아들였을까.

고즈에는 장서인을 가만히 들여다봤다.

"디자인이 세련됐어. 이 사람 센스 있다."

"지금은 광고 회사에서 디자이너로 일하고 있어."

"지금도 이 장서인 사용하는 거야?"

"아니. 책은 점점 늘어나기만 하고 장서인을 찍으면 처분하기 어려우니까. 대학생이 되고 나서 얼마 후에 그만 찍기로 했어. 당신 것도 초판본이지?"

마사하루는 고즈에가 책상에 둔 책에 눈길을 줬다.

"맞아."

"그런데 어딘지 모르게 다른 것 같은데?"

"그럴 리가."

고즈에는 자신의 책을 가져와 마사하루의 책 옆에 내려놓았다.

"어머, 진짜네. 뭔가 인상이 달라."

"그렇지?"

둘이서 책을 비교해봤다. 두 권 모두 오래된 책이고 세월을 거듭한 탓에 색이 바래고 오염되었다는 차이는 있지만 같은 판본일 터였다. 그런데 미묘하게 분위기가 다른 것은 확실했다. 콕 집을 수는 없지만 어딘가 다르다는 것만은 알 수 있었다.

"이상한데."

"아, 알겠다."

고즈에가 고개를 들었다.

"여기, 이 곡선이 달라."

고즈에는 표지의 붉은색과 검은색을 나누는 경계선을 가리켰다.

겉표지를 벗겨 두 장을 겹쳤다. 조명에 비춰 보니 두 장의 곡선이 미묘하게 어긋나 있었다. 겉으로 드러난 인상은 별반 다르지 않기에 결코 큰 차이는 아니지만 겹쳐서 보면 분명히 다른 선이었다.

"정말이네."

마사하루도 동의했다.

고즈에는 겉표지를 벗긴 책도 찬찬히 비교해봤지만 두 권은 같은 판본이기 때문에 차이가 없었다.

"겉표지만 두 가지 버전이 있는 거네."

"그렇게 만들기도 하나?"

"나도 딱 한 번 그랬거든. 디자이너가 지정한 대로 해야 하는데 연락을 주고받다 착오가 생겨서 최종 결정 전의 버전으로 겉표지를 인쇄한 거야. 급하게 배본 전에 갈아 끼웠어."

"그랬구나. 그런데 갈아 끼웠다는 건 이전 버전은 시장에 풀리지 않았다는 거지?"

"응."

"이런 경우는?"

"글쎄, 어떨까. 당시 인쇄 환경이 어땠는지 모르니까."

"아무리 봐도 달라. 인쇄 조절의 문제는 아닌 것 같은데."

마사하루는 조명에 비춰 몇 번이고 확인했다.

"당신 외사촌 누나들, 마나베 자매가 가지고 있는 거랑 비교해보자."

"전부 다 다른 거 아냐?"

"이거 초판 몇 부 정도 찍었을까. 그리 많지 않으면 겉표지만 수제일 가능성도 있을지 몰라."

"갈수록 수수께끼가 늘어나는데? 흥미로워."

마사하루는 혼자 고개를 끄덕였다.

그 기뻐하는 얼굴을 보고 고즈에는 그 일을 물어봐야겠다고 생각했다.

남편은 왜 사사쿠라 이즈미가 《밤이 끝나는 곳》의 시나리오를 썼다고 알려주지 않았을까.

그 질문이 입 안에서 뱅뱅 돌았다.

그러나 고즈에는 차마 입 밖에 낼 수가 없었다.

왜일까.

고즈에는 마음속으로 고개를 갸웃했다. 그리 대단한 질문도 아니 건만.

"영상 업계 지인한테 들었는데, 이즈미 씨가 《밤이 끝나는 곳》의 각본을 썼다며?"

그 한마디만 물어보면 된다. 하지만 그 말이 나오질 않았다.

대단하진 않아도 미묘한 질문이기는 하다. 그녀의 마지막 작품이 며 그것을 완성한 직후에 목숨을 끊었으니까. 하지만 그 일을 언급하 지 않고도 '그렇다', '아니다'로 대답할 수는 있을 것이다.

머릿속에 그런 생각이 맴돌았지만 결국 고즈에는 그 질문을 하지 않았다. 앞으로 관계자들과 그 작품에 관해 대화를 나누다 보면 그 일을 언급하지 않을 수 없는 순간이 올 테니 지금 굳이 묻지 않아도 된다고 생각했다. 그리고 그 일을 묻기를 마음 한구석에서 두려워하 고 있기 때문이었다.

"마사하루, 당신은 언제 마지막으로 읽었어?"

대신 그렇게 물었다.

마사하루는 "으음" 하고 기억을 더듬는 표정을 지었다.

"두 번째 영화 제작이 결정되었다고 들었을 때니까 사법연수생 시 절이었을걸."

"그럼 되게 오래됐네."

"그래서 더 신선해. 세월이 흐르는 동안 읽는 쪽도 예전의 그 사람이 아니니까."

"나는 소설가가 되고 나서 읽어보니까 이상한 데가 자꾸 눈에 들어오더라. 가즈에가 빨간 색연필을 핥고 새장을 보면서 뭔가를 기다린다는 장면이, 교정자가 교정지를 원망스럽게 기다리고 있는 장면을 그린 게 아닐까 하고."

"하하하."

마사하루는 한바탕 웃음을 터뜨렸다.

"깊이 파고들면서 읽게 되는 지점이 많은 책이지. 그래서 억측도 하게 되고."

그렇기 때문에 이토록 긴 세월 동안 사람들의 마음을 사로잡고 몇 번이나 영상화 이야기가 나오는 것이리라.

"마사하루, 이번에 모인 사람들에 대해서 다시 한번 훑어줘."

고즈에는 진지한 얼굴을 하고 소파에 허리를 펴고 바로 앉았다.

사사쿠라 이즈미가 마음에 걸리지만 우선은 해야 할 일을 생각해야 한다. 모처럼의 기회를 헛되이 하고 싶지 않다.

고즈에는 "앗" 하고 고개를 들었다.

"그렇지, 깜빡하고 중요한 걸 안 물었네. 테이프리코더랑 보이스리코더로 녹음해도 될까?"

"물어볼게. 아마 괜찮을 거야. 테이프를 그렇게 많이 가져왔어?"

"그럼, 많이 가져왔지. 보이스리코더 하나로는 불안해서. 테이프 돌아가는 게 보여야 안심이 되거든. 나중에 다시 듣는 거랑 정리하는 게 힘들긴 하지만."

마사하루는 잠시 생각에 잠기는 듯했다.

"어떤 형식으로 쓸 거야? 모두의 증언으로 구성하는 건가? 아니면 소설로 집필하나?"

그 말투의 이면에 남편이 자신의 글에 남다른 관심을 기울이고 있다는 것을 알아차리고 고즈에는 순간 겁이 났다. 이런 식의 취재를 통해 글을 쓰는 것은 처음 시도하는 일이다. 잘될지 어떨지, 제대로 취재할 수 있을지, 끝까지 써낼 수 있을지 모든 것이 갑자기 불안해졌다.

고즈에는 멈칫했다.

"아직 하나도 못 정했어. 그 사람들의 잡담을 들으면서 힌트로 삼을 생각이야. 한 사람씩 인터뷰할지도 모르고, 역시 다 같이 얘기를 나누는 편이 낫겠다 싶을지도 몰라. 나에 대해서는 뭐라고 얘기해뒀어?"

"《밤이 끝나는 곳》의 팬이고, 이 소설에 얽힌 일을 책으로 쓰고 싶어 한다고는 말했어. 이거, 어디에 실리는 건가?"

"아니. 잡지에 이 선박 여행에 관한 에세이를 실을 예정이긴 한데, 그건 어디까지나 크루즈 여행에 관한 글이라 이 일은 언급하지 않을 생각이야. 어쩌면 나중에 연재 형식으로 지면에 실을지도 모르겠지만, 지금으로서는 연재 말고 처음부터 단행본 분량으로 쓸 생각이고 최종적으로 픽션으로 할지 논픽션으로 할지도 아직 못 정했어. 그래서 완성하기까지는 빨라야 1~2년은 걸릴 것 같아."

어쩌다 보니 견제하는 말투가 된 것을 느꼈지만, 마사하루는 다행히 호기심을 억누른 듯했다.

"그렇군. 그럼 고즈에, 당신이 처음에 말해두는 편이 낫겠어. 곧바로 지면에 실리는 줄 착각하면 안 되잖아."

"그러게. 아직 막연한 상태니까."

고즈에는 고개를 끄덕이며 문득 마음에 떠오른 의문을 말했다.

"그나저나 우리가 아니었어도 그 사람들은 이번에 모이는 거였잖아. 이렇게 모인 건 무슨 목적이 있어서야? 단순히 서로 추억을 이야기하고 나누는 모임인가?"

소박한 의문이었지만 마사하루의 표정은 뜻밖에 그 의문이 어떤 핵심을 찔렀다는 것을 나타내고 있었다. 고즈에는 순간 당황했다.

"미안, 내가 뭐 잘못 말한 거야?"

"아니야."

마사하루는 쓸쓸히 웃었다.

"자세히는 몰라. 다만 다들 나이가 나이니만큼 여생이 짧은 것도 있고 여러모로 매듭을 짓고 싶은 마음도 있는 건 확실할 거야. 어쩌면 이제야 말할 수 있게 되었을 수도 있고."

이제야, 라는 말에 위화감을 느낀 고즈에는 마사하루에게 무슨 뜻이냐는 시선을 던졌다. 그의 쓸쓸한 미소는 차츰 진지한 표정으로 바뀌었다.

"어쨌든 여기는 바다 위야. 아무리 마음이 불편해도 아무도 도망갈 수 없어. 완벽한 밀실이지. 우리는 어쩌면 목격자로 불려왔을지도 몰라."

그렇다, 그 무렵에는 그것이 내 세상의 전부였다.

해는 없었다.

나는 그곳에서 해를 본 기억이 없다. 내 세상은 대부분 밤으로, 세상이 밤에 잠겨가는 짧은 황혼과 밤에 꼬리처럼 매달려 있는 아주 잠깐의 새벽으로 이루어져 있었다.

밤은 화려하고, 피곤하고, 얄팍하고, 무겁고, 번져 있었다.

꿈속에서처럼 붉은빛이 감도는 초롱불. 여자들의 교성과 흐느낌, 누군가의 욕설, 낮게 흐르는 노랫소리, 멀리서 천둥이 치는 소리가 곳곳에 꾸며진 작은 정원 위에서 느리게 빙글빙글 소용돌이치다 고여 갈 곳을 잃었다.

여자들이 있고 얼굴 없는 사내들이 있고 그림자처럼 오가는 늙은 이가 있고, 환하고 텅 빈 어둠의 밑바닥에서 그림자가 어른어른 흔들리고 있었다. 돌아가고 있었다. 꿈틀거리고 있었다.

사야코는 가끔 나를 달을 볼 수 있는 월관대에 데려가줬다.

그녀는 월관대라 불렀지만, 그곳이 원래 목적대로 사용되는 일은 거의 없었다. 평소 여자들이 속옷 빨래를 말리는 장소로 사용했기 때문이다. 아니, 어쩌면 원래 빨래 건조장인데 사야코가 잘못 알고 있었을지도 모른다.

어쨌든 좁다란 널빤지에 앉아 무너져가는 난간에 기대어 먼 곳을 내다보면 잠깐씩 기분 전환이 됐다. 사야코는 늘 말없이 먼 산 사이로 언뜻 보이는 바다를 시력이 나쁜 눈을 가늘게 뜨고 하염없이 바라봤다.

기억 속의 바다는 언제나 어두웠다. 먼 하늘에는 시커먼 비구름이 낮게 깔려 있고, 이따금 하늘에 금이 가듯 번개가 줄줄이 내리쳤나 싶으면 이내 사라졌다. 번개가 사라지고 나면 잠시 후 이번에는 배 속에 천둥소리가 울렸다. 나는 그 울림을 옴찔옴찔하면서 즐겼지만, 사야코는 반응은커녕 그 무시무시한 소리에도 눈 하나 깜짝하지 않았다.

저기는 어디야? 하고 나는 물었다.

저기라니? 하고 사야코는 무심하게 되물었다.

저 깜빡깜빡 빛나는 곳, 하고 나는 산 사이의 작은 삼각형을 가리켰다.

밤의 끝이야, 하고 사야코는 대답했다.

저기서 밤이 끝나.

그럼 여기는? 하고 나는 물었다.

여기라니? 하고 사야코는 또 무심하게 되물었다.

여기는, 하고 말하다 나는 말문이 막혔다. 그래서 뾰로통하게 대꾸했다.

여기는 여기지, 사야코랑 가즈에랑 후미코 씨가 있는 곳.

아, 그렇구나, 하고 사야코는 차갑게 말했다.

밤이 시작되는 곳이야. 여기에서 어두운 밤이 시작돼.

사야코의 대답을 듣자, 정말로 이 유곽의 창문이란 창문에서 어둠이 뿜어져 나와 하늘을 뒤덮는 모습이 눈에 보이는 듯한 기분이 들었다. 순식간에 짧은 황혼을 뒤덮고 점점 무거워지는 어둠이 유곽을 에워싸는 모습이.

그래서 내 세상은 언제나 밤이었다.

내 세 명의 엄마가 살고 있고 엄마들과 관련된 사람들이 살고 있는, 그 기묘한 유곽에서 시작되는 밤과, 밤이 끝나는 곳까지가 내 전부였다.

6 뱀 소굴

레스토랑에 들어가자 우리에게 쏠리는 사람들의 시선이 느껴졌다.

아니, 더 정확히 말하면 '나'에게 값을 매기는 예리한 눈초리를 느꼈다.

무리도 아니다.

숨을 깊게 들이마시고 각오를 다졌다.

나는 이 중에서 가장 나이가 어린 데다 어디서 굴러먹던 개뼈다귀인지 모를 여자다. 사회적으로는 사십 줄에 접어든 어엿한 중년이지만, 그들이 봤을 때는 아직 한참 모자란 여자애로 보이리라.

소설가로서는 업계에서 그럭저럭 중견이라 할 만한 위치지만, 주로 대중소설을 쓰지 그들이 읽을 법한 격조 높은 책은 쓰지 않는다. 그들이 나에 대해 모른다 해도 놀랄 것은 없다. 아무리 마사하루가 데려왔다고 해도 자신들의 소중한 《밤이 끝나는 곳》에 관한 이야기를 이 사람에게 쓰게 해도 되는가, 도대체 어느 정도의 '작가'인가, 제대로 공정하게 써줄 것인가, 실제로 쓸 능력이 되는가, 가십 수준의 폭로 책으로 만드는 것은 아닌가 등등 다양한 의구심을 품고 있음에 틀림없다.

오늘 밤 드레스 코드는 캐주얼이었지만 단정한 바지 정장을 입길 잘했다. 마사하루가 말쑥하게 차려입는 것을 좋아해서 거기에 맞췄는데, 다른 손님들을 살펴보니 모두 그런대로 격식 있는 옷차림을 하고 있어 만약 긴소매 셔츠에 청바지를 입었다면 나 혼자만 붕 떠 보였을 것이다.

나는 다른 손님에게 슬쩍 눈인사를 하고 되도록 자연스럽게 행동하면서 웨이터가 안내해준 안쪽 테이블에 마사하루와 마주 앉았다.

손님은 열 명 정도. 저마다 한가롭게 식사를 시작했다.

이 레스토랑은 스위트룸 고객만 이용할 수 있다. 전담 웨이터가 처음부터 끝까지 시중을 들어준다. 저녁 식사를 하려면 정해진 시간 내에 방문하면 된다.

널찍하고 세련된 공간에 테이블 간격이 여유 있어 다른 테이블의 손님과 대화를 하기에는 약간 거리가 있었다. 갑자기 집중포화를 받는 일을 피할 수 있었던 것이다. 나는 안도했다. 솔직히 식사 중에는 방해받고 싶지 않았다.

아마 그들도 마찬가지일 것이다. 식사하는 동안은 유예 시간인지 《밤이 끝나는 곳》의 관계자로 보이는 사람들도 말을 걸어오는 대신 마사하루에게 가볍게 손을 들거나 "왔군" 하고 인사를 건네는 정도였다.

"다행이야. 밥을 느긋하게 먹을 수 있을 것 같아."

내가 그렇게 속삭이자 마사하루는 히죽 웃었다.

"아니, 실은 다들 소설가가 와서 내심 흥미진진해하고 있어. 식사를 마치고 대화하기만을 고대하는 것처럼 보이는데."

나는 쓴웃음을 지었다.

하긴, 일상생활 속에서 소설가와 맞닥뜨리는 일은 웬만해서는 없으리라. 집에 틀어박히다시피 해서 일하고, 만나는 사람이라 봐야 편집자를 비롯한 출판사 사람뿐이다. 그들은 소설가라는 인종에 익숙하고 나도 그런 사람들과 함께 있는 세계에 익숙하지만, 가끔 업계 바깥 사람을 만나면 이들이 소설가에 대해 상당히 고전적이고 판에 박힌 이미지를 품고 있어서 놀라곤 한다.

샴페인 잔을 들어 건배하고 입에 머금은 순간 제대로 된 식사를 하는 것이 아주 오랜만임을 깨달았다. 몸속에 스며드는 드라이한 샴페인으로 인해 텅 빈 위장을, 배에 타기 전에 이것저것 신경 쓰고 처리하느라 스트레스 받은 가엾은 위장을 새삼 의식하게 됐다.

"마나베 자매는 알지?"

마사하루가 샴페인을 마시며 속삭였다.

조그맣고 정갈한 전채 요리가 나왔다.

아아, 제대로 된 밥이다.

잊고 있던 피로가 한꺼번에 몰려오는 것을 느끼면서 맞장구를 쳤다.

"응. 두 사람 다 미인이네. 당신하고 혈연관계는 아니라고 했지?"

"그래, 할머니가 데려온 자식의 딸이니까."

평범하게 대화하는 것처럼 하면서 자연스럽게 손님들을 확인했다. 우리 자리는 운 좋게도 레스토랑 전체가 보이는 위치에 있었다.

눈에 확 들어오는 두 사람.

마나베 자매는 실로 화려하고 관록이 있었다. 두 살 차이라고 하던데 나이 차는 거의 느껴지지 않는다. 쉰 살쯤 되었을 것이다. 몸집이 풍만하고 볼륨이 있지만 살쪘다는 인상은 없다. 오히려 복스러운 느낌이다. 두 사람 다 이목구비가 뚜렷하고 같은 브랜드로 맞춘 듯한 니트 앙상블이 잘 어울린다.

"누가 아야미 씨야?"

"겨자색 옷을 입은 쪽."

마사하루가 나를 쳐다본 채 대답했다.

변호사도 연기력이 필요한 직업이구나, 하고 생각했다. 사람들 눈에는 우리가 다른 손님에 관해 이야기하는 것처럼 보이지는 않으리라. 그의 연기력은 제법 괜찮았다.

겨자색 니트 차림으로 화이트 와인 잔을 들고 있는 아야미는 굵게 웨이브 진 단발머리를 하고 있었다. 어깨에 닿을 정도의 그 절묘한 머리 길이가 여성스러움을 강조하고 있다. 까맣고 숱이 많은 머리. 눈썹과 눈 화장은 예전 세대 여배우의 화장법 같아서 잠시 옛 생각이 났다. 우리 세대는 오직 자연스럽게, 보다 중성적인 화장법을 지향한 세대이기 때문에 여성의 아름다움을 제대로 연출해낸 것은 물론 그것이 시대에 뒤떨어져 보이지 않는 그녀가 조금 부럽기도 했다.

맞은편의 시오리는 밝은 보라색 니트 차림에, 과거 '울프 커트'라 불렸던 새기풍 헤어스타일이다. 마찬가지로 어깨 길이의 머리는 밝은 갈색으로 염색되어 있다. 광대뼈가 솟아 있어 아야미와는 다른 유형의 서양 미인 같았다.

둘이 별로 안 닮았네, 하고 생각했다. 오랜 세월을 함께 일하고 함께 살아와서인지 풍기는 분위기는 비슷하지만 얼굴 자체는 그리 닮지 않았다.

"별로 안 닮았네."

내가 느낀 대로 말하자, 마사하루는 알 수 없는 쓴웃음을 머금었다.

"그렇지, 뭐. 그 점에 관해서는 나중에 천천히 말하지."

그 점에 관해서. 마음에 걸리는 말이었다.

혹시 두 사람이 친자매가 아니란 건가. 설마.

마사하루는 이내 화제를 바꾸었다. 마나베 자매의 가정에는 어떤 사연이 있는 모양이지만 지금 설명할 생각은 없어 보였다.

"쓰노가에 감독과 아내인 시미즈 게이코는 알지?"

"응. 첫 영화의 조감독이었잖아."

"전처도 알아?"

"다마키 레이코?"

조용하고 별로 대화를 나누지 않지만, 예사롭지 않은 기운을 풍기며 식사 중인 부부.

일흔이 넘은 나이에도 탄탄한 체구를 유지하며 검은색 코듀로이 재킷을 걸친 소탈한 분위기의 남자가 쓰노가에 다다시 감독이다. 《밤이 끝나는 곳》의 영화 제작을 처음 시도했을 때는 조감독이었고, 당시 감독이었던 시라이 가즈요시와 함께 각본 작업에도 참여했다고 한다.

그는 첫 아내였던 배우 다마키 레이코를 당시 촬영 중에 사고로 잃었다. 그녀가 출연한 영화는 한두 편밖에 보지 않았지만, 요염하고 매혹적인 분위기의 배우였던 것으로 기억한다.

지금의 아내 시미즈 게이코는 주로 조연을 맡으며 차분하고 시원스러운 연기를 한다. 감독과의 나이 차이는 열 살 정도일 것이다. 엄청나게 말랐지만 쭉 뻗은 몸매에 자세가 꼿꼿해서 괜히 배우가 아니구나 싶은 생각이 들었다.

"감독님 멋있네."

"인기가 어마어마했던 모양이야."

"그랬을 것 같아."

심지어 직업은 영화감독이다. 여배우들이 끊임없이 몰려들었으리라.

"어, 그럼 우리 옆자리 부부가 프로듀서?"

"아니. 거긴 편집자. 프로듀서는 쓰노가에 감독 부부의 옆자리."

"편집자…… 아아, 《밤이 끝나는 곳》의 문고본을 만든 사람이구나."

우리 옆 테이블에서 화목하게 식사 중인, 그야말로 문화인의 분위기를 풍기고 있는 부부가 시마자키 시로와 그 아내 와카코인 모양이다.

시마자키 시로는 기존에 단행본으로 출간된 《밤이 끝나는 곳》의 문고본을 담당한 편집자로, 메시아이 아즈사를 만난 적이 있다고 한다. 이미 은퇴했지만 문학 출판 분야에서는 유명한 편집자다. 아내인 와카코도 다른 출판사의 편집자로, 오랫동안 여성지를 만들어왔다고 들었다.

"그러게, 듣고 보니 확실히 두 사람 다 편집자처럼 생겼어."

편집자에는 작가 뒤에서 그림자처럼 뒷바라지하는 유형과, 자기주장을 펼치면서도 작가를 이끌어나가는 유형이 있는데, 두 사람은 모두 후자인 '스타 편집자' 유형으로 보였다.

옆 테이블인 까닭에 대놓고 볼 수가 없어 잘 몰랐지만 사교적이고 명랑한 부부 같았다.

쓰노가에 감독 부부의 옆 테이블에 앉은 밋밋한 인상의 체격이 작은 부부. 나는 처음에 이들이 시마자키 부부인 줄 알았다.

하필 체격이 큰 쓰노가에 감독 부부 옆에 있어 더 작게 보이는지도 모른다.

예순은 넘었을 테지만 나이를 가늠할 수 없는 인상을 주는 남자. 너부죽한 네모난 얼굴에 가는 눈을 한, 표정을 읽을 수 없는 남자가

《밤이 끝나는 곳》의 두 번째 영화 제작을 시도했을 당시 프로듀서였던 신도 요스케다. 아내는 작은 체격의 남편보다 더 작고, 자그마한 얼굴에 역시 가는 눈을 하고 있다. 부부가 모두 무표정이다.

"흐음. 프로듀서 같은 느낌은 없네."

"프로듀서 같은 느낌이 어떤 건데?"

마사하루가 따져 물었다.

"밀어붙이는 힘이 있고 목소리도 크고 에너지 넘치는 느낌."

"보기와는 다를걸."

"그래?"

"나도 아직 제대로 얘기해보지 않아서 모르지만."

"저 할아버지는 누구셔?"

나는 혼자 식사 중인 노인에게 흘끗 시선을 던졌다.

레스토랑에 들어왔을 때부터 궁금했다.

한쪽에 지팡이를 놓고 니트 모자를 쓴 채 여유롭게 와인을 마시고 있는 그 노인은 상당한 고령이었다. 어쩌면 아흔 가까운 나이일지도 모른다.

몸은 깡말랐지만 매부리코가 돋보이는 단정한 얼굴은 꼭 서양인 같았다. 니트 모자 밑으로 보송보송한 흰머리가 펼쳐져 있는 모습은 판타지 소설에 나오는 마법사를 연상케 했다. 추운지, 코위찬 스웨터를 껴입고 목에는 머플러까지 두르고 있다.

"영화 평론가 다케이 교타로야."

"와, 저 사람이 그 사람이구나."

다케이 교타로는 50년 넘게 활동하는 영화 평론가다. TV 같은 미디어에는 잘 출연하지 않아 책과 잡지로만 이름을 접했다. 나이 들어서도 젊고 싱싱한 글을 쓰며 B급 영화도 차별하지 않고 영화라면 뭐든지 사랑하는 자세를 좋게 생각했다.

"어쩜, 정말 기뻐. 나 되게 팬이거든."

"나도 좋아해."

마사하루는 영화도 좋아한다.

"그런데 아주 별난 사람이라던데."

"혼자 온 거야?"

"아니. 남자 친구하고 같이."

"남자 친구?"

그 순간 잘못 들었나 싶었다. 그러나 마사하루는 고개를 작게 끄덕였다.

"저 할아버지, 게이야. 파트너하고 같이 왔는데, 출항할 때 싸워서 그 사람은 토라져서 계속 누워 있다나 봐."

"그렇구나. 몰랐어. 상대방은 나이가 어떻게 되는데?"

"엄청나게 젊은 모양이야."

다케이 교타로가 동성애자인 줄은 몰랐다. 놀랐지만 오히려 그 젊고 싱싱한 글의 비밀을 엿본 기분이 들었다.

"저 안쪽에 있는 두 사람은?"

"우리와는 상관없는 손님인데, 어떤 큰 절의 주지 스님과 수행원이라고 들었어."

누가 봐도 승려인, 중머리를 한 두 사람이 안쪽에서 묵묵히 식사를 하고 있었다.

한 사람은 일흔을 훌쩍 넘긴 듯한 작은 체격의 노인이고, 함께 있는 사람은 쉰 전후로 보이는 건장한 체격의 남자였다.

　승려 두 명이 와인 잔을 들고 프랑스 요리를 먹는 모습을 보니 어쩐지 묘한 기분이 들었다. 대처육식이라는 말을 지금도 쓰는지 모르겠다. 요즘 승려들은 반야탕으로 멋스러운 와인을 즐기는 모양이다.

　《밤이 끝나는 곳》의 관계자를 확인한 것만으로도 새로운 투지가 솟아났다.

　"어서 오십시오, 후키야 님. 음식은 입에 맞으십니까."

　위에서 부드럽고 나긋나긋한 목소리가 들려왔다.

　테이블을 차례로 돌고 있는 레스토랑 지배인이었다.

　서른 살쯤 되었을까. 젊은데도 매우 차분하고 아름다운 남자였다. '유키'라고 새겨진 명찰 옆에 소믈리에 배지도 달고 있다.

　"빈말이 아니라 정말 맛있네요. 고객층에 맞췄겠지만 프렌치인데도 건강한 메뉴로군요."

　마사하루가 활달한 말투로 소감을 말했다.

　"감사합니다. 가급적 염분을 줄이고 식재료에도 신경을 쓰고 있습니다."

　유키가 생긋 웃었다.

　그 말대로 대화에 열중하면서 먹기는 했지만 나오는 요리마다 맛이 고급스러웠고 칼로리를 줄인 것이 느껴졌다. 승객의 평균연령이 일흔에 가깝다면 그들의 건강을 고려한 메뉴로 구성하는 것은 당연하다.

　잠시 이런저런 이야기를 나눈 뒤 지배인은 다른 테이블로 향했다.

　"사람이 참 품위 있다."

　그 곧게 뻗은 뒷모습을 보면서 저도 모르게 중얼거리고 있었다.

　마사하루가 잔에 와인을 따르며 고개를 끄덕였다.

"부자들만 상대하다 보니 당연하다고 할 수 있지."

"부자라고 해서 품위 있다는 보장은 없지만 말이야."

"그야 그렇지."

마사하루는 어깨를 으쓱 추어올렸다.

허기가 가시고 배가 편안해지면서 뒤늦게 와인 맛이 느껴졌다.

'적'의 진용이 대강 파악되어 정신적으로도 편안해졌으리라.

"마사하루, 이번 여행은 누가 처음 제안한 거야?"

"글쎄, 나도 잘은 몰라. 쓰노가에 감독 부부와 평론가인 다케이 교타로가 옛날부터 친한 사이라, 언제 한번 다 같이 크루즈 여행을 가자고 한 게 계기가 됐을 거야."

"저마다 서로 안면이 있는 사이인 거네?"

"그럴 것 같긴 한데."

마사하루는 웨이터를 불러 와인 한 병을 추가로 주문했다.

"마나베 자매는 누구하고 아는 사이인 거야?"

"누나들 작품을 영상화한 관계로 신도 프로듀서하고는 친한 모양이야. 그리고 누나들이 워낙 메시아이 아즈사의 광팬이라 출판사 연줄로 시마자키 편집자와도 만난 적이 있다고 들었어."

"우아."

무시무시한 광팬의 열정.

"당신은 쓰노가에 감독이 권한 거야?"

"그래. 처음에 권한 건 마나베 자매였지만."

쓰노가에 감독과 마사하루는 먼 친척 관계다. 마사하루의 작은아버지가 감독의 법률고문을 맡고 있어 같은 변호사인 마사하루와도 자주 왕래했다. 무슨 이유에서인지 감독이 마사하루를 특별히 마음에 들어 한다고 한다. 마사하루는 상대가 누구든 일관적인 태도를 보이기에 위 세대 사람에게 건방지다고 욕먹는 일도 많지만 그만큼 예쁨을 받는 일도 많다.

"《밤이 끝나는 곳》이 실패한 역사를 되돌아본다, 뭐 이런 거 아니겠어? 어쨌든 아무도 영화를 완성한 적이 없으니까."

"그러네."

"죽은 사람도 많았고."

죽은 사람.

갑자기 눈이 뜨인 기분이 들었다.

사사쿠라 이즈미.

마사하루가 말한 '죽은 사람'에 그녀도 포함되어 있을까.

"실제로 몇 명이나 죽었을까."

은근슬쩍 속마음을 떠보았다.

마사하루는 새 와인을 잔에 따랐다.

"어디 보자. 첫 영화 제작 중에 여섯 명. 다음 영화 제작 중에 두 명. 공식적으로 알려진 건 이 여덟 명이지."

마사하루의 대답은 무난했다.

"어디까지를 피해자로 보느냐에 달렸겠지만."

그렇게 덧붙였다.

"공식적으로 알려지지 않은 사망자도 있다는 거야?"

"그렇지."

《밤이 끝나는 곳》은 영상화를 시도할 때마다 사망자가 나왔다.

첫 번째 영화 제작 당시에는 클라이맥스인 화재 장면을 찍을 때, 세트장에서 원인을 알 수 없는 불이 예정보다 빨리 나는 바람에 배우네 명과 스태프 두 명이 화재에 휘말려 사망하는 대참사가 발생했다. 주요 등장인물이 사망했기 때문에 영화는 완성되지 못했다.《밤이 끝나는 곳》에 모든 것을 걸고 자신의 프로덕션에서 영화를 제작한 시라이 감독은 거액의 부채를 떠안게 되면서 회사를 파산하게 만들었다.

영화가 두 번째로 제작될 당시에는 배우가 다른 배우를 죽이고 자살하는 일이 벌어져 촬영이 중단됐다. 이 영화의 필름도 창고에 처박히게 됐다.

재차 영화화 이야기가 나왔을 때부터 그렇지 않아도 첫 영화화 당시 참사의 기억이 되살아나 제작 현장에 불길한 그림자를 드리우고 있었는데, 이로써《밤이 끝나는 곳》은 '저주'에 걸렸음이 증명됐다.

그리고 5년 전에 영화 제작을 시도했을 때는 각본가가 각본을 완성한 직후에 자살하면서 다시 제작이 엎어졌다고 한다. 자살의 직접적인 원인이《밤이 끝나는 곳》때문인지는 알 수 없지만.

최근에도 CS 방송에서 드라마 제작이 진행되어 촬영을 거의 마쳤는데도 불구하고 카메라맨이 갑자기 사망하면서 또 완성을 포기했다는 소식을 들었다.

사망자를 겹겹이 쌓아 올림으로써 작품에 얽힌 전설과 '저주'의 효력을 견고하게 하는《밤이 끝나는 곳》.

역시 끌린다.

그렇게 인정하지 않을 수 없다. 사람은 꺼림칙한 것에 홀리고 불길한 것에 끌려가는 법이다.

"마사하루, 그럼 이따 라운지에서 봐."

향긋한 향수 냄새가 코끝을 스쳤다.

화려한 바람이 옆을 지나간다.

먼저 식사를 마친 마나베 자매가 레스토랑을 나가려던 참이었다.

"오케이."

마사하루가 의젓하게 손을 들어 대답했다.

나는 황급히 고개를 끄덕여 인사했지만 아야미가 매력적인 미소로 답하는 것이 언뜻 보였을 뿐이었다.

두 사람이 모습을 감춘 뒤에도 그 눅진한 미소가 우리 테이블에 떠돌고 있는 듯한 기분이 들었다.

"나중에 보자고."

이어서 쓰노가에 감독 부부가 인사를 남기고 갔다.

이번에는 마사하루와 함께 타이밍을 놓치지 않고 인사를 할 수 있었다.

"드디어 나갈 차례로군요, 작가 선생님."

마사하루가 내 잔에 와인을 따랐다.

"이거 마시고 가도 되지?"

"물론이지. 천천히 쉬다 가자. 다른 사람들도 어차피 라운지에 곧바로 가지는 않을 거야. 9시쯤 가면 되겠지."

"기름 채우고 가야겠다."

"그래야지. 뱀 소굴에 뛰어드는 거나 마찬가지니까. 힘내자고."

뱀 소굴.

마사하루가 왜 그런 표현을 썼는지는 몰랐지만 지금 우리 상황을 잘 나타내는 말처럼 느껴졌다.

7 게임의 규칙 ────────────

고즈에는 취미와 실익을 겸해 문장독본이나 소설 작법 같은 책 읽기를 좋아한다.

이른바 작가성이 강한 예술가 유형의 소설가라면 남의 책이나 글솜씨에 전혀 신경 쓰지 않는 사람도 많겠지만, 이와 달리 장인 유형의 소설가를 추구하는 고즈에는 남이 글을 어떻게 쓰는지 관심이 있는 데다 기법적인 면에서 참고할 만한 것이 있으면 순수하게 적용해 보고 싶다고 생각한다.

소설가로서 후키야 고즈에는 업계에서 사회성과 시사적인 소재를 시의적절하게 적용해 단정한 대중소설을 쓴다는 평가를 받고 있다. 테마성이 강한 소설이 많기 때문에 일명 '시리즈 캐릭터'는 갖고 있지 않다. 이런 소설은 사회와 기술의 변화 속도가 빨라진 지금처럼 작품의 유통기한도 점점 짧아지고 있어서, 자신이 죽은 후에는 세상에 남지 않을 거라고 스스로를 평가했다. 고즈에는 그래도 상관없다고 생각하며 자신이 흥미를 느끼는 테마의 주변을 탐색하고, 재미있는 읽을거리를 제공하는 데 의의를 두고 만족하고 있다.

취재나 자료 조사는 익숙하기 때문에 이번에 여러 사람에게 이야기를 듣는 것에 기술적으로는 문제가 없었다. 그러나 전에 없이 불안을 느낀 이유는 신주쿠의 선술집에서 유키히로도 우려했듯이 취재 상대와 테마가 평소와는 전혀 다를뿐더러 테마 자체가 너무 막연해서 무슨 질문을 해야 할지 모르기 때문이었다. 조사한 내용을 토대로 플롯을 짜나가는 방법은 통하지 않을 테고, 애초에 어디를 착지점으로 하면 좋을지 짐작도 되지 않는다.

《밤이 끝나는 곳》에 관한 자료가 적다는 사실도 원인 중 하나다.

완성되어 개봉된 영화라면 다양한 데이터베이스에 남아 있지만, 미완성, 미개봉 영화는 자료랄 것도 별로 없는 데다 그나마 있는 자료도 흩어져 없어진다. 그런 까닭에 이 영화는 그동안 전혀 인지되지 않았다.

저주받은 노래나 휴대폰 등 갖은 수단을 동원해 십 대들의 관심을 끌 만한 소재를 찾고 있는 지금 시대라면 오랜 세월에 걸쳐 증명된 진짜 '저주받은 영화'에 관심을 가지는 사람이 나와도 좋을 법하지만 이 영화에 관해 제대로 쓰인 책은 한 권도 없다. 고즈에가 찾은 범위 내에서는 기껏해야 영화감독에 관한 책이나 논문에서 잠깐 언급하거나 전혀 검증되지 않은 도시 전설 책에 나와 있는 정도였다.

제작이 중단되었다고는 하나 몇 번이나 영상화가 기획된 작품의 작가인데도 메시아이 아즈사에 관해서는 더욱 절망적이다. 수수께끼가 많은 인물이기도 한 탓에 평전도 연구서도 본격적인 것은 전혀 없다. 이미 잊힌 작가라고 해도 될 정도다.

이 제재가 어쩌면 아무도 알아채지 못한 광맥일 가능성도 있다. 발표하면 화제에 올라 창고에 처박혀 있는 영화가 주목을 받을지도 모른다. 고즈에는 글 쓰는 사람으로서 새로운 영역을 개척했다는 평가를 받고 싶었다. 그런 욕망이 없다고 하면 거짓말이다. 어느 정도의 위치와 고정 팬을 확보한 중견 작가는 좀처럼 서평에서도 다루어 지지 않게 되고, 얄궂게도 그럭저럭 평균 수준의 내용의 책을 꾸준히 내는 작가일수록 그런 경향이 뚜렷하다. 세상이 요구하는 것은 '거장이 오랜 침묵을 깨고 세상에 내놓은 문제작'과 '혜성처럼 나타난 경이로운 신인의 화제작'의 두 종류뿐이다. 소설가와 소설가 지망생이 세상에 넘치도록 많은데도 각 출판사가 늘 혈안이 되어 신인을 찾고 있는 것은 계속해서 글을 쓰며 작가라는 직업을 유지하는 것이 얼마나 어려운지를 증명한다. 어쨌든 그들은 거장의 침묵 기간을 메우는 책도 내야 한다.

고정팬이 붙는다는 것은 다른 층의 독자를 신규로 확보하는 것이 어려워진다는 뜻이기도 하다. 《밤이 끝나는 곳》을 테마로 책을 씀으로써 지금까지와는 다른 독자를 만나고 지금까지 고즈에의 소설을 읽어온 독자에게도 신선함을 줄 수 있을지도 모른다.

한편으로는 유행에 편승해 비극적인 실화를 소재로 싸구려 책을 썼다고 비난받을 가능성도 있다. 시대에 맞는 이른바 최신 화제를 테마로 다루어온 고즈에가 하필이면 케케묵은 괴담에 손을 댄 것을 후퇴 혹은 게으름으로 간주해 이 한 작품 때문에 환멸을 느낄지도 모른다. 흔히 하는 말처럼 신뢰를 쌓으려면 오랜 시간이 걸리지만 한순간에 신뢰를 잃기도 한다.

어찌 됐든 간에 이번 기획은 도박이다.

의식의 어딘가에서 그런 것을 어렴풋이 생각하면서도 고즈에는 눈앞에 있는 사람들이 끊임없이 던지는 질문에 재치 있게 대답하고 있었다.

대형 시중은행에서 5년쯤 근무한 뒤 금융업계지를 발행하는 곳에 기자로 이직하고 얼마 후 대중소설 문예지 신인상을 받으며 이 세계에 들어왔다는 것. 소설가로서의 일상과 업계의 뒷이야기.

생각보다 긴장은 하지 않았다. 자신의 경력과 답변이 신뢰를 받으리라는 자신도 있었다. 느긋하게 식사한 덕분에 마음이 안정되었고 술을 마시기도 한 데다 파란색 계열로 통일된 라운지가 편안하고 아늑했다. 다른 사람들도 마찬가지인지, 다짜고짜 물어뜯는 일 없이 모두 편안하고 우호적으로 고즈에를 대해줬다. 이 상태라면 오늘 밤은 고즈에의 호구조사를 하다 끝날 듯했다.

그나저나 고즈에는 라운지에 들어왔을 때부터 자신이 집중하고 있지 않다는 것을 느꼈다.

마음이 딴 데 가 있는 듯한 이 느낌은 뭘까.

고즈에는 슬쩍 주위를 둘러봤다.

고객층의 대부분이 고령인 탓인지, 라운지에서 술을 마시는 손님이 적었다. 고즈에 일행을 제외하면 부부 두 팀이 멀찍이 떨어진 곳에서 술잔을 기울이고 있을 뿐이었다.

서비스 직원은 관리자급을 제외하고 거의 외국인이었다. 거무스름한 피부와 땅딸막한 체구의 붙임성 있는 필리핀 사람이나 구소련의 위성국인 동유럽 출신 여성이 많았다. 이 라운지에서도 직원은 카운터 안에서 술을 만드는 필리핀인 남성 한 명과, 주문을 받고 술을 나르는 젊은 우크라이나인 여성의 두 명뿐이었다.

뱀 소굴에 뛰어들어놓고 나는 대체 뭐에 정신이 팔려 있는 걸까.

"마사하루하고는 어떻게 만났나?"

갑자기 들어온 변화구에 고즈에는 정신이 번쩍 들었다.

질문을 한 사람은 쓰노가에 감독이었다. 문득 그의 얼굴을 보니 그 눈빛이 예상 외로 진지해서 내심 당황했다.

"어, 그러니까."

고즈에는 말을 더듬다 얼결에 마사하루를 쳐다봤다.

마사하루는 어깨를 추어올리고 우스꽝스러운 표정으로 재킷의 가슴 부분에 손을 갖다 댔다.

"그래그래, 나도 어떻게 만났는지 궁금해."

아야미가 눈을 환하게 반짝이며 몸을 내밀었다.

고즈에는 속으로 쓴웃음을 지었다. 마나베 자매는 이때까지만 해도 미소를 머금고 고즈에의 이야기를 듣고 있었으면서도 역시 해도 그만 안 해도 그만인 업계 이야기와 고즈에의 경력에 관한 이야기가 지루했던 것이리라.

세상에는 두 사람이 어떻게 만났고, 또 어쩌다 사귀게 되었는지를 유독 궁금해하는 사람이 있다. 아무래도 그녀가 그런 사람인 모양이다.

"원래 아는 사이이긴 했어요."

고즈에와 마사하루는 눈짓으로 서로에게 떠넘겼다. 먼저 단념한 마사하루가 입을 열었다.

"어디서? 대학, 은 아니지?"

아야미가 자연스럽게 지적했다.

마사하루는 고개를 끄덕였다.

"고등학교 선배가 이 사람이 들어간 은행에 근무했는데, 인사이동으로 같은 팀이 되었어요. 그래서 우연히 같이 술자리를 몇 번 가졌죠."

"그랬구나. 그때 인상은 어땠어?"

아야미의 흥미진진해하는 시선이 고즈에에게 대답을 요구하고 있었다.

고즈에는 경계하면서 조심스럽게 대답했다.

"재미있는 사람이라는 느낌이었어요. 처음 만났을 때 서로 이미 결혼한 상태였고요."

지금까지의 경험으로 봤을 때 양쪽 다 재혼인 부부가 예전부터 서로 알고 지냈다고 하면 전 배우자가 있었을 때부터 사귄 것이 아니냐는, 쉽게 말해 불륜 관계가 아니었나 하는 속된 의문을 품는 사람이 꽤 많았다.

"마사하루는 결혼을 이른 나이에 했지. 졸업하고 바로였지? 보통은 사법시험에 합격하고 나서 결혼하던데, 아직 재수 중인데 결혼한다고 해서 얼마나 놀랐는지 몰라."

시오리가 말했다.

"그건, 왜 있잖아."

아야미가 고개를 끄덕여 보인다.

"이즈미 씨가 대학생 때부터 방송 작가와 드라마 극본으로 돈벌이를 했으니까 그래도 됐던 거지."

그 이름이 지닌 파괴력은 엄청났다.

순간 사람들은 번개라도 떨어진 듯 격하게 동요했다.

고즈에는 포커페이스를 유지하려고 했지만 저도 모르게 반응하고 말아 속으로 혀를 차야 했다. 그 모습을 아야미가 놓치지 않은 것, 그 반응에 만족스러운 표정을 지은 것도 분했다.

마사하루 혼자만 아무렇지도 않은 듯했다.

"그렇지. 사법연수생이 될 때까지 나는 기둥서방 같은 거였지."

가슴을 벅벅 긁으면서 느긋한 어조로 고개를 끄덕인 마사하루를,

아야미가 빤히 쳐다보더니 이윽고 시선을 돌렸다.

아, 그렇구나.

고즈에는 그제야 위화감의 정체가 어렴풋하게나마 짐작이 갔다.

다케이 교타로가 없다. 그 강렬한 개성을 뽐내는 영화 평론가 할아버지. 하긴, 최고령인 만큼 라운지에서 술을 마시기에는 몸이 따라주지 않으리라. 벌써 잠자리에 들었을까. 아니면 파트너와의 관계 회복에 힘쓰고 있을까.

그러나 그뿐만이 아니다. 그 밖에도 위화감이…….

"설마 마사하루가 고즈에 씨의 이혼 변호사로 일했던 거야?"

그렇게 질문한 사람은 시오리였다. 동생인 시오리가 더 표정의 변화 없이 담담한 태도를 보이고 있고, 아야미처럼 심리적인 밀고 당기기를 강요하지 않아 마음이 놓였다.

마사하루는 이번에야말로 호들갑스레 고개를 저었다.

"아니야, 무슨. 그런 드라마 같은 얘기가 아니라니까."

"일단 전남편하고는 원만하게 헤어졌거든요."

고즈에도 웃어 보였다.

원만. 고즈에는 그 말을 냉담한 마음으로 되뇌어본다. 사내 결혼을 한 남편이 언젠가부터 대학교 후배와 사귀더니 임신을 시키고 그 아이의 아버지가 되는 길을 선택한 것. 원만. 공동 명의로 장만한 아파트를 고즈에의 명의로 하는 대신 위자료를 청구하지 않겠다고 약속하게 한 것. 원만. 임신시킨 여자의 아버지가 가나가와현에 부동산을 많이 보유한 자산가인 까닭에 딸에게 요코하마의 고급 아파트를 떡하니 증여했다는 소식을 듣고, 불쌍한 표정으로 "아파트는 당신한테 양보할게" 하고 큰 은혜를 베푸는 양 생색을 내던 남자에게 화가 나는 것을 넘어서 어이가 없었던 것. 이 모든 일이 원만했다.

"서로 혼자가 되고 나서, 아까 말한 선배가 데려갔던 술집의 단골로 다시 만나게 된 거예요. 다 그런 거죠, 뭐."

마사하루는 이 이야기를 끝맺고 싶은지 부드럽게 그렇게 잘라 말했다.

고즈에는 마사하루의 설명이 맞기는 하다고 생각했다.

다만 그의 설명은 많은 부분을 생략하기는 했지만.

거짓말을 하면 안 돼.

돌연 고즈에의 머리에 마사하루의 목소리가 울렸다.

언제 나눈 대화였더라.

문득 코끝에 독한 담배 냄새가 되살아났다.

그 무렵 마사하루가 피웠던 담배. 깊은 밤의 바 카운터.

마사하루가 담배 연기가 가는 곳에 눈길을 주면서 말하고 있다.

거짓말을 하면 안 돼. 하지만 묻지 않은 것에는 대답하지 않아도 되고 굳이 불리한 정보를 제공할 필요도 없어.

협상의 기본. 그런 이야기였던 것 같다.

이혼하기 전에 들었으면 좋았을 것을, 하고 고즈에는 대답했다.

마사하루는 하하하, 하고 해맑게 웃었다.

전남편도 거짓말은 하지 않았다. 마사하루가 말하는 '협상의 기본'을 그도 알고 있었던 것 같다. 아파트를 양보한다는 말은 사실이었고, 적잖은 액수의 계약금을 지불한 것은 그의 아버지였기 때문에 '미안해서' 고즈에에게 재산을 넘긴다는 말도 거짓은 아니었으리라. 요코하마의 억 소리 나는 아파트가 공짜로 생긴다는 것을 고즈에에게 알려줄 필요는 없고, 자신이 대출금을 갚아나간 기간이 매우 짧은 아파트를 포기하는 것도 실은 별로 아깝지 않다는 것도 알려줄 필요는 없다. 아깝지 않은 아파트를 넘김으로써 위자료를 지불하지 않아도 된다면 더욱 그렇다.

"어떤 식으로 진행하면 좋을까."

자신이 또 멍하니 있음을 깨달은 고즈에는 고개를 들어 시오리의 얼굴을 정면으로 봤다.

왠지 모르게 흠칫 놀랐다.

역시 이 사람은 언니와 전혀 닮지 않았다.

그 생각이 가장 먼저 들었다.

다음으로 재빨리 시오리가 한 질문이 무슨 뜻인지 생각했다. 《밤이 끝나는 곳》에 관해 이야기하는 모임'을 앞으로 어떻게 진행할지에 대해 물었다.

"글쎄요."

고즈에는 자신이 신중하게 생각 중인 표정을 제대로 짓고 있기를 기도하면서 주위를 빙 둘러봤다.

"내일 오전에 제가 진행을 맡을 테니 여러분은 기억하고 계신 이 야기를 자유롭게 해주셨으면 해요. 이야기를 나누면서 여러 가지로 의문이 들었던 점들을 뽑아서 목록을 만들겠습니다. 그런 다음에 한 분씩 따로 인터뷰를 진행하려고 하는데, 어떠신가요?"

이의는 없는 모양이었다.

아니, 그렇다기보다 다들 첫 모임에 참석하느라 피곤했는지 슬슬 해산하고 싶다는 마음이 표정에 떠올라 있었다. 시오리는 그런 낌새를 감지하고 자연스럽게 마무리할 분위기를 조성한 것이다.

"어디서 하지?"

"여기는 낮에도 열려 있으려나?"

삼삼오오 떼 지어 일어나면서 말을 주고받고 있었다.

"바다가 보이는 쪽의 라운지라면 열려 있을 것 같은데."

"모임이야 어디서든 가능하지."

"예예, 잘 알겠습니다."

"다들 편히 쉬세요."

고즈에는 자리를 뜨는 《밤이 끝나는 곳》의 관계자들의 표정을 보고 있었다.

취재는 끝나고 나서가 진짜 시작이다, 라고 선배 기자가 가르쳐준 적이 있다. 취재를 마친 뒤 노트를 덮고 나서 듣는 이야기야말로 진심이다, 의자에서 일어날 때의 표정과 응접실에서 나갈 때의 표정이 중요하다고 배웠다.

실제로 취재가 끝나고 나서 이야기가 활기를 띤 적도 많았다. 취재한 시간보다 훨씬 긴 시간을 대상자와 이야기한 적도 적지 않다. 누구나 마이크와 노트가 앞에 있으면 긴장할 수밖에 없고 저도 모르게 경계하기도 하지만, 마이크 스위치가 꺼지고 노트가 덮이면 안심이 되어 꾸밈없는 맨얼굴을 보이게 되는 법이다.

하지만 과연 노련한 그들은 온화한 표정을 흐트러뜨리는 일 없이 고즈에가 읽을 수 있는 맨얼굴을 보이는 일도 없었다.

"다케이 평론가님은 이미 잠자리에 드셨나요?"

고즈에는 누구에게랄 것도 없이 물었다.

그 말을 들었는지 시미즈 게이코가 고즈에를 돌아봤다.

"다케이 평론가님은 다섯 시간 단위로 생활을 하시거든."

"다섯 시간 단위로요?"

"다섯 시간 동안 잠을 자고, 다섯 시간 동안 깨어 계시지. 대충 그런 페이스로 생활하신다고 들었어. 아마 지금은 잠자는 시간일걸. 그래서 엉뚱한 시간에 기운차게 활동하셔서, 잘 모르는 사람은 당황하기도 해. 아무튼 그런 분이야."

"계속 그런 식으로 생활하시는 건가요?"

"젊었을 때는 전혀 잠을 이루지 못하셨던 모양이야. 그랬는데 나이가 들면서 활동 시간과 수면 시간의 길이가 점점 비슷해진 거래."

효율이 좋은지 나쁜지 알 수 없다.

줄줄이 라운지를 나가는 관계자들을 배웅한 뒤 고즈에는 피로가 한꺼번에 몰려오는 것을 느꼈다.

"수고했어."

마사하루가 말했다.

"방으로 갈 거야?"

"여기서 한잔하고 가지. 별로 마신 것 같지가 않아서."

덩그러니 남겨진 고즈에와 마사하루는 테이블을 정리 중인 여성 직원에게 위스키를 온더록스로 주문했다.

어느덧 다른 손님들도 방으로 돌아갔는지, 파란 공간에는 두 사람만 남겨졌다.

조용한 밤. 역시 흔들림은 거의 느껴지지 않는다.

"어때? 사람들이 나, 받아들여줬을까?"

"기꺼이."

마사하루는 위스키를 단숨에 들이켰다.

"정말?"

"정말. 만약 당신이 마음에 들지 않았으면 마나베 자매는 진작 소파를 박차고 방으로 갔을 거야."

도발하는 듯한 아야미의 눈빛과 무표정한 시오리의 눈빛이 머릿속에 되살아났다.

지금 여기서 물어야 한다, 하고 고즈에는 스스로를 타일렀다.

사사쿠라 이즈미가 《밤이 끝나는 곳》의 시나리오를 썼다는 사실을 왜 알려주지 않았는지, 그에게 물어야 한다면 적당한 때는 지금뿐이다.

그러나 문득 가슴에 손을 갖다 댄 마사하루를 보고 줄곧 느끼고 있었던 위화감의 정체를 깨달은 순간, 그 일은 고즈에의 머리에서 사라졌다.

"마사하루, 당신. 혹시."

"응?"

"보이스리코더?"

"용케 알아냈네."

마사하루의 태연한 모습에 고즈에는 경악했다.

마사하루가 재킷 안쪽에 손을 넣었다. 보이스리코더를 정지한 모양이다.

그는 대화를 녹음하고 있었던 것이다.

고즈에는 당황했다.

"세상에. 녹음할 거면 한다고 사람들한테 말했어야지."

요즘 보이스리코더는 성능이 좋아서 주머니에 넣고 있어도 아주 세세한 소리까지 잡아낸다.

고즈에의 뇌리에 이야기하면서 자꾸 가슴에 손을 대던 마사하루의 모습이 되감아졌다.

아, 그래서였구나.

"당신이 자꾸 가슴에 손을 대길래, 혹시 가슴이 답답한 건 아닐까, 몸 상태가 나쁜 건 아닐까 걱정했잖아."

무의식중에 줄곧 그 일에 신경을 쓴 것이 고즈에에게 위화감을 주었던 것이다.

"녹음해도 되냐고 묻는 게 예의잖아. 처음부터 계속 틀고 있었던 거야?"

"응. 그런가, 내가 가슴에 손을 대고 있었다니. 나도 모르게 신경이 쓰였나 봐. 앞으로는 조심해야겠어."

마사하루는 고즈에의 말에 귀를 기울이지 않았다.

그러나 고즈에가 혼란스러운 표정으로 자신을 보고 있음을 알고 조용히 말했다.

"내 개인적인 자료야. 다른 사람에게 들려줄 생각은 없어. 나 혼자 듣고 이 배에 있는 동안에 전부 삭제할 거야."

온화하긴 해도 결코 양보하지 않겠다는 표정이었다.

전부 삭제할 거야.

고즈에는 그 말이 꽤히 불길하게 들렸다.

마사하루는 뭘 삭제하고 싶은 걸까. 뭘 바라서 여기에 온 걸까.

위스키 잔을 테이블에 내려놓자 얼음이 달그락 하는 메마른 소리가 났다.

두 사람은 누가 먼저랄 것도 없이 자리에서 일어났다.

"마사하루, 여기 계산은?"

"방에 달아놓자."

선내에서는 기본적으로 외상으로 하면 되고 식사는 여행 대금에 포함되어 있다. 술은 별도로 지불하지만 그때마다 현금으로 지불해도 되고 배에서 내릴 때 신용카드로 정산해도 된다. 인터뷰할 때의 음식 값은 고즈에가 경비로 처리할 예정이다.

나 혼자 듣고, 전부 삭제할 거야.

객실로 돌아가는 고즈에의 머릿속에 '삭제'라는 말이 끝없이 울려 퍼졌다.

8 밤의 시작 ────────────

나는 쥐 죽은 듯 고요한 선내를 혼자 작은 토트 백을 들고 걷고 있었다.

자정까지 열려 있는 대욕장으로 향하는 중이었다.

꼭대기 층 가까이에 있는 대욕장은 창문이 크고 전망이 좋다. 운 좋게도 아무도 없어 전세를 낸 기분이었다. 이 크루즈 여행의 고객층으로 봤을 때 더 이른 시간에 손님이 몰릴지도 모른다. 이런 식으로 대욕장이 갖춰진 점이 그야말로 일본 배답다. 방에도 조립식 욕실에 딸린 욕조가 있긴 하지만 여행지에서는 널찍한 탕에 몸을 담그고 싶어진다. 온천을 좋아하는 일본인의 DNA 때문일까.

물론 이곳은 온천은 아니지만 넓은 욕조에 몸을 담갔더니 절로 "아아" 소리가 나면서 피로가 한꺼번에 몰려왔다.

밤을 새우다시피 일한 뒤 작업실을 뛰쳐나와 급하게 신칸센을 타고 간신히 몸을 가누며 배에 올라탄 것이 까마득한 옛날 일처럼 느껴졌다.

욕조 속에 가만히 있는데 탕의 표면이 천천히 흔들리는 게 보였다.

지진으로 건물의 고층부가 흔들릴 때와 같은 원리로, 이곳은 선내에서 11층에 해당하기 때문에 아래층보다 흔들림이 컸다.

태평양 쪽을 향한 넓은 창밖을 봐도 캄캄해서 아무것도 보이지 않는다. 같은 칠흑인데도 밀도의 차이로 왠지 모르게 수평선이 분간된다는 것이 신기할 따름이다.

여기에서 어두운 밤이 시작돼.

문득《밤이 끝나는 곳》등장인물의 대사가 떠올랐다.

밤은 어디에서 시작되는 걸까.

창문 너머를 물끄러미 바라본다.

비행기 여행은 밤의 끝과 시작이 뚜렷하다. 열 시간쯤 타면 밤을 앞질러 밝은 하루가 시작되는 것을 목격할 수 있다.

그 반면 배 여행은 호흡이 완전히 다른 여행이다. 오히려 얼마나 서두르지 않는가에 중점을 두기 때문이다. 여기서는 하루가 길고, 밤도 평소보다 더 길게 늘여지는 듯한 기분이 든다.

마사하루의 차분한 표정이 머리에서 떠나질 않았다. 자꾸만 가슴에 손을 대는 동작도.

그가 무엇에 집착하고 있는지, 무엇을 꾸미고 있는지 생각하면 흐릿한 불안이 엄습해온다. 이번 여행이 기획된 것부터가 내가 모르는 사정이 많이 있음을 보여주는 것 같다. 하지만 아까 그 태도로 봐서 그는 아직 그 일을 언급할 생각이 없는 것 같았으니 어쨌든 나는 내 일을 할 수밖에 없다.

조용하다, 하고 생각했다.

바다 위, 그것도 공중에서 따뜻한 탕에 몸을 담그고 있다고 생각하면 묘한 기분이 들었다.

탕 속에서 몸을 쭉 펴고 머리를 욕조 가장자리에 올려놓고 천장을 바라본다.

아까 아야미 일행과 이야기하다 전남편의 기억을 떠올린 것과, 이즈미의 이름이 나온 순간 내가 반응했을 때의 아야미의 만족스러운 표정이 겹치면서 미묘하게 불쾌한 기분이 오래가고 있었다.

오늘 마사하루가 찬 손목시계가 전남편이 좋아한 스위스 브랜드였던 것도 한몫 거들었다. 물론 모델은 다르지만, "에헤헤, 사버렸어" 하는 그 남자의 목소리가 귓가에 되살아나 점점 더 혼자서 불쾌해졌다.

전남편인 고이치가 다른 여자를 임신시켰다는 사실을 알았을 때 내게 미안해하는 기색을 보인 것은 시아버지였다(고 생각한다). 고이치도 민망해하긴 했지만 못된 장난을 하다 들킨 어린아이 같은 표정이었고, 그가 많이 닮은 시어머니는 아들의 외도를 주변 사람들에게 어떻게 설명하면 좋을지에 정신이 팔려 있는 것 같았다.

우리 며느리는 학벌도 좋고…… 요즘 젊은 여자들은 자기 직업을 가지려고 하니까…… 그래도 네가 고이치를 더 잘 챙겨주고 빨리 아이를 가졌으면 이런 일은.

우물거리다 마지막 말을 삼킨 것으로 보아 주변 사람들에게 '아들은 가정을 돌보지 않은 아내의 희생자이기 때문에 밖에서 아이를 만든 것도 무리는 아니다'라는 설명을 하기로 결심했다는 것을 알 수 있었다.

한편 시아버지는 이 이혼 이야기를 현실적인 관점에서 보고 핵심을 찔렀다.

애야, 너 돈은 괜찮니?

나는 시아버지가 무슨 뜻으로 한 말인지 바로 알아들었다.

네, 제 명의로는 대출 받지 않았어요. 보증도 서지 않았고요.

그럼 됐다.

시아버지는 그 순간 조금 안도한 듯한 표정을 지었다. 그 얼굴을 보고 '불행 중 다행'이라는 말이 떠오른 것을 기억한다.

고이치는 낭비벽이 있었다.

평소 생활하는 데는 영향이 없었다. 미식가도 아니었고 옷이나 신발에 빠진 것도 아니었다. 그러나 손목시계라면 사족을 못 썼다. 유리 너머로 자잘한 부품이 뒤죽박죽 채워져 있고 구석에서는 뭔가가 앙증맞게 움직이고 있어, "그래서 지금 정확히 몇 시인 건데?" 하는 말이 목구멍까지 차오를 법한 그 크고 까만 손목시계. "에헤헤, 사버렸어"라는 말에 이어 2백만 엔이라는 가격을 듣고 나는 경악했다.

시중은행에 다니는 서른 안팎의 남자가 아무리 동세대 평균보다 벌이가 좋다고 해도, "사버렸어"라는 말로 넘어갈 수 있는 액수가 아니었다. 그런 돈이 어디서 났느냐고 따지자, "파친코에서 번 돈으로 해결하면 되지"라는 대답이 돌아왔다. 지금은 리볼빙 결제라는 것도 있잖아, 하고 덧붙이기도 했다.

심지어 그런 적이 한두 번이 아니었다. 보상 판매를 받은 것도 아니어서 손목시계는 계절이 바뀔 때마다 늘어났다. 아무리 생각해도 다 합하면 그의 연봉을 웃도는 액수였다. 맞벌이라 다달이 나가는 아파트 대출금은 고이치가, 생활비는 내가 부담하기로 했다. 취미에 드는 비용은 각자의 수입 내에서 알아서 하는 것이 규칙이었지만, 고이치의 '취미'가 어마어마하게 비싼 것에 위기감을 느꼈다. "구입하기 전에 의논 좀 해"라고 누누이 말했지만, 아무렇지 않아 하는 고이치를 보다 보니 솔직히 점점 무서워졌다. 그 금전 감각으로 보아 그가 사채에도 손을 댔다는 생각을 하지 않을 수가 없었다.

고이치가 나와 이혼할 수밖에 없었던 큰 이유 중 하나는 어쩌면 그 여자에게 거액의 빚을 졌기 때문일지도 모른다는 생각이 들었다. 당시 시아버지도 같은 의심을 했던 것 같다. 시아버지와 나는 서로 말은 안 했지만 금전적인 피해가 없어 그나마 '불행 중 다행'이라고 가슴을 쓸어내렸다. 아파트를 내게 넘기라고 주장한 것도 시아버지였다고 들었다. 아파트 계약금을 낸 시아버지로서는 이대로 가다가는 아들의 빚 때문에 아파트가 담보로 넘어갈까 봐 걱정했을지도 모른다.

같은 브랜드의 손목시계라도 마사하루가 손목에 차고 있던 것은 훨씬 심플한 디자인이었다. 다행이야, 평범한 시계도 만드는구나, 하는 생각에 괜히 웃음이 났다.

"그거, 어디서 난 거야?" 하고 묻자, 사법시험에 합격했을 때 쓰노가에 감독이 선물해줬다고 대답했다. 그래서 일부러 이번 여행에 차고 온 것이다. 과연, 이게 바로 고급 시계를 정상적으로 갖게 되는 방법이구나 싶었다.

직업상 다양한 업계 사람과 관계를 유지하는 것이 중요하기 때문에 나는 고이치와 헤어진 뒤에도 은행 동료들과 정기적으로 만나서 업계 이야기를 들었다.

자연스레 고이치의 소식도 접했다.

최근에 들은 바로는 고이치는 데릴사위나 마찬가지로, 고이치의 본가와 처가는 왕래가 끊기다시피 해 고이치의 어머니는 손주 얼굴도 제대로 못 본다며 화가 머리끝까지 났다고 한다. 그리고 낭비벽은 웬만해서는 고치기가 어려운 법. 고이치는 처가가 자산가인 것을 이용해 시계 컬렉션을 더욱 풍성하게 했고 그 상상을 초월한 액수에 돈줄을 쥐고 있던 장인이 격노해 그의 신용카드를 빼앗고 칩거 생활을 강요했다고 한다. 그것을 알게 된 고이치의 어머니는 고이치를 탓하는 대신 '고이치의 돈 씀씀이를 수상히 여겼음에도 불구하고 아무런 조언도 하지 않은 데다 고이치가 장만한 아파트를 약아빠지게 홀랑 가져가버리기까지 한 전처'인 나를 원망하고 있다고 한다.

그 이야기를 듣고 어처구니가 없었던 것을 떠올리며 욕조 속에서 쓸쓸히 웃었다.

책임 전가도 그렇게까지 하면 대단하다고 해야 할지, 망상이나 다름없다고 해야 할지. 나보다 소설가 기질이 다분하다.

찰싹, 하고 탕의 표면을 때려본다.

그렇다, 문제는 금전적 피해가 아니다.

어두운 창밖을 바라보며 나는 서늘한 마음으로 상상했다. 내가 몸을 비틀며 고이치가 쏙 빼닮은 그의 어머니를 향해 울부짖는 모습을.

그래요, 돈 같은 거 필요 없어요. 문제는 정신적 손해라고요.

과장된 몸짓을 하며 손수건으로 입을 막는 나. 평생토록 있을 수 없는 장면이다.

그런데도 상상 속의 나는 소리친다.

마음에 큰 상처를 입었다고요. 네, 엄청나게 큰 상처요. 당신 아들 때문에 불능이 되었어요. 당신 아들이 딴 여자를 임신시켰다는 사실을 알고 나서부터 남자와 건전한 관계를 구축하지 못하게 되었다고요. 그로부터 몇 년이나 지났는데, 재혼한 지금도 현재 남편과의 관계에 그 일이 그림자를 드리우고 있다니까요. 이 마음의 상처를 어떻게 해줄 거냐고요!

요사이 '상처를 입었다'며 마구 호소한 뒤 그런 것치고는 아주 쉽게

'치유되는' 사람들을 보면 못마땅한 생각이 들었지만, 과연 '마음의 상처'를 내세워보니 속이 후련하고 무엇보다 반론을 막는 데 위력을 발휘한다는 것을 깨달았다.

그런데 내 경우에도 불능이라고 할 수 있을까?

그런 생각을 했다.

불능은 주로 남성의 경우에 사용하는 말이다. '불능'은 곧 '할 수 없다'라는 뜻으로 이 또한 상당히 직설적인 표현이다. 이에 해당하는 남성의 입장에서는 이 두 글자는 잔혹하기 짝이 없어 보기만 해도 필시 상처를 입으리라. 여성의 경우에는 뭐라고 할까? 예전에는 불감증이나 냉감증이라고 했던 것 같다. 그것도 매우 모멸적인 표현이었던 것으로 기억한다.

온갖 부정적인 말의 다양한 표현이 발달한 오늘날, 틀림없이 이 상태에 해당하는 여성을 표현하는 말이 있을 것이다. 달리 표현한다고 해서 상태가 나아지는 것은 아니지만.

당연한 일이지만, 내가 불능임을 알아차린 것은 마사하루와 그런 관계로 발전했을 때였다. 처음에는 무슨 일이 벌어졌는지 잘 몰랐지만 이윽고 내 몸은 마사하루를 받아들일 수가 없다는 것을 깨닫고 경악했다.

참으로 어색한 침묵.

큰 충격에 빠져 아무런 말도 할 수 없었다.

그럴 수 있지, 괜찮아, 하고 마사하루가 위로해줬지만, 그 역시 전 남편의 그림자가 내 몸에 이런 식으로 남았다는 것에 적잖이 충격을 받았을 것이 확실해서 한때는 재혼을 하지 말까 고민했을 정도다.

가장 큰 충격이었던 것은 내가 고이치의 부정행위에 그 정도로 큰 타격을 입었다는 사실이었다.

있지, 3개월이야, 저쪽.

고이치가 머뭇거리며 말을 꺼냈을 때 나는 그게 무슨 뜻인지 몰랐다.

아이가, 들어섰대.

그때 왠지 '나도 참 미련하게, 내가 임신한 것도 몰랐나?' 하는 생각과 '고이치가 임신한 지 벌써 3개월인가' 하는 황당한 생각이 동시에 머리에 떠올랐다. 고이치가 말하는 '저쪽'이 뭘 가리키는지 상상조차 하지 못했다.

고이치는 인기가 많았다.

장난기 많고 어리광을 잘 피운다. 그의 어머니가 품에서 놓으려 하지 않는 것도 이해가 간다. 두뇌 회전이 빠르고 애교가 있어서 같은 남자들도, 어르신들도 그를 좋아했다.

두 사람의 관계가 냉랭하거나 엇나가고 있었다면 또 모를까 고이치가 그 말을 꺼내기 전까지 그런 조짐이 전혀 없어서 그야말로 마른하늘에 날벼락이었다. 나는 충격이라기보다 어처구니가 없었다.

이어서 맹렬한 분노에 휩싸였다. 어찌나 화가 나던지 그 분노의 힘으로 이혼 과정을 소화했다고 할 수 있다.

그런 만큼 마사하루와 교제하고 이 사람과 함께라면 잘 살아갈 수 있겠다 싶던 참에 뜻밖의 형태로 내 '마음의 상처'를 깨닫게 되어 충격이었던 것이다.

뭐, 우리가 왕성한 고등학생도 아니고 무슨 일이 있어도 꼭 해야 하는 건 아니잖아. 서서히 적응하면 되겠지.

마사하루가 일부러 느긋한 목소리로 그렇게 말해준 것이 떠올랐다.

결국 재혼을 단행한 이유는 함께 있으면 한없이 편안하고 가치관 차이가 별로 없는 상대를 만나기란 제법 어렵다는 걸 서로 인정한 것과, 두 사람 다 첫 결혼으로 세상에 완벽한 것은 없다는 길 배웠다는 것이 크다.

어두운 수평선.

나는 긴 시간을 욕조에서 멍하니 있었다는 것을 깨닫고 황급히 탕에서 나왔다.

아무도 없는 세면실에서 거울 속 내 얼굴을 보면서 드라이어로 머리를 말렸다.

거울 속에서 아야미의 엷은 미소를 본 듯한 기분이 들었다.

아, 그런 거였구나.

돌연 납득이 갔다.

아야미의 표정을 보고 불쾌했던 이유는 내 안에 있는 것 때문이었다.

나와 마사하루는 함께 있으면 종종 '남매 같다'는 소리를 듣는다.

그 말은 대부분 두 사람의 분위기가 비슷하다는 뜻이고 부자연스럽지 않은 사이좋은 커플이라는 칭찬의 말로 사용되곤 한다.

하지만 간혹 그 말이 독침처럼 두 사람을 찌를 때가 있다.

마사하루가 나와 똑같은 것을 느끼고 있을지는 모르지만, 아마 느끼고 있으리라. 아니, 남자가 더 강하게 느끼고 있을지도 모른다.

작은 독침을 숨기고 "두 사람은 꼭 남매 같다니까"라고 말하는 그 얼굴은 아까 아야미와 같은 눈빛을 하고 있다. 두 사람이 성숙한 남녀 관계 위에 성립된 부부는 아니지 않느냐고 의심하는 눈빛, 혹은 그렇게 평가한 상태에서 불쌍히 여기는 눈빛.

그 눈빛을 맞닥뜨릴 때마다 우리가 잠자리를 같이한 적이 거의 없다는 것을 꿰뚫어보는 기분이 들어서 볼이 화끈 달아오르는 것을 느껴야 했다.

세상에는 부부의 수만큼 다양한 관계가 있으므로 그 일로 열등감을 느낄 필요는 없다는 것을 알고 있는데도 마음 어딘가에서 역시 우리는, 아니, 마사하루는 아니다, 나만 혼자 비뚤어진 것이 아닌가 하고 흔들리는 내가 있다.

아야미가 나를 시험하려고 사사쿠라 이즈미의 이름을 언급했다고 느낀 것은, 그 이름에 동요한 나를 보고 만족스러워한 것처럼 느낀 것은 내 마음 한구석에 자리한 그런 열등감이나 흔들림이 증폭되어 나타난 결과다.

거기까지 납득이 가는 분석을 마치자 오늘 하루 동안 겪은 다양한 마음의 동요가 가라앉는 것이 느껴져 만족스러웠다.

머리를 정돈하고 대욕장에서 나가던 참에 정리하러 온 직원과 마주쳤다.

직원 유니폼인 폴로셔츠를 입은 젊은 필리핀 여성이었다. 동글동글한 눈에서 똘똘함이 느껴져 귀엽다. 미소로 인사를 나눈 뒤 "잘 자요" 하고 덧붙였다.

쥐 죽은 듯 고요한 긴 복도. 은은한 조명이 연보라색 융단 위로 점점이 떨어져 있다. 이 공간만 사진을 찍어놓으면 배 안인 줄 모를 것이다. 여기 이렇게 있어도 어두운 바다 위를 달리는 여객선 안에 있다는 것을 잊어버릴 것 같다.

전에도 이런 복도를 걸었던 적이 여러 번 있다.

융단이 발소리를 흡수해, 비밀을 간직한 채 침묵에 잠겨 있는 어슴푸레한 복도.

대도시 호텔, 지방 호텔, 외국 호텔. 혹은 무기질적인 오피스 빌딩. 오래된 석조 건물. 복도 양쪽 벽에 죽 늘어선 문. 각각의 문 너머로 크고 작은 희비가 엇갈린 드라마를 감춘 채 점잔을 빼고 있는 어둑어둑한 공간.

일 관계로 긴 인터뷰를 부탁했을 때, 가벼운 좌담회 형식으로 취재를 세팅했을 때, 단행본 교정지를 밤새 확인했을 때.

수많은 방이, 회의실이, 긴 복도 위에서 서로 겹친다.

나는 지금, 어디를 걷고 있는 걸까.

잠깐 방심하면 내가 지금 어느 호텔의 복도를 걷고 있는지 알 수 없어진다.

사람은 언제나 어두컴컴하고 긴 복도를 걸어 다니며 자신을 위한 다음 방을 찾는다. 늘 새로운 방을 원하면서도 다음 방문을 열기를 주저한다.

나는 내가 오늘 낮에 배에 타기를 주저한 것을 떠올리고 있었다.

그것도 지금이라면 설명할 수 있다.

나는 마사하루와 '성숙한 남녀 관계'를 쌓기를 두려워하고 있다.

마사하루에게 '깊이 관여'하기를 무서워하고 있다. 확고한 관계를 쌓아버린 뒤에 또 고이치 때처럼 어느 날 갑자기 그 대상을 잃으면 어쩌나 겁에 질려 있다. 가혹한 배신을, 악의 없는 부정행위의 파괴력을 두려워하고 있다.

반대로 말하면 그때 나는 아직 늦지 않았다고, 되돌아갈 수 있다고 생각했다. 아직은 깊이 관여하지 않고 끝낼 수 있다고.

차가운 우체통 위에서 엽서를 쓰면서 '푸른 수염'에 관해 생각했던 것은 무의식중에 마사하루로부터 압박을 느끼고 있었기 때문이다.

서서히 적응하면 되겠지, 하고 말해준 마사하루의 너그러움에 기대어 서로의 바쁜 일상에 쫓기느라 부부가 된 이후에도 그 문제를 직시하지 않고 피해왔다. 결혼식 없이 이즈의 온천에서 하룻밤 묵은 뒤 허둥지둥 결혼 생활을 시작해 순식간에 2년 가까운 세월이 흘렀다.

마사하루가 선박 여행을 제안했을 때 나는 마음속 어딘가에서 어정쩡한 우리 관계를 바로잡아야 한다는 그의 의지를 느꼈다.

내가 깊이 관여하고 싶지 않은 것은 마사하루일까, 아니면《밤이 끝나는 곳》일까.

언제부터인가 걸음을 옮기지 않고 있었다.

토트백을 축 늘어뜨린 채 복도 한가운데에 서 있다.

모르겠다.

사사쿠라 이즈미가《밤이 끝나는 곳》의 시나리오를 썼다는 이야기를 하지 않는 마사하루, 온화하게 담소를 나누며 손님들의 대화 내용을 허락 없이 녹음하던 마사하루……. 그런 그에게 깊이 관여하고 싶지 않은 걸까. 아니면 그에게 그런 일을 하게 만드는《밤이 끝나는 곳》, 관계자들의 운명을 뒤바꾸고 지금 이렇게 태평양 위에 그들을 그리고 우리를 데려온《밤이 끝나는 곳》……. 그 소설에 깊이 관여하고 싶지 않은 걸까.

모르겠다.

그렇게 입속에서 읊조려본다.

어느 쪽이든 내게 이 여행에서 마사하루와《밤이 끝나는 곳》은 표리일체였다. 어느 쪽이 앞을 향하고 있든 간에 다른 한쪽도 완전히 똑같은 크기로 뒷면에 붙어 있다.

다시 걸음을 내디뎠다.

마사하루가 기다리는 방으로 돌아가자. 방에 가서 내일을 준비하자.

우리 방문 앞에 섰다.

내 밤은 이제 막 시작되었을 뿐이다.

카드키를 집어넣고 묵직한 문을 열었다.

침대 위에서 책을 읽고 있던 잠옷 차림의 마사하루가 이쪽을 돌아봤다.

"어땠어? 꽤 널찍하지?"

"응. 나 혼자 전세 낸 줄 알았어. 피로가 싹 풀리더라."

"노인들은 아침이면 갑판에서 걷기 운동을 하고 나서 탕에 들어가거든. 이렇게 장기간 해외여행을 하는 것만 봐도 기본적으로 체력이 좋은 사람들인 거지. 노인들이 우리보다 훨씬 건강할걸."

나는 고개를 끄덕여 마사하루에게 미소를 보인 뒤 방구석으로 가서 그 저주받은 책을 조용히 손에 들었다.

9 첫 좌담회 ──────────

　　　　　　놀랍게도 다음 날 아침 눈을 뜬 고즈에는 이미 선상 생활을 완전히 받아들이고 있었다.

며칠쯤은 눈을 뜬 순간에 지금 여기가 어딘지, 딴 세상에 온 것은 아닌지 혼란스러워할 줄 알았던 것이다.

승선까지가 이 세상의 종말의 시한인 것처럼 느꼈던 날이 아득히 먼 환상 같았다.

어젯밤은 그 책을 다시 읽다가 어느덧 푹 잠들었던 모양이다. 너무 피곤해서 잠을 못 자겠다고 생각한 것도 잠시, 스위치를 탁 끈 것 같은 깊은 잠이었다.

창밖의 바다는 초겨울 특유의 얼룩덜룩하고 푸르스름한 회색을 띠고 있었다. 날씨가 나쁘다고 할 정도는 아니지만 하늘도 비슷한 색을 띠고 있고, 그 사이로 길게 뻗은 그림자 같은 육지가 흐릿하게 떠 있다. 벌써 규슈까지 온 걸까.

오전 8시가 조금 넘은 시각.

마사하루는 방에 없었다. 산책하러 갔거나 아침을 먹으러 갔을 것이다. 저녁밥 외에는 각자 알아서 먹기로 했다.

고즈에는 여름방학 첫날처럼 텅 비어버린 시간과 공간에 불안함을 느꼈다.

비일상이 일상이 된 것이 아직 믿기지 않았다.

고즈에게 일상이란 책상 주변에 쌓인 책과 자료이며, 대량의 복사본과 교정지, 잡지, 대봉투 다발로부터 작업 공간을 지키기 위해 구멍 뚫린 배에서 양동이로 물을 퍼내듯이 최소한 둑이 무너지지 않도록 계속 책상 위를 정리하는 것이다.

정리 정돈을 싫어하는 것은 아니지만 만약 이틀이나 이 작업을 빼먹으면 당장 모든 것이 붕괴 위기에 놓인다. 주거 공간과 작업실을 분리하긴 했어도 여파는 주거 공간에도 밀어닥친다. 마사하루의 책과 자료도 반입된다.

그래서 휑한 방, 간단한 가재도구만 갖추어진 깔끔한 방은 동경의 대상인 동시에 평생 가질 수 없다는 걸 아는 이상이기도 하다.

휑한 방은 지금 여행 중이라는 증명이기도 했다.

여유롭게 세수를 하고 옷을 갈아입고 있는데 휴대폰에 문자 수신음이 울렸다.

아직 휴대폰을 쓸 수 있는 구역인 것이다.

화면을 보니 편집자가 보낸 세 통의 메일과 함께 마사하루의 문자도 있다.

「좋은 아침. 조식 맛있더라. 로비에서 커피 마시고 있어.」

고즈에는 쿡 웃었다.

배는 고프지 않았다. 다만 마사하루의 문자 때문인지 진한 커피 생각이 간절해졌다.

로비는 선내에 들어가 프런트에서 나선형 계단을 올라간 곳에 있는 카페 겸 바 공간이다.

방을 나와 내려갔더니 승객들은 큰 창문 옆 테이블에서 제각각 느긋하게 쉬고 있었다. 마사하루는 그중 한 테이블의 의자에 착 밀착해 앉아 책을 읽고 있었다.

평균 연령이 압도적으로 높은 승객들 사이에 있어서이기도 하지만, 마사하루는 어쨌든 밀도가 짙은 사람이구나, 하고 고즈에는 새삼 생각했다.

그가 있는 공간은 유독 꽉 차 있고 색채가 강렬하며 윤곽도 뚜렷하다. 주변 상황은 전혀 눈에 들어오지 않는다는 듯이 손에 든 책에만 집중하고 있다.

저 사람은 스스로 만족하고 있구나, 하고 고즈에는 생각했다.

편하게 다리를 꼬고 열심히 책을 읽고 있는 마사하루가 무척 행복해 보였다. 그것이 고즈에로 하여금 비뚤어진 망상을 불러일으키게 했다.

저 사람은 내가 없어도 저렇게 혼자 만족하며 살아갈 수 있어. 애초에 내가 아니어도 됐을지도 몰라. 누구와도 나름 좋은 관계를 쌓을 수 있는 사람인 거야.

고즈에는 가슴속에 맺힌 정념을 억누르고 자연스럽게 마사하루의 맞은편에 앉았다.

마사하루는 책에서 고개를 들었다.

"잘 잤어?"

"응. 조식은 코스 요리야?"

"호텔의 세트 메뉴 같던데. 콘티넨털하고 일식, 또 하나 뭐가 있었어. 제법 호화롭던데."

"죄책감이 앞서서 아직 자유롭게 행동하질 못하겠어."

"알고말고. 나도 아침에 일어나서 나도 모르게 공판 자료를 읽고 있더라니까."

"안 되겠네, 가난이 봄에 뗐어."

한가로이 커피를 마시고 있는데 선내 방송이 흘러나왔다.

"잠시 후 야쿠섬 앞바다에 다다릅니다."

승객들이 활기를 띠고 창문 앞으로 갔다.

고즈에와 마사하루도 창문에 바싹 다가가 회색 바다 위의 한 점에 시선을 고정했다.

"아, 저거다."

"섬 위에 구름이 있네."

붕긋하고 검은 야쿠섬의 위쪽은 거무스름한 구름에 폭 덮여 있었다. 험준한 산이 해안선에 바싹 다가와 있다. 저 섬 전체에서도 밀도 짙은 생명력을 느끼게 하는 기운이 감돌았다.

"꽤 높은 산이 있네."

"규슈에서 가장 높은 산은 야쿠섬에 있거든."

"어머, 그렇구나."

배는 섬 옆으로 크게 돌아 들어갔다.

섬 주위는 조류가 바뀌는지, 배가 위아래로 크게 흔들리는 듯한 기분이 들었다. 그 탓인지 섬이 천천히 가까워졌다 멀어졌다 하면서 그때마다 표정이 변하는 것이 재미있었다.

"프랑스 속담에 여행이란 조금 죽는 것이다, 라는 말이 있대."

마사하루가 섬에서 눈을 떼지 않고 말했다.

"오. 무슨 뜻이야?"

고즈에도 창밖에 시선을 고정한 채 되물었다.

"몰라. 옛날 속담인데 이런저런 해석이 있는 모양이야. 방금 갑자기 생각났어."

"야쿠섬을 보고?"

"그래."

"흐음. 그런데 잘 설명은 못 하겠지만 알 것 같은 기분이 들어."

"그렇지?"

여행이란 조금 죽는 것이다.

고즈에는 그 말을 가슴속으로 되뇌어봤다. 여행이란 일상과는 다른 시간, 다른 세상의 주민이 되는 것이다. 그것은 곧 평소에는 의식하지 않지만 이 세상과 확실히 평행해서 존재하는, 죽은 자의 시간혹은 죽은 자의 세계와 비슷하다는 뜻일까.

두 사람은 야쿠섬의 그림자가 수평선 위 구름 덩어리가 될 때까지 하염없이 바라봤다.

"……어쨌든 지금도 인상에 강렬히 남아 있는 건 시라이 감독님이 이 작품에 예사롭지 않은 집념을 불태웠다는 거라네."

쓰노가에 다다시는 테이블 위의 오래된 앨범에 살며시 눈길을 주었다.

앨범은 두 권이었다. 붉은 천으로 감싼 표지의 색이 바래 그리움마저 느끼게 한다.

《밤이 끝나는 곳》을 원작으로 한 첫 영화 촬영장의 스냅 사진이었다. 쓰노가에 감독이 가져온 그 앨범은 둘도 없이 귀중한 물건임에 틀림없었다.

"이런 앨범이 있는 줄은 몰랐군. 쓰노가에 감독님, 도대체 누가 찍은 겁니까?"

신도 요스케가 약간 상기된 얼굴로 물었다. 그도 처음 봤는지 상당히 흥분하는 모습이다.

쓰노가에 감독은 그의 흥분에 장단을 맞출 생각이 없는지 일부러 아무렇지 않은 척을 하는 것 같았다.

"글쎄. 다 같이 교대로 찍었네. 나도 찍었고, 아키, 사토, 그리고 웬만한 스태프들은 지시대로 셔터를 눌렀지, 아마."

"메이킹의 시초라는 건가?"

마나베 아야미가 마사하루를 보며 물었다.

대신 쓰노가에 감독이 고개를 끄덕였다.

"시라이 감독님은 영화를 완성한 뒤에 책을 내려고 했네. 이 작품과의 인연이나 영화로 만들게 된 경위, 촬영 일기나 미술 스케치를 담아낼 작정으로 촬영 중에도 자료를 잘 정리해두었어. 책 제목도 미리 정해두었지. 《밤이 끝나는 곳까지》로 한다고 들은 적이 있네."

"요즘은 관련 책이나 메이킹 북 보기 드문 세상이 아니지만. 책을 썼으면 좋았을 텐데. 영화를 완성하지 못했어도, 중간에 엎어진 데까지의 일을 글로 남겼으면 얼마나 좋았을까."

신도는 진심으로 유감스러운 듯했다. 고즈에는 그 아쉬워하는 표정에 과거 호랑이 프로듀서라 불리던 남자의 흔적을 본 듯한 기분이 들었다.

"그런 일은 없었을 게야."

쓰노가에 감독이 조용히 말했다.

"왜냐하면 시라이 감독님은 그 영화에 전 재산을 걸었으니까. 사고로 촬영 중단이 결정되었을 때는 감독이 죽어버리는 거 아닌가 싶을 만큼 걱정됐지. 다 같이 감독 곁에서 절대로 떨어지지 말자고 설령 내쫓겨도 눈을 떼지 말자고 몰래 약속했을 정도라네. 시라이 감독님은 자기 스태프를 끔찍이 아끼는 사람인 까닭에 자기 현장에서 스태프가 사고에 휘말려 죽다니 큰 충격이었지. 유가족을 볼 면목이 없다, 대신할 수만 있다면 자기가 대신 죽고 싶다, 계속 그 말만 되뇌었네. 이미 그 시점에서 책 쓰는 일은 안중에 없었을 게야."

"그런가, 하긴, 그렇겠군."

신도는 스스로를 납득시키려는 듯 연신 고개를 끄덕였다. 그런데도 여전히 시라이 가즈요시의 메이킹 북에 미련이 많은 듯하다.

"결국 그 화재 사고의 원인은 여전히 밝혀지지 않은 거죠?"

아야미가 두 사람의 대화에 자연스레 끼어들었다.

"유난히 기세 좋게 타올랐지."

쓰노가에 감독이 고개를 끄덕였다.

"세트장이었던 만큼 불길이 빠르게 번졌고, 거의 아무것도 남지 않을 정도로 다 타버리고 말았네. 통상적인 화재였다면 단서가 될 만한 게 남아 있었을 텐데."

"그런데 그거."

아야미는 너글너글하게 그러면서도 솔직하게 말했다.

"방화였던 거죠?"

첫 좌담회는 배 꼭대기 층에 있는 라운지에서 했다.

배 뒷부분의 12층에 있는 라운지는 하늘을 향해 크게 뻗은 형태를 하고 있고 삼면이 유리로 빙 둘러싸여 넓고 큰 바다가 한눈에 내려다

보이는 절경을 이루었다.

밤에는 라이브 연주가 흐르는 바로 변신하지만, 낮에는 직원이 따로 대기하지 않아 좌담회 멤버끼리 전세를 낸 것처럼 이용할 수 있었다.

"정말 근사하다."

"갑자기 《타이타닉》 놀이가 하고 싶어지네."

만화가 자매는 오늘도 같은 브랜드의 다른 색상으로 이루어진 니트 앙상블을 입고 있었다.

"그나저나 유리에 색이 많이 들어가 있군요."

마사하루가 말했다.

"그야 오늘은 날씨가 흐려서 괜찮지만, 바다 한가운데는 쾌청한 날에는 엄청나거든요. 설산 못지않게 햇빛 반사가 심해서 눈도 못 뜰 정도라니까요."

신도가 싱글거리며 말했다.

고즈에는 룸서비스를 주문해 이곳 라운지로 커피포트, 찻주전자와 녹차, 주스와 생수병을 한꺼번에 가져오도록 했다.

"어머, 합숙하는 것 같네. 아니, 그보단 연습실이 더 어울리려나. 아니면 분장실?"

시미즈 게이코가 유리잔과 컵을 들고 줄줄이 들어온 직원들을 보고 즐거운 표정을 지었다. 오랜 무명 시절을 보내 온갖 고생을 겪은 사람으로 유명한 만큼 직원을 본체만체하고 자신이 직접 찻잔과 컵을 사람들 앞에 갖다 놓았다. 고즈에가 "앉으세요" 하고 말렸지만, "움직이는 게 편해요, 괜찮아" 하고 들은 척도 하지 않았다.

고즈에는 이 모임을 관장할 생각은 없었다. 어디까지나 진행자로서 한 사람에게 질문을 던져 이야기의 물꼬를 트고 그것을 기점으로 서로 자유롭게 왁자지껄한 분위기 속에서 대화를 나누도록 하고 싶었다. 녹음 허락을 받아 테이블 중앙에는 테이프리코더와 보이스리코더를 놔두었다.

쓰노가에 감독이 앨범 두 권을 가져온 것을 눈여겨보고 감독에게 질문을 던졌더니 그야말로 원하던 분위기가 조성됐다. 어느새 고즈에는 그림자처럼 한쪽에 조용히 앉아 사람들이 자유롭게 이야기하는 것을 듣고 있었다. 기록 담당자 입장에서는 이것이 이상적인 형태다.

"그 당시부터 그런 소문이 끊이지 않은 건 맞네. 항상 불조심을 했던 터라 화재 원인으로 가능성이 없다고는 할 수 없지. 한데 단순한 소문에 불과하네. 방화라는 증거를 찾지 못했으니."

쓰노가에 감독이 흥이 깨진 얼굴로 반박했다.

그러나 아야미는 눈 하나 깜짝하지 않았다.

"그럼 더더욱 실화의 가능성이 낮지 않나요? 화기가 없고 관리가 철저했다면 오히려 인위적인 화재라고 할 수 있지 않을까요?"

쓰노가에 감독은 깜짝 놀란 듯한, 숨이 턱 막힌 듯한 기묘한 표정을 지었다.

넌지시 '방화라니, 시라이 감독 얼굴에 먹칠하는 말을 하면 안 된다' 하고 경고할 작정으로 한 말에 당당히 정면으로 반박할 줄은 몰랐으리라.

고즈에는 아아, 아야미는 이런 사람이구나, 하고 생각했다.

어제 사사쿠라 이즈미와 마사하루의 관계, 그리고 자신과의 관계를 비꼬았다고 의심했지만, 그녀는 누구에게나 이런 식인 것이다.

그것도 결코 그 자리의 분위기를 파악하지 못해서가 아니라 일부러 상대의 아픈 곳이나 아무도 건드리지 않는 곳을 찔러서 무슨 일이 일어나는지를 알고 싶어 한다. 그리고 그에 따른 약간의 갈등이나 충돌이 생기는 것도 마다하지 않는다.

직업적인 호기심일까? 아니면 단순히 그런 성격인 걸까?

고즈에는 속으로 고개를 갸웃했다.

그리고 무심코 동생인 시오리를 보고 흠칫했다.

시오리는 언니를 더없이 냉정하게 쳐다보는, 아무런 감정도 깃들지 않은 눈빛을 하고 있었기 때문이다.

고즈에는 당황한 티를 내지 않으려 애썼다. 일단 그것은 성공한 듯하지만 이 대조적인 표정도 그렇고 이런 상황에 완전히 익숙해진 모습도 그렇고, 이 자매는 사생활에서 도대체 어떤 말들을 주고받길래 이럴까, 하는 궁금한 생각이 들었다.

한 집에 살아도 생활공간은 분리되어 있다고 했다.

대학생 때부터 하나의 필명으로 함께 작품 활동을 해온 까닭에 사생활에서는 되도록 마주치지 않으려고 노력한다 해도 놀랄 것은 없지만, 이 철저하게 비판적인 표정은 뭐란 말인가.

마사하루가 넌지시 밝힌 바에 따르면 자매는 그의 외할머니가 재혼할 때 데려온 자식의 딸로, 집안에 사연이 있는 것 같았다. 두 자매 사이에 도사리고 있는 균열은 도대체 뭘까.

"혹시 자네는 범인으로 짚이는 사람이라도 있는가?"

쓰노가에 감독이 문득 생각났다는 듯이 말했다.

고즈에는 그런 감독을 보고 과연 젊은 배우들을 과감하게 기용하는 만큼 사고가 유연하구나, 하고 감탄했다. 감독 역시 아야미가 어떤 사람인지 이해한 듯했다. 자신들처럼 배려나 물밑 조율이 통하는 상대가 아닌 것이다. 일단 그렇게 이해하고 나자 사고 전환도 빨랐다. 반대로 솔직하면서도 명석한 이 순정 만화가의 의견을 물으려는 모양이다.

"이름을 댈 수 있는 건 아니에요."

아야미는 쓸쓸히 웃었다.

"그런데 그 사고를 떠올렸을 때, 메시아이 아즈사의 죽음, 아니, 정확히 말하면 메시아이 아즈사가 죽은 것으로 여겨지는 사건을 연상하지 않는 건 부자연스럽죠."

마사하루가 '드디어 등장하셨군' 하는 표정을 지은 것이 우스꽝스러웠다.

베일에 싸인 이단의 작가, 메시아이 아즈사의 광팬인 아야미가 갑자기 이야기를 그쪽으로 끌고 가는 것은 의외인 동시에 그럴 만도 하다는 생각이 들었다.

"메시아이 아즈사는 여전히 발견되지 않았지요."

시마자키 시로가 담담하고 초연한 목소리로 말했다.

그는 문학 출판 분야에서는 전설적인 편집자로, 이 중에서 생전의 메시아이 아즈사와 친분이 있었던 사람은 그가 유일하다.

"맞아요, 그런 걸로 되어 있죠."

아야미가 기다렸다는 듯이 눈을 반짝이며 시마자키를 돌아본다.

"종적이 끊긴 지 7년이 지났기 때문에 사망한 것으로 간주. 그렇죠?"

"네."

시마자키 시로는 아야미가 뚫어져라 보는데도 아랑곳 않고 고개를 끄덕였다.

"사건이라 하면?"

신도 요스케가 팔짱을 끼고 날카로운 눈빛으로 물었다.

밋밋해 보였던 첫인상과 달리 입을 열자 그는 영락없는 프로듀서였다. 왕년에 불도저처럼 자기 뜻대로 밀어붙이는 사람이었음이 표정 하나하나에 훤히 드러났다. 아니, 지금도 현역일 것이다. 조금 전까지만 해도 업무 모드가 아니었을 뿐이다.

어쩌면 이걸 일로 연결시킬 수 있을지도 모른다, 하는 욕망이 그의 내면에서 서서히 고개를 들기 시작한 듯했다. 그것이 어떤 형태일지는 알 수 없지만.

아야미는 숨을 후욱 들이마셨다.

"메시아이 아즈사는 사생활이 베일에 싸인 인물이에요. 사람을 극도로 싫어하고, 사진 한 장 남아 있지 않죠. 본명도 밝히지 않았고요. 방금 얘기한 건 메시아이 아즈사의 노년에 관한 건데, 그녀가 사망한 것으로 알려진 날은 두 개예요."

과연, 광팬인 만큼 막힘없이 술술 설명하고 있다.

"두 개라니?"

"네. 결국 시신이 확인되지 않아 실종 처리된 지 7년 이상 지났기 때문에 법적으로는 사망한 걸로 되어 있죠."

"그런데도…… 기일이 두 개라고?"

신도는 이해할 수 없다는 표정을 지었다.

"첫 번째는 1980년 3월 26일. 그녀는 노년에 I반도 M마을에 살았어요. 그녀가 메시아이 아즈사라는 걸 아는 사람은 없었지만, 이날로부터 석 달 전부터 매일 저녁마다 그녀가 바닷가를 산책한다는 건 동네 사람들도 알고 있었죠. 방파제를 따라 매일 한 시간 가까이 거닐었다고 해요. 3월 26일은 바람이 심하고 파도가 사납게 일었어요. 그런데도 평소처럼 산책하고 있는 메시아이 아즈사의 모습을 여러 명이 목격했죠."

아야미는 그야말로 직접 본 것처럼 막힘없이 말했다.

"갑자기 돌풍과 거대한 파도가 도로를 덮치면서 그녀는 순식간에 사라졌어요. 목격자는 많았죠. 도로 공사 중이었던 인부 네 명과 달리기를 하던 고등학생 두 명. 다 같이 바닷가까지 내려가 찾아봤지만 신발 한 짝만 발견되었을 뿐 끝내 그녀는 찾지 못했어요. 그녀 외에도 낚시꾼 두 명이 높은 파도에 휩쓸려 죽은 이날은 I반도에 풍랑 경보가 내려진 날이었죠."

"그 사람이 정말 메시아이 아즈사였나?"

"그 점이 훗날 쟁점이 되죠. 어쨌든 이 첫 번째 사건 당시 바다에 휩쓸린 것으로 보이는 여성은 그 후 한 번도 목격되지 않은 데다 M마을의 집에도 돌아오지 않았거든요."

"그렇군. 또 하나는?"

신도는 진지한 눈빛으로 귀를 기울였다.

"약간 복잡한데, 메시아이 아즈사는 I반도에 집을 여러 채 갖고 있었어요. 무슨 이유에서였는지는 몰라도 그 여러 채의 집을 부지런히 옮겨 다니면서 살았나 봐요."

"이사병, 그건가. 의외로 제법 있더군."

신도는 생각나는 지인이라도 있는지 연신 고개를 끄덕였다.

"첫 번째 사건으로부터 두세 달쯤 지난 1980년 6월 9일. 그녀 소유의 다른 집이 화재로 전소되었어요."

"화재로?"

아야미는 고개를 끄덕였다.

"그 화재 현장에서 네 명의 시신이 나온 거예요."

"네 명이나?"

"그중 세 명은 이웃에 사는 노인인 것이 밝혀졌죠. 그런데 나머지 한 구는 도저히 신원을 밝혀낼 수가 없었던 거예요."

"그게 메시아이 아즈사라는 건가?"

"연령대가 일치하거든요. 그런데 시신이 워낙 새카맣게 타서 훼손이 심한 데다 메시아이 아즈사라는 사람은 통원 이력이 전혀 남아 있지 않아서 대조할 만한 정보가 없었다고 해요."

"화재로 인한 사망이 두 번째 사건인 거군. 첫 번째 사건에서 산책했던 여성과, 두 번째 사건의 화재 현장에 살았던 여성이 동일 인물인가?"

"그게 문제예요. 첫 번째 사건의 여성이 애초에 메시아이 아즈사가 아니라 완전히 다른 사람이었을지도 모르거든요. 혹은 바닷가에서 죽을 뻔한 메시아이 아즈사가 다른 집으로 이사한 뒤 그곳에서 또다시 불운하게도 화재를 당해 목숨을 잃었을지도 모르죠. 그런데 두 번째 사건은 '작가 메시아이 아즈사, 화재로 사망했나?'라는 제목으로 신문에 기사까지 실렸잖아요, 물음표가 붙긴 했지만. 팬들 중에는 그녀가 두 번째 사건으로 인해 숨을 거두었다고 생각하는 사람이 많을걸요."

"요컨대, 그."

신도가 살피는 눈초리로 아야미를 봤다. 아야미는 생긋 웃었다.

"첫 번째 영화 제작 중에 발생한 화재. 아무리 봐도 상황이 비슷하잖아요. 배우를 구하려다 목숨을 잃은 스태프 두 명은 그렇다 쳐도 세트장 안에 있던 배우는 네 명이에요. 심지어 불에 타 죽었죠. 이건 아무리 봐도 메시아이 아즈사의 죽음을 예고했다고밖에 볼 수 없지 않을까요?"

10 호랑나비와 달 ─────────

　　　　　　　아야미가 자신만만하게 말하는 모습을 바라보며 나는 과거에 헌책방에서 처음으로 입수한 《밤이 끝나는 곳》을 생각하고 있었다.

　뒷부분 면지에 찍은 도장.

　마쓰자와 아키라의 은근히 짓궂으면서도 상쾌한 미소(그것도 옆모습)가 머릿속에 되살아난다.

　고등학교 시절에 내게 장서인을 만들어준 친구. 지금은 광고회사에서 잘 나가는 디자이너가 된 친구.

　불과 몇 년 전에 어디선가 십수 년 만에 만난 적이 있다. 누군가의 결혼식 뒤풀이였는지 아니면 다른 행사였는지 잘 기억나지 않지만, 아무튼 고등학교 동창들이 모이는 자리로 전혀 예상치 못한 만남이었다.

　녀석은 머리를 금발로 염색하고 산뜻한 파란색 셔츠를 입고 있었다. 처음에는 깜짝 놀랐지만 결코 괴상하지 않고 녀석에게 잘 어울렸다. 창작자 분위기가 물씬 나네, 하는 생각이 들었지만 녀석의 차분하고 함부로 할 수 없는 분위기는 고등학교 때와 하나도 달라지지 않았고, "오랜만이야" 하고 조용히 미소 짓는 얼굴도 고등학교 2학년 여름방학이 끝난 다음 날에 "자, 여기" 하고 내게 장서인을 주었을 때와 똑같았다.

나는 선택과목으로 음악을 골랐기 때문에 마쓰자와와 같은 반이 된 적은 없지만 녀석이 그림을 굉장히 잘 그린다는 소문은 들은 적이 있었다.

그 소문을 확인할 기회가 찾아온 것은 고등학교 생활을 한 지 한참 지나서였다.

아마 2학년 1학기 말인 7월이었을 것이다. 나는 과제인 수채화를 챙겨 집에 가려고 하는 마쓰자와를 발견했다. 녀석은 학교 현관에서 무심히 그림을 펼쳐놓고 무표정하게 바라보더니 돌돌 말아 가방에 마구 쑤셔 넣었다.

우연히 그림을 봤을 뿐이지만 그 실력에 놀라 입을 딱 벌리지 않을 수가 없었다. 누가 봐도 평범한 고등학생의 솜씨가 아니었으며 도저히 수채 물감으로 그렸다고는 믿기지 않을 만큼 사실적인 풍경화였기에 녀석이 그림을 펼친 순간 그곳에서 풍경이 튀어나온 것처럼 보인 것이다.

"굉장하다! 너 진짜 잘 그리는구나!"

나도 모르게 흥분해서 말을 쏟아내고 있었다.

마쓰자와는 흠칫 놀라서 나를 돌아본 뒤 곧바로 내가 자신의 그림을 봤다는 것을 깨달은 듯했다.

"아아" 하고 가방에 쑤셔 넣은 도화지를 보고 중얼거리더니 "고마워" 하고 조용히 웃었다.

그것이 예의 미소로, 십 대라는 동물은 대체로 남이 칭찬을 해주면 순순히 받아들이지 못하기 때문에 나는 그 자연스러운 대답에 감동

비슷한 감정을 느끼고 녀석에게 호감을 가졌다.

"보여줘, 다시 보여줘."

나는 어느새 녀석에게 달려가 도화지를 꺼내고 있었다.

다시 본 그의 그림은 참으로 훌륭했다.

"진짜 대단하다."

녀석은 싱글싱글 웃었다. 그때 갑자기 그 생각이 번뜩인 것이다.

"야, 나한테 장서표 만들어줄래?"

"뭐?"

녀석은 당황했지만 실은 나도 놀라기는 마찬가지였다. 왜 그런 부탁을 했는지 스스로도 이해할 수 없었다. 다만 우리 집에는 헌법학자였던 할아버지의 장서가 매우 많았는데 그중에서도 할아버지가 취미로 모은 독일 문학의 원서 등을 어렸을 때부터 봐온 영향이 있었음에 틀림없다. 책마다 할아버지의 화가 지인이 부탁을 받고 만들어준 훌륭한 장서표가 붙어 있었고 어린 나이에 그 장서표에 강렬한 인상을 받았으며 장서표를 가진다는 행위를 동경하기에 이르렀다.

그래서 화가 지인→장서표를 갖고 싶다, 라는 연상 작용에 따라 갑자기 생각났던 모양이다.

"장서표가 뭔데?"

놀라서 눈만 멀뚱멀뚱하던 녀석은 입을 열자마자 그렇게 물었다. 내가 설명하자, "흐음. 그런 게 있구나. 일단 조사부터 해봐야겠다"라는 말을 남기고 집에 갔다.

녀석은 정말 여름방학 동안 도서관에서 장서표에 관해 조사해본 모양이다. 그리고 장서표가 아닌 장서인을 조각해서 개학 첫날에 가져와준 것이다.

내 이름의 이니셜인 M은 알겠지만 호랑나비와 달은 왜 새겼냐고 묻자, 녀석은 작게 웃었다.

그냥. 그런 이미지가 떠올라서.

나는 어리둥절했지만 디자인이 아름답고 세련되었기 때문에 고맙게 받았다.

돈 낼게. 얼마에 팔아줄 거야?

그렇게 말하자, 녀석은 "됐어" 하고 고개를 가로저었다. 그건 곤란하지, 하고 말하자, "재미있었거든. 장서표라는 거, 좋은 거더라. 덕분에 공부가 됐어" 하고 웃고 냉큼 가버렸다.

그리하여 도장을 갖게 된 나는 소장 중인 책에 열심히 찍고 또 찍었다는 이야기다.

맨 먼저 찍은 책이 《밤이 끝나는 곳》이었던 것은 말할 것도 없다.

왜 이런 과거의 기억이 떠올랐는가 하면 아야미가 나비 무늬 니트를 입고 있었기 때문이다. 아야미의 풍만한 몸을 감싸고 있는 탓에 나비의 몸통 부분이 늘어나서 나방처럼 보인다.

그러고 보니 화투에서 멧돼지, 사슴, 나비의 패를 모으면 점수가 오르는데, 어렸을 때부터 그 나비는 어쩌면 나방이 아닐까 하고 생각했다. 그 불룩하게 부푼 몸통도 그렇고 주황빛 도는 길쭉한 날개, 그리고 날개의 반점 무늬까지 아무리 봐도 나방으로 보인다.

아야미가 내뿜는 독도 마치 나방의 비늘 가루 같다.

자기도 모르는 사이에 흠뻑 뒤집어쓰고 있다.

아내인 고즈에게는 말하지 않았지만, 이 자매는 어쩌면 아버지가 다를지도 모른다는 소문이 예전부터 있었다. 서로 닮지 않아서이기도 하지만 두 사람의 어머니가 남성 편력이 화려했기 때문이다.

두 사람은 어려서부터 사람들이 어머니를 놓고 입방아를 찧는 모습을 수없이 지켜봐야 했다. 그로 인해 두 사람은 똘똘 뭉치게 된 것과 동시에 미묘한 거리를 두게 되었다고 한다. 그런 양가감정을 느낄 수밖에 없는 상황 때문에 우리가 만화가 콤비가 된 거야, 하고 시오리가 자조하듯 말하는 것을 들은 적이 있다.

결국 두 사람의 아버지가 다른지 어떤지는 여전히 밝혀지지 않은 것은 물론 알아볼 생각도 없는 모양이다. 아니, 두 사람의 성격으로 봤을 때 어쩌면 은밀히 조사했으면서 잠자코 있을 뿐인지도 모른다.

그런 관점으로 보면 누나들이 《밤이 끝나는 곳》에 빠져든 마음도 알 것 같은 기분이다.

세 명의 엄마를 둔 아이의 이야기. 게다가 그 세 명은 엄마이면서 엄마가 아니다. 낳아준 엄마는 정신이 온전치 않아 의사소통이 불가하다. 키워준 엄마도 어딘가 비뚤어져 있어 전적으로 신뢰할 수가 없고, 표면상의 엄마는 체면치레를 하기 위한 행동밖에 하지 않는다. 그런 그녀들의 생활권은 유곽이라는 특수한 세계다.

아버지의 부재. 혹은 신뢰할 수 없는 타자로서의 어머니. '유곽에 사는 엄마'라는 설정 자체가 엄마이기 이전에 여자다, 라는 테마를 뚜렷이 드러내고 있다.

신뢰할 수 없는 어머니.

마나베 자매는 그 점에 공명한 걸까.

그러고 보니 처음에 이 책을 영화화하려고 했던 시라이 감독도 어렸을 때 부모의 보살핌을 받지 못해 친척집을 전전하며 자랐다는 이야기를 들은 적이 있다. 아버지 혹은 어머니의 부재라는 점에서 감독도 이 이야기에 공감했을지도 모른다.

어느새 또 가슴에 손을 대려고 한 것을 깨닫고 살며시 손을 내렸다. 물론 지금도 윗주머니 속의 보이스리코더는 작동하고 있다.

마침 계절이 겨울이라 다행이었다. 조끼와 카디건을 껴입은 덕에 셔츠 윗주머니 속에 뭐가 들었는지 알아차리는 사람은 없다.

고즈에는 상당히 의아해했고 내가 허락 없이 녹음해 거부감이 인 듯했지만 깊이 추궁하지는 않았다. 그녀는 이따금 그렇게 한발 양보한다. 아니, 양보라기보다는 추궁하기가 두려운 것이리라.

고즈에는 묘하게 겁 많은 구석이 있다. 똑똑하고 반듯한 사람이라 전혀 겁낼 필요가 없는데도 어떤 스위치가 켜지면 스스로를 극단적으로 탓하고 마음이 한없이 약해진다. 그것이 그녀의 매력이기도 하지만, 전남편이, 그녀가 스스로를 탓할지언정 결코 남편을 비난하지는 않을 거라고 믿고 무례하게 군(이용했다고도 우습게 봤다고도 할 수 있다) 것도 이해가 간다. 마음이 약할 때의 그녀는 남자의 기학성嗜虐性을 자극한다.

내가 정확히 무엇을 기록하려 하는지는 나도 잘 모른다. 그냥 이 여행에서 나오는 모든 이야기를 녹음하고 싶은 것이다. 그런 충동만 있어 지금도 이렇게 셔츠 윗주머니에서 시한폭탄 도화선처럼 위험한 것이 지글지글 타고 있는 것이다.

이즈미의 창작 노트는 일지 형식으로 되어 있어 창작 노트인 동시에 작업 일지이기도 했다.

그녀가 다른 각본을 쓸 때도 그런 노트를 만들었는지는 모르겠지만, 적어도《밤이 끝나는 곳》의 시나리오를 쓸 때만큼은 매우 꼼꼼히 기록했던 것은 확실하다(시라이 감독도 그렇고 이즈미도 그렇고 양쪽 다 미완성 단계인데도 마치 미완성으로 끝날 것을 예측한 듯이 도중의 상세한 기록을 남기려 한 것은 왜일까).

　이즈미가 죽은 뒤 곧바로 노트를 펼쳐볼 수가 없었다.

　그럴 리는 없겠지만 나를 비난하는 글이 적혀 있다면, 내가 만약 그녀에게 큰 실수를 저질렀다면 하는 생각 때문이다.

　원래는 노트에 유서 같은 글이 남겨져 있지는 않은지 곧바로 확인해야 했지만 그러지 못했다.

　노트를 훌훌 넘겨볼 마음이 든 것은 오랜 시간이 흐른 뒤였다. 번거롭고 무미건조한 업무 자료를 꾸역꾸역 읽고 나서, 몹시 무례한 말이지만 기분 전환이나 할까 싶어 노트를 집어 든 것이다. 지금이라면 노트에 어떤 충격적인 내용이 있더라도 받아들일 수 있다. 그렇게 생각한 것도 크다.

　하지만 노트는 역시 창작 노트이자 작업 일지였다. 내가 알던 모습 그대로의 그녀가 담담하게 또박또박 일을 진행하고 있는 광경이 눈앞에 떠올랐다. 그것도 지극히 순조롭게, 계획대로.

　그런 까닭에 오히려 석연치 않은 기분이 든 것도 사실이다.

　자살 충동이 드는 심정은 누구도 상상할 수 없지만, 왜 하필이면 이즈미가, 왜 이런 시기에?

　갑작스럽다는 말밖에 떠오르지 않았다.

　필연성?

　이즈미가 포스트잇에 남긴 그 말이 고스란히 의문으로 변했다.

　노트에 충격적인 내용이나 새로운 정보가 담겨 있지 않은 것이 나를 더 혼란스럽게 했다.

어째서? 왜 죽었지? 나한테 아무런 말도 하지 않고 도대체 왜?

다만 창작 노트를 보고 이즈미가 이 원작에 남다른 관심을 품고 있었다는 것을 알 수 있었다. 물론 업계에서 도는 전설이나 소문을 접한 듯했고 과거에 영화 제작이 중단된 경위에 관해서도 조사했던 모양이다.

아야미의 추억담은 아직도 계속되고 있었다.

어느새 주제는 '나와 메시아이 아즈사'로 뻗어가 이제는 시오리까지 가담해 누나들의 수집품 이야기가 나오고 있었다.

모두가 그 이야기에 귀를 기울이고 있어 다행이라 해야 할까. 확실히 인기 만화가인 만큼 두 사람의 이야기는 재미있다.

고즈에가 약간 난처한 표정을 지었다. 방해되지 않게 묵묵히 메모를 하고 있었지만 이쯤에서 마나베 자매의 이야기에 개입해 감독들의 이야기로 되돌려야 할지 고민하고 있으리라.

걱정 마, 고즈에. 이 멤버라면 필요하면 누군가 나서서 이야기를 되돌릴 테니.

마음속으로 그녀에게 말을 건네면서도 이즈미가 살아 있었을 때 《밤이 끝나는 곳》에 관해 대화를 나눈 적이 있는지 기억을 더듬었다.

이즈미는 내 책장을 대학생 때부터 봐왔으니 《밤이 끝나는 곳》이 꽂혀 있음을 알고 있었을 테지만, 그녀와 이 책에 관해 대화를 나눈 적은 없다. 그녀가 《밤이 끝나는 곳》을 원작으로 하는 영화의 각본을 쓴다는 소식을 접한 듯도 하지만, 그 일에 관해서도 이야기하지는 않았다.

그런데 생각할수록 이상하다. 만약 《밤이 끝나는 곳》의 시나리오를 쓴다는 이야기를 이즈미 본인의 입을 통해 들었다면 나는 무척 흥분했을 것이다. 애독해온 작품이기도 하고 과거에 불행한 사태로 인해 영화 제작이 중단된 사실도 알고 있었으니까.

그럼에도 불구하고 이즈미와 그 일에 관해 대화를 나눈 적이 없다니 도대체 어떻게 된 일일까. 그리고 나는 그녀가 《밤이 끝나는 곳》의 시나리오를 쓰고 있음을 알기는 물론 초고를 완성한 것도 알고 있었다.

나는 도대체 누구에게 그 소식을 들었을까?

불현듯 오싹해졌다. 뭔가가 잘못된 듯한 느낌이 들었다. 어딘가에 중대한 착오가 있었던 것이라면…….

황급히 그 생각을 떨쳤다.

그러나 문득 아카시아 향기가 코끝에 되살아났다.

그날 창밖에서 흘러들어온 향기.

밤에 녹을 듯한, 눅진하고 숨 막힐 듯한 그 하얀 꽃의…….

아니, 그것은 정말 아카시아 향기였을까?

뜻밖에도 그런 의문이 선명히 떠올랐다.

왜 그런 의문을?

아아, 누나들이 뿌린 향수 때문인가.

나는 자세를 고쳐 앉았다. 어느 틈엔가 멍하니 있었지만 허리를 펴고 정신을 차리고 보니 두 사람의 향수 냄새가 풍겨온 것이 느껴졌다. 아야미가 약간 흥분해서 손짓 발짓을 동원한 탓에 향기가 더 널리 퍼지고 있는 것이리라.

불쾌한 냄새는 아니었지만 어쩐지 그날 밤 맡은 아카시아 향기와 비슷했다.

비슷한 냄새라…… 순간 어떤 생각이 떠올랐다.

혹시 그것은 향수 냄새가 아니었을까?

작업실에 들어선 순간 느껴진 냄새. 열린 창문에 눈길이 갔고 창밖에 아카시아가 보였기 때문에 당연히 아카시아 향기인 줄 알았다.

그런데 만약 아카시아 향기가 아니었다면?

향수의 잔향. 어쩌면 창문이 열려 있던 것은 그 잔향을 없애려 했기 때문이 아닐까.

이즈미는 향수를 뿌리지 않았다. 가끔 잠자기 전에 아로마 향초를 피우는 일은 있었지만 집필 중에는 그것도 신경 쓰인다며 피운 적이 없었을 터다.

하지만 그 냄새는.

그 작업실에 이즈미 외에 누군가가 있었던 것이다.

문득 한 여자의 얼굴이 떠올랐다. 이즈미의 상태가 심상치 않다고 내게 연락한 여자. 작업실을 함께 정리한 여자. 한때 우리 집에 자주 드나들며 "우리는 참 잘 맞거든요" 하고 주장하던 여자.

프로듀서.

이름은 잊어버렸다. 별로 호감이 가지 않던 그 사람은 일을 잘하는 것 같긴 했지만 그러면서도 묘하게 여성스러움을 과시하는 면이 있었다.

내게 몇 번 전화를 했었다. 이즈미를 바꿔주려 하면 "아뇨, 오늘 연락드린 건 남편분께 말씀드릴 일이 있어서예요" 하고 목소리를 낮추었다.

얼마나 중대한 일이길래 전화까지 했을까 싶어 마음의 준비를 하고 들으면 딱히 별일도 아니었다.

"이즈미 씨는 요즘 어때 보이세요?"

"걱정이에요, 벽에 부딪힌 것 같거든요."

이렇듯 이즈미의 상태를 살피는 듯하지만 정확히 무슨 말이 하고 싶은지 알 수가 없었다. 내가 봤을 때 이즈미는 평소와 똑같았고, 몇 번인가 그런 일이 있었기에 그 여자가 하는 말을 적당히 걸러 듣는 버릇이 생겼다.

그렇다, 이즈미가 《밤이 끝나는 곳》의 시나리오를 쓰고 있다는 이야기는 그 여자에게 들은 것이었다. 이제 곧 초고가 완성된다는 것도 그 여자가 알려줬다.

이제 와서 생각해보면 그 여자의 걱정이 옳았던 것일지도 모른다. 내가 알아차리지 못했을 뿐, 이즈미는 벽에 부딪힌 상태였을지도 모른다.

아니, 어쩌면 그 여자는 내가, 이즈미가 벽에 부딪혔다고 생각하게 하고 싶었던 걸까?

등골이 싸늘해졌다.

이제껏 생각지도 못한 일이었다.

종종 전화를 해서 이즈미의 상태가 심상치 않다는 인상을 내게 심어주려 했던 그 여자. 도대체 무엇 때문에?

이즈미가 자살했다고 생각하게 하기 위해.

그것은 즉?

이즈미는 자살하지 않았다.

나는 순간 내가 어디에 있는지 알 수 없었다. 여객선에 있다는 것도, 많은 사람들이 《밤이 끝나는 곳》에 관해 이야기를 나누고 있다는 것도 잊고 생생한 그날 밤으로 되돌아갔다.

그 눅진한 아카시아 냄새…… 피부에 달라붙고 밤에 녹아들 듯한…….

설마.

나는 순간 떠오른 생각을 애써 부인하려 했다.

설마, 그 여자가 이즈미를 죽였다는 건가? 동기가 뭐지? 프로듀서가 각본가를 죽여서 얻는 것이 뭐가 있다고.

문득 그 여자는 단순히 이즈미가 싫었기 때문이 아닐까 하는 생각이 들었다.

"우리는 참 잘 맞거든요" 하고 거듭 말한 것은 그것을 감추기 위해서가 아니었을까.

남편이 변호사라 좋겠다, 이즈미 씨는 일도 골라서 할 수 있으니 좋아하는 글만 써도 되잖아.

그런 말을 하는 것을 들은 적도 있다. 이즈미는 그 말을 듣고 얼굴이 굳었다. 그도 그럴 것이 이즈미는 대학생 때부터 방송 작가와 드라마 극본으로 돈을 벌어 학비도 스스로 충당했고 사법시험에 떨어져 재수 중인 나까지 먹여 살렸다. 욱하는 것도 당연하다.

그리고 어떤 결론이 떠올랐다.

그 여자는 질투했던 것이다.

이즈미를. 우리 부부를.

이제껏 보이지 않던 것이 뚜렷한 형태를 이룬 듯한 기분이 들었다.

혹시 그 여자는 우리 각자에게 뭔가를 주입시켜 부부 사이를 갈라놓으려 했던 것은 아닐까. 내게는 이즈미의 정신 상태가 이상하다는 생각을 주입시키고, 어쩌면 이즈미에게는 자신과 내가 그렇고 그런 사이라는 뉘앙스를 풍겼을지도 모른다. 이따금 내게 전화를 해서 이야기를 한 것은 그럴싸해 보이게 하기 위해서였다.

이즈미가 그것을 정말이라고 믿었을 리는 없다. 그 여자는 전혀 내 취향이 아닌 데다 이즈미라면 그 여자의 계략을 바로 꿰뚫어봤을 것이다.

하지만 그 여자가 과장해서 말했다 해도 정말로 이즈미의 정신 상태가 별로 좋지 않았던 거라면.

그 여자의 치졸한 계략이 이즈미에게 마지막 결정타가 되었다면.

그쪽이 가능성이 다분하다.

나는 속으로 한숨을 내쉬었다.

역시 이즈미는 자살이었던 것이다.

새삼 확신했다. 그 여자의 악의가 자살을 부추겼든 아니든 결과는 피할 수 없었던 것이다. 그런 생각이 들었다.

호랑나비와 달.

다시 마쓰자와의 미소가 머릿속에 되살아났다.

호랑나비와 달 중에서 어느 쪽이 더 클까?

마쓰자와가 내게 그렇게 묻는 것이 들렸다.

나는 고개를 끄덕인다.

당연히 호랑나비지.

마쓰자와는 어리둥절해한다. "장서표가 뭔데?" 하고 물었을 때와 똑같은 얼굴이다.

나는 자신만만하게 대답한다.

호랑나비는 바로 눈앞에 있고 달은 아주 먼 곳에 있으니까 당연히 호랑나비가 더 크지. 이 세상은 눈에 보이는 게 전부잖아. 안 그래?

11 죽은 자들의 목소리 ─────

　　　　나는 눈앞의 남녀가 대화하는 것을 보면서 왠지 유리 너머의 풍경을 보는 듯한 기분이 들었다.

이 상황을 뭐라고 표현하면 좋을까.

메모를 하고 이야기에 귀를 기울이면서도 머리 한구석에서는 그 말을 찾고 있었다.

순간 번뜩 떠올랐다.

거짓말 티가 난다, 다.

의외로 생각하면서도 직업적으로는 딱 들어맞는 말을 생각해낸 것에 만족했다.

그렇다, 마치 연극을 보는 것 같다. 꼭 정해진 대사를 듣고 있는 기분이다. 어쨌건 이곳에 모인 사람들은 죄다 거짓말의 전문가들이다.

그것을 깨닫자 묘한 기분이 들었다.

가령…… 가령 내가 이곳에 없다면 어떤 대화가 오갔을까.

슬며시 모두의 얼굴을 죽 훑어봤다.

왠지 완전히 다른 대화가 오갔을 것 같다. 이런 식으로 연기하는 표정과 손짓 발짓을 섞은 과장된 몸짓도 없고, 모두 무표정하게 내부 사정을 소곤거리며 이야기하다 때로는 노골적인 비난으로 응수하는 일도 벌어지지 않았을까.

혹시 그렇게 되지 않기 위해 나를 부른 건가?

그 추측이 어지간히 들어맞는다는 느낌이 들었다. 외부의 시선이 있으면 사람들은 체면을 차리느라 조심할 수밖에 없다. 나는 여기 모인 사람들의 완충재 역할로 불려온 것이 아닐까?

혹은 나를 속일 목적으로만 불렀다면? 모두가 바라는 '저주받은 영화'에 얽힌 일화를 기록하게 하기 위해 다 같이 사전에 꾸며낸 허구를 연기하고 있는 것이라면.

나는 속으로 쓴웃음을 지었다.

나는 의심이 많은 성격이 아닌데도 승선한 뒤부터 신경이 예민해졌다. 마사하루라는 접착제가 있긴 해도 그들의 많은 인원에 비해 우리는 소수라는 느낌을 지울 수가 없다.

그리고 마사하루가 도대체 어느 쪽을 향하고 어느 쪽에 서 있는지도 잘 모르겠다. 어쩌면 무슨 일을 꾸미고 있는 것은 그일지도 모른다.

"다마키 레이코 씨의 무덤은 어디에 있어요?"

마나베 아야미의 목소리가 들린다.

자신의 호기심이 향하는 대로 솔직하게, 특유의 서슴없는 말투로 말하는 모습은 이제 감탄할 지경이다.

다만 쓰노가에 다다시 감독도, 지금의 아내인 시미즈 게이코도 그런 질문에 눈 하나 깜짝하지 않았다.

쓰노가에 감독이 다마키 레이코와 결혼한 것은 먼 옛날이라고 해도 될 정도인 데다 기간도 짧았다.

그는 점잖게 고개를 끄덕였다.

"레이코의 고향인 후쿠시마에 있네. 전 장모님이 가족 묘지에 안장하겠다며 유골을 가져가셨지."

세트장 화재로 사망했을 당시 다마키 레이코는 아직 젊었을 터다. 쓰노가에 감독과의 사이에 자식도 없었고 감독의 재혼 가능성을 고려해서 유골을 가져갔을 것이다.

"레이코 씨는 편모 가정이었죠, 아마."

아야미는 다마키 레이코에 관한 정보도 다 파악하고 있는 모양이었다.

쓰노가에 감독도 아야미가 그런 것까지 알고 있다는 사실에 놀란 표정이다.

"맞네. 레이코의 어머니는 후쿠시마 시내에서 작은 술집을 운영하며 혼자 힘으로 그녀와 남동생을 키우셨지."

"남동생은 지금 어디에 살아요?"

"연락하는 사이는 아니지만 고향에서 상업고등학교를 나와 그 지역 기업에 취직했다고 알고 있네. 레이코와는 생긴 것도 다르고 과묵한 사람이었지. 그 어머니는 아주 굳센 분이셨어. 심지가 어찌나 강한지, 되레 고집이 세다고 해도 될 정도였네. 레이코의 유골을 가져가는데도 나로서는 입도 뻥긋할 수 없었지. 나를 원망하시나 했는데 그렇지도 않더군. 결혼했을 때부터 그랬어. 자식을 남 보듯 하는 면이 있었지. 장례식 때도 눈물 한 방울 보이지 않고 말없이 사진만 보시더군. 그렇다고 자식한테 정이 없는 것도 아니었네. 운명으로 받아들였다고 해야 할지, 이렇게 될 것을 예상했다고 해야 할지."

"예상했다니, 뭘 말인가요?"

마사하루가 물었다.

쓰노가에 감독은 순간 당황한 표정을 지었다. "아니, 그" 하고 말

끝을 흐린다.

"어머, 뭔데요?"

아야미가 잽싸게 추궁했다.

쓰노가에 감독은 쓴웃음을 띠고 마지못해 입을 열었다.

"실은 결혼할 때 하신 말씀이 있거든. 레이코가 여자 운이 불길하니 신경 써달라고 말이네."

"여자 운이라뇨? 남자 운 아니고요?"

마나베 시오리가 잘못 들었나 싶은 듯이 따져 물었다. 쓰노가에 감독은 고개를 저었다.

"나도 그렇게 되물었네. 혹시 사위가 못마땅해서 빈정대시나 싶어 가슴이 벌렁댔지. 한데 단호히 고개를 내젓고 '아니, 여자 운 말이네'라고 말씀하시더군. 어찌 된 영문인지 알 수가 없었지. 괜한 소리는 하지 않는 분이시기도 하고. 나중에 레이코에게 장모님이 이런 말씀을 하셨다고 얘기했더니, '어, 맞아' 하고 끄덕이더군. 종합해보면 이런 얘기인 듯하네."

쓰노가에 감독은 커피를 한 모금 마셨다.

"어렸을 때부터 레이코에게는 결코 나쁜 사람은 아니지만 운이 박하다고 해야 할지, 운이 별로 좋지 않은 사람들이 꼬였다고 하더군. 레이코의 분위기가 특정 유형의 사람을 끌어당기는 모양이야. 초등학교 때는 단짝 친구 집에 놀러갔다가 친구 아버지가 온몸에 기름을 뿌린 채 가족을 데리고 집단 자살을 꾀해 하마터면 휘말릴 뻔했고, 어머니의 술집 손님 중에 레이코를 예뻐하던 여자가 있었는데 그녀의 전남편이 칼로 찔러 죽였다고 했지. 아무래도 자신에게는 그런 사람들을 끌어당기는 면이 있는 것 같다고, 옛날부터 어머니가 조심하라고 당부하셨다고 했네."

"세상에."

모두가 놀라움을 금치 못했다.

"아무렴, 만화가 친구 중에도 유독 망상이 심한 사람한테 팬레터를 집중적으로 받는 사람이 있죠."

"아아, C씨 말이지?"

아야미와 시오리는 서로 눈빛을 교환하며 고개를 끄덕였다.

"신기하단 말이죠. 그 친구는 정말 착실하고 꼼꼼하고 그런 면이 전혀 없는 사람인 데다 작품도 지극히 평범한데, 왜 그런지 망상에 빠진 사람의 감각을 강하게 자극하는 모양이에요. 본인도 신기해하더라고요."

"누나들 팬은?"

마사하루가 물었다.

"우리 팬은 견실한 직장인이 많아. 공무원 비율이 높은 느낌이 들거든. 중년 남성도 많고."

"공부 잘한 사람들이었을걸."

마나베 자매는 작게 웃었다.

"내가 생각한 레이코 씨의 이미지는 조금 다른데."

시마자키 와카코가 말했다.

"남자를 애태우는 역할이나 타락한 역할이 많았잖아요. 그래서 당시에 남성 팬은 많은 반면 여자들은 싫어했죠."

내 인상도 요염한 매력이 있는 배우라는 이미지였다. 가냘픈데도 섹시하고 남자에게 관심이 있는 것처럼 행동해서 기대하게 하는 면이 있어 여자에게 반감을 사는 유형.

"그런 이미지를 내세워 활동했으니 그럴 수밖에."

쓰노가에 감독은 고개를 끄덕였다.

"이른바 주연감은 아니었네. 미인인 건 맞지만, 사연이 있어 보인다고 해야 할지 그늘이 있다고 해야 할지. 그런 얼굴이라 확실히 여성 팬은 생기지 않더군. 그런데 본인은 워낙 수더분한 성격이라 다가오는 사람을 거절하지도 못했네."

"그래서 불행을 짊어진 사람들을 끌어당긴 거였네요."

와카코는 한숨을 내쉬었다.

"그럼 세트장 화재도 운 나쁘게 휘말렸다는 건가요?"

"그런데 화재로 죽은 사람 중 여자는 레이코 씨가 유일했어요. 나머지는 죄다 남자였죠. 그건 여자 운이 불길하다고 할 수는 없지 않나요?"

마나베 자매의 정보력은 엄청나다.

"으음."

쓰노가에 감독이 앓는 소리를 냈다. 아직 밝히지 않은 이야기가 있는 모양이다.

모두가 그를 주목했다.

"아니, 이런 얘기를 하면 또 괜히 도시 전설을 보태는 것 같아서 내키지 않네만."

쓰노가에 감독은 황급히 손을 내저었다.

"어쨌든 요는 레이코의 어머니가 영적인 능력이라고 하나, 그쪽 방면에 재능이 있으셨던 모양이네. 왜, 술집에서 점도 봐주고 하지 않은가. 원래는 집안 대대로 혼령을 모시는 일을 했다고 하더군."

"어머나. 얘기가 갑자기 그쪽으로 흘러가네요. 설마 쓰노가에 감독님 입에서 그런 단어가 나올 줄은 몰랐어요."

아야미가 감탄한 듯한 복잡한 표정을 지었다.

"그래서 말하고 싶지 않았네. 나는 그런 거, 안 믿어."

쓰노가에 감독은 얼굴을 찌푸리면서도 계속했다.

"《밤이 끝나는 곳》의 영화 촬영이 시작되기 전에 레이코는 친정에 다녀왔지. 촬영이 길어지면 한동안 못 갈 것 같았으니까. 그때 어머니가 '네 주변에 모자 쓴 여자 없니?' 하고 물어보셨다고 했네."

"모자요?"

모두가 오싹해하는 표정을 지었다.

쓰노가에 감독은 울면서 웃는 듯한 얼굴로 고개를 끄덕였다.

"레이코가 '그런 사람 없어. 연기할 때 모자를 쓰는 일은 있어도' 하고 대답했더니, '그래? 그럼 됐어' 하고 가볍게 넘기셨다고 하더군. 레이코가 그 얘기를 해줬다는 걸 한참 후에야 기억해냈지만, 잘 생각해보니 그 당시 정말로 있었네."

"네?"

"모자 쓴 여자. 딱 한 번 촬영을 보러 왔던 여자."

"설마 메시아이 아즈사?"

시마자키 시로가 창백한 얼굴로 물었다.

쓰노가에 감독은 고개를 끄덕이는 것으로 대답을 대신했다.

"맞아, 그랬지. 직접 만들기도 하고 몇 종류나 가지고 있을 만큼 그녀는 모자를 좋아했어."

시마자키도 고개를 끄덕이고는 이어서 말했다.

"말도 안 돼. 그럼 레이코 씨의 어머니가 메시아이 아즈사를 가리켜 그렇게 말씀하셨단 말인가? 레이코 씨가 그 '여자 운' 때문에 화재에 휘말렸다는 건가?"

"와, 진짜 무서운데."

마사하루도 기분 탓인지 안색이 창백해 보인다.

나도 솔직히 흔해 빠진 괴담이라 생각했지만 동시에 으스스함을 느껴 나도 모르게 휑한 라운지를 훑어보고 있었다.

만약 라운지 구석에 모자를 쓴 여자가 가만히 앉아 있다면…….

황급히 그 이미지를 지웠다.

내가 '저주받은 영화'의 분위기에 휩쓸려서 어쩌겠다는 건가.

"레이코 씨에게는 그런 영능력이 없었나요?"

시오리가 물었다.

"그래, 전혀. 남동생은 어떨지 모르네만."

"그 후 레이코 씨의 어머니하고는?"

쓰노가에 감독은 힘없이 고개를 저었다.

"왕래는 진작 끊겼지. 한동안 레이코의 묘지를 꾸준히 찾아갔지만 그때도 만나지는 않았네. 아니, 그쪽에서는 나를 만날 생각이 없었나 보더군. 몇 년 전에 풍문으로 듣자니 돌아가셨더군."

"아쉬워라. 이 자리에 초대하고 싶었는데."

아야미가 중얼거렸다.

"정말 그런 얘기가 있긴 하군요."

신도 요스케가 감탄한 듯 고개를 끄덕였다.

"어머, 그런 얘기가 어떤 얘기인데요?"

시미즈 게이코가 놀리듯이 캐물었다.

"아니, 그, 이 업계에 옛날부터 많았던……."

"괴담이요?"

"그렇게 말하진 않죠. 불가사의한 얘기 말입니다. 최근에도 들었
지 않습니까?"

신도가 몸을 내밀었다. 그 눈이 반짝인다.

나는 가슴이 덜컥했다.

설마 사사쿠라 이즈미의 이야기가 나오는 건가 싶어 긴장한 것이다.

"CS 방송에서 드라마 《밤이 끝나는 곳》의 촬영 중에 카메라맨이
급사한 얘기, 압니까?"

"앗, 정말요? 최근에? 몰랐어요."

게이코가 눈을 휘둥그렇게 떴다.

그 이야기구나 싶어 나는 가슴을 쓸어내렸다.

아직까지는. 아직까지는 이즈미의 이야기를 하고 싶지 않다. 설마
신도도 전처를 자살로 잃은 남자 앞에서 그런 이야기를 꺼낼 리는 없
겠지만.

"또 영상화 기획이 나왔다는 소문은 들었지만 벌써 촬영까지 했을
줄이야."

쓰노가에 감독도 금시초문인지 탓하는 말투였다.

"그렇다니까요. 세간에서 떠들어대기 전에 얼른 찍어야겠다며 드
라마 촬영을 짧은 기간에 마쳤나 봅니다. 그런데 이번에도 클라이맥
스인 화재 장면을 한창 찍고 있는 도중에 카메라맨이 급사하는 사고
가 발생한 거죠. 카메라맨이 카메라 테스트를 할 때마다 묘한 소리를
하는 걸 들은 스태프가 한둘이 아니었답니다."

"에그그, 또 무서운 얘기예요?"

와카코가 겁을 냈다.

"아뇨, 불가사의한 얘기죠."

신도는 싱글싱글 웃으며 고개를 저었다.

"카메라맨이 말하기를 보조 출연자들은 자리가 딱딱 정해져 있는데, 매번 이상한 인물이 찍혀 있다는 겁니다. 그것도 남녀 두 명이."

나는 며칠 전 유키히로에게 들은 이야기와는 조금 다르다는 생각을 하며 고개를 들었다.

"무서운 얘기 맞네요, 뭐."

와카코가 자기 어깨를 감싸고 신도를 흘겨봤다.

"뭐, 상투적인 얘기입니다. 뒷부분까지 들으면 너무 흔해 빠진 얘기라 환멸을 느낄걸요. 요는 《밤이 끝나는 곳》의 두 번째 영화 제작 당시에 배우가 다른 배우를 죽이고 자기도 자살했는데, 그때 죽은 두 배우가 카메라에 찍혔다는 얘기입니다."

"듣고 보니 진부하긴 하군."

쓰노가에 감독이 냉정한 목소리로 끼어들었다.

"그렇죠? 그런데 카메라맨이 몇 번이나 묘한 소리를 중얼거린 걸 여러 스태프가 들은 겁니다. '왜 거기 있나?', '거기 두 사람, 걸리적거린다', '저런 배우들이 있었나?'라나 뭐라나."

"그냥 말귀를 잘 못 알아듣는 보조 출연자들 아닌가요?"

게이코가 슬쩍 받아넘겼다.

"그럴지도 모르죠."

신도도 부인하지 않았다.

"누구, 남아 있는 영상으로 확인한 사람 있어요?"

"그게, 본 촬영 도중에 급사한 카메라맨이 파인더를 들여다본 상태 고대로 숨겨 있었다더군요. 심지어 그 전에 카메라 테스트를 한 영상도 무슨 영문인지 새하얗게 돼서 남아 있는 게 없는 모양입니다."

"그야말로 잘 짜인 괴담이군요. 변주하려고 고심한 흔적이 없어도 너무 없잖습니까."

마사하루가 못마땅한 듯이 대꾸했다.

어째서인지 모두가 폭소를 터뜨려 분위기가 누그러졌다.

함께 웃으면서 여태껏 경직되어 있던 등허리가 풀리는 것을 느꼈다.

무서워했다. 다들 겁먹고 있었던 것이다.

이토록 밝은 바다 위에서. 대낮에. 다 큰 어른들이.

그것을 깨닫고 왠지 섬뜩했다.

"그래서 그동안 찍은 영상은 어떻게 됐는가?"

쓰노가에 감독이 초조한 목소리로 물었다.

신도는 어깨를 움츠렸다.

"또다시 창고행이죠. 스태프들이 겁먹고 도망갔다더군요."

"결국 화재 장면은 못 찍었군."

"그렇습니다."

쓰노가에 감독이 안심한 표정을 지어 나는 어? 하고 생각했다.

전설의 영화. 과거 제작에 실패한 영화. 다른 사람이 찍기를 원하지 않았을지도 모른다. 스승인 시라이 감독도 찍지 못했으니까. 쓰노가에 감독 정도의 거장이라 불리는 사람도 그런 초조함이나 질투가 있다고 생각하니 의외이면서도 안심이 되기도 했다. 창작자의 세계에서는 그런 것들은 피해갈 수 없다. 나처럼 아직 젊은 글쟁이든 세계적인 거장이든.

"살해 후 자살이라. 신도 씨가 프로듀서를 맡은 두 번째 영화화."

아야미가 부루퉁하게 말하고 고개를 갸웃했다.

"그걸 잘 모르겠단 말이죠. 그 두 명 다 연극배우였죠?"

팔짱을 끼고 몸을 좌우로 흔들거리는 모습이 참으로 연극적이다.

새삼 이 연극 무대 같은 상황을 깨달았다.

모두 하나같이 자신에게 주어진 역할을 연기하고 있다…….

아야미는 탐정 역을 맡은 배우처럼 집게손가락을 세웠다.

"살해 후 자살 말인데요, 당시에도 사람들이 이상하게 여겼다고 해요. 애초에 그 두 배우가 교제 중이었다는 걸 아는 사람이 한 명도 없다고 들었어요. 그럼 딱히 남의 눈을 피할 필요도 없었는데 말이죠."

신도가 놀란 얼굴을 했다.

"과연 잘 아는군요. 그런 정보는 대체 어디서 얻은 겁니까? 우리도 잘 모르는 얘긴데."

"이런저런 방법이 있죠."

신도가 속을 떠보자, 아야미는 대답을 은근슬쩍 피했다.

"맞습니다. 그 사건은 저도 영 이상하더군요."

신도도 캐묻지는 않았다.

"경찰도 이상하게 여겼을 터. 결국 살해 후 자살이라는 결론이 났지만."

"그게 아니라는 거예요?"

게이코가 의아스럽다는 듯 물었다.

"뭐, 누가 봐도 살해 후 자살이라는 결론을 낼 수밖에 없었습니다. 왜냐하면 두 배우가 죽은 곳은 완전한 밀실 상태였거든요."

"밀실!"

그 말에 반응한 것은 마사하루였다. 활자 중독이자 추리소설 애독자인 만큼 무리도 아니다. 현실 세계에서는 좀처럼 그런 말을 만날 기회가 없다.

모두가 그 반응에 웃음을 터뜨렸다.

"오호, 아무래도 자네는 탐정소설 애독자인 모양이군."

신도가 특유의 싱글거리는 얼굴로 마사하루를 봤다.

마사하루는 머리를 긁적인다.

"죄송합니다, 제가 엉뚱한 데서 반응했군요. 그런데 네, 어렸을 때부터 추리소설을 좋아했습니다."

마사하루는 고개를 번쩍 들고 신도를 봤다. 눈은 호기심으로 가득하다.

"그런데 그게 아니었다는 겁니까? 살해 후 자살이 아니었다고요?"

"그렇지."

신도를 고개를 끄덕였다.

"제 생각은 그렇습니다. 경찰도 다른 가능성을 찾지 못했기 때문에 살해 후 자살로 사건을 종결해버렸을 겁니다."

"그게 아니었다는 겁니까? 혹시 사고일 가능성도?"

"아니."

신도는 딱 잘라 말했다.

"그건 살인이에요. 두 배우 모두 누군가에게 살해당한 겁니다."

신도는 웃음기가 채 가시지 않은 얼굴로 그렇게 단언했다.

12 눈과 귀의 밀실 ────────

　　　　　　'밀실'이라는 말에 대한 반응은 추리소설 애독자라면 피할 수 없는 슬픈 숙명이다.

　나는 철없어 보인다는 것을 알면서도 그만 귀를 쫑긋 세우고 만다.

　친구 중에 미스터리 골수팬이 있는데 신문 기사를 읽다가도 '밀실'이라는 단어에 반응한다고 한다. 그런데 다시 살펴보면 '밀실 담합'이라는 진부한 상투어인 경우가 있어 실망하는 모양이다. 어쩐지 그 마음을 알 것 같다.

　"그러고 보니 얼마 전에 현실에서도 밀실 살인 사건이 있었던 것 같은데."

　무심코 괜한 소리를 하고 말았다.

　"그 술집 사건 말이지?"

　아내 고즈에가 나를 힐끗 본다.

　"그래, 맞아."

　"무슨 얘기인데?"

　마나베 아야미가 관심을 보이기에 설명해줬다.

　"어떤 술집에서 손님과 종업원을 합해 총 네 명이 칼에 찔려 살해된 채 발견됐어. 카운터석만 있는 작은 술집인데, 현관문이 단단히 잠겨 있고 창문도 안에서 잠겨 있는 완전한 밀실 상태였대. 신문 기사로 읽었을 때 흥분되더라."

"아, 그 사건, 들은 적 있어."

마나베 시오리가 담담히 맞장구를 쳤다.

"그런데 그 사건, 해결했잖아. 네 명 중 한 명이 다른 세 명을 살해한 뒤 자살했다고 하던데?"

"앗, 그런 거였어?"

"후속 기사로 읽었던 것 같아."

이 자매는 신문의 사회면 기사까지 꿰고 있는 모양이다.

"범인이 자기도 찌른 건가? 고통스러울 텐데."

"그랬다나 봐. 칼의 각도 같은 걸로 스스로 찌른 상처인지 아닌지 알 수 있잖아."

"흐음. 그렇게 쉽게 해결될 거였으면 밀실 사건의 의미가 없군."

"의미가 없지는 않지. 이 경우에는 본래의 목적 때문에 밀실이었던 거잖아."

"본래의 목적이라니?"

"누구에게도 방해받고 싶지 않다는 거. 문을 잠근다는 건 그게 가장 큰 목적이잖아."

시오리가 그것도 모르냐는 얼굴로 나를 봤다.

과연. 듣고 보니 본래 밀실이란 그런 것이다. '트릭을 위한 트릭'이라 불리는 '밀실' 미스터리만 읽다 보니 알리바이 공작이니 불가능 범죄니 하는 음모에만 정신이 팔려 그런 순수한 관점을 놓쳐버렸다.

문득 뭔가 머리를 스쳤다.

음모에 정신이 팔려 순수한 관점을 놓쳐버린다……

그와 비슷한 상황을 조금 전에 체감한 듯한.

"현실의 밀실 살인은 상황이 어땠어요?"

아야미가 신도 요스케를 도발하는 듯한 눈초리로 물었다.

신도는 작게 웃었다.

"뭐, 그럼 설명을 해드리죠."

침착한 척 말하고 있지만 자신이 주역이 되는 것을 은근히 반기는 눈치였다.

"워낙 특수한 상황이라 탐정소설 애독자라면 흥미를 느낄 겁니다."

"오, 기대가 됩니다."

내가 농담을 하자 헛웃음이 터져 나왔다.

"우선 두 번째 영화 제작 촬영지부터 설명해드려야겠군요."

신도는 점잖게 헛기침을 하고 말투를 가다듬었다.

"첫 영화화 때는 거의 세트장 촬영이었지만 두 번째로 시도했을 때는 폐업이 예정된 I반도의 여관에서 촬영했습니다."

"삼춘관이로군?"

쓰노가에 다다시 감독이 고갯짓을 했다.

"한창 영업 중일 때 숙박한 적이 있고 폐업이 결정되고 나서는 나한테 촬영에 쓰지 않겠냐고 연락이 왔었네."

"뭐, 사장이 굳세다고 해야 할지, 조금 별난 사람이더군요. 풍류인이라는 말이 어울릴 법한. 여관을 헐 바에야 차라리 잘 활용하고 싶다면서, 태우든 부수든 영상으로 제대로 남겨주기만 하면 어떻게 사용해도 좋다고 합디다."

신도는 순화해서 말하고 있지만 상당히 괴이하고 엉뚱한 사장이었으리라.

쓰노가에 감독이 옛날 생각이 나는지 눈을 가늘게 떴다.

"여관은 일본식과 서양식이 절충된 눈에 확 띄는 키치한 느낌의 건물이었죠. 어쩌면 중요 문화재급이 될 수도 있었지만 여기저기 수리를 한 데다 그 키치한 느낌이 도리어 마이너스로 작용해 인정받지 못했다는 소문이 돌았을 정도입니다. 제2차 세계대전 전에는 영화 촬영지로 자주 쓰였죠. 특히 정원이나 식당에서 맞선 장면을 많이 찍었다고 합니다."

신도가 여러 영화 제목을 언급했지만 나는 하나같이 모르는 작품이었다.

"도쿄 메구로의 가조엔 호텔 같은 느낌인가요?"

아야미가 물었다.

신도는 고개를 기울였다.

"그렇게 화려하진 않지만 비슷한 감각인 것 같군요. 그곳을 더 메마르게 했다거나 빛바래게 했다고나 할까요."

"그건 또 그것대로 굉장할 것 같아."

"원작 이미지랑 딱 맞잖아."

아야미와 시오리가 소곤소곤 속삭였다.

"감독님께 연락이 왔을 때 뭔가 찍어야겠다는 생각은 안 드셨습니까?"

내가 묻자 쓰노가에 감독은 쓴웃음을 지었다.

"그러고 싶었네만, 이미 영화 스케줄이 2년 뒤까지 꽉 차 있어서 말이야."

"이왕 이렇게 된 거, 감독님이 다시 《밤이 끝나는 곳》에 도전해야겠다는 생각은 안 드셨나요?"

내가 은연중에 묻고 싶었던 것을 아야미가 대신 질문해줬다. 숙박한 적이 있다면 곧바로 현지 이미지가 떠올랐을 것이다. 그럼 당연히 《밤이 끝나는 곳》도 염두에 두고 있었을 터다.

"물론 생각하지 않았다면 거짓말이지."

쓰노가에 감독이 한숨을 섞어 대답했다.

"한데 아직은 금기라는 생각이 더 강했네. 시라이 감독님이 두 눈 시퍼렇게 뜨고 살아 계시는 데다 당시 스태프들도 어제 일처럼 기억이 생생할 텐데 내가 섣불리 말을 꺼낼 분위기가 아니었지."

두 번째 영화 제작은 첫 번째 제작이 중도에 무산된 뒤 십수 년이 지나서야 시도되었는데도 스태프들의 상처가 크다는 걸까.

"그래서 결국 저와 시로마 감독님이 두 번째 영화화의 권리와 삼춘관의 촬영 허가를 얻어낸 겁니다."

신도가 쓰노가에 감독에 대한 조심스러움과 영화 제작에 착수할 수 있었던 것에 대한 자부심이 엿보인 복잡한 표정으로 말했다.

"시로마 히토시 감독님은 원래 다큐멘터리를 하던 분이었죠."

시마자키 시로가 혼잣말처럼 중얼거렸다.

"네. 이른바 상업 영화, 게다가 픽션을 찍은 건 이때가 처음이었습니다."

"업계 인맥이랄지, 그런 것에서 비교적 자유로워서 감독으로 선택되었다고 들었습니다."

"확실히 그런 측면이 있긴 하죠. 아무래도 시라이 감독님 다음으로 똑같은 영화를 찍겠다고 나서기는 어렵지 않겠습니까."

영화계는 생각보다 좁다. 과거에는 도제제도나 다름없었으니 모두가 아는 사이라면 신경 쓰고 눈치를 볼 일도 많았으리라.

"시로마 감독님은 원래 이 원작에 애착이 있었나요? 아니면 신도 씨가 애착을 가졌던 건가요?"

아야미가 물었다.

"솔직히 저, 였습니다. 영화로 만들고 싶어 했던 건."

신도가 선선히 대답했다.

"실은 시라이 감독님 때도 제가 프로듀서를 맡고 싶었죠. 그런데 당시만 해도 아직 신출내기였고 그래서 더 잘 보이려고 노력했지만 상대해주지 않더군요."

당시의 설움과 분함이 떠올랐는지 한순간 눈이 험악해졌다. 그렇군, 이 아저씨는 마음은 여전히 청춘인 것이다. 프로듀서란 이런 사람이리라. 아니, 이래야만 영화를 만들 수 있는 것이다.

한순간이나마 표정에 감정이 드러나 아차 싶었는지 그는 웃음을 띠고 사방을 둘러봤다.

"시로마 감독님은 담담한 사람이었습니다. 예산 없는 다큐멘터리를 꾸준히 찍었던 감독이라 자금력이 부족한 프로듀서 입장에서는 참 고마웠죠."

여러 의미로 해석할 수 있는 발언이지만 쓰노가에 감독은 말없이 미소만 짓고 있다.

추억담도 좋지만 나는 빨리 밀실 이야기를 듣고 싶었다.

"그나저나 동반 자살을 한 걸로 알려진 사람은 다카하시 게이타와 가노 료코라는 배우였죠. 두 사람은 준주연급 배우였나요?"

같은 마음이었는지 아야미가 자연스럽게 끼어들었다.

"네."

신도는 고개를 끄덕이고 덧붙여 말했다.

"영화에서는 주연을 맡은 적이 없지만 두 사람 다 탄탄한 연기력을 지닌 좋은 배우였죠."

"연극판에서 데려오신 거죠?"

신도는 고개를 움츠렸다.

"시로마 감독님은 다큐멘터리 분야에서 잔뼈가 굵을 뿐만 아니라 연극판에도 발이 넓어서 거기서 배우를 데려왔습니다."

요컨대 당시 신도는 시라이 감독의 제작 실패로 《밤이 끝나는 곳》의 언급조차 금기시하는 분위기가 자리 잡은 영화계에서는 인재를 데려올 수가 없어서 전문 분야가 다른 곳에서 불러올 수밖에 없었다는 건가.

다만 운 좋게도 시라이 감독의 필름과 시로마 감독의 필름 일부를 볼 기회가 있었다는 스태프의 말에 따르면 색채는 완전히 다르지만, 극적인 연출이 있는 그야말로 잘 만든 옛 일본 영화를 보고 자란 시라이 감독의 필름보다 시로마 감독의 필름이 더 현실성 있고 이질적이라는 면에서는 완성도가 높았다고 했다. 물론 전해 들은 것이기 때문에 사실인지 아닌지 알 수 없는 데다 그 스태프의 취향이나 편견도 있었을지도 모른다.

새삼 '보고 싶다'는 생각이 간절해졌다. 도중까지라도 좋으니 그 세계가 스크린 속에서 펼쳐지는 모습을 어두운 영화관에서 볼 수 있다면 얼마나 좋을까.

"일반적으로는 동반 자살로 알려지긴 했지만 실제로는 과연 어떨까요? 신도 씨는 살인이라고 하셨죠."

시오리가 억양 없는 목소리로 물었다.

"저는 살인이라고 생각합니다. 그런데 안타깝게도 거의 모든 상황이 동반 자살로 판단하게 했죠."

"상황이 어땠길래 그러시죠?"

내가 재촉하자 신도는 그제야 이야기를 시작했다.

여관을 마음대로 써도 좋다는 허락을 받고 다양한 설비를 들여왔습니다. 감독은 카메라 테스트를 여러 차례 꼼꼼히 했죠. 어떻게 보면 세트장이 아니라 진짜 건물에서 촬영하는 게 더 어려울 수도 있거든요. 카메라의 위치 선정이나 조명 상태 등 결국 나중에 벽을 부순 곳도 있었지만, 가급적 건물을 부수지 않고 그대로 살리면서 촬영하기 위해 리허설과 테스트를 반복했습니다.

특히 편리했던 건 여관 근처에 종업원 기숙사가 있어 스태프들과 배우들의 숙소로 사용한 겁니다. 그 직전까지 종업원이 살았기 때문에 청소도 깨끗이 되어 있고 방마다 세탁기가 딸려 있을 뿐만 아니라 가까운 별동에는 공동 식당과 대욕장까지 갖추어져 있어 스태프들도 싸구려 호텔보다 낫다고 기뻐했죠.

대스타가 없었던 것도 다행이었죠. 기숙사의 방은 전부 똑같은 크기와 구조, 똑같은 설비가 갖추어져 있어 누구 하나를 특별 대우할 필요 없이 모두 평등하게 대우하면 됐으니까요.

촬영은 순조로웠습니다.

산속이라 방해하는 사람도 없고 늦게까지 촬영하고 나서도 근처 숙소에 걸어서 돌아가면 바로 이불 속에 들어갈 수 있으니까요.

날씨도 안정적이고 스케줄도 예정대로 소화하고 있었습니다.

문제가 된 그날은 쉬는 날도 없이 매일 촬영이 계속되던 와중에 우연히 날씨가 나빠진 날이었죠. 낮부터 찬비가 내리는 바람에 장면이 이어지지 않자, 감독이 오후 촬영은 접고 다 같이 쉬자고 한 겁니다. 다들 어찌나 기뻐하던지. 배우들 대부분은 숙소로 돌아가 휴식을 취하고 몇몇은 시내에 쇼핑을 가거나 기분 전환을 하러 외출했죠.

그 직전에 며칠간 두 사람의 낌새가 수상하다는 증언이 있긴 했습니다.

서로 어색해한다든가 둘 사이에 다소 긴장감이 감돌았다든가 하는 얘기였죠.

두 사람은 같은 극단에서 활동하며 밑바닥부터 올라왔고 한때는 교제하는 사이였다고 하더군요. 그런데 이때는 스태프의 증언에 따르면 남녀 간의 애정 문제로 어색해한 것이 아니라 연기 문제로 진지하게 언쟁을 벌였다는 겁니다.

두 사람을 잘 아는 감독은 둘이 극단에서는 주요 멤버였고 연기에 관해 서로 의견을 주고받는 건 늘 있는 일이니 신경 쓰지 말라고 했죠.

그날 촬영이 중단되자 두 사람은 각자 자기 방으로 돌아가 쉬었다고 합니다.

그런데 잠시 후 여배우가 남배우의 방을 찾아갔다고 하더군요.

서로의 방을 오가는 건 배우 사이에서, 스태프 사이에서, 혹은 스태프와 배우 사이에서 드물지 않은 일이었습니다. 영화 현장이 워낙 고된 곳인 데다 배우도 스태프도 아침 일찍부터 밤늦게까지 육체노동을 하다시피 하니까 건전하지 않은 속셈으로 오가는 건 아니었죠. 이따금 한숨 돌리기 위해 술판을 벌이는 건 그냥 눈감아줬습니다.

그러고 나서 얼마 후 저녁 먹을 시간이 되었죠.

저녁은 별동의 식당에서 다 같이 먹기로 되어 있었습니다. 그렇게 하면 식사 준비와 뒷정리를 한꺼번에 할 수 있으니까요.

평소에는 다 같이 촬영 현장에서 식당으로 이동하지만 다들 숙소에서 쉬고 있었기 때문에 스태프가 부르러 갔습니다.

그리고 왠지 낌새가 이상하다 싶어 다카하시 게이타의 방문을 열어 보니 피투성이가 되어 쓰러져 있는 두 사람을 발견했다는 얘깁니다.

"그렇다는 건 문이 잠겨 있지 않았다는 거군요."

나도 모르게 눈썹을 치켜올리고 있었다.

밀실이 아니잖아.

내 얼굴에 그렇게 쓰인 것을 읽어냈다는 듯이 신도가 나를 향해 고개를 숙여 보였다.

"네, 문은 잠겨 있지 않았습니다. 그런데 밀실이었죠."

"아니, 어떻게요?"

"숙소의 구조를 설명해야겠군요."

신도는 사방을 두리번거리며 살폈다.

고즈에가 눈치 빠르게 노트를 한 장 찢어서 신도에게 건넸다.

신도는 고즈에에게 손을 모아 인사한 뒤 상의 윗주머니에서 볼펜을 꺼내 그림을 그리기 시작했다.

옳지, 역시 밀실에는 도면이 빠지면 안 되지, 하고 나는 엉뚱한 데서 만족했다.

"숙소는 2층짜리 건물 두 동이 나란히 서 있었습니다. 완전히 똑같은 구조로 말이죠. 한쪽은 통로로 되어 있고 층마다 방이 여섯 개씩 들어가 있습니다. 통로에는 각 방의 세탁기가 놓여 있고, 통로 끝 외벽에는 슬레이트 지붕이 덮인 챌판 없는 계단이 달린 지극히 일반적인 구조입니다.”

“아, 샌들 같은 거 신고 올라가면 유난히 시끄럽게 울리는 그 계단.”

아야미가 혼잣말을 했다.

“네, 바로 그런 건물이었죠.”

신도가 고개를 끄덕였다.

“그리고 다카하시 게이타의 방은 여깁니다.”

신도가 표시한 곳은 2층 끝에서 두 번째 방이었다.

“가노 료코의 방은 여기고요.”

또 하나의 표시는 1층 끝 방. 다카하시 게이타 방의 대각선 아랫방
이다.

가노 료코의 방 옆에 계단이 있는 구조다.

“그리고 여기는 소품 담당 스태프 K의 방입니다.”

신도는 2층 맨 끝 방에 ‘K’라고 적었다.

“의상 담당도 겸하고 있는 K는 이날 오후 통로에서 세탁기를 돌리
면서 그 앞에 의자를 놓고 앉아 계속 자료를 읽고 있었다고 합니다.”

“계속이요?”

나는 그렇게 되물어 확인했다.

“네, 계속. 빨랫감도 많고, 무엇보다 세탁조와 탈수조가 나뉘어 있
는 이조식 세탁기라 세탁이 끝나면 빨랫감을 일일이 탈수조로 옮겨
줘야 해서 방에 들어가기가 귀찮았다고 하더군요.”

“아하, 그 스태프가 두 배우 외에는 아무도 그 방에 들어가지 않았
다고 증언한 거군요.”

“맞습니다. K는 다카하시 게이타와 함께 현장에서 돌아와서 그가
방에 들어가는 모습을 본 다음에 곧바로 세탁을 시작해 계속 통로에

앉아 있다가 가노 료코가 계단을 올라와 다카하시 게이타의 방에 들어가는 모습도 봤죠. 그 이후 아무도 그 방에 출입하지 않았고 스태프가 저녁을 먹으라고 부르러 왔다가 두 사람을 발견했을 때도 세탁기 옆에 앉아 있었습니다. K도 곧바로 그 방을 보러 갔고 방 안에는 두 배우 외에 아무도 없었다고 증언한 겁니다."

"눈으로 확인한 밀실이라, 좋군요."

나는 황홀함에 빠졌다.

"그렇다면 역시 자살이 맞다는 거 아닐까요? 달리 아무도 없었다면 그게 당연하잖아요."

밀실의 낭만을 느끼지 못하는 보통 사람인 시오리가 시원스레 말했다.

"네에, 결국 그렇게 됐죠. K의 증언으로 말이죠. 게다가 K뿐만 아니라 옆 동의 1층 끝 방에 있던 배우도, 가노 료코가 올라간 뒤로 아무도 계단을 올라가지 않았다고 증언하더군요. 그 배우는 쉬는 대신 창문을 향해 대사를 연습하고 있었습니다. 그 방 창문에서는 옆 건물의 계단이 훤히 보였죠."

신도는 신나게 설명했다.

시오리는 이해가 되지 않는다는 표정을 짓고 있다.

"그럼 더더욱 자살이라는 결론이 되잖아요."

"네에, 경찰도 그렇게 판단할 수밖에 없었죠."

"그나저나 자살은 어떤 식으로 한 건가요?"

나는 신도의 흐뭇한 얼굴을 보면서 단순한 의문을 던졌다.

"두 사람 다 칼에 찔려 죽었습니다."

"요컨대 살해 후 자살이라고 한 이상 한쪽이 다른 한쪽을 찌른 뒤에 자살했다는 거죠?"

나는 연거푸 질문했다. 신도의 이 미적지근한 대답에는 어떤 의미가 숨겨져 있는 걸까. 그리고 살인이라고 단언한 이유는 뭘까.

"경찰은 그렇게 발표했습니다. 그런데 실제로 두 사람 다 거의 시간차 없이 찔렸기 때문에 어느 쪽이 먼저 찔렸는지는 알 수 없었던 것 같더군요."

"으음."

시마자키가 팔짱을 꼈다.

"동반 자살이든 살인이든 칼에 찔려 죽으면 이루 말할 수 없이 고통스러울 겁니다. 옛날 기숙사 건물이라 하면 미안하지만 방도 그리 넓지 않고 소리도 옆방이나 아랫방에 훤히 들리지 않습니까. 함께 죽을 것을 강요받거나 살인자에게 습격을 받았다면 비명을 지르든 몸부림을 치든 해서 밖으로 도망가려고 하지 않겠습니까?"

지당한 질문이다. 어느 쪽이든 단말마의 고통에서 벗어날 수 없다.

"다카하시 게이타의 방 바로 아랫방에 다른 배우가 있었죠. 그 배우는 방에 누워서 말 그대로 휴식을 취하고 있었다고 합니다."

신도가 밝은 목소리로 말했다.

"그 배우는 뭐라고 증언하던가요?"

"그게, 이상하게도 '조용했다'고 했답니다."

"잠들어 있었던 거 아닙니까?"

"아뇨, 그 배우는 신경이 예민한 남자 배우였는데, 말소리가 나면 잠을 이루지 못하는 체질이었습니다. 2층 창문이 열려 있는 탓에 다카하시 게이타와 가노 료코가 계속 속닥거리며 얘기하는 소리가 들려서 잠들지 못하고 깨어 있었다고 하더군요."

"말은 그렇게 해도 실은 잠깐 잠이 들었을 수도 있고, 꿈속에서 있었던 일을 착각한 거 아닙니까?"

"그럴지도 모르죠. 그런데 그 배우의 말에 따르면 두 사람은 지극히 평범하게 얘기하다가 갑자기 조용해졌다고 했습니다. 도저히 동반 자살을 했다고는 생각할 수 없다고 말이죠."

"그런데 결국 아무도 출입하지 않았다, 얘기가 그리로 되돌아가네요. 신도 씨는 왜 살인이라고 하시는 거죠?"

시오리가 기다리다 지쳤다는 듯이 끼어들었다.

나도 같은 생각이었다.

그러자 신도는 기묘한 미소를 머금고 우리를 쳐다봤다.

"흉기가 없었기 때문이죠."

"네?"

나는 얼빠진 소리를 내며 되물었다.

"두 사람이 죽은 방 어디에서도 흉기가 발견되지 않은 겁니다. 경찰은 어느 한쪽이 죽기 직전에 몰래 처분했을 거라고 했지만, 흉기는 발견되지 않았습니다. 그래서 저는 살인이라고 하는 겁니다."

아무리 미스터리 팬인 나도 과연 녹는 얼음 칼을 사용한 건 아니냐는 말은 꺼낼 수 없었다.

13 공물

               탐정소설에 나올 법한 이야기를 재미있게 들으
면서도 내 집중력이 흐트러지고 있음을 느꼈다.

불현듯 배의 꼭대기에 있는 짙은 색 유리창에 둘러싸인 이 라운지
가 하나의 원반이고, 우리는 오갈 데 없이 회색 바다 위에 떠 있는 이
세상의 생존자 같다는 생각이 들었다.

가령 어떤 일로 인해 세상이 멸망하고 우연히 이 배에 탄 사람들만
살아남아 귀항할 땅도 없이 헤매고 있다면 서로 어떤 이야기를 나눌
까.

필시 미래에 대해서는 이야기하지 않을 것이다. 그 대신 과거의 사
소한 기억, 한때 찍는 데 실패한 저주받은 영화, 한때 존재했던 것, 그
리고 앞으로 존재할 수 없는 것에 관해 끝없이 이야기하지 않을까.

그래, 딱 지금의 우리처럼.

"그렇게 이상한 상황이었는데, 경찰이 동반 자살이라는 결론을 냈
다고요?"

마나베 시오리가 어이없다는 듯 말했다.

"흉기가 없다니, 아무리 생각해도 이상한데 말이에요."

"무척 이상한 상황이었는데도 그렇게 결론을 내지 않을 수가 없었

던 겁니다. 주변 사람들의 증언을 종합해보면 말이죠."

신도 요스케가 어깨를 으쓱 추어올렸다.

"당시에는 저도 자다가 벼락을 맞은 것이라 패닉에 빠졌죠. 이렇게 냉정히 돌이켜보면 확실히 이상한 구석이 많았습니다. 그런데 사건이 한창일 때는 차분히 생각할 여유도 없었죠. 그리고 현실에서 발생한 사건은 앞뒤가 딱 맞고 일관성이 있고 그런 게 아니란 말이죠. 무수히 많은 사실과 정보가 아무렇게나 쏟아져 나온다, 이 말입니다. 사건과 무관한 쓸데없는 정보도 많고 한눈에 이해할 수 있는 스토리가 있는 것도 아니죠."

신도가 히죽 웃으며 마사하루를 봤다. 누가 봐도 추리소설 마니아인 마사하루를 짓궂게 놀리는 것이 분명했고 마사하루도 신도를 따라 어깨를 추어올렸다.

"경찰도 혼란스러운 현장 상황에서 최대한 가능성이 있고 말이 되는 결론을 택한 겁니다. 저는 부끄럽게도 당시 거의 제정신이 아니었죠. 말 그대로 눈앞이 새카매지더군요. 물론 촬영은 중단되었습니다. 갖은 수단을 다 써봤지만 결국 그대로 중단할 수밖에 없었죠. 저주받은 영화니 뭐니 하기보다 도대체 왜 이런 일이 생기는 거냐고 하늘을 저주했습니다. 솔직히 죽은 두 배우가 원망스러워서 그들을 연민할 여유도 없었습니다. 지금 생각하면 참 미안한 일이었죠."

"만약 정말로 살해된 거라면. 동기가 있는 사람은 있었나요? 그게 기본인데 그쪽은 조사하지 않은 건가요?"

시오리가 여느 때처럼 냉정하게 끼어들었다.

신도는 그렇게 질문할 줄 알았다는 표정을 지었다.

"실은 경찰 중에 콜롬보 같은 형사가 한 명 있었죠. 그 형사는 수사가 종결된 뒤에도 끈질기게 조사했습니다. 몇 번 만난 적은 있지만, 살인에 이를 정도의 동기가 있다고 생각되는 인물은 찾아내지 못했다고 했습니다."

"그럼 오히려 동반 자살설이 유력해지는군요."

이번에는 마사하루가 입을 열었다.

"신도 씨가 살인설을 택한 건 흉기가 없다는 거, 그거 하나 때문이죠?"

아니, 재판하는 것도 아니고, 하고 나는 속으로 쓴웃음을 지었다.

"네, 맞습니다. 마사하루 씨도 그 편이 더 반갑지 않습니까?"

"그야, 개인적인 취향으로 말하자면 불가능한 밀실 살인이 더 좋군요. 그런데 세상에는 자살로 위장한 살인만큼 살인으로 위장한 자살도 많습니다. 양쪽 다 보험금이 목적일 경우가 대부분이지만요."

"어머, 마사하루, 직접 그런 사건을 다룬 적이 있나 봐?"

마나베 아야미가 흥미롭다는 듯이 마사하루를 본다.

"노코멘트."

마사하루는 무뚝뚝하게 아야미를 힐끗 보고는 몸을 내밀었다.

"이야기를 듣다 보니 오히려 주도면밀하게 계획된 동반 자살설을 선택하고 싶어지는군요. 무엇보다 두 사람은 실력파 배우였습니다. 마음만 먹으면 서로 앙숙인 척 연기하는 건 식은 죽 먹기였겠죠.《나일강의 죽음》처럼 말입니다."

"그럴지도 모르지만 도대체 무슨 이유로 그랬을까요? 왜 군이 그 방에서 그렇게 정성과 노력을 들여가면서까지 동반 자살을 해야만 합니까?"

신도는 당혹스러운 표정으로 물었다.

마사하루는 선뜻 입을 열지 못했다.

"어, 그러니까 그건."

마사하루가 말을 더듬다니 별일이다. 웬만해서는 하기 어려운 말인 모양이다.

아야미가 킥 웃었다.

"내가 대신 말해줄게. 《밤이 끝나는 곳》을 저주받은 영화로 만들기 위해서, 잖아."

마사하루는 못된 장난을 하다 들킨 어린아이 같은 표정을 지었다.

한편 사람들 사이에 어이가 없다는 듯한 황당해하는 분위기가 잠시 감돌았다.

솔직히 말해 나도 그중 한 사람이었다는 것은 부인하지 않겠다. 아무리 모두가 연극적인 설정을 어느 정도 즐길 각오로 이 자리에 있다고는 해도 너무 황당무계한 동기였기 때문이다. 실제로 사람이 두 명이나 죽었는데 말이다.

"아니, 그러니까."

"변명하지 않아도 돼. 나도 그렇게 생각했으니까."

"그렇게 대놓고 말할 줄이야. 나도 그런 터무니없는 소리를 하는 건 좀 꺼려졌거든."

마사하루는 복잡한 표정이다.

아야미는 모두를 죽 훑어봤다. 사람들은 이미 황당해하는 표정을 거두고 완전히 '흥미진진'해하는 표정을 짓고 있었다. 이때 나는 어른이란 모두가 경험이 풍부한 연기자라는 생각이 절로 들었다. 실력파였다고 하는, 죽은 두 전문 배우 못지않게 말이다.

"저는 살인설을 선택하겠어요."

아야미가 단호하게 말했다.

"그런데 제가 그렇게 생각한 이유는 신도 씨와 달리 흉기 때문이 아니에요."

아야미는 신도가 뭔가 말하려는 것을 막고 그렇게 덧붙였다.

"동기는 방금 말씀드렸다시피《밤이 끝나는 곳》을 저주받은 영화로 만들기 위해서. 그건 마사하루와 똑같지만, 저는 바로 그 동기 때문에 살인이라고 생각하는 거예요."

"흐음. 그 이유는?"

마사하루가 물었다.

"너라면 그쯤은 조금만 생각해봐도 알 수 있잖아."

아야미는 살짝 비웃는 듯한 미소를 머금었다.

"죽은 두 배우가 원작이나 영화에 대해 애착을 가졌다는 생각은 도저히 들지 않아요. 무엇보다 줄곧 연극을 했고 영화는 거의 처음이었잖아요. 그렇죠, 신도 씨?"

"네."

"《밤이 끝나는 곳》의 첫 번째 영화 제작이 실패하지 않았다면 두 번째 영화화에 참여할 일도 없었어요. 그런 두 배우가 영화를 전설로 만들기 위해 목숨을 바칠 것 같아요? 아무리 생각해도 말도 안 되는 일이죠."

"지당한 의견이군. 동감해."

마사하루는 깨끗이 인정했다.

"그러니까 두 배우는 영화에 바쳐진 거예요. 영화를 전설로 만들기 위해."

아야미는 자신만만하게 말했다.

게임.

내 머릿속에 그 단어가 떠올라 있었다.

역시 아야미에게 이것은 게임이다. 감정도 금기도 배제하고, 그녀가 누구보다 경애하는 메시아이 아즈사에 관한 사고실험 같은 추리 게임. 멸망한 세상에서 심심풀이로 하는 과거에 관한 게임.

"그 주장에는 모순이 있군."

쓰노가에 다다시 감독이 못마땅한 듯이 말했다.

"영화에 바칠 바에는 영화를 완성하지 않으면 아무런 의미도 없네. 그 살인범은 영화가 완성되기를 바라지 않았다는 건가?"

"글쎄요, 과연 어떨까요."

아야미는 생각에 잠긴 표정을 지었다.

"바랐을 수도 있고 바라지 않았을 수도 있어요. 양쪽 다 가능성은 있다고 생각해요. 다만 어느 쪽이든 범인이 원작에 강한 애착을 가졌다는 건 확실해요."

"아야미 씨처럼 말이죠?"

신도가 예리하게 지적했다.

돌연 아야미가 정색을 하고 신도를 봤다.

나는 동요했다.

조금 전까지만 해도 더없이 연극적이었던 아야미의 표정이 풀썩하는 소리와 함께 세트를 가리고 있던 암막이 떨어지기라도 한 듯이 한 겹 깎여나간 것이다.

그때 이 공간에 출현한 살벌한 기운의 거대한 회색빛 존재에 나는 겁이 났다.

이것이 우리의 본모습인 것이다. 이것이 우리가 덮어 감추려 했던 것이다.

그렇게 생각한 직후 아야미는 다시 눈을 크게 뜨고 자신만만하게 웃어 보였다.

거대한 회색빛 존재는 순식간에 사라지고, 동요했다는 것 자체도 금방 잊어버릴 것 같았다.

"맞아요. 저처럼, 요. 이게 SF 판타지였으면 메시아이 아즈사와 그 작품을 지나치게 경애한 나머지 제가 과거로 거슬러 올라가 두 배우를 죽였다는 얘기가 될지도 모르겠네요."

"영화 제작을 중단시키기 위해 살인을 저질렀다는 동기는 저도 납득이 가네요. 제물로 바쳐졌다느니 하는 건 둘째치고라도 말이에요."

시오리가 담담히 말을 꺼내자 모두가 주목했다.

시오리는 아야미처럼 그 자리에 있기만 해도 사람의 눈길을 끄는 유형은 아니지만 일단 입을 열면 모두가 경청하게 만드는 위엄이 감돈다.

"이 부분은 좀 더 심플하게 생각해보면 어때요? 영화 제작을 중단시켜서 이익을 얻은 사람이 누구죠? 그런 사람이 있나요?"

쓰노가에 감독과 신도가 동시에 앓는 소리를 냈다.

"그런 사람은 없습니다. 당치도 않은 소리."

신도가 불쾌한 듯 중얼거렸다.

"그렇지 않아요. 한 사람, 혹은 두 사람 있잖아요."

아야미가 또다시 이제부터 불쾌한 소리를 하겠다, 하는 미소를 띠고 내뱉었다.

"한 사람, 혹은 두 사람이라 하면?"

신도는 표정을 누그러뜨리지 않고 있다.

"《밤이 끝나는 곳》을 원작으로 영화를 찍어야겠다고 맨 처음 결심한 사람. 사비를 들여서라도 이 영화를 찍고 싶었던 사람. 또는 찍고 싶었지만 앞선 그 사람을 배려하느라 메가폰 잡는 걸 거절한 사람."

신도와 쓰노가에 감독은 멍한 표정을 지었다.

"그 말인즉 시라이 감독님과 나라는 건가?"

쓰노가에 감독이 자신을 가리켰다.

"네."

아야미는 기죽지도 않고 고개를 끄덕했다.

"다른 사람이 이 영화를 찍지 않았으면 좋겠다, 하물며 완성시키는 건 더 싫다. 이거, 꽤 강한 동기 아닌가요?"

쓰노가에 감독은 독기가 풀린 듯이 웃음을 터뜨렸다.

"과연, 맞는 말이군. 가장 강력한 동기지. 이거 난감하군."

쓰노가에 감독의 눈이 순간 누그러지더니 이내 불온하게 빛났다.

"맞네. 시라이 감독님은 정말 원통했을 거야. 얼마나 찍고 싶어 하셨는데. 나도 찍을 수만 있다면 찍고 싶었지. 감독이란 그런 것이지 않나."

"아참, 신도 씨."

시오리가 문득 생각났다는 듯이 말했다.

"네, 뭡니까?"

"두 편의 영화에 모두 참여한 스태프 없었나요?"

"앗, 첫 번째와 두 번째 영화 제작 때 말입니까?"

"네. 아무리 먼젓번 스태프를 피했다고는 해도 좁은 업계에서 실력 있는 스태프는 한정되어 있으니까 중복된 사람도 있지 않을까요? 제 친구 중에 영화 의상을 하는 친구가 있는데, 그 친구는 1년 내내 영화 작업을 해서, 보는 영화마다 엔딩 크레딧에 이름이 나오거든요. 의외로 실제 현장에서 일하는 실동 부대는 적구나 싶어서요. 당시 영화계는 지금과 달리 더 인재가 풍부했을지도 모르겠지만요."

"으음, 어디 보자. 한번 기억을 떠올려보죠. 그런데 그건 갑자기 왜?"

"현실적으로 생각했을 때 제가 아무도 모르는 《밤이 끝나는 곳》의 열광적인 팬이고, 영화 제작을 어떻게든 중단시키고 싶다면 어떻게 할까 싶어서요."

"시오리 누나라면 어떻게 할 건데?"

빨려 들어가듯 마사하루가 물었다.

"나 같으면 스태프로 잠입하지."

모두가 헉하고 놀란 듯이 시오리를 봤다.

시오리는 여전히 담담하다.

"스태프라면 현장을 돌아다닐 수 있잖아요. 그곳에 있어도 아무도 수상하게 여기지 않죠. 뭔가를 조작할 수도 있고, 부르러 왔다면서 누군가의 방에 들어갈 수도 있어요."

"정말 그렇군."

모두가 감탄한 표정을 지었다.

나는 다른 부분에 감탄했다.

아야미와 시오리, 두 자매의 차이점이 이런 대목에서도 나오는구나 싶었다.

아야미가 주로 스토리를 짜고 그림 쪽은 시오리가 담당한다고 하더니 납득이 갔다. 이야기를 쭉 듣다 보니 아야미는 아이디어를 내고 그럴 듯하게 포장하는 데에 뛰어나다. 사람들을 끌어당기는 프레젠테이션을 해서 출자금을 모으는 역할이다. 발상도 풍부하고 청중의 눈길을 사로잡는 번뜩이는 재치도 있다.

하지만 구체적으로 그림을 그리는 쪽은 시오리다. 세부 내용을 채우고 확인을 거듭해 형태를 갖추어 상품으로 만드는 것은 시오리의 역할이다. 실현 가능성을 판별하고 결정하는 사람은 시오리다.

시오리가 사용한 '실동 부대'라는 말이 걸렸지만 이렇게 보니 실제로 작업을 담당하는 그녀다운 말이다.

"잠깐…… 소품 담당 스태프인…… K는 첫 영화 때도 소품을 맡았던 것 같은데. 그때는 조수였을걸요."

신도가 기억을 더듬듯이 말했다.

"그 소품 스태프, 세탁기 옆에 계속 붙어 있던 그 사람 말인가요?"

마사하루가 적극적으로 물었다.

"맞습니다. 맞아요, 그 스태프, 양쪽 다 참여했을 겁니다."

흥분한 신도가 마사하루를 쳐다봤다.

"흥미롭군요. 밀실의 증인인 그가 먼젓번 현장에도 있었다니."

마사하루는 어딘지 만족스러워 보였다.

"쓰노가에 감독님, 그 소품팀 조수 기억 안 나십니까?"

"으음, 당시에 사람이 워낙 많아서 말이네."

"틀림없이 다른 팀에도 그런 스태프가 있을 거예요."

시오리는 흥분한 신도와 마사하루를 냉정한 눈으로 보면서 생각에 잠긴 표정을 지었다.

모두가 다시 시오리를 주목했다. 범인은 스태프 중 누군가다, 라는 현실적인 설을 제안해놓고서 정작 본인은 다른 것에 정신이 팔린 것처럼 보였기 때문이다.

"그런데 저…… 저는 누구보다 강한 동기를 가진 사람이 따로 있다고 생각해요. 영화 제작 중단을 바라는, 가장 강력한 동기를 가진 사람이."

놀란 나머지 목구멍에 걸려 차마 나오지 못한 '앗' 소리가 왠지 들린 기분이었다.

그게 누구지?

모두가 같은 의문을 가슴에 품었을 터다. 그 동시에 모두가 어렴풋이 그 대답을 알고 있는 듯한 기분도 들었다.

"다들 아시잖아요."

시오리도 같은 것을 느낀 듯했다. 그리고 사람들 표정을 흘끗 살펴 아무도 말할 생각이 없다는 것을 확인했는지 단념한 듯 중얼거렸다.

"원작자. 메시아이 아즈사 본인이요."

다시 입 밖으로 나오지 못한 한숨 같은 것이 새어 나왔다.

"저희 작품이 영상화된 적이 여러 번 있으니까 그 경험을 토대로 말씀드릴게요. 다른 사람도 저희와 같은 경우에 해당할지, 그래서 어떻게 느낄지는 잘 모르겠지만요."

시오리는 전제를 달고 나서 이야기하기 시작했다.

"아무튼 영상화되는 건 기쁘기도 하지만 그만큼 싫기도 해요. 시각화된 작품을 대중매체를 통해 많은 사람들이 봐주는 건 좋지만 생략되는 것도 많고 아무리 애써도 다른 작품이 될 수밖에 없거든요. 만화도 마찬가지예요. 만화는 처음부터 시각화되어 있지 않느냐고 하는 사람도 있지만, 영상화될 경우 그림은 다른 사람이 그리는 데다 세계관을 비롯해 많은 것들이 생각지도 못한 방향으로 어긋나는 건 피할 수가 없어요."

영상화하는 측에 있는 신도와 쓰노가에 감독은 얌전히 듣고 있었다.

"싫다는 말을 오해하지 않으셨으면 좋겠어요."

시오리는 당부하듯 말했다.

"저희 작품을 영상화하고 싶다고 생각해주는 것만으로 큰 영광이고 뿌듯한 일이에요. 하지만 뭐랄까, 나만의 것인 줄 알았던 장난감을 빼앗긴 느낌. 제 경우에는 그런 감정과 비슷해요. 그런데 메시아이 아즈사는 과연 어떨까요. 그 작품의 경우, 그녀는 어떻게 생각했을까요?"

"영상화를 결정하기까지는 순조로웠습니까? 이제 와서 새삼스럽지만요."

마사하루가 쓰노가에 감독을 보며 물었다.

쓰노가에 감독은 쓸쓸히 웃었다.

"아니. 수차례 거절당했던 모양이야. 그것도 꽤 강경하게. 시라이 감독님이 수년에 걸쳐 설득해서 승낙을 받아내셨지."

"역시 그랬군요."

시오리가 작게 고개를 끄덕였다.

"메시아이 아즈사는 굳이 말하자면 볕이 드는 장소에 나오기보다 자기만의 세계 속에서 충족하고 싶어 하는 유형이라고 생각해요. 필시 밝은 곳으로 끌려 나오는 게 싫었겠죠. 지금만큼은 아니겠지만 영화화되면 다양한 사람들이 그녀를 찾아갔을 테니까요."

"그럼 메시아이 아즈사가 영화 제작을 중단시키기 위해 범행을 저질렀다는 건가? 일단 받아들이기는 했지만 다시 생각해도 아닌 것 같고, 계약까지 한 마당에 이제 와서 무를 수는 없고, 에라 모르겠다, 한바탕 사건을 일으켜서 중단시켜야겠다, 하고?"

마사하루의 노골적인 말투에 여기저기서 작은 웃음소리가 흘러나왔다.

"그야 모르지."

시오리는 쓴웃음을 머금었다.

"아무튼 제가 봤을 때는 가장 강력한 동기예요. 자기 세계가 파괴되는 걸 원하지 않는다, 나만의 것인 줄 알았던 세계가 다른 형태로 바뀌는 것이 두렵다, 더구나 영상 작품이 되어 홀로 뚜벅뚜벅 걸어가다니 견딜 수 없다. 그 공포감은 영상화하는 쪽에 있는 사람은 잘 모르는 법이죠. 다들 영상되면 무조건 좋은 거고 홍보도 된다고 생각하니까요."

시오리가 한 말 중 끝부분은 비꼬는 말이었다.

아는 미스터리 작가 중에 여러 작품이 드라마화된 사람이 있는데 그가 자조 섞인 푸념을 한 것이 기억났다.

작품에서 설정만 탐나는 거지. 지금은 원작이 없으면 기획이 통과되지 않으니까 원작이 있다는 걸 윗선에 증명하고 싶은 것뿐이야.

그의 말에 따르면 드라마화를 승낙하면 제목과 등장인물은 확실히 원작 그대로인데도 내용은 원작과 전혀 다른 내용으로 바뀌는 일이 여러 번 있었다고 한다.

"죄송해요, 제가 하고 싶은 말은 이런 게 아니라."

시오리는 작게 웃었다.

"저와 언니가 메시아이 아즈사에게 끌리는 건 맞아요. 여러 의미에서."

시오리의 얼굴에서 웃음기가 사라졌다.

"'저주'의 근본적인 건 필시 그녀에게 있다고 생각해요. 그래서 저도 이곳에 온 거고요. 그 사람은 정체가 뭘까요. 그 사람에 대해 알고 싶어요."

침묵이 흘렀다.

"이쯤에서."

뭔가 말해야겠다 싶어 내가 입을 열자마자 아야미가 한발 먼저 말했다.

"메시아이 아즈사에 대해 묻고 싶은 것이 많아요, 시마자키 씨. 이 중에서 그녀와 친분이 있는 건 시마자키 씨가 유일하니까요."

이제껏 흥미롭게 이야기를 듣고 있던 시마자키 시로가 움찔 놀란 듯이 자세를 고쳐 앉았다.

갑자기 주목받아 어리둥절한 모습이다.

"이거 난감하군. 갑자기 내 차례가 될 줄이야."

시마자키는 당황한 듯 머리를 긁적였다.

그러면서도 곁에 놔둔 쇼핑백에서 주섬주섬 책 한 권을 꺼냈다.

"그건."

아야미가 눈을 휘둥그렇게 떴다.

"네."

시마자키는 작게 고개를 끄덕였다.

"이건 메시아이 아즈사가 자비로 처음 낸 작품.《밤이 끝나는 곳》의 원형인 사가판입니다."

14 사가판 ─────────

"뭐라고 하셨죠?"

마나베 시오리가 웬일로 소리 높여 말하며 몸을 내밀었다.

"저희한테도 없는 거예요."

마나베 아야미가 마치 시마자키 시로가 그 책을 소장 중인 것을 비난하듯 쏘아봤다. 시마자키는 쓴웃음을 머금었다.

"오호, 그렇게 희귀한 건가?"

쓰노가에 다다시 감독이 의아해하며 세 사람을 훑어본다. 그는 원작에는 관심이 있어도 희귀본에는 그렇지도 않은 모양이다.

이번에는 아야미와 시오리가 함께 쓰노가에 감독을 쏘아본다.

"50부만 찍은 데다 현재는 두세 부밖에 남아 있지 않다고 해요."

"어이쿠, 그것밖에 없나?"

그 말에 쓰노가에 감독은 경악했다.

새삼 모두가 시마자키가 들고 있는 작은 책에 눈길을 보냈다.

"제목은 뭔가요? 똑같이《밤이 끝나는 곳》입니까?"

마사하루가 물었다.

"아뇨, 다릅니다. 이쪽은《밤이 끝나는 물가》입니다."

시마자키가 책을 테이블 위에 놓았다.

작은 책이다. 양장본이지만 손바닥만 한 신서 크기쯤 될까. 표지를 천으로 감쌌고 그 색은 원래 파란색이었던 것 같지만 색이 바래서 흰색에 가까운 황록색이 되었다. 그 탓에 금박을 입힌 제목도 어지간히 주의해서 보지 않으면 읽을 수가 없다. 게다가 저자명은 더 작은 이니셜로 M·A라고만 쓰여 있다.

하지만 귀중한 책인 것을 알고 있어서인지 유리 테이블 위에서 은은한 빛을 발하는 것처럼 빛나 보였다.

고즈에는 책등을 찬찬히 바라봤다. 그나마 책등의 제목은 또렷이 남아 있었다.

아아, 처음에는《밤이 끝나는 물가》였구나. 훗날《밤이 끝나는 곳》으로 바꾼 것은 '물가'에 담긴 가장자리의 뜻이 '끝나다'와 중복되어서일지도 모른다. 겉으로 보기에도 '곳'으로 하는 편이 안정감이 있다.

《밤이 끝나는 곳》의 토대가 된 사가판이 있다는 것은 알고 있었지만 실물을 보는 것은 처음이었다.

"겉표지가 따로 있었나?"

"아뇨, 처음부터 없었고 케이스에 담겨 있었다고 합니다.

"그 케이스는 안 갖고 계세요?"

"네. 이걸 구했을 때는 이미 없었습니다."

마치 고분을 발굴해 유물을 발견한 연구자들처럼 너도나도 질문을 던졌다

"손에 들고 살펴봐도 될까요?"

아야미가 눈을 반짝이며 시마자키의 동의를 구했다.

"물론입니다. 자, 여기."

시마자키가 아야미에게 책을 건넸다.

아야미는 애가 타는지 책을 받자마자 표지를 넘겨 다음 장을 훑었다.

옆자리의 시오리도 고개를 내밀고 책을 들여다본다.

아야미는 도입부를 죽 읽어 내려간 뒤 고개를 들었다.

"도입부는 똑같네요. 첫 부분은 거의 같은 것 같아요."

"책 분량은 어떨까."

시오리도 고개를 끄덕이며 중얼거렸다.

"《밤이 끝나는 곳》보다 상당히 짧습니다. 목차는 따로 없지만 실은 중편 두 편이 실려 있습니다."

시마자키의 대답에 아야미는 책장을 팔랑팔랑 넘겼다.

"어머, 정말이네. 여기까지가 〈밤이 끝나는 물가〉예요."

아야미는 책 한가운데보다 약간 뒷부분까지, 5분의 3 정도의 두께를 손가락에 끼우고 모두에게 보여줬다.

"다른 작품은 제목이 뭔데?"

마사하루가 물었다.

"〈과자의 집〉이야."

아야미가 책장을 펼쳐 제목을 보여줬다.

"처음 듣는 제목이네."

마사하루가 몸을 내밀었다. 시마자키가 고개를 느릿느릿 저었다.

"아뇨, 그 책에서는 〈밤이 끝나는 물가〉와 〈과자의 집〉이 별개의 작품이지만, 두 작품의 내용을 합친 것이 《밤이 끝나는 곳》입니다."

"오, 그렇군요."

〈밤이 끝나는 물가〉는 산속 저택을 무대로 주인공과 세 명의 어머니를 둘러싼 이야기가 펼쳐집니다. 〈과자의 집〉은 유곽에 사는 아이가 그곳에 와 있는 소설가와 교류하는 이야깁니다. 《밤이 끝나는 곳》

에 나오죠, 늘 평상복 차림을 하고 있는 작가가."

"아, 그 다자이 오사무 같은 놈 말이군요? 흐음, 과연. 시마자키 씨, 항해 중에 읽어도 되겠습니까?"

"그럼요. 빌려드리겠습니다."

"어머, 우리가 먼저야. 시마자키 씨, 오늘 밤에는 저희가 빌려가도 되죠?"

아야미가 농담조로 끼어들었다.

"물론입니다. 순서대로 하시죠."

시마자키는 떼쓰는 아이를 달래듯이 두 손으로 워워 하는 손짓을 했다.

"아야미 누나는 전에도 실물을 본 적이 있어?"

마사하루가 아야미를 보며 물었다.

"그럼, 컬렉터스 아이템으로 나온 걸 구경한 적이 있어."

그 말투로 보아 매입 협상의 경험이 있고 결국 실패했다는 것을 알 수 있었다.

"케이스도?"

"물론. 케이스는 감색인데, 음각으로 아르누보풍 무늬가 들어가 있었어."

아야미는 아쉬운 기억이 떠올랐는지 작게 한숨을 쉬었다.

고즈에는 아야미가 책장을 넘기는 모습을 가만히 바라봤다.

작품의 성립 과정을 탐색하는 것은 재미있다. 만약 시마자키가 허락해준다면 책을 복사해야겠다고 생각했다.

사가판, 이라는 울림에서 신비로운 분위기가 느껴진다. 상업적인 채산성이 없는 작품. 혹은 상업적인 채산성을 무시한 작품. 예술 애호가의 소장품. 친한 사이끼리 호화롭게 즐기는 취미. 거장이 세상에 나오기 전의 순수하고 풋풋한 자비출판 책이 있는가 하면 세상에 나온 거장이 선물 대신 찍은 책도 있다. 어쨌든 사가판의 가장 큰 특징은 간행 부수가 적다는 것이다. 바꿔 말하면 희소성이 높다는 뜻이기도 하다.

단골 고서점 주인의 말에 따르면 최근에는 근대문학 대가의 책보다 취향에 맞는 작가의 책이 인기가 높아지는 경향이 있다고 한다. 젊은 수집가는 문학적, 역사적 가치가 있는 책보다 자기 취향에 철저히 들어맞는 책을 원하는 모양이다. 탐미주의적이고 문단의 이단아로 불린 작가는 앞으로 더욱 인기가 높아질 것이다. 메시아이 아즈사 등은 지금은 잊혔지만 앞으로 유망주로 손꼽힐 것이라고 한다.

왠지 마나베 자매는 기필코 이 사가판을 손에 넣으리라는 생각이 들었다.

두 사람이 비용을 얼마나 들였는지는 짐작도 가지 않고 지금은 아직 그렇게까지 비싼 가격이 아닐지도 모르지만, 두 사람의 눈빛을 보아하니 이미 어엿한 '메시아이 아즈사 수집가'가 된 것은 명백하다. 이 항해 중에 시마자키를 설득해 사가판을 사들인다 해도 놀랍지 않다. 수집가란 그런 것이다.

고즈에는 자신이 전남편과 눈앞의 두 사람을 겹쳐서 냉랭하게 보고 있는 것을 깨닫고 황급히 그 기분을 떨쳐냈다.

전남편은 수집가와는 조금 다르다는 생각이 든다. 낭비자? 아니면 특정 분야에 특화된 쇼핑 중독자?

그 원인이 나에게 있었을까. 그렇게 생각하고 고즈에는 흠칫했다. 아니, 그럴 리가 없다. 나와 결혼하기 전부터 그는 손목시계를 사고 또 샀다.

하지만 증상이 심해진 것은 나와 결혼하고 나서였나? 겉으로는 천진난만해 보여도 가슴속에 억압된 것이 있었을까. 전 시어머니의 지적은 어떤 진실을 간파한 말이 아니었을까?

고즈에는 기분이 가라앉는 것을 느낀 동시에 이제 와서 그런 일로 우울해지는 자신에게 화가 났다. 한편 마음 한구석에서는 자신을 냉정하게 분석하고 있었다.

나는 열등감을 느끼는 것이다. 이 배 안에서 나 혼자만 어울리지 않는 존재처럼 느껴진다. 지금 이곳에 있는 사람들 중에서 나 혼자만 같은 세계의 주민이 아니다. 나는 단순한 기록자로 동석을 허락받은 것에 불과하다.

마사하루를 흘끗 쳐다본다.

아니, 나는 기록자조차 되지 못할지도 모른다.

마사하루의 셔츠 윗주머니에서 작동 중인 보이스리코더가 훤히 비치는 듯한 기분이 들었다.

마사하루야말로 기록자의 이름에 걸맞다. 크루즈 여행을 권한 것도 그였고 냉철한 관찰안으로 지금 이 순간에도 기록을 계속하고 있는 것은 그이기 때문이다.

"뭐, 여러분도 잘 아시겠지만 메시아이 아즈사는 자기 경력을 밝히지 않았습니다. 홋카이도 출신으로 한때는 유복했지만 전후 몰락한 집안에서 태어났다는 정도밖에."

시마자키가 설명하기 시작했다. 아야미의 요청대로 메시아이 아즈사에 관해 이야기하려는 모양이다.

"그런데 그것도 그녀가 친 연막 중 하나라는 설도 있어요."

시오리가 조용히 끼어들었다.

"네, 그런 설도 있습니다."

시마자키가 너그럽게 수긍한다.

"그런데 제가 봤을 때 홋카이도 출신이 맞는 것 같습니다. 저도 실은 홋카이도 출신으로 가끔 그녀의 억양에 그리움을 느끼는 순간이 있었고, 딱 한 번 가본 그녀의 집에서 홋카이도 소인이 찍힌 우편물을 봤으니까요."

"몰락한 부호라는 소문은요? 그것도 사실일까요?"

어느 시대에나 자기 출신을 더 좋게 포장하고 싶어 하는 사람이 있기 마련이다.

시마자키는 고개를 저었다.

"그건 모릅니다. 형제를 포함해 가족 얘기는 들은 적이 없거든요. 다만 재산이 어느 정도 있었던 건 확실합니다. 그녀는 일을 하지 않았으니까요. 그런데도 이런 사가판도 만들고 자가에 살았지요. 작가로서 그리 잘 나가는 것도 아니었는데 말입니다. 게다가 아시다시피 I반도에 집을 여러 채 보유했고 집집마다 부정기적으로 옮겨 살았습니다. 검소한 생활을 하면서도 가재도구는 좋은 것들을 구비해놓았고 생활에 쪼들린 흔적도 없었지요. 스스로 일해서 벌어들인 것이 아닌 재산이 있었던 건 분명합니다."

"떳떳하지 못한 돈이었을 가능성은 없을까."

아야미가 중얼거렸다.

"떳떳하지 못하다니? 예를 들면? 범죄에 관련되어 있다는 건가?"

마사하루가 물었다.

"그야 만화가적 상상력으로 말하자면 여러 가지를 생각할 수 있지. 《밤이 끝나는 곳》의 내용을 감안해서 생각해보면 본가에서 규모가 큰 유흥업소를 운영했다든가."

"아아, 과연."

모두가 수긍했다.

"딱히 불법은 아니니까 비난받을 이유는 없겠지만, 사춘기 소녀였다면 부모님이 하는 일에 혐오감을 가졌을 수도 있어."

"그럼 애초에 떳떳하지 못한 돈이 아니잖아. 정상적으로 업소를 운영해서 번 돈이니까."

"그러니까 더 깊이 파고들어서 망상의 나래를 펼쳐보면 러브호텔이나 유흥 관련 요식업이 가장 탈세가 많은 업종이라고들 하잖아. 혹은 그 지역 조폭한테 보호비 명목으로 돈을 바친다든가. 메시아이 아즈사는 그런 뒷돈을 훔쳐서 가출한 게 아닐까?"

"아하, 확실히 만화적인 상상력이네."

"사진 찍는 걸 싫어한 것도 소재 파악이 되면 곤란하기 때문이라고?"

시오리가 물었다.

"맞아. 위험한 돈을 훔쳤으니 당연하잖아."

"흥미로운 얘기이긴 하지만요."

신도 요스케가 쓴웃음을 지었다.

"여자 혼자 그런 위험한 돈을 훔쳐 나왔다면 진작 도쿄 앞바다에 떠올랐을 겁니다. 흥청망청 쓸 수 있는 거액을 가진 이상 주위에서 가만히 둘 리가 없죠."

"어머, 꼭 경험한 것처럼 말씀하시네요, 신도 씨."

아야미가 신도를 슬쩍 본다.

"아무튼 어디까지나 만화적 상상력이라고 했잖아요. 그 밖에도 이런저런 생각을 할 수 있죠. 이런 건 어떨까요? 그녀는 정말 홋카이도의 자산가의 딸이었다."

"그럼 별다를 게 없잖아."

마사하루가 지적했다.

"계속 들어봐. 그녀를 A라고 하죠. A에게는 친한 친구가 있었어요. 그 친구를 B라고 하죠. B는 의지할 친척 하나 없는 가난한 소녀였죠. 가정환경은 달라도 A와 B는 마음이 잘 맞아 무슨 얘기든 하는 사이였어요. A는 고등학교를 졸업하면 도쿄로 갈 예정이지만, B는 대학 진학은 꿈도 못 꾸는 형편일 뿐만 아니라 고향 마을을 떠날 수도 없어요. 실은 B는 문학적 재능과 야심이 있어서 어떻게든 도쿄의 대학에 가고 싶어 하죠."

마사하루는 입을 딱 벌렸다.

"설마, B가 A를 살해하고 대신 A 행세를 했다는 건가?"

"맞아."

《태양은 가득히》로군."

쓰노가에 감독이 중얼거렸다.

"아무리 그래도 부모가 있으니까 금방 들통날 것 같은데?"

"그 점도 생각해봤지. 알고 보니 A는 전처의 자식이고 후처가 B에게 협력하는 거야."

"아버지는?"

"아버지는 고령으로, 오랫동안 병상에 누워 있어."

"후처가 왜 B에게 협력하는데?"

"필시 조건이 있겠지. A가 성인이 될 때까지 살아 있는 걸로 해서 상속 포기 서류를 작성한다든가 하는."

"으음. 옛날 아침 드라마 같네."

모두가 크게 웃음을 터뜨렸다.

"……모자를 쓴 여자라."

시오리가 불쑥 내뱉었다.

"시마자키 씨, 메시아이 아즈사를 만난 적이 있다고 하셨죠? 그녀는 자택에서도 모자를 쓰고 있던가요?"

시마자키가 기억을 더듬었다.

"어디 보자. 듣고 보니 꼭 모자가 아니더라도 스카프나 터번 같은 걸 두르고 있었던 게 기억나는군요."

"메시아이 아즈사가 시마자키 씨와 연락하고 지냈을 무렵에는 나이가 그렇게 많지는 않았을 것 같은데요. 물론 나이가 들면 머리숱이 줄고 탄력이 떨어진 게 신경 쓰여서 실내에서도 니트 모자를 쓰거나 스카프를 두르는 여자가 있는 건 알겠지만요."

"그야 그렇죠. 그런데 그 무렵에는 헤어밴드나 반다나 같은 걸 머리에 두르는 패션이 일반적이었던 것 같습니다."

"시오리는 무슨 이유가 있다고 생각하는 거야?"

아야미가 진지한 얼굴로 시오리를 보며 불쑥 끼어들었다.

시오리는 그 시선을 피하듯 고개를 기울인다.

"맞아. 우선 모자를 각인시키고 얼굴은 인상에 남지 않도록 하기 위해서."

"후훗. 그리고?"

"머리에 뭔가 눈에 띄는 신체적 특징이 있었기 때문에."

소리 내어 웃고 있던 모두의 얼굴에서 웃음기가 사라졌다.

"뭐야, 뿔이라도 달렸다는 거야?"

아야미가 농담조로 말했다.

"글쎄."

시오리가 무미건조하게 말하며 어깨를 추어올렸다.

테이블 위로 묘한 긴장감이 감돌았다.

그것은 아야미와 시오리 사이에 흐르는 긴장감인 것 같기도 하면서 아닌 것 같기도 했다. 시오리는 담담히 계속했다.

"우선 생각해볼 수 있는 건 가발이나 부분 가발을 착용했기 때문이 아닐까 하는 거야. 당시에 나온 가발은 한눈에 봐도 가발인 게 티 나는 것밖에 없었지만 모자랑 같이 착용하면 구별하기 어려웠을걸."

"머리가 벗어졌다고? 선천적으로? 아니면 병 때문에?"

"사고 때문일 수도 있고. 머리를 크게 다쳐 흉터가 생기면 그 부위에는 머리털이 나지 않기도 하거든."

시오리가 그렇게 말하자 이상하게도 머릿속에 생생하게 그려졌다.

고즈에는 메시아이 아즈사가 방에서 혼자 모자를 벗고 부분 가발을 떼는 모습을 떠올리고 있었다. 머리는 거의 민머리에 가깝고 두피에는 열상 흉터가 남아 있다.

조심스럽게 뒤로 돌아 거울 속을 들여다보는 메시아이 아즈사.

같은 장면을 떠올렸는지 마사하루가 눈을 번쩍 떴다.

"그거…… 그런 인물이 《밤이 끝나는 곳》에 나오잖아. 추월장에서 힘쓰는 일을 하는 사내인데 옛날에 사고를 당해 머리에 흉터가 생기고 기억을 잃어버린 인물."

모두의 입에서 앗 소리가 나왔다.

그 말대로 평소에는 착하고 상냥하지만 어떤 계기로 인해 잔학성을 발휘하는 인물로 그런 사내가 나온다.

"기억상실증? 그건 또 순정 만화적인 상상력이네."

아야미가 다소 빈정대는 미소를 머금고 말했다.

"맞아. 어디까지나 망상의 하나야. 그런데 만약 머리에 흉터가 있고 자기가 누구인지 모른다면 과거에 무슨 일이 있었는지 모르니까 무서워서 흉터도 감추고 싶을 거고 자기에게 위해를 가한 인물을 마주쳐도 못 알아볼 테니까 최대한 얼굴을 드러내고 싶지 않다, 불특정 다수의 사람은 만나고 싶지 않다고 생각하지 않을까?"

고즈에는 두 자매 사이의 긴장감이 고조되는 것을 느꼈다.

다른 멤버들도 같은 느낌인지 여기서 끼어들어야 할지, 그냥 놔둬야 할지 고민하는 분위기가 있었다.

"흐음. 재미있네. 이번에는 《신데렐라의 함정》 같군."

이때 마사하루가 무심히 끼어들자 모두 안도한 듯한 분위기가 흘렀다.

"후후. 그렇지? 이런 얘기 좋아하지?"

시오리가 맞장구를 치며 생긋 웃어 보이자 분위기가 누그러져 다시 웃음소리가 나왔다.

"햐, 그런 식으로 생각해본 적은 없는데. 그저 사람을 싫어하는 줄 알았습니다. 그런데 만약 그런 사정이 있었다면 영화화를 꺼리는 것도 당연하군요. 본인은 그저 소설을 썼을 뿐인데, 자신에게 위해를 가했거나 과거에 알고 지냈던 인물이 영화를 보면 자신과 연관 지어 생각할 가능성이 있을지도 모르니까요."

시마자키가 감탄한 듯 말했다.

"오, 그겁니다. 그게 영화화 중단의 목적이었어요. 그렇다면 앞뒤가 맞고 영화화를 중단시킬 강력한 동기가 되잖습니까."

마사하루가 흥분해서 말했다.

"······어쨌든 간에 메시아이 아즈사의 정체가 뭔가 하는 의문은 여전히 남아 있군."

쓰노가에 감독이 마사하루의 흥분을 가라앉히듯이 느긋한 목소리로 말했다.

"그러네요."

마사하루는 바로 수긍하고 의자에 등을 기댔다.

"아무튼 이 사가판이 그녀의 처녀작이라는 거네요. 이후 《밤이 끝나는 곳》을 펴냈는데, 그 경위에 대해 알려주실 수 있나요? 이미 알고 계신 분도 계시겠지만요."

오랜만에 고즈에가 입을 열었다.

매끄럽고도 조심스럽게, 그러면서도 듣기 좋은 나직한 목소리일 터였다.

모두가 자연스럽게 시마자키를 주목한 것으로 보아 고즈에의 제안이 받아들여진 듯했다. 자신의 존재가 그림자처럼 느껴져 다소 불안했던 고즈에는 다행이야, 내 목소리가 잘 전해졌어, 하고 이상할 정도로 안도했다.

"으음. 저는 문고본을 만들었을 때의 담당 편집자라 실은 잘 모릅니다. 무엇보다 그 책의 경위에 대해서는 이해되지 않는 것이 워낙 많아서."

시마자키는 어쩐지 마음이 내키지 않는 듯한 말투였다.

"이해되지 않는 것이라뇨? 어떤 것이요?"

아야미가 잽싸게 추궁했다.

"애초에 말입니다."

시마자키가 무겁게 입을 열었다.

"그 책을 만든 편집자가 메시아이 아즈사를 어디서 발견했는지 아무에게도 설명하지 않았더군요. 책이 나올 때까지 그녀를 만난 건 그 편집자 한 명이었습니다. 게다가 책이 나온 직후에 편집자가 모습을 감춘 겁니다. 아직도 행방이 묘연한 걸 보니 어쩌면 이 세상에 없을 지도 모르겠군요."

"앗."

또다시 사람이 죽었다.

망자는 외로움을 많이 탄다. 망자는 망자를 불러들인다.

"그랬더니 말입니다."

시마자키는 심기가 불편한 듯이 헛기침을 했다.

"어느 날 출판사에 자신이 메시아이 아즈사라며 어떤 여자가 나타났다는 겁니다."

"그 사람이 모자를 쓴 그……."

아야미의 말에 시마자키는 고개를 느릿느릿 저었다.

"아니. 전혀 다른 여자였다고 하더군요."

모두가 이건 또 무슨 소리인가 하는 얼굴로 서로를 쳐다봤다.

"큰 선글라스와 번들번들한 새빨간 립스틱이 인상적이었다고 하더군요."

"세상에."

아야미가 경악했다.

"아직도 진실은 모릅니다. 그런데 그 여자가 메시아이 아즈사가 두 명이라고 했다고 합니다."

15 두 여자

"두 명이요? 메시아이 아즈사가?"

마나베 아야미가 화난 목소리로 말했다. 메시아이 아즈사의 열성 팬인 그녀도 몰랐던 정보이리라. 자신이 모르는 사실이 있는 것은 용납할 수 없다는 뉘앙스조차 느껴진다.

뭐, 열성팬의 심정이 원래 그런 것일 테고 나도 어느 정도 이해는 간다.

"네."

시마자키 시로는 아야미의 탓하는 말투에도 개의치 않고 계속 설명했다.

"그 여자는 자신을 '대외적인 역할의 메시아이 아즈사'라고 소개했다고 합니다. 그때 응대했던 편집장님은 그 말 자체에는 그리 놀라지 않았다고 하더군요. 그런 일은 의외로 많으니까요. 편집자와의 연락을 도맡아 하는, 에이전트와 매니저의 중간쯤 되는 대리인이 나오는 것 말입니다."

"알고 보니 대리인이 작가 본인인 경우도 많아요. 대리인인 척, 본인의 의향은 이러저러하다고 전달해 협상하는 거죠."

마나베 시오리가 설명을 거들었다. 아무래도 그런 작가를 알고 있는 듯하다.

"아아, 있고 말고요."

시마자키가 씁쓸히 웃었다. 그가 아는 경우를 떠올린 것이리라.

"알고 보니 N씨도 그렇더라고요."

시오리는 유명한 탐미주의 작가의 이름을 언급했다.

"회의 장소에 나타난 사람은 어떻게 봐도 본인인데, 본인이 아니라 대리인이라고 주장한다고 해요. 거짓말인 티가 빤히 나지만 출판사 쪽도 장단을 맞춰주고 있다나 봐요."

세상에, 하고 모두가 놀라워했다.

시마자키는 긍정도 부정도 하지 않았다.

"미국은 에이전트가 있는 것이 보통이지만, 일본은 에이전트라는 직업이 아직 정착하지 않은 상태라 그런 사람이 사이에 끼면 일이 복잡해집니다. 남편이나 아내라면 또 모를까, 지인이니 친구니 하는 것도 모자라 때마다 바뀌는 연인까지 등장하면 계약을 맺는 것도 아니고 정말 본인의 의향을 전달하고 있는지도 알 수가 없지요."

"그래서 그 '대외적인 역할'을 맡은 그 여자는 어때 보이던가요?"

나는 질문했다.

"웅대한 편집장님의 말로는 언뜻 보기에 평범해 보였다고 합니다."

시마자키가 기억을 떠올려가며 계속했다.

"말투도 차분하고 안정되어 있었다고 하더군요. 복장도 단정하고. 다만 언뜻 보기에 나이보다 젊어 보이도록 꾸몄다는 인상을 받았다고 합니다."

"그 여자는 나이가 몇 살쯤이었습니까?"

"겉모습은 삼십 대 중반 정도인데 어쩌면 그보다 열 살은 더 많을지도 모른다고 했습니다. 언뜻 보기에 젊고 패션에 빈틈이 없지만 그 탓에 오히려 실제로는 나이가 더 많겠구나, 하는 생각이 들게 하는 느낌이라고 하더군요."

"아아, 그런 사람, 있죠."

아야미가 맞장구를 쳤다.

"내 스타일은 이거야, 하고 머릿속에 정해놓은 이미지를 세월이 흘러도 바꾸지 않는 사람. 머릿속 이미지로는 자기가 가장 좋았던 시절에 머물러 있어서 실제 연령이 그 스타일에 걸맞은 연령과 어긋나면 어딘지 위화감이 느껴지죠. 겉모습을 지나치게 완벽하게 꾸미면 오히려 숨겨져 있는 내면과의 차이가 더 두드러진다고나 할까요."

역시 작가란 기본적으로 심술궂구나.

나는 아야미를 보면서 생각했다. 관찰력이 있다고 바꿔 말할 수도 있지만.

"그래서, 그 여자는 뭘 하러 왔던 거예요?"

"그걸 잘 모르겠단 말이지요. 향후 계획에 대해 의논하고 싶다고 하길래 출판사 근처 카페로 자리를 옮겨서 거의 한 시간이나 대화를 나눴습니다. 자신과 또 한 명의 메시아이 아즈사가 창작을 어떤 식으로 하고 있는지 술술 설명하더랍니다. 같이 아이디어를 낸 뒤 대략적인 플롯을 짜는 건 자신이고 실제로 글을 쓰는 건 다른 한 명이라고요. 우리 입장에서는 전혀 정보가 없으니까, 실제로 글을 쓰는 또 한 명의 메시아이 아즈사는 어디에 있는지, 또 지금까지의 창작 이력과 차기작에 대한 질문을 중간중간 해봤지만 대충 얼버무리기만 하고 제대로 답해주지 않더랍니다. 그러고는 '다음에 또 뵙죠'라는 말을 남기고 가버렸다고 하더군요."

"그 사람은 가짜가 틀림없어요."

아야미가 화난 듯이 내뱉었다.

"맞습니다. 편집장님도 그렇게 생각했다고 하더군요."

시마자키가 순순히 동의했다.

"그런데 이상하게도 그 여자는 실종된 편집자의 이름은 물론 얼굴까지 알고 있었다고 합니다. 그와 어떤 식으로 일을 진행했는지도 신빙성 있게 설명해서 편집장님도 가짜라고 단정하지 못하고 고민했던 겁니다. 적어도 실제 작가인 메시아이 아즈사와 가까운 사이인 건 맞다고 판단해서 적당히 대답하고 보내줬다고 합니다."

"흐음, 이상하네요. 메시아이 아즈사의 집에 드나들 수 있는 사람이라는 걸까요? 어쩌면 그녀 앞으로 온 우편물을 확인할 수 있는 사람. 동네 사람이라든가."

"끝까지 가짜라고 생각하는구나."

내가 그렇게 지적하자 아야미는 작게 웃었다.

"잠재적인 작가 지망생이 얼마나 많은지 알면 놀랄걸. 우리도 몇 번 '사칭'당한 적이 있거든."

"허. 그 사람들 배짱 있는데?"

나는 여러 의미에서 감탄했다. 이 두 사람을 사칭하려 하다니 어지간히 근성이 있든가 어지간히 멍청하든가 둘 중 하나다.

"가장 감쪽같았던 건 진짜 자매가 우리 두 사람 행세를 한 일이야. 헤어스타일이며 복장까지 똑같이 따라 하고 명함까지 만들었더라."

"그렇게까지 한다고? 그래서 어쩌다 들켰는데? 청구서라도 왔어?"

상당히 용의주도하지 않은가.

"아니. 우리 집에 초대받았다는 팬이 하나둘씩 나타나서 소문이

돈 거야. 우리한테 집 겸 작업실은 무대 뒤나 마찬가지라 손님에게 보여주지 않는 것이 방침이거든. 그래서 알아봤더니 가짜였던 거지. 그 사람들 집에는 우리 책이 죽 꽂혀 있고 그럴듯한 작업 도구도 다 갖추어져 있었대. 초대한 팬에게 다과도 대접하고 같이 사진까지 찍었다니 놀랄 일이지."

"와, 사비까지 들이다니. 그 두 사람은 실제로 만화도 그렸어?"

"아니. 전혀 못 그리지. 작업 도구는 장식이었어."

"굉장하다. 그래서 어떻게 했어?"

"추궁했더니 자기들은 딱히 사칭을 한 게 아니다, 그 애들이 멋대로 믿은 것뿐이라고 변명하더라. 뭐, 실질적인 손해는 없었으니까 다시는 그러지 않겠다는 약속을 받고 끝냈어. 어딘가로 급하게 이사해버렸던데 어쩌면 어디선가 또 그러고 있을지도 모르지."

"한 사람이면 또 몰라도 두 사람인 점이 무섭네. 둘이서 연기하는 장면을 상상하니까."

"그렇지? 반대로 두 사람이라 서로 망상을 보완했을 가능성도 있어."

아야미가 시오리를 흘끗 쳐다본다. 시오리는 무표정인 채 입을 열었다.

"실질적인 손해를 본 적도 있어. 어시스턴트의 지인 중에 비서 겸 매니저를 하고 싶어 하는 사람이 있다길래 성실하고 열정도 있는 것 같아서 시켜봤더니 실무 능력이 전혀 없었지. 이상하다 싶었더니 역시나 대기업 상사에서 경리로 일한 경력이 허위였던 거야. 어시스턴트도 고향 고등학교 동창이 사정사정해서 소개해줬지만 경력까지는 몰랐던 거지. 그래서 해고했는데 우리가 단골로 다니는 백화점이나 피부 관리 숍을 전부 알고 있으니까 그만둔 날 그길로 가게를 돌면서 우리가 보내서 왔다며 외상으로 옷이며 장신구며 화장품까지 구입한 거야. 그때는 짧긴 했지만 우리 직원이었던 건 사실이라 그 돈을 다 지불했지."

"통도 크고 대단한데? 얼마 정도?"

"150만 엔 정도였을걸."

시오리가 서슴없이 대답했다. 부자들이란.

"너무하네. 고소하지 그랬어."

"물론 찾아봤는데 못 찾은 상태로 여전히 행방불명이야. 물건을 팔아 돈으로 바꿨으면 알아냈을지도 모르지만 그러지 않았더라."

"와, 무섭다."

"우리 작품을 자기 거라고 주장하는 사람도 주기적으로 나타나지."

"어, 맞아. 표절이라면서."

자매는 지긋지긋하다는 눈빛을 교환하며 고개를 끄덕였다.

"저건 내 작품이다, 하고 주장하는 경우가 종종 있지요."

시마자키가 동의했다.

"자세히 들어보면, 저건 내 아이디어다, 내 머리에서 훔친 거라고 하는 일도 있습니다."

모두가 웃었다.

"그나저나 실제로 지금은 인터넷에서 '복사 후 붙여 넣기'를 할 수 있으니 도용이 더 늘지 않았어? 학술 논문 표절은 세계적으로 늘고 있잖아."

내 말에 시오리가 고개를 끄덕였다.

"그렇지. 인용, 리스펙트, 오마주, 리믹스. 뭐가 오리지널인지 점점 불분명해지지."

표절.

그 단어에 참을 수 없이 끌리는 것은 나뿐일까.

창작자들 앞에서 무례한 이야기겠지만, 솔직히 말하면 나는 옛날부터 작가가 표절하는 이야기를 아주 좋아했다. 영화는 시드니 루멧 감독의 《죽음의 게임》도 좋아했고, TV 드라마와 서스펜스 소설에서도 작가끼리 으르렁대고 질투하고 표절하는 이야기를 보거나 읽는 것이 좋다. 스승이 제자의 작품을 훔치는 이야기는 옛날부터 꽤 있었다. '아직 미숙하니까 내가 손봐서 발표하겠다'라는 것이 전형적인 대사인데, 대체로 스승은 그 말을 내뱉은 뒤 제자가 뒤에서 휘두른 둔기에 맞아 살해된다(그 반대도 마찬가지다). 동성동명인 작가가 성공적인 데뷔를 이룬 것을 시샘한 작가 지망생이 서서히 미쳐간 나머지 그 작가 행세를 해야겠다고 다짐한 이야기나, 작가 친구가 훌륭한 소설을 쓴 것을 시샘해 그 소설의 원작이 존재하는 것처럼 가짜 책을 만들어 친구를 파멸로 몰아넣는 이야기도 재미있다. 창작자인 작가가 스스로 만들어내기보다 남의 작품을 훔치려 하는 그 심리가 특히 흥미롭다.

질투.

내가 직접 느끼기에는 최악의 감정이지만, 세상에는 남의 질투를 감상하는 것만큼 달콤한 쾌락을 주는 것도 웬만해서는 없다. 게다가 연애 감정이 얽힌 질투가 아닌 창작자끼리 느끼는 질투를 지켜보는 것은.

"아무튼 그 여자는 소설을 쓰고 싶은 게 아니라 소설가가 되고 싶었던 거예요. 우리를 사칭한 여자들도 만화를 그리고 싶은 게 아니라 언뜻 화려해 보이는 만화가가 되어보고 싶었던 것뿐이고요. 참 이상하죠. 법률에 전혀 관심 없는 사람이 가짜 변호사 행세를 하는 것도 말이 안 되지?"

아야미가 나를 봤다.

"그렇지. 법률 지식 없이 변호사 행세를 하기는 어렵지. 사법시험에 여러 번 낙방하거나 오랫동안 관련 업무를 해서 나름의 지식이 있는 사람이라면 또 모를까."

"내 말이."

잠재적인 작가 지망생이라.

나는 아까 아야미가 한 말을 입속으로 되뇌었다.

어쩌면 나도 그럴지도 모른다. 전처와 현재의 아내로 프로 작가를 선택한 것도 잠재된 내 희망 사항이 작용한 일일지도 모른다.

"아, 혹시 말이에요."

아야미가 뭔가 생각난 듯이 사람들을 둘러봤다.

"혹시 그 사라진 편집자를 그 여자가 살해한 건 아닐까요?"

"네에?"

모두가 동시에 놀라는 소리를 냈다.

아야미의 눈이 반짝반짝 빛난다.

"만약 그 여자가 진짜 메시아이 아즈사와 가까운 사이였고 가령 출판사에서 온 편지를 가로챘다면 진짜 행세를 하며 편집자와 접촉했을 가능성도 있지 않을까요?"

"그랬다면 편집자를 죽일 필요는 없지 않아?"

내가 지적하자 아야미는 자신만만하게 집게손가락을 좌우로 흔들었다.

"그 여자가 메시아이 아즈사 행세를 하며 편집자와 접촉한 뒤에 편집자가 진짜 메시아이 아즈사의 집을 방문해서 가짜라는 게 들통났겠지."

"그렇다고 죽일 것까지는."

나는 고개를 기울였다. 미스터리 팬으로서는 살인 사건이 더 재미있기는 하지만.

"내 예상대로라면 그 여자가 편집자의 이름과 얼굴을 알고 있었던 게 설명이 되잖아."

그렇긴 한데, 하고 나는 투덜댔다.

"그 여자는 그 후에도 나타났나요?"

아내 고즈에의 질문에 시마자키는 고개를 끄덕였다.

"딱 한 번. 첫 방문으로부터 일주일쯤 지나서 또 왔다고 하더군요. 이때는 처음 왔을 때와는 달리 그건 실은 내 작품이다, 내가 거의 다 생각했고 그녀는 내 지시대로 썼을 뿐이다, 하고 거듭 주장했다고 합니다. 편집장님이 황당해하니까 '다음 작품으로 그걸 증명하겠습니다'라는 말을 남기고 가버린 뒤 다시는 오지 않았다고 합니다."

"흐음. 그럼 실제 작가인 메시아이 아즈사하고는요?"

"그 후에 편지가 왔습니다. 내용으로 보아 틀림없는 메시아이 아즈사였기 때문에 한동안 편지를 주고받았고, 글로 봐서도 본인이 맞다고 확신했다고 하더군요."

"그거죠."

아야미가 다시 끼어들었다.

"그 사칭녀는 메시아이 아즈사가 받아야 할 우편물을 가로챌 수는 있어도 그녀가 우편물을 부치는 건 막을 수 없었던 거죠. 그래서 일부러 두 명이라고 말하러 온 거였어요."

"그럼 그 후에는 왜 나타나지 않은 거지?"

"으음, 그건."

아야미는 잠시 생각에 잠겼다가 뭔가 떠올랐는지 얼굴을 환히 빛냈다.

"메시아이 아즈사 본인한테 들킨 거지. 그래서 물러났을 거야. 동네 사람이었다면 껄끄러워서 이사 갔을지도 모르고."

나는 사정없이 코웃음을 쳤다.

"편집자까지 죽여놓고 거기서 맥없이 물러날 리가 없을 텐데. 그렇게까지 하는 사람이라면 그야말로 메시아이 아즈사 본인을 죽이고 정말로 그녀로 변했을지도 모르지. 그래서 굳이 두 명이라고 변명하기 위해 출판사에 갈 필요가 없어졌으니까 그 이후에는 나타나지 않은 거야. 이쪽이 더 말이 되지 않아?"

"으음."

아야미는 반론을 생각하는 듯했다.

나는 다른 생각을 하고 있었다.

"차라리 메시아이 아즈사가 그 여자를 죽였다는 쪽이 더 가능성 있지 않아?"

내 말에 아야미는 어리둥절해했다.

"왜?"

"자기 행세를 하고 다닌 분노 때문일지도 모르지. 혹은 그 착각녀의 손에 죽을 뻔해서 저항하다 역으로 공격했을지도 몰라. 혹은."

나는 입술을 핥았다.

"그 여자는 메시아이 아즈사와 가까운 사이로, 그녀가 받을 우편물을 가로챌 수 있는 사람이었지? 그럼 지금까지의 얘기를 종합해서 생각했을 때, 메시아이 아즈사의 베일에 싸인 과거에 대해 알아낼 기회도 있었다는 거네. 그게 알려지길 원치 않는 과거였다면?"

"입막음을 했다는 거야? 메시아이 아즈사가?"

아야미가 험악한 표정을 지었다. 숭배 대상이 살인자라는 소리를 들으면 불쾌하리라. 하지만 나는 오히려 그 편이 메시아이 아즈사답다는 생각이 들었다.

"물론 가설에 불과해. 그런데 그 후의 은둔자 같은 생활도 이로써 설명이 되지 않나?"

아야미는 경악했다. 내 가설이 더 말이 된다고 느꼈으리라.

"그럼 그녀가 출판사에 다시 찾아와서 '다음 작품으로 그걸 증명하겠습니다'라고 말한 건?"

시오리가 여느 때처럼 냉정한 표정으로 물었다.

물론 그 점도 생각해두었다.

"만약 그 여자가 작가 행세를 하고 싶고 더욱이 메시아이 아즈사를 협박할 작정이었다면 일반적으로 생각했을 때 차기작의 육필 원고를 가져오지 않을까? 그보다 더 확실한 증명은 없잖아."

"하긴, 빨리 다음 작품을 써서 넘기라고, 게다가 그 작품을 상대가 자기 것으로 발표한다고 하면 작품을 쓴 본인은 강한 살의를 느끼겠지."

시오리가 수긍했다.

"어쩌면 메시아이 아즈사의 과거를 맨 처음 알아차린 건 그 편집자였고, 그를 입막음하는 장면을 동네 사람인 그 여자가 목격했을지도 모르겠어."

"잠깐, 시오리. 너까지 메시아이 아즈사를 살인범으로 몰아갈 작정이야? 그것도 연쇄살인범으로?"

아야미가 시오리를 향해 발끈한 얼굴을 내밀었다.

시오리는 어깨를 으쓱 추어올렸다.

"언니도 참, 어디까지나 가설이잖아. 그런데 이로써 그 여자가 편집자 얼굴을 알고 있던 것도, 일부러 출판사까지 찾아온 것도 다 설명이 돼."

"어머, 출판사에 찾아온 건 왜인데?"

"메시아이 아즈사를 압박하기 위해서. 편집자가 사라진 출판사까지 일부러 찾아가는 건 '폭로하겠다'는 협박의 의미 말고는 아무것도 아니잖아. 메시아이 아즈사는 얼마나 무서웠을까. 그 여자가 출판사까지 찾아갈 줄은 몰랐으니까. 심지어 그 여자가 작가 지망생이라니 꿈에도 생각지 못한 데다 원고까지 넘기라고 할 줄은 몰랐을걸."

"결국 어찌할 도리가 없는 상황이 된 거네."

나는 시오리의 추가 설명에 감탄했다.

"그럼 죽일 수밖에 없지."

"그렇지."

나와 시오리가 서로 고개를 끄덕이고 있자, "아이고, 이봐들" 하고 시마자키가 쓴웃음을 지었다.

"자네들의 화려한 추리를 듣다 보니 정말 그런 것 같아서 무섭군."

모두가 웃었다.

"자네들은 정말 미스터리를 좋아하는군."

신도 요스케가 기가 막힌다는 듯이 웃었다.

네, 적어도 저는.

"죄송합니다, 이런 식으로 실례되는 얘기만 늘어놓았습니다만, 부디 괘념치 마시길. 그저 망상을 떠들어댔을 뿐이니까요."

나는 인생의 선배님들에게 머리를 숙였다.

사람들은 이미 익숙한지 쓴웃음을 짓고 있다. 고즈에도 난처한 얼굴로 웃고 있었다.

얘기가 딴 데로 샜지만, 용서해줘, 고즈에.

"그나저나 감탄했습니다. 방금 그 얘기는 나름대로 설명이 되는군요. 신기하게도 메시아이 아즈사와 나눈 대화 내용이 갑자기 생각났습니다. 오랫동안 잊고 있었는데 말입니다."

시마자키가 가볍게 고개를 돌렸다.

"어떤 얘기인가요?"

시오리가 미끼를 물듯 덥석 물었다.

"제가 문고본을 맡게 되어 메시아이 아즈사를 만났을 때 물어본 적이 있습니다. 여러 번의 회의를 거쳐 드디어 신뢰 관계가 형성되었다고 생각했을 무렵이었지요. 데뷔 직후에 '메시아이 아즈사가 두 명'이라며 편집부를 찾아온 사람이 있었다고요. 제가 만난 건 아니지만 당시 편집장님이 만났고 두 번이나 찾아왔는데 혹시 짚이는 사람이 있느냐고요."

시오리의 눈이 진지해졌다.

"그랬더니요?"

"그녀는 이렇게 말했습니다. '누구인지 전혀 짚이는 여자가 없는데요'라고요. 그때는 아, 역시 그 사람은 가짜였구나, 혼자 멋대로 착각하는 사람이었구나, 하고 그냥 넘겼습니다."

"혹시."

나도 모르게 몸을 내밀고 있었다.

시오리가 나를 흘끗 쳐다봤다.

물론 나도 시오리도 시마자키의 이야기에서 문제점을 눈치채고 있었다.

"맞습니다. 이제야 이상하다는 걸 알아낸 겁니다."

시마자키가 고개를 끄덕했다.

"저는 '편집부를 찾아온 사람이 있다'라고만 했을 뿐 남자인지 여자인지는 밝히지 않았습니다. 그런데 그녀는 대번에 '누구인지 전혀 짚이는 여자가 없는데요' 하고 대답한 겁니다. 그녀는 그 사람이 누구인지 알고 있었습니다. 그 사람이 여자인 걸 알고 있었던 거예요."

16 유머레스크 ──────────

　　　　　　문득 견딜 수 없는 답답함을 느끼고 나는 가벼운 패닉에 빠졌다.

　몰래 심호흡을 하려던 순간 목구멍에서 쇳소리가 날듯해 황급히 쇄골 밑에 손을 댔다.

　지독히도 농밀하다.

　중독된다는 건 이런 상태를 가리키는 것이리라.

　이곳은 공기가 지독하게 농밀하다.

　천천히 그리고 조용히 심호흡을 했다.

　무심코 손목시계를 보니 벌써 정오를 지나 점심시간이 되어 있었다.

　하지만 아직 좌중은 긴장의 끈을 놓지 않고 있다. 누군가 지친 기색을 보이면 "점심을 먹도록 하죠"라고 말할 생각이었지만, 모두가 너무 집중하고 있어 끼어들 틈이 없었다.

　취재하는 입장에서는 바라 마지않는 상황이긴 하지만 첫날부터 너무 흥이 올라 무리하게 달린다는 걱정도 됐다.

　내가 계획한 바는 오늘은 지금까지의 경위를 다 같이 죽 훑어보고 내일부터 개별적으로 깊은 이야기를 이끌어낸 뒤 후반에 다시 한번 모두가 참여하는 좌담회를 마련하겠다고 공지하고 그때가 될 때까지 분위기를 돋우고 유지하는 것이었지만, 막상 시작해보니 오히려 사람들이 더 의욕이 넘치고 지금 내가 가장 지쳐 있었다.

취재란 취재하는 쪽, 즉 취재자가 강한 의지를 보여야만 성공할 수 있다. 의뢰받지도 않은 일을 내가 멋대로 추진하고 있기 때문에 책임은 전적으로 나에게 있으며, 상대방이 취재에 잘 응하도록 적극적으로 노력해야 하는 것도 나다. 상대방은 취재를 받아들일 의무가 없다. 꼭 알고 싶다, 꼭 글로 쓰고 싶다는 높은 동기부여를 유지하지 않으면 아무런 정보도 얻을 수 없다. 이는 꽤 힘든 일로, 내가 왜 그 대상에 관해 글을 쓰는가, 써야만 하는가를 끝없이 자문하게 된다. 반대로 말하면 어지간히 흥미로운 대상이 아닌 이상 취재를 계속하기는 어렵다.

취재에 응하는 쪽은 취재자가 자신이 가진 정보를 얼마나 원하는가, 취재자가 조사를 얼마나 해왔고 또 예비지식을 얼마나 갖추었는가를 순식간에 간파한다. 따라서 취재자의 지식과 열정에 비례한 정보밖에 내놓지 않는다. 그렇다고 해서 취재자가 안광을 빛내며 부담을 주면 상대방은 겁먹어 정보를 내놓기가 어렵다. 그 부분의 강약 조절이 까다롭지만 나는 상대방이 자유롭게 이야기하도록 하면서도 나의 조용한 열정을 넌지시 전달하는 자세로 취재하는 것이 특기다.

일대일 취재에서는 항상 성공하던 그 작전도 지금 상황에서는 잘 풀리지 않고 있다. 이렇게 취재 대상이 많은 것은 처음인 데다 가족이 함께 있으니 더욱 당혹스럽고 긴장되기 때문이다.

문득 공기가 막혀 걸쭉해지고 사람들의 모습을 마치 수족관 너머로 보고 있는 듯한 착각에 빠졌다. 그러면서도 들려오는 목소리는 매우 깨끗했다.

이 감각은 전에도 경험한 적이 있다. 일에 집중한 나를 유독 객관적으로 보고 있는 내가 있는 것이다. 물론 평소에도 객관적인 나는 늘 존재하며 그 존재는 몸속에 있다. 그런데 간혹 객관적인 내가 몸 밖에 있는 것처럼 느낄 때가 있다. 흔들리는 전철 안에서 손잡이를 붙잡고 있지만 반쯤 잠들어 있을 때도 비슷한 느낌이다. 신기하게도 잠들어 있는데도 주변 경치가 보일뿐만 아니라 잡담하는 사람의 목소리와 안내 방송이 들리는 등 외부 정보가 빠짐없이 들어온다.

직업의식이란 참 대단하다. 훈련과 경험을 쌓으면 어느 정도의 활동은 반사적으로 할 수 있게 된다. 사람들의 이야기 속에서 핵심이 되는 부분을 자연히 골라내 메모하는 와중에도 머리 대부분에서는 딴생각을 하는 재주도 부릴 수 있게 된다.

지금 내가 그렇다. 손으로 메모를 하면서 현재 말하고 있는 사람을 쳐다보거나 때로는 작게 맞장구를 치기도 한다.

그런데 나는 딴생각을 하고 있었다.

그 계기는 틀림없이 방금 나온 이야기에 있다. 세월을 뛰어넘어 밝혀진 충격적인 사실, 이라는 선전 문구를 붙여도 좋겠다. 아직 가설에 불과한 부분도 있지만, 메시아이 아즈사라고 밝힌 여자가 두 명이었다는 것은 상당히 신빙성이 있고 섬뜩하며 일종의 범죄성이 엿보이는 일화였다.

누구인지 전혀 짚이는 여자가 없는데요.

시마자키 시로가 기억해낸 메시아이 아즈사의 말도 파괴력이 커서 포스트잇을 붙여놓고 싶은 대사 중 하나임에 틀림없다.

사람들이 그 대사를 듣고 부들부들 떠는 몸짓을 하거나 껄껄 웃어 넘기는 등 호들갑스럽게 반응하는 모습을 지켜보면서 나는 딴생각을 하고 있었다.

두 명의 메시아이 아즈사.

그 모티브가 내게 다른 것을 연상하게 했다.

왠지는 모르지만 어느새 내 머릿속에서 두 명의 메시아이 아즈사는 나와 사사쿠라 이즈미의 모습을 하고 있었다.

두 여자이자 두 작가라서일까. 아니, 그렇다면 눈앞에 강력한 두 명이 있지 않은가. 그런데 방금 이 화제가 나오자 나는 이즈미와 나를 떠올렸다.

돌연 그 이유를 알게 됐다.

하나밖에 없는 자리에 앉으려 하는 두 여자.

그것이 연상의 원인인 것이다.

메시아이 아즈사는 한 명이다. 그러나 자신이 메시아이 아즈사라고 주장하는 또 한 명의 여자가 있었다. 물론 그 이름을 내걸 수 있는 사람은 단 한 명.

그리고 마사하루의 아내라는 자리는 하나뿐이다. 이즈미와 내가 동시에 앉을 수는 없다. 물론 나와 이즈미는 적대 관계가 아니었을 뿐더러 마사하루와 교제한 시기가 겹치지도 않지만, 자리가 하나밖에 없는 이상 나와 이즈미는 양립할 수 없는 입장에 있다.

나와 이즈미.

마음 한구석에서 나란히 놓기를 주저했던 이름.

경쟁하는 마음이 없었다고 하면 거짓말이다. 각본과 소설은 다르다고 스스로를 타일렀지만 창작자로서, 여자로서 의식하지 않았을 리가 없다.

물론 마사하루는 이즈미와의 추억담은 한마디도 하지 않았고 전처의 그림자를 내비치는 일도 없었지만, 내가 멋대로 의식했을 뿐이다.

하지만 나는 늘 마음속 깊이 의심했던 것이 아닐까. 마사하루가 이즈미와 나를 비교하는 것은 아닐까 하고.

그것도 여자로서뿐만이 아니라 창작자로서 이즈미와 비교되고 있지 않을까 하고.

어처구니없는 망상인 것은 알고 있다. 말도 안 되는 의문인 것도 이해한다. 만약 정말로 이 질문을 마사하루에게 던진다면 그는 쓸쓸히 웃고 "말도 안 돼" 하고 어깨를 추어올리리라.

각본과 소설은 비교할 수 없어, 완전히 다른 유형의 인간이 쓰는 다른 분야의 글을 비교해서 어쩌겠다는 거야, 라고 말할 테고 나도 실제로 그렇다고 생각한다.

죽은 사람을 질투해서 뭐해, 라고 말할지도 모른다.

그러나 인간에게는 논리적으로 설명할 수 없는 감정이 있다.

마사하루의 내면에 창작자를 열렬히 동경하는 마음이 있음은 알고 있었다. 그렇다면 그가 배우자를 선택하는 기준이 창작자의 재능이라는 것도 명백하지 않은가.

감상자로서 마사하루의 센스는 탁월하다. 자만하는 것은 아니지만, 따라서 내게도 나름의 재능이, 적어도 그를 납득시킬 만큼은 있었다고 자부한다.

아니면 재기 있는 창작자와 함께 사는 것에 데어 이번에는 평범한 여자를 선택한 걸까?

자조에 빠진 내 모습에 쓴웃음이 나서 속으로 고개를 저었다.

그야말로 말도 안 되는 생각이리라. 마사하루는 스스로 관심이 생기지 않고 존중할 수 없는 상대를 자기 자존심을 달래기 위해 곁에 두는 사람이 아니다.

그렇다면 더더욱 의심이 된다. 날카로운 감상안을 지닌 그가 창작 자인 두 아내를 비교하지 않을 수도 있을까? 함께 살고 있는데도?

이러면 안 되지만 예전부터 맺혀 있었을 시기하고 의심하는 마음이 머릿속에 맴돌기 시작했다. 이런 부정적인 감정의 고리에 들어가면 좀처럼 빠져나오지 못하는 내 나쁜 버릇은 잘 알고 있다. 평상시라면 쇼핑을 하러 가거나 사람을 만나거나 해서 그 고리를 끊어내는 방법도 있지만, 지금은 도망칠 수도, 숨을 수도 없는 데다 마사하루와 내내 같이 있어야 한다. 선상에서 취재 대상자와 며칠씩 마주해야 하는 환경에 스트레스를 느끼고 기분이 우울해졌다.

아니, 그렇지 않아.

너는 그런 생각을 하는 게 아니잖아.

돌연 생각지도 못한 방향에서 질책하는 또 하나의 내 목소리가 끼어들어 흠칫 놀랐다.

나는 쓰디쓴 미소를 머금었다.

이럴 때는 내 글쟁이로서의 습성에 정이 떨어진다.

원래 분석하는 습관이나 미묘한 감정을 말로 표현하는 습관이 있긴 했지만, 내가 이중적, 삼중적으로 생각한다는 것을 전에는 거의 의식하지 않았다. 기껏해야 본심을 자각했을 뿐인데 최근에는 '방금 그건 정말 본심일까' 하고 의심하는 버릇이 생겼다.

방금 머릿속에서 말로 표현한 마사하루가 나와 이즈미를 비교하는 것은 아닐까 하는 시기하고 의심하는 마음은 그와 재혼했을 때부터 줄곧 맺혀왔던 내 '본심'이 맞지만, 현재 내가 정말로 마음을 빼앗

기고 있는 것이 그것인지 따져봤을 때, '아무래도 아닌 것 같다'라는
것이 직감이 말하는 바였다.

　내 마음을 신중하게 살펴본다.

　도대체 나는 무엇에 마음을 빼앗기고 있을까.

　아까부터 희미하게 언뜻언뜻 뇌리를 스치는 것.

　돌연 음정이 맞지 않는 목소리가 들렸다.

　도레도레 미솔라솔 도시레도 시레도라 솔솔라솔 도라솔미레
　도레도레 미솔라솔 도시레도 시레도라 솔솔도도 레솔도

　이게 뭐지?

　나는 당황했다.

　누군가 노래를 부르고 있다. 게다가 예전에 음악 시간에 배웠던
'계이름부르기'였다. 피아노 반주도 들린다.

　왜 이런 노래가?

　나는 혼란에 빠져 이 노래의 출처를 열심히 찾았다.

　언제였던가. 누군가 이 노래를 부르는 모습을 눈앞에서 본 적이 있다.

　드보르자크의 〈유머레스크〉.

　옛날 생각이 났다. 어렸을 때 학교에서 드보르자크의 곡이 자주 흘
러나왔다. 〈꿈속의 고향〉은 '이제 하교합시다' 하는 신호의 음악이었다.

　노래를 부르는 것은 아이라는 생각이 들었다.

　하지만 아이가 〈유머레스크〉를 부르는 모습을 볼 기회가, 어른이
된 후에 있었던가?

　나는 이상하다 싶어 고개를 갸웃했다. 이 풍경을 본 것은 오래 전

이지만 어른이 된 후의 일이라는 확신이 있었기 때문이다.

자칫 이미지를 놓치겠다는 생각이 들었다.

기껏 여기까지 기억났는데 말이다.

혀를 차고 싶은 순간 불현듯 옆에 누군가 서 있는 이미지가 확 떠올랐다.

누군가 서 있다…… 여자다…… 내 또래의 여자.

팔짱을 끼고 있는…… 차가운 옆얼굴.

그 옆얼굴이 중얼거린다.

나직한 목소리로. 나에게만 들리는 목소리. 실제로 나밖에 듣지 못했을 것이다.

"저런 필연성 없는 장면을 찍어서 어쩌자는 걸까."

그 목소리에 나는 그녀를 쳐다봤다.

내가 보고 있는 것을 알고 그녀도 나를 휙 돌아본다.

무표정이지만 어쩐지 냉소적인 인상을 주는 그녀가…… 그렇다, 사사쿠라 이즈미가 몸을 돌려 나를 보고 있다.

이번에야말로 기억났다. 하마터면 무릎을 탁 칠 뻔했는데 참아 넘겼다.

나는 사사쿠라 이즈미를 딱 한 번 만난 적이 있다.

기억해냈다는 자체에 몹시 놀랐고, 그 일을 까맣게 잊고 있어서 또 놀랐다.

나와 이즈미는 접점이 없는 줄 알았기 때문이다. 물론 마사하루에게도 이때의 일은 말하지 않았다.

그렇다, 꽤 오래전 일이다.

작가로 데뷔한 지 얼마 안 되었을 때 운 좋게도 내 소설이 BS 방송에서 드라마로 제작된 적이 있다. 단막극이긴 해도 첫 영상화였다. 마침 스태프가 대학 시절 친구이기도 해서 촬영 현장을 보여주겠다며 방송국에 오라고 하길래 간 김에 취재도 했다. 내가 궁금했던 것은 방송 기술 개발 스태프와 자료 조사원 등 무대 뒤의 제작진이었지만, 취재할 때는 다른 드라마 촬영 현장을 구경하게 됐다.

스튜디오 세트장에서 아이가 혼자 툇마루에 앉아 다리를 흔들거리며 〈유머레스크〉를 부르는 장면.

노래가 어설프다며 연거푸 다시 찍게 하는 바람에 아이는 이미 집중력이 흐트러져 있었다.

힘들겠네, 하고 생각하면서도 끈기 있게 마이크를 높이 들고 있는 스태프를 보고 있을 때, 옆에 내 또래 여성이 서 있는 것을 알았던 것이다.

처음에는 당연히 현장 스태프 중 한 명인 줄 알았다. 화장기 없는 얼굴에 대충 하나로 묶은 머리, 가벼운 옷차림에 팔짱을 낀 채 가만히 촬영하는 모습을 지켜보고 있었기 때문이다.

그러다 차츰 촬영 스태프가 아니라는 것을 알게 됐다.

NG로 인해 촬영이 중단될 때마다 스태프들은 저마다 바쁘게 움직이는데 그녀는 가서 거들 생각이라곤 없이 냉소적인 눈초리로 서 있기만 했다.

높은 사람인가? 프로듀서 같은.

그녀를 흘끗거리다 보니 어디선가 본 적이 있는 얼굴이라는 것을 알게 됐다.

어디 보자, 배우인가? 아니, 그건 아닌데.

좀처럼 이름이 생각나지 않았다.

몇 번째인지 모를 촬영 중단으로 아이가 울상을 짓자 디렉터가 '휴식'을 선언했다. 아이의 일행인 듯한 여성이 흐느껴 우는 아이의 어깨를 안고 연신 달래며 어디론가 데리고 나간다.

맥이 탁 풀린 스태프들 사이에 피로감이 번졌다. 한숨을 푹푹 쉬고 언짢은 얼굴로 나가는 사람, 장비를 확인하는 사람 등 조금 전까지만 해도 촬영에 집중했던 사람들이 뿔뿔이 흩어졌다.

나와 그녀만 변함없이 자리에서 움직이지 않고 있었다.

아니, 나도 이제 나갈까 싶었던 참이지만 그녀를 혼자 두고 가려니 왠지 내키지 않았다.

어떻게 할지 고민하고 있는데 그녀가 불쑥 그렇게 말한 것이다.

저런 필연성 없는 장면을 찍어서 어쩌자는 걸까.

갑자기 말을 걸어와 얼결에 옆얼굴을 보니 그녀도 나를 보고 있었다.

방금 저 장면은 원작에도 각본에도 없는 신이거든.

그녀는 냉랭한 말투로 말했다.

디렉터가 추가한 장면이야. 아이가 툇마루에서 노래하는 그림을 찍고 싶다나. 그걸 영상에 담고 싶다더라.

그 말투에는 빈정거림이 가득했다.

마음이 동해야 행동으로 이어지고, 그 모습을 영상에 담는 거잖아. 그 영상이 전달해야 할 내용이 있고, 그게 드라마 전체 흐름에 필요하니까 찍을 필연성이 생기는 거 아냐?

누구에게랄 것도 없이 그녀는 언짢은 듯이 계속했다.

단순히 찍고 싶은 그림이 있는 거면 그림엽서라도 찍으면 되는 거 아니냐고. 안 그래?

내가 어안이 벙벙해서 쳐다보고 있자, 그녀는 다시 내 얼굴을 보고 "그치?" 하고 확인했다.

그녀의 표정이 너무 진지해서 뭐라 대답해야 할지 망설였지만, 그녀는 내 대답을 기다리지도, 반응을 기대하지도 않는 것처럼 보였다.

눈을 마주친 것은 불과 몇 초였으리라.

갑자기 그녀의 얼굴에서 냉소가 사라지고 무표정이 되었다.

그녀는 아무 말도 없이 빙그르 몸을 돌려 스튜디오에서 나가버렸다.

나는 어안이 벙벙한 채 그 자리에 우두커니 서 있었다.

결국 나는 한마디도 하지 못했고 서로 이름을 대지도 않았으므로 그녀는 내가 누구인지 몰랐으리라. 우연히 그 장소에 그 타이밍에 내가 있어서 말을 걸어온 것에 불과하다. 누가 봐도 외부인, 견학자처럼 보였기 때문에 내게 그런 말을 했을지도 모른다.

방송국을 나와 흔들리는 전철을 타고 집에 가는 길에 비로소 그녀가 각본가 사사쿠라 이즈미라는 것을 깨달았다.

그녀는 스무 살 무렵부터 각본가로 주목받았고 당시 각종 상을 받는 등 잘나갔기 때문에 신출내기인 나는 발끝에도 못 미치는 대가였다.

이때 이미 마사하루와는 아는 사이였지만 사사쿠라 이즈미와 부부인 것은 알지 못했다.

저런 필연성 없는 장면을 찍어서 어쩌자는 걸까.

목소리가 선명히 되살아난다.

그동안 잊고 있었던 그때 그녀의 표정을 머릿속에 그린다.

일면식도 없는 사람에게 느닷없이 그런 '진심'을 털어놓다니. 게다가 내가 동요해서 뭐라 대답해야 할지 망설이는 것도 알았을 터인데 그녀는 전혀 개의치 않았다.

하지만 내가 또래 여자였기 때문에 말을 걸어온 것은 틀림없으리라.

그때 시원하고 솔직한 사람이구나, 하고 생각했다. 동시에 강하게 억압된 무엇이 감추어져 있다고 느꼈다.

그리고 묘한 공감이 일었다.

그것이 세대적인 것이었는지, 동성으로서의 공감이었는지는 모른다. 그러나 그 짧은 만남 동안 그녀와 나 사이에 비슷한 부분이 있음을 확실히 직감했다.

그렇구나, 나와 사사쿠라 이즈미는 생각지도 못한 곳에서 접점이 있었구나.

나는 묘한 감회를 느꼈다.

마사하루를 통하지 않고 그저 글 쓰는 사람끼리 좀 더 이야기를 나눠보고 싶었다.

그런 마음이 드는 한편 끝까지 접점이 없는 상태였더라면 좋았을 텐데, 하는 마음도 있었다.

살아 있는 여성의 구체적인 이미지를 일단 머릿속에 집어넣으면 앞으로 절대로 사라지지 않을 것이다. 그녀가 스스로 목숨을 끊어 이제 그 육체가 세상에 존재하지 않는 것을 알고 있기 때문에 더더욱 그렇다.

한숨과 함께 조용히 호흡을 고른 순간 의식이 몸으로 쑥 돌아오는 것을 느꼈다.

문득 이즈미가 팔짱을 끼고 동석한 채 사람들의 대화를 가만히 듣고 있는 모습이 눈에 선하게 그려졌다.

만약 그녀가 이곳에 있고 취재 대상자 중 한 명이었다면.

창고로 직행한 영화의 각본가로서 이곳에 참여하고 있다면.

그 무표정하고 시원한 눈이 이쪽을 지켜보는 듯한 기분이 들었다.

그녀는 내 취재에도 필연성이 있다고 인정해줄까.

"……어머, 벌써 시간이 이렇게 됐네요. 여러분, 시장하지 않으세요?"

나는 어느덧 지극히 자연스러운 상태로 말하고 있었다.

사람들이 아차 하고 사방을 두리번거리며 시계를 봤다.

"이런, 벌써 점심때가 지났군."

"말하느라 그것도 몰랐네."

사람들의 긴장이 풀렸다. 기지개를 켜거나 자리에서 일어나는 등 순식간에 분위기가 누그러졌다.

"식사하시고 오후에 여러분 얘기를 조금만 더 들려주실 수 있나요? 내일부터 어떻게 할지 일정도 짰으면 하거든요."

동의하는 소리를 들으면서 나도 노트를 덮고 몸을 일으켰다.

이 자리에 있을 리 없는 이즈미의 동의를 구하듯 슬며시 라운지 구석에 눈길을 보내면서.

17 외해로 —————————

공중 라운지에서 줄줄이 나와 엘리베이터를 탄 뒤 사람들을 따라 내려왔을 때 고즈에는 자신이 심한 피로감을 느끼는 것을 깨달았다.

긴 시간 동안 집중하느라 어깨에 힘이 들어간 탓인지 온몸이 무겁고 발걸음도 부자연스러운 것 같았다.

다만 그것은 피로감 때문만은 아니라 배가 천천히 크게 흔들리고 있기 때문이기도 하다는 것을 알게 됐다.

"꽤 흔들리네. 마침내 육지를 떠나 외해로 나갔다는 느낌이야."

마사하루도 마찬가지였는지 그렇게 말했다.

"그러게. 크게 넘실거리는 것 같아."

"피곤하지? 나도 피곤하다."

마사하루가 기지개를 켰다.

"재미있긴 한데 긴장했나 봐."

"맞아. 아주 흥미로웠어."

"그 라운지, 유리에 짙은 색이 들어가서인지 어항 속에 있는 것 같더라."

"하하, 어항이라. 하긴 둥글기도 하고."

옛날 특유의 두꺼운 유리로 된 둥근 어항. 산소 부족으로 금붕어가 뻐끔뻐끔하는 모습이 눈에 선하게 그려졌다.

"이따 다시 모이자고 하긴 했는데, 오늘은 이쯤 해두는 게 나으려나. 너무 속도를 내서 다들 피곤할 것 같아. 오늘 밤에는 환영 파티도 있고."

"그러네. 초장부터 아주 진한 좌담회였지."

"점심 어떡할 거야?"

고즈에는 속마음을 은근히 내비치며 물었다. 좌담회 멤버를 레스토랑에서 또 마주치는 일은 피하고 싶었다.

마사하루도 바로 그 뜻을 이해했다.

"또 그 사람들하고 마주하기도 좀 그러네. 룸서비스 시킬까? 아니면 컵라면이라도 먹을래? 배도 고프고."

"그래. 인스턴트 같은 거 먹고 싶어. 방에서 컵라면 먹자."

"담배 피우고 싶다."

"그러고 보니 잘 참았네."

"지루할 틈이 없다 보니."

고즈에는 후후 하고 웃었다.

"그러게. 그 모자 쓴 여자 얘기하고 두 명이었다는 것도 오싹하더라. 나도 모르게 그 라운지 구석에 모자 쓴 메시아이 아즈사가 않아 있을까 봐 찾아봤잖아."

"어, 진짜 무섭더라. 다들 말솜씨가 좋아서 더 무서웠지."

말솜씨가 좋다. 그 말이 마음에 걸려 고즈에는 문득 고개를 들었다.

"그나저나 생각해보면 우리는 전부 '허구'에 관련된 일을 하고 있어. 그 라운지에 있던 모두가 그래. 영화감독, 배우, 만화가, 작가. 프로듀서와 편집자도 결국엔 '지어내는 일'을 하며 먹고살고 있잖아. 실업 쪽은 당신뿐이네."

마사하루가 코웃음을 쳤다.

"내 직업이 실업 쪽인지 아닌지 의문이네. 오히려 더 죄 많은 '지어내는 일'로 먹고살고 있을지도 모르지."

"어머, 그럼 안 되잖아."

"영화나 소설은 그게 픽션인 걸 알고 있지만, 우리 같은 경우는 그게 진실이 되어버리지."

"진실이라."

고즈에는 고개를 살짝 갸웃했다.

"진실이 어디에 있기는 한 걸까."

"저런, 이번에 메시아이 아즈사의 진실을 찾아서 책을 쓰는 거 아니었어?"

마사하루의 지적에 고즈에는 쓴웃음을 지었다.

"아까 사람들 얘기를 들었더니 더욱더 모르겠더라."

창밖으로 눈길을 보냈다.

회색 수평선. 약간 흐린 하늘과 회갈색 바다를 가르는 경계선.

"진실이란 뭘까."

그것은 고즈에의 본심에서 나온 의문이었다.

"사람들은 어딘가에 진실이 있다고 생각해. 달걀 껍데기를 벗기듯이 뭔가를 벗기면 그 속에 매끈한 실체를 가진, 바뀌지 않는 '진실'이 있다고 생각하지."

마사하루의 얼굴이 진지해졌다.

"그렇지 않다는 말인가? 그럼 실제로는 어떤데?"

"글쎄" 하고 고즈에는 어깨를 으쓱 추어올렸다.

"픽션을 쓰는 우리 쪽에도 책임은 있어. 계속 그런 식으로 '진실'을 다루어왔으니까. 내가 소설을 쓸 때도 약속대로 후반에 반전이 몇 번 있어야 해서 갈수록 의외의 '진실'을 마련해두거든. 누군가의 수기나 편지가 나왔다는 식으로. 소설 안에서는 '이것이 진실입니다' 하고 단언하기도 해. 그런데 진실이라는 건 한결같지도 않고 예쁘게 생기지도 않았어."

마사하루는 잠시 생각에 잠긴 뒤 수긍했다.

"그건 나도 동의해. 인간은 자기가 무슨 생각을 했는지 요만큼도 기억하지 않아. 자기가 왜 그런 행동을 했는지 이유 같은 건 싹 잊어버리지. 종이 나부랭이에 써넣는 건 많은 부분을 생략하고 다듬어서 최대공약수로 구한 정보뿐이거든."

"맞아. 진실은 퍼레이드에서 눈보라처럼 흩날리는 색종이 같은 거니까. 팔랑팔랑 나부끼는, 알록달록한 색깔의 군데군데 반짝 빛나는 색종이. 빛난 그 순간에만 금색이었을 뿐 땅바닥에 떨어지면 다른 색종이에 뒤섞이고 밟혀서 곧바로 보이지 않게 되지. 예쁘게 형태가 잡힌, 그런 실체가 아닌 거야."

"흐음, 좋네, 진실은 퍼레이드 색종이. 기억해둬야겠다. 나중에 써먹어도 돼?"

"재판에서는 써먹지 말아줘."

"ⓒ후키야 고즈에로 표기할게."

"짓궂다니까."

가벼운 농담을 하면서 긴 복도를 걷다 보니 긴장이 조금씩 풀어졌다. 동시에 고즈에는 좌담회 내내 마사하루에게 느꼈던 열등감 같은 것이 누그러지는 것을 느끼고 놀랐다. 한 가지 일을 끝내자 우리는 함께 일하는 팀으로서 이 기획을 완수하려 하고 있다는 일체감 같은 것이 느껴졌다. 그리고 마사하루는 취재자로서 매우 우수했다.

나는 운이 좋은 것 같다. 남편이 취재 대상자들의 관계자일 뿐만 아니라 취재자로서도 우수하다니.

직업 작가로서 계산기부터 두들기는 것을 깨닫고 슬며시 혐오감이 올라왔다. 하지만 마사하루도 마찬가지 아닐까 하고 다시 생각했다. 아내를 기록자, 관찰자로 이용하고 있지 않은가.

방으로 돌아오자 안전지대에 돌아온 듯 마음이 편해졌다.

문이 닫히고 단 둘이 있게 되자 그제야 '아까' 그 이야기를 할 마음이 생겼다.

고즈에는 전기 포트에 물을 부으면서 자연스럽게 이야기를 꺼냈다.

"저기, 형님들, 마나베 자매 말이야, 혹시 가정에 무슨 사정이 있어?"

"그런 생각이 들었어?"

바로 되묻기에 고즈에는 멈칫했다.

"어, 그냥. 어젯밤에 내가 별로 안 닮았다고 했을 때 당신 반응도 그렇고, 오늘 자매끼리 말하면서 보인 반응도 그렇고."

"뭐, 어디까지나 소문인데, 누나들의 아버지가 다른 거 아니냐는 말은 예전부터 있었어. 어쩌면 누나들 모두 아버지의 친딸이 아닐지도 모른다는 말까지 있었고. 누나들의 어머니가 남성 편력이 화려하고 행실이 바르지 못했던 모양이야."

"행실이 바르지 못하다는 말, 오랜만에 들었어."

마사하루는 "하하하" 하고 웃었다.

"아, 그러고 보니 요즘은 안 쓰는 말일지도 모르겠네. 지금은 뭐라고 하지? 음란, 은 좀 노골적인 데다 옛날 말 같고. 남자를 밝힌다, 는 지금도 쓰는군."

"금사빠는 어때? 아, 외로움을 잘 탄다고 하는 게 나으려나, 많이 순화된 표현이니까. 혹은 육식녀."

"육식녀. 이모 인상에는 그게 딱이네."

"당신도 만난 적 있어?"

"몇 번밖에 못 봤지만, 있어. 연세가 있으신데도 왕성하게 활동하는 현역 여자라는 느낌이었지."

그런 어머니에 대한 혐오 때문에 두 사람 다 결혼하지 않았을지도 모른다.

고즈에는 그런 생각이 들었다.

"마나베 자매는 어떻게 생각하고 있어?"

"글쎄."

"자매의 할머니가 이모를 데리고 재혼하셨다고 했지? 전남편하고는 이혼하신 거였어?"

"아니, 사별이었을걸."

마사하루가 방구석에 놓인 박스를 열어 컵라면을 찾기 시작했다.

"고즈에, 당신은 뭐 먹을 거야?"

"해산물 컵라면."

"나는 카레 컵라면 먹어야지."

컵라면을 꺼내고 따로 챙겨온 젓가락을 테이블 위에 올려놓았다.

"갑자기 서민적이네. 이 방에서 컵라면만 튀어 보여."

"고작 인스턴트식품으로 안심이 되다니 한심하다고 해야 할지."

둘이서 소파에 아무렇게나 걸터앉았다.

발코니 너머로는 변함없이 회색 수평선이 보인다.

가만히 있으니 크게 넘실거리는 것이 느껴졌다.

진부하게도 '운명의 파도'라는 말이 떠올랐다. 그것은 배 위에서 오랜 세월을 보낸 사람들이 처음 사용한 말이리라.

사방을 둘러봐도 아무것도 보이지 않는 광대한 바다에 덩그러니 떠 있다 보니 고즈에는 자신의 무력함과 엄청나게 거대하고 어찌할 도리가 없는 존재의 힘을 느끼지 않을 수 없었다.

"그 두 사람 사이에도 독특한 긴장감이 있더라."

고즈에는 전기 포트 속에서 물이 버글대는 소리를 들으며 말했다.

"응. 평소에는 일할 때를 제외하고는 따로 지내고 있는데, 이번에 보름 넘게 한 방에서 얼굴 맞대고 지내게 됐는데 괜찮을지 모르겠네."

"괜찮을지 모르겠다고?"

"이게 추리소설이면 대체로 이런 폐쇄된 공간에서 지내면 평소에는 모른 척했던 해묵은 원한이 폭발하는 법이니까."

고즈에는 쿡쿡 웃었다.

"추리소설을 정말 좋아하는구나. 아까 한 추리도 흥미로웠어."

"그건 서비스였지. 내 전략이기도 하고."

마사하루의 말투에서 건조함을 느끼고 고즈에는 자기도 모르게 돌아봤지만 그는 등을 보이고 있어 표정은 알 수 없었다.

전략. 어떤 목적을 달성하기 위한 전략일까.

문득 지금 마나베 자매가 호화로운 로열 스위트룸에서 뭘 하고 있을지 상상해봤다.

상상 속의 두 사람은 말이 없다.

방 안은 정적에 싸여 있다. 창밖에는 천천히 넘실대는 바다. 각자 상대방이 시야에 들어오지 않도록 돌아앉아 있는 모습이 머릿속에 그려졌다.

　"두 세대 전까지만 해도 전쟁도 있었고 위생 상태도 나빠서 사별 뒤 자식을 데리고 재혼하는 건 흔한 일이었어. 형제나 친척도 많았고 서생이나 가정부처럼 집 안에 남을 들이는 것도 보통이었지. 지금처럼 집 안에 다른 사람이 없는 시대는 인류 역사상 처음이지 않을까."

　고즈에가 생각한 바를 말하자 마사하루도 동의했다.

　"그러게. 지금은 비스듬한 관계나 제3자적인 관계가 점점 소멸되고 있으니까. 얼마 전까지만 해도 집안에 한두 명은 무슨 일을 하는지 알 수 없는 미스터리한 삼촌이나 돌연변이 같은 친척이 있었고 대체로 엉뚱한 짓을 가르쳐주는 건 가끔 집에 오는 그런 삼촌이었지."

　"영화 《남자는 괴로워》에 나오는 도라 씨 같은 존재네."

　"세상의 수많은 도라 씨는 소멸했어."

　"한편으로는 지구 반대편에 있는 사람과 일대일로 연결되기도 하고. 참 이상한 시대야."

　"저출산 고령화는 반대로 말하면 순혈화가 진행된다는 뜻이기도 하지. 생식의 선택지가 줄어드니까. 그렇게 되면 잡종이 생명력이 더 강한 건 자연의 섭리니까 멸망의 길을 걷는 것도 당연한 수순이겠어."

　"저출산 고령화에 가담하고 있는 몸으로 조금 찔리긴 하지만."

　사실 저출산 이야기는 고즈에처럼 출산 능력의 기한이 임박하고 있는 세대에게는 바늘에 등을 콕콕 찔리는 듯한 양심의 거리낌을 느낄 수밖에 없는 이야기다. 평소에는 바빠서 생각할 겨를도 없지만 항상 길게 뻗은 그림자처럼 등 뒤에 붙어 결코 떨어지지 않는다.

"가져볼까."

"어?"

"아이."

그 순간 고즈에는 마사하루의 얼굴을 뚫어지게 쳐다봤다.

그러나 그 옆모습으로는 농담인지 진담인지 분간할 수가 없었다.

이럴 때면 그의 포커페이스가 직업에 의한 것인지 성격에 의한 것인지 알 수 없다. 고즈에는 마치 자신이 칠판 앞에서 답을 적지 못하는 성적 나쁜 학생처럼 느껴졌다.

"하핫."

고즈에는 웃어넘기는 것을 선택했다.

"내가 어렸을 때는 일본은 21세기가 되면 인구 폭발로 식량도 땅도 부족해서 큰일이라고 했거든. 그런데 겨우 30년 만에 상황이 180도로 뒤집히다니 왠지 납득이 가지 않아. 학자들이 하는 말은 믿을 수가 없다니까."

그렇게 딴소리를 해봤다.

마사하루는 말없이 고개를 끄덕인다.

"한동안은 개발도상국에서 인구 폭발이 이어지겠지만, 인류의 종으로서의 최대 번성기는 이미 끝났다고 보는 게 맞겠지."

그 이상은 깊이 파고들지 않아 고즈에는 안심했다.

그러나 가슴이 계속 두근거리는 것도 알고 있었다.

마사하루는 정말 이번 여행에서 많은 것들을 결정하려고 할지도 모른다. 그동안 계속 미루어왔던 것, 바쁘다는 핑계로 모른 척을 해왔던 것을.

그렇게 생각하자 그가 마나베 자매에 관해 한 말이 자신들 부부를 가리키는 말일지도 모른다는 생각이 들었다.

이게 추리소설이면 대체로 이런 폐쇄된 공간에서 지내면 평소에는 모른 척했던 해묵은 원한이 폭발하는 법이니까…….

전기 포트에서 파르르 소리가 나기 시작했다.

물 끓는 소리는 사람을 다짜고짜 현실로 끌고 오는 힘이 있다.

"왠지 작업실에 있는 기분이야."

컵라면에 뜨거운 물을 붓고 김 냄새를 맡자 시간에 쫓기던 평소 생활의 기억까지 되살아나 지금 호화 여객선 안에 있다는 것이 믿기지 않았다.

"이 3분은 최고로 따분한 시간이지. 뭘 하기에는 어정쩡한 시간이기도 하고."

"울트라맨이 괴수와 싸우는 시간도 3분이잖아."

"오."

마사하루가 킥킥 웃는다.

"그렇군. 확실히 울트라맨과 컵라면은 같은 시대에 태어났지. 컵라면을 먹기 위해 울트라맨은 변신한 지 3분 이내에 싸움을 끝내야 하는군."

"초조할 거야. 괴수를 빨리 쓰러뜨리지 않으면 면이 불으니까."

"면이 불은 컵라면은 끔찍하고말고."

컵라면을 후루룩거리면서 고즈에는 마사하루가 평소와 다르지 않은 것에 안도했다. 아까 그가 중요한 말을 했을 때 자신이 웃어넘겨서 기분이 상하지 않았을까 걱정했던 것이다.

"이런 걸 진심으로 맛있게 느끼는 건 이미 몸이 화학조미료에 완전히 익숙해졌다는 뜻이겠지. 흔히 죽기 전에 뭘 먹고 싶으냐고 질문하잖아. 저마다 다양한 음식을 말하는데, 내 생각에는 많은 사람들이 '컵라면'을 택할 것 같아."

"정말 그럴지도."

다 먹고 나니 한숨 놓였다.

컵라면을 치운 뒤에도 특유의 냄새가 여전히 남아 있었다.

고즈에는 발코니 새시를 열었다. 그 순간 짭조름한 바다 내음을 품은 바람이 훅 불어와 방을 휘저었다.

"우아, 바람이 엄청나."

황급히 새시를 닫았다.

컵라면 냄새는 아직 가시지 않았다.

"인스턴트식품은 냄새가 오래가네."

"컵라면 먹은 사람이 있다는 건 어디서든 금방 알겠군."

"먹는다는 건 맛보다 냄새인가 봐."

"맞아, 감기 걸려서 코가 막히면 맛을 전혀 느끼지 못하니까."

"전에 향료 회사를 취재한 적이 있는데, 과자든 화장품이든 신제품은 곧 새로운 냄새를 개발하는 거라고 하더라."

"흐음."

"바비큐 맛이나 명란마요네즈 맛 같은 것도 거의 향료로 맛을 내는데, 정말 그 맛이 제대로 나잖아. 향료만 있으면 뭘 먹어도 그 맛을 재현할 수 있어."

"왠지 불합리한데. 그래도 향료 회사는 장래가 유망하다는 거군. 주식이라도 사놓을까."

"당신, 주식 같은 거 해?"

마사하루의 입에서 주식이라는 말이 나오다니 의외였다.

"아니. 지금은 안 해."

마사하루는 하품을 하며 고개를 저었다.

"옛날에 어떤 구조인지 궁금해서 잠깐 사봤어. 그런데 신경 쓸 게 너무 많아서 정신 건강상 좋지 않길래 그만뒀지."

"그랬구나."

"고즈에, 당신은 안 해봤어? 금융업이었잖아."

"나는 도박은 안 해. 도박장 주인을 이길 순 없는걸."

"하긴."

"특히 국가가 주인인 도박은 절대 못 해."

"재판 같은 거?"

마사하루가 냉소적인 웃음소리를 냈다.

"어디 보자, 나는 환영 파티 전에 아까 좌담회 때 나왔던 내용을 조금 정리해야겠어. 이런 건 테이프가 쌓이면 감당하기 힘들어지거든."

고즈에는 한숨을 쉬고 책상에 올려둔 노트북을 슬쩍 봤다.

녹음된 내용을 글로 옮기는 작업을 해야 할까.

실은 한창 좌담회를 하고 있을 때부터 고민했다. 엄청난 양의 대화를 전부 옮겨 적어야 할지, 요점만 짧게 기록할지. 키워드나 신경 쓰이는 부분을 노트북에 정리하는 것이 현실적일지도 모른다.

마사하루가 느릿느릿 일어섰다.

"그래? 그럼 나는 사람들한테 오늘은 이쯤에서 그만하자고 연락하고 올까?"

"앗, 그래줄래? 내가 전화해도 되는데."

"아니야, 괜찮아. 내가 레스토랑 들러서 말하고 오지, 뭐. 이왕 나간 김에 담배도 피우고 좀 어슬렁거리다 올게. 계속 앉아만 있었더니 좀이 쑤셔."

"미안해. 고마워."

고즈에는 그렇게 말하면서도 자신이 오후에 이야기를 더 들려달라고 했건만, 마사하루에게 취소의 연락을 받으면 사람들이 어떻게 받아들일지 걱정했다.

한 팀으로 일하는 만큼 그 정도는 넘어가도 될까.

나와 마사하루의……

문득 결혼식에서의 상투적인 문구가 머리에 떠올랐다. 두 손을 모아 웨딩 케이크를 자르는 순간 사회자가 말한다.

자, 둘이서 함께하는 첫 작업입니다.

"……필연성?"

고즈에는 자신이 그렇게 읊조린 것을 듣고, 마사하루가 움찔한 것을 알 수 있었다.

"방금 뭐라고 했어?"

돌아본 그 표정이 딱딱하게 굳어 있어 고즈에는 흠칫했다.

"어떻게 알지?"

"어? 뭘?"

고즈에는 당황했다.

방금 내가 뭐라고 했지? 거의 무의식중에 나온 말이었기 때문에 혼잣말을 한 것조차 모르고 있었다.

마사하루는 잠시 고즈에를 가만히 쳐다보다, "그래" 하고 표정을 누그러뜨렸다.

"아무것도 아니야, 다녀올게."

마사하루는 등을 보인 채 가볍게 손을 흔들고 방에서 나갔다.

고즈에는 혼란스러운 표정 그대로 혼자 남겨졌다.

18 환영 파티

크루즈 승객이 이렇게 많았다니, 하는 것이 솔직한 인상이었다.

로비에서 레스토랑에 이르기까지 여기저기서 사람들이 웃고 떠들고 돌아다니고 있었다.

드레스 코드가 예복이기 때문이기도 하리라. 부드러운 조명 아래 비단 따나 라메 소재로 짠 드레스가 반짝반짝 빛을 내며 존재감을 뽐내고 있다.

과연, 일본에도 평소 예복을 즐겨 입어 익숙한 사람들이 있다.

물론 나도 은행에 근무했을 때와 금융업계지 기자로 일했을 때는 격식을 차리는 장소를 나름 경험해봤다. 재계인이나 연예인, 이른바 VIP를 직접 취재한 적도 있다.

그런데 지금 이곳에 모인 사람들은 개인적으로 돈을 지불해 참여하고 있다. 사교나 업무적인 모임과는 사정이 다르다. 그것이 이 절제된 동시에 자신에 찬 매력의 이유일 것이다.

이 크루즈 여행의 80퍼센트 가까이가 리피터 여행객이기도 하고 다들 이런 파티에 익숙하다는 느낌이 들었다. 인생 경험도 풍부해 보이고 관록이 있는 것도 당연하다. 그야말로 일찍이 일본의 고도 성장기를 지탱하며 전 세계를 누빈 전직 기업가도 많을 것이다. 크루즈 여행에 2주 이상의 시간을 낼 수 있는 사람들은 자기 인생에 대한 만족도가 높으리라는 생각이 들었다.

여성은 칵테일 드레스와 기모노 차림이 눈에 띈다. 세대적인 특징상 기모노를 예복으로 여기는 사람이 많으리라. 띠와 옷감이 화려한 기모노는 작은 키에 볼륨이 없는 체형의 세대가 입어도 돋보이는 것으로 보아 드레스보다 단연 호화롭다고 할 수 있다. 고베의 사업가와 결혼한 이모가 기모노를 입고 있으면 일본은 물론 해외에서도 사람들이 깍듯하게 대해주어 좋다고 말한 것이 떠올랐다.

나도 기모노를 챙겨올까 생각하긴 했지만 지금의 어깨를 살짝 덮는 헤어스타일은 어중간해서 기모노와 어울리지 않고, 워낙 주변 환경에 녹아들어 없는 사람처럼 행동하는 체질인 편이라서 그런지, 일하러 왔다는 생각이 커서 별로 눈에 띄고 싶지 않았다. 무난하게 검은 레이스 소재의 원피스를 선택했다. 그렇지만 드레스 코드가 예복인 상황에서는 어느 정도 과감하지 않으면 볼품이 없기 때문에 화려한 액세서리로 포인트를 주었다.

이럴 때 마사하루는 풍채가 좋아서 믿음직스럽다. 품질 좋은 맞춤양복과 드레스셔츠. 모든 취향이 고급스럽고 좋은 가정에서 잘 자란 티가 난다.

부유층 사람들은 자신과 같은 부류의 사람을 동물적인 감각으로 바로 알아차려서 감탄하게 된다. 그들은 마사하루를 보자마자 접근해온다.

그런 종류의 인간은 유독 같은 부류끼리 연계하고 싶어 한다. 그들은 세상을 쉽게 살기 위해서는 인맥이 생명이라는 것을 잘 알고 있기에 개인적인 네트워크를 형성하고 싶어 한다. 마사하루를 보고 자연스럽게 다가와서 자기소개를 하는 사람들을 이제껏 많이 봐왔다.

마사하루의 집안은 법조계 또는 학자 집안이라고 할 수 있는데 상류층과는 약간 다르지만 그 세계에서는 유명한 모양이다. 무엇보다 마사하루 본인에게 사람의 눈길을 끄는 강인함이 있어 감이 좋은 사람들은 그를 아군으로 삼으면 좋다는 것을 직감한다. 실제로 그가 변호사라고 말하면 왠지 모두 납득한 듯이 고개를 끄덕였다.

나도 모르게 전남편 고이치와 비교하고 말았다. 고이치는 생긴 것도 괜찮고 애교가 있어 어르신들에게 예쁨을 받지만 이런 자리에서 예의 바르게 행동할 수 있는 사람은 아니었다.

하지만 나도 남의 말을 할 처지는 못 된다. 나는 이런 자리가 유독 불편하다. 내가 주역을 맡을 만한 사람이 아니라는 것은 어렸을 때부터 알고 있었고, 한 발 앞으로 나가기보다는 한 발 뒤로 물러나 전체를 바라보고 있는 편이 마음이 놓인다.

생각해보면 마사하루와 함께 이런 자리에 나오는 것은 처음일지도 모른다.

직원이 손님들에게 음료를 나눠주고 있다.

슬라브계 여자 직원이 생긋 웃으며 샴페인 잔을 권하기에, 미소로 답하며 잔을 받았다.

쓰노가에 다다시 감독 주변에 사람들이 모여 있는 것이 유달리 눈에 띄었다. 아내인 시미즈 게이코는 고급 견직물인 오시마 명주로 만든 검은 기모노에 에메랄드그린의 띠를 둘렀다. 띠가 처지지 않도록 띠 속에 동여매는 진한 보라색의 헝겊 끈과 띠 위에 두르는 주홍색의 고정 끈이 눈이 번쩍 뜨일 만큼 조화롭고 근사하다. 역시 배우는 다르다. 항상 남의 시선이 따라다니는 것과, 카메라에 풍경의 일부로 찍힐 수 있는 것을 전제하고 있기 때문에 어딘지 모르게 오브제처럼 보인다. 잘 만들어진 공산품, 혹은 빈틈없이 꼿꼿이한 꽃 같다.

쓰노가에 감독을 둘러싸고 있는 무리는 일본 영화를 가장 먼저 봐 온 세대이리라. 하나같이 어린아이처럼 상기된 얼굴을 하고 기뻐하는 모습을 보니 마음이 흐뭇했다.

다른 곳에서 사람들에게 둘러싸여 있는 사람은 마나베 아야미였다. 선명한 분홍색 원피스를 장식(한다기보다 뒤덮고 있다고 해야 맞다)한 알록달록한 준보석이 꿰인 목걸이가 번쩍번쩍 빛나고 있었다.

이따금 그녀 주위에서 웃음소리가 터지는 것은 뭔가 재치 있는 이야기나 그녀답게 거침없는 독설을 선보였기 때문이리라. 독이 있는 이야기나 지나칠 만큼 개성이 강한 사람은 파티에서 소중한 존재로 여겨지는 법이다.

마나베 시오리는 어디에 있을까?

아야미의 주변을 찾아봤지만 보이지 않았다. 물론 꼭 같이 있어야 하는 것은 아닌 데다 아직 오지 않았을지도 모른다.

로비 가득 승객이 모여든 상황에서 조명이 약간 어두워지더니 스포트라이트가 켜졌다. 모두의 시선이 그쪽으로 쏠렸다.

이 환영 파티의 주최자인 선장이 나타난 것이다.

보통 키에 보통 체격인 그는 생각보다 젊고 온후해 보이는 남자였다. 선장이 듣기 좋은 목소리와 웃는 얼굴로 인사한 뒤 건배 제의를 했다. 잔을 입으로 가져가는 동안 잠깐의 정적이 흐르고 이윽고 우레와 같은 박수가 쏟아지자 조명이 다시 밝아졌다. 관리자급 직원의 인사가 이어지면서 매끄럽고 능숙한 말솜씨에 웃음소리가 터졌다.

얼추 인사가 끝나자 로비는 서서히 시끌벅적해졌다. 저마다 자유롭게 이동해 다른 무리에 섞이기도 하여 혼잡해졌다. 긴장이 풀리고 분위기가 부드러워진 것이다.

로비에는 파티 음식이 준비되어 있었지만 사람들은 파티 기분을 어느 정도 만끽하고 나자 하나둘씩 무리에서 빠져나가 레스토랑에서 평상시의 저녁 식사를 하기 시작했다.

우리도 근처에 있던 부부와 잠시 특별할 것 없는 대화를 나누다가 (아내가 뱃멀미를 하는지 안색이 나빠 걱정됐다. 본인도 외해로 나온 뒤부터 속이 안 좋다고 자꾸 불평하고 있다) 마사하루가 이제 그만 레스토랑에 들어갈까, 하고 눈짓으로 재촉하기에 고개를 끄덕여 답했다. 그때 그의 시선이 문득 한군데에 멈춘 것이 보였다.

우리와 함께 있던 부부도 마찬가지인지 두 사람의 표정이 확 굳었다.

주위에 뭔가 독특한 분위기가 감돌아 주변 사람들도 그 한군데에 정신을 빼앗겼다는 것을 알 수 있었다.

그 시선 끝을 쳐다보자 휠체어 한 대가 천천히 로비를 향해 오고 있었다.

다케이 교타로였다.

맨 먼저 든 생각은 어제는 지팡이를 짚으면서도 어떻게든 걸었던 것 같은데 오늘은 휠체어네, 하는 것이었다. 그러나 그다음으로 사람들이 다케이 교타로뿐만 아니라 그 휠체어를 밀고 있는 청년에게도 관심을 기울이고 있다는 것을 깨달았다.

검은 벨벳 정장에 와인레드의 실크 셔츠.

키가 작고 깡마른 체형의 청년으로, 머리는 짧게 깎았지만 회색……아니, 은색으로 염색했다. 다음으로 청년의 커다란 눈이 눈에 확 들어왔다. 마치 속눈썹이라도 붙인 듯이 길고 또렷하고 까만 속눈썹이 멀리서도 한눈에 보였다.

피부가 하얗고 데생의 모범 그림처럼 윤곽이 뚜렷한 얼굴이다. 아름답다고 찬양해야 마땅한 얼굴인데도 그에게는 왠지 그 말을 주저하게 만드는 것이 있었다. 아름다움의 균형이 아슬아슬한 지점에서 조금 어두운 쪽으로 기울어져 있어 왠지 불길한 것이 느껴지는 아름다움.

그것은 그가 언짢은 기분을 감추지 않고 있기 때문이기도 했다.

게다가 울었는지 눈이 새빨갛고 뺨도 불그스름하다. 입은 한일자로 다물고 시무룩한 얼굴로 휠체어를 밀고 있다.

그제야 그 청년이 다케이 교타로의 파트너라는 것을 알았다.

이렇게 젊은 친구였다니.

예의가 아닌 줄 알면서도 그만 넋을 잃고 바라봤다. 아무리 봐도 스무 살 안팎으로밖에 보이지 않는다.

교타로 본인은 모든 사람들이 주목하고 있는 것을 아는지 모르는지 기분 좋게 싱글벙글 웃고 이따금 고개를 들어 청년에게 말을 걸고 있었다.

그러나 청년은 정면을 바라본 채 그의 말에 응하려 하지 않았다. 교타로는 청년이 그러거나 말거나 아랑곳 않고 누군가를 발견했는지 미소를 머금고 손을 작게 흔들었다.

이번에는 그가 손을 흔드는 대상을 보려고 모두가 시선을 옮기는 기척을 느꼈다. 그의 등장으로 아까부터 사방이 쥐 죽은 듯 조용하다.

그 독특한 분위기가 깨진 것은 쓰노가에 감독이 시미즈 게이코와 함께 "오, 선생님" 하고 자연스럽게 반기며 서둘러 다가갔기 때문이었다.

"그래."

교타로도 반가워하며, 가까이 다가온 두 사람을 올려다봤다.

"잘 주무셨습니까?"

"그렇지, 뭐. 잠자리가 바뀌어서 애먹었네만 이제 익숙해졌네."

온화하고 친밀한 대화 덕분에 주변 분위기가 안심한 듯이 누그러졌지만 사람들이 주목하고 있는 것에는 변함이 없었다.

나는 어안이 벙벙해서 네 사람을 지켜봤다.

우리와 함께 있던 부부가 이때다 싶었는지 가볍게 인사를 하고 자리를 떴다. 우리도 황급히 인사를 했다.

"저 청년이 바로."

내가 살며시 속삭이자, 마사하루도 "저 청년이 바로" 하고 눈짓으로 맞다고 답했다.

"되게 젊네. 스무 살쯤 됐나?"

"아니, 보기보다 조금 많아. 스물여섯 살이라고 했어."

"순간 나이 차를 계산해버렸어."

최소한 반세기 넘게 차이 나는 것은 확실하다.

"큐짱, 드디어 나왔군. 잘은 몰라도 기분이 상당히 안 좋았다고 하던데. 그 얼굴은 뭔가. 손수건을 씹으며 엉엉 울기라도 한 건가?"

쓰노가에 감독이 놀리듯이 말하자 큐짱이라 불린 청년은 쌀쌀맞게 고개를 돌렸다.

교타로가 손을 작게 흔들었다.

"아니 아니, 내 잘못이네. 이 녀석한테 툭하면 혼나거든. 세심하지 못한 발언이 많다고 말이야."

"맞아, 선생님 잘못이야. 해도 해도 너무해."

청년은 뾰로통한 채 중얼거렸다.

뜻밖의 목소리였다. 생김새로 보아 더 신경질적이고 높은 목소리를 상상했지만 꾸밈이라고는 없는 낮은 목소리였기 때문이다.

"미안미안."

교타로는 턱을 들고 청년에게 눈길을 보냈지만 그는 여전히 눈을 피하고 있었다.

"아, 배고프군. 큐, 자네도 배고프지? 하루 종일 아무것도 안 먹었잖은가. 자, 저녁 먹으러 가지."

교타로가 달래듯이 말했다.

청년은 겸연쩍은 표정으로 "레스토랑은 쭉 가면 돼?" 하고 물었다.

"아니, 우리 레스토랑은 저쪽이야."

청년은 교타로가 가리킨 방향으로 휠체어를 밀기 시작했다.

"그래, 목마르겠군. 자, 어서 들어가 맥주 한잔 하자고."

쓰노가에 감독은 그렇게 말한 뒤 청년의 어깨를 두드리고 아내와 함께 두 사람 양옆에 서서 레스토랑으로 들어갔다.

"……어쩜, 순정 만화에 나오는 미소년이 따로 없네."

느닷없이 어깨 뒤에서 말소리가 들려 흠칫 놀랐다.

돌아보니 향수 냄새가 물씬 풍겼다. 바로 뒤에 있던 아야미가 우리를 향해 씨익 웃었다.

"아, 놀래라. 누나처럼 존재감이 큰 사람이 이렇게 살금살금 다가올 수도 있을 줄은 몰랐네."

마사하루가 가슴을 쓸어내리는 시늉을 했다.

"맞아, 내가 알고 보면 굉장히 조심성이 많거든."

아야미는 고개를 크게 끄덕여 보였다. 굉장히 조심성이 많다. 아마그 말이 맞으리라. 기분 내키는 대로 말하고 행동하는 것처럼 보이지만 온갖 것을 깊이 생각한다.

"저 청년이 저래 봬도 쓰키지 수산시장에 있는 생선 가게 둘째 아들이래."

"뭐어?"

"전혀 그렇게 안 보여요."

아야미는 우리가 놀라는 모습을 재미있게 지켜봤다.

"얼굴은 아이돌 가수처럼 생겼는데 말이야. 선생님이 쓰키지 장외 시장에 있는 초밥집에서 첫눈에 반했다는 소문이 자자해."

"첫눈에 반하다니……."

마사하루는 마지못해 웃었다.

"얼굴이 워낙 화려해서 쉽게 오해받는 모양인데, 제법 괜찮은 청년이야. 아직은 잠깐 얘기한 게 다지만."

"흐음. 손주보다 젊은데."

"왜 큐짱이라고 부르는 거예요?"

다케이 교타로도 그를 '큐'라고 불렀다.

"성씨가 특이하거든. 고코노에라고 했어."

"숫자 9를 훈독으로 읽으면 고코노, 음독으로 읽으면 규니까 거기 서 따왔나 보군."

"이름은 고코노에 고지로. 다케이 선생님은 알파벳 Q로 부르시는 모양이야."

마치 시대극에 나올 법한 고풍스러운 이름이다.

"굉장한 이름이에요. 그의 경우, 이름을 따라가는 외모는 아니지만 요."

"하긴."

"시오리 씨는요?"

"글쎄, 방에 있지 않을까? 이제 올 때가 됐는데."

아야미는 관심 없다는 듯이 사방을 둘러봤다. 왠지 그 말투에 섬뜩한 느낌이 들었다.

"그나저나……."

아야미가 내 가슴께를 불쑥 들여다본다.

"아, 그럴 줄 알았어. 그 목걸이, 내 거랑 색깔만 다른 거네?"

그 말에 가슴이 뜨끔했다.

"이거 봐."

아야미가 나와 자신의 가슴께를 번갈아 가리켰다.

"S 브랜드지? 색깔이 다르니까 분위기도 많이 다르네."

그녀가 오스트리아의 유명한 크리스털 제조회사의 이름을 댔다.

"정말이네요."

아야미가 알려주기 전에는 몰랐다.

아야미의 목걸이를 보고 매우 화려한 준보석 목걸이라고 생각했지만, 잘 살펴보니 정말 내 것과 똑같은 디자인이었다. 알이 큰 크리스털이 폭포처럼 꿰여 있고 밑으로 갈수록 폭이 좁아지는 형태. 내 목걸이의 크리스털은 전부 투명한데 반해 아야미의 것은 난색 계열의 크리스털이 혼합되어 있어 언뜻 봐서는 똑같은 디자인인 줄 알 수가 없다.

왠지 당황스러웠다. 다른 사람과 똑같은 것을 착용하게 되면 왜 이리도 창피한 걸까.

"옳지, 고즈에 씨는 역시 그 색깔이 어울려. 청결한 느낌이 있고 고상하고."

아야미가 내 가슴께를 빤히 보고 있어 무안하고 부담스러웠다.

아야미의 눈을 힐끗 훔쳐봤다. 그 눈은 뜻밖에도 진지했다.

딱히 빈정대려는 것은 아닌 듯했다. 나도 모르게 아야미의 언행에 예민해진 것을 느꼈다.

"그렇지, 누나는 그런 색이 어울리지. 이런 수수한 걸 내 목에 걸 수는 없지, 모름지기 장신구란 색깔이 다양하게 들어가야지, 안 그러면 시시해, 라고 생각하지?"

마사하루가 넉살 좋게 흉내 내어 아야미와 나는 동시에 웃음을 터뜨렸다. 덕분에 살았다는 기분이었다.

"맞아, 매번 컬러 페이지 때문에 고생해서 남이 만든 것도 컬러풀하지 않으면 싫어."

아야미가 웃으면서 받아쳤다.

"뭔 소리야, 컬러 페이지 때문에 고생하는 건 시오리 누나지, 누나가 아니잖아."

마사하루가 지적하자, 아야미의 얼굴에서 순간 미소가 사라졌다.

"아니거든? 다들 완전히 분업제인 줄 아는 모양인데, 나도 작화에 손을 딱 놓고 있는 건 아니야."

돌연 뭔가가 휙 소리를 내며 찢어진 듯한 기분이 들었다.

마사하루가 놀란 얼굴로 쳐다보자 아야미는 곧바로 미소를 짓고 "어머, 너무 진지하게 듣지는 마" 하고 장난기 어린 목소리로 덧붙였다.

마사하루는 아야미를 빤히 쳐다봤다.

"혹시 시오리 누나는 지금 일하고 있어?"

"그럴 리가."

이번에는 아야미가 당황하는 것처럼 보였다.

"이번 여행에는 일 안 가져왔어. 휴가와 취미를 즐겨야지."

변명하듯 말이 빨라졌다. 아야미가 이런 말투를 쓰는 것은 드문 일이라 마사하루와 나는 서로 얼굴을 마주 봤다.

그러나 동시에 눈을 피했다.

"우리도 밥이나 먹으러 갈까. 빈속에 샴페인을 마셨더니 속이 쓰리네."

마사하루는 화제를 바꾸고 위장 언저리에 손을 갖다 댔다.

"샴페인이 취기가 고약하긴 하지."

아야미도 바로 장단을 맞추었기에 아무 일도 없었다는 듯이 셋이서 나란히 레스토랑에 들어갔다.

안에 들어가자 이곳에도 시오리는 없었다.

조식 때까지만 해도 테이블이 나뉘어 있었지만, 파티 때는 모두가 한 테이블에 둘러앉는지 레스토랑 한가운데에 커다란 직사각형 테이블 하나가 세팅되어 있었다.

그 승려 두 명이 테이블의 모서리 자리에서 느긋하게 저녁을 먹고 있었다. 벌써 고기 요리를 먹고 있는 것으로 보아 파티를 건너뛰고 곧장 이곳으로 온 모양이다. 승려는 정장으로 가사袈裟를 입는 줄 알았지만 두 사람은 양복 차림이었다. 상당히 값비싸 보이는 묘한 광택이 나는 옷감이었다.

영화감독과 배우, 영화 평론가와 생선 가게 둘째 아들이 테이블을 사이에 두고 마주 앉아 즐겁게 담소를 나누고 있었다.

다른 손님은 아직 오지 않았다.

청년 앞에는 생맥주 잔이 놓여 있었는데, 우리가 테이블에 가까이 가자 마침 그 잔을 비운 참이었다.

"아아, 배고파."

청년은 아직 음식이 오지 않은 테이블을 원망스럽게 둘러봤다.

"그러게 단식투쟁은 왜 해서."

시미즈 게이코가 놀리듯이 말했다.

"단식투쟁을 한 게 아니라, 너무 속상해서 입맛이 없었던 것뿐이에요. 아, 여기 맥주 한 잔 더 주세요."

청년은 입을 삐죽 내밀면서도 서빙을 하고 있는 유키에게 손을 들어 주문했다.

"정말 아무것도 안 먹었는가?"

쓰노가에 감독이 어처구니없다는 듯 말했다. 청년은 고개를 크게 끄덕이고 나서 잠깐 생각에 잠겼다.

"아, 그러고 보니 챙겨온 감 씨앗 모양 과자를 조금 먹었네요."

과연, 외모는 독이 있는 꽃처럼 생겼지만 입을 열면 개구쟁이 소년이 그대로 몸만 큰 것 같은 느낌이다.

"실례하겠습니다."

마사하루가 인사를 건넨 뒤 우리는 네 사람 옆에 아야미와 마주 보고 나란히 앉았다.

"Q는 의외로 변덕스러운 데가 있다니까. 간혹 아가씨처럼 굴 때가 있어. 불결해, 싫어, 용서 못 해, 하고 입버릇처럼 말하곤 하지."

다케이 교타로가 와인을 홀짝이며 말했다.

청년은 발끈해서 교타로를 쳐다봤다.

"그런 소리를 듣게 말하니까 그렇지!"

"선생님, 이제 그만 놀리세요."

시미즈 게이코가 쓴웃음을 지었다.

"이것 참, 저희 보라고 사랑싸움을 하시는 겁니까?"

쓰노가에 감독이 웃었다. 두 부부는 나이 차가 많이 나는 이 커플을 아무렇지도 않게 받아들였음을 알 수 있었다.

그 승려들은 어떨까.

궁금한 마음에 모서리 쪽의 두 사람을 흘끗 살폈지만 여전히 태연하게 식사를 하고 있었다. 이쪽에는 별 관심이 없어 보인다.

"아니, 그렇지 않네."

교타로가 고개를 느릿느릿 저었다.

"또 그러신다."

웃으며 지적하는 쓰노가에 감독을 향해 교타로는 연신 고개를 저었다. 그 얼굴에서 웃음기가 사라져 있다.

"거짓말이 아니야. 이 친구도 이번 모임의 어엿한 카드 한 장이라는 말이네."

쓰노가에 감독도 웃음을 거두었다.

"이번 모임의 카드요?"

모두가 서로 얼굴을 마주 봤다.

그 반면 청년은 주문한 맥주가 나오자 환한 얼굴로 마시고 있었다.

"이 친구 친척이 시라이 사단에 있었네."

교타로가 청년의 옆얼굴을 흘끗 본다.

"네에?"

모두가 입을 모아 소리쳤다. 그 목소리가 어찌나 정확하게 겹쳤던지 다들 깜짝 놀라 수줍게 웃었을 정도다.

"이 친구도 어렸을 때 그 영화 얘기를 들었다고 하네. 이 친구가 이래 봬도 영화를 꽤 많이 봤네."

"그 친척이 스태프였다는 거군요?"

쓰노가에 감독이 물었다.

"그래. 소품을 맡았었지."

그 말에 마사하루와 아야미가 크게 반응했다.

"소품이라면 설마 그……."

불현듯 시오리의 목소리가 들리는 것 같았다.

그녀가 뭐라고 했더라.

영화계는 의외로 좁다. 영화 의상을 하는 친구가 있는데, 보는 영화마다 그 친구가 담당한 영화였다…… 나 같으면 현장에 스태프로 잠입한다…….

"혹시 두 번째 영화에도 참여했다는, 그 스태프입니까?"

마사하루가 잔뜩 기대하며 묻자, 어이쿠, 알고 있구먼, 하는 얼굴로 교타로가 끄덕였다.

"맞네. 두 번의 영화 제작에 다 참여했던 스태프라네."

천천히 대답하며 와인 향을 음미하는 것처럼 보이는 교타로 옆에서 손주뻘 되는 청년은 느긋하게 맥주를 마시고 있었다.

모두가 자신을 주목하고 있는 것쯤은 개의치 않는다는 듯이.

19 기묘한 장난감 ─────────

　　　　　　　　과연, 결국 이야기는 또 여기로 돌아오고 말았다.

유키에게 화이트 와인을 한 잔 주문하면서 내 손이 무의식중에 담배를 찾고 있는 것을 깨닫고 헛웃음이 났다.

이제야 긴장이 풀린 걸까. 혹은 적응했든가 그것도 아니면 싫증이 나서 담배 생각이 난 걸까. 이 셋 다 해당하는 기분이 든다. 낮에는 자제할 수 있었는데 밤이 되니 참을 수가 없게 됐다. 특히 술을 마시기 시작하면 담배가 못 견디게 그리워진다.

오늘은 더 이상 이 화제가 나오지 않을 줄 알았지만, 생각해보면 다케이 교타로는 낮에 있었던 모임에는 참석하지 않아 신선한 화제일 터다. 저주받은 영화에 대해 다 함께 이야기를 나누고 싶을 것이다.

다른 사람들도 이제 지겨워졌나 싶었더니 마나베 아야미도, 쓰노가에 다다시 감독도 몸을 내밀고 대화에 적극적으로 참여하는 모습이 감탄스럽기도 하고 질리기도 했다. 교타로 앞에서 연기하는 것일 수도 있겠지만 확실히 새로운 재료가 나온 만큼 흥미가 당기는 것도 사실이다.

원래 작품을 만들거나 비평하는 사람들은 끈질긴 법이다. 인내심 있다거나 완벽주의라는 말로 바꿔 말할 수도 있지만 찰거머리 같다거나 집요하다고도 말할 수 있다.

내 직업도 상당한 인내심이 필요하지만 한편으로 물러날 때는 깨끗이 물러나야 하는 일이기도 하기 때문에 기분 전환이 중요하다. 이 사람들은 기분 전환을 잘 못하는군, 하는 생각이 들었다.

그나저나 이렇게 보니 하나같이 강렬한 면면만 모였다.

테이블을 둘러싼 사람들을 보고 있자니 마치 TV 드라마 속에 있는 것 같고 더더욱 허구 같다는 생각이 들었다. 실제 배우도 포함되어 있으니 말이다.

쓰노가에 감독에게는 미안하지만 나는 배우나 아이돌과 결혼하고 싶어 하는 남자들을 도저히 이해할 수가 없다. 내 동료 중에도 아이돌을 무척 좋아하는 남자가 있는데 나이도 먹을 만큼 먹었으면서 결혼은 무조건 아이돌과 하겠다는 결심을 했다고 한다. 변호사로서 실력도 좋고, 어떻게 알고 왔는지 여성을 소개해주는 인맥이 생겨 나름대로 맞선도 보는 것 같지만 잘 안 되는 모양이다. 물론 예쁜 것도 알겠고 아이돌을 아내로 삼았다고 하면 일종의 지위를 인정받는 셈이라고 생각하지만 그 아이돌이 나이 들었을 때의 일을 생각하긴 한 걸까. 그 아름다움은 어디까지나 상품으로서의 가치다. 이른바 공적인 것이다. 그런 존재가 집에 있으면 즐거울까, 곁에 있으면 안락할까, 하는 의문이 든다.

유흥업소 여성에게 돈을 쏟아붓는 남자도 마찬가지다. 예쁘게 차려입은 예쁜 여자와 유사 연애를 하면 즐겁기야 하겠지만 그 또한 돈으로 구입할 수 있는 상품이다. 어쨌든 젊은 여자가 좋다는 남자도 많지만 결국에는 기호를 구하는 것에 불과하다.

불현듯 아야미의 끈적한 목소리가 뇌리를 스쳤다.

마사하루는 글 쓰는 여자가 취향인가 봐, 하고.

쓸데없는 참견이군, 하고 맞은편에 있는 아야미를 향해 속으로 쏘아붙였다.

아내가 작가라고 하면 대체로 반응은 두 가지로 나뉜다. 집에 있으면서 돈벌이를 하다니 좋겠다는 긍정과 남편 얘기도 쓰면 어떡하냐, 무섭지 않느냐는 부정.

귀찮아서 두 반응에 대해 "그럴지도 모르지" 하고 대답한다. "재미있거든" 하고 본심을 말해도 아무도 믿어주지 않기 때문이다.

다케이 교타로의 파트너 얼굴을 찬찬히 관찰했다. 홍안의 미소년이라는 말이 머리에 떠올랐다.

전형적인 미소년 시동 타입, 혹은 곱게 생긴 연하의 애인 타입이다. 듣자 하니 옛날부터 다케이 교타로가 선호하는 타입은 이런 유의 소동물처럼 생긴, 은화식물처럼 꽃을 숨기고 있는 아름다운 남자라는 것이다. 다케이 교타로 본인도 젊은 시절에는 굉장한 미소년이었던 모양이다.

아무튼 아이돌처럼 화려한 얼굴이다. 위 속눈썹과 아래 속눈썹이 마스카라를 칠한 것처럼 길고 짙다. 입술은 아무것도 바르지 않았는데도 앵두처럼 봉긋하고 빨갛다. 옛날에는 '여성스러운 남자'라 불리며 놀림과 괴롭힘을 당했던 타입이리라. 콧대가 무척 세 보이므로 상처가 아물 새 없는 어린 시절이었음에 틀림없다. 생선 가게 둘째 아들이라고 했는데, 무슨 일을 하고 있을까. 12월에 접어든 이 바쁜 시기에 2주 넘게 크루즈 여행을 할 수 있는 직업이 무엇인지 짐작도 가지 않는다. 다케이 교타로의 시중을 드는 걸까? 파트너라고 했으니 함께 살고 있겠지만.

전채 요리가 나와 와인을 한 모금 마셨다.

"그나저나 그 소품 담당자는 성함이 어떻게 돼?"

아야미의 질문에 'Q', 즉 고코노에 고지로는 흠칫 놀란 듯이 사방을 둘러보고는 모두가 자신을 주목하고 있는 것을 그제야 알았는지 당황한 표정을 지었다. 아무래도 빈속에 급하게 맥주를 마시느라 정신이 없었던 모양이다.

"엇, 뭐야, 나? 나한테 묻는 거예요?"

"그래."

사람들이 고개를 끄덕이는 것을 보고 그는 머리를 긁적였다.

"어휴, 너무 기대하지 마세요. 료짱하고 얘기한 지 엄청 오래됐으니까."

"료짱?"

"네, 다들 그렇게 불렀어요. 작은할아버지인데, 성함이 료헤이예요. 천 냥짜리 배우千両役者의 두 량両에 평평할 평平을 쓰죠."

고지로는 허공에 한자를 써 보였다.

뛰어난 배우를 뜻하는 천 냥짜리 배우라는 말을 쓰다니 요즘 젊은이답지 않다. 필시 가족 중에 가부키를 좋아하는 사람이 있을 것이다.

"작은할아버지는 과묵하지만 다정한 분이었어요. 우리 집안은 대대로 생선을 팔아서 한성깔 하는 사람밖에 없고 료짱 같은 성격은 원체 드물어서 다들 좋아했어요. 료짱은 실은 화가가 되고 싶었대요."

"흐음. 지금은 어디에 계시는데?"

"아, 재작년에 돌아가셨어요. 아이를 참 좋아하셨는데, 작은할머니가 몸이 약하셔서 자식을 갖지 못하셨어요. 그래서 나랑 친척 아이를 무척 예뻐하셨죠."

천연덕스러운 말투에 당황했지만 마음씨 착한 청년 같아서 불쾌한 느낌은 들지 않았다. 그래도 스물여섯 살 청년의 말투치고는 어린애 같다고 할 수 있다.

"작은할머니는 살아 계셔?"

다시 아야미가 묻자, 고지로는 "아뇨" 하고 고개를 저었다.

"작은할머니는 훨씬 전에 돌아가셨어요. 오랫동안 입원하셔서 료짱이 계속 간호를 했지만요."

"흐음. 그래서 작은할아버지한테 들은 거네? 《밤이 끝나는 곳》 영화 얘기를?"

"네. 으음."

고지로는 일단 긍정하고 나서 고개를 갸우뚱했다.

"뭐야, 그 어정쩡한 대답은. 어느 쪽인데?"

아야미의 지적은 여전히 가차 없었다. 이 누나는 남을 대할 때 조심스러움이라는 것이 없다.

고지로는 겸연쩍은 눈치다.

"실은 제목을 제대로 들은 적이 없어요. 사연이 있는 영화, 라고만 했다니까요."

"사연이 있는 영화."

모두가 그 말을 그대로 읊었다.

사연이 있는 영화. 《밤이 끝나는 곳》에 딱 맞는 설명이다.

"Q, 정확히 설명해주어라. 료짱이 그 영화를 뭐라고 불렀는지."

다케이 교타로는 벌써 여러 번 들은 이야기이리라. 감질난다는 듯이 고지로를 향해 턱짓을 했다.

"어, 그러니까."

고지로는 주저하다 이윽고 불쑥 말했다.

"스트레인지 토이."

"뭐?"

쓰노가에 감독이 되물었다.

"료짱은 그 영화를 그렇게 불렀어요."

"무슨 뜻이지?"

고지로는 당황한 표정으로 떨떠름하게 대답했다.

"'기묘한 장난감'이래요. 그 영화는 스트레인지 토이야, 라고 했어요."

순간 오싹했다.

무엇 때문인지는 모른다. 하지만 스트레인지 토이라는 말의 울림, 그 뜻하는 바가 왠지 공포를 느끼게 했다.

나만 그런 것이 아닌지 다른 사람들도 순간 입을 다물고 얼굴이 창백해지는 것을 알 수 있었다.

"도대체 무슨 뜻이야?"

시미즈 게이코가 꺼림칙해하며 물었다.

"글쎄요, 나도 몰라요."

고지로는 자기야말로 궁금하다는 듯 얼떨떨한 얼굴로 고개를 저었다.

"나도 그게 무슨 뜻이냐고 물어봤는데 안 가르쳐주더라고요. 그러고는 어떻게 놀아야 할지 모르겠는 장난감이 있잖느냐, 장난감처럼 보이게 해놨지만 실은 놀 수 없는 장난감이 있다, 혹은 실은 장난감 아닌 장난감이 있는 법이라고 하던데요. 무슨 말인지 모르겠죠? 나도 료짱한테 하나도 모르겠다고 했더니, '사연이 있는 영화 말이다, 일단 사연이 생겨버리면 더는 어떻게 할 수가 없는 거다'라고 했어요. 내가 들은 건 이게 다예요."

다시 영문을 알 수 없는 공포가 엄습해왔다.

어떻게 놀아야 할지 모르겠는 장난감. 장난감처럼 보이게 해놨지만 실은 놀 수 없는 장난감. 실은 장난감 아닌 장난감.

그는 도대체 무슨 말을 하려고 했던 걸까?

"혹시 영화계에 그런 은어라도 있는 겁니까?"

나는 쓰노가에 감독에게 물었다.

창백한 얼굴을 하고 있던 쓰노가에 감독이 퍼뜩 놀란 듯이 나를 보고는 "아니" 하고 고개를 저었다.

"들은 적이 없네. 필시 그 사람만의 독특한 표현이겠지."

"그 밖에 다른 말씀은 없으셨어? Q짱은《밤이 끝나는 곳》에 대해서는 알고 있는 거지?"

아야미의 질문이 이어졌다.

"네, 어렸을 때부터 영화를 좋아했고, 료짱이 영화관에 많이 데려가줬어요. 그런데《밤이 끝나는 곳》의 얘기를 듣긴 했어도 료짱하고 연결한 건 훨씬 나중이에요. 세월이 꽤 흐르고 나서 료짱이 '또 하게 됐다'라고 말한 게 기억나서, 그거였구나 싶었던 거죠."

"또 하게 됐다고 말씀하신 거지?"

"네. 한 번 엎어졌던 걸 또 하게 됐다, 라고요."

"그 말씀을 하실 때 어때 보였어?"

"어때 보이다니요?"

"마음이 내키지 않는 것처럼 보였다든가, 싫은 내색을 보였다든가, 그런 느낌은 아니었어?"

고지로는 잠시 생각에 잠기고는 고개를 느릿느릿 저었다.

"아뇨, 딱히 그런 느낌은 없었어요. 담담한 느낌이었던 것 같은데. 료짱은 영화 일을 무척 좋아해서 싫은 내색을 보인 적은 한 번도 없어요."

"흐음."

모두 입을 다물고 내밀었던 몸을 당겨 의자에 기대었다.

모두가 왠지 모르게 창백한 얼굴을 하고 있는 가운데 다케이 교타로는 홀로 흐뭇한 듯이 레드 와인을 홀짝이고 있었다.

"다케이 선생님은 방금 얘기를 듣고 어떤 생각이 드시던가요?"

쓰노가에 감독이 교타로 쪽으로 몸을 내밀었다.

"재미있지 않은가? 잘은 몰라도 그 친구는 센스가 있어. 스트레인지 토이. 그 영화에 걸맞은 훌륭한 표현이군그래."

"뭐 짚이는 거라도 있으십니까? 그가 무슨 말을 하려고 했는지 말입니다."

"아니, 그 말 그대로라네. 영화야말로 스트레인지 토이라 할 수 있지. 다 큰 어른이 푹 빠지는, 평생토록 놀아도 끝이 없는 신기한 장난감이야."

나는 〈이상한 과일〉이라는 노래가 떠올랐다. 단순히 '기묘한'이라는 말에서 연상된 것이다. 전설적인 가수 빌리 홀리데이가 부른 곡. 이상한 과일이란 린치와 학살을 당해 나무에 매달려 흔들리고 있는 흑인의 시신을 가리킨다고 한다. 빌리 홀리데이 본인도 술에 빠져 젊은 나이에 파멸적인 삶을 마감했다.

"으음, 방금 그 얘기만으로는 시오리의 설을 입증할 수가 없네."

아야미가 중얼거렸다.

"시오리 누나의 설?"

내가 되묻자, "그래" 하고 끄덕인다.

"시오리의 설은 영화화를 막기 위해 어떤 스태프가 양쪽 현장 모두에 스태프로 잠입했을지도 모른다는 거였잖아."

"네에? 료짱이 그런 짓을 할 리가 없잖아요. 영화를 얼마나 좋아했는데. 료짱이 직접 참여한 영화가 완성되지 못했으면 무척 슬퍼했을 걸요."

고지로가 거세게 반발하자, 모두가 "일단 진정부터 하고" 하면서 달랬다.

"어디까지나 가설이니까."

화가 채 가라앉지 않은 그에게 쓰노가에 감독이 두 손으로 워워 하는 손짓을 했다.

"아니, 그건 아직 모르는 거죠."

내가 말했다.

"그분이 무슨 생각으로 그 영화를 '스트레인지 토이'라고 했는지는 …… 아, 료짱이 '스트레인지 토이'라고 하신 건 당연히 첫 번째 영화 제작이 중단된 이후였지?"

고지로를 쳐다보니 얼굴에 "엉?"이라고 쓰여 있었다.

"혹시 몰라 확인하겠는데, 료짱이 그 영화에 대해 언급하신 건 한 번? 두 번? 아까 너는 료짱이 '또 하게 됐다'라고 말씀하셨다고 했지. 그럼 그 전에도 그 영화에 대한 얘기를 들은 적이 있다는 거잖아. 네 나이로 보면 처음에 얘기를 들은 건 첫 번째 영화화로부터 세월이 꽤 지나고 나서였을 거야. 료짱이 '스트레인지 토이'라고 말씀하신 건 언제지? 두 번째 영화화가 중단되기 전이야 후야?"

갑자기 '너'라고 부르고 말았다. 나도 아야미와 마찬가지이니 그녀에게 뭐라고 할 처지는 못 된다. 그러나 그 부분은 전혀 신경 쓰는 기색도 없이 고지로는 "아아" 하고 알겠다는 듯이 생각에 잠겼다.

이윽고 얼굴을 들고 고개를 끄덕해 보였다.

"맞아요, 료짱이 '사연이 있는 영화' 얘기를 한 건 두 번이에요. 그리고 '스트레인지 토이'라고 말한 건 그 영화 얘기를 처음 했을 때였고, 두 번째 영화화가 중단되기 전이었어요."

"틀림없어?"

내가 확인하자 고지로는 그렇지 않아도 큰 눈을 더 크게 떴다.

"네, 틀림없어요."

눈에서 느껴지는 힘이 굉장하다. 다케이 교타로가 정신을 못 차리는 것도 이해가 된다.

"처음부터 '스트레인지 토이'라는 말을 썼다니."

나는 팔짱을 끼고 곰곰이 생각했다.

"두 번째 영화화가 중단되기 전인지 후인지에 따라 뭐 달라지는 게 있어?"

고즈에가 물었다.

"있지. 예를 들어 당신 소설을 원작으로 영화를 제작하고 있는데 사고로 촬영이 중단되었다고 쳐."

고즈에는 내 비유에 쓴웃음을 지었다.

"으응."

"그런데 뭐, 불행한 사고였던 거지. 이 시점에서 당신은 이 영화를 '사연이 있는 영화'라고 말할 건가?"

고즈에는 뭔가를 깨달은 것처럼 "아니" 하고 고개를 저었다.

"그래, 이 시점에서는 그렇게 말할 리 없지. '사연이 있는' 영화로 불리는 건 한 번 더 같은 소설의 영화화를 시도했다가 또다시 중단될 위기에 몰렸을 때지. 그 시점에서 처음으로 '사연이 있는' 영화가 되는 거야."

"《돈키호테》처럼 말이군."

쓰노가에 감독이 목을 움츠리고 말했다.

"그런 거야?"

아야미가 눈으로 묻기에 나는 고개를 끄덕였다.

"영화계에서 《돈키호테》는 저주받은 테마로 알려져 있어. 과거에 영화화를 시도했다가 번번이 무산되었거든. 오슨 웰스 감독이 영화를 완성하지 못한 게 유명하고, 그 이후에는 테리 길리엄 감독이 메가폰을 잡았는데 이것도 중단됐지. 그 전까지 찍은 필름으로 따로 다큐멘터리를 만들었을 정도야."

"아, 조니 뎁이 출연한 거?"

"그래."

"요컨대 료쌍은 첫 번째 영화화가 중단된 시점에서 그 영화를 '스트레인지 토이'라고 말했다는 거네."

아야미가 재차 확인했다.

"그렇지. 아직 '사연이 있는 영화'가 되기 전부터 그분은 그 영화가 '사연이 있다'고 생각했던 거지. 그 이유가 궁금하네. 이미 불가능할지 모르겠지만."

그는 《밤이 끝나는 곳》이 저주받은 테마가 될 것을 예견한 걸까?

"왜 다들 심각한 얼굴이야?"

그 목소리에 깜짝 놀라 고개를 들자 마나베 시오리가 의아한 얼굴로 서 있었다. 검은 칵테일 드레스에 바로크 진주 목걸이. 아야미와는 달리 도시적이고 차분한 옷차림이다.

"아, 시오리 누나."

나는 왠지 초조해졌다.

"마침 네 가설을 검증하던 참이야."

아야미가 여느 때처럼 넉살 좋게 말했다.

"내 가설?"

시오리가 눈살을 살짝 찌푸리고 설명을 요구하듯 나를 본다.

나는 하는 수 없이 설명했다.

"그래, 놀랍게도 저기 앉아 있는 청년의 작은할아버지가 두 번의 《밤이 끝나는 곳》 영화 현장에서 소품 담당으로 일하셨대. 그래서 양쪽 현장의 공통 스태프가 영화화를 막은 게 아니냐는 누나의 설에 관해 얘기하고 있었어."

"아, 그거."

시오리는 고개를 끄덕이고 나서 퍼뜩 놀란 듯이 고지로 쪽을 바라봤다.

"당신의 작은할아버지가……?"

"네, 맞아요."

고지로가 고개를 끄덕했다.

그때 시오리의 표정은 참으로 묘했다.

그녀는 우뚝 선 채로 고지로의 얼굴을 정면으로 바라봤다.

"에?"

고지로가 놀란 눈으로 시오리를 쳐다봤지만 시오리는 꿈쩍도 하지 않았다.

시오리가 뭘 보고 있는 거지?

사람들이 어리둥절해하며 시오리를 쳐다봤다.

시오리의 시선은 고지로를 보는 것 같으면서도 아닌 듯했다. 그를 지나쳐서 저 앞을 보고 있는 것 같았다. 마치 그곳에는 아무도 없다는 듯이.

얼결에 시오리의 시선 끝을 따라갔지만 승려 두 명이 커피를 마시고 있을 뿐이었다.

승려를 보고 있는 건가? 아니면 서빙 중인 유키를? 그것도 아니면……

"왜 그래, 시오리?"

아야미가 말을 걸고 나서야 시오리는 퍼뜩 정신을 차린 듯했다.

"어머, 미안해, 넋을 놓고 있었네."

시오리는 황급히 미소를 짓고 아야미 쪽으로 걸어가 옆자리에 앉았다.

"음료 뭘로 하시겠어요?"

고즈에가 묻고 손을 들어 유키를 불렀다.

"어, 그럼 샴페인을."

시오리는 그렇게 대답하면서도 마음이 딴 데 가 있는 것 같았다.

뭔가 기억난 듯이 곁눈으로 허공을 빤히 보고 있다.

뭘 보고 있지?

나는 시오리의 표정이 신경 쓰였다. 아까 보인 그녀의 얼굴이 내 눈에는 잔뜩 겁에 질린 표정으로밖에 보이지 않았기 때문이다.

20 기억난 장면 ————————

　　　　마나베 시오리가 보인 알 수 없는 표정은 그 자리에 복잡한 감정의 동요를 가져왔다.

　그것이 무엇인지 아무도 이해할 수 없었을 것이다. 시오리 스스로도 자각하지 못하는 것처럼 보였다.

　하지만 그 눈은 당분간 잊을 수 없으리라. 허무한지 두려운지 절망하는지 혹은 그 모든 감정이 뒤섞인 것처럼 보이는 얼어붙은 듯한 회색빛 눈.

　눈빛이 변한다는 말은 비유가 아니다. 사람의 눈 색깔은 정말 변한다. 화났을 때, 슬플 때, 회상할 때. 그때 시오리의 눈은 분명히 푸르스름한 회색을 띠고 있었다.

　신기하게도 이때 내 머릿속에 떠오른 것은 애거사 크리스티가 쓴 추리소설의 한 장면이었다. 그 책을 읽은 것은 십수 년 전의 중학생 시절이다. 그 옛날에 읽은 책을 용케 떠올렸네, 하고 스스로도 감탄했을 정도인 데다 그 전까지만 해도 까맣게 잊고 있던 부분이었다.

　나는 남편인 마사하루만큼 미스터리 마니아는 아니다. 특히 마사하루가 좋아하는 본격 탐정소설이라 불리는 장르의 책을 읽은 것은 기껏해야 고등학생 때까지다.

그래서 이때 애거사 크리스티의 어떤 작품을 떠올렸는지는 알지 못했다. 그저 지금 이 광경은 그 장면과 비슷하네, 하고 생각했을 뿐이다.

그것은 이런 장면이었다.

계단 밑에 있는 여자가 위를 올려다보고 있다.

이렇다 할 것이 없는 일상적인 동작 중 하나이지만, 여자는 문득 계단 위를 보고 머릿속에 뭔가 생각난 표정을 짓는다. 그 내용이 무서운 것이었는지 여자는 묘하게 일그러진 표정을 띤다. 그 표정을 우연히 누군가 목격해서 인상에 남았다. 그런 장면이었다.

내가 생각해낸 것은 이것이 전부다. 이 장면이 소설의 초반에 나왔는지 아니면 종반인지도 확실하지 않다. 하지만 소설에서 사건 해결의 중요한 단서가 되는, 진실을 암시하는 장면이었다는 것은 기억하고 있다.

아까 시오리의 표정을 무의식중에 그 장면과 겹쳐 보았던 것이리라.

시오리가 자리에 앉고, 흐름이 언제 끊겼냐는 듯이 다시 대화가 활발히 오간 뒤에도 나는 내가 옛날에 읽은 책 속에서 그런 장면을 끄집어냈다는 것에 놀랐고 그래서 그것이 무얼 의미하는지 곰곰이 생각했다.

애거사 크리스티의 소설에서는 등장인물이 경악하는 표정이 중요한 모티브였는데 지금 이 현실에서 시오리의 표정은 어떤 단서가 될까.

저주받은 영화, 사연이 있는 영화. 그에 얽힌 수많은 수수께끼를 해결하기 위한 단서가 될까?

어쨌든 시오리의 등장으로 흐름이 바뀌었다. 얼마간은 Q짱의 작은할아버지 이야기가 계속되나 싶었지만, 시오리가 합류하면서 정식으로 저녁 식사를 즐기는 분위기가 되어서인지 대화는 두서없는 잡담으로 넘어갔다. 다들 집중력이 흐려져 이야기의 중심도 뿔뿔이 흩어졌다.

환영 파티의 밤이었기에 선장과 사진 촬영을 하느라 대화가 끊겼기 때문이기도 하다. 모두가 뻔하긴 해도 익숙한 사교적인 분위기를 반기는 눈치였다.

솔직히 나는 생각하느라 지쳤기에 다행이었다.

"기나긴 하루였어."

과연 마사하루도 지쳤는지 방으로 돌아오자 녹초가 된 모습으로 윗도리를 벗었다.

그것을 거들면서 나는 "사교적인 겉치레도 나름 도움이 되네"라고 말했다.

"어? 아아."

마사하루는 되물으면서도 무슨 뜻인지 알아차렸는지 씁쓸히 웃었다.

"재미있긴 했는데, 그대로 소품 담당의 얘기가 계속되면 어쩌나 싶었다니까."

두 팔을 쭉 뻗어 기지개를 켠다.

"나도 마찬가지야. 아직도 안 끝나나, 이제 그만 좀 하지, 싶더라."

둘이서 힘없이 웃었다.

"처음에는 깜짝 놀라긴 했는데, Q짱은 착한 청년이더라."

편한 옷으로 갈아입고 얼굴에 클렌징크림을 바르면서 거울 안쪽에 비친 마사하루에게 말했다.

"응, 나쁜 청년은 아니지. 그런데 뭘 해서 먹고살고 있지? 다케이 교타로에게 빌붙어 살 리는 없고…… 안 되겠다, 흡연실까지 못 가겠어. 미안한데, 한 번만 여기서 피울게."

옷을 갈아입자마자 담배부터 꺼내려는 마사하루의 기척에 웃음이 났다.

"글쎄. 어쩌면 그럴지도 모르겠어. 아까 보니까 말 그대로 다케이 교타로의 시중을 들고 있던데? 전문 도우미를 고용하면 금액이 상당할 거야. 비서나 매니저 명목으로 일하는 걸지도 몰라."

"아, 그럴 수도 있겠다."

발코니 쪽 새시를 열었는지 휘오오 소리와 함께 찬바람이 들어왔다.

방 온도가 순식간에 내려가고 책상 위의 종이류가 팔랑팔랑 날아올랐다.

"우앗!"

황급히 새시를 닫는 소리가 나고 조용해졌다.

바깥 공기가 차단된 방.

문득 세면대에 흐르는 물속에 시커먼 해면이 떠올라 등골이 오싹했다.

바다 위에 욕실의 세면대와 함께 둥둥 떠 있는 내 모습이.

우리는 넓고 어두운 바다 위를 외따로 표류하고 있다. 어느새 육지에서 멀리 떨어져 밤의 어둠 속에 고립되어 있다. 눈을 비비고 봐도 수평선은 저 멀리 흐려져 하늘과의 경계도 불분명하다. 일상에서 분리되어 오직 이 선박이 세상의 전부인…… 지금 우리는 캄캄한 밤바다를 표류하고 있다.

그렇게 생각하자 못 견디게 불안해졌다. 순간적으로 패닉에 빠질 것 같았다.

물론 아주 잠깐 동안의 일이었다. 곧바로 감정을 억누르고 물을 철썩대며 세수를 했다. 하지만 마음 어딘가에서 이 물에서 바다 내음이 나는 것은 아닐까, 당장에라도 곳곳에서 탁한 바닷물이 새어 나오는 것은 아닐까 하는 공포를 느꼈다.

그럴 리가 없다. 그럴 리가. 나는 혼자가 아니다. 바로 저기에 마사하루가 있다.

수건으로 얼굴을 닦고 방 쪽을 조용히 들여다봤다.

발코니에서 멍하니 담배를 피우고 있는 그가 보였다.

아무런 표정도 짓고 있지 않다. 꿈쩍도 하지 않는다. 담배를 피우는 것이 목적인 장식물처럼.

혼자가 아니, 라고 할 수 있을까.

그런 말이 머리에 떠올랐다. 우리는 '우리'인 걸까.

밖이 생각보다 추웠는지 마사하루는 의외로 빨리 안으로 들어왔다.

"……아까 애거사 크리스티 소설의 한 장면이 머리에 떠올랐어."

"어?"

나는 얼굴에 로션과 크림을 바른 뒤 소파로 돌아왔다. 아까 과식했는지 속이 더부룩하다. 내일 아침에 갑판에서 조깅을 해야 할 것 같다.

"왜?"

마사하루가 이쪽으로 고개를 돌렸다. 담배를 피우던 장식물이 인간이 됐다.

"아까 시오리 씨가 레스토랑에 들어오고 나서 묘한 얼굴을 했잖아."

마사하루가 흠칫 놀란 듯이 동작을 멈추어 괜히 내가 더 깜짝 놀랐다.

"왜 그래?"

그렇게 묻자, 마사하루는 고개를 작게 흔들었다.

"역시 다들 알고 있었구나."

"시오리 씨 표정 말이야?"

"응."

"좀 이상하더라. 평소에는 늘 차분했는데 웬일이람."

테이블 위를 뒤덮은 공백. 흐름이 끊긴 대화.

"그러게. 그때 시오리 누나가 뭘 보는 건가 싶어서 시선을 따라가 봤는데 잘 모르겠더라."

"나도."

레스토랑의 내부 인테리어를 머릿속에 그려봤다.

세련되고 차분한 커튼과 벽지의 인상 정도밖에 생각나지 않는다. 안타깝게도 나는 눈으로 본 것을 그대로 기억하는 직관적 기억력이 없는 모양이다.

"딱히 눈에 띄는 것도 없었는데. 안쪽 벽에 걸린 그림 정도?"

풍경화였던 것 같지만 그조차 잘 기억나지 않는다. 사고나 사건의 목격자가 얼마나 미덥지 못한지 새삼 알게 됐다.

"스님을 보는 건가 싶었는데, 그렇지도 않더라."

"맞아. 그래서 뭘 보고 있었던 게 아니라 뭐가 기억났던 거라고 생각해."

"그렇군. 도대체 뭐가?"

"그야 모르지. 그런데 그때 떠올랐던 게 애거사 크리스티 소설이야."

"오호. 어떤 소설? 포와로 시리즈? 미스 마플 시리즈인가?"

"제목은 잊어버렸어. 아마 미스 마플 시리즈였을 거야."

마사하루는 흥미가 당기는 모양이다.

"당신은 생각해냈는데 왜 나는 그러지 못했을까."

속상해하는 것이 우스꽝스러웠다. 미스터리 오타쿠란 이런 걸까.

나는 손을 내저었다.

"유명한 작품은 아닐 거야. 초기의 《애크로이드 살인 사건》이나 《오리엔트 특급 살인》처럼 트릭이 한마디로 설명되지 않는 작품일 거야."

"단편은 아니라는 거군."

"장편이었어."

"어떤 장면?"

나는 설명했다. 그 장면이 소설의 어디쯤에 배치되어 있었는지는 기억나지 않지만, 사건의 진실에 다가가는 중요한 장면이었던 것은 확실하다고.

"으음, 그 장면, 읽은 기억이 있는데."

마사하루는 새 담배를 입에 물고 팔짱을 꼈다.

"후기 작품일 거야. 미스 마플은 후기에 많이 나왔거든."

"어떤 소설인지 알아?"

"잠깐, 지금 생각 중이야. 나도 애거사 크리스티를 마지막으로 읽은 게 대학생 때거든. 《밤이 끝나는 곳》을 마지막으로 읽은 시기와 비슷비슷해."

"보통 그렇지 뭐. 세계 명작 문학을 읽은 것도 기껏해야 이십 대까지잖아."

"애거사 크리스티는 유명 작품 외에는 내용을 설명하기 어려운 것이 많지. 나는 그런 후기의 작품을 더 좋아하지만."

"나 어렸을 때 반에 심보가 고약한 애가 있었는데, 유명한 추리소설마다 그 애가 스포일러를 하는 바람에 거의 안 읽었어. 애거사 크리스티도 마찬가지고."

"그래서 후기 작품을 읽었다는 거군."

"그렇게 생각해."

마사하루는 제법 진지한 모습으로 골똘히 생각했다.

"당신도 참, 오늘은 그쯤하고 넘어가."

입에 문 담배를 보고 핀잔을 주자, 마사하루는 쓴웃음을 짓고 그
제야 입술에서 떼어 담뱃갑에 도로 넣었다.

"여기 도서관에 애거사 크리스티 작품도 있나."

"내가 찾아볼게."

"도서관 아직 하나?"

마사하루가 문을 돌아봤다. 당장에라도 찾으러 가고 싶은 눈치다.

"열려 있을 것 같은데, 옷을 갈아입었더니 나가기 귀찮아졌어."

"그렇긴 하네."

"뭐 마실래? 차나 코코아 같은 거."

"녹차 줘."

나는 일어나서 전기 포트에 생수를 부었다.

물을 끓인다는 행위는 어디에 있든, 어떤 정신 상태이든 마음을 차
분하게 가다듬어주는 것 같다.

아까 세면대를 보면서 느꼈던 공포가 사라졌음을 확인하고 슬며
시 안도했다.

하지만 아직 마음 어딘가에 어둡게 굽이치는 어둠 속의 해면이 보
여 섬뜩하다.

우리는 '우리'인 걸까…….

갑자기 무표정한 가면 같은 여자의 얼굴이 눈앞에서 움직여 흠칫
했다.

거울 속의 내 얼굴이었다.

겁먹어 파랗게 질린 여자의 얼굴.

순간 아까 본 시오리의 표정과 겹치는 것 같아 괜히 으스스해졌다.

그냥 거울일 뿐이야, 진정해.

찻주전자에 티백을 넣고 다시 고개를 들었다.

전기 포트 등 차 마시는 도구가 놓여 있는 붙박이 선반 벽에 길쭉한 거울이 있었던 것이다.

여행이나 일 때문에 호텔에 숙박하면 평소와는 다른 생각지도 못한 곳에 거울이 달려 있어 종종 놀라곤 한다. 특히 책상은 벽에 붙박이로 설치하는 경우가 많아 손님이 폐쇄감을 느끼지 않도록 책상 벽에 거울을 다는 일이 대부분이다.

아무것도 의식하지 않을 때의 내 표정이 이렇게 어둡고 흐리멍덩할 줄이야.

속으로 쓴웃음을 지었다. 조심해야 한다.

물은 금방 끓었다.

녹차가 든 찻잔을 마사하루 앞에 내려놓은 순간 그가 얼굴을 들었다. 밝은 표정.

"알겠다, 이거 그거야. 《깨어진 거울》."

그렇게 말한 뒤 내 얼굴을 들여다본다.

"그렇지? 맞지?"

하지만 나는 선뜻 확신이 서지 않았다.

절로 고개가 어정쩡하게 기울어졌다.

"으음. 모르겠어. 읽은 책인 건 맞는데, 정말 그 책이었는지는 모르겠어."

원하는 대답이 아니어서인지 마사하루는 불만스러워 보였다.

"도움이 안 되네. 애써 생각해냈는데 실망스럽군."

"미안해. 듣고 보니 그 책이 맞는 것 같기도 해."

"실은 이렇게 말하는 나도 기억이 애매하긴 마찬가지야. 그리고 왜 그런 얼굴을 했는지 그 이유도 자세히 기억나지 않아."

"어머, 그게 가장 중요한데."

"그렇지. 짐작이 가는 이유는 있는데, 어쩌면 내가 기억 속에서 마음대로 지어낸 얘기일지도 몰라."

"어떤 얘기인데?"

둘이서 차를 홀짝였다.

"아, 이 녹차 맛있는데? 티백치고는."

마사하루가 뜻밖이라는 얼굴로 나를 본다.

"티백이긴 해도 품질 좋은 찻잎이 듬뿍 들어 있는 거거든."

나는 티백 받침으로 눈길을 돌렸다. 종이처럼 얇은 흔한 티백이 아니라 손으로 비벼 만든 찻잎이 들어간 삼각뿔 모양의 티백을 큰마음 먹고 가져온 것이다.

캔 찻잎과 거름망이 있는 찻주전자도 가져왔지만 설거지하기가 번거로워 티백으로 한 것이다. 방을 청소하는 사람부터 생각하는 습관은 내가 생각해도 궁상맞다.

"스포일러해도 되나?"

마사하루가 물었다

"상관없어. 아마 이제 그런 고전적인 추리소설은 안 읽을 것 같거든."

"그래? 다시 읽고 싶어질지도 모르는데?"

왠지 서운한 눈으로 나를 보기에 웃음이 터져 나왔다.

"만약 그렇다 해도 마사하루, 당신을 원망하지는 않을 거니까 안심해."

"그렇군. 어쩌면 내 기억이 틀렸을 수도 있으니 감안하고 들어줘."

"알겠어."

"아마 풍진이었을 거야."

"풍진?"

그 말을 듣자마자 되물었다. 생각지도 못한 단어였다.

"그래. 그게 사건의 진실과 어떻게 연결되었는지는 기억나지 않지만, 그 여자가 경악한 듯 험악한 표정을 지은 이유는 확실히 풍진이었어."

"풍진이라니, 그 풍진? 예방 백신을 접종하는 그거?"

"응."

"당신, 걸린 적 있어?"

"있지. 중학교 때 반에서 유행하는 바람에 옮았어. 유행의 끝 무렵이었는데 고생 많이 했지. 고즈에, 당신은?"

"나는 초등학교 때 걸렸어. 학급 폐쇄 조치까지 내려졌어."

"학급 폐쇄, 그렇다. 그럼 우리는 백신이 필요 없네. 둘 다 면역이 있으니."

순간 괜한 의심이 들었다.

우리는 아이를 가질 수 있는 건강한 성인 남녀. 그런 말을 들은 듯한. 물론 지나친 생각이겠지만.

"그래서 풍진이 어떻게 관련되어 있어?"

마음을 가다듬고 물었다.

"그러니까, 그 험악한 표정을 지은 여자가 임신 중이었다는 설정이야."

마사하루가 담담히 설명했다.

임신 중, 이라는 말에도 반응할 뻔했지만 당연히 태연하게 흘려듣는 척을 했다.

"그 장면은 과거에 풍진에 걸린 사람과 그곳에서 접촉했다는 걸 기억해내는 장면이야. 이제 그런 얼굴을 한 이유를 알겠지?"

"응."

나는 고개를 끄덕였다.

"임신 중인 여성이 풍진에 걸리면 큰일 나지."

태아에 영향을 줄 가능성이 높기 때문이다.

"바로 그거야."

"그렇구나. 당황하는 것도 당연하지. 충격이 컸을 거야."

만약 내가 그런 입장에 놓인다면.

그 상황을 상상하는 순간 동시에 그런 현실적이고 생생한 이유를 추리소설 속에 심어놓은 애거사 크리스티에게 존경과도 두려움과도 비슷한 감정을 느꼈다.

그저 추리소설일 뿐인데. 거의 반세기 전에 나온 오래된 소설일 뿐인데.

"이래도 기억 안 나?"

멍하니 있는 나에게 마사하루가 의아해하는 얼굴을 보였다.

"응. 전혀 기억이 안 나."

솔직히 인정하면서도 스스로도 어이가 없었다. 충격적이고 현대 사회에도 통하는 이유인데 이렇게 설명을 들어도 전혀 생각나지 않다니.

"무엇보다 나도 정말 이런 이유였는지 자신이 없긴 해. 어쩌면 다른 작품과 뒤섞였을지도 몰라."

또다시 의심이 들었다.

문 밑에서 조금씩 새어 나오는 탁한 바닷물.

그가 일부러 그런 이야기를 지어낸 것은 아닐까. 실은 그렇지 않은데 자신의 기억이 불확실하다는 핑계로 내게 그런 이야기를 들려준 것은 아닐까.

"흐음. 어쩌면 노후에 애거사 크리스티를 다시 읽었을 때, 마사하루, 이건 다른 얘기잖아, 라고 말할지도 모르겠어."

"그때는 기탄없이 말해줘. 우리 둘 다 잊어버렸을 가능성이 크겠지만."

"그러네."

기억력이 가장 좋았을 때 읽었는데도 잊어버렸으니 그때가 되면 당연히 잊어버리리라.

"그래도 또 한 번 신선하게 즐길 수 있어서 좋잖아."

"말 되네. 지금도 책이 단행본으로 먼저 나온 뒤 2~3년 뒤에 문고본으로 다시 나오면 단행본일 때 읽었는지 안 읽었는지도 생각이 안 나서 문고본을 살까 말까 고민하는 지경이니 말이야."

"어머, 그 정도야?"

"실은 잘 잊어버리곤 해."

하하 호호 웃으면서도 나는 누군가 뒤에서 속삭이는 것을 느꼈다……

우리는 정말 '우리'인 걸까, 하고.

21 흔들리는 세계 ────────

다음 날 아침 눈을 뜬 고즈에는 어제와 마찬가지로 지금 여기가 어디인지 혼란스러워하지 않았다. 벌써 이 세계에 익숙해져 이제는 몇 주 동안 이렇게 바다 위에서 지내고 있는 기분마저 들었다.

동시에 신기하게도 메시아이 아즈사에 관한 취재도 이 색다른 환경 속에 어엿한 '일'로 자리 잡아 하루 일과처럼 소화하게 됐다. 고즈에는 인간의 높은 적응력에 새삼 감탄했다. 그리고 자신이 이 여행을 결코 '휴가'로 여기지 않는다는 것도 깨달았다.

침대 옆 협탁에 놔둔 손목시계로 눈길을 돌렸다. 7시가 넘었다.

마사하루는 보이지 않았다. 커피를 마시러 갔을지도 모른다. 혹은 흡연실에서 느긋하게 아침 담배를 즐기고 있을지도 모른다.

고즈에는 자신이 푹 잤다는 것을 알고 놀라움과 안도를 느꼈다. 마사하루가 일어나 방을 나갔는데도 전혀 알지 못했다. 고즈에는 잠귀가 밝은 편이라 한 방에서 자고 있던 사람이 일어나면 반드시 눈을 뜨고 만다.

그런 체질이 원망스러웠던 시기도 있었다.

전남편인 고이치와 살았을 무렵, 특히 이혼 직전에 천진난만하게

새근새근 숙면을 하고 아침에는 개운한 얼굴로 외출하는 그가 몹시 야속하게 느껴졌다.

당시에는 아침마다 어디선가 읽은 경구 같은 말을 머릿속에 떠올렸다. 사랑하지 않는 쪽이 먼저 잠들고 늦게 일어난다는 말도 이에 해당한다.

우리는?

고즈에는 담요가 젖혀진 옆 침대를 흘끗 봤다.

그러고는 침대에서 일어나 세수를 한 뒤 잠옷 차림으로 멍하니 발코니 너머를 바라본다.

오늘도 날씨가 흐리다.

해는 보이지 않고, 회청색 하늘과 바다가 맞닿아 생긴 회색의 흐릿한 수평선이 끝없는 평행선을 그리고 있다.

몸이 무겁고 부어 있는 느낌이 들었다. 어젯밤에 수분을 과하게 섭취했다.

발코니 새시를 열어봤다.

바람은 여전히 거세지만 어젯밤만큼은 아니다. 생각보다 따뜻했다.

갑판을 거닐어봐야겠다는 생각이 들었다.

갑판을 한 바퀴 빙 돌면 그런대로 긴 코스나 마찬가지라 가볍게 조깅하면 좋다고 어떤 직원이 권했던 것 같다.

요가 강좌와 헬스클럽도 있다고 하기에 스웨트 셔츠와 팬츠를 챙겨 왔다.

이대로 가다가는 운동 부족이 될 것이 뻔하다. 오늘은 일단 청바지 차림으로 걸어볼까 생각했다.

옷을 갈아입고 복도로 나가자 쥐 죽은 듯 조용했다. 다른 사람들은 벌써 활동을 시작한 걸까.

복도를 걷다 보니 어렴풋이 현기증이 났다. 길게 이어지는 현기증. 배가 흔들리는 것이다.

걸음을 멈추고 의식을 집중해보니 배가 느릿느릿 크게 흔들리고 있는 것이 느껴졌다. 넘실거리는 파도가 배 꼭대기까지 느릿느릿 닿고 있다. 높은 층일수록 크게 흔들린다고 하더니 그야말로 세계 그 자체가 흔들리는 바람에 흔들리는 세계 속에 지내고 있는 것이다. 걷다 보면 잘 느껴지지 않지만 일단 감각이 트이면 흔들리고 있는 것이 잘 느껴진다. 예민한 사람은 신경이 많이 쓰일 것이다.

어젯밤에 어떤 부인이 뱃멀미 때문에 힘들다고 했는데, 이 상태가 끊임없이 계속되는 것이므로 피할 길이 없다. 고즈에는 안쓰럽다는 생각이 들었다. 여기서 날씨가 더 나빠져 바다가 사나워지면 그 사람은 얼마나 더 힘들어할까.

다시 걸음을 옮기자 위화감이 사라졌다. 흔들리는 세계에도 몸이 적응한 것이다.

인기척 없는 복도에서 문을 열어 갑판으로 나갔다.

바람이 얼굴을 때렸지만 예상대로 차갑지는 않았다. 남쪽 해상에 있어서일까.

끝없이 펼쳐진 회색 수평선.

완벽할 정도로 아무것도 없다.

너무 휑해서 망막하고 아득한 풍경이었다. 평소에는 온갖 물건이 넘치는 도쿄의 좁은 아파트에 살며 어수선한 거리를 오가고 있는 만큼 이런 거대한 공간에 내던져지면 당혹스럽기만 하다. 몸은 이런 체험은 예상 범위를 벗어났다는 듯 파악하기를 거부하고 있다. 머나먼 수평선을 마치 손을 뻗으면 닿을 만큼 가까이 있는 연극의 무대배경처럼 여기고 있는 것 같았다.

두꺼운 구름은 짙고 옅은 정도에 별 차이가 없어 거리를 가늠하기가 어려웠다. 배가 멈춰 있는지 나아가고 있는지도 알 수 없었다.

후드 집업의 지퍼를 올리고 걷기 시작했다. 갑판은 폭이 넓고 휑하다. 그런데 몇 발자국 안 가서 부부끼리 또는 혼자 걷는 사람들과 마주쳤다.

게다가 다들 운동복을 갖춰 입고 한눈에 봐도 익숙한 모습으로 힘차고 빠르게 걷고 있었다.

요즘 고령자는 정말 건강하구나.

자신이 맥없이 걷는 모습이 창피해질 만큼 그들은 걷기 운동을 꾸준히 해온 기색이 역력했다. 하기야 건강하지 않으면 2주 이상의 크루즈 여행에 참여하지 못할 테니 건강에 신경 쓰는 사람들만 있는 것도 당연하다면 당연하지만.

"좋은 아침이에요."

"네, 좋은 아침입니다."

스쳐 지나갈 때마다 사람들이 인사를 주고받았다.

고즈에는 덩달아 인사를 하면서 등허리를 쭉 펴고 걷는 속도를 높였다.

바람이 끊임없이 불어와 빠른 걸음으로 걷기만 해도 체력 소모가 컸다. 의외로 좋은 운동이 될 듯했다.

긴 갑판을 걷고 있는데 나이 지긋한 남녀가 멈춰 서서 뭔가를 보고 있었다.

가까이 가보니 허여멀건 것이 갑판 위에 떨어져 있었다.

작은 새였다.

무슨 새일까. 그리 크지 않은 회색 새. 갈매기 같은 바닷새는 아닌 듯하다. 개똥지빠귀 같은 새가 생각났다.

새는 이미 죽어 있었다.

몸이 뒤집혀 있고 굽은 잔가지 같은 두 다리는 하늘을 향해 뻗어 있다. 날개도 이미 까칠하고 박제된 것처럼 메말라 있었다.

부딪히거나 다쳐서 죽은 것은 아닌 듯했다.

자세히 들여다보는 고즈에게 나이 지긋한 여성이 "만지면 안 돼요" 하고 속삭였다.

"안 되고말고, 지금은 조류독감이다 뭐다 조심해야 하니까."

남편으로 보이는 남성이 거들었다.

"직원을 부르고 기다리는 중이에요."

두 사람의 설명을 듣고 고즈에는 "아, 네" 하고 고개를 끄덕였다.

그러고 보니 혹시 배 위나 여행지에서 동물을 봐도 만지지 말라는 주의를 들었던 것 같다. 특히 이 새는 사고가 아닌 병으로 죽은 것처럼 보이므로 경계해야 할 것이다.

그때 폴로셔츠 차림의 직원이 쓰레기봉투와 청소용 집게를 가지고 나타났다.

그는 떨어져 있는 새를 찬찬히 관찰한 뒤 집게로 주워 쓰레기봉투에 넣고는 인사를 하고 물러갔다.

가볍게 인사하고 걸음을 옮기는 부부. 고즈에도 인사를 했다.

그러나 뇌리에는 다리를 하늘을 향해 뻗은 채 떨어져 있던 새의 모습이 박혀 있었다.

새의 눈은 감겨 있었다. 어쩐지 달관에 찬 표정으로 보였다.

허공을 떠돌다 가냘프게 날아가는 작은 새의 모습이 눈에 떠오른다.

저 새는 도대체 어떤 순간에 어떤 상태일 때 목숨이 끊어졌을까. 힘을 쥐어짜 바다 위를 날고 있었는데 허공의 한 점에서 끝내 힘이 다한 것이다. 의식을 잃고 떨어진 곳이 이 드넓은 바다를 우연히 지나가던 여객선 갑판이라니.

다 알 수 없을 만큼 드넓은 바다 위, 그보다 더 드넓은 하늘을 홀로 오래도록 날고 있는 새의 고독과 의지할 곳 없는 마음을 생각하니 어쩐지 두려워졌다.

문득 아주 오래전에 교과서에서 배운 노래가 떠올랐다.

흰 새는 슬프지 않을까, 하늘의 파랑 바다의 파랑에도 물들지 못하고 떠돌고만 있네.

도대체 누구의 노래였더라.

고즈에는 새의 모습도 보이지 않는 회청색 바다와 회색 수평선을 바라보며 기억을 곰곰이 더듬었다.

아침에 고즈에가 잠에서 깼을 무렵 마사하루는 이미 흡연실에 있었다.

마사하루가 흡연실에 담배를 피우러 왔을 때 이른 아침인데도 불구하고 이미 손님이 있었다. 그의 연령대로 보아 흡연 경력이 자신보다 훨씬 길다는 것을 알 수 있었다. 슬며시 재떨이를 보니 벌써 세 개

피째였다. 상당한 애연가인 모양이다.

마사하루는 그와 가볍게 인사를 나눈 뒤 조금 떨어진 자리에 앉아 오늘의 첫 담배에 불을 붙였다.

평소와 같은 안도감. 하루가 시작되었다는 실감.

이 시간을 느긋하게 음미하면서 왠지 모르게 그 손님을 관찰했다.

어렸을 때부터 타인을 관찰하는 것이 싫지 않았고 이런 직업을 선택한 이상 의뢰인을 비롯해 담당 검사나 재판관이 어떤 사람인지 관찰하는 것은 어느덧 제2의 천성으로 자리 잡았다.

손님은 호리호리하게 마른 체형의 남자로, 그 연령대치고는 키가 제법 크다는 생각이 들었다. 다리를 되는대로 꼬고 앉아 있는데 그 정강이 역시 그 연령대로서는 드물게 길었다.

어쩌면 여든에 가까운 나이일지도 모르지만 몸은 건강해 보였다. 무엇보다 은퇴한 사람의 분위기가 아닌, 아직 제일선에서 활약하는 기업가의 살기등등한 기세가 감돌았다.

직업이 뭘까.

그런 생각을 했다.

이것은 마사하루가 좋아하는 게임이기도 했다. 연령, 직업, 가정환경. 어렸을 때 푹 빠진 셜록 홈스는 아니지만, 복장이나 소지품을 보고 그 사람의 됨됨이를 상상하는 것은 지금도 마사하루에게 최고의 심심풀이 놀이다.

복장으로는 잘 알 수 없었다.

트위드재킷과 스웨터, 슬랙스는 눈에 띄는 명품은 아니지만 세련되고 깔끔하게 잘 소화하고 있다. 구두도 품질 좋은 것을 잘 손질해 오랫동안 신어 온 듯했다.

왠지 해외에서 오래 생활한 사람이 아닐까 하는 생각이 들었다.

그런 사람의 특징 중 하나가 바로 이런 공공장소에서 어떻게 휴식해야 할지 안다는 것이다.

우물 밖 세상을 모르는 노인이 제 집 안방처럼 누가 있든 말든 널브러져 쉬는 것이 아니라(이런 사람은 아마 공공장소라는 의식 자체가 없을 것이다), 공공의 공간에서 한 개인으로서 다른 개인을 방해하지 않고 편안히 쉬고 있다. 다른 누구도 아닌 자기 자신으로서 고유한 개인이라는 의식을 가지고 편안히 쉬려면 나름의 훈련이 필요하다.

까무잡잡한 피부. 갸름한 얼굴에 눈이 가늘고, 표정은 읽을 수가 없다.

T.R(다무라 류이치)하고 약간 닮았네.

마사하루는 술 좋아하기로 유명했던 현대 시인의 얼굴을 머릿속에 그렸다.

그 손님에게 몰래 다무라 씨라는 이름을 붙였다.

이것은 마사하루가 게임을 하는 방식이었다. 사람에게는 이름이 있다. 마사하루는 모르는 사람의 경우, 이름을 붙이지 않으면 관찰할 수가 없다. 사람으로 인식하지 못한다, 혹은 대하지 못한다고나 할까.

변호사 일을 막 시작했을 무렵에 선배에게 "이름 없는 사람은 이 세상에 존재하지 않아. 이름이 A 씨나 B 씨인 사람도 없어. 모든 인간은 살아 있는 존재인 동시에 누군가의 아들이자 딸이다" 하고 귀에 딱지가 앉도록 들어서일지도 모른다.

그 다무라 씨가 주머니에서 담뱃갑을 꺼내더니 보지도 않고 아무렇게나 담배를 한 개비 뽑았다. 그의 흡연 타임은 아직 끝나지 않은 모양이다.

하이라이트.

마사하루는 속으로 쓴웃음을 지었다.

젊은층 흡연자인 우리는 평소 니코틴 섭취량을 조금이라도 줄이려고 애쓰느라 약한 담배로, 더 약한 담배로 갈아타고 있건만, 이 대선배의 당당한 흡연 자세를 보아라.

게다가 좋아하는 담배 대신 약한 담배를 피우며 참고 있는 온건한 흡연자와 달리 다무라 씨가 오랜 세월 이 브랜드를 애용해왔다는 것은 의심할 여지가 없다.

이런 '하이라이트를 피운 지 60년 됐다'는 노인을 보고 있으면 담배가 정말 폐암의 원인인지 의심스럽다.

마사하루는 자신이 약해빠진 애송이가 된 기분이 들었다.

물론 담배는 분명히 폐암의 큰 원인 중 하나다. 하지만 모든 사람에게 요인으로 작용한다고 할 수는 없지 않을까. 어떤 사람에게는 요인이 될 수 있지만 또 어떤 사람에게는 요인이 되지 않는 경우도 있을 것이다.

그건 그렇고 요즘 흡연실은 이처럼 양심의 가책과 공범자 의식과 동족 혐오로 얼룩진 정신적으로 복잡한 장소로 전락하고 말았다. 주위에서 격리해 가두어놓은 집단이라는 것에 굴욕과 동시에 마조히스틱한 희열을 느낄 정도다. 계속 차별을 받다 보면 차별을 하는 쪽에 대해 차츰 선민의식이 생겨난다는 것을 아주 잠깐이나마 이해할 수 있을 것 같았다.

대선배만큼 줏대 있는 흡연자가 아닌 것을 한심하게 여기면서 마사하루는 한 개비만 피운 뒤 물러나기로 했다.

왔을 때와 마찬가지로 자연스럽게 인사를 하고 자리를 떴다.

다무라 씨도 자연스럽게 인사를 해주었다.

그 순간 다무라 씨의 그 표정을 읽을 수 없는 가는 눈 속에서 그 또한 나를 가만히 관찰하고 있었다는 것을 알게 됐다.

하긴 그럴 수밖에.

묘한 만족감이 느껴졌다.

이런 공공장소에서 빈틈을 보이지 않고 편안히 쉴 수 있는 영감님인 만큼 자신 같은 애송이가 무슨 생각을 하는지 다 꿰뚫어보는 것이다.

흡연실을 나와 복도를 어슬렁거리며 걸었다.

크루즈 여행객의 연령대가 높아서인지 이른 아침부터 라운지에서 차를 마시거나 주변을 산책하는 사람이 많았다.

회색 바다. 흐릿한 수평선. 하늘과 바다의 경계선이 뿌옇게 흐려 보인다.

마사하루는 여객선이라는 것은 상상 이상으로 극장 같다고 생각했다.

재판도 연극 같은 면이 있다. 재판뿐만 아니라 사람은 누구나 사회라는 무대에서 연기를 한다. 누구나 거짓말을 하고 누구나 멋대로 초점이 어긋난 자아 이미지를 만들어낸다.

고즈에가 뭐라고 했더라?

문득 머리에 떠올랐다.

진실은 퍼레이드에서 눈보라처럼 흩날리는 금색 색종이, 라고 했던가? 그 말은 이상하리만치 딱 들어맞았다. 온 사방에 팔랑팔랑 흩날리는 색종이. 그 속에 있으면 아름답게 빛을 뿜어내고 꿈같은 고양감에 휩싸인다.

하지만 시간이 흐르면 땅바닥에 쌓이고 밟혀서 그저 싸구려 종잇조각이었다는 것을 깨닫는다. 그리고 날이 저물 때까지 허리를 굽혀 부지런히 청소해야 한다. 지겹도록 쓸어 모아 쓰레기봉투에 담을 무렵에는 허리도 아프고, 흙 묻은 꼬깃꼬깃한 종잇조각 때문에 무슨 고생인가 싶어 아주 넌더리가 난다.

도무지 종잡을 길이 없는 진실이라는 것을 포착해낸 말인 것 같다.

마사하루는 벽을 크게 뚫어 만든 유리창 앞에 섰다.

끝없이 펼쳐진, 경계가 모호한 수평선.

이 배에도 막상막하의 실력을 갖춘 연기자들이 모여 있다. 공연 기간은 2주. 매일 열리는 저녁 식사 자리가 무대다. 어떤 날은 주간 공연도 열린다. 이렇게 어슬렁거리는 시간은 막간이다.

이제 막 시작되었다. 상대는 제법 만만치 않다.

한 개비 더 피울걸, 하고 마사하루는 후회했다.

벌써 다음 담배가 당기는 것을 깨달았다.

이 연극은 힘들고 고되다. 왜냐하면 재판이나 일상생활에서는 승리나 보수를 얻는 등 절실한 목표가 있어서 연기하지만, 이 연극에서는 저마다 무슨 목적으로, 무엇을 위해 연기하는지 도통 알 수가 없기 때문이다.

느닷없이 흔들림이 느껴졌다. 말 그대로 시야가 기우뚱 흔들린 것이다.

배가 크게 일렁이고 있었다. 테이블 위의 물건을 흔들지도 않고 굳이 신경 쓰지 않으면 모르고 넘어갈 정도이지만 배는 천천히 크게 흔들리고 있었다.

가치관이 흔들린다, 그건가.

마사하루는 그런 생각을 하며 쓸쓸히 웃었다.

그 또한 평소와 무엇 하나 다르지 않다. 세상은 늘 흔들리고 가치관은 언제나 끊임없이 흔들린다. 그것을 의식하지 않는 척을 하고 자신이 어렸을 때부터 쌓아온 보잘것없는 자아 이미지에 매달린 채 세상은 결코 흔들리지 않는다, 울렁이지도 않는다고 스스로에게 계속 말하고 있는 것이다. 실은 배는 이미 외해로 나가 큰 파도에 심하게 흔들리고 있는데도 말이다.

선박 여행이라는 건…… 여행이라는 건 참 재미있는 거구나.

마사하루는 스스로 생각해도 엉뚱한 데서 감탄했다.

모든 것이 인생의 은유가 되어 있다. 아니, 오히려 이것은 직유일까. 세상은 눈에 보이는 형태로 제시된다. 그리고 이것이 인생이라고 목에 거칠게 들이댄다.

밤이 끝나는 곳.

그렇다면 이 여행 끝에는 무엇이 있을까……. 여로의 끝이라는 진부한 말이 있지만 이 여행에 끝이라는 것이 있기는 할까.

흐릿한 수평선마저 멀리서 흔들흔들 흔들리고 있다.

그것을 보고 희미한 불안을 느꼈다. 자신이 불안해한다는 것 자체가 마사하루의 마음을 뒤숭숭하게 흔들었다.

22 바다 위의 소녀 ─────────

그러고 보니 《바다 위의 소녀》라는 소설이 있었지, 아마.

프랑스 소설가 쥘 쉬페르비엘의 작품이었던 것 같은데 어떤 이야기였더라. 제목 그대로 바다와 소녀에 얽힌 환상소설인 건 확실한데.

그런 생각을 한 것은 두 번째 세션―이라고 내가 멋대로 이름을 지었다―이 그 어항 같은 라운지에서 우연히 시작되고 나서 시간이 조금 흐른 뒤였다.

우리 부부는 저녁은 함께 먹되 다른 끼니는 각자 알아서 먹기로 했기 때문에 나는 조식으로 카페에서 느긋하게 커피를 리필해 마신 뒤 다시 흡연실에 가서 담배를 음미하고 나서 이쪽으로 넘어왔다.

아무래도 어제는 긴장할 수밖에 없었지만 환영 파티 등으로 거의 하루 종일 함께 지낸 덕분에 다들 무척 친해진 것 같았다. 게다가 모든 멤버가 한 명도 빠짐없이 모여 있어 진풍경을 이루었다. 고즈에도 어제는 어떻게 진행하면 좋을지 다소 당혹스러워하더니 이제는 사람들이 자유롭게 대화하도록 내버려두기로 한 모양이다.

그런 까닭에 내가 라운지에 도착했을 무렵에는 모두 편안한 모습으로 환담을 나누고 있었다.

아무래도 주제는 '바다가 나오는 인상적인 영화, 혹은 좋아하는 영화'인 듯하다.

영화 관계자는 그런 이야기를 피하나 싶었지만 다들 즐겁게 이야기하고 있었다. 역시 그들은 뼛속까지 영화광인 것이다.

영화 평론가인 다케이 교타로는 《태양은 가득히》를, 그의 파트너인 고코노에 고지로는 《대모험》을 언급해 똑같이 알랭 드롱이 주연한 영화를 선택한 것이 재미있다고 해야 할지 호흡이 맞다고 해야 할지 모르겠다.

쓰노가에 다다시 감독은 의외로 《부활의 날》에서 등장인물이 보트를 타고 도쿄만을 향해 가는 장면을, 시미즈 게이코는 《청환기》를, 신도 요스케는 마지못해 《상과 하》를 언급했다.

마나베 아야미는 《셰익스피어 인 러브》의 마지막 장면이 인상적이었다고 한다.

마나베 시오리는 잠시 생각하더니 "최근에 본 것 중에는 샬럿 램플링이 나온 《사랑의 추억》이 좋더라"라고 말했다.

나도 바다가 나오는 영화를 생각하다 보니 《바다 위의 소녀》라는 제목이 문득 머리에 떠오른 것이다.

단편소설이었던 것으로 기억한다.

어슴푸레한 이미지. 수평선, 머리가 긴 소녀. 그런 것들이 저 멀리 뿌옇게 흐려 있다.

어떤 스토리였더라. 조금도 생각이 안 난다.

과거에 본 영화나 과거에 읽은 소설의 인상은 왜 이렇게 가물가물한 걸까.

어떤 것을 봐도, 읽어도 그 당시의 타이밍이나 순서로 인해 인상은 쉽게 바뀌고 다시 칠해진다. 결국 영화든 소설이든 자신이 머릿속에서 되새긴 이미지만 남고 그것이 '정말로' 본 것인지는 알 수 없다. 사람은 보고 싶은 것만 보고, 눈앞에 있는데도 보이지 않는 일도 많다. 반대로 보이지 않는 것조차 보고 만다.

이 불완전한 눈, 객관성을 얻지 못하고 어디까지나 주관적으로밖에 보지 못하는 비뚤어진 눈, 그런데 누구나 다 자기가 본 것이야말로 진실이라고 믿는 이 눈이야말로 우리를 저주받은 존재로 만들고 있지는 않을까.

바다 위의 소녀.

작게 터지는 거품 같은 어렴풋한 소녀의 이미지.

그것은 유령이었나? 아니면 누군가가 본 환영이었나?

눈앞의 영화 이야기는 어느덧 해난 사고 화제로 흘러가 당연히 사상 최대이자 가장 유명한 사고인 타이태닉호의 비극 이야기로 이어졌다. 이쪽도 많은 영화와 소설의 소재로 다루어졌다.

호화 여객선을 타고 있는 이상 적절하지 않은 화제인 것 같기도 하지만, 타이태닉호의 비극 이후 구명보트는 반드시 승선 인원수 이상 확보해야 한다는 철칙이 생겼기에 돌고 돌아 신세를 지고 있다고도 할 수 있다.

"……인어공주만 생각하면 아프더라."

느닷없이 그렇게 말한 것은 아야미였다.

타이태닉호 이야기에서 세이렌이니 유령선이니 하는 전설류의 이야기로 흘러가는 바람에 생각난 모양이다.

"아프다니, 어떤 의미에서? 육체적으로? 아니면 상황이나 설정 때문에 마음이 아프다는 건가?"

시마자키 와카코가 예리하게 질문했다.

"양쪽 다예요."

아야미가 진지하게 대답했다.

"인어공주에게 다리가 생기고 처음 걷는 장면의 묘사가 아직도 트라우마로 남아 있거든요. 어찌나 아파 보이던지, 어린 마음에도 아무리 왕자를 만날 수 있다 해도 이렇게 아픈 건 싫다고 생각했죠."

"나는 첫 경험이나 혹은 출산의 메타포인 줄 알았다니까."

"와카코 씨, 설마 인어공주를 처음 읽었을 때 그렇게 생각한 건 아니지? 도대체 몇 살 때 얘기야?"

그렇게 물은 것은 게이코였다.

와카코는 웃으며 손을 내저었다.

"그럴 리가! 그렇게 생각한 건 어른이 되고 나서야. 처음 읽은 건 유치원 때였는걸. 그때부터 그런 생각을 했다면 무섭잖아."

모두가 웃었다.

여성들은 벌써 공감대 형성이 다 되었는지 여자들끼리의 수다에 빠지기 시작했다.

이런 면에서 대체로 우리 남성들은 선수를 빼앗기곤 한다. 사회인이 된 첫 해에 들은 말이 떠올랐다. 여자는 직장에 사흘 만에 적응하는 반면 남자는 석 달이 걸린다고.

"동화는 다 잔혹해."

"그런데 그림 동화는 그림 형제가 민간에 전해져 내려오는 이야기를 모은 설화인데, 안데르센의 동화는 창작 동화잖아요. ……그,《행복한 왕자》도 안데르센인가?"

Q가 말했다.

"그건 오스카 와일드지."

아야미가 재빨리 정정하자 Q가 고개를 크게 끄덕였다.

"그것도 마찬가지잖아요. 어렸을 때 그 제비가 진짜 불쌍했는데. 남쪽 나라로 돌아가야 하는데 왕자가 자꾸만 부탁하는 바람에 제비는 결국 못 가고 죽어버리죠. 어휴, 잔인해, 기껏 왕자의 부탁대로 봉사를 했더니. 마지막에 제비가 왕자의 동상 발밑에서 쓸쓸히 죽어 있는 장면을 읽고 어린 마음에도 세상의 부조리에 망연자실했다니까요."

"네가 화난 건 제비라서가 아니지?"

교타로가 히죽대며 딴지를 놓았다.

물론 '제비'라는 말을 이용한 농담이지만 그 말고는 아무도 이런 농담을 할 수는 없으리라.

"흥, 아니거든!"

Q가 콧방귀를 뀌었다.

교타로는 평소에도 이런 식으로 그를 놀리는 모양이다. 미안하지만 확실히 Q에게는 일부러 쩝쩍대거나 놀려대서 화나게 하고 싶은 면이 있다. 반응 하나하나가 진지하고 열정적이라 놀리는 재미가 있다.

그건 그렇고 Q는 교타로에게 홀딱 반한 상태다. 그것을 전혀 숨기지 않는 점이 솔직하다고 해야 할지 안쓰럽다고 해야 할지 모르겠다.

오스카 와일드도 그렇고 안데르센도 결국 보상 없는 사랑을 믿지 않은 듯하지만 세상에는 대가를 바라지 않는 사랑도 있기는 하다.

Q를 보고 있으면 그런 감개가 끓어오른다.

아아, 세상은 아직 희망이 있다.

"세이렌, 유령선, 인어공주까지 나온 이상 나도 얘기를 해야겠군."

나는 그렇게 말하고 참전했다.

"너도? 뭐, 버뮤다 삼각지대 같은 거?"

아야미가 빈정대는 눈으로 나를 본다.

"그것도 좋겠지만 당연히 이거지, 메리 셀레스트호 사건."

모두가 왠지 납득 반, 기막힘 반으로 고개를 끄덕였다.

고즈에가 의미심장한 미소를 짓고 있는 것이 시야 한쪽에 보였다. 이것이 내 서비스임을 알아차린 것이다.

"Q, 무슨 사건인지 아느냐?"

교타로가 Q의 얼굴을 들여다본다.

"당연하지. 내가 오컬트 방송을 얼마나 좋아하는데."

"이게 오컬트인가?"

시오리가 끼어들었다.

"어쩌면 오컬트일지도."

아야미가 쿡쿡 웃었다.

Q, 제법 좋은 역할을 해주는군. 이 청년은 툭하면 긴장감을 조성하는 마나베 자매의 좋은 완충재 역할을 해줄 것 같았다. 아니, 마나베 자매뿐만이 아니다. 저주에 사로잡힌 멤버들 중에서 한 모금의 청량제 같은 존재가 되어줄 것이다. 그런 예감이 들었다.

"햐, 그걸 오컬트라고 말하는 Q군. 그럼 메리 셀레스트호 사건에 대해 설명해주겠어?"

나는 Q에게 미소를 지어 보였다.

"으음. 자세히는 모르지만 옛날에 미국에서 이탈리아로 떠난 배에 탔던 사람들이 마치 증발한 것처럼 다 사라진 사건이죠? 바다에 표류 중인 배를 발견해서 안으로 들어갔더니 음식을 먹다 만 흔적이 있고 식기에서 김이 피어올라서 조금 전까지 사람이 있었던 것 같다는 얘기였죠."

"네, 대체로 정답입니다."

나는 정중히 고개를 끄덕였다.

"옛날이라는 건 19세기 후반, 1870년대를 말합니다. 아직 돛단배. 무선 기술도 없고. 그래서 표류하는 배를 발견하기 전까지는 무슨 일이 일어났는지 아무도 몰랐던 겁니다."

"예나 지금이나 배가 귀중한데, 기능을 잃지 않은 배에 아무도 없다는 건 대단히 비정상적인 상태라네. 흔히 영화에서 보다시피 사고가 생기면 선장은 끝까지 남는 것이 보통이고, 옛날 배는 현재와는 비교도 안 될 정도로 화물을 운반하는 중요한 수단이었기 때문에 화물에 대한 책임도 막중하지. 항해 가능한 배를 방치하다니 웬만한 일이 아니고서야 있을 수 없는 일이야."

시마자키 시로가 내 설명을 보완해줬다. 괜히 편집자가 아니다.

"배에 탄 사람은 열 명이었습니다. 선장과 그의 처자식, 그리고 선원 일곱 명이었죠."

"《그리고 아무도 없었다》인 거네."

아야미가 중얼거렸다.

그렇다, 애거사 크리스티의 명작 《그리고 아무도 없었다》의 출간 당시 원제는 '열 명의 작은 검둥이들 Ten Little Niggers'이었다.

"11월 초순 뉴욕을 떠나 이탈리아 제노바를 향하던 메리 셀레스트 호가 포르투갈 앞바다에서 발견된 것이 12월 초순입니다. 배에 타보니 텅 비어 있었어요. 아무도 없는 상태로 배만 둥둥 떠 있었던 겁니다."

"그런데 음식을 먹다 만 흔적이나 김이 피어오르는 컵은 나중에 덧붙인 각색이었다는 설도 있던데?"

시오리가 끼어들었다.

이 잘나가는 만화가는 이런 사건까지 자세히 아는 모양이다.

나는 너그럽게 고개를 끄덕여 보였다.

"그런 것 같더라. 배가 워낙 난투의 흔적도 없이 멀쩡하니까 차츰 살이 붙다 보니 갑자기 승객이 사라졌다는 식으로 과장된 건 사실인 모양이야. 그런데 항해에 필요한 계기가 파손되었다는 기록은 남아 있어."

"그럼 역시 문제나 다툼이 있었던 걸까?"

"선장은 인품이 훌륭한 사람으로 선원들과 문제가 있었다는 얘기는 없어. 배에는 아내와 어린 딸도 타고 있으니 그 부분은 각별히 조심했을 거야."

"나는 사기라고 생각해. 화물이나 보험 관련 사기가 아닐까?"

와카코가 의기양양하게 말했다.

"그렇다기엔 화물이 남아 있었잖아요. 배가 가라앉은 걸로 해서 보험금을 탔다면 이해가 가지만 화물이 남아 있었고 승선원이 모조리 사라졌는데 보험금을 누가 타겠어요?"

아야미의 반박을 들으면서 나는 이어 말했다.

"참고로 화물은 대량의 알코올이었다고 합니다. 술이 아니라 공업용 알코올이요. 일설에는 선장이 대량의 알코올을 화물로 싣는 것이 처음이라 불안해했다고 해요. 실제로 불이 붙었거나 어떤 사고가 생겨서 위험하다는 판단하에 배를 버렸을 수도 있다고요."

"배에 작은 화재의 흔적이 있었어?"

"아니, 없었어. 그래서 그 설은 탈락이야."

"으음. 마음에 걸리는 건 역시 선장의 처자식이 배에 탔다는 건데. 선장과 선원들뿐이었다면 모두 배에 익숙한 데다 그야말로 위장 공작도 가능할 테지만, 처자식, 그것도 어린아이가 함께였다니 도무지 설명이 안 되는군."

"선원들은 그 후에도 발견되지 않았는가?"

쓰노가에 감독이 물었다.

"네. 단 한 명도 발견되지 않았습니다. 시신도 없었고요. 나중에 선원의 시신이 보트에서 발견되었다는 얘기도 있지만 DNA 감정이 없는 시대였으니 사실인지 알 도리가 없죠. 도시 전설처럼 전해지면서 살이 붙기는 했지만 배만 남겨놓고 열 명 전원이 사라진 건 사실입니다."

"어딘가에 살아 있었을 가능성은 없나."

신도가 중얼거린 뒤 말을 이었다.

"몰래 다른 배를 옮겨 탄 뒤 육지에 올랐을지도 모르지. 당시에는 신원을 속이는 것쯤은 쉬웠을 테니."

"그런데 그렇게 하는 이유를 전혀 모르겠다는 거죠."

나는 고개를 절레절레 흔들었다.

"왜 굳이 그런 성가신 일을 해야만 했을까요? 범죄자도 아니었고 무언가로부터 도망 중이었던 것도, 문제가 발생했던 것도 아닌데 말입니다. 오히려 화물을 방치한 채 사라지는 쪽이 더 중죄거든요."

"그렇지. 으음."

신도가 앓는 소리를 냈다.

그렇다. 메리 설레스트호 사건의 최대 수수께끼는 왜 사라졌는가, 그 이유다.

"다 같이 바다에서 수영을 하다 상어에게 잡아먹혔다든가 거대한 회오리바람에 휩쓸렸다든가 해적에게 당했다든가 하는 여러 설이 분분하지만 다 신빙성이 부족합니다."

"아까 항해계기가 파손되었다고 했는데, 확실한 건가?"

쓰노가에 감독이 나를 본다.

나는 반사적으로 손목시계에 손을 얹었다. 감독에게 받은 소중한 시계다. 당시 배 안에서 항해계기는 이 손목시계와는 비교도 되지 않을 만큼 중요했을 것이다.

"네. 여러 개가 전부 파손되었는데 인위적인 충격에 의한 것이었다고 합니다."

"그것참 이상하군."

쓰노가에 감독이 고개를 기울였다.

"인위적인 고장이라면 역시 문제가 발생했던 게 아닐까 싶네만. 적어도 누구 한 사람은 문제를 안고 있었다는 소리인데. 실제로 파손된 항해계기가 남아 있었다는 건 누군가 그걸 파손했다는 거 아니겠나."

"그나저나 항해계기가 파손되었다고 해서 배를 포기할까? 달리 방향을 알아내는 방법도 있고 베테랑 선장이라면 배를 떠나는 편이 더 위험하다고 판단하지 않나."

신도가 중얼거렸다.

다 같이 메리 설레스트호 사건으로 열띤 토론을 벌이는 것이 묘하게 기쁜 것은 내가 유치해서일까.

"당시에 구명보트는 있었어?"

고즈에가 내 쪽으로 몸을 내밀었다.

"물론이지. 그때가 조난율이 더 높았으니까."

"그럼 바다에 떨어진 게 아닌 이상 보트에 옮겨 탔을 가능성이 높네. 메리 설레스트호에 보트는 남아 있지 않았잖아."

"으음, 그건 모르겠는데."

그런 자료가 있었는지는 기억나지 않는다.

"나는 문제가 있었던 사람이 항해계기를 파손하고 다른 선원들을 죽였다는 설을 택하겠네."

쓰노가에 감독이 혼자 납득한 듯이 고개를 끄덕이며 계속했다.

"그게 가장 합리적이지. 선장에게 원한을 품은 누군가가 다른 사람들까지 말려들게 했을 게야. 선장이 없는 배가 항구에 도착하면 선원이 일을 저질렀다는 게 들통나지 않겠는가? 그래서 배를 버리고 도망친 게야. 그게 진실이네."

"혹은 선장의 인품이 훌륭하다는 말은 거짓이고 그래서 선원들이 반란을 일으켰을 수도 있겠어."

신도가 그렇게 말하자 쓰노가에 감독은 고개를 저었다.

"만약 선원들이 그런 이유로 반란을 일으켰다면 항해계기를 파손할 필요는 없다고 생각하네. 선장만 없앤 뒤 다 같이 항해하면 될 터. 계기가 파손되었다는 건 개인의 범행이라는 걸 뒷받침하지. 배가 항행 불능이 될 것을 알고 부순 거지. 요컨대 그놈은 처음부터 제노바에 접근하면 배를 버리고 보트를 타고 달아날 작정이었던 게야. 누군가가 악의를 품고 계기를 부수었네. 그로 인해 선내는 혼란에 빠졌을 터. 서로를 의심하고 경계하다 뿔뿔이 흩어진 틈을 타 한 명씩 공격했을 게야."

오오, 쓰노가에 감독도 제법 미스터리 마니아가 아닌가.

나는 감탄했다.

몰래 항해계기를 부수어 사람들에게 악의를 보여줌으로써 서로를 의심하게 만들다니, 그야말로 《그리고 아무도 없었다》의 세계가 아닌가.

그렇다면 메리 설레스트호 사건은 음모가 소용돌이치는 서스펜스의 세계, 고립된 공간에서 사건이 벌어지는 클로즈드 서클 미스터리라고도 할 수 있지 않을까.

"감독님 의견은 지극히 타당하지만 그럼 재미가 없잖아요."

아야미가 불만스럽게 말했다.

재미없다에 방점을 찍은 것이 그녀답다.

"더 재미있는 설은 어떤 건데?"

나는 아야미의 의견이 궁금했다.

"재미있기로는 아까 터무니없는 설로 나왔던 바다에서 수영을 하다 상어한테 잡아먹혔다는 얘기지. 그 비슷한 실화를 바탕으로 영화까지 만들어졌는데 알려나? 젊은이들이 요트를 타고 바다로 나갔다가 다 같이 신나서 바다에 풍덩 뛰어들었는데, 알고 보니 요트에 아무도 남아 있지 않았던 거야. 그때 상어가 나타나서 아수라장이 되었다는 얘기인데."

"나 그 얘기 알아요. B급 패닉 호러 영화로 만들어졌잖아요."

Q가 고개를 끄덕이며 이어서 말했다.

"당연히 누군가 요트에 남아서 끌어올려줄 줄 알았는데, 한 명도 빠짐없이 바다에 뛰어드는 바람에 아무도 요트에 올라가지 못하게 되었대요. 그렇게 멍청할 수가 있나 싶긴 해도 실제로 있을 법한 일인 것 같아요."

그 상황은 어이가 없지만 확실히 무섭기는 하다. 수영장에서 나올 때도 손잡이가 없으면 진이 빠져 힘든데, 하물며 바다 속에서 배로 올라가는데 배 위의 도움이 없으면 불가능할 것 같다.

"그런데 아무래도 19세기에 엄마가 아이를 안고 해수욕을 할 것 같지는 않아."

"반대로 처음에 바다에 떨어진 게 아이였다면?"

와카코의 말에 게이코가 대답했다.

"처음에 실수로 아이가 떨어졌어. 그래서 구하려고 한 명씩 바다에 뛰어들다가 상어한테 당하는 거지."

"그럼 항해계기는 어쩌다 파손이 되었을까?"

"그건 모르겠네. 다른 일 때문일 것 같은데."

게이코는 고개를 흔들며 쓴웃음을 지었다.

"흐음, 메리 셀레스트호 사건은 그런 얘기였구나."

Q가 중얼거렸다.

"그렇지. 여전히 미해결인 것은 확실해. 이 사건을 모티브로 해서 코난 도일을 비롯해 여러 작가들이 소설을 썼지."

"재미있네요. 소설을 그렇게 쓰기도 하는구나. 까마득히 먼 옛날 사건을 가지고 지금도 이렇게 얘기를 나누다니 왠지 신기해요."

Q가 눈을 깜빡이는 것을 보다 보니 눈에서 뿜어 나오는 굉장한 힘에 나까지 어질어질할 지경이었다.

아니, 나는 그런 성향은 없는데.

"어느 날 갑자기 사라져서 살았는지 죽었는지도 모른다, 라."

Q는 눈을 게슴츠레하게 뜨고 천진하게 중얼거리고는 이렇게 말했다.

"꼭 메시아이 아즈사 같네요."

23 얼굴 ──────────

완전히 방심하고 있었다.

방심이라는 말이 적합한지는 잘 몰라도 그때 방심하고 있었구나, 하고 느꼈다.

두 번째 모임도 편안하고 스스럼없는 분위기가 되었으니 일단 이 자리에 익숙해지고 나면 크게 의식할 필요 없이 요점이나 신경 쓰이는 부분을 체크하고 메모하기만 하면 되었다.

오직 상대에게만 집중하는 일대일 인터뷰와 달리 이런 좌담회 기록은 집중하는 지점이 다르다. 연못에 낚싯줄을 드리운 상태와 같다고 할 수 있다. 수면에 주의를 기울이며 낚싯줄이 팽팽히 당겨지기를 기다린다. 당겨지면 즉시 반응해야 한다. 긴장을 풀고 있되 태세는 갖추어둔다.

누가 무슨 말을 했는지, 키포인트가 되는 말…… 대화가 흘러가는 와중에 여기저기서 떠오르는 말이나 마음에 걸리는 말을 받아쓴다. '누가' 한 말인지가 중요하고 나중에 봤을 때 대화의 흐름이 재현되는 메모가 이상적이다. 메모를 잘했을 때는 많은 대화 내용을 기억해낼 수 있다.

내가 기록자로 참석했다는 것을 모두가 알면서도 의식하지 않아준 덕분에 이 자리의 일부가 되었다는 실감이 들었다. 이런 상태가 가장 마음이 차분하다. 모두의 대화를 한 발 물러난 곳에서 듣고 이 대화 너머에 어떤 그림이 펼쳐져 있는지 상상할 때가.

마사하루가 메리 셀레스트호 사건에 대해 이야기하고 있는 동안 (의도한 것인지 아닌지는 몰라도 그가 미스터리 이야기에 꽃을 피워준 덕분에 조금 쉴 수 있어 고마웠다) 나는 전혀 상관없는 생각을 하고 있었다.

오래 전 은행에 근무했을 때의 동료에 관한 것이다.

몸이 호리호리한 여성으로, 당시 이십 대 후반이었던 것 같다. 나보다 2년 선배였다.

좀 특이한 사람이었다. 뭐가 어떻게 특이한지 물어보면 설명하기는 힘들다. 젖빛유리 너머로 뭔가 눅진하고 불온한 것이 숨어 있는, 그런 느낌.

겉보기에는 온실 속의 화초처럼 얌전하고 일도 척척 해치우는 유능한 사람이지만, 종종 '욱하는' 성격이 있었다. 그런데 지뢰가 무엇인지 도통 알 수가 없었다. 그저 일상적인 잡담을 나누고 있었는데 갑자기 표정이 싹 변하는 것이다. 그렇다고 화를 내거나 언성을 높이는 것도 아니었다.

다만 알 수 있었다. 선배가 뭔가에 꿈틀 격분하는 순간을.

나만 알고 있는 줄 알았는데 선배가 퇴사한 뒤 다른 동료들도 다 알고 있었다는 것이 밝혀졌다.

선배의 눈이 삼백안이 된다는 것을.

그 전까지 '삼백안'은 사전 속에만 있는 단어인 줄 알았는데, 선배를 보고 정말 그런 상태가 될 수 있다는 것을 처음 알았다. 정말 검은 눈동자 아래까지 흰자위가 보이는구나, 하고 엉뚱한 데서 감탄했다.

그리고 확실히 무서운 인상을 준다는 것도 알았다.

선배는 갑자기 은행에 출근하지 않게 되더니 결국 해고를 당했다. 그러고 나서 뒤늦게 모두가 선배에게 똑같은 것을 느끼고 있었다는 것이 밝혀졌다.

그 사람은 갑자기 욱하는 면이 있어.

맞아, 그런데 왜 그러는지 이유를 모르겠단 말이지.

그래그래, 무슨 말실수를 했나 싶어서 대화 내용을 생각해봐도 짐작 가는 게 없는 거야.

애초에 속 깊은 얘기를 하는 것도 아니고 해봤자 잡담인데, 비위에 거슬리는 내용이 있을 리가 없잖아.

결정적으로 눈이 무서워, 그 한순간에.

맞아. 괜히 내가 다 움찔한다니까.

소설을 쓰기 시작하면서 다양한 인물에 대해 쓰게 됐다. 그중에는 괴상한 인물도 있지만 이제 와서 생각하면 특이한 사람은 오히려 현실에 훨씬 더 많았다. 직장에서 같이 근무한 사람을 떠올려봐도 마치 당연하다는 듯 평범한 직장에 특이한 사람이 더 많았다. 심지어 그들은 하나같이 자신이 평범한 줄 알고 있다.

무엇보다 그런 사람들은 모순덩어리다. 그들을 소설로 쓰면 '앞뒤가 맞지 않는다', '일관성이 없다'라는 비난을 받겠지만, 실제로 무슨 생각을 하는지 도통 알 수가 없는 행동을 하는 사람은 많다.

그런 것을 막연히 생각하고 있었다.

선배 얼굴은 왠지 가끔 불쑥 생각난다. 언제나 그 '삼백안'이 눈에 선하지만 지금 마음에 걸리는 것은 선배의 이름이 생각나지 않는다는 것이다.

선배 이름이 뭐였더라. 비교적 흔한 이름이었다. 그야말로 평범하고 일반적인 이름.

어디 보자, 흔하디흔한 사토도 다카하시도 아니면서 평범한 이름…….

그때 Q짱이 내뱉은 것이다.

"꼭 메시아이 아즈사 같네요."

흠칫 놀라서 그의 얼굴을 봤다.

그는 이어서 이렇게 말했다.

"그나저나 메시아이 아즈사는 어떻게 생겼어요?"

이번에는 모두가 흠칫 놀란 눈치였다. Q짱도 그것을 느꼈는지 "엥? 왜요? 내가 뭐 이상한 말 했어요?" 하고 모두의 얼굴을 훑어본다.

"같이 일했는데 사진 같은 것도 없어요? 그런 소설을 쓰는 사람이면 왠지 백옥 같이 하얀 피부에 가녀린 몸매를 지닌 귀하게 자란 아가씨 이미지인데 말이에요."

Q짱이 천연덕스럽게 말했다.

사진. 메시아이 아즈사의 얼굴.

왠지 이름이 기억나지 않는 옛 직장 선배의 삼백안이 눈에 아른거린다.

나도 메시아이 아즈사의 얼굴을 본 적은 없지만 무심코 메시아이 아즈사의 이미지를 머릿속에 그려보려고 시도한다. 그리고 그 얼굴에 선배의 얼굴이 딱 끼워진다.

"난처하군. 사진은 한 장도 없고 만난 적은 몇 번이 전부라 지금은 모자의 인상밖에 남아 있지 않네."

시마자키 시로가 머리를 긁적였다.

이 중에서 메시아이 아즈사를 직접 만난 적이 있는 것은 그와 쓰노가에 다다시 감독뿐이다.

"어떤 사람이에요?"

Q짱이 적극적으로 물었다.

"굳이 따지자면 통통한 편이었지. 항상 빈틈없이 화장을 하고 모자를 깊이 눌러써서 얼굴이 잘 기억나지 않아."

시마자키가 머쓱한 표정으로 천천히 대답했다.

"예뻤어요?"

솔직한 질문에 시마자키는 쓴웃음으로 앓는 소리를 냈다. 그 목소리로 보아 절세미인은 아닌 모양이다.

"기품이 있었지. 좋은 가정환경에서 자란 느낌이었어."

"못생겼나 보네요?"

"아니. 분위기는 미인이었네."

"으음, 이도 저도 아니네요."

실망한 듯한 Q짱의 표정과 대답에 모두가 웃었지만 어딘지 경직된 웃음소리였다. 왜일까. 메시아이 아즈사의 얼굴이라는 말만 들어도 마음이 동요하는 것은.

"그 여자, 추형공포증이 있는 거 아닌가."

그렇게 중얼거린 것은 다케이 교타로였다.

"그게 뭔데?"

Q짱이 되물었다.

"추형공포증. 젊은 여자들이 유독 자신의 외모가 추악하다고 믿는 심리를 말하지. 남이 봤을 때는 오히려 미인 축에 속하는데도 본인은 자신이 진심으로 못생겼다고 믿는 거다."

"아, 그거, 들어본 적 있어. 가수 A가 그거라던데? 사람들 앞에 나설 만한 얼굴이 아니라면서 방송 촬영 전에 아무도 대기실에 못 들어오게 하고 혼자 몇 시간씩 틀어박혀서 화장을 한대."

나도 그 소문을 들은 적이 있다. A는 젊은 애들이라면 누구나 동경하는 여자 가수로, 충분히 예쁘고 몸매가 훌륭한데도 정작 본인은 반대로 믿고 있다고 한다.

추형공포증. 신체변형장애라고도 하는 모양이다. 일종의 신경증인 것은 분명하다.

"왜 그렇게 생각하세요?"

마나베 아야미가 물었다.

"허허, 나도 젊어서는 그랬으니 말일세."

교타로가 선뜻 대답했다.

"말도 안 돼, 선생님이 그랬다고? 놀랄 만큼 예쁘게 생겼었는데 왜?"

Q짱이 넉살 좋게 말했다. 그러고는 설명해야겠다는 듯이 모두의 얼굴을 죽 훑는다.

"선생님이 젊었을 때 사진을 본 적이 있어요? 엄청난 미청년이었거든요. 제라르 필리프처럼."

"Q, 비유가 예스럽군."

쓰노가에 감독이 그쪽에 반응했다. 확실히 저렇게 젊은 나이에 제라르 필리프의 이름을 대다니 제법 드물긴 하다.

교타로는 웃어넘겼다.

"하하. 《밤이 끝나는 곳》에 나오지 않은가, 자기 얼굴이 자기 것이 아닌 것 같다는 대목이. 거울 속에 보이는 모습이 실제와는 다르다고 느끼는 부분. 그 대목이 마음에 걸리는군그래."

"흐음."

Q짱은 얌전히 듣고 있다.

"그런데 선생님. 추형공포증은 어느 정도 아름다운 사람이기 때문에 시달리는 것 같아요."

아야미가 담담히 말했다.

"아까 A처럼 원래 예쁜 사람이 완벽을 추구하느라 끙끙대며 씨름하는 거 아닐까요? 혹은 자신이 추구하는 아름다움이 아니거나, 좋아하는 사람이 돌아봐주지 않은 걸 그 탓으로 돌리는 거죠. 정말 못생겼다면 '나는 못생겼어'라는 말은 입이 찢어져도 못 하거든요. 내색도 못하죠. 그렇게 생각한다는 것도 들키고 싶지 않은걸요. 왕따와 마찬가지예요. 정말 왕따를 당하고 있다면 '나 왕따 당해'라는 말은 절대로 못 하죠. 말하기 싫어요. 부모도 몰랐으면 해요. 그렇지 않아요?"

"그 말인즉 메시아이 아즈사가 추녀였다는 거예요? 역시?"

Q짱이 아무렇지도 않게 물어서 또다시 모두가 헛웃음을 흘렸다.

"추녀는 아니었네. 미녀도 아니었지만."

시마자키가 어깨를 으쓱했다.

"부당하게 '미인'으로 추켜세워지는 사람들, 이라는 농담을 들은 적이 있는데요. 첫 번째가 살인 사건의 피해자, 두 번째가 여성이 별로 없는 직장의 전문직 여성이랍니다."

그렇게 말한 것은 마사하루였다.

절묘한 타이밍이라 해야 할지. 이번에는 모두가 진짜로 웃었다. 그의 이런 빗나가지 않는 유머가 고맙다.

"그건 그렇고, 한번 여쭤보고 싶었는데 말입니다. 여배우라는 직업에서 외모가 차지하는 비중은 얼마나 됩니까?"

마사하루가 시미즈 게이코에게 물었다.

청 재킷과 몸에 딱 붙는 스패츠. 캐주얼한 차림의 시미즈 게이코는 갑자기 마이크가 넘어온 것을 순간 알아채지 못했는지, "그걸 나한테 묻는 거야?" 하고 농담하며 쓴웃음을 지었다. 그러고는 의자에서 일어났다.

"어디 보자."

그렇게 말하고 찻잔을 들었다.

"이 업계에 처음 들어왔을 때는 온 사방이 예쁜 사람 천지라 콤플렉스를 느끼기도 했고 경쟁하느라 애쓰기도 했는데, 여배우로서의 매력은 외모가 전부가 아니거든. 미인이면 무조건 인기가 많다는 보장이 없다는 거, 다들 알고 계시죠? 중요한 건 매력과 개성이 있느냐 하는 거야."

게이코가 차를 한 모금 마셨다.

"업계에서 일하다 보면 다른 배우의 외모 같은 건 관심 밖이 돼. 예쁜 게 당연하기도 하고 어쨌든 상품이니까 유지 관리 때문에 바쁘기도 하거든. 그보다 더 신경 쓰이는 건 나와 캐릭터나 쓰임새가 겹치는 배우야. 분위기나 맡는 캐릭터가 비슷한 사람은 신경이 쓰이고 경쟁심도 솟아. 아름다움에도 여러 가지가 있어서 배우라는 일의 성격상 무의식중에 각자의 영역에서 살아남으려고 하니까 나와 비슷한 역할을 맡는 사람은 신경이 쓰이지. 단순히 예쁘다는 것만으로는 전혀 신경 쓰이지 않아. 특히 이 나이쯤 되면 더 그렇지."

게이코는 어깨를 살짝 으쓱했다. 솔직하고 시원시원한 말투에 호감을 느꼈다. 요즘식으로 말하면 타고난 이해력이 있다고 할까. 선천적인 총명함을 느낀다.

"다케이 선생님은 추형공포증이라고 하셨지만 제가 봤을 때는 아름다움과 추함의 문제라기보다 흔히 정체성이라고 하죠, 그쪽에 대한 응어리를 느꼈어요,《밤이 끝나는 곳》에서."

게이코가 혼잣말하듯 덧붙였다.

"오호, 정체성이라."

교타로가 놀리듯이 말했다.

게이코는 선뜻 고개를 끄덕였다.

"네, 정체성이요.《밤이 끝나는 곳》의 등장인물은 모두 뭔가를 숨기면서 누군가를 연기해요. 주인공도 자신이 겉보기와는 다르지 않을까 항상 의심하고, 실제로 생각지도 못한 사람이었다는 걸 알게 되잖아요. 자기 자신이 누구인지 알지 못하는 인간의 얘기라고 생각해요."

그야말로 '연기'를 직업으로 삼고 있는 사람의 감상이라는 생각에 모두가 경청했다.

노트에 '정체성', '연기하는 등장인물'이라고 적었다. 혹시 몰라 발언자의 이름도 표시했다.

"그 점이 메시아이 아즈사와 겹친다는 거네요?"

아야미가 확인하자 게이코는 엷은 미소를 머금었다.

"글 쓰는 분들은 모두 모순적이에요. 자신이 쓴 글을 아무에게도 보여주지 않고 혼자만의 보물로 간직하고 싶은 마음과 모두에게 보여주며 과시하고 싶은 마음이 항상 싸우고 있죠. 메시아이 씨도 그렇지 않았을까요? 그런 모순에는 창작자로서의 감정뿐만 아니라 개인적인 사정도 얽혀 있는 것처럼 느껴졌거든요."

말투로 보아 남편인 쓰노가에 감독에게 하는 말처럼 들렸다.

쓰노가에 감독은 각본은 물론이고 평론까지 직접 써서 영화계 제일의 지성파로 통한다. 그런 감독을 곁에서 오랫동안 지켜본 소감이리라.

동시에 아야미와 시오리도 자신을 향한 말이라고 느끼고 있을 터다.

그리고 나도. 나도 나에 대해 잠시 생각하고 둔한 욱신거림 같은 것을 느꼈다. 글을 쓴다는 것, 그로 인한 모순. 발표하기 싫은 마음과 발표하고 싶은 마음과.

내가 과연 쓸 수 있을까?

메시아이 아즈사에 관한 글을, 저주받은 영화에 관한 글을.

"메시아이 아즈사의 얼굴을 몰라서 다행이다."

마사하루가 중얼거렸다.

"어째서? 궁금하지 않아? 나는 알고 싶고 가능하면 만나보고 싶었는걸."

아야미가 마사하루 쪽으로 몸을 내밀었다.

"모르니까 이런저런 상상을 자유롭게 할 수 있는 거지. 아마 다들 저마다 각자의 메시아이 아즈사의 이미지가 구축되어 있을걸. 나는 왠지 오카모토 가노코 계열의 강렬한 얼굴을 상상하고 있지만."

"오카모토 가노코라니!"

마나베 시오리가 웃음을 터뜨렸다.

마사하루는 불끈 화가 치민 듯하다.

"시오리 누나도 있지 않아? 메시아이 아즈사를 모델로 만화를 그린다면 어떤 이미지로 할 거야?"

"만화로 그린다라……."

시오리가 갑자기 눈을 이리저리 굴렸다.

순간 어제저녁 레스토랑에 들어왔을 때 지은 표정이 떠올랐다. 그때 그녀는 도대체 무엇을 봤던 걸까?

"그러게, 생각해본 적이 없네. 메시아이 아즈사의 얼굴이라."

시오리가 고개를 갸웃거린다.

"신기하네. 우리 둘 다 메시아이 아즈사의 열렬한 팬이자 만화가인데 만화로 그려봐야겠다는 생각은 못 했어. 해볼 만할지도 모르겠어."

그렇게 말하는 아야미와 얼굴을 마주 본다.

"어떤 얼굴일까."

아야미가 눈을 반짝였다.

시오리는 냉정한 표정 그대로 머릿속에서 상상하는 것 같았다.

"나라면 평범하고 밋밋한 얼굴로 그릴 거야. 특징이 거의 없는 얼굴. 쌍꺼풀 없는 눈에 약간 부기 있는 얼굴이려나."

"메시아이 아즈사, 외까풀이었어요?"

아야미가 시마자키에게 물었지만, 그는 전혀 예상치 못한 질문이었는지 잠시 생각하다 단념한 듯이 고개를 저었다.

"기억나지 않는군. 얼굴을 찬찬히 본 적이 없으니 말이야. 몇 번 만났는데도 내 상상 속에서도 얼굴 부분이 뻥 뚫려 있네."

의외로 그럴지도 모른다.

매일 보는 사람인데도, 함께 일하는 사이인데도 유독 기억나지 않는 얼굴이 있다. 혹은 한때는 구석구석 알고 있는 얼굴이라고 생각했는데 어느새 얼굴 부분에 구멍이 뚫려 있어 생각나지 않는 얼굴도 있다.

그런 생각을 하는데 순간 전남편의 얼굴이 떠올랐지만 웃고 있는 흐릿한 인상만 있을 뿐 자세한 얼굴은 확실치가 않았다. 기억 속에는 젊은 시절의 얼굴밖에 없고 지금은 어떤 얼굴이 되었는지 상상도 되지 않는다.

그리고 다음 순간 또다시 옛 직장 선배였던 그녀의 삼백안 얼굴이 머릿속에 떠올랐다.

선배가 찰나에만 보였던 이질적인 표정.

그러나 역시 이름은 생각나지 않는다. 이름은 생각나지 않는데 얼굴은 생각난다. 이름은 생각나는데 얼굴이 생각나지 않는다. 나는 어느 쪽이 더 중요할까? 기억되는 입장에서는 어느 쪽이 더 좋을까?

"모든 사람들이 한 장의 그림이나 사진만으로 기억하는 얼굴도 있지요. 굉장하다고 생각하지 않습니까? 전 세계 사람들이 그 이미지로만 알고 있는 겁니다. 베토벤이나 슈베르트처럼 말이에요."

마사하루가 동의를 구하듯 주위를 둘러본다.

"음악실에 걸린 초상화 말이구나."

"오다 노부나가나 도쿠가와 이에야스도 그렇지."

"최근에 오다 노부나가인 줄 알았던 초상화가 다른 사람의 것이었다는 설, 있지 않나?"

"나쓰메 소세키와 아쿠타가와 류노스케."

"그 사진만 보면 성격이 신경질적일 것 같다니까. 가와바타 야스나리도."

실없는 말이 오가고 있다.

나는 여전히 옛 직장 선배의 얼굴을 머릿속에서 지워내지 못하고 있었다.

왜 이제 와서, 이 배 위에서, 이 장소에서, 선배의 얼굴을 떠올렸을까. 도대체 무엇 때문에 연상되었을까? 무슨 필연성이 있어서?

그런 생각을 하다 문득 마사하루가 '필연성'이라는 말에 민감하게 반응한 것이 떠올랐다.

그때 그 깜짝 놀란 듯한 충격을 받은 듯한 얼굴.

왜 그랬던 걸까?

어제 마사하루의 얼굴, 어젯밤 시오리의 얼굴.

그렇다면 내가 생각한 메시아이 아즈사의 얼굴 이미지는?

그렇게 생각해보지만 마사하루가 말한 오카모토 가노코와 시오리가 설명한 밋밋한 얼굴이 흐릿하게 떠올라 내 상상 속 이미지가 잘 잡히지 않는다. 이제껏 메시아이 아즈사의 얼굴을 상상한 적이 없었나? 그럴 리 없다. 나 혼자 막연히 품어온 얼굴의 이미지가 있을 터인데.

이상하게 초조함이 느껴졌다.

나의 메시아이 아즈사의 얼굴을 만들어야 한다. 그러지 못하면 이 책을 쓰지 못할 것 같은 기분이 들었다.

그런 불길한 예감이 어렴풋이 마음을 스쳤다.

"정말 메시아이 아즈사의 사진이 한 장도 없습니까? 편집부에도 남아 있지 않은 겁니까?"

마사하루가 물었다.

"한 장도 없네. 본인이 워낙 사진 찍기를 싫어하기도 했고 여러 사람과 함께 만나는 것도 싫어했던 만큼 사진을 찍을 길이 없었거든."

"그래도 어렸을 때 사진은 있을 것 같은데요. 상경하고 나서야 그렇다 쳐도 어려서 유복한 가정이었으면 사진관에서 가족사진이나 아이 사진을 찍을 텐데 말입니다."

"사진…… 사진, 이라. 그러고 보니."

교타로가 불쑥 중얼거렸다.

그가 말하면 '사진'이 영화를 가리키는 말로 들렸다. 정말 신기한 노릇이다.

"Q, 네가 갖고 있는 그 사진을 꺼내려무나."

청년이 의아한 얼굴을 하고 묻는다.

"그 사진이라니?"

"왜 있잖느냐, 네가 정기권 지갑에 넣고 다니는 거 말이다."

"그걸 왜?"

"마침 생각이 났거든."

Q짱은 뭐라고 투덜거리면서 곁에 있는 가죽 토트백 속을 뒤적거렸다. 항상 휴대하고 다니는 가방으로, 아무래도 교타로의 약 종류도 들어 있는 듯했다.

나는 눈앞에 나란히 앉아 있는 나이 차 많이 나는 커플을 새삼 눈여겨봤다.

물론 노골적인 시선이 아니라 평소 하던 대로 조금 떨어진 곳에서 자연스럽게 관찰하는 식으로.

정말 손주뻘 정도가 아니다. 교타로가 정확히 몇 세인지는 모르지만 아마 1920년대 출생이지 않을까.

이렇게 보면 장수한다는 것은 신기한 일이다.

내 친구 중에 '할머니가 메이지시대(1867~1912) 출생'인 친구가 있었는데, '메이지 여자'라는 말을 들을 때마다 마음이 싱숭생숭했던 것이 기억난다.

수첩을 꺼내 뒤쪽을 넘겨봤다.

스케줄 관리용 시판 수첩의 권말에는 대체로 연령 조견표가 붙어 있다. 생년의 연호와 서력, 띠가 일람표로 만들어진 이 표에는 메이지시대의 끝 무렵도 포함되어 있다. 메이지 출생은 이제 여기서만 볼 수 있는 생년인 것 같다. 그래도 어렸을 무렵 나이를 따질 때는 서력보다 '쇼와(1926~1989) 몇 년'이라는 말을 썼지만 헤이세이(1989~2019) 이후, 특히 21세기에 들어서는 서력이 주류가 되었다.

연속된 인생을 누덕누덕 깁듯이 기억하고 기억된 시간 속에서 살아가는 불가사의함.

자신의 인생을 돌이켜봐도 누군가 '그 시대'라고 말하는 것을 들었을 때 전혀 실감할 수 없다. 시대를 상징하는 사건이 반드시 자신의 기억과 연결되어 있다고는 할 수 없고, 그저 어렴풋이 세간의 분위기를 기억하고 있을 뿐이다. 돌이켜봤을 때 역사라는 필름에는 시대의 웃물만이 새겨져 그 한 가지 빛깔만이 기억으로 남는다.

교타로의 경우 청년 시절에 태평양전쟁의 종결을 목격했을 뿐만 아니라 제2차 세계대전이 끝난 뒤 일본의 부흥을 목격한 것은 물론 고도 성장기와 거품경제의 붕괴까지 접했으며 현재에 이른 것이다.

그는 무시무시한 기억력의 소유자로 유명하다. 난생처음 본 영화부터 지금까지 본 영화는 한 편도 빠짐없이 구체적인 부분까지 몽땅 기억하고 있다고 할 정도다.

저 두 개의 눈이 여기에 있는 사람은 아무도 모르는 광경을 목격했고 아무도 모르는 시대를 경험했다고 생각하면 묘한 기분이 든다.

아흔을 앞둔 나이에도 현역에서 지휘 활동을 한 마에스트로가 한 말이 떠올랐다.

살아남았으니까. 이렇게까지 오래 살았기 때문에 성공할 수 있었다. 오래 산 덕분에 수없이 많은 지휘를 할 수 있었다. 지휘를 많이 할수록 실력이 느는 것은 당연하다. 경쟁자들은 다 죽었다. 그래서 이렇게 이름을 남길 수 있었던 것이다.

살아남는다는 것은 그것만으로도 어떤 의미에서는 승리인 것이다.

교타로는 영화에 대한 해박한 지식을 왕성한 집필 활동을 통해 저술로 남기고 있다. 살아 있는 사전이란 그야말로 그를 가리키는 말로, 이런 사람이 동시대에 존재한다는 것 자체가 기적이다. 이제 교타로 같은 사람은 두 번 다시 나타나지 않으리라.

Q짱이 정기권 지갑을 꺼내 그 속을 교타로에게 보여줬다.

같이 사진을 들여다보는 모습이 오랜 세월을 함께 지낸 부부처럼 자연스러워서 놀라지 않을 수가 없었다.

교타로에게는 이전에도 각 시대를 함께 지낸 파트너가 여럿 있었을 것이다. 그리고 현재 함께 있는 것은 고도 성장기도 거품경제도 알지 못하는 순수한 아기 같은 청년이다. 이런 파트너와 함께한다는 것은 어떤 걸까. 애초에 함께하고 싶다는 생각이 드는 걸까.

지금의 내가 남고생이나 남대생과 교제하는 모습을 상상해본다.

무엇보다 연애 감정을 느낄 수 있을지가 의심스럽다. 기껏해야 '멋진 남자애네' 하고 생각하는 것이 고작이라 연애 대상이 된다고는 생각하지 않는다. 만약 연애 대상으로 삼아야 한다 해도(그런 상황이 과연 있을까 싶지만) 처음부터 관계를 쌓기는 번거롭다. 게다가 상대는 인생 경험이 부족한 어린아이인 만큼 나름대로 교육도 해야 한다. 생각만 해도 귀찮다.

그뿐만 아니라 젊은 남자를 연애 대상으로 여긴다는 양심의 가책, 꼴사납다는 생각 때문에 거부감을 느낄 것이다. 교제하기 전부터 주변에서 "아줌마가 젊은 남자에 미쳐서"라든가 "남사스럽게 말이야"라는 식의 자극적인 말로 흥보는 모습만 떠오른다.

그에 비해 눈앞의 두 사람은 참으로 자유로워 보인다. 자신에게 솔직해 보인다.

어느덧 그들을 경탄의 눈길로 보고 있었다는 것을 깨달았다.

그만큼 그들의 연애는 순수한 것이다. 서로 떨어질 수 없다는 것을 인정하고 함께 살아가는 이유, 그것은 서로 사랑하기 때문이다. 사랑은 그것만으로 충분한 이유가 된다.

과연 그럴까, 잘 믿기지가 않는다. 좋아하니까 함께 있다. 함께 있고 싶으니까 둘이서 산다. 사랑이라는 것이 그런 거였나?

경탄하는 한편 너무 솔직하고 타산이 없는 모습에 괜히 질려하고 경멸하는 나도 있다. 경멸이라니 이 무슨 말도 안 되는 감정이람. 질투와 부러움의 이면일까.

"이거라네."

교타로가 Q짱의 정기권 지갑 속에서 꺼낸 사진을 모두에게 보여줬다.

사진 속에는 그의 젊은 시절 모습이 담겨 있었다.

젊다고는 해도 오십 대 후반에서 육십 대 정도의 사진이다. 아직 휠체어도 지팡이도 사용하지 않은 시절. 영화 세트장 내부인지 주위에 스태프로 보이는 사람들이 있다. 셔츠 차림의 교타로가 그답게 서글서글한 미소를 짓고 찍혀 있는 상반신 사진.

"앗? 이거, 시라이 사단의 현장이군요."

쓰노가에 감독이 사진을 들여다보며 말했다.

"맞네."

교타로가 고개를 끄덕인다.

"설마 《밤이 끝나는 곳》의 촬영 현장입니까?"

"그렇다네."

"어라? 선생님께서 현장에 오신 적이 있었던가?"

"있지. 근처 호텔에 잡지 대담을 하러 왔다가 잠깐 짬 내서 들렀네."

"그렇습니까? 전혀 기억나지 않는군요."

쓰노가에 감독이 머리를 긁적인다.

"아주 잠깐이었으니까. 시라이 감독과 자네가 촬영 중이길래 인사도 제대로 못 했네."

"그것참 실례가 많았습니다. 그런데 이 사진은 왜 보여주시는 겁니까?"

"이 사진, 그 여자가 찍은 거라네."

교타로는 담담히 말한 뒤 사진을 향해 턱짓을 했다.

"그 여자라 하시면?"

"그래, 메시아이 아즈사."

모두가 "네에?!" 하고 놀라면서 서로 짠 듯이 동시에 몸을 내밀었다.

"정말입니까? 아니, 어떻게?"

"나야 모르지. 한데 그 여자가 먼저 말을 걸어왔네. 얌전한 듯하면서도 조금 흥분한 말투로 말일세. '다케이 교타로 선생님이세요? 저는 팬입니다'라면서 이름을 대더군."

"메시아이 아즈사가 카메라를 갖고 있었던 겁니까?"

"그래, 라이카에서 나온 좋은 카메라를 갖고 있더군."

"의외네요."

아야미를 비롯해 모두가 눈을 동그랗게 떴다.

"이게, 그녀가 찍은 사진이라고요?"

사진 찍기를 싫어하는 메시아이 아즈사. 본인의 사진은 한 장도 남기지 않은 메시아이 아즈사.

그런 그녀가 '찍은' 사진이 이렇게 눈앞에 나타난 것에 모두가 믿을 수 없다는 모습이었다.

"그래서, 이 사진은 어떻게 받으신 겁니까?"

쓰노가에 감독이 물었다.

"가져왔더군."

교타로는 아무렇지도 않다는 듯 대답했다.

"메시아이 아즈사 본인이 말입니까?"

"그래."

"세상에. 어디로요?"

"T호텔."

"선생님이 그곳에 사신다는 걸 알고 있었던 거군요."

"그런 모양이네."

교타로가 도쿄 아카사카의 노포 호텔 객실에서 거주한다는 것은 업계 내에서는 널리 알려져 있다. 그는 그곳에서 시사회에 가거나 라운지에서 원고를 쓰고 레스토랑에서 대담을 하기도 한다. 메시아이 아즈사는 누구에게 그 사실을 들었을까. 출판 관계자일까 영화 관계자일까.

"사진을 찍은 날로부터 한 달쯤 지나서였나. 어느 날 호텔에 찾아왔더군. 프런트에서 메시아이 아즈사라는 사람이 찾아왔다는 연락을 받았지."

교타로는 계속했다.

그 T호텔 프런트에는 교타로의 매니저가 되다시피 한 사람이 있다는 소문을 들은 적이 있다.

"그때 그 여자구나 싶었다네. 나도 원작을 읽어서 약간 관심이 생겼거든. 평소에 약속도 없이 찾아오는 사람은 만나지 않았는데, 만나 봐야겠다는 생각이 들더군."

"선생님이 그녀를 만나셨을 줄은 몰랐습니다."

쓰노가에 감독이 고개를 저으며 중얼거렸다.

"얘기할 기회도 없었으니 말일세. 결국 영화 촬영이 중단되었다는 소식을 들은 터라 더더욱 말하기 어려웠지."

"그럼 호텔 라운지에서 그녀와 얘기를 하신 겁니까?"

"그래."

"어떤 대화를 하신 겁니까? 아니, 그보다 얼굴이 어떻게 생겼는지 기억하십니까?"

"기억하지."

교타로가 즉시 대답했다.

그의 눈이 점점 커졌다. 무의식중에 어딘가를 바라보고 있는 교타로의 모습을 보자 왠지 불안한 기분이 들었다.

무시무시한 기억력의 소유자 교타로. 필시 지금 그의 눈에는 과거에 눈앞에 앉아 있던 메시아이 아즈사의 모습이 선명히 재현되어 있을 것이다.

그러나 그 모습은 아무도 공유할 수 없고 볼 수도 없다. 오직 그의 머릿속에 있는 선명한 영상은.

"내가 그림 그리는 재주가 있었으면 똑같이 그려낼 텐데."

교타로가 쓸쓸히 웃었다. 아마 모두가 나와 똑같은 생각을 하는 것을 감지한 것이리라.

"안타깝게도 나는 타고나기를 감상자로 태어났네. 뭔가를 만드는 데는 영 소질이 없어. 그림 그리는 재능도 없거니와 영화 찍는 재능도 없지."

그 반면 교타로는 가장 뛰어난 감상자다. 감상하는 데에도 재능이 필요하다. 어떤 의미에서는 만드는 것보다 얻기 힘든 재능이.

"그래도 기억하네. 그 여자 얼굴. 기이한 얼굴을 하고 있었지."

"기이하다니 어떤 식으로 말입니까?"

"인상이 분명치 않은 얼굴이라고 해야 할까. 나는 기억하지만 아마 다른 사람은 한두 번 봐서는 얼굴을 기억하지 못할 걸세."

"무슨 느낌인지 압니다."

시마자키가 동의했다.

"한 번 보면 잊을 수 없는 얼굴도 있는 반면 몇 번을 만나도 잘 기억하지 못하는 얼굴도 있습니다. 그녀는 후자 쪽이었지요. 워낙 본인이 얼굴을 드러내기 싫어한 탓도 있지만 말입니다."

"굳이 말하자면 누구랑 닮았어?"

Q짱이 물었다.

"으음."

교타로가 신음했다.

"동물도 괜찮아. 아니면 사물 같은 것도."

"그건 너무 대충이군."

"있잖아, 나막신 닮은 얼굴이나 가방 닮은 놈도 있고."

"그런 놈이 어디 있느냐."

모두가 웃음을 터뜨렸다.

교타로는 턱을 손으로 문질렀다.

"그러고 보니 누구를 닮았다기보다는 동물 같은 느낌이었던가. 두더지나 주머니쥐처럼 동그스름한."

"선생님을 만나러 왔을 때도 모자를 썼던가요?"

마사하루가 물었다.

"그래, 썼더군. 챙이 넓은 라벤더색 모자였지. '실례지만 모자를 쓰고 있겠습니다. 제가 모자를 쓰고 있지 않으면 불안해서 못 견디는 성격이라 도저히 벗을 수가 없어요' 하고 처음에 양해를 구한 것이 기억나는군."

"다쳤다는 말은 없었던 거군요."

"그런 말은 없었네."

흉터를 감추기 위해 모자를 썼다는 설의 진위를 확인한 셈이다.

"끊임없이 재잘거리더군. 의외로 수다쟁이였지. 내가 잡지에 쓴 영화 얘기를 하는데 꼼꼼히 읽은 게 틀림없구나 싶었네."

"목소리는 어땠던가요?"

"목소리도 독특했지. 카랑카랑한가 싶으면 허스키한 목소리도 내고. 아무튼 인상이 분명치 않은 여자였네, 얼굴도 목소리도."

"혹시 연기하는 느낌이었나요?"

아야미가 물었다.

"……연기를 하다니?"

자연스럽게 되물었을 뿐이지만 그 목소리에는 뜻밖에 싸늘한 울림이 있어 아야미로서는 보기 드물게 기세에 눌린 것을 알 수 있었다.

오랜 세월 동안 영화와 연극을 통해 '연기'를 봐온 교타로가, 안이하게 '연기한다'라는 말을 쓴 것을 꾸짖은 기분이었다.

"어, 그러니까, 누구나 남들 앞에서는 연기를 하게 마련이지만, 작가나 글쟁이는 자기가 상상하는, 남들에게 보여주고 싶은 작가상을 연기한다고 생각하거든요. 물론 저희도 저희 이미지를 소중하게 생각하고 있기도 하고요."

아야미가 변명하듯 빠른 말투로 덧붙였다.

"메시아이 아즈사의 경우에는 특히 경력과 출신을 모호하게 얼버무리기도 해서 보여주고 싶은 자기 모습을 연기한 게 아닐까 싶었거든요."

"아아, 아니, 그런 느낌은 전혀 없었네."

아야미가 열심히 설명한 것을 교타로는 손쉽게 물리쳤다.

어쩌면 아야미를 꾸짖었다고 느낀 것은 기분 탓일지도 모른다. 내 앞에 있는 사람은 여느 때처럼 너그럽고 활달한 교타로다.

"오히려 내가 느낀 건 참으로 무방비한 여자로군, 하는 것이었네."

"무방비하다고요?"

생각지도 못한 단어였다. 다른 사람들도 똑같이 느끼지 않았을까.

메시아이 아즈사와 무방비.

도무지 연결되지 않는다.

모두가 납득이 가지 않는 얼굴을 하고 있는 것을 알았는지 교타로가 작게 손을 내저었다.

"무방비라는 말이 적절치 않다면 조심성이 없다고 해야 할지 내팽개치는 느낌이라고 해야 할지. 어쨌든 천연덕스러웠네. 자네들이 말하는 것처럼 수수께끼 같은 면이나 심모원려의 인상은 전혀 아니었어. 어쨌든 나는 그렇게 느꼈네."

"그럼 자기 자신에 관한 얘기는 없었습니까?"

"그래. 딱히 그런 기억은 없군."

교타로가 기억을 더듬듯이 먼 곳을 바라봤다.

그가 먼 곳을 보자 정말 오랜 세월을 넘어 아득히 먼 시간을 상기하고 있다는 생생함이 느껴졌다.

"어쨌든 내가 해설한 영화 얘기만 했네. 어떤 영화의 해설을 읽고 특정 장면을 잘 기억하게 되었다든가 하는."

헤아릴 수 없이 많은 기억, 헤아릴 수 없이 많은 풍경. 해박한 지식과 경험이 조화를 이루어 다케이 교타로라는 거대한 아카이브를 형성하고 있다.

그가 사라지면 그것 하나가 통째로 사라지는 것이다.

그의 기억을 고스란히 데이터로 저장할 수 있다면 좋을 텐데.

내가 그것을 진지하게 바라고 있다는 것을 깨달았다.

취재를 하다 보면 종종 그런 인물을 마주치곤 한다. 지식은 검색하면 얼마든지 얻을 수 있지만 지혜만큼은 사람끼리 직접 관여해야만 배울 수 있다. 지혜는 인간성과 한 세트로 묶여 있기 때문에 활자나 데이터로 저장하려 해도 손가락 사이로 스르르 빠져나가고 만다. 지혜는 사람으로서의 종합력이 없으면 터득할 수 없고 전해지지도 않는다.

"어떤 영화 얘기를 하셨습니까."

쓰노가에 감독이 물었다.

"어디 보자, 영화감독 프리츠 랑의 얘기를 한 게 기억나는군.《공포의 내각》에서 처음에 시계 그림자가 비치고 주인공이 꼼짝 않고 시간이 오기를 기다리는 장면이 유메노 규사쿠의 소설《도구라 마구라》를 연상케 한다든가,《M》에서도 처음에 살인마가 등장하는 장면이 그림자로 표현되는데 프리츠 랑의 영화는 그림자가 굉장히 무섭다든가."

"흐음. 프리츠 랑이라."

"《도구라 마구라》라니 옛날 취향이네요. 《공포의 내각》의 첫 부분은 주인공이 정신병원에서 퇴원하기만을 기다리는 장면이었지요."

마사하루가 맞장구를 친다.

프리츠 랑. 나는 공상 영화인 《메트로폴리스》밖에 보지 않았다. 오스트리아 빈에서 태어났고 독일에서 미국으로 건너간 영화 역사상 유명한 감독. 그 정도밖에 알지 못한다.

'저주받은 영화'에 대한 취재를 하는 만큼 영화를 더 많이 봐두어야 했을까.

괜히 마음이 편치 않아 안절부절하고 만다. 이럴 때는 뼛속까지 문과계 오타쿠인 마사하루가 부러워진다.

나는 일 때문에 반은 의무감으로 다양한 것을 보고 읽지만 좋아서 보고 읽는 사람은 도저히 당해낼 수가 없다. 지식의 정착 정도는 물론 결합도.

오타쿠가 되는 것도 재능이라고 생각하지만 오타쿠가 되지 못하는 것도 재능이라고 생각하기로 했다. 적어도 나처럼 대중소설을 쓰는 사람에게는 넓고 얕은 지식이 더 편리하다. 뼛속까지 벼락치기 공부 체질이라고나 할까.

"아, 그렇지, 재미있는 소리를 하더군. 영화를 보는 행위는 한 사람한 사람이 영화를 상영하고 있는 셈이라고 말일세."

"무슨 뜻입니까?"

시마자키가 물었다.

"요컨대 영화 사이즈는 곧 인간의 시야 사이즈이지 않은가. 영화는 인간이 보는 세상을 그대로 모방하고 있지. 유사 현실이라 해도 좋네. 그러니까 실은 눈에서 빛이 나와 뇌 속 영상이 비추어지는 것이나 마찬가지라더군. 우리는 영화가 스크린에 비친다고 생각하지만, 알고 보면 각각 개인의 생각이 영화를 상영하고 있지, 그래서 사람들이 보고 있는 영화는 각각 다른 작품이라고 주장했네."

"뇌내 망상입니까."

시마자키가 농담조로 말했다.

교타로는 고개를 젓는다.

"그런 뉘앙스와는 다르다고 생각하네. 물론 나도 물어봤지. 그 말인즉 개인이 멋대로 상상하는 거냐고 말일세. 그랬더니 이렇게 말하더군. 라디오드라마의 경우 사람들은 저마다 머릿속에서 멋대로 영상을 보완하고 있지 않느냐고. 사람은 그와 똑같은 일을 영화를 보면서도 하고 있다, 영화에는 영상이 있지만 사람들이 상상으로 보완하는 것은 마찬가지다, 라디오드라마와 영화의 차이는 픽션이냐 논픽션이냐의 차이에 불과하다고 말일세."

나는 가슴이 뜨끔했다.

왜일까.

무심코 주위를 둘러보고 말았다.

나처럼 반응하는 사람은 아무도 없는 듯하다.

거슬거슬한 감촉.

나는 평소 논픽션은 보이는 픽션에 불과하다고 생각했고 실제로 그렇게 말해왔다. 논픽션, 다큐멘터리. 이름만 다를 뿐 전부 현실에 있는 이야기를 글이나 영상으로 표현하는 것은 마찬가지다. 하지만 현실이라는 것은 어떻게 보고 받아들이느냐에 따라 180도 달라지는 데다 어디를 어떻게 자르느냐에 따라 내용이 완전히 달라진다.

그래서 논픽션은 보이는 픽션에 불과하다고 생각한 것이다.

메시아이 아즈사가 나와 똑같은 말을 했던 걸까. 아니…… 요컨대 제대로 된 그림, 선명한 영상이 있어도 인간은 자신의 기억과 상상으로밖에 사물을 볼 수 없다. 결국 보고 싶은 것밖에 보고 있지 않다는 의미일까.

"듣고 보니 누군가와 똑같은 영화를 봤는데도 서로 전혀 다른 장면을 기억하기도 했지."

마사하루가 중얼거렸다.

"오, 나도 그런 적이 있어. 옛날에 본 영화는 기억 속에서 편집되기 마련이라 이런 장면이 있었는데 싶어서 다시 봤더니 없는 장면이었지. 흔히 있는 일이네."

쓰노가에 감독이 고개를 크게 끄덕였다.

"극단적으로 말하면 흑백영화인 줄 알았던 영화가 컬러였던 적도 있지."

"흑백텔레비전에서 방송되었기 때문이 아니라?"

"그렇지 않아. 영화관에서 컬러로 봤는데 흑백영화의 인상을 받은 경우가 꽤 있더군."

"그 반대도 있습니다. 실은 흑백영화였는데 기억 속 영상은 컬러인 경우가."

"그리고 대사를 멋대로 만들어내는 일도 있지요. 영화 속에서 배우가 이렇게 말했지, 하는 생각에 그 대사를 이제껏 실컷 인용했는데 오랜만에 다시 봤더니 그런 대사는 어디에도 없더라는 일이."

"있죠."

사람들이 서로 고개를 끄덕이는 것을 바라보며 나는 아직 아까 그 메이아이 아즈사의 말에 사로잡혀 있었다.

픽션이냐 논픽션이냐의 차이.

내가 이제부터 쓰려는 '저주받은 영화'의 논픽션은…….

과연 보이는 픽션일까? 보이지 않는 픽션일까?

내가 쓰고 싶은 것은 메시아이 아즈사일까, 아니면…….

라벤더색 모자를 쓴 여자의 흐릿한 모습. 두더지처럼 통통한 여자. 의외로 천연덕스럽고 영화 이야기를 수다스럽게 떠드는 여자.

나는 그 여자에 대한 글을 쓰고 싶은 걸까.

물론 이 테마를 선택했을 때부터 그녀는 어디에나 존재했다. 그녀의 그림자를 어디에서나 느낄 수 있었다. 피해갈 수 없는 존재.

그런데 이제 와서 나는 그녀에 대한 이야기를 쓸 각오가 전혀 되어 있지 않은 수준을 넘어 그녀로부터 가급적 멀리 떨어지려 하는 나 자신을 깨달았다.

나는 동요했다.

교타로의 이야기는 계속되고 있다.

내가 동요하는 것을 꿰뚫어보는 것처럼 그 여자의 이야기가.

"그 여자는 흑백영화를 좋아한다고 했지. 영화는 결국 빛과 그림자의 예술이니까 그것만으로 모든 것을 표현할 수 있다, 그림자에 끌린다고 말일세."

메시아이 아즈사의 그림자.

결코 피해갈 수 없는 존재…….

"한데 말이네."

교타로가 목소리를 살짝 낮추었다.

덩달아 모두가 몸을 내밀고 교타로의 장난스러운 미소를 바라본다.

"수다스럽게 떠드는 그 여자를 보고 있는 동안 차츰 여자의 그림자가 신경 쓰이는 게 아닌가."

"그림자요? 아니, 호텔 라운지에서 만나셨다고 하셨잖습니까. 그림자가 안 보일 것 같은데."

시마자키가 의심스럽다는 듯 말했다.

"그래, 호텔 라운지였네. 한데, 알지 않은가. 그 호텔 라운지에는 커다란 창문이 있고 밖에는 일본 정원이 꾸며져 있지. 자리와 시간대에 따라서는 소파에 앉은 사람의 그림자가 길게 뻗은 것이 보이기도 한다네."

T호텔 라운지.

일본의 고도 성장기에 세워진 예스러운 분위기의 호텔. 미드 센추리 모던이라는 시대의 분위기를 간직하고 있다. 그러고 보니 재건축 소문이 돌던데, 그렇게 되면 교타로(와 그 파트너인 Q쨩)는 어떻게 할까.

"왜인지는 몰라도 그 여자의 그림자에 자꾸만 눈길이 갔네. 카펫에 유난히 짙고 선명하게 떨어져 있었지. 여자는 손짓 발짓을 해가며 얘기하고 있는데 그림자는 꼼짝도 안 하지 뭔가. 그 그림자를 가만히 보고 있다 보니 왠지 눈앞에 있는 메시아이 아즈사야말로 그림자 같다는 생각이 들더군."

"메시아이 아즈사 본인이요?"

아야미가 의아해하며 물었다.

"그래."

교타로가 고개를 끄덕인다.

"그림자의 존재감이 서서히 커지더군. 해가 기울어 그 여자의 그림자가 점점 더 길게 뻗었지. 마치 가만히 이쪽 동향을 살피느라 소파에 앉아 있는 나와 여자 얘기에 귀를 기울이는 느낌마저 들었네. 꽨히 겁이 나서 식은땀을 흘린 기억이 나는군."

"세상에."

"……역시 메시아이 아즈사는 두 명인 게 아닐까요?"

시오리가 낮게 말했다.

모두가 흠칫 놀라 그녀를 본다.

시오리의 목소리를 오랜만에 듣는 기분이었다.

"베일에 싸인 그녀와, 천연덕스러운 그녀. 어쩌면 이중인격이나 해리성 장애가 있을지도 모르겠어요."

"아, 하긴, 가능성 있네."

아야미가 맞장구를 친다.

두 여자. 이중인격까지는 아니더라도 극단적인 기분파는 존재한다. 그날그날 완전히 다른 여자처럼 보여도 이상할 것이 없다.

"어허, 그럼 그때 그림자 속에 또 한 명의 메시아이 아즈사가 있었다는 겐가."

교타로가 어깨를 움츠렸다.

"한데 이상하게도 헤어졌을 때 기억이 없단 말일세."

"에엥? 그때의?"

Q짱이 눈을 휘둥그렇게 떴다.

정말 화려한 눈이다. 이 눈이 화장하지 않은 눈이라니, 여성지의 미용 페이지가 아무리 애써봐야 소용없다.

"그래. 그림자에 정신이 팔렸던 건 생각이 나는데 아무리 기억을 더듬어도 작별 인사를 한 기억이 없단 말일세. 정신이 들고 보니 눈앞에 그 여자가 찍은 사진만 놓여 있더군."

"선생님, 여우한테 홀렸던 거 아냐?"

"그 여자가 마신 찻잔은 분명히 놓여 있었다니까. 계산서에도 두 명분이 달려 있었지."

"앗, 그 여자가 선생님한테 얻어먹었다고? 배짱 좋네."

"참으로 이상했네. 마치 그 자리에서 흔적도 없이 사라진 것 같았지."

이상하다고 말하면서도 교타로는 크하하 하고 웃어넘겼다.

"왠지 그야말로 메시아이 아즈사답다고 해야 할지, 너무 잘 짜인 각본 같은 얘기라고 해야 할지."

아야미가 나직한 소리로 중얼거렸다.

"그리고 사진만이 남았다, 이건가."

시마자키가 사진에 눈길을 주었다.

거친 입자의 색 바랜 옛날 사진. 머지않아 이런 종이 사진 자체가 희귀한 것이 되리라.

미소 짓는 교타로를 렌즈 너머로 보고 있는 메시아이 아즈사. 이 사진도 그녀의 눈에서 뿜어 나온 빛이 만들어낸 이미지일까.

보고 있다.

메시아이 아즈사가 시간을 초월해 멀리서 우리를 지켜본다.

어쩐지 등의 한 점에 시선이 느껴졌다. 라이카 카메라를 들고 셔터 누르를 자세를 취하는 그 여자의 눈이.

24 산 자와 죽은 자 ─────────

그림자나 어둠을 무서워하지 않게 된 지 도대체 세월이 얼마나 흘렀을까.

나는 다케이 교타로의 이야기를 들으면서 멍하니 그런 생각을 했다.

어렸을 때는 도처에 어둠이 있고 그곳에 뭔가가 숨어 있었다.

동네에는 '결코 접근해서는 안 되는' 장소가 여기저기 있었고 밤은 어두웠다.

집마저 안식처가 아니었다. 뒤뜰의 무화과나무 뒤에 항상 축축이 젖어 있는 곳과 화장실 창밖도 무서웠다. 복도 모퉁이를 돌 때면 숨을 죽이고 살그머니 지나갔다. 천장널의 옹이, 불단이 있는 방, 툇마루 밑의 나무 쪽문. 오래된 일본 가옥에는 뭔가가 숨을 수 있는 곳이 얼마든지 있었다.

어렸을 때 한동안 나는 신경질적인 남자아이였다. 이제 와서 보면 거짓말 같은 이야기인 데다 부모님조차 나에게 그런 시기가 있었다는 것을 잊어버렸을 테지만.

그때의 감각은 지금도 어렴풋이 기억한다.

신경질적이라기보다 감각이 비정상적으로 예민했다.

흔히 항간에 떠도는 다른 사람 눈에는 보이지 않는 친구가 있었다거나 할머니가 불단 속에서 이리 오라고 손짓을 했다는 속설과는 약간 다른 종류의 문제 같았다.

군이 따지자면 약물 중독자의 환각 감각에 가깝지 않았을까. 자연계뿐만 아니라 인공적인 것까지 모든 존재가 선명하고 강렬하게 다가오는 것이다.

길을 걷거나 방에서 그림책을 멍하니 보고 있으면 느닷없이 가까이 있는 것의 존재감이 느껴진다. 책상 위 필통, 수국 잎 위의 달팽이가 불쑥 튀어나와 나를 향해 다가온다. 지금으로 말하면 3D 영상처럼 뭔가가 갑자기 다가오는 바람에 소스라치게 놀라 말도 못 할 정도였다. 항상 누군가 나를 보고 있는 느낌이 들었고 온몸의 털이 곤두서 있어 당장에라도 모공을 통해 뭔가가 몸속에 침입할까 봐 흠칫흠칫했다.

그것은 도대체 뭐였을까. 정말 뭔가가 '있었던' 걸까.

그림자밟기의 술래도 무서웠다. 지금 생각해도 참으로 무서운 놀이였던 것 같다. 그림자를 밟는다. 그림자를 밟힌 사람은 다른 그림자를 밟지 않는 한 영원히 술래인 채로 남는다.

메시아이 아즈사의 그림자도?

휑한 어항 속을 가만히 둘러본다.

이곳에는 아무것도 없다. 어둠 속에 깃들어 있던 것들은 벌써 옛날에 어디론가 가버렸다. 지금은 어디나 텅 비어서 바싹 말라 있다.

도쿄의 길모퉁이는 어디든 다 환하고 그늘이 없다. 세상은 점점 애니메이션에, 이차원 세계에 가까워지고 있다.

문득 뇌리에 전처인 이즈미의 대학 노트가 떠올랐다.

《밤이 끝나는 곳》의 시나리오를 위한 창작 노트.

반듯반듯하게 적어 넣은 제목. 꼼꼼하고 가지런히 채워 넣은 페이지.

"……그나저나 메시아이 아즈사는 정말 죽은 거 맞아요?"

Q의 목소리에 정신이 번쩍 들었다.

이 녀석이 하는 말은 꼭 사거리 점괘 같군.

나는 천진난만한 Q의 얼굴을 쳐다봤다. 사거리 점괘는 해 질 녘에 사거리에 서서 지나가는 사람의 말을 듣고 길흉을 점치는 것을 말한다.

"이것 참 또 핵심을 찌르는군."

나와 똑같은 생각을 했는지 시마자키 시로가 씁쓸히 웃었다.

"죽은 걸로 되어 있는 건 분명하네. 사망한 날은 두 개지만."

쓰노가에 다다시 감독이 Q에게 그 일에 대해 대강 설명했다.

"흐음. 그런데 확인한 사람이 아무도 없는 거네요. 어쩌면 지금도 살아 있을지도 모르겠어요."

Q의 의견은 지극히 타당하다. 실은 나도 동의하지만 법률을 다루는 입장에서는 메시아이 아즈사 사망설을 인정해야 한다.

나는 내내 의문이었던 것을 입 밖으로 꺼냈다.

"그러고 보니 메시아이 아즈사의 실종 신고는 누가 냈습니까?"

시마자키가 어안이 벙벙한 얼굴을 하더니 이내 생각에 잠긴 눈빛을 했다.

"실종 신고…… 누구였지?"

"메시아이 아즈사에게 가까운 친척이 있었던 겁니까?"

"아니…… 그렇지, 내가 알기로는 출판사에서 냈네."

시마자키가 기억을 더듬듯이 눈을 이리저리 굴렸다.

"그렇습니까. 실종 신고는 가족이나 이해관계자가 낼 수 있도록 되어 있는데 특이하군요."

"아, 그렇지. 우리 출판사 고문 변호사도 그렇게 말하더군. 그래서 1980년대 끝 무렵에는 이미 사망했다고 확정되었을 거야."

"그 여자는 나이가 몇 살이었어요?"

다시 Q가 소박한 의문을 던졌다.

우리는 또다시 쓴웃음을 지어야 했다.

"모른다네. 생년월일도 밝혀지지 않았거든."

시마자키가 고개를 절레절레 흔들며 대답했다.

"당시에는 그래도 됐으니까. 지금 같으면 소설을 응모했을 때 이력을 써내게 해서 경우에 따라서는 조사하기도 하죠?"

마나베 아야미가 시마자키의 얼굴을 본다.

"허위 기재가 의심되었을 때는 그렇지. 지금은 여러 의미에서 비밀로 해두기가 어려우니 말이야."

"흐음. 살아 있으면 지금쯤 몇 살일까. 선생님이랑 비슷하려나?"

Q가 교타로를 보자, 교타로는 "아니, 아니지" 하고 고개를 저었다.

"나보다 열 살은 젊었을 거다."

"그럼 살아 있을지도 모르잖아. 그래서 《밤이 끝나는 곳》을 쓴 건 몇 살 때인데?"

Q는 우리 《밤이 끝나는 곳》의 애호가가 굳이 파고들지 못한 부분을 거침없이 파고들었다. 근본적인 의문점을 들춰냈다.

"그것도 모른다네."

시마자키가 어깨를 으쓱 추켜올렸다.

"그런데 지금 얘기를 듣고 보니 당시에는 '나이보다 젊어 보이도록 꾸몄다'고 생각했는데, 어쩌면 그 반대였을지도 모른다는 생각이 드는군."

"반대라뇨?"

아야미가 되묻는다.

"오히려 어른스럽게 보이려고, 관록이 있는 것처럼 행동하려고 했을지도 모르겠어."

"……그럴 가능성도 있어요."

마나베 시오리가 말했다.

"가급적 상대에게 얕보이지 않도록, 존중받을 수 있도록 온 힘을 다했던 걸지도 몰라요. 그리고 당시 삼십 대나 사십 대는 지금보다 훨씬 늙어 보였을 거예요. 이십 대도 지금보다 어른스러워서 꼭 지금의 사십 대 같은 느낌이죠. 의외로 우리가 생각하는 나이보다 훨씬 젊었을지도 모르겠네요."

또다시 이리저리 움직이는 메시아이 아즈사의 이미지.

당신은 도대체 몇 살이지? 소녀야, 노파야?

모자 쓴 여자의 얼굴 부분은 뻥 뚫린 채 결코 채워질 줄을 모른다.

동시에 저 멀리서 또 다른 여자의 모습이 떠올랐다.

이즈미다.

이즈미의 얼굴을 떠올릴 때면 늘 옆얼굴이 생각난다. 조금 떨어진 곳에서 허리를 곧게 펴고 서서 먼 곳을 바라보는 모습.

적어도 나를 보고 있지는 않다.

이상하게도 기억 속 이즈미는 나를 보는 일은 거의 없고 대체로 나와 거리를 둔 채로 항상 먼 곳을 응시하고 있다.

하기사, 홀로 남겨진 입장인 탓에 그런 이미지밖에 없을지도 모른다.

생각건대 이즈미는 그림자가 없는 여자였다.

상식적으로 생각하면 그럴 리 없지만 나는 오랫동안 그렇게 느꼈다.

젊었을 때부터 활동해서 그럴 테지만 늘 공명정대하고 어떤 자리에 있든 사사쿠라 이즈미였다. 사사쿠라 이즈미라는 존재로서 빈틈이라고는 찾아볼 수 없었다.

좀 더 짓궂게 말하자면 이즈미에게는 그늘이 없었다. 물론 완벽주의자인 그녀가 자신의 어두운 내면을 완전히 억눌렀다는 것은 쉽게 상상이 간다. 하지만 이제 와서 보면 정말 그런 사람이었기 때문에 그늘이 없었던 것이라는 생각이 든다.

당신은 참 이상한 사람이야.

불현듯 이즈미가 신기해하는 목소리가 세월을 넘어 생생하게 뇌리에 되살아났다.

웬일로 나를 보고 있는 이즈미.

당신은 항상 나를 가만히 관찰하고 있더라. 나팔꽃이 자라는 걸 관찰하는 것처럼 꼼짝 않고.

어쩌다 보니 딱 한 번 그런 이야기를 나누었다.

당신이 애정 표현을 하는 걸 보면 수집가 같다는 생각이 들어.

그런가?

옛날부터 친구들에게 비슷한 지적을 받았다는 것은 덮어두고 나는 그렇게 되물었다.

그래. 수집가는 수집품을 아끼고 정성껏 관리하잖아. 그래서 수집품 입장에서도 편안하고 안심이 되지만.

이즈미는 그 말을 끝으로 갑자기 입을 다물었다.

편안하고 안심이 되지만, 그다음은 뭔데?

내가 다음 말을 재촉하자, 이즈미는 웃으며 고개를 흔들더니 두 손을 벌려 보였다.

그녀는 다음 말을 하지 않았다.

그리고 유서도 없이 어느 날 갑자기 떠나버렸다.

또다시 눈앞에 떠오르는 그 노트.

이 배의 우리 방의 박스 속에 들어 있는 그 노트.

그것이 유서일 리는 없다. 시나리오는 진작 완성되었고 시나리오 작업에 착수하기 훨씬 전에 시나리오 준비를 위해 쓰인 그 노트는 완전히 업무용 노트다.

그런데 세월이 흐를수록 그 노트의 존재가 점점 묵직해지는 것을 느꼈다.

대충 훑어본 느낌으로는 《밤이 끝나는 곳》에 관한 것 말고는 다른 내용은 없다.

그 점이 이즈미다웠고 이즈미가 만약 유서를 썼다 해도 내면적인 이야기는 한 글자도 쓰지 않았으리라 생각한다.

필연성?

그 한마디가 지금도 가슴을 날카롭게 찌른다.

유서를 쓸 필연성이 있을까?

그렇게 자문하고 메모한 그녀의 모습이 눈에 선하게 그려진다.

솔직히 그 노트의 존재는 무의식중에 구석으로 밀어놓고 있었다. 이번 여행을 위해 굳이 챙겨오긴 했지만 웬만하면 펼치고 싶지 않았다.

나는 아직 그 노트를 차분히 읽어보지 않았다.

자살한 아내가 남긴 글을 읽는 것에 거부감이 없다면 거짓말이다. 그런 것을 읽고 싶어 할 사람이 누가 있을까?

《밤이 끝나는 곳》과 관련이 없는 내용이었다면 평생 거들떠보지도 않았을지도 모른다.

문득 어떤 생각 하나가 머리에 떠올랐다.

어쩌면 이번 여행은 그 노트를 제대로 읽기 위한 여행일지도 모른다. 스스로도 예상치 못한 발견이었다.

하, 역시 내가 상처를 입고 있었나? 아내를 자살로 떠나보낸 남편이라는 딱한 처지에 놓여서?

묘한 감회가 뭉클 솟는다.

자살은 주변 사람에게 깊은 상처를 남긴다는.

물론 나도 그랬다. 부인하지는 않겠다. 아내를 자살로 떠나보낸 남편이 얼마나 비참한 존재인지 뼈저리게 느꼈다. 그런데 의외로 나를 비난하는 목소리, 혹은 나를 경멸하는 목소리가 별로 없었던 것도 사실이다. 오히려 동정을 받았다.

이즈미는 완벽주의 각본가로 널리 알려졌기 때문에 사람들은 자살의 원인이 그 때문이라고 생각했고 나 또한 마찬가지였다. 세상 사람들 눈에는 남편인 내가 괴짜 아내를 견뎌온 것으로 보였던 모양이다.

이즈미의 죽음을 목격했을 때, 아아, 결국 저질렀구나, 하고 생각했다. 솔직히 말해 그리 놀랍지 않았던 것이다. 그 완벽주의가 언젠가 본인을 끝까지 몰아붙일지를 나도…… 그리고 이즈미도 오래 전부터 예감했다.

고백해야겠다.

이즈미가 자살하고 창작 노트가 남겨진 것을 봤을 때 왠지 만족해하는 나 자신이 있었던 것을.

인정해야겠다.

이즈미가 사라지고 뭔가 한 가지가 완성되었다고 느꼈던 것을.

결국 이즈미는 그것을 이미 오래 전에 알아차렸을 것이다.

당신이 애정 표현을 하는 걸 보면 수집가 같다는 생각이 들어.

요는 그녀는 자신이 남편의 수집품 중 하나인 것을 알고 있었다. 그날 그 사실을 지적한 것이다.

그래서 수집품 입장에서도 편안하고 안심이 되지만.

삼킨 다음 말.

두 손을 벌려 보이는 손짓과 그때의 표정을 머릿속에 그려본다.

그녀는 무슨 말을 생략한 걸까. 지금 생각하면 확실히 말해주지 않아 서운하다. 끝까지 제대로 말해주길 바랐다.

사랑받고 있지는 않다? 완벽주의 각본가인 그녀가 그런 진부한 대사를 말할 리가 없다. 아니, 실은 그렇게 생각했지만 그렇기 때문에 오히려 말로 하지 않았을지도 모른다.

나는 이즈미를 사랑했다. 내 나름의 방식으로, 내 딴에는 최고로 그녀를 사랑했다. 그것이 그녀가 바라는 사랑이었는지는 모르지만.

무심코 고즈에를 쳐다봤다.

고즈에가 왠지 멀게 느껴졌다. 손을 뻗으면 닿을 만큼 바로 곁에 있는데도.

이야기를 주의 깊게 들으며 슥슥 받아 적는 그녀의 옆얼굴.

아, 그렇군. 내가 생각하는 여자의 이미지는 언제나 옆얼굴인 것이다.

금화에 새겨진 위인의 옆얼굴처럼. 수집가가 붉은 벨벳이 깔린 쟁반 위에 진열해놓은 금화 수집품처럼.

내가 이상한 걸까.

고즈에의 옆얼굴을 바라보며 그렇게 자문해본다.

옛날부터 친구들에게 그런 말을 들었다.

너는 별난 녀석이야. 네 여자 취향은 이해가 안 가. 네가 왜 '좋다'고 하는지 모르겠어.

그런 말을 들은 적도 있다.

하지만 나는 내 방식으로밖에 사랑할 수 없고 다른 사람의 사랑은 알 바 아니다. 내 사랑은 오롯이 내 것이다.

고즈에는 사랑하나? 사랑한다. 내 방식으로 지극히 나답게 사랑한다.

그런데 그녀는 어떨까. 그녀도 나를 사랑할까. 그녀의 방식으로?

정말이지 멜로드라마처럼 낯간지러운 질문이군, 하고 스스로에게 딴지를 걸었다. 이런 자문자답은 이제는 고등학생도 하지 않으리라.

그나저나…… 고즈에도 어렴풋이 눈치를 챈 것 같다.

무엇을?

내 애정 표현이 수집가 같다는 것을?

이따금 고즈에의 눈을 스치는 깊은 불안. 미지의 세계를 앞에 둔 어린아이가 보일 법한, 의지할 곳 없이 혼자라는 느낌.

그것은 뭘 의미하는 걸까. 그저 단순하게 '저주받은 영화'에 대한 글을 쓴다는 불안이 닥친 것일지도 모르지만.

이즈미의 노트를 가져오면서 다른 고민도 했다.

그 노트의 존재를 고즈에에게 알려야 할지 말지다.

처음에는 막연히 알리지 않는 편이 낫겠다고 생각했다. 남편의 자살한 전처가 남긴 글을 읽고 싶어 할 리가 없다고 생각했기 때문이다.

그런데 《밤이 끝나는 곳》에 대한 글을 쓰고자 하는 작가에게는 더할 나위 없이 중요한 자료다. 만약 고즈에가 착실한 작가라면 무조건 읽고 싶어 할 것이다.

그렇다면 고즈에게 노트의 존재를 밝히고 보여줘야 하지 않을까?

다른 의문도 있다.

고즈에는 이즈미가 《밤이 끝나는 곳》의 시나리오를 썼다는 사실을 알고 있을까?

예비 조사 단계에서 이런저런 정보를 접했어도 이상할 것이 없지만 고즈에가 그 일에 대해 내게 물어본 적은 없다. 그 사실을 알고 있다면 충분히 물어볼 법도 한데 말이다.

모르는 건가? 아니면 알면서도 일부러 묻지 않는 건가?

나는 고민했다.

노트를 내놓으면 고즈에는 어떻게 반응할까.

놀람? 당혹? 혐오? 불신?

고즈에 입장에서는 결코 기분이 좋지 않으리라는 것은 상상이 갔다. 고즈에는 섬세한 면이 있는 여자다. 나를 배려심이 없다고 생각할지도 모른다. 그러나 이내 일을 위해 필요한 자료임을 받아들일 것이다.

한편 내 가학적인 부분이 섬세한 고즈에가 어떤 반응을 보일지 기대하고 있다.

놀람, 당혹, 혐오, 불신.

그런 감정들이 고즈에의 얼굴에 오가는 모습을 실컷 감상하고 싶은 욕망이 내 안에 활활 타오르는 것을 느낀다.

고즈에가 내 앞에서 그 노트를 읽고 있는 모습을 상상한다.

진지한 눈길로 포스트잇을 붙여가며 열심히 노트의 페이지를 넘기고 있는 모습을.

묘하게 흥분하게 하는 상상이었다.

웬만해서는 경험하기 힘든 일임에 틀림없다. 전처가 죽고 지금의 아내가 있기 때문에 가능한 경험. 그리고 전처도 지금의 아내도 작가라는 직업을 갖고 있기 때문에 실현되는 경험인 것이다.

나는 어느덧 넋을 잃고 그 순간을 상상하고 있었다.

어쩌면 희열에 찬 표정을 띠고 있었을지도 모른다.

세월을 뛰어넘어 죽은 자와 산 자가 교차하는 순간을 목격한다. 그렇게 생각하자 소름이 끼치듯 몸속에 까칠까칠한 것이 차올랐다.

메시아이 아즈사.

그녀 또한 죽은 자인 동시에 산 자이다. 그녀는 죽어 있으면서 살아 있다. 물리적으로는 어떨지 모르지만 때로는 죽고 때로는 살아 있다.

둘 중 어느 쪽이라 해도 실제로는 별반 다르지 않을지도 모른다.

이즈미의 노트를 읽는 고즈에의 모습을 상상할 때 두 사람 사이의 경계선이 참으로 모호하다는 느낌이 들었다.

중간 휴식 ─────────────

상영 시간이 긴 영화나 연극을 감상할 때는 휴식 시간이 필요하다.

손에 땀을 쥐는 서스펜스. 묵직한 심리 드라마. 주인공에게 흠뻑 빠져 감정이입을 할 수 있는 멜로드라마.

그것이 얼마나 재미있고 매력적이든 인간이 집중할 수 있는 시간에는 한계가 있다.

재미에, 속도에, 감정의 고양에 지친다. 질린다. 한군데에 꼼짝 않고 앉아 있는 것도 고통이 된다.

여행도 긴 연극 같은 것이다. 자신의 보금자리나 활동 영역을 떠나 연속된 시간, 타인의 영역 안에서 계속 연기해야 한다. 나 홀로 여행이든 동행이 있는 여행이든 연기하는 것은 마찬가지다.

다케이 교타로가 갑자기 길게 하품을 하고 "피곤하군그래"라고 말한 것이 신호가 됐다.

그이기 때문에 할 수 있는 말이며 그가 그렇게 말해준 덕분에 다른 사람들도 안도의 한숨을 쉬었다. 팽팽하게 긴장되었던 분위기가 풀어지고 힘을 빼는 분위기가 오갔다.

"잠깐 쉴까요?"

"그게 좋겠군."

부스럭거리며 일어나는 사람들. 무대에서 퇴장.

한순간 표정이 사라지고 본연의 모습으로 돌아간다.

그것을 알아채지 못하고 연기를 계속하던 사람은 Q짱 정도이리라. 아니, 그의 경우 무대 위에 있다는 자각이 없을지도 모른다.

그 증거로 Q짱은 아직도 그때까지 이어온 이야기를 계속하고 있었다.

"그런데 선생님. 지금 메시아이 아즈사를 만나면 알아볼 거야?"

"어."

교타로는 눈을 감고 건성으로 대답했다.

"선생님이라면 알겠지. 다시 그 여자를 만나면 알아볼 것 같아?"

"어어."

Q짱은 꼭 대답을 들어야겠다는 생각은 아닌 듯하다. 교타로의 미지근한 반응에 익숙한 모습이다.

무릎 위에 팔을 걸쳐 턱을 괸 채 교타로를 흘끗 살피더니 또 엉뚱한 방향을 본다.

"나는 살아 있을 것 같아. 메시아이 아즈사."

앞을 향한 채 눈알만 되록 움직여 천장을 보자 그렇지 않아도 시선을 잡아끄는 큰 눈이 더 두드러져 보인다.

"분명히 어딘가에 살아 있어. 양로원 같은 데 들어가서 '내가 왕년에 소설가였다오', '옛날에 영화 평론가 다케이 교타로를 만났다니까' 하고 주변 사람들이나 직원한테 자랑하는 모습이 머릿속에 그려져. 그러면 사람들은 '예, 어련하시겠어요, 또 시작이구먼' 하고 아무도 믿어주지 않는 거지."

Q짱은 자신의 긴 손가락에 시선을 떨어뜨렸다.

"만화책《유리가면》에 비슷한 장면이 있어. 주인공인 기타지마 마야의 엄마가 결핵으로 요양소였나 병원이었나 아무튼 시설에 들어갔거든. 물론 기타지마 마야가 가출하고 나서 세월이 꽤 흐른 뒤에. 몸은 쇠약해졌고 눈도 나빠져서 거기 직원한테 '이게 우리 딸이에요. 배우랍니다' 하고 잡지 같은 데서 오려낸 기사를 보여주는데, 손으로 얼마나 쓰다듬었는지 사진이 닳아서 직원한테는 보이지도 않아. 그래도 직원은 '따님이 참 예쁘네요'라고 말해주지."

Q짱은 자신의 손가락에 계속 말을 건넨다.

"어쩌면 자기가 메시아이 아즈사라는 걸 잊어버렸을지도 몰라. 소설가였던 거랑 유명인을 만났다는 건 기억해도 자기 이름은 알 수 없게 되었을지도."

교타로는 반응하지 않는다. 눈을 감은 채 가만히 있다.

느슨해진 분위기.

후키야 고즈에는 무대를 떠나지 않았다. 그러다 보니 본의 아니게 Q짱의 이야기를 듣게 된 것이다. 그의 눈을, 손가락을 본의 아니게 지켜보고 있다.

사람은 두 종류가 있다. 영화나 연극의 휴식 시간에 반드시 자리를 뜨는 사람과 자리를 지키며 쉬는 사람이다. 몸을 움직여야만 쉬는 기분이 드는 사람과 굳이 자리를 떠나 붐비는 로비나 화장실에 가는 것은 사양이라고 생각하는 사람. 아마도 고즈에는 후자에 해당할 것이다.

팔을 쭉 뻗기는 하지만 그런 움직임도 절제되어 있다. 차분한 표정에서는 아무런 감정도 엿보이지 않는다. 어디까지나 그녀는 방해되지 않게 묵묵히 배경처럼 있을 작정인 모양이다. 그대로 메모를 하기 시작한다. 생각에 잠긴 모습. 이제껏 들은 이야기를 정리하고 있는 걸까.

맨 먼저 자리에서 일어나 라운지를 나간 사람은 역시 흡연자들이었다.

흡연자에게 휴식 시간은 곧 담배 타임이다.

흡연실은 멀리 떨어져 있기에 모두가 갑판으로 나가 바닷바람 속에서 담배에 불을 붙였다.

조금씩 간격을 두어 서 있기는 해도 그리 멀리 떨어지지 않는 것은 흡연자들의 연대감인 모양이다.

후키야 마사하루, 쓰노가에 다다시 감독, 시미즈 게이코, 신도 요스케, 이렇게 네 명이다.

게이코가 자기 라이터를 연신 찰깍대지만 좀처럼 불이 붙지 않는다.

참다못한 그녀가 쓰노가에 감독에게 말했다.

"여보, 불 좀 빌려줘."

쓰노가에 감독이 다가와 게이코의 담배에 불을 붙여주는 모습이 영화의 한 장면 같아서 마사하루와 신도는 잠시 넋을 잃고 바라봤다.

"담뱃대와 담배는 연극이나 영화에는 빠뜨릴 수 없었는데 말이야."

신도가 어깨를 으쓱했다.

"금연하는 추세이니, 뭐."

쓰노가에 감독도 씁쓸히 웃었다.

"TV드라마에서도 미성년자의 음주와 흡연 장면은 금지되어 있지. 살인 장면은 OK인데 말이야."

"기괴하기 짝이 없다니까. 그런데 기괴하다는 인식 자체도 없으니원."

흡연자들의 연대.

세상의 추세를 한탄하는 것은 이제 그들에게는 습관적인 추임새라고 해야 할지 약속된 대화나 마찬가지다. 멸망해가는 문화, 그 이름은 흡연. 전통문화의 유지를 맡은 흡연자들의 연대는 강한 것 같기도 약한 것 같기도 하다. 그들은 동료들이 날로 떨어져나가는 모습을 목격하고 있기에 자신들의 연대가 모래성이라는 것을 알고 있다. 전통문화를 지키고자 하는 본인의 결심이 아무리 단단하다 해도 닥터 스톱의 난관이 바로 코앞에 대기 중인 것도 알고 있다.

"어디 게재할 건가?"

신도가 자연스럽게 물었다.

"네? 어디라 하시면?"

자신에게 한 말이라는 것을 뒤늦게 알았는지 마사하루가 어리둥절한 얼굴로 되물었다.

신도는 손가락으로 네 명 사이에 원을 그렸다.

"이, 모두의 얘기를 어디 지면에 게재하는 건가 싶어서 말이야."

"글쎄요. 아직 결정되지 않은 것 같습니다. 책으로 정리하려는 건 확실합니다. 어쩌면 잡지에 일부를 실을 수도 있다고는 하더군요."

마사하루는 담담하면서도 약간 경계하듯 대답했다.

"거참 아깝군. 재미있는 얘기, 처음 듣는 얘기가 잔뜩 있었는데 말이야."

신도는 본연의 얼굴인지 진의를 파악하지 못하게 하는 미소를 유지하고 있다.

"양이 엄청날 텐데."

게이코가 연기를 내뿜으며 말했다.

"작년에 이이의 다큐멘터리를 만든다면서 방송국 스태프가 반년 동안 따라다니며 찍고 또 찍었는데 방송이 된 건 고작 50분이었지. 카메라를 그렇게 많이 돌렸는데 실제로 쓰이는 건 극히 일부더라고."

"영화와 똑같지 뭐."

"아니야. 영화는 그렇게 장시간 동안 찍지는 않아."

"지금은 쓸데없이 기억장치의 용량만 늘어서 얼마든지 저장할 수 있으니까."

"맞아."

바람 탓에 모두의 목소리가 갈라지고 담배 연기의 방향이 시도 때도 없이 바뀐다.

"우리가 어제 오늘만 해도 얼마나 많이 떠들었는데. 그걸 다 글로 옮겨 적으려면 힘들 거야. 고즈에 씨, 힘들어하지?"

게이코가 마사하루를 흘끗 본다.

"네에. 어젯밤에는 방으로 돌아와서 밤늦게까지 작업하더군요."

"신혼여행인데 딱하게 됐군."

쓰노가에 감독이 마사하루에게 미소를 짓자 신도가 "앗" 하고 흑하며 반응했다.

"신혼여행이라고?"

마사하루는 어정쩡하게 고개를 끄덕였다.

"둘 다 재혼이고 서로 바빠서 식도 올리지 않았거든요."

"그랬군. 신혼여행지에서 일을 할 줄이야."

신도는 어이없다는 얼굴이다.

마사하루는 황급히 손을 내저었다.

"저는 완전히 휴가입니다. 아내도 딱히 고되게 작업하는 건 아닌 듯하고요. 신혼여행을 와서 이런 호화 멤버들의 얘기를 들을 수 있다니 바라 마지않던 기회라 오히려 행운이죠. 일석이조입니다."

"그런가."

"나는 오히려 마사하루 씨가 더 적극적으로 보이던데."

게이코가 중얼거렸다.

"제가요?"

"그래. 자네도 메시아이 아즈사의 팬이지? 자네가 주도해서 고즈에 씨에게 글을 쓰도록 부추긴 거 아냐?"

마사하루는 말문이 막혔다.

"아뇨, 팬인 건 맞고 관심도 있긴 합니다만."

"자네 부부는 좋은 콤비던데, 뭐. 둘이서 아주 솜씨 좋게 사람들 얘기를 이끌어내던걸. 호흡이 척척 맞는 느낌이었어."

"그런가요."

마사하루는 머리를 긁적였다.

"그야 당연하지. 마사하루는 얘기를 캐묻는 데는 전문가 아닌가."

쓰노가에 감독이 웃었다.

마사하루는 순간 쑥스러운 듯한 상처받은 듯한 복잡한 표정을 지었다. 그러나 곧바로 여느 때의 호방한 표정으로 돌아왔다.

"《밤이 끝나는 곳》의 영화, 보고 싶었는데 말이에요."

이번에는 쓰노가에 감독이 순간 상처받은 얼굴을 했다.

그리고 그 역시 곧바로 여느 때의 온화한 얼굴로 돌아왔다.

"보고 싶은 건 나도 마찬가지라네."

화장실에서 두 여자가 거울을 보고 있다.

세면대 하나를 사이에 두고 나란히 서서 거울 속 자기 얼굴을 보고 있다.

마나베 아야미와 마나베 시오리.

두 사람은 말이 없다. 머리를 다듬거나 립스틱을 다시 바르면서도 서로를 충분히 의식하고 있는 것이 엿보여 어쩐지 긴장감이 감돌았다.

거울을 보는 여자의 표정은 언짢아 보인다. 거울 속 자기 얼굴을 보고 있는 여자만큼 세상에서 진지한 표정인 사람도 없으리라.

"……완전히 다른 타입이야."

아야미가 입을 열었다.

"뭐가?"

시오리가 나직하게 되묻는다.

"올케, 마사하루의 아내 말이야. 이즈미 씨하고는 완전히 달라."

"그런가?"

시오리는 고개를 살짝 기울였다.

"다르지 그럼. 생각보다 재미없는 사람이더라. 작가라는 느낌이 별로 없어. 대기업 회사원 같다고나 할까."

"실제로 대기업 회사원이었잖아."

시오리가 뺨의 한 점에 손가락을 갖다 댔다. 작게 난 뾰루지가 신경 쓰이는 모양이다.

"그런가 보더라."

"느낌이 좋은 사람이던데?"

시오리가 뾰루지를 눌렀다.

아야미가 인상을 썼다.

"그만 좀 만져. 파운데이션 발랐잖아."

"알면서도 자꾸 손이 가는데 어떡해."

시오리는 아랑곳 않고 거울에 얼굴을 가까이 대고 뾰루지를 유심히 바라본다.

"나, 이즈미 씨 좋아했거든."

아야미가 아이섀도를 다시 바르며 중얼거렸다.

"붙임성도 없고 맨날 신경이 곤두서 있긴 했어도 이즈미 씨는 예술가였거든."

시오리의 눈이 어둡게 빛났다.

"어머, 그래? 몰랐네, 언니가 이즈미 씨를 좋아했다니. 내 기억으로는 이즈미 씨를 칭찬하는 걸 들은 적이 없는데. 나 참, 얄밉다고 할 땐 언제고. 그런 신경질적인 여자랑 사는 마사하루의 마음을 모르겠다고 했잖아."

"내가 그랬나?"

아야미는 시치미를 뗐다.

시오리의 입술에 엷은 미소가 떠올랐다.

"결국 마사하루의 아내인 게 못마땅하다는 거구나."

"무슨 말도 안 되는 소리를."

"아니, 말 돼. 언니는 마사하루의 아내가 누구든 그냥 다 싫은 거야."

"아니라니까."

아야미의 말투가 조금 격해졌다.

침묵.

자기 얼굴을 바라보는 두 사람.

"……만화로 그리는 방법도 있더라."

아무 일도 없었다는 듯이 아야미가 다시 입을 열었다.

"뭘?"

시오리도 무표정으로 물었다.

"메시아이 아즈사에 대해…… 또는《밤이 끝나는 곳》을 만화로 그리는 방법 말이야."

"진심이야?"

시오리가 아야미에게 경계하는 눈빛을 흘낏 던졌다.

"응. 여태껏 생각해내지 못한 게 이상해. 그 작품을 만화화하기에 가장 걸맞은 건 우리 아니겠어?"

"'우리'라고?"

시오리가 싸늘한 목소리로 말했다.

거울 속 아야미의 표정이 얼어붙는다.

침묵.

아야미가 낮게 한숨을 내쉰다.

"그래, '우리'. 우리 말고 그걸 만화로 그릴 수 있는 만화가가 또 어디 있겠니?"

시오리는 대답하지 않았다.

싸늘한 표정으로 손에 든 화장품 파우치 지퍼를 잠근다.

아야미도 다소 거칠게 화장품 파우치 지퍼를 잠갔다.

돌연 물 내리는 소리가 났다. 두 사람은 화들짝 놀라 서로의 얼굴을 쳐다봤다.

안쪽 칸막이의 문이 열리고 몸집이 작은 여자가 나왔다.

신도의 아내다.

모든 신체 부위에 '미니 사이즈'라는 말이 딱 맞는 여자였다. 키도 작고 깽깽 마른 체형에, 까무잡잡한 얼굴에는 작은 눈, 코, 입이 얌전히 들어가 있어 도무지 표정을 읽을 수가 없다. 나이가 많은 것은 분명하지만 고령인지 그렇지 않은지도 알 수 없다.

두 사람은 허둥지둥하면서도 인사를 했다.

신도의 아내도 살짝 인사를 하고 손을 씻은 뒤 두 사람의 뒤를 지나 나갔다.

두 사람은 서로의 얼굴을 쳐다봤다.

"……아아, 깜짝이야."

"있는지도 몰랐어."

가슴을 쓸어내리고 심호흡을 한다.

"조용해도 너무 조용했으니까."

"우리가 한 얘기, 다 들었을까."

"들었겠지."

"어쩌면 다 들어서 나오고 싶어도 못 나오고 있었을지도 몰라."

"그런 성격 같지는 않던데."

"이상한 사람이야…… 말도 없고. 왠지 장식물 같아."

"쉿. 아직 이 근처에서 듣고 있을지도 몰라."

"그런 말 마."

두 사람은 조심스레 화장실 밖을 살폈다.

물론 그곳에는 아무도 없었다. 휑하고 어둑어둑한 복도가 이어져 있을 뿐이다.

두 사람은 다시 한번 얼굴을 마주 보고 힘없이 웃었다.

"돌아갈까."

"그래."

그녀들의 휴식 시간은 거의 끝나가고 있었다.

25 상륙 전에 ───────

평소와 조금 다르게 왠지 화사한 기분의 아침이었다.

어딘지 모르게 활동적인 기색. 리듬이 느껴지는 공기.

눈을 떴을 때 그렇게 느낀 것은 오늘 중국 아모이에 상륙할 것을 알고 있기 때문이리라.

그런데 눈을 뜨기 직전에 나는 여행이 끝난 꿈을 꾸었다.

남편인 마사하루와 함께 아파트로 돌아가 열쇠로 문을 열고 들어가 먼지가 살짝 앉은 집 안을 둘러보며 "역시 집이 최고야" 하고 기지개를 켜는 모습. 긴 여행에서 돌아왔을 때 특유의 피로감. 계속 공공의 공간에 있었던 탓에 지금 나는 사적인 공간으로 돌아왔다, 이제 표정을 꾸미거나 붙임성 있는 미소를 띠고 있지 않아도 된다는 사실에 좀처럼 적응하지 못하는 그런 느낌. 우편함에 쌓여 있는 전단지를 버릴 때의 감촉이나 바싹 말라 갈색으로 얼룩진 싱크대에서 수도꼭지를 틀어 한 박자 늦게 나오는 물을 주전자에 받는 느낌 등이 매우 사실적이어서 눈을 떴을 때는 아직 여행 도중이라는 것을 깨닫고 잠시 혼란스러워했을 정도다.

일본을 떠난 지 겨우 사흘째. 그런데 벌써 한 달은 해상에서 생활하고 있는 기분이다. 이번 여행은 취재가 주요 목적이라 관광은 별로 기대하지 않았는데 역시 오랜만에 땅을 밟을 수 있다는 사실에 들떠 있는 내 모습을 발견했다.

같은 멤버로 이토록 긴 시간을 함께 지낸 것이 도대체 얼마 만일까. 직장을 그만두고는 처음일지도 모른다. 무엇보다 마사하루와 이렇게 오랜 시간을 한 공간에서 함께 지내본 적이 처음인 게 신기했다.

남이 아닌 남. 집 안에 있는 낯선 남자.

어렸을 때 TV드라마를 보면서 의문이 들었던 대사가 있다.

남자 친구와의 교제 문제로 부모에게 혼난 딸이 내뱉은 대사.

그 사람은 이제 남이 아니야.

그렇게 외친 딸의 얼굴이 클로즈업된 다음에는 "뭐라고?", "너 설마"라는 대사와 함께 큰 충격을 받은 부모의 얼굴이 클로즈업되는 장면이 무조건 나왔던 것 같다.

한때는 그 대사가 무슨 뜻이었는지 몰랐다. 이제 남이 아니라는 말이 왜 그렇게 가족을 동요시켰는지.

드디어 그 대사가 무슨 뜻인지 알게 된 것은 세월이 꽤 흐른 뒤였다.

요컨대 나는 처녀가 아니다, 남자 친구와 육체관계를 맺었다, 라는 뜻임을 알게 된 것은 비슷한 장면을 반복해서 보게 되고 그다음에 번번이 "실은 내 배 속에 그 사람의 아이가" 하는 대사가 나왔기 때문이다.

처음 들었을 때부터 묘한 대사라고 생각했지만 지금 다시 생각해 봐도 정말이지 이상한 대사라는 생각에는 변함이 없다.

육체관계를 맺든 맺지 않든 남은 남이다. 오히려 남이 아닌 사람과 육체관계를 맺는 것이야말로 큰일이다. 육체관계는 어디까지나 '남'과 맺어야 한다. 그런데 왜 관계를 맺자마자 '남이 아니'게 되는 걸까.

나는 아직 흐리멍덩한 머리로 비어 있는 옆 침대를 봤다.

마사하루는 오늘 아침에도 일찍 일어나 담배를 피우러 간 모양이다.

침대 옆 협탁의 손목시계를 보니 5시 반을 지난 참이었다. 이미 시차에 맞게 조정해두어 현지 시간이 표시된다. 예상대로 창밖은 희뿌옇게 밝았지만 강한 햇빛은 느껴지지 않았다.

함께 지내는 남.

나는 비어 있는 침대를 보면서 그런 생각을 했다.

오늘 아침 마사하루가 일어난 것은 알고 있었다. 잠들어 있어도 그냥 아, 방금 일어났네, 지금 나갔구나, 하는 것은 알 수 있다.

비몽사몽 중에 그의 기척을 느꼈을 때 그의 의식이 잠시 이쪽을 향한 것도 알았다. 그가 나를 보고 있다. 그의 의식이 나를 향해 있다. 나를 깨우려는 걸까. 머리 한구석에서 그런 생각을 했다.

문득 그가 내 침대 속으로 들어오려 한다는 것을 알아차린 것은 아주 짧은 한순간이었다.

물론 꿈이었을지도 모른다. 그렇지 않았을지도 모른다.

나는 분명히 잠들어 있었다. 옆에서 보기에도 그렇게 보였을 것이다.

그런데도 나는 여전히 내가 그의 기척을 느끼고 마음 한구석에서 경계를 하고 또 한구석에서는 거부한 기분이 드는 것이다. 꼼짝 않고 잠에 취해 있었는데 신경만 반응한 것이다. 그리고 마사하루도 그것을 순식간에 감지했다. 그런 확신이 있었다.

기척은 금방 사라졌다.

나를 향했던 그의 의식은 다른 곳으로 방향을 틀었다.

거기까지 감지한 뒤 나는 다시 깊은 잠에 빠졌다.

그것은 꿈이었을까, 아니면……

나는 느릿느릿 고개를 들어 협탁에 놓여 있는 검정과 빨강의 책을 봤다.

　반사적으로 얼굴을 찌푸린다.

　아아, 이제 지겹다. 정말 넌더리가 날 지경이다.

　우리를 깊이 사로잡은 저주받은 원작 소설.

　우리를 꺼림칙하게 하는《밤이 끝나는 곳》.

　한숨을 크게 쉬어본다. 그렇게 하면 꺼림칙함이 어딘가로 사라져 없어져준다는 듯이.

　몸속에 둔한 피로감이 남아 있었다. 잠자기 전에 책을 읽었을 때…… 조금만 읽으려 했는데 묘하게 몰입되어 예정보다 늦게 잠들었을 때 느껴지는 피로감.

　그렇다. 원작 소설이다.

　나는 다시 침대에 누워 차츰 맑아지는 머리로 생각했다.

　그래, 어젯밤 이 책을 읽으면서 뭔가를 생각했다……. 그리고 뭔가를 깨달았다.

　이 원작 소설이 지닌 위화감에 대해.

　그 사실이 몸에 서서히 스며든다.

　어젯밤에 왜 이 책을 읽을 생각이 들었을까.

　나는 어젯밤의 내 기분을 되새겨보려 시도했다.

　인간은 자기가 무슨 생각을 하는지 파악하고 있는 줄 알지만 하루의 대부분은 일상생활에 휩쓸려 거의 아무런 생각도 하지 않는다는 것을 알고 놀라곤 한다. 자기 행동에는 의미가 있다고 생각하고 어떤 동기가 있다고 믿지만 실제로 인간의 행동에는 그다지 맥락이 없다.

　어제 모임도 후반은 산만했다. 다케이 교타로가 꾸벅꾸벅 졸기 시작하자 다른 사람들도 눈에 띄게 긴장감이 풀어져 흐지부지 해산하게 되었다.

시간이 어중간하게 남아 나와 마사하루는 선내 영화관에서 영화를 봤다.

평소에 둘 다 보고 싶다고는 했지만 바빠서 보러 가지 못했던 영화를 상영한다는 것을 알고 기분 전환을 하러 간 것이다.

관객은 거의 없었지만 의외로 제대로 된 영화관이라 생각보다 더 재미있었다.

아무 말도 하지 않고, 원하는 반응을 끌어내기 위해 손쓰지 않고, 결말을 생각할 필요도 없이 그저 받아들이기만 하면 되는 쪽에 있는 것은 참으로 편하구나, 하고 생각했다.

영화는 근미래 SF 영화로 철저한 관리사회에서 벗어나려고 발버둥 치는 남녀의 이야기였다. 살풍경한 미래 사회의 풍경이 아름다웠고 희망이라고는 없는 끔찍한 내용치고는 뒷맛은 결코 나쁘지 않았다.

영화란 정말 근사한 것이다. 불안정하고 불확실한 일상을, 마비되고 마모된 감정을 리셋해주는 장치다.

그런 소감을 밝히면서 마사하루와 함께 방으로 돌아왔다.

저녁은 가볍게 때웠다. 다른 사람들도 피곤했는지 레스토랑에 가도 낮의 멤버는 살짝 인사만 하고 말을 걸어오지는 않았다.

다음 모임은 어떻게 할지 고민되어 마사하루에게 상의했다.

다 같이 모인 자리에서 '저주받은 영화'의 역사에 대한 자세한 내용을 들은 뒤 개별적으로 인터뷰할 예정이었지만 이미 숨김없이 터놓고 이야기하는 마당에 다시 따로 들을 필요가 있을지 확신이 서지 않았던 것이다.

그러게, 하고 마사하루도 생각에 잠겼다.

오히려 그 사람들은 다 같이 모여 있어야 앞다투어 온갖 얘기를 해 줄 것 같은데. 이상한 경쟁의식도 있고 서비스 정신도 있고. 아니, 그보단 당신 생각하기에 달린 거 아닌가? 하고 마사하루는 내게 판단을 맡겼다.

당신은 그 얘기를 어떻게 쓰고 싶어? 당신이 그 얘기 속에서 뭘 선택해서 어떻게 구성하느냐에 따라 앞으로 무슨 질문을 할지 정해지는 거 같은데.

나는 쓴웃음을 지었다.

그것은 스스로도 잘 알고 있었다.

나는 밀려닥치는 정보를 감당하지 못해 그 양에 익사할 지경이었다.

응, 맞아.

나는 솔직히 인정했다.

얘기가 너무 재미있어서 어디로 초점을 좁혀야 할지 모르겠어. 무산된 영화의 무산된 이유, 과거의 베일에 싸인 동반 자살이나 메시아이 아즈사 본인의 수수께끼 같은 마지막 순간 중에서 도대체 뭐가 테마인지 보이지가 않아.

뭘 쓰고 싶은데?

마사하루가 물었다.

'저주받은 영화'의 역사? 거기에 놀아나는 사람들의 얘기? 애초에 원작자인 메시아이 아즈사에 관해서는 어디까지 언급할 작정이야?

으음, 하고 끙끙대는 나.

솔직히 오리무중이었다.

1차 정보의 많은 양에 기뻐서 어쩔 줄을 몰라 이것저것 빠짐없이 계속 기록했지만 이 많은 정보를 가지고 어떤 그림을 그려야 할지 갈피를 못 잡고 있었다.

소재 자체는 재미있다고 생각한다. 몇 번이나 영화 제작을 시도했지만 완성되지 않은 영화라니 매력적인 소재다. 그러나 《밤이 끝나는 곳》이 '저주받은 영화'가 되는 과정을 나열하며 '이리하여 이 영화는 오늘날까지 완성되지 못했습니다' 하는 식이면 독자도 실망할 것이다.

그렇다고 과거 현장에서 일어난 사건을 해결하는 것도 목적은 아니다. 정말 사건이었는지 확실치도 않은 일을 해결한다 해도 그것으로 이 영화에 대한 진실을 밝혔다고 할 수 있을까.

인간은 원래 싫증을 잘 내는 법이지. 앞으로는 테마를 좁혀서, 가령 동반 자살 사건이면 거기에 집중해서 사람들이 논하게 하는 편이 좋겠어. 그간의 모임에서 추억담을 늘어놓으며 만족했을 테니까.

마사하루는 그렇게 조언했다.

그래. 방침을 바꿔야겠어. 아무튼 내일 하루는 아모이에 상륙해서 관광하는 일정이 잡혀 있어 다행이야. 조금 거리를 두고 다른 일을 하고 나면 또 무슨 생각이 날지도 모르니까.

그렇지. 내일은 괜한 생각 말고 관광에 집중하자.

둘이서 그렇게 말하며 저녁 식사를 마쳤다.

잠자기 전에 각자 일이나 독서를 하는 것이 우리 부부의 습관이다.

어젯밤도 각자 알아서 작업에 몰두하고 있었지만 나는 낮에 모임에서 나온 이야기를 정리하는 데 질려서 원작 소설인 《밤이 끝나는 곳》에 슬쩍 손을 뻗은 것이다.

나는 지금 배 위에서 증언을 듣고 있다. 《밤이 끝나는 곳》에 관해 이야기를 나누고 있다. 하지만 그것은 어디까지나 영화에 대한 증언이다. 저자인 메시아이 아즈사에 대한 증언도 많이 포함되어 있지만…… 그러고 보니 우리는 원작 소설에 관해서는 아무런 이야기도 나눈 적이 없지 않은가.

영화를 만드는 계기가 된 근본 요인.

모든 것의 원천, 소설 《밤이 끝나는 곳》. 그 내용에 관해 검토해봐야 한다.

어젯밤 책을 집어 들었을 때 옛일이 떠올랐다.

벌써 20년 가까이 지난 일이 머리에 되살아난 것이다.

그것은 직장인 시절의 일…… 막 사회인이 되었을 무렵의 기억이다.

구체적인 상황은 기억나지 않는다. 다만 서류를 분실했다는 것은 기억한다. 내가 아니라 팀원 중 누군가가 잃어버린 것이다. 새파랗게 질린 얼굴의 팀원. 다 같이 서류를 찾느라 여기저기를 뒤집어놓았다. 아직 책상 위에 서류가 많이 쌓여 있던 시대였다.

그때 선배가 한 말을 기억한다.

버린 게 아닌 이상 절대로 없어지지 않아. 버린 게 아닌 이상 무조건 어딘가에 있어.

그 확신에 찬 말투가 인상에 남아 있다.

버린 게 아닌 이상 없어지지 않는다……. 선배의 그 말은 그날 대수색 끝에 증명되었다. 그 서류는 원래 있어야 할 곳에 있었다. 어째서인지 뒤집혀 있었던 것이다.

정말 있었네, 하고 누군가 감탄한 것이 기억난다. 버린 게 아닌 이상 무조건 어딘가에 있다…….

왜 그 일을 떠올리며 책을 집어 들었는지 잘 모르겠다.

그러고 보니 그 서류를 발견한 것도 다 같이 구석구석 뒤집어놓으며 찾다가 넌더리가 난 뒤였던가. 모두가 녹초가 되어 "설마 여기는 없겠지" 하고 홱 집어 든 파일…… 본래 있어야 할 곳에서 발견된 것이다.

'넌더리나는' 상황에서 연상한 걸까.

오늘 아침 다시 생각해보니 그런 것 같기도 하다. 배가 터질 것 같다, 당분간은 꼴도 보기 싫다. 그런 기분을 그 당시에도 똑같이 느꼈던 걸까.

어쨌든 어젯밤 오랜만에 제대로 읽은 《밤이 끝나는 곳》은 유독 신선했다.

지난 며칠간 자세한 내막이나 뒷이야기를 끊임없이 듣느라 지쳤을 텐데 피로도 느끼지 않고 원작 소설에 몰두할 수 있었다.

이 원작 소설은 어딘가 이상하다.

나는 먼 옛날 이 책을 읽었을 때 느낀 위화감을 떠올렸다.

이렇게 보니까 그것은 아직도…… 처음 읽었을 때부터 계속 이 책에 품고 있던 의문이었다는 생각이 든다.

TV드라마에서 반복해서 들었던 대사.

그 사람은 이제 남이 아니야.

오래도록 이상하게 여겼던 그 대사처럼.

사람이 위화감을 느끼는 경우 그 위화감에는 여러 가지 요인이 포함되어 있다. 언어화할 수 없는 물리적인 것을 가리키는 일도 있다.

늘 지나다니는 길모퉁이에서 강렬한 위화감을 느낀 적이 있다. 이상하다, 뭔가 꽉 막힌 느낌이 드는데, 하고 하루 종일 그 이유를 생각하다 돌아가는 길에 알게 되었다.

길가에 면한 유리창이 안쪽에서 종이에 뒤덮여 있던 것이다.

그곳을 지나다니며 나는 그 유리창에 내 모습이 비치는 것을 느꼈다. 무의식중에 내 모습을 인식했던 것이다. 그런데 그곳에 모습이 비치지 않게 되자 위화감을 느끼고 아무것도 비치지 않는 벽 같은 창문에 폐색감을 느낀 것이다.

나는 《밤이 끝나는 곳》에 느껴지는 위화감을 다른 데서 찾아내고 있었다.

처음 읽었을 당시에는 현학적인 글로 느꼈고 어딘가 퇴폐적인 뉘앙스를 감지했다. 옛날 글이라고 생각했을지도 모른다. 당시에는 저자가 꽤 나이 많은 사람인 줄 알았던 데다 아동문학이나 이른바 문학적인 글에 비해 분위기가 완전히 다른 요사스러운 글이라고 생각했던 것 같다.

하지만 위화감의 이유가 그런 것이 아니었다는 것을 어젯밤 이 침대 위에서 발견한 것이었다.

오늘 아침도 내가 흡연실에 도착했을 때는 이미 다무라 씨가 하이라이트를 여유롭게 피우고 있었다.

창문 너머의 회색 바다와 다무라 씨의 우아한 모습이 마치 그림처럼 잘 어울렸다.

자연스럽게 인사를 하고 그와 떨어진 자리에 앉아 담배에 불을 붙였다.

다무라 씨도 나를 언뜻 보고 작게 인사한다. 최소한의 동작으로.

아침 첫 담배. 더없이 행복한 한때.

다무라 씨는 늘 그랬듯이 편안하게 고상한 휴식을 즐기고 있다.

그나저나 빠르다. 오늘은 내가 맨 먼저 도착할 줄 알았는데 다무라 씨는 여기서 도대체 몇 시부터 담배를 피우고 있었던 걸까.

천장을 올려다보며 연기를 훅 뿜어낸다.

어쩌면 다무라 씨는 불면증일지도 모르겠군.

언뜻 그런 생각이 들었다.

게다가 어제오늘의 일이 아니라 오랫동안 시달렸을 것이다. 아마 하이라이트처럼 습관적으로 몸에 밴 젊은 시절부터의 불면증.

나는 경험한 적이 없어 모르지만 불면증에 걸리면 몹시 괴로운 모양이다.

수면은 뇌를 쉬게 하기 위한 것으로, 인간은 일주일 정도는 아무것도 먹지 않아도 살 수 있지만 일주일간 잠을 자지 못하면 죽는다는 말을 들은 적이 있다.

그래서 불면증이라 해도 잠을 조금은 자겠지만 그 잠은 극히 얕아서 긴 시간 동안 통잠을 잘 수는 없는 상태이리라. '잘 잤다', '푹 잤다' 하는 느낌이 없으면 힘들 것 같다.

내 얼마 안 되는 경험으로는 며칠씩 밤을 새느라 체내시계가 망가져 엉뚱한 시간에 잠든 탓에 통상적인 취침 시간이 되어도 잠들지 못하는 날이 일주일 가까이 계속된 적이 있다. 정말 괴로운 나날이었다. 온몸이 젖은 솜처럼 나른하고 피곤한데 머리만 이상하게 맑았다. 스위치가 고장 나 끄지 못하는 전등불처럼 어딘가 부자연스러운 부하가 걸려 있는 느낌이 들어 괜히 더 '자야 하는데' 하고 조바심을 냈다. 그렇다고 해서 차라리 일어나서 책이라도 읽을까 싶을 만큼 정신이 또렷한 것도 아니었다. 그저 무의미하고 불쾌한 시간이 계속될 뿐이었다.

다무라 씨의 표정을 읽을 수 없는 눈을 훔쳐본다.

그 눈에는 달관한 듯한 느낌이 깃들어 있었다.

만약 그가 고질적인 불면증을 앓고 있다면 오랜 시간을 들여 불면증을 관찰하고 연구하며 잘 길들여 공존해왔으리라. 가족이, 타인이 지극히 당연하게 잠을 탐하며 쉬고 있는 긴 시간을 그는 혼자 각성한 상태로 지내온 것이다.

얼마나 고독할까.

자고로 밤에는 잠을 자야 한다, 사람은 잠을 자야 한다, 더 자고 싶다고 생각하는 사람들 사이에서 혼자 계속 깨어 있는 것은. 극단적으로 말해 자신이 비정상적으로 느껴지지 않았을까.

이곳에 오기 전에 본 고즈에의 등이 머릿속에 떠오른다.

고즈에도 비교적 잠이 얕은 편이라 내가 일어나면 반드시 그녀도 깬다는 것은 알고 있었다. 아까도 깨어났길래 잠시 그녀의 등을 보고 있었더니 내가 자기 침대로 들어올까 봐 착각하고 등이 뻣뻣하게 긴장하는 것을 알 수 있었다.

침대 곁에서 물러나 방을 나갈 때 돌아봤더니 등의 긴장이 눈에 띄게 풀어져 있었다.

착각.

천장에 토해내는 연기.

그렇다, 고즈에는 착각하고 있었다.

나는 고즈에의 잠자는 얼굴을 보고 싶었을 뿐인데.

이유는 모른다. 그러고 보니 한동안 고즈에의 잠자는 얼굴을 못 봤군, 하고 그때 생각한 것이다.

잠자는 얼굴은 어쩐지 쓸쓸하다……. 특히 상대가 푹 잠들어 있는 모습을 맑은 정신으로 바라보고 있노라면 묘하게 안쓰러운 마음이 든다.

　어째서일까. 애처가인 내 친구는 아내가 새근새근 잠들어 있는 얼굴을 볼 때면 아아, 이 여자가 내 아내구나, 하고 행복해진다고 한다.

　나는 이제껏 한 번도 그런 감각을 가진 적이 없다. 사랑하는 사람의 자는 얼굴을 볼 때면 쓸쓸하고 우울한 기분을 느낀다. 아아, 이 사람은 지금 잠들어 있어서 내가 보고 있는 걸 모른다. 먼 곳에 있어서 내 생각 같은 건 하고 있지 않다. 그저 잠들어 있을 뿐인데 거부당한 것처럼 느끼는 것이다.

　평소 고즈에와는 상당히 엇갈린 생활을 하고 있다. 따로따로 자고 따로따로 일어나 외출하는 일이 대부분이다.

　그래서 그녀의 잠자는 얼굴이 어땠는지 확인하고 싶었던 것이다.

　하지만 보지 못했다.

　그녀는 옆으로 누워서 내게 등을 보이며 자고 있었다. 잠든 얼굴을 볼 수가 없었다.

　어떤 얼굴로 자는 여자였더라?

　나는 머릿속에 떠올리려 했다.

　그런데 어째서인지 이즈미의 잠자는 얼굴이 떠올랐다. 심지어 그녀의 죽은 얼굴이.

　이즈미는 고즈에와는 반대로 잠이 깊은 체질이었다. 신경질적이고 완벽주의였던 성격을 생각하면 신기하기도 하지만, 일단 잠이 깊이 들면 웬만해서는 깨지 않는다. 그야말로 '죽은 듯이 잔다'라는 표현이 딱 맞는 깊은 잠이었다.

게다가 이즈미는 매우 조용히 잔다. 꼼짝도 않고 뒤척이지도 않고 '가만히' 잔다.

결혼 초기에는 너무 조용히 자기에 '숨을 안 쉬는 거 아냐?' 하고 불안해져 숨을 쉬고 있는지 자꾸 확인했을 정도였다.

그래서 이즈미의 죽은 얼굴은 오히려 잠들어 있는 것으로밖에 보이지 않았다. 안색이 조금 나쁘네, 하고 생각했을 정도였다. 그리고 잘 자고 있네, 라는 생각밖에 들지 않았다.

문에 끈을 걸어 목을 맨 그녀의 얼굴은 흔히 항간에 떠도는 목을 매단 시체의 참상과는 무관한 깨끗한 얼굴이었다.

이즈미의 얼굴은 좀처럼 사라지지 않았다.

고즈에의 잠자는 얼굴을 떠올리려 하면 등만 생각나고 그곳에 이즈미의 죽은 얼굴이 포개어진다.

나도 참 잔인하네, 하고 멍하니 생각한다.

지금 아내의 잠자는 얼굴에 전처의 죽은 얼굴을 포개다니.

다무라 씨가 재떨이에 담배를 비벼 껐다.

군더더기라고는 없는 동작. 손을 쓱 뻗어 손가락을 홱 비틀어 한 번에 불을 끈다. 마치 다도 예법에 따라 차를 달이기라도 하는 것처럼 빈틈없는 동작이다.

꽤 짧아질 때까지 피우는군.

나는 내 손가락 사이에 끼인 담배를 봤다.

연기가 솔솔 피어오른다.

나는 어쩌면 아직도 이즈미의 죽음을 실감하지 못하고 있을지도 모른다. 이즈미는 지금도 어딘가에 잠들어 있을 뿐이다. '영원한 잠'이 아니라 그저 깊은 잠에 빠져 있을지도 모른다.

다무라 씨가 다음 담배에 불을 붙였다.

전형적인 줄담배꾼이군, 하고 잠시 넋을 잃고 봤다.

오늘 하루는 아모이에 상륙해서 관광을 한다. 오랜만의 육지.

고즈에는 짧게나마 인터뷰에서 해방되어 안도하는 듯했다.

당연하다. 하나같이 캐릭터가 강렬한 사람들의 이야기를 계속 듣고 있으면 나 같아도 지친다.

물론 나도 이제 땅을 밟고 돌아다니며 이국 도시의 떠들썩한 분위기를 맛보고 싶던 참이었다.

하지만 나는 알고 보면 그 이상으로 《밤이 끝나는 곳》과 닿아 있고 싶었다. 관광도 좋지만 언제까지나 《밤이 끝나는 곳》에 관해 곰곰이 되새겨보고 싶었던 것이다.

아니, 솔직히 말하자.

나는 오랫동안 멀리했던 이즈미의 노트를 차분히 읽을 수 있는 기회가 마침내 왔다고 생각했다. 이번 여행 기간을 놓치면 다시는 그 노트를 읽을 기회는 돌아오지 않으리라. 그런데 여행이 시작되고 나서도 노트를 읽는 것을 미적미적 미루어왔다. 고즈에가 함께 있을 때는 노트에 손댈 수가 없었다.

고즈에는 내가 뭘 읽는지 일일이 확인하지도 않고 재판 관련 자료도 잔뜩 가져왔으므로 일을 한다고 생각할 것이다. 일하는 척을 하고 이즈미의 노트를 읽고 있어도 눈치챌 리가 없다.

그래서 일하는 척을 하고 읽어야겠다고 생각했지만 예상보다 거부감이 컸던 것이다.

뭣 때문에 생긴 거부감일까.

나는 이즈미의 노트를 원망스럽게 흘낏거리며 업무 관련 자료에 집중하라고 스스로를 타일렀다.

필시 위화감 때문이리라.

이즈미의 필적을 보고 있으면 어디선가 이즈미의 목소리가 들려온다.

그 냉담하고 태연하면서도 또렷한 그녀의 목소리가.

시야에 고즈에의 모습을 담으면서 이즈미의 목소리를 듣는다는 것이 견딜 수가 없다. 마치 바람이라도 피우는 듯한 숨어서 나쁜 짓을 하는 기분이 든다.

그리고 문득 의구심이 몰래 기어들었다. 내내 생각하기를 피해온 의구심, 보고도 못 본 척을 해온 의구심.

이 여행을 온 것이 과연 옳았을까.

우리가 마땅히 와야 했던 걸까.

그런 근본적인 의구심이 솟구치는 것이다.

전부터 싹터온 의문이기는 했다. 《밤이 끝나는 곳》에 관해 이야기하는 것은 내게는 결국 이즈미의 죽음에 관해 이야기하는 것이다. 그녀의 생전 마지막 일이었던 것을 생각해도 어차피 피해갈 수 없다.

문제는 거기에 고즈에를 말려들게 했어야 했나 하는 것이다.

이것은 나와 이즈미의 문제였다. 표면적으로는 《밤이 끝나는 곳》의 시나리오라는 형태로 나타나 있지만 그 기저에는 뭔가 근본적인 문제가 가로놓여 있었다.

거기에 고즈에를 말려들게 해서 어쩔 셈이지? 어떻게 하고 싶었던 거야?

고즈에는 직업상 흥미를 가져준 동시에 당혹스러워하고 있다. 《밤이 끝나는 곳》에 대한 내 집착을 이상하게 여긴다. 내 친척이 여럿 등장해 움츠러드는 모습도 보인다.

후유, 하고 숨을 토해냈다.

이른 아침 흡연실 안에 퍼지는 흰 연기.

고즈에의 등.

이즈미의 죽은 얼굴.

잠.

어렸을 때는 왜 잠을 자야 할까 하고 불만스럽게 생각했다.

부모님은 툭하면 "이제 자라"라고 말한다. "아이는 자라" 하고 무서운 얼굴로 말한다.

그리고 어른은 아이가 잠자는 순간 장지문 너머에서 재미있는 일을 하기 시작한다. 아이는 늘 손해를 본다. 그렇게 옥생각했다.

중학생이 되고 고등학생이 되어 깨어 있는 시간이 길어지자 불만은 더 커졌다.

계속 깨어 있으면 좋을 텐데. 하루에 4분의 1을 수면에 소비하다니 시간이 아깝지 않은가.

하고 싶은 일은 얼마든지 있었다. 책도 읽고 싶었고 음악도 듣고 싶었다.

이윽고 아무리 오래 깨어 있어도 아무도 잔소리를 하지 않게 된다. 반대로 일이 끝나기 전까지 깨어 있기를 강요받게 된다. 철야에 익숙해지고 새벽 퇴근의 권태를 알게 된다.

그제야 비로소 잠자고 싶다고 생각한다. 푹 자고 규칙적인 생활을 하고 싶다고 생각한다. 잠은 이제 빼놓을 수 없는 영양제 같은 것이다. 필수 불가결한 것, 인생을 움직이는 톱니바퀴의 하나. 수면의 질이 중요하다. 잠을 자서 기억을 정리한다. 그런 인식이 박힌다.

잠자고 싶다.

문득 그런 말이 떠올랐다.

느긋하게 자고 싶다. 아무 생각도 하지 않고 푹 자고 싶다.

이제껏 생각한 적이 없는 욕구이며 신기한 감각이었다.

딱히 피곤하거나 모든 것이 싫어진 것도 아니다.

다만 짤막한 토막 잠, 일하는 틈틈이 억지로 욱여넣는 의무 수면이 아니라 그저 잠을 잔다는 목적을 위해 시간을 호화롭게 써보고 싶다.

그렇게 생각했다.

필연성…….

이즈미의 포스트잇의 필적이 머릿속에 되살아난다.

그래, 필연성 있는 잠을. 오직 잠을 위한 잠을.

나는 담배를 재떨이에 비벼 껐다.

다무라 씨만큼은 아니어도 나름대로 우아한 흡연도 예법의 몸짓이다.

어쩌면 이즈미도 그렇게 생각하지 않았을까?

소파에 기대자 불쑥 그런 생각이 들었다.

이즈미는 죽고 싶어 한 것이 아니라 느긋하게 자고 싶다, 아무 생각도 하지 않고 푹 자고 싶다, 그렇게 생각한 것이 아닐까.

완벽주의자인 그녀. 항상 일에 대해, 사소한 것에 대해 치열하게 고민하지 않고서는 견딜 수 없었던 그녀.

그 고통은 결코 누구도 이해할 수 없었다.

하지만 그녀가 그런 일에 싫증 나지 않았다고 할 수 있을까? 넌더리 나지 않았다고 할 수 있을까?

인간은 스스로에게 질리곤 한다. 자신이 결국 자신일 수밖에 없는 것, 자기 밖으로 나가지 못하는 것, 자신 이외의 누구도 될 수 없는 것, 자기 자신의 단점에 질린다.

이즈미가 그렇지 않았다고 누가 말할 수 있지?

나는 두 개비째 담배에 손을 뻗다가 멈췄다.

혹시 내가 방금 뭔가를 깨달았나?

다무라 씨가 일어선다.

고요하고 우아한 동작으로.

반사적으로 그의 얼굴을 보고 서로 살짝 인사한다. 인사 타이밍은 이제 완벽하다. 두 번째 마주침 만에 우리는 이미 같은 흡연도를 걷는 자로서 기가 막힌 호흡을 자랑한다.

26 아모이

관광 투어.

그것은 온갖 불확실성을 배제하는 것으로 성립된다.

참가자는 아무것도 생각할 필요 없이 주어진 메뉴를 누리기만 하면 된다. 분 단위로 짜인 스케줄. 사전 답사가 이루어진 관광지. 참가자를 둘러싼 색다른 체험. 예상 가능한 서프라이즈. 아무도 그 이상은 바라지 않는다.

아무것도 생각하지 않아도 된다는 것은 이처럼 평온하고 안락한 것이다.

판에 박힌 여행은 싫다고 잘난 척하는 사람도 있을 것이다.

하지만 어느 정도의 세월과 인생을 걸어온 사람이라면 누군가가 정해주고 누군가의 뒤를 따라다니면 되는 여행이 얼마나 편한지(그리고 얼마나 끔찍한지) 알 것이다.

훌륭한 관광 투어.

고마운 관광 투어.

본래 나는 휩쓸리기 쉬운 성향이다. 결코 앞장서거나 자기 사업을 일으키는 유형이 아닌 것이다.

못 한다고는 하지 않는다. 하라고 하면 나름대로 받아들이고 임무를 다할 수는 있지만 역시 나는 '지휘하는 쪽' 사람은 아니라고 생각한다.

그런 까닭에 아모이 항구에 상륙했을 때 누구보다 해방감을 느꼈던 것은 나였을지도 모른다. 아니, 분명히 나였을 것이라는 묘한 자신감이 솟았다.

입국 절차는 어떻게 하나 싶었더니 현지 직원이 일부러 배에 올라타 처리해주어 깜짝 놀랐다. 모든 일이 원활하게 이루어지고 잘 준비되어 있었다.

그리웠던 육지.

오랜만의 육지.

공기는 먼 일본에서 끊이지 않고 이어지고 있을 터인데 밖에 나간 순간 이국의 향기를 느꼈다.

눅눅한 햇살. 바닷바람에 섞여 향신료 냄새가 풍기는 것 같았다. 발효 식품의 냄새도.

후텁지근한 무더위. 흐린 날씨에도 태양의 존재가 느껴져 남쪽 나라에 왔다는 실감이 들었다.

배에서 겨우 며칠간 지냈을 뿐인데 땅에 내려섰을 때 느낌이 이상했다.

흔들리는 배 위에서 몸의 균형을 잡는 데 익숙해진 탓에 발밑이 움직이지 않아 위화감을 느낀 것이다. 단단한 땅 위를 걷고 있으면 오히려 몸이 천천히 넘실거리듯 흔들리는 듯한 착각마저 느꼈다.

"아직도 흔들리네."

남편인 마사하루도 똑같이 느꼈는지 그렇게 말했다.

"응, 흔들려, 흔들려. 느낌이 이상해."

절로 고개가 끄덕여졌다.

그저 넓기만 한 거대한 공간.

나는 잠시 걸음을 멈추고 저 앞에 있는 땅의 기운을 들이마셨다.

아모이 항구는 휑하고 살풍경했다.

대형 여객선이 항구 변두리 쪽에 접안하고 있어서일지도 모른다. 혹은 생각보다 훨씬 거대한 항구라서 그렇게 느꼈을지도 모른다.

하늘이 넓다.

햇빛은 약하게 비치는데 의외로 덥다.

약간 흐리고 공기는 거칠었다. 저 멀리 희미하게 산이 보인다.

습한 풍경 속을 줄줄이 걸어가 주차장에 서 있는 호화롭고 큰 버스에 올라탔다.

직원이 입구에서 인원을 체크하고 있다.

버스 통로를 지나 맨 뒷좌석에 앉자 마음이 놓였다.

거침없이 맨 뒤까지 걸어간 마사하루에게 속삭였다.

"당신, 혹시 소풍 때 버스 맨 뒷자리에 앉는 유형이었어?"

"아니, 그렇지도 않은데. 고즈에, 당신은?"

마사하루가 고개를 기울이고 관자놀이를 긁적인다.

"나도 아니었지. 맨 뒷자리에 앉은 적 없어."

내가 고개를 흔들자 마사하루는 작게 콧방귀를 뀌었다.

"버스 맨 뒷자리는 뒤에서 힘 좀 쓰는 애들이 차지하는 법이지."

"맞아. 꼭 일진 애들이 나란히 앉더라."

"앞에서 힘쓰는 애들은 앞에 앉고. 반장 같은 애들."

"참 이상하기도 하지. 맨 뒷자리에 앉으려면 제법 용기가 필요하거든. 비주류에 속하거나 평범한 애들은 맨 뒷자리에는 못 앉지."

"그거지. 고참 죄수가 감옥 맨 안쪽 자리에 담요 쌓아놓고 앉아 있는 거. 권력을 지닌 사람은 가장 안쪽에 앉는 법이니까."

"나는 소심해서 평생 무리야."

"지금 앉아 있잖아."

나는 작게 웃었다.

"우리가 이 중에서 가장 젊으니까 그렇지. 다들 나이도 있고 버스 안에서 걷기 싫어할 테니까, 앞좌석부터 차 있는 것만 봐도 그렇고."

"일리 있네. 최대한 적게 걷는 걸 선호한다는 거군."

"여러분, 안녕하세요."

여성 직원과 현지 남성 가이드가 인사를 한다.

모두가 답인사를 했다.

현지 남성 가이드는 젊고 다부진 체격이었다. 양복에 넥타이를 맨 단정한 차림새다. 가이드라기보다는 학자처럼 보인다.

"저 가이드, 머리 뻗친 게 장난 아닌데."

마사하루가 중얼거린다.

마침 나도 신경 쓰이던 참이었다.

머리숱이 많고 곱슬기 있는 머리인데 뒷머리가 높이 뻗쳐 있었다.

"아, 너무 신경 쓰여. 무스 같은 거 안 바르려나."

"그런 습관은 없는 것 같아."

"빗질이라도 해주고 싶은데."

마사하루는 몸차림을 단정히 하는 편이라 괜히 더 신경 쓰이는 모양이다.

버스가 출발했다.

이제부터 관광을 하러 간다는 화사한 공기가 차내에 감돌았다.

시내의 오래된 절을 둘러본다고 한다.

하지만 나는 직원과 가이드의 설명을 흘려듣고 있었다.

아아, 어떤 말을 메모할지, 어느 시점에 입을 열지 생각하면서 이야기를 듣지 않아도 되니까 참 편하구나.

들어도 되고 듣지 않아도 된다는 편안함에 아무래도 주의력과 집중력이 몽땅 날아간 듯하다.

직업상 평소에는 뭐든지 다 관심을 두려고 하고 다양한 정보를 얻으려고 신경 쓰고 있지만 과연 지금은 그러고 싶은 마음이 들지 않았다. 모처럼 뒤에 앉은 나 대신 앞쪽 승객들이 열심히 설명을 듣고 웃어주어 고마웠다.

차창 밖으로 경치가 차례차례 흘러가지만 전체적으로는 썰렁한 풍경이었다.

이 부근은 교외인지, 최근에 막 정비된 듯한 분위기의 널찍한 도로를 달리고 있다.

버스는 제법 속도를 내는 것 같지만 경치에 악센트가 없어 속도감이 잘 느껴지지 않는다.

대륙적인 풍경이라는 말이 떠오른다.

넓은 차창을 바라본다.

깨끗이 닦인 유리에 색이 조금 들어가 있어 창밖이 연회색으로 보인다. 자외선을 차단하는 유리인 모양이다. 커튼이나 좌석에도 호화로운 천을 썼다.

"아아, 버스 타는 거 오랜만이야."

"나도."

둘이서 창밖을 내다보았다.

평소 도쿄에서는 전철이나 택시만 타서 이렇게 흔들리는 버스 안에 있는 것이 얼마 만인지 모르겠다.

관광버스라는 것은 어쩐지 그리운 느낌이다. 동시에 조금 우울하고 답답하다.

소풍이나 수학여행에 관한 기억이 뇌리에 언뜻언뜻 되살아나서일 것이다.

기대되기도 한 동시에 귀찮기도 했던 소풍. 신나게 놀다 지쳐서 집에 가는 버스 안에서는 다들 곯아떨어졌다. 집에 가는 길의 그 피로와 나른함만이 기억에 남아 있다.

"나는 어렸을 때 멀미가 아주 심했지."

마사하루가 생각났다는 듯이 불쑥 중얼거렸다.

"어머, 나는 괜찮았는데. 멀미가 난다는 감각을 몰랐어. 그럼 버스 앞쪽에 탔겠네."

"응. 평생 토할 거 그때 다 토했지."

"앞쪽이 좋다는 건 뒤쪽은 크게 흔들려서인 거지?"

"그렇지. 그런데 효과는 별로 없더라. 당시에는 평생 멀미 때문에 고생하면 못 견디겠다고 생각했는데. 어른이 되니까 다 나아서 까맣게 잊고 지냈어. 신기하지."

"요즘 애들도 멀미를 할까?"

"하지."

"생각해보면 옛날에는 차도, 길도 그리 좋지 않았잖아. 차 시트 냄새만 맡아도 멀미하는 애가 있었거든."

"그러게, 요즘 버스는 잘 흔들리지도 않고 좌석도 편안하지. 옛날 차는 요란하게 흔들렸는데."

"탈것은 다 흔들렸어. 기차 같은 것도 굉장했어."

"듣고 보니 정말 그러네. 차가 이렇게 쾌적해진 건 비교적 최근이야."

차멀미.

그런 것이 있는 걸 까맣게 잊고 있었다.

나는 차 타는 것을 무척 좋아했기 때문에 소풍 때 창백한 얼굴로 토하는 아이가 정말 신기했다. 멀미하는 아이는 항상 정해져 있어 그 아이가 긴장한 얼굴로 버스에 올라타는 것을 이해할 수 없었다.

"세상이 얼마나 달라 보였을까."

내가 중얼거리자 마사하루가 "어?" 하고 되묻는다.

"차멀미를 하느냐, 하지 않느냐에 따라 소풍이나 수학여행의 의미가 완전히 달라지잖아."

"그렇지."

마사하루가 고개를 끄덕였다.

"생각났다…… 어렸을 때는 여행이라고 하면 무조건 무서웠어. 할머니네 집에 갈 때, 피서지나 유원지에 갈 때 부모님하고 친척들은 재미있게 얘기하는데 나만 혼자 굳어 있었지. 모두가 기대에 부풀어 있는데 나만 그 고생을 또 할 바에는 차라리 혼자 집 보고 있고 싶었어. 실제로 외출하기가 너무 싫어서 혼자 남겠다고 떼쓰느라 부모님을 곤란하게 했지."

"흐음. 그런 시기가 있었구나."

"응. 고독하더라. 식구들 중에서 나 혼자만 멀미했거든."

어린 시절의 마사하루를 머릿속에 그려본다.

앨범을 본 적이 있는데, 지금은 상상도 못할 만큼 비교적 신경질적인 분위기의 소년이었다.

"어른들은 나더러 어른이 되면 낫는다고 했지만 아무런 위로도 되지 않았어. 지금 당장 괴롭고 힘들어죽겠는데 어른이 되려면 도대체 얼마나 기다려야 하나 싶어 원망했지."

"그러게. 의외로 어른들은 그런 말을 하더라. 어른이 되면 좋아진다거나 어른이 되면 바뀐다거나."

"뭐, 실제로 그랬지만. 그런데 당시에는 어른이 되기까지의 시간이 영원처럼 느껴졌지."

어른이 되면.

어느새 그런 감각조차 잊고 있었다는 것을 깨달았다.

확실히 어렸을 때는 시간이 길고 느리게 간다고 느꼈다. 어른이라는 것은 먼 훗날, 아득히 먼 저편에 있다고 생각했다.

그런데 정신을 차리고 보니 나도 모르는 새에 '어른'이 되어 있었고 젊은이들의 모습을 눈부시게 바라보곤 했다.

"어른이 되면…… 어른이 되지 못했는걸."

나는 작게 한숨을 내쉬었다.

"나도. 크면 자연히 훌륭한 사람이 되는 줄 알았는데, 의외로 사람은 진보하지 않는 모양이야."

"정말. 속은 십 대 때랑 별 차이가 없는 것 같아."

"음."

차창 밖에 조금씩 집이 늘어났다.

번화가가 가까워지고 있는 분위기다.

지붕이 휘어진 정도나 기왓장 색깔이 이국적인 풍취를 자아낸다.

오가는 사람도 조금씩 늘어났다.

도로변에 음식점이 드문드문 나타난다.

음식점마다 개방적인 구조로, 디자인이 제각각인 테이블과 의자가 놓여 있고 가게를 지키는 여성이 할 일 없이 쪼그려 앉아 있는 것이 보였다.

자전거와 오토바이도 늘기 시작했다.

오토바이마다 짐을 한가득 싣고 달리고 있다. 두 사람이 탄 오토바이, 개중에는 세 사람이 탄 것까지 있다. 헬멧을 쓴 사람은 적다.

순식간에 차량도 늘어나고 시내에 들어왔다는 느낌이 든다. 아까까지만 해도 삭막한 황야에 있었는데 사방이 시끌벅적해졌다. 경적, 떠들썩함, 음악. 버스를 둘러싼 공기의 밀도가 차츰 짙어진다.

"오오, 아시아다."

마사하루가 몸을 내밀어 짐을 예술적으로 높이 쌓아올린 오토바이를 뚫어지게 봤다.

"저 상태로 용케 잘 달리네. 커브에서 쓰러지는 거 아냐?"

"익숙해졌겠지."

전방에 탁 트인 장소가 있을 듯한 예감이 들었다.

아무래도 그곳이 목적지인 옛 절인 듯했다.

인간의 뇌에는 위대한 점이 많은데 그중 하나가 '생략'이다. 혹은 '망각'이라고 바꿔 말해도 좋다.

예를 들어 처음 가는 장소의 경우.

갈 때는 지도를 참고하며 시간을 들여 걷지만 올 때는 주위를 잘 보지 않는다. 벌써 몸이 기억해서 기준이 되는 건물만 체크하면서 가면 별 문제없이 돌아갈 수 있다. 돌아오는 길에는 가는 길에 소비한 노력의 대부분을 생략할 수 있어 전철역까지 걸으면서도 방금 헤어진 손님과 나누었던 대화 내용을 되새기는 능력도 발휘할 수 있다.

예를 들어 비슷한 상황을 반복해서 겪는 경우.

옛 도읍에서 신사와 불당을 구경할 때가 이에 해당한다.

처음에는 주의 깊게 바라보다 세세한 부분까지 살펴본다. 그런데 기본 구조는 다 똑같다. 요컨대 전부 절이라는 말이다. 본 적이 있는 것에 차츰 익숙해진다. 그렇게 되면, 오래 기다리셨습니다, 또다시 뇌에서 대기 중인 '생략' 담당이 나설 차례다.

이런 것은 본 적이 있다, 아마 이런 구조일 것이다.

딱 보고 그렇게 판단하면, 어쩜 신기하기도 해라, 뇌는 본 적이 있는 것은 무의식중에 '날려'버린다.

경험을 더 쌓으면 가는 곳곳마다 눈에 보이는 절의 '차이'만을 골라 인식하게 된다.

네, 지금까지 본 것과는 이 부분이 다르군요. 여기가 특징이군요.

알겠습니까? 시험에 나올 만한 건 이 부분입니다.

거대한 문을 지나 광대한 사원 안으로 들어갔을 때 나는 내 뇌가 '생략' 모드에 들어간 것을 느꼈다.

유서 깊고 유명한 그 옛 절을 뇌가 '아, 이건 알지' 하고 판단한 것을 느낀 것이다.

이런 중국계 불교 사원은 예전에 어디 어디에서 봤는데.

머릿속에서 영상이 찰칵찰칵 찍혀 나온다. 그러고는 이 부분도 그때와 같은 구조, 같은 배치, 같은 느낌이군.

그렇다면 이제 '생략' 담당이 나설 차례다.

나는 넓은 부지를 한가로이 거닐면서 눈앞의 경치가 서서히 녹아 들어 배경음악이 아닌 배경 영상으로 깔리는 것을 느꼈다.

정말 순식간에 풍경이 파스텔컬러로 하늘하늘 물들어간다.

그렇다고 해서 내가 이 투어를 무시한다든가 이 관광을 즐기지 않 는다는 것은 결코 아니다.

오히려 그 반대다.

지금만큼 아무 생각 없이 관광에 푹 빠졌던 적도 없다고 확신할 정 도다.

이 대륙적인 광활한 공간이 끝없이 펼쳐져 있다는 해방감과 약간 거친 색채의 공기. 이국땅의 바람 냄새, 낯선 문화와 풍속이 군데군 데 숨겨져 있다는 예감.

그것을 나는 실로 편안하고 차분하게 즐기고 있었다.

악착같이 관광하는 것이 아니라 이 공기에 젖고 이 풍경을 배경 영 상으로 삼는다는 것에 엄청나게 호화로운 기분을 만끽하고 있었다 고 할 수 있다.

요컨대 크루즈 여행 도중 잠시 배에서 내려, 업무 전화를 신경 쓰거 나 시간에 쫓길 필요도 없이, 그리고 마음의 숙제도 내려놓고 널찍한 이국의 절을 거니는 한편 이 관광을 배경 삼아 이곳과는 전혀 상관 없 는 어린 시절의 소풍 이야기를 주절주절 떠들고 있는 것이 얼마나 사 치스러운 일인지 알 수 있을 만큼은 나도 어른이 되었다는 것이다.

절의 부지 바깥쪽은 사람들로 북적북적하고 교통량도 많아서 어 수선했는데 부지 내에 들어왔더니 예상 외로 썰렁해서 완전히 다른 시간과 공간이 흐르는 느낌이었다.

관광객도 생각만큼 많지 않고(어쩌면 넓은 부지에 흩어져 있어서 눈에 떠지 않는 것일 수도 있다) 부산스러운 바깥세상과는 완전히 분리되어 있다.

"참 신기해, 이런 절이나 종교 시설은 왜 다른 곳과 공기가 전혀 다른 걸까."

아내인 고즈에가 중얼거렸다.

일행이 나와 똑같은 생각을 하고 있다는 사실에 흠칫 놀라면서도 묘하게 반가운 마음이 들었다.

고즈에와 함께 어떤 대상을 봤을 때 그 거리감이나 대상에 대한 온도감이 서로 비슷해 그때마다 새삼스레 놀란다. 생각해보면 애초에 그녀에게 관심이 생겼던 것도 이런 자연스러운 공감 때문이었던 것 같다.

"원래 공기가 특별한 장소라서 종교 시설이 된 걸까. 아니면 오랜 세월 동안 많은 사람들이 참배하고 소중히 여겼기 때문에 사념이 쌓여서 이렇게 된 걸까."

"닭이 먼저냐 달걀이 먼저냐, 그거로군."

"그런데 성지라는 건 그런 거잖아."

"종교는 어려워, 잘 모르겠어."

나는 솔직히 고백했다.

"어렸을 때는 절이나 신사가 뭘 하는 곳인가 싶지 않았어?"

"그랬지."

고즈에가 바로 대답했다.

"역시. 학교나 백화점, 시민 회관 같은 곳은 알겠어. 불특정 다수를 대상으로 교육을 한다든가 상품을 진열한다든가 하는 어린아이도 아는 목적이 있잖아. 그런데 절은 뭐지? 교회는? 다들 뭘 하러 오는 거지? 이렇게 큰 건물을 대체 뭐에 쓰는 거지?"

"나는 기독교가 무서웠어. 소꿉친구 중에 미국인 선교사 딸이 있었는데, 운동신경이 뛰어나고 수학도 잘했어. 그런데 성경이나 신화 얘기만 나오면 갑자기 표정이 싹 변하는 거야. '믿음'이라는 거 자체가 어린 마음에도 무서웠어."

"믿는 자는 구원받는다."

"그 애 집에 놀러 갔는데 식구들이 다 똑같은 표정이었어. 오싹했던 게 기억나. 나도 이 집에 태어났다면 이랬겠구나 싶어서. 가족이라는 거, 생각해보면 정말 굉장한 것 같아. 가족의 가치관, 우주관. 그 안에서 다 완결되잖아. 그곳이 전부야. 가장 작은 세계."

"아이는 벗어날 수 없고 가족을 선택할 수도 없지."

"교육이란 중요하면서도 무서운 거구나, 하고 그 애 집에서 나와 우리 집으로 돌아가는 길에 생각한 게 기억나."

"그게 몇 살 때 일이야?"

"열세 살쯤."

"으음, 어른스러웠네. 열세 살에 교육 문제를 생각하다니."

"기독교에서 특히 잘 모르겠는 건 삼위일체야. 왜 있잖아, 성부와 성자와 성령의 이름으로 아멘, 하고 말하는 거. 성부와 성자가 하나님과 예수 그리스도라는 건 둘째 치고, 그때까지 계속 나오지 않다가 여기서 갑자기 등장한 성령은 뭐지? 당신 누구야? 하는 느낌이야."

"나도 모르겠어."

"성경에서도 하나님이 너무 자기중심적이라고 해야 할지, 거의 변덕 부리듯이 인간에게 가혹한 일을 겪게 하잖아. 유일신교도 현실적으로 잘 모르겠어."

넓은 부지에서 가이드가 인솔하는 사람들 뒤를 너무 붙지도 떨어지지도 않게 따라갔다.

가이드와 투어 직원의 만담 같은 대화에 다른 손님이 웃음을 터뜨리는 소리가 들린다.

웃음소리가 벽 어딘가에 메아리치며 스르르 퍼져나간다.

이 미묘한 소외감과, 저쪽 사람들은 관광을 제대로 즐기고 있다는 만족감이 못 견디게 편안하다.

이 분위기라면 저 너머가 연못이다.

안쪽에 있는 산을 차경借景으로 삼았을 것이다.

그렇게 예상하며 걷다 보니 정말 그렇게 되어 있어서 남몰래 만족했다.

어디선가 달콤한 향기를 실어온 바람이 긴 회랑을 빠져나갔다.

무슨 향기일까. 선향의 향기일까. 그런 것치고는 열대 꽃처럼 눅진한 향기가 난다.

"믿음의 의미에서는 여기도 신앙이 형태로 나타나 있는 거네. 대체 뭐가 다른 건지. 왜 이런 형태가 되었는지 모르겠어."

"풍토나 환경의 영향 아닐까?"

"불교는 원래 인도에서 발원했지. 그게 동쪽으로 전해지면서 이렇게 되다가 마침내 일본에 도착하면서 저렇게 된 거지. 전파의 과정이란 참 신기한 거군."

휘어진 기와지붕을 올려다본다.

경사가 휘어져 있어 하늘을 향해 뛰어오르는 듯한 윤곽이다.

"일본을 문화의 냉동고나 퇴적지라고 하더라."

"하긴, 극동의 막다른 곳에 있으니까."

"맨 끝은 원래 형태가 비교적 그대로 남기 쉽다더라. 그래서 전파 도중에 쇠퇴하거나 변화한 것이 일본에서는 옛날 형태로 남아 있는 거래."

"오, 그거랑 똑같은 논리네. 옛날에 있었잖아, 일본어의 '전국 바보·멍청이 분포도'."

"간사이 지역 TV 프로그램에서 조사한 거?"

"그거 보고 많이 놀랐는데. 과거에 수도였던 교토 지역을 중심으로 여러 단어가 동심원상으로 전국에 전해졌다는 거였지? 그래서 같은 원 안에 있는 동북쪽 맨 끝과 규슈 끝에 똑같은 단어가 남아 있었지."

"불교든 문화든 전파의 과정에서 원형과는 전혀 다른 것이 남기도 하는 반면 의외로 그 원형대로 고스란히 남기도 하잖아. 그건 왜 그러는 걸까."

"말 전달 놀이 같은 거 아닌가? 핵심 부분은 바뀌지 않아도 그 주변 부분은 그때그때 바뀌는 거지."

"그런 건가."

문득 바다의 기운이 느껴졌다.

고개를 들었지만 그쪽에는 긴 토담밖에 보이지 않았다.

낡고 높은 벽 위로는 흐린 하늘이 펼쳐져 있다.

저쪽이 바다구나.

나는 그렇게 확신했다.

저 회색 하늘 너머로 바다가 있고 수평선에서 어렴풋이 녹아들어 있다. 그런 경치를 본 것 같았다.

"……말 전달 게임."

고즈에가 갑자기 걸음을 멈췄다.

"핵심 부분과 그때그때 바뀌는 것."

어쩐지 심상치 않아 고즈에의 얼굴을 들여다봤다.

"무슨 일이야?"

"……나 실은 어젯밤에 오랜만에 다시 제대로 읽어봤거든."

고즈에가 불쑥 중얼거렸다.

갑자기 무슨 소린가 싶어 바로 알아듣지 못했다.

"어? 뭘?"

잠시 후 되물었다.

"《밤이 끝나는 곳》."

그렇게 대답하면서 내 얼굴을 본 고즈에는 약간 겸연쩍은 표정을 하고 있었다.

지난 이틀간 수없이 많은 이야기를 나눈 테마였다.

우리는 결국 이 화제에서 벗어나지 못하는 걸까.

그런 자조와 쑥스러움, 혹은 단념이 어중간한 표정이 되어 얼굴에 떠올라 있는 것 같았다.

"오. 그랬구나."

"마사하루, 당신도 다시 읽어봤지? 어땠어?"

고즈에가 살피는 눈초리로 나를 본다.

나는 머리를 긁적였다.

"아니, 실은 아직 제대로 안 읽어봤어. 말했잖아, 첫사랑 같은 거라 환멸을 느낄까 봐 두려워서 다시 읽지 못하고 있다고."

"뭐야, 그런 거였어? 나는 당연히 여기 온 첫날 밤에 읽을 줄 알았지."

"띄엄띄엄 골라 읽기는 했지만."

"으음. 그럼 이 얘기는 하지 말까."

고즈에가 망설이는 눈초리로 말했다.

그 표정을 보고 갑자기 흥미가 생겼다.

"아, 혹시 뭐 발견한 건가?"

"응. 그런 셈이야."

고즈에는 머뭇거렸다.

"그런데 지금 생각해보니까 내 착각이었던 것 같기도 해."

"궁금해. 가르쳐줘."

"생각해보면 말이야."

고즈에는 내 간청을 슬쩍 피했다.

"우리는 계속 영화에 관한 얘기와 메시아이 아즈사에 관한 얘기도 했는데, 가장 중요한 원작 소설에 관해서는 거의 언급하지 않았더라."

그렇게 지적받고 생각해봤다.

"정말이네. 멤버들 중 워낙 영화 관계자가 많기도 했고 '저주받은 영화의 추억'이라는 주제로 얘기를 나눴으니 당연하다면 당연하지."

"응. 맞아."

고즈에는 고개를 크게 끄덕였다.

"그런데 원작 소설에 조금만 더 주목해도 좋겠다는 생각이 들었어. 메시아이 아즈사를 둘러싼 수수께끼에 대해서도 우리가 이런저런 얘기를 했지만, 그 대답은 메시아이 아즈사 본인이 원작 소설에 다 써넣지 않았을까 하는 생각이 들었거든."

나는 고즈에의 얼굴을 봤다.

"무슨 뜻이야??"

"잘 숨겨놓기는 했지만 말이야. 처음부터 그러려고 한 건지 어쩌다 보니 그렇게 된 건지는 모르겠지만. 그런 일이 자주 있잖아. 본인은 숨기느라 그런 건데 오히려 그 탓에 더 두드러져 보이는 일이. 소설이나 문장은 특히 더."

고즈에는 고개를 천천히 흔들었다.

뭔가에 정신이 팔려 있는 옆얼굴을 보다 보니 문득 내 안에 어두운 그림자 같은 불안이 퍼졌다.

고즈에는 뭘 발견한 걸까. 지금까지 아무도 눈치채지 못한 것이라면…… 나와 쓰노가에 감독, 열성팬을 자처하는 마나베 자매조차 알아내지 못한 것이라는 건가?

등에 땀이 마구 솟구치는 것을 느꼈다.

초조함…… 질투…… 분노?

복잡한 감정이 복받치는 것을 억누르고 나는 애써 냉정한 목소리로 말했다.

"숨겼다는 건 그…… 소설 속 장치 같은 건 아니지?"

나는 에둘러 확인했다.

머릿속에서는 과거에 읽은 《밤이 끝나는 곳》의 내용을 필사적으로 생각해내고 있었다.

나는 경악했다.

하, 참, 주요 줄거리는 기억하지만 세세한 부분은 하나도 생각나지 않는다.

이번에는 식은땀이 솟고 있다.

맙소사. 원작 소설을 제대로 읽지도 않은 채 초짜가 추리를 한답시고 이러쿵저러쿵 잘난 척한 것을 생각하면 부끄러워서 얼굴에 땀이 다 났다.

"그 소설에는 큰 미스디렉션이 있다는 거지?"

고즈에는 바로 고개를 끄덕였다.

"마지막 부분의 반전을 말하는 거네?"

"심지어 그게 두 개나 돼."

"그래. 화자의 혈통에 대해 독자가 오해하도록 유도한 것이 밝혀지는 부분과, 사건의 진실에 대해 아닐지도 모른다고 판단을 미루면서도 고백하는 부분이지?"

그 부분은 또렷이 기억한다.

소설의 핵심이라 할 수 있는 부분으로, 처음 읽었을 때 가장 강렬한 인상을 받았기 때문이다.

"아, 그렇지. 그게 메시아이 아즈사한테도 해당한다는 건가?"

"아니, 그런 뜻이 아니라."

고즈에는 답답하다는 표정이다.

"아, 역시 자신이 없어졌어. 마사하루, 이따 밤에 다시 읽어줄래? 괜히 선입관을 주면 안 될 것 같아. 그런데 미스터리 팬은 이런 언급만으로도 힌트가 되기도 하지?"

절로 헛웃음이 나왔다. 확실히 미스터리 팬은 무심한 말 한마디에 아직은 알고 싶지 않았던 사건의 진실을 알아차리는 법이다.

"아니, 이번에는 모르겠는데. 그래, 이따 밤에 읽을게."

"그래."

"그나저나 궁금한데?"

강한 조급함에 가까운 충동은 아직 내 안에 남아 있었다. 당장에라도 배로 돌아가 읽고 싶었다. 그런 생각까지 할 정도였다.

와 하는 웃음소리가 들려왔다.

가이드와 투어객이 화기애애한 분위기 속에서 관광을 즐기고 있다.

이때만큼은 그 웃음소리가 흐뭇하게 들리지 않고 내 조급함을 부채질하는 소리로 들리는 것을 바짝바짝 타들어가는 마음으로 곱씹었다.

27 피아노 섬에서 ─────────

　　　　　　당초 예정은 그 후에 하카 마을을 방문하는 것
이었다.

　하카는 중국의 오랜 한족의 일파로, 토루라고 하는 독특한 형태의
거대한 건축물에 살고 있는 것으로 유명하다. 고층으로 지어진 토루
는 중심부에 정원이 있고 그 둘레를 주거 지역이 빙 둘러싸고 있어 외
적의 침입을 막는 성채의 역할도 수행했다.

　그런데 출발 전에 조류독감 문제로 가금류와 함께 사는 하카(그들
의 집 1층은 가축을 기르는 외양간을 겸하기도 한다)와 접촉하면 위험할
수도 있다고 판단해 하카 마을 관광이 중지된 것이다.

　실은 중국 역사에서 종종 중요한 역할을 해온 사람들의 전통적인
마을을 방문하는 것은 내가 가장 기대했던 이벤트였지만 어쩔 수 없
다. 나는 기회만 생기면 나중에 글을 쓸 때 도움이 되도록 악착같이
덤비고 마는데, 이는 일종의 직업병이다.

　그 대신인지 원래 예정되었던 일정인지는 몰라도 차 공장 겸 상점
에 가서 향기 좋은 차를 마셨다. 고급 차인 듯한 그 차를 꽤 많은 사
람들이 구입했다.

　그렇지만 물욕은 이미 충족된 사람들이리라. 그들이 물건을 구입

하는 방식은 참으로 점잖고 견실하기까지 했다. 안목도 높고 물건의 적정 가격도 잘 알고 있었다. 이런 관광지에서 부추기는 대로 구입하는 순진한 '관광객'이었던 시절은 진작 지났다는 것을 한눈에도 알 수 있었다.

점심은 간단히 차와 딤섬을 먹는 얌차로 즐겼다.

정원에 면한 조용한 곳이었는데 어쩌면 어느 호텔에 딸린 별채 레스토랑이었을지도 모른다.

아무 생각도 하지 않아도 되어 어쩌나 편한지 나는 말 잘 듣는 관광객의 역할을 기꺼이 연기했다.

그것은 마사하루도 마찬가지였는지 둘이서 여유롭게 다른 손님들을 따라갔다.

대화할 필요조차 없었다.

우리는 이럴 때면 서로 비슷한 사람이라는 일체감을 강하게 느꼈다. 어쩌면 이 일체감이야말로 우리가 부부로 있을 수 있도록 해주는 것이 아닐까 싶을 정도로.

잘 표현할 수 없지만 감정의 높낮이가 우리 각자 안에서 같은 수위로 안정되어 있다.

전남편과 함께였을 때는 그 사람 안의 수위를 잴 수가 없었다. 아주 높은 곳에 있거나 매우 낮거나 해서 지금 생각하면 의외로 기복이 심한 사람이었던 것 같다. 나는 조금씩 오르내리는 유형이었기 때문에 그 사람과 수위가 일치한다고 느낀 적은 없다. 젊었을 때는 그 수위의 차이에 스릴이나 매력을 느끼고 즐겼을 것이다. 하지만 상대가 불같이 끓어오르거나 넘칠 듯이 찰랑대는 일이 계속되면 그 차이를 갈수록 즐기지 못하게 된다. 그뿐만 아니라 항상 수위의 차이를 체크하고 신경을 곤두세우게 된다.

그 점에서 마사하루와 나는 항상 수위가 비슷한 데다 그 성분이 닮아 있었다. 그것이 얼마나 다행스럽고 스트레스가 적은 일인지 이때 나는 절실히 느꼈다.

여행을 오면 이따금 동행자와 대화가 끊겨 어색하거나 남아도는 시간을 어떻게 보내야 할지 모르겠는 순간이 찾아오기도 한다. 그로 인해 고역이 느껴지는 상대가 있는가 하면 그렇지 않은 상대도 있다. 만약 이번 여행을 전남편과 왔다면 도저히 견디기 어려웠을 뿐만 아니라 감정의 수위 차이가 두드러져 괴로웠을 거라고 생각한다.

오후에는 페리를 타고 구랑위섬에 갑니다, 하는 가이드의 목소리를 머리 한구석에서 듣는다.

"구랑위섬?"

나는 마사하루의 얼굴을 봤다.

버스 의자 등받이에 몸을 묻고 힘없이 앉아 있던 마사하루는 그 자세 그대로 대답했다.

"난징조약으로 아모이가 개항한 뒤 20세기 초에 공동조계에 따라 개방한 섬일걸."

"난징조약이 뭐더라?"

"아편전쟁을 끝내기 위해 맺은 거."

"아, 그렇구나."

세계사 교과서로만 배운 지식은 현실에서 볼 수 있는 지리나 역사와 유기적으로 잘 연결되지 않는다.

가이드의 목소리가 들린다.

중국에서 유일하게 피아노 박물관이 있어 옛날부터 '피아노 섬'으로 불렀습니다.

"피아노 섬."

그렇게 입속에서 되뇌어본다. 왠지 그리운 울림이 느껴졌다.

"마사하루, 피아노 배워봤다고 했나?"

"응. 누나가 배워서 나도 같이 배웠지."

"몇 년 정도?"

"8년 정도였나. 피아노를 좋아하긴 했는데 다들 그렇듯이 중학교 3학년 때 고등학교 입시 때문에 그만뒀어."

"그랬구나. 당신 누님은?"

"누나는 고등학교 2학년 때까지 배우다 대학 입시 때문에 그만뒀지."

"아무래도 그럴 수밖에 없지."

"고즈에, 당신은?"

"배우고 싶었는데 우리 집은 운동 쪽이었거든. 나는 농구부였고 손가락을 잘 삐는 운동을 하면서 피아노는 좀 아니었으니까."

"하긴 그러네."

마사하루는 어깨를 으쓱 추켜올렸다.

그렇다. 피아노라는 말에는 씁쓸한 동경이 있다. 피아노뿐만 아니라 악기 레슨 전반에 떠도는 그리운 느낌. 레슨을 받으러 가는 친구의 악보가 든 가방이 부러웠다. 어느 집 앞을 지날 때면 들려오는 피아노 소리도.

동경이라는 것 자체가 그리웠다.

동경. 어느덧 과거의 말이 되었다. 지금 내가 '동경'하는 대상이 있던가. '갈망'하는 것이나 '안달'하는 것은 있지만 뭔가를 촉촉한 눈으로 '동경'하는 일이 과연 앞으로 생길까.

　버스에서 내리자 바다 냄새가 났다. 생명의 수프였던 곳의 유기물이 혼연일체가 된 복잡한 냄새.

　가이드를 따라 항구로 가서 어수선한 페리에 올라탔다.

　페리에는 승객이 많았다.

　관광객과 단순한 이동 승객이 뒤섞여 객석이 탁한 색으로 보였다.

　페리는 유독 향수를 자극한다.

　고향이 바닷가 마을도 아닌데 말이다. 수도권 신흥 주택가에서 자란 나는 바다와는 인연이 없다.

　천천히 안벽을 떠나 방향을 전환하는 페리 뒤로 회색 거품이 항적을 그리며 울렁거린다.

　바닷새가 그 거품에 모여들어 페리를 따라다닌다.

　복잡하게 부는 바람이 갑판을 변덕스럽게 오간다.

　오직 이동하기 위해 페리를 탄 승객은 웃지 않는다. 페리는 그저 수단이며 과정이라는 것을 알기 때문에 웃고 싶은 마음도 들지 않거니와 웃을 필요도 없다. 웃으면서 대화를 나누는 것은 천진스러운 관광객뿐이다.

　페리의 객석을 메우는 나와 함께 온 투어객들을 멍하니 바라본다.

　아침부터 버스를 타고 내리다 보니 같은 버스 승객은 대체로 얼굴을 익혔다.

　대부분 부부인 듯하지만 아무도 대화를 나누고 있지 않았다. 대화하는 모습이 눈에 띄지 않았을 수도 있지만.

　모두가 말이 없고 무표정이었다. 서로의 얼굴도 보고 있지 않다.

아마 40년, 50년의 세월 동안 부부로 지냈을 사람들. 그야말로 말이 필요 없는 사람들이다.

그들의 감정의 수위는 서로 비슷할까?

오랜 세월을 함께하다 보면 수위가 일치할까?

자연히 그렇게 되는 걸까? 서로의 수위로 다가가는 걸까? 아니면 역시 맞지 않는 사람은 끝까지 일치하는 순간이라고는 오지 않는 걸까?

저마다 긴 역사가 있다고 생각하면 어쩐지 앞날이 두려워진다.

저 멀리 보이던 섬이 순식간에 가까워졌다. 출발했을 때와 비슷한 안벽에 페리를 기다리는 사람들이 올망졸망 모여 있는 것이 보였다.

약 5분의 이 여정을 오래도록 왔다 갔다 하는 생활이란 어떤 걸까.

페리가 안벽에 붙는다. 도개교 같은 문이 열리고 사람들이 우르르 나가더니 또 사람들이 우르르 올라탔다. 인간들을 집어삼키고는 뱉어내고 뱉어내고는 집어삼킨다.

줄줄이 나가는 투어객 뒤를 따라가면서 여행은 참 신기하다고 생각했다.

이 투어객들은 대부분 현역에서 은퇴하고 '시간이 생겨서' 여행을 하고 있는 것이리라. 여행 자체가 목적이며 이를 위해 일하고 시간을 만들었을 것이다. 그런데도 그들은 아직 '마음이 딴 데 가 있는 것'처럼 보였다. 그들에게는 '시간이 생겼으니까' 하고 싶은 일이 따로 있는 것처럼 보였다. 그것은 지금 이 '여행'이 아니다. 그런 생각이 들었다.

'언젠가 시간이 생기면' 느긋하게 하고 싶었던 일. 저 나이에 그것이 이런 여행이 아니라면 앞으로 도대체 뭘 하면 좋단 말인가.

섬은 그야말로 남국의 휴양지 섬이라는 느낌이었다.

키 큰 종려나무 등 남방의 식물이 섬을 뒤덮고 여기저기 콜로니얼풍의 개방적인 저택이 엿보였다. 그 저택들은 대부분 19세기 후반부터 20세기 초에 여러 열강이 만든 영사관의 흔적이었다.

섬 전체가 시간이 멈춘 것처럼 세피아색에 싸여 있다. 섬 자체가 꼭 박물관 같았다.

관광객은 많고 길은 좁았다.

자동차나 오토바이를 탄 채로는 입장이 금지되어 있는 섬은 사방팔방으로 관광객이 열을 지어 산책하고 있다.

"엄청난 인파야."

"섬 전체가 테마파크 같은데? 큰 정원 속을 걷고 있는 기분이군."

가이드가 집합 시간을 정한 뒤 우리 투어객을 방목하듯 풀어놓았다.

영사관을 돌아볼수록 뭐가 뭔지 알 수 없었다.

"요코하마의 야마테를 꾹꾹 눌러 응축한 것 같아."

"무슨 말인지 알겠어. 저쪽은 띄엄띄엄 흩어져 있는데 여기는 상자 속에 정원을 만들어놓은 것처럼 꽉 채워놓았군."

"디오라마처럼 말이야."

정원은 손질이 잘되어 있고 산책로가 구불구불 이어져 있었다. 해안 산책로에는 이곳에서 귀하게 여기는 기암괴석인 듯한 독특한 모양의 돌이 끝없이 줄지어 있다. 여기만 보고 있으면 확실히 중국에 있다는 실감이 들었다.

바다에 면한 모든 산책로마다 관광객이 넘쳐나고 길이 좁기도 해서 좀처럼 앞으로 나아가지 못했다.

사람이 많은 곳을 피해 전부터 궁금했던 '피아노 섬'을 만끽하고자 피아노 박물관으로 가기로 했다.

언덕 중간에 있는 피아노 박물관은 거대한 저택을 박물관으로 전용하는 것처럼 보였다.

들어가보니 역시 원래 저택이었던 이곳은 터무니없이 넓다는 것을 알 수 있었다.

게다가 언덕을 따라 지어졌는지 안으로, 더 안으로 방이 계속 나와 아무리 걸어도 끝이 없었다.

"재미있는 건물이야."

"증축한 건가? 아니, 그런 느낌은 아닌데."

마사하루가 벽이며 바닥을 유심히 살펴보지만 딱히 연식의 차이는 보이지 않았다.

"영사관이라기보다 학교 같지 않아?"

"음. 듣고 보니 그런 것 같네."

천장이 높고 창문도 높이 나 있다. 쪽매널마루로 공들여 만든 바닥과 계단은 풍격이 있고 디자인도 훌륭했다.

그리고 누군가의 집 안을 구경하는 기분으로 가다 보면 곳곳에 낡은 피아노가 놓여 있었다.

"우아, 희귀한 피아노가 다 모였네."

마사하루가 탄성을 질렀다.

그 말대로 로고를 봐도 처음 보는 브랜드의 피아노만 있어 어느 나라의 것인지 알 수 없었다.

"악기라기보다는 가구 같군."

"장식품 말이지?"

오래된 양옥에 오래된 피아노들은 서로 잘 어울렸다.

프랑스 창에 낡은 레이스 커튼이 걸려 있어 오후의 햇살이 엷게 들어와 피아노를 비치고 있다. 그 모습을 보고 있으면 긴 드레스를 입은 유럽 귀부인이 소리도 없이 걸어와 피아노 뚜껑을 여는 것이 아닐까 하는 착각에 빠질 것 같았다.

"으음. 여기 밤에는 무섭겠어."

마사하루가 중얼거렸다.

나도 동의했다.

"분명히 귀신이 나올 거야."

"맞아. 학교 음악실은 비교도 안 될 만큼 무섭겠지."

"응. 한밤중에 여기저기서 피아노 소리도 날 것 같아."

"당연하지."

"지금도 나와 있을 것 같아. 낮에도 저기 어디쯤 서 있을 것 같아."

"원래 피아노 주인이 가이드들 사이에 섞여 있을지도 몰라."

오히려 이곳은 낮이 더 귀신과 잘 어울릴 것 같은 기분이 들었다.

어슴푸레한 빛. 누르께한 레이스 커튼. 건물 전체가 피아노와 함께 엷은 망사 천이 둘러쳐져 있어 그림자가 부드럽다. 이곳이라면 그림자 없는 인물이 슥 지나가도 눈에 띄지 않으리라.

낯선 누군가, 이미 이 세상에 존재하지 않는 누군가가 섞여 들어와 있어도.

그렇게 생각한 뒤 나는 가슴이 덜컥했다.

지금 우리가 있는 방의 한구석에 모자를 쓴 여자가 서 있는 것이 눈에 들어왔기 때문이다.

챙이 넓은 모자. 얼굴은 보이지 않지만 머리가 긴 여자로, 약간 나이가 지긋해 보였다.

모자를 쓴 여자.

어깨 뒷부분이 서늘했다.

만약 메시아이 아즈사가 섞여 들어와 있어도 알아채지 못한다…….

슬며시 돌아보자 그 여자가 나중에 들어온 여자에게 손을 흔들고 명랑한 웃음소리가 터졌다.

그냥 관광객이구나.

어처구니없다는 생각을 하면서도 내심 안도했다.

"……방금 그 여자, 분위기가 메시아이 아즈사 같았어."

마사하루가 중얼거리는 것을 듣고 놀라서 돌아봤다.

그 역시 나처럼 조금 창백한 얼굴을 하고 있었다.

"어머, 당신도 그렇게 생각했어?"

"응. 왠지 절묘한 위치에 서 있기도 했고."

"하지 마, 무섭잖아."

"나도 좀 무섭더라."

나는 웃고 마사하루의 어깨를 토닥였지만 아직 공포가 어깨 언저리에 남아 있었다.

절묘한 위치.

나는 슬며시 뒤돌아 그녀가 서 있었던 위치를 봤다.

마사하루의 말뜻을 잘 알 수 있었다.

방 안에서 사각이 되는 위치인 것이다. 바로 옆에 밝은 창문이 있어 햇살이 부드럽게 비쳐들지만 그곳만 그늘이 져서 누군가 있다는 것을 선뜻 알아채기 어렵다.

창문이 조금 열려 있는 듯했다.

안쪽으로 드리워진 레이스 커튼이 천천히 나부낀다.

"낡은 레이스 커튼은 싫더라."

나도 모르게 인상을 쓰며 말했다.

"그러게. 흔들리거나 부풀어서 겹치면 사람 그림자가 움직이는 것처럼 보이더라."

"그만해."

뭔가가 또 나를 오싹하게 했다.

"어렸을 때 어머니가 레이스 커튼이 있으면 밖에서 안 보인다고 말씀하신 게 기억나. 집 안에서는 밖이 보이는데 밖에서는 안 보인다고 하셨거든. 왠지 모르겠는데, 그게 너무 무서웠어."

마사하루는 혼잣말처럼 계속했다.

"그것도 그렇잖아, 교토의 전통 가옥인 마치야의 격자창. 신기하단 말이지. 밖에서는 안 보이는데 안에서는 의외로 밖이 훤히 보이거든."

그 방을 떠나면서도 나는 한 번 더 돌아보지 않을 수가 없었다.

커튼이 부풀어 오른 채 움직이지 않는다.

마치 정지 상태 같았다. '무궁화꽃이 피었습니다' 놀이에서처럼.

불현듯 그런 생각이 들었다.

내가 보고 있을 때는 시치미를 떼고 움직이지 않지만 눈을 떼자마자 다시 움직일 것이 틀림없다.

무슨 말도 안 되는 생각을, 하고 나는 스스로를 비웃었다.

왜 그런 것이 연상되었을까. 이렇게 환한 이국의 대낮에, 이렇게 수많은 관광객이 있는 곳에서.

그렇게 스스로를 타일렀지만 그 후에도 한동안 어깨 언저리의 으스스함은 사라질 줄을 몰랐다.

28 환멸

　　　오랜만의 육지는 갈 데 없는 해상 생활을 하고 있던 승객들에게 신경안정제 같은 역할을 다한 듯했다.

고령자의 체력에 맞춰 한껏 여유로운 스케줄로 관광 투어를 했기에 피로는 거의 느끼지 않았지만 이국의 땅을 확실히 몇 시간 걸었다는 체험은 이상한 안도감을 가져다주었다.

돌아오는 버스 안에서 고즈에가 갑자기 생각났다는 듯이 나를 보고 말했다.

"앞으로 며칠간은 개별적으로 인터뷰할 거야."

"개별적으로? 한 명씩?"

"응. 개인 면접이지."

"그렇다는 건 부부도 따로따로 하겠다는 건가?"

"맞아."

"아니, 왜 또?"

나는 그렇게 묻지 않을 수가 없었다.

고즈에가 앞으로 취재를 어떻게 진행할지 고민하는 것은 알고 있었다. 그 이전에 이 테마, 이 작품을 놓고 어떤 글을 쓸지에 대한 근원적인 문제에 부딪혔다는 것도.

"으음. 내가 만약 정말로 이 글을 쓴다면 각 당사자를 일대일로 마주해야 한다고 생각했거든."

그 말투에는 달관한 사람에게서 느껴지는 평온함이 깃들어 있어 나는 무심코 그녀의 얼굴을 쳐다봤다.

옆얼굴에서 최근 며칠 내내 느껴졌던 망설임이 사라져 있었다.

"요 며칠간 사람들이 해주는 이런저런 일화를 듣는 거 굉장히 재미있었어. 모두가 함께 있으니까 기억이 새록새록 되살아나서 다양한 얘기가 나올 수 있었던 것 같아. 그런데 역시 다들 연기를 하고 있더라. 남의 눈과 귀를 신경 쓰고 있었어. 얘기 내용도 솔직하면서도 왠지 다른 사람의 의견에 묻어가는 게 느껴졌어."

고즈에는 생각하면서 계속했다.

"그리고 내가 당신을 많이 의지했더라. 고맙고 앞으로도 이용할 생각이긴 한데, 사람들이 당신을 중심으로 얘기하고 있다는 걸 깨달았어. 계속 그렇게 되면 안될 것 같아."

나는 움찔했다.

듣고 보니 맞는 말이기는 하다. 특히 친척과는 자연히 그런 구도가된다. 나 스스로 고즈에와는 별도로 대화의 판을 깔고 있다는 자각도 있다.

"내가 글을 쓰니까 내가 직접 질문해야 한다고 생각해. 어쩌면 당신한테 얘기해주는 것처럼 잘되지 않을 가능성도 있고 더 적극적으로 연기해서 뭐가 뭔지 아리송해질지도 몰라. 하지만 그래도 좋으니까 직접 해야 한다고 생각했어. 이대로 가면 나는 그냥 서기로 머물게돼. 그건 작가라고 할 수 없어."

마나베 자매와도 겨뤄볼 작정이군.

맨 먼저 떠오른 것은 마나베 아야미와 마나베 시오리의 차분한 얼굴이었다.

고즈에와 그 두 사람이 일대일로 대면했을 때 어떤 대화가 오갈까.

다소 스릴 있는 장면이 펼쳐질 것 같아 몰래 엿보고 싶은 충동에 휩싸였다.

진짜 엿볼까.

"흐음."

의문이 솟구쳤다.

"왜 그런 생각을 했어?"

고즈에가 나를 의아한 눈길로 본다.

"왜라니?"

"계속 고민했잖아. 앞으로 취재를 어떻게 할지."

"그랬지."

고즈에가 고민하고 있다는 것은 오늘 투어를 하면서도 느껴졌다. 고민은 잠깐 제쳐놓고 투어를 즐기자. 그렇게 회피하는 마음도 있었을 것이다.

"어떤 계기로 결심한 거야?"

흥미롭고 호기심이 일었다.

고즈에는 약간 난처한 표정을 짓더니 고개를 기울였다.

"뭐랄까, 피아노 섬에서 나와서 페리에 탄 순간 직접 해야 한다는 생각이 들었어. 무슨 계기가 있었다기보다는 이거 생각해둬, 하고 컴퓨터에 입력해놓은 문제가 나도 모르는 사이 모르는 곳에서 계속 연산되고 있다가 대답을 퉤 하고 뱉어낸 게 그 순간이지 않았을까 싶어."

"그렇군."

고즈에가 무슨 말을 하고 싶은지 알 것 같았다.

누구나 잠재의식 속에서 계속 생각하는 문제가 있다. 그것이 크든 작든 간에. 머리 한구석에서 계속 갈피를 못 잡고 이 생각 저 생각을 하는 사이 대답이 불쑥 떠오르는 순간이 분명히 있다.

"당신 말이 백번 옳아. 건투를 빌게."

"고마워."

"그 대신 면접의 결과를 조금이라도 좋으니 알려줬으면 좋겠어. 물론 비밀은 지킬 테니."

"후후. 생각해볼게."

고즈에는 알쏭달쏭한 미소를 머금었다.

배로 돌아가 느긋하게 저녁을 먹고(오랜만에 운동했더니 식욕이 돌아왔다. 물론 음주욕도) 대욕장에 가서 탕에 몸을 담갔다.

고즈에는 다른 사람들에게 전화를 걸어 '면접' 일정을 잡고 있었던 모양이다.

다음 기항지인 베트남까지 앞으로 꼬박 이틀은 더 바다 위에서 지낸다. 그사이에 모두와 이야기할 작정인 듯하다.

"이틀 동안 전부 인터뷰하는 건 무리일 텐데. 오전에 한 명, 오후에 한 명이 한계이지 않나?"

"나도 그렇게 생각했는데 크루즈 여행 후반에는 관광이 많아서 일정이 꽤 촉박하거든. 마지막에 다 같이 모여서 토론하는 자리도 한 번 더 갖고 싶고. 그렇게 생각하면 관광하는 틈틈이 얘기를 듣더라도 이틀간 최대한 바짝 들어둬야 해."

"흠. 명탐정이 마지막에 사람들을 죄다 모아놓고 진범을 밝히려는 거네."

"어머, 그런 거 아냐."

고즈에가 쓴웃음을 지었다.

그러나 이때 나는 묘한 예감이 들었다.

고즈에가 사람들 앞에서 담담히 설명하는 장면.

그 설명을 듣고 모두가 말문이 막혀 놀라는 표정으로 그녀를 바라보는 장면이 언뜻 눈앞에 떠오른 것이다.

그런데 도대체 그녀는 뭘 설명하고 있을까?

그런 생각까지 했다.

지금까지 이번 여행에서 그늘의 주역은 나인 데다 내가 명탐정인 줄 알았지만 어쩌면 명탐정은 고즈에일지도 모른다.

그런 생각을 하면서 호지차를 마시고 있었지만 나는 은근히 긴장했다.

낮에 고즈에가 꺼낸 물음표.

우리가 지금까지 제기한 의문의 해답이 원작 소설 속에 있다는 것이었다.

메시아이 아즈사가 수십 년 전에 쓴 《밤이 끝나는 곳》에.

나는 오늘 밤 《밤이 끝나는 곳》을 다시 읽고 고즈에의 물음표에 대답할 생각이었다.

마침내 첫사랑과 대면해야 한다. 이제껏 경험한 적 없는 기묘한 긴장감이다.

무심코 발코니로 나가 담배를 한 대 피웠다.

에라, 소심한 놈아. 어두운 바다를 바라보며 혼자 쓸쓸히 웃었다.

밤바다는 눅진했다.

남국의 바다이기 때문이기도 하리라. 달력은 12월에 들어섰는데 바람도 미지근하고 춥다는 느낌이 없다.

그다지 거칠지도 않고 그렇다고 날씨가 좋은 것도 아니었다.

별은 보이지 않고 균일하게 칠해진 회색 하늘과 검은 바다의 두 가지 색이 어두침침하게 끝없이 펼쳐져 있다.

왠지 멀지 않은 곳에 거대한 육지가 있을 것 같은 느낌이 들었다.

이제부터는 유라시아 대륙을 따라 항해할 것이기 때문에 그렇게 느낀 것도 당연할지도 모른다. 그리고 바다의 모습도 이제까지와는 확연히 달랐다. 집단을 이룬 인간의 기운, 인간이 삶을 영위하고 있는 기운이 여기까지 풍겨오는 듯한 느낌이 들었다.

바다란 잘 닦인 길이군.

그런 생각을 했다.

만약 지구가 전부 육지였다면 이동하기 어려웠으리라. 높은 산과 깊은 골짜기를 오르내리며 이동하는 것은 해상으로 이동하는 것에 비해 이동 거리가 어마어마하게 늘어난다. 균일한 높이의 바다를 가로질러 이동하는 배는 화물 등을 운반하는 수단으로서도 에너지면에서 싸게 먹힌다.

밤바다.

나도 모르게 시야 속에서 빛을 찾고 있다.

당연히 육지의 빛은 보이지 않는다. 한없이 눅진하고 그저 막연하기만 한 공간.

바다를 앞에 두면 이 세상에 혼자라는 생각이 드는 것은 어째서일까.

눈을 씻고 봐도 아무것도 보이지 않는다.

산에 있을 때는 그런 생각은 들지 않는다. 오히려 산을 걸을 때는 신기하게도 누군가의 기척을 느낄 뿐만 아니라 혼자이지만 고독하지 않다는 확신마저 든다.

그런데 바다 앞에 서면.

나는 담배 연기가 피어오르자마자 어둠에 사라지는 것을 바라보고 있었다.

지독한 외톨이. 이 세계에서 나는 혼자다.

그렇게 읊조리고 싶어진다.

딱히 비정한 척 허세를 부리는 것이 아니라 그런 감개가 가슴속에 끓어올랐다.

이 바다 어딘가에 이즈미가 잠들어 있다.

왠지 그런 이미지가 떠올랐다.

그 '죽은 듯이 자는' 이즈미가 캄캄한 바다 밑바닥에서 자신이 바다 밑바닥에 있는 줄도 모른 채 깊이 잠들어 있는 모습이.

나는 부르르 몸을 떨고 담배를 끈 다음 휴대용 재떨이 속에 넣고 방 안으로 돌아왔다.

고즈에는 녹음된 내용을 묵묵히 글로 옮기고 있다.

그녀가 뭔가에 집중하고 있으면 나는 안심이 된다.

그제야 비로소 나는 체념하고 마음을 굳게 먹고 소파로 향했다.

테이블 위에는 그 원작 소설이 있다.

자, 대면이다.

이날 밤의 독서는 당분간 잊지 못할 것이다.

아니, 당분간이 아니라 이날 밤의 끊임없이 이어지는 순간순간과 책을 읽고 있는 나 자신을 평생 기억하리라는 확신이 있었다.

인생을 살다 보면 종종 그런 순간이 찾아온다.

훗날 돌이켜보는 어떤 순간. 인생이 바뀐다고까지는 하지 않지만 인생을 할퀴는 정도의 영향을 여기서 받았다는 것을 떠올리는 순간.

그런 순간은 언제나 제삼자로서의 기억이다.

그 순간을 경험하고 있는 나 자신을 하늘에서 내려다보듯이 기억하는 것이다.

나는 이날의 일도 내가 소파에 편안히 앉아서 책을 손에 들고 있는 모습을 머릿속에 그린다.

비치된 탁상용 스탠드의 부드러운 불빛.

열심히 작업 중인 고즈에의 뒷모습.

그런 것들이 풍경의 일부가 되어 액자에 끼운 그림처럼 이때의 내 모습을 기억하는 것이다.

자.

이 첫사랑과의 오랜만의 대면을 한마디로 표현한다면 그것은 '환멸'이라는 단어로 집약될 것이다.

불행한 대면이었나?

첫사랑의 마법이 무참히도 풀렸는가?

아니, 그렇지 않다.

'환멸'이라는 글자를 다시 한번 살펴보길 바란다.

환이 멸하는 것이다. 그 자체는 좋지도 나쁘지도 않고 그저 사상事象, 즉 발생한 일일 뿐이다. 환멸은 부정적인 의미로 쓰이는 말이지만 이날 밤 내 경우는 말 그대로 사상의 의미였다.

나쁜 의미의 '환멸'은 이제껏 수없이 경험했다.

독서에 관해서도 예외는 아니다.

어렸을 때 감동했던 책을 커서 다시 읽으면 환상이 깨질 우려가 있다는 것을 뼈저리게 경험했다. 수용에는 시기라는 것이 있어서 어린 아이였기 때문에 감동했다는 것도 이해했다.

하지만 《밤이 끝나는 곳》은 전혀 다른 방향의 '환멸'이었다.

기억 속의 문장이 전혀 다른 양상으로 읽혔다. 새로운 인상으로, 이미지로 다시 칠해졌다.

기억 속의 장면이 다른 경치가 되었다.

발산하는 에너지의 색조가 예전에 알고 있던 것과 완전히 다르다……

그런 '환멸'이었다.

다 읽고 난 뒤에도 나는 소파에 가만히 앉아서 새로운 이미지 속을 떠다녔다.

아니, 움직일 수가 없었던 것이다.

그 무렵에 고즈에는 이미 잠자리에 들었던 것 같다. 나는 그녀가 언제 잠자리에 들었는지 기억하지 못했다. 다만 이때 그녀는 이미 작업을 중지하고 모습을 감추었던 것은 확실하다.

이상한 밤이었다.

소파에 앉아 탁상용 스탠드 불빛 속에 비치고 있는 나와 그 책이 마치 캡슐에 갇혀버린 듯한 시간과 공간이었다.

가장 큰 차이는 내가 《밤이 끝나는 곳》에 품었던 이미지에 대한 '환멸'일 것이다.

내 기억 속의 문장은 한없이 탐미적인 고딕 로망 소설의 인상으로 남아 있었다.

외딴 산속에 위치한 사연 있는 유곽. 그 유곽을 그곳에 사는 어린 아이의 눈으로 그린 그로테스크하고 에로틱한 세계.

줄거리를 봤을 때 그런 인상을 가지는 것도 무리는 아니다. 게다가 이 소설을 처음 읽었을 때 나는 유치하고 어리석은 십 대였던 것이다. 문장 곳곳에서 바람직하지 않은 뉘앙스를 읽어내려 한 것은 분명하다.

그런데 내가 크게 오독한 것이었다.

어른의 눈으로 읽은 《밤이 끝나는 곳》은 건조하고 가벼우면서도 우화 같은 판타지였다.

게다가 기억 속의 문장은 무시무시할 정도로 아름답게 빛나고 있었는데 실제로는 그렇지 않았다. 문장은 결코 장황하지 않고 오히려 담백한 묘사라고 할 만한 수준이었다.

문장의 인상이 이렇게까지 바뀔 수도 있군.

나는 놀라면서도 페이지를 넘겼다.

그리고 마지막 장면.

많은 등장인물이 죽음에 이르러 객관적으로는 비참한 이야기인데도 왠지 끝에는 묘한 상쾌함이 감돌았다.

그 느낌 때문에 나는 어안이 벙벙했다.

예전에 다 읽고 난 직후에는 비참한 결말, 충격적인 결말로 적잖이 쇼크를 받았을 터다. 세상에는 이런 식으로 끝을 맺는 이야기도 있구나 하고 생각한 것도 기억한다.

그런데 이번에 다 읽고 나서는 느낌이 거의 180도 달라져 나는 얼이 쑥 빠지고 말았다.

멍하니 있는 사이 시간이 과거와 현재를 오락가락했다.

과거를 생각하다 현재를 생각하면서…… 한때 독자였던 나와 지금의 독자인 나를 왔다 갔다 하고 있었다.

이미지가 이렇게까지 다르다면…… 다른 사람들은 어땠지?

그렇게 생각하지 않을 수 없었다.

쓰노가에 다다시 감독은? 시마자키 시로 씨는?

아야미 누나와 시오리 누나는?

첫인상과 현재의 인상이 다들 똑같을까?

혹시 그들도 나처럼 과거에 읽은 옛 인상만으로 지난 며칠간의 모임을 하고 있다면?

충격을 느끼고 등골이 오싹했다.

옛 인상, 첫인상만으로 대화를 한다는 것은 무서운 일이다.

나는 다른 '환멸'이 서서히 밀려오는 것을 느꼈다.

도대체 우리는 비슷한 일을 얼마나 저지르고 있는 걸까. 몇 년 전의 나 자신, 완전히 변해버린 자신의 기억을 바탕으로 잘못된 이야기를 서로 얼마나 주고받았던 걸까.

이때 나는 거의 식은땀을 흘리다시피 했던 것 같다.

어쩌면 일적으로도 과거의 낡은 지식만으로 뭔가를 판단했다면? 어떤 중대한 착오를 범하지 않았다고 장담할 수 있을까.

불안과 후회, 의심이 줄줄이 떠올랐다가 사라진다.

그 부정적인 감정을 잠시 견디고 나서 '지금은 어쩔 수 없어' 하고 스스로를 타이르고 《밤이 끝나는 곳》에 집중했다.

만약 모두가 최근에 이 소설을 다시 읽지 않았다면…… 더구나 아주 오래전에 읽은 그 상태로 나처럼 오랜 세월을 첫인상 그대로 간직해왔다면.

나는 굳게 결심했다.

다른 사람들도 다시 읽어야 한다. 그리고 이 소설의 인상을 새로이 확인해야 한다. 모두에게 그렇게 제안해야겠다고 결심했다.

그런 상태에서 마지막으로 다시 한번 다 같이 모임을 해야 한다.

자야 하는데도 도무지 잠이 오지 않았다.

정신은 맑고 새로운 생각이 끊임없이 샘솟았다.

잠을 잘 수 있을 것 같지가 않다.

나는 소파에서 탄식했다.

책을 다시 손에 들고 표지를 넘겼다 덮었다, 책장을 팔랑팔랑 넘겼다가 마지막 장면을 다시 읽어본다.

조금씩 흥분이 차오를 뿐 역시 잠은 오지 않았다.

문득 내가 무의식중에 어떤 것에 시선을 던지고 있다는 것을 깨달았다.

방구석에 놓인 박스.

지금이다. 지금밖에 없다.

그렇게 생각했다.

나는 천천히 일어나 그 박스를 향해 슬며시 다가갔다.

이대로 이 마법의 밤 안에 읽을 수밖에 없다.

나는 손을 뻗어 박스 뚜껑을 열었다.

지금이야말로 이즈미가 남긴 그 노트를.

29 한 작가에 대한 가상 인터뷰 ─────

……인 것 같은데 어떠세요?

들으시면서 어떤 생각이 드셨어요? 저는 제법 재미있다고 생각하는데요.

솔직히 말씀해보세요. 실은 계속 듣고 있었죠?

저는 영능력이니 뭐니 하는 건 믿지도 않고 느끼지도 못하는 사람이지만, 그런데도 이번 여행 초반부터 당신 기운을 느끼고 있었던 것 같거든요.

라운지 구석에, 대낮에 선상에서. 아, 그렇지, 그 피아노 섬에도 있었던 거 맞죠?

……어머, 지금 부인하시는 거예요?

우리가 무슨 시시한 얘기를 하든 관심 없으시다고요?

정말요? 그건 진심이 아닌 것 같은데요. 당신은 우리 얘기가 아주 흥미로울 텐데요. 헛다리를 짚은 얘기일수록 당신은 좋아서 어쩔 줄 몰라 했을 거예요. 덩실덩실 춤이라도 추면서 눈을 반짝이고 귀 기울여 듣고 있었던 거 아니에요?

제 말이 틀렸나요?

제 생각에 작가란 두 가지 유형으로 나뉘는 것 같아요.

작품에 자기의 모든 것을 쏟아붓고 자기 존재를 지운 채 작품만 남길 바라는 사람과, 작품은 어디까지나 매체일 뿐 실은 자기 자신을 남기고 싶은 사람으로 말이에요.

당신은 전자인 척을 하고 있지만 실은 후자인 거네요.

그것도 엄청난 후자 쪽이에요.

어설프게 위장하고 자기 출신을 감추려고 했던 만큼 억압된 자기 과시욕이 빵빵하게 부풀어 있죠.

이 배를 집어삼킬 정도로 거대하게.

그게 당신의…… 그리고 지금 여기 모인 사람들이 걸린 저주라고 생각해요.

……어머, 나 좀 봐, 영능력이니 뭐니 안 믿는다고 하면서도 되게 비과학적인 얘기를 하고 있네요.

이래 봬도 제가 논리적인 테마만 써왔고 논리적인 작가로 알려졌는데요, 이번에 당신 작품에 관여한 뒤로는 자꾸 그쪽으로 끌리더라고요.

솔직히 털어놓자면 저는 당신의 좋은 팬은 아니에요.

물론 십 대 때 당신 작품을 읽고 당신을 동경했지만 저는 당신의 '바람직한' 독자는 아니에요.

처음부터 그렇게 체념했던 건 인정해요. 제 남편처럼 당신 작품의 팬이라고 순순히 인정할 수가 없어요. 남편은 당신의 오랜 독자인 데다 여기 있는 사람들 모두 당신의 '바람직한' 독자예요.

그런 제가 당신에 대한 책을 쓰려고 하다니 지금도 믿기지가 않아요. 달리 쓸 만한 사람이 있지 않을까 하고 이제 와서 새삼 고민이 된다니까요.

그런데 그런 결점이 있는 사람이 책을 쓰는 편이 좋지 않을까 하는 생각도 들어요.

이 배에 모인 사람들이 당신의 '바람직한' 독자이기 때문에 제가 섞여 있는 의의가 있고 그들처럼 당신에게 동질감을 느끼지 않는 객관적인 시선으로 글을 쓰는 것이 제 사명이라고도 생각해요.

그러니까 저는 당신 작품의 애호가들로 이루어진 그룹에 속하지 않는다는 거죠. 그걸 사전에, 물론 진작 눈치채셨겠지만 말씀드리고 싶어요.

다시 작가의 유형에 대해 얘기할게요.

작가는 쉽게 논할 수 있는 혹은 쉽게 이야기할 수 있는 유형과 그렇지 않은 유형으로 나뉜다고 생각해요. 앞서 언급한 두 가지 유형과도 관련이 있죠. 작품이 아닌 자기 자신을 남기고 싶어 하는 쪽을 더 쉽게 논하고 얘기할 수 있어요. 작품에 봉사하는 유형의 작가보다 작품에 봉사시키는 유형의 작가가 더 훤히 들여다보이기 때문이죠. 작가의 의도와 성격을 쉽게 건져 올릴 수 있어요. 작가에게 쉽게 공감할 수 있고 감정 이입할 수 있죠. 그렇게 생각하지 않으세요?

작품 자체의 완성도가 높고 작품이 홀로 서 있으면 파고들 빈틈도, 논할 여지도 없잖아요. 그 작품의 완성도가 얼마나, 왜 높은지에 대해서밖에 할 말이 없는 거죠. 작가가 훤히 들여다보이지 않아서 감정 이입도 할 수 없어요.

당신처럼 굴절되고 억제된 유형의 작가는…….

아, 심기가 불편하신가 봐요.

제 작가론 같은 건 듣고 싶지 않으시다고요?

그런 말씀 마시고 잠깐만 기다려주세요. 이건 '저' 말고 '당신'에 관한 작가론이거든요. 조금만 더 들어주시다 보면 재미있게 느끼실 거예요.

자, 당신 같은 유형은…… 틀림없이 미련과 집착이 있다고 생각해요.

당신이 살았는지 죽었는지는 몰라요. 아마도 이미 돌아가셨겠죠. 그런데 왜 있잖아요, 당신이 만나러 갔던, 사진을 찍었던 그 영화 평론가요, 그분은 지금도 건재하시답니다.

보셨죠? 귀여운 연인이 함께하고 있어요.

그러니까 당신도 지금 어디선가 살아 있을 가능성이 없다고 단언할 수는 없어요.

……그렇다면 이 배에 타고 있는 당신은 어쩌면 사령이 아닌 생령일지도 모르겠네요.

그 청년이 용케도 말했다시피 어디선가 《밤이 끝나는 곳》을 썼을 무렵의 일을 지금도 꿈꾸고 있을지 모르겠어요.

그 광경이 눈에 보이는 것 같아요.

당신이 살았든 죽었든 간에 당신은 늘 당신에 관한 소문에 귀를 쫑긋 세워왔어요.

겉으로는 자기 출신을 철저히 감추고 자기 존재를 은폐하는 데 성공해서 안도하고 있겠죠. 세상에서 완전히 도망쳤다고 말이에요.

하지만 당신의 본심은 그게 아니었어요.

마음속 깊은 곳에서는, 그러니까 작가로서의 당신은 그렇게 되기를 바라지 않았던 거예요.

당신은 늘 자기 출신이 탄로 나기를 바랐을 거예요. 더 주목해줬으면 좋겠다고 생각했을 거예요. 나를 찾아냈으면 좋겠다, 나에 대해 얘기했으면 좋겠다, 우러러봤으면 좋겠다, 경외했으면 좋겠다. 그렇게 열망했을 거예요.

그래서 당신이 끌리는 거예요.

누군가 당신에 관해 얘기하고 있으면, 또 당신 작품에 관여하려고 하면 당신은 자신도 모르는 사이에.

그런 작품이 있더라고요.

읽어봐야겠다, 생각해봐야겠다, 조사해봐야겠다고 했을 때 호응하는 느낌이 드는 작품이.

저도 그런 경험을 한 적이 몇 번 있거든요.

테마를 찾다가 뭔가 마음에 걸리는 거예요. 마음이 동해서 조사해봐야겠다고 생각하죠. 그러면 관련되는 것이 줄줄이 나타나요. 저절로 모여들고 연결돼요. 마치 길이 목적지까지 연결되어 있는 것처럼 발걸음이 곧장 그곳을 향하죠.

그런가 하면 꿈쩍도 하지 않는 작품도 있어요.

제가 적극적으로 다가가서 뭔가를 해보려 해도 꿈쩍도 안 하죠. 바닥에서 꿈틀대는 것이 아무것도 없어요.

하지만 당신 작품은 그렇지 않아요.

작은 늪 같은 당신 작품을 들여다보면 나 자신의 어두운 그림자가 비치는 동시에 수면 아래에서 아른아른 움직이는 또 다른 그림자의 존재를 느끼거든요.

그게 더 깊숙이 들여다보고 싶고 수면을 휘저어보고 싶게 만드는 부분이겠죠. 어쩌면 가라앉아 있는 건 단순한 개흙이나 소동물의 뼈 혹은 유독 물질을 함유한 산업폐기물일지도 모르는데 말이에요.

……아, 죄송해요. 절대 모욕하려던 건 아니에요.

개흙도 뼈도 산업폐기물도 나쁜 의미로 말한 게 아니거든요.

아니, 이제 와서 오래된 늪 바닥에 매우 아름다운, 아무도 모르는 보석이 묻혀 있었습니다, 라고 하는 것도 너무 거짓말 같잖아요.

혹시 도시 광산이라는 말 아세요?

아마 모르실 거예요, 최근에 생긴 말이거든요.

일본은 자원이 없는 나라라고 하지만 휴대폰이나 컴퓨터 부품에는 희소금속이 함유되어 있어 해마다 폐기되는 기기 속의 금속을 모으면 꽤 많은 양이 된다고 해요. 그래서 지금 지방의 광산 마을에서는 그런 폐기물 속에서 희소금속을 추출하는 것을 주요 산업으로 하는 곳이 있어요. 그 작업에는 고도의 기술이 필요한데 그 노하우를 기대하고 해외에서도 일본에 폐기물을 보내고 있나 봐요. 그 이익이 깜짝 놀랄 만큼 어마어마하다고 해요.

……죄송해요, 얘기가 딴 데로 샜네요.

나도 참, 가상 인터뷰라서 그런지 뻔뻔스럽고 비아냥대는 말투로 답답하게 진행하고 있네요. 평소에 모범생처럼 군 탓에 이번 기회에 고삐 풀린 망아지가 되었나 봐요.

네, 미안합니다.

당신 작품은 늪 같아서 보고 있는 사람의 그림자도 비추고 바닥에 뭔가 있다는 얘기였죠.

정말 그래요.

당신 작품은 '움직여'요.

언제나 흔들려요. 일정하지 않아요. 굳어 있지 않아요.

그게 당신 때문인지 독자 때문인지는 몰라요. 어쩌면 양쪽 때문일지도 모르죠.

아무튼 당신 작품은 흔들리고 있어요.

당신 작품을 읽고 있으면 경찰 드라마의 취조실이 떠올라요.

취조실에 있는 범인과 수사관의 모습을 매직미러를 사이에 두고 이쪽에 있는 여러 명의 수사관이 지켜보는 거죠.

매직미러는 약간 어둡죠. 평범한 창문과 달리 명도가 낮거든요. 전체적으로 묽은 먹물을 칠한 것처럼 어둡죠. 그야말로 늪의 수면을 연상하게 해요.

당신은 어느 쪽에 있을까요? 우리가 취조실 안에서 이런저런 일을 하는 모습을 당신이 매직미러 너머로 지켜보고 있는 느낌이에요.

아무튼 우리와 당신은 의외로 가까이 있다고 생각해요.

어쩌면 《거울 나라의 앨리스》처럼 거울에 손을 대면 표면이 흐물흐물 녹아서 서로의 손가락이 닿을 정도로 가까운 곳에.

당신의 세계는 계속 흔들리고 계속 움직이고 있기 때문에 경계선도 모호한 상태예요. 그래서 당신은 우리가 당신에 대해 얘기하고 당신 작품을 언급하려 하면 불려오는 거예요. 우리가 있는 곳으로 와버리는 거죠.

아니, 어떻게 보면 우리가 초대한 걸 수도 있어요. 당신 작품의 흔들림, 수면 아래서 꿈틀대는 뭔가를 부르는 거죠.

그 결과 우리는 공명해요. 필요 이상의 진동, 카오스, 혼란이 서로 간섭하고 말아요.

그게 바로 '저주'예요. 우리와 당신의.

……그래서 뭐? 그게 어쨌는데?라는 말씀이군요.

네, 맞는 말씀이에요. 그런데 그게 제가 이번 여행에서 지금까지 낸 하나의 결론이에요.

당신이니까 말씀드리는 건데요, 저는 앞으로 이 설을 뒷받침하기 위해 다른 사람들을 인터뷰할 거예요.

스토리를 정해놓고 나서 인터뷰하는 행위는 만약 제가 저널리스트라면 비난을 받을 테지만, 어쨌든 저도 소설가 나부랭이인 만큼 당신과 우리의 '저주'의 본질을 꿰뚫기 위해 사람들 얘기를 듣고 싶은 거예요.

네, 논픽션의 형태로 발표할 생각인데요, 아직 잘 모르겠어요. 논픽션은 사실을 어떤 관점에서 본 픽션이기도 하니까요.

……싫으세요?

제가 쓰는 게 못마땅하세요? 그런가요. 그렇겠네요. 소설이라면요?

아아, 더 싫으시다고요? 그럼 역시 논픽션으로 해야겠네요.

그럼 마나베 자매는 괜찮으세요? 그 두 사람이 당신 얘기를 만화로 그릴지도 몰라요.

……싫으시다고요? 아아, 그 두 사람이 마음에 안 드시는군요.

심정은 이해하지만, 어떻게 보면 이 중에서 당신을 가장 잘 이해하는 건 그 두 사람일지도 몰라요.

네, 저는 그렇게 생각해요.

보셔서 아시겠지만, 그 두 사람은 콤비를 이루어 하나의 필명으로 활동하고 있어요. 두 사람도 당신과 마찬가지로 '분열되어' 있어요.

당신이 자기 존재를 지우고 싶어 하는 자신과 주장하고 싶어 하는 자신 사이에서 분열된 것과는 약간 다르지만, 창작자로서 각자의 분담과 각자의 자부심 사이에서 극명히 분열되어 있지 않을까 싶어요. 그 정확한 지점은 모르겠지만 깊은 갈등을 겪고 있는 것으로 보여요.

……똑같이 취급하지 말라고 하셨지만, 그 두 사람이 당신의 가장 열렬한 팬인 건 틀림없어요.

그건 인정하시는군요.

어떠세요? 다른 분들도 그리우실 텐데요.

편집자와 프로듀서, 영화감독. 다들 당신과 밀접하게 연관된 사람들이잖아요. 거기에 이끌려서 이 배에 오신 거죠?

그들에게 묻고 싶은 건 없으세요? 원하시면 제가 대신 질문해드릴게요.

……저요?

저한테 뭐가 궁금하신데요?

아아, 제 남편과…… 남편의 전처, 말이군요.

네, 전처는 당신과 연관되어 있고 남편도 열성적인 독자로서 이곳에 있는 모두와 마찬가지로 상당히 밀접하게 연관되어 있어요. ……네, 맞아요, 당신한테 숨겨봤자 소용없죠. 우리가 당신을 초대했고 당신도 여기까지 쭉 지켜봤으니 아시겠죠.

제 생각에 그이는 아직 저한테 털어놓지 않은 뭔가가 있어요.

이 여행을 제안했을 때부터 내내 느꼈던 거예요.

아뇨, 그 건은 아니에요.

그이가 전처가 당신 작품의 영상화 작업을 했다는 걸 제게 알려주지 않은 것도 사실이지만, 그 건 하나만 있는 건 아니에요. 다른 뭔가가 있어요. 그이는 그 뭔가를 알아보기 위해 이번 여행에 나선 거예요. 그런 게 아니면 이렇게 바쁜 시기에 장기 휴가까지 받아서 올 리가 없죠. 게다가 다른 사람들 얘기를 몰래 녹음까지 하고 말이에요.

그게 무슨 상관이냐고요? 저도 몰라요.

그리고 실은 제가 그 이유를 정말 알고 싶은지 어떤지도 지금은 전혀 모르겠거든요.

30 인상에 관해
(Q짱 이야기)

자꾸 물어봐서 좀 그런데, 진짜 괜찮아요?

내가 1번 타자로 나와도?

이미 알고 있겠지만요, 내가 좀 무식하거든요?

그리고 난 메시아이 아즈사의 책을 읽은 적도 없어요. 애초에 책이란 거 자체를 셀 수 있을 정도밖에 읽은 적이 없거든요. 교과서도 제대로 안 읽었는데요, 뭐. 물론 성적은 바닥이었고요.

이거, 누나가 책으로 쓰려고 취재하는 거죠? 훌륭한 사람들도 많던데, 그 사람들부터 시작하는 게 낫지 않나.

아, 워밍업이구나.

하긴, 나 정도로 무식한 사람부터 해야 마음이 편하죠.

흐음. 이제야 납득이 가요. 그럼 나도 편하죠, 뭐.

네? 누나도 참, 기분 상할 일이 뭐가 있어요. 내가 무식한 건 사실인데.

그리고 나도 평소에 조금은 신경 쓰는걸요. 선생님이 저래 봬도 꽤 유명인이라 선생님 친구들이나 일적으로도 얘기에 끼다 보면 피로가 혹 몰려오곤 해요. 그래서 누나 기분도 알 것 같아요.

이번에요?

평소랑 비슷한 것 같은데. 무서운 걸로 따지면 보통쯤 돼요. 더 무서운 사람도 되게 많거든요.

이번에는 여자가 많네요. 평소에는 거의 사내놈이랑 늙은이뿐이거든요. 그래서 쪼끔 신선해요.

누나는 어쩜 그렇게 꼼짝 않고 남들 얘기를 듣고만 있어요? 일이니까 그런 거겠지만 나 같으면 무조건 못해요. 내가 보기와는 다르게 옛날얘기를 안 싫어하거든요. 그런데 그 정도로 들으면 질리죠.

누나, 소설가라면서요? 계속 글씨를 쓰고 있다니 믿을 수가 없어요. 몇 권 정도 냈어요? 와, 그렇게 많이요? 미안해요, 몰랐어요. 아, 내가 모르는 게 당연한가.

선생님하고 어떻게 만났냐고요?

왜 그런 걸 물어요? 저주받은 영화랑 관계 있어요?

뭐, 상관없지만. 워밍업이니까. 알겠어요.

쓰키지 장외 시장에서 아침밥 먹다가 만났어요.

밤새도록 거의 동트기 전까지 놀다가 출출해서 집에 가는 길에 들렀거든요.

네, 가봤으면 누나도 알겠네요. 그 주변에 일 끝나고 들러서 한 잔 할 수 있는 곳이 몇 군데 있잖아요.

선생님은 긴자에서 밤새 영화를 보고 나왔대요. 네, 그 무렵에는 선생님도 체력이 있었죠. 밤새 영화 서너 편은 거뜬히 봤다고 하니까.

나도 원래 영화 좋아해요.

료짱이 있었으니까요.

우리 집은 부모님이 맞벌이를 해서 어렸을 때는 료짱이 영화관에 자주 데려가줬거든요. 가부키랑 만담도 보러 갔었어요.

맞아요, 아사쿠사도 가고, 분위기도 좋아했어요.

네, 대중연극이라고 하나요? 료짱이 그쪽 방면으로 발이 넓어서 아는 연기자들이 많았어요. 나도 예쁨 많이 받았죠.

그때 뭣 때문에 밤새고 놀았더라? 기억이 가물가물해요. 친구네 집에서 떠들고 놀았나. 아무튼 식당 카운터에서 오징어튀김을 먹고 있는데, 두 자리쯤 떨어진 곳에 앉아 있던 선생님이 맥주를 시켜주더라고요.

이야, 그때 일은 생생히 기억해요.

내가 온갖 사람한테 다 얻어먹어봐서 그 사람이 나한테 마음이 있는지 없는지 금방 알거든요. 그쪽으로는 워낙 오래 겪어봐서.

그런데 선생님은요.

그 얼굴을 본 순간 놀라 자빠지는 줄 알았어요. 뭐랄까, 진부하지만 벼락을 맞은 것 같다고나 할까.

아, 자주 듣는 말이에요. 말하는 게 애늙은이 같대요, 연극조로 말한다고도 하고. 내가 좀 그래요. 노인들이랑 말할 기회가 많아서 그런가. 특히 할머니, 할아버지 들이 나를 좋아하더라고요. 다들 내가 옛날 말을 쓰면 좋아죽던데요. 더 해봐, 더, 하고. 내가 무슨 손님 끌어오는 판다도 아니고.

아, 이렇게 얘기가 딴 데로 새는 것도 노인네 말투인데. 본론으로 곧장 안 가고 괜히 엉뚱한 데서 전봇대 둘레를 빙빙 돌게 된다니까요.

아니, 선생님이 그쪽 사람이고 나한테 마음이 있다는 건 나를 흘끔흘끔 살필 때부터 알아봤어요. 실제로 첫눈에 반한 건 나였지만 말이에요.

그게 말이죠, 신기하게도 선생님을 딱 봤을 때 선생님의 젊은 시절 얼굴이 보였거든요.

왜 있잖아요, 제라르 필리프였던 시절의 얼굴.

와, 어떻게 저렇게 아름다울 수가 있지? 싶더라고요.

신기하죠? 원래 선생님을 알고 있긴 했는데, 젊었을 때 어떻게 생겼는지는 몰랐거든요. 그 당시에 여든쯤 되었으니까 이미 충분히 할아버지였는데.

좀 민망한 말이긴 한데 선생님의 영혼의 얼굴이라고 해야 하나? 그거였다고 생각해요.

알아요, 말하는 나도 부끄럽긴 마찬가지라고요, 그렇게 얼빠진 얼굴 하지 말아요.

아무튼 그래서 선생님이 묵고 있는 곳으로 곧장 쳐들어갔죠, 뭐. 벌써 몇 년쯤 됐나.

선생님이랑 내가 만난 얘기는 이제 됐죠?

그래서, 나한테 뭘 묻고 싶은데요?

료쌍의 그 영화 얘기는 얼마 전에 말한 게 전부예요. 결국 영화도 완성되지 않았으니까 그 이후의 일은 나도 몰라요.

네? 메시아이 아즈사를 어떻게 생각하냐고요? 다른 사람들 얘기를 들은 범위에서?

어어. 책도 안 읽고 얼굴도 본 적이 없는 상태에서 이런 말 하긴 좀 그런데, 왠지 으스스한 여자 같아요. 축축, 끈적, 치근덕, 한 느낌이랄까. 교실 구석에서 입에 손가락을 물고 예쁜 동급생을 쳐다보는 유형.

있잖아요, 반에 한두 명은 그런 애가. 나는 너희랑은 달라, 하고 생각하는 주제에 그 '너희' 사이에 끼고 싶어서 안달 난 눈으로 보는 놈이요. 경멸하는 '너희'를 부러워한다는 걸 죽어도 인정 안 하는 놈이요.

살아 있다고 생각하냐고요?

글쎄요. 으음, 저번에는 살아 있을 것 같다고 생각했는데. 내가 말했죠? 양로원 같은 데 들어가서 옛날에 영화 평론가 다케이 교타로를 만났다고 자랑하는 거 아니냐고. 다른 사람들의 말대로 죽은 게 아니라 살아 있다고 가정했을 때가 머릿속에 더 리얼하게 그려져요. 언제 죽었는지 정확히 몰라서 죽은 날 후보가 두 개나 있다면서요.

그러면 안 될 것 같은데.

너무 멋있잖아요.

내 생각에 메시아이 아즈사는 사람들이 떠받들 만큼 멋있는 사람이 아니에요. 되게 옹졸하고 자의식과잉에 나르시시스트인 꼴사나운 사람일 것 같지 않아요?

지금 같으면 누가 시키지도 않았는데 저 혼자 게시판에 글을 막 써재껴서, 또 저 놈이네, 하는 소리나 듣고 악성 댓글을 받는 유형이라고요. 제 무덤을 판다고 해야 하나. 그런 사람이 그렇게 드라마틱하게 죽다니 너무 아름답잖아요. 아플까 봐 자살 시도도 못 할 게 뻔하다고요.

앗, 너무 심했나요?

왠지 하는 짓이 마음에 안 든단 말이죠. 사진 평계로 선생님 만나러 와서 실컷 수다 떨고 계산도 안 하고 가버린 것도 못마땅해요.

그나저나 이 배에 타고 있다는 기분이 들어요.

물론 메시아이 아즈사요. 생령인지 사령인지는 몰라도 우리 곁에서 눈을 초롱초롱 빛내며 얘기를 듣고 있을 것 같아요.

오. 누나도 그래요?

의외네. 그런 거 안 믿게 생겼는데. 누나 남편은 좋아하는 것 같던데요.

오컬트 마니아요? 아휴, 선생님 진짜 호들갑이라니까요. 보통이에요. 여름에 납량 특집으로 오컬트 방송 해주면 보고, 다 같이 모여서 무서운 얘기나 하는 그 정도죠, 뭐.

그런데 아까부터 말했다시피 내 지인 중에는 노인이 많아서 내 또래에 비해 미신을 잘 믿는 편일 거예요.

밤에 손톱 깎으면 안 된다, 밤에 휘파람 불면 뱀이 나온다, 뭐 이런 말들.

호랑이도 제 말 하면 온다, 도 있고.

그런데 누나. 그 여자에 대해 이렇게 열심히 떠들어대도 괜찮을까요? 되도록 언급하지 않는 편이 낫지 않나. 자꾸 그 여자 얘기만 하고 있으면 그 여자가 자기 뜻대로 됐다고 우쭐거리면서 성큼성큼 걸어올 것 같아서 불길해요.

그 여자라면 우쭐해서 거들먹거리고도 남을 것 같지 않아요?

아, 그런데 그 만화가 선생님들이 있으니까 괜찮겠다.

맞아요, 그 두 사람이라면 메시아이 아즈사를 충분히 상대할 수 있을 것 같지 않아요? 귀신 쫓는 부적 같은 존재랄까, 막상막하의 존재, 반시뱀과 그 천적인 몽구스 같은 관계.

아, 누나, 이게 그렇게 웃긴 부분은 아닌데요. 저기요.

그 두 사람은 정말 친자매예요? 별로 안 닮았던데.

오, 누나 남편의 친척이라고요? 진짜로?

앗, 남편이 쓰노가에 감독님이랑도 먼 친척이에요? 흐음, 몰랐네.

아니이, 그 두 사람, 되게 똑똑해 보이고 관록 있던데요.

그런데 그 부정적인 기운은 뭐래요?

우리 동네에도 있는데.

아뇨, 선생님은 호텔에 살잖아요. 원래 우리 동네 말이에요. 친구가 고급 아파트에 사는데, 그 이웃집 가족 중 부인이 만날 때마다 부정적인 기운을 마구 뿜어내서, 이 여자 뭐야, 하고 생각했죠.

아니, 그런 부정적인 기운을 뿜어낼 이유가 뭐가 있냐는 거죠.

고급 아파트에 산다는 건 남편 벌이가 좋다는 뜻이잖아요. 애들도 다 귀엽고 똘똘하게 생긴 데다 인사도 잘하고 착하던데. 본인도 못생기지 않았거든요. 오히려 굉장한 미인에다 몸매까지 늘씬해서 좋은 옷만 입는다니까요. 그런데 왠지 억울해하는 눈치더라고요. 하나부터 열까지 다 풍족해 보이는데, '나만 손해 보고 희생'한다는 기운이 배어 나와서 마주칠 때마다 오싹해요.

남편한테 사랑받지 못해서 그런가. 뭐, 사람의 불행은 제각각 다른 거지만.

아무튼 그 두 사람한테서 그 비슷한 기운이 느껴진단 말이죠. 좀 억울해하는 눈치에 '나만 손해 보고 희생'한다는 기운.

그 두 사람, 결혼은 했어요?

아, 젊었을 때부터 같이 만화를 그렸구나. 어쩌면 자가중독일지도 모르겠네요.

네? 자가중독이란 말을 오랜만에 들었다고요?

내가 또 옛날 말을 썼나? 그러고 보니 요즘에는 잘 안 쓰는 것 같네요. 어렸을 때는 많이 썼던 것 같은데. 몸 상태가 나쁜 애가 있으면 죄다 자가중독 때문이라고 대충 판단했던 것 같거든요. 아, 미안해요, 나도 그냥 쓰는 말이지 실제로는 무슨 뜻인지 몰라요. 그런 병이 진짜로 있어요?

그 두 사람의 인상이라, 방금 말한 거 말고요?

으음. 한 가지 말할 수 있는 건, 두 사람 중 화려한 쪽 만화가 선생님 말이에요, 아마 누나를 질투할걸요.

그야 당연하죠, 누나 남편을 좋아하니까. 그런데 친척이라면서요? 분명히 옛날부터 좋아했을 거예요. 그런 사람을 뺏겼으니 얼마나 못마땅할까.

아, 서로 재혼이었구나. 의외네. 앗, 그럼 누나도?

흐음. 저기, 기분 나쁘게 듣지 않았으면 좋겠는데요, 누나랑 일대일로 얘기하다 보니까 누나가 섹시해 보여요.

놀리는 거 아니고 진짜로 그렇게 생각했는데.

다 같이 있을 때는 기척을 숨기고 있고 딱딱한 느낌이던데. 공무원 같다고 해야 하나. 그런데 이렇게 얘기해보니까 완전히 다르네요. 츤데레구나? 누나 남편도 그렇게 생각할걸요. 그러니까 그런 몽구스는 신경 쓸 필요 없어요.

네?

누나 남편의 인상이요?

이것 참 이상한 걸 묻네요. 왜요?

아, 하긴, 반려자라는 게 그렇더라고요. 다 안다고 생각했는데 또 그렇지도 않은. 나도 선생님에 대해 실제로는 잘 모를지도 몰라요. 연애를 하다 보면 꼭 자기 감정만 중요해지더라고요. 내가 지금 사랑을 하고 있구나, 하고 설레고 들뜬 나에 취해서 상대방은 안중에 없는 거죠.

으음.

멋진 사람이던데요? 몽구스가 왜 좋아하는지도 알겠어요. 머리 좋아 보이고 감각 있고 존재감도 있고.

실은 아주 잠깐 양성애자인 줄 알았어요.

그런데 아닐지도 모르겠다는 생각도 들었죠.

좀 신기한 사람, 무슨 생각을 하는지 파악이 안 되더라고요. 직업은 뭐예요?

변호사! 딱 맞네. 아, 어쩐지.

다만 뭐랄까, 그…… 내가 받은 인상으로는 좀 고약한 면이 있는 것 같아요.

아니, 고약한 거랑은 다른가. 짓궂다거나 그런 뜻이 아니라, 으음, 엄청나게 가라앉아 있다고 해야 하나, 차분하다고 해야 하나. 어떻게 보면 인간적이지 않다고 할까…… 아니, 이것도 아닌데.

미안해요. 잘 표현이 안 되네.

그래도 누나랑 많이 닮았어요. 아니, 누나가 고약하거나 인간적이지 않다는 게 아니라, 그냥 구성하고 있는 재료가 비슷한 느낌.

그래, 뛰어난 안정감.

둘이 같이 있으면 한 팀이라는 느낌이 나요.

아니, 그보단 남매랄까?

맞아, 그런 느낌. 둘이 있으면 꼭 남매 같아요.

31 사라진 남자

(시마자키 시로의 이야기)

제법 재미있는 테마를 발견했군.

당신이 이제껏 써왔던 것과는 성격이 다르던데.

그럼, 읽었고말고. 신인상을 받은 작품은 무조건 읽도록 하는 습관이 아직도 몸에 배어 있으니까.

당신 작품은 모르고 읽으면 남성 작가가 쓴 것으로 생각하기 십상이더군. 논리정연하고 절제된 필치가. 다루는 내용도 정치 스릴러 계열 혹은 사회파라고나 할까, 굳이 따지자면 남성적이지 않나.

솔직히 당신이 취재한다고 들었을 때 의외였네.

왜 지금 메시아이 아즈사를?

왜 취재할 생각이 들었지?

아아, 미안해요. 질문을 받는 쪽보다 하는 쪽이 익숙하다 보니 나도 모르게 그만. 워낙 대답을 이끌어내는 쪽이 적성에 맞기도 하고.

흐음. 남편을 통해서. 구미가 당겼겠군.

소설로 쓸 건가?

아직 정하지 않았다고? 일단 논픽션이라. 과연.

그게 정답일지도 모르겠어. 당신은 이렇게 딱 떨어지지 않는 유형의 이야기는 처음이지?

아니, 잠깐. 오히려 그렇기 때문에 소설로 써야 할지도 모르겠군. 앞으로 작품의 폭을 넓혀가는 의미에서는.

고민하고 있군.

일단 논픽션으로 하고 잡지에 르포 형식으로 실을 수도 있다고?

그래, 그게 좋겠네. 취재가 끝나면 한동안 재워두고 나중에 픽션으로 해도 될 테니.

기대되는군. 꼭 책으로 내주시게.

그나저나 메시아이 아즈사의《밤이 끝나는 곳》에 대해서는 지금껏 얘기한 것 말고는 딱히 없는데. 그래요, 대체로 앞서 말한 대로라네.

결국 나는 문고본을 만들었을 때만 편집을 담당했을 뿐, 직접 원고에 대한 의견을 교환한 것도 아니니까.

만난 건…… 이번에 여기 오기 전에 살펴봤더니 네 번뿐이더군.

그래, 재직 중에 사용한 스케줄 수첩을 전부 보관하고 있어서 알수 있지. 왜 그랬을까. 자료, 인가. 기록이 맞겠군. 업무 과정이나 사실 관계를 기록해둬야 한다는 고집이 있어서 말이야. 도저히 버릴 수가 없더군. 일단 작가와 주고받은 편지 같은 것도 따로 보관해뒀지. 어떤 구체적인 계획이 있어서 보관하는 건 아니지만 말이야.

뭐든지 다 영상으로 존재하는 지금 시대를 생각하면 이상하겠지만 당시에는 사진 한 장 없는 작가도 그리 드물지 않았네. 아니, 그 전에 인기 만화가도 사진이 공개된 사람은 거의 없지 않았나. 특히 순정 만화가는 더더욱 얼굴을 공개하지 않았지.

여기 모인 사람들 중 메시아이 아즈사를 가장 많이 만난 건 아마 나일걸. 그런데 흐릿한 인상이 남아 있을 뿐 얼굴은 전혀 생각나지 않는군. 게다가 역시 모자밖에 생각나지 않는 걸 보니 모자라는 건 사람의 얼굴보다 더 인상에 강하게 남는가 보네. 테러리스트나 암살자가 변장할 때 제복을 입는 것도 이해가 가는군. 모자나 제복밖에 기억에 남지 않으니 말이야.

음?

담당 편집자가 궁금하다고?

그 사라진 사람 말인가?

이것 참 기억이 확실치 않아서 말이네.

이름. 이름이 아마…… 잠깐 기다리게, 기억해볼 테니. 특이한 성씨였는데…… 색에 관련된…… 아, 그렇지, 히누마. 선명한 붉은색을 뜻하는 비색緋色의 비단 비에, 지명인 누마즈沼津나 누마타沼田의 못 소沼를 써서 히누마緋沼. 이름이 히누마 겐지였네.

나이?

정확히 기억나진 않지만 당시 사십 대 중반이었던 것 같은데.

나이를 알 수 없는 남자였지. 노안으로도, 동안으로도 보였으니까. 차분한 성격에 늘 웃는 얼굴을 하고 있긴 해도 아무에게도 속마음을 보이지 않는 이상한 사람이었네. 어쩌면 당시 삼십 대였을지도 모르지.

전에도 말했다시피 《밤이 끝나는 곳》은 메시아이 아즈사가 낸 사가판의 두 편의 중편소설 〈밤이 끝나는 물가〉와 〈과자의 집〉을 토대로 한 소설이네.

내 생각에 히누마는 어디선가 그 사가판을 읽고 메시아이 아즈사에게 연락을 취했을 거야. 히누마가 제안했는지, 메시아이 아즈사가 제안했는지는 몰라도 두 사람이 의견을 주고받으면서 만든 소설이 《밤이 끝나는 곳》일 테지. 사가판은 군데군데 서툰 점이 있었는데《밤이 끝나는 곳》에서는 필치가 안정되었고 상당히 객관적으로 다듬어진 흔적이 엿보였으니 말이야.

히누마는 우수한 편집자였네. 취향이 확고하고 담당하고 싶은 작가가 명확했지. 그렇다고 까다롭게 가려서 일했다는 게 아니라, 뭐랄까, 그…… 어느새 자연히 그와 궁합이 맞는 작가와 작품이 모여들었다는 느낌이었어.

알지 않은가?

아아, 이 작품은 히누마로군, 이 사람의 담당은 히누마가 좋겠어, 하고 신인상 응모 원고를 읽을 때면 모두가 떠올리는 것 말이네.

'언더그라운드 계열'이라고 하나. 연극이나 영화도 은화식물처럼 꽃을 숨기고 있는 작품을 각별히 사랑했지. 그런데 그 이외의 것도 폭넓게 읽은 상태에서 다진 취향이니 균형 감각이 좋았다고 생각하네.

히누마는 눈에 띄지 않지만 모두가 인정하는 편집자였네. 그래서 무명작가의, 심지어 문학상에 응모하지도 않은 원고를 단행본으로 출간할 수가 있었지.

장정?

아니, 모르겠군. 그것도 히누마가 찾아온 디자이너였던 것 같은데. 그 무렵의 책에는 북 디자이너의 이름이 표기되지 않은 책도 많았으니 말이야.

아무런 기록도 남아 있지 않을 것 같군. 어쨌든 히누마는 책을 혼자 만들었고 전에도 말했다시피 책이 나오기 전까지 메시아이 아즈사를 만난 다른 직원은 없었을 터.

히누마의 출신지?

어디였더라. 북쪽이었던 것 같긴 한데 기억나지 않는군. 결혼 여부도 모르겠고. 아니, 독신이었던 것 같네.

미안하군, 뭐 하나 확실한 것 없이 '뭐뭐 인 것 같다'는 말만 반복해서. 설마 당시 담당 편집자에 대해 물어볼 줄은 몰랐네. 정 필요하면 도쿄에 돌아가서 알아볼 수도 있는데 그래도 괜찮겠나?

그래, 알겠네. 알아보고 연락하지.

왜 사라졌느냐고?

그걸 통 모르겠단 말이야.

마나베 아야미 씨는 메시아이 아즈사 행세를 한 여자가 자기 정체가 탄로 날까 봐 죽인 거 아니겠냐고 했지만 말이야.

설마, 그런 일이 있겠나? 흥미로운 얘기이긴 한데.

옛날에는 개성 있고 고집 센 작가가 많았는데 편집자도 그에 못지않게 고집 센 사람이 많았지. 특히 문학 편집자는 각각이 개인 사업자 같아서 누가 무슨 일을 하는지 알지 못하는 것이 보통이었고 정보 공유도 지금처럼 까다롭게 취급되지 않았네.

나는 히누마가 사고나 뭐 그런 거에 휘말린 게 아닌가 싶어.

최근에 지인이 저세상으로 갔지.

아니, 옛날 친구인데 못 본 지 오래됐네.

1년쯤 전부터 행방불명이 되었지.

녀석은 오토바이를 타고 도로 여행을 즐기는 취미가 있어 혼자 홀쩍 떠나곤 했네. 그런데 여행을 떠난 채 연락도 끊기고 돌아오지 않았지. 가족이 수색원을 냈지만 아무런 정보도 알아내지 못했네. 목격자라도 찾고 싶어서 목적지 주변에서 사진이 들어간 전단지까지 뿌렸다고 하더군.

그런데 최근에 찾아낸 거지.

산속에서 절벽 아래에 떨어져 있는 친구를 임업 관계자가 발견했다고 하더군.

외톨이 늑대처럼 혼자 살고 혼자 여행을 떠나다 우연히 사고를 당하면 주변에서는 알 턱이 없지. 히누마도 그런 사고를 당한 게 아닌가 싶네.

게다가 그…… 뭐랄까, 지금 생각하면 히누마는 그런 의미에서도 온갖 것을 끌어당기는 유형이었지.

당신은 프로가 된 지 몇 년째인가?

6년 남짓이라. 그럼 다양한 편집자를 만났겠군. 편집자도 다 제각각이지 않던가?

내가 보기에도 다양한 유형이 있어. 작가도 특히 운 좋은 사람이 있는데 편집자도 마찬가지지. 기가 막힌 타이밍 덕분에 말썽을 피하고 쏙쏙 빠져나가는 사람 말이야.

그런가 하면 차곡차곡 덕을 쌓아서 마지막에 행운을 잡는 사람도 있지. 물론 운 좋은 사람이 있으면 운 나쁜 사람도 있는 법이고. 본인은 인품도 좋고 전혀 문제가 없는데도 유난히 말썽거리를 떠안은 사람도 있지. 우수한데도 뚜렷한 실적을 내지 못하는 사람.

히누마는 행운과 말썽을 다 끌어들이는 유형이었네. 오는 사람 막지 않는다고나 할까, 말썽도 재미있어하는 자학적인 면이 있었지. 요즘 말로 전파계라고 하나, 왜 있잖은가, 망상에 젖어서 정신적으로 균형이 맞지 않는 사람 말이야. 히누마에게 그런 사람이 자꾸 꼬이더군. 뭐, 소설이라는 게 작가의 부정적인 부분까지 다 반영되어 나온 결과물이지 않나. 히누마는 그런 부분에 흥취를 느끼는 사람이라 만족스러워했을지 모르지만, 이 친구한테는 위태로운 사람만 꼬이는 군, 하고 생각한 게 기억나네.

그래, 그래서 히누마가 없어졌다는 소식을 들었을 때 언뜻 '끌려간 건가' 하고 생각한 게 지금 기억나는군.

아니, 구체적으로 '누가' 데려갔다는 게 아니라.

'뭔가'라고밖에 말할 길이 없는…… 초자연적인 것도 아니고…… 으음, 뭐라 표현하기 어렵지만 어쨌든 그냥 '끌려간 건가' 하고 생각 했네.

명부?

옛날 직원 명부에 히누마의 자료가 남아 있지 않느냐고?

히누마의 사진이 보고 싶은 거군?

그래, 그것도 포함해서 도쿄로 돌아가서 알아보도록 하지.

그건 그렇고 왜 그리 히누마를 꼬치꼬치 알고 싶은 건가?

나는 그 친구에 대해서 까맣게 잊고 있었는데 말이야.

오, 뭔가, 주저하지 말고 가르쳐주시게. 물론 비웃지 않겠네. 어서, 가르쳐주시게.

뭐라?

히누마가 메시아이 아즈사였을 가능성?

햐, 이것 참 놀랍군.

당신, 그런 생각을 하고 있었나?

아니, 잠깐만.

역시 작가로군. 작가의 상상력은 못 당하겠는데. 나는 한 번도 그런 생각을 해본 적이 없네.

편집자였다가 작가가 된 사람이야 썩어나도록 많지만 말이야.

그런데 설마 히누마가.

그 친구가 메시아이 아즈사?

아, 물론 하나의 가설일 뿐이라는 거 잘 알지.

으음. 이것 참 놀랄 노 자로군.

그 근거는? 자세히 좀 들려주게.

과연. 요컨대 이런 얘기로군.

처음에 나온 사가판은 '진짜' 메시아이 아즈사가 썼고.

히누마가 그 사가판을 손에 넣은 시점에 저자인 메시아이 아즈사는 이미 죽었다고 추측하는 거군.

자, 히누마는 우연히 손에 넣은 메시아이 아즈사의 작품을 읽고 각별히 아꼈다, 아마도 원래 작가 지망생이었을 히누마는 그 사가판에 홀딱 반한 나머지 편집자의 비평안으로 소설을 다듬어《밤이 끝나는 곳》으로 완성해서 직접 책으로 냈다, 이후 그는 메시아이 아즈사로 살아가는 길을 택했다 이거군.

그래서 사라졌다, 히누마로서의 인생은 막을 내렸고 메시아이 아즈사로 다시 태어났다 이건가.

이것 참 재미있군.

그럼 내가 만난 메시아이 아즈사는 누구지? 히누마였다는 건가?

여장을 했거나 어쩌면 성전환을 했을지도 모른다고?

흐음.

그래서 사진 찍기를 거부했고 가급적 얼굴을 보이지 않도록 했을지도 모른다는 건가?

모자도 위장하기 위해서 썼다니.

하 참, 그렇다면 메시아이 아즈사가 두 명이라고 말했던 건 합작했기 때문인가.

원래 여자가 되고 싶었을지도 모르고.

어쩌면 트랜스젠더였을 가능성도 있다는 건가?

흥미롭군.

아니, 잠깐만.

그 가능성을 생각하면《밤이 끝나는 곳》의 내용이 실제 작가의 상황과 일치하게 되지 않나. 원래는 남자인데 성별을 속였다.

정말 똑같군. 그렇다면 그 소설은 히누마의 고백이라는 건데.

우와.

흥분되는군.

그럼 역시 내가 만난 메시아이 아즈사가 히누마였을지도 모른다는 건가. 여장을 한 건지, 이미 여자가 된 후인지는 몰라도 변변히 얼굴도 보지 못한 상황에서는 속았을 수도 있겠어. 설마 한때 동료였던 남자가 눈앞의 여자 작가일 줄은 상상도 못 할 일이니 쉽게 속아 넘어갔겠군.

으음. 그런데 어쩌다 그런 생각이 든 건가?

그 가능성을 언제 알아차린 건가?

허, 오랜만에 원작 소설을 다시 제대로 읽어봤다는 거군. 그래서 그 가능성을 떠올렸다, 라.

아니, 나도 실은 이번 여행에 앞서 다시 읽어봤는데 그런 생각은 전혀 못 했네.

앗, 사람들 얘기를 쭉 듣고 나서 읽었기 때문이라고?

이 배에서 읽었다는 거군. 과연.

다른 사람들에게도 이 얘기를 해주었는가?

내가 처음이군.

당연히 비밀로 해야지, 그렇고말고. 이런 얘기는 잘 간직해둬야 하네.

꼭 글로 써주시게. 우리 출판사에서 내도 좋고. 아, 당신은 전에도 우리 출판사에서 낸 적이 있었지? 담당 편집자도 있겠군. 아직 어디에 쓸지 정하지 않았다면 모쪼록 우리 출판사에서. 나는 이미 은퇴했지만.

나도 오늘 밤에 다시 읽어봐야겠군.

뭐니 뭐니 해도 원작이 중요하지.

기본이지 않은가.

햐, 나도 얼른 히누마의 사진을 확인하고 싶군. 도쿄로 돌아가면 꼭 찾아서 확보하겠네.

그나저나 정말로 히누마가 내가 만난 메시아이 아즈사였으면 어쩌지?

으음. 기대도 되고 겁나기도 하고…… 참 이상한 기분이군.

32 가십

(시마자키 와카코의 이야기)

그이한테 재미있는 얘기를 했나 보던데.

시마자키가 들떠서 안절부절못하면서 왔길래, 뭐야, 무슨 일이야, 하고 물었더니 아무것도 아니야, 아무것도, 하고 대답하더라.

'아무것도 아니야'는 그이가 좋은 아이디어를 떠올렸을 때 하는 말이거든.

알기 쉬운 사람이지?

아아, 물론 그이는 아무 말도 안 해줬어. 비밀을 잘 지키는 사람인데다 나도 굳이 당신한테 캐물을 생각은 없으니까 안심해.

책이나 뭐 그런 기획 관련된 거지?

그이는 역시 타고난 편집자라니까.

아직도 감탄하곤 해.

은퇴했는데도 마음은 늘 편집자거든.

아, 실제로 아직 일주일에 사흘은 출근해. 촉탁 형태로.

그래. 비밀 기획은 모쪼록 조심스럽게 추진해줘요.

세상에는 신기하게도 같은 시기에 같은 생각을 하는 사람이 있더라.

비밀리에 추진하던 기획이 있었는데 막상 뚜껑을 열어보니 거의 동시기에 같은 것이 나왔다는 일도 흔하잖아.

만약 패션 업계에서 그런 일이 일어났다면 유행이 통일되는 거니까 조금도 이상하지 않은데, 노리는 지점이 완전히 다른데도 기획이 같은 경우도 있으니까 신기해. 그게 바로 동시성이라는 건가.

다른 출판사에 시마자키와 비슷한 생각을 하는 편집자가 있거든. 그 편집자는 지금쯤 뭘 하고 있으려나, 하고 신경을 많이 썼는데. 기획끼리 경쟁한 적도 여러 번 있었던 모양이야.

그런데 어차피 사람 머리에서 나온 거니까 정말 참신한 기획은 웬만해서는 없을지도 몰라.

어렸을 때 부모님이 "유행은 돌고 도는구나"라고 하신 걸 흘려들었는데, 실제로 그렇더라. 옛날과 다른 점은 지금은 뭐든 다 있다는 거.

다품종 소량 생산의 세상이잖아. 눈에 보이는 유행이 차츰 없어지고 있어. 그런가 하면 전부 아니면 전무의 세상이기도 해서 시장을 장악한 자가 승리하는 것도 못마땅하긴 하지.

나는 《밤이 끝나는 곳》에 대해서는 별로 할 얘기가 없어.

당신도 그 점은 잘 알고 있지?

물론 읽어본 적은 있지. 옛날에는 나도 꽤 알아주는 문학소녀였거든. 시마자키가 문고본 담당 편집자였던 것도 아는데, 솔직히 나는 여성지 편집밖에 해본 적이 없어서 그이의 업무 내용에 관해서는 아는 게 없어.

시마자키보다 잘 아는 게 있다면 연예계 소식이랄까?

쓰노가에 다다시 감독이나 시미즈 게이코 씨 주변 얘기 정도.

실은 우리 아버지가 레코드 회사에 계셨거든.

응, 꽤 높은 직책이었어. 옛날에는 영화사도 운영하고 있어서 어렸을 때 우리 집에 다양한 사람이 드나들었지. 그래서 아는 사람도 비교적 많아.

여성지 편집 일을 했을 때도 아버지 연줄로 취재를 하거나 광고를 따오기도 했어. 연줄을 마음껏 활용했지. 취미와 실익을 겸해서 말이야. 아버지에게는 감사할 따름이지.

우후후, 당신, 이 단독 취재의 순서를 어떻게 하면 좋을지 골머리 좀 앓았겠는데?

맨 처음은 Q짱, 그다음은 우리 남편. 바깥부터 안으로 공략하는 건가?

나 같으면 어떻게 했을까. 갑자기 중심부로 쳐들어가기에는 겁이 나지. 나도 비슷한 순서로 시작했을 것 같아. 인터뷰라는 게 워낙 사전 준비가 만만치 않고, 대상이 여러 명 있는 경우에는 어떤 순서로 할지도 중요하잖아.

시마자키의 다음이 나라는 것도 어떻게 보면 빈틈이 없달까.

당신…… 혹시 마나베 자매에 대해 묻고 싶었던 거 아냐?

앗, 아니야?

내가 연예계 소식을 잘 안다는 것도 몰랐어?

어머, 그랬구나. 그렇다 해도 당신은 제법 감이 좋은 편인 것 같아. 내가 취재한다 해도 가장 신경을 쓰는 대상은 그 자매일 것 같거든.

처음에 마나베 자매가 히로코 씨의 딸이라는 얘기를 듣고 얼마나 놀랐는지 몰라.

동기 중에 친한 만화 편집자가 있어서 그 자매가 만화가로 데뷔했을 때부터 알고는 있었어. 자매가 함께 만화를 그리는데 실력이 무척 뛰어나서 장래가 유망하다는 얘기만 들었지 어느 집안 출신인지는 전혀 몰랐어.

우리 출판사에서 주최한 만화상을 마나베 자매가 받아서 그 수상 파티 때 처음 대화를 나누었던 걸로 기억해.

내가 거기 왜 갔더라. 수상식 준비를 도우러 갔었나. 누구 접대하러 간 건가. 이제는 다 잊어버렸네.

참 지적인 사람들이더라. 대학 재학 중에 데뷔한 거였지, 아마? 명문대 현역 여대생 만화가라는 타이틀 때문에 큰 화제가 되었거든.

상을 받았을 때부터 이미 충분히 관록이 느껴졌어. 두 사람 다 예쁘기도 했고.

우연히 어떤 사람과 인사를 나눈 뒤에 그 얘기를 들었어.

마나베 자매가 쓰노가에 히로코의 딸이라고.

처음에는 어리둥절했지.

'쓰노가에 히로코가 누군데?' 하고.

나중에 생각났지.

아, 그 사람이구나. 그 사람은 우리 집에 온 적이 있는데, 하고.

유명한 사람인 건 맞지만.

미대를 나왔다고 들었어. 뭐랄까, 눈에 확 띄는 여자였지. 패션 리더라고 할까…… 화려하고 그…… 솔직히 약간 괴상하기까지 해서 요즘 말로 하면 '사차원'이라고나 할까.

딱히 뭘 하고 있지는 않지만, 왜 있잖아. 화려하고 사교적인 장소에 늘 나타나는 사람 말이야. 연예인을 따라다니는 극성팬도 아닌데 매번 저명인사와 사귀는 그런 사람.

한때는 현대미술로 전시회 같은 것도 했어. 개인전 안내장을 받은 적도 있고 실제로 몇 번은 보러 가기도 했거든. 거기 가면 당시 잘나가는 사람들이 항상 있었으니까.

그래, 오노 요코 같은 일을 했던 것 같아. 오노 요코의 느낌은 있었지만 안타깝게도 미술 쪽에서 대성했다는 얘기는 못 들었어.

작품보다 본인이 훨씬 '예술적'이었거든. 그 여자 자체가 어떤 작품 같았어.

그리고 수많은 사람과 염문을 뿌렸지……. 그 여자의 개인전 오프닝 파티 때, 지금 여기 있는 남자 중에 그녀와 관계를 맺지 않은 사람은 없지 않나, 하고 뒤에서 험담하는 소리를 들은 적이 있어.

물론 사실인지 아닌지는 나도 몰라. 악의적인 소문이었을지도 모르지. 그런데 그런 말이 나돌 정도로 많은 사람과 사귀었던 건 확실해.

그래서 우리 아버지를 비롯해 연예계나 사교계에서는 모르는 사람이 없었어.

남자관계는 복잡했지만 결코 미운 사람은 아니었어. 대화하면 재미있고 머리도 좋고 무엇보다 화사한 분위기가 풍기는 사람이었거든.

나도 우리 집에서 얘기를 나눠본 적이 있는데, 어린아이 취급도 하지 않고 대등하게 대해주는 어른 여자의 이미지였어. 그런데 어른들이 뒤에서 그 여자에 대해 소곤대는 것도 알고 있었지.

세월이 흘러 나도 어른이 되어 취직하고 본가를 떠나 자취하느라 그런 사람이 있었다는 것조차 잊고 지냈지.

그래서 그 이후의 소문은 업무 관계상 듣게 되었다는 얘기야.

그 여자가 결혼했다는 소식은 들었어. 아이들을 낳았다는 것도.

그런데 그 소식은 경사스러운 얘기가 아니라 가십거리였던 걸로 기억해.

아이들은 모두 다른 남자의 자식이라서 남편의 자식은 한 명도 없다는 거였지.

아니, 진위 여부는 확실하지 않아.

아무튼 '아주 그럴싸하게' 전해졌다고밖에 할 말이 없네.

일설에는 결혼할 때 이미 배 속에 첫째가 있었고 애 아빠가 유부남이었기 때문에 임신 사실을 숨기고 결혼했다, 혹은 결혼 상대가 그래도 좋으니 함께해달라고 말했다, 혹은 결혼 상대는 자식을 낳을 수 없는 사람이었기 때문에 서로 다 아는 상태에서 결혼했다는 말도 있었어.

어느 것이 맞는 말인지 어쩌면 전부 다 틀린 말일지도 모르지만, 당시에는 다들 사실로 받아들이는 분위기였지.

그래서 그 여자를 아는 사람 사이에서는 그 말이 진실로 통했어. 실제로 나도 누구한테 들었는지는 생각나지 않지만 그렇게 기억하고 있었고.

또 세월이 흘러 수상 파티에서 아주 오랜만에 그 이름을 들었지. 게다가 그날의 주역인 만화가 자매가 그 여자의 딸이라잖아.

두 사람의 얼굴을 멀리서 유심히 바라보게 되더라.

듣고 보니…… 아니, 듣지 않아도 느낌은 있었어.

자매가 하나도 안 닮았네, 하는.

당신도 그런 생각 들지 않았어?

역시. 당신도 그랬구나. 얼굴 타입이 완전히 다르잖아. 물론 누구를 닮았느냐에 따라 달라지기도 하고 자매 사이에도 서로 닮지 않은 경우도 많지만, 그런 것과는 왠지 다르단 말이지.

두 사람 다 어머니도 닮지 않았더라. 내 기억 속의 그 어머니 말이야. 아직도 도무지 연결이 안 돼.

그런데 히로코 씨의 화장이 독특해서였을지도 모르겠어. 그 무렵에는 사이키델릭한 메이크업이 유행했거든. 아무래도 히로코 씨의 맨얼굴은 본 적이 없기도 하고.

아무튼 그 두 사람 말이야, 이따금 냉랭한 분위기가 되는 순간이 있잖아.

그래. 괜히 다른 사람들까지 불편하고 숨 막히게 하잖아.

내 생각에 그 두 사람도 어렸을 때부터 그런 소문을 귀에 딱지가 앉도록 들었을 거야.

집 안에서는 어땠는지 모르니까 자기들 아버지가 다를지도 모른다는 것이 두 사람에게 어떤 영향을 주었는지는 모르지. 하지만 영향을 받지 않았을 리가 없잖아.

남의 얘기 좋아하는 사람이야 어디에나 있는 법이고 딸들에게 악의적으로 그런 소문을 퍼뜨리는 사람도 있을 테니까.

어머니에게 어떤 감정을 품고 있었을까? 지금은 어떻게 생각하고 있을까?

두 사람을 볼 때마다 그런 생각이 들어.

아아, 지금은 어디 시설에 들어갔다고 들었어.

아버지? 아버지는 어떻게 되었더라. 이미 돌아가셨을걸.

그런데 자매가 지금까지 떨어지지 않고 함께 만화를 그린다는 것도 잘 생각해보면 무섭지 않아?

어머니가 미대를 졸업했으니까 자기들에게 어머니의 피가 흐른다

444

는 걸 자각하지 않을 수가 없잖아.

게다가 그걸 생업으로 삼고, 아버지가 다를 수도 있는, 어머니의 불륜의 결실인 자매와 평생을 함께 살고 있다니. 참, 이루 말할 수 없는 심정이야.

그래, 맞아. 쓰노가에 히로코는 쓰노가에 감독의 사촌이야.

그런데 말이지…….

어, 그러니까 이것도 소문일지도 몰라.

왠지 내가 고자질쟁이가 된 것 같아서 껄끄럽긴 한데.

에이, 그냥 말해야겠다.

실은 이런 소문도 있었어. 자매 중 한 명이 쓰노가에 감독의 딸이 아니냐는 소문 말이야.

33 어젯밤도 맨덜리에서 ────────
(시미즈 게이코의 이야기)

후후, 당신과 나는 왠지 공통점이 많네요.

어머, 그렇게 어리둥절해할 것 없어요. 모르겠어요? 잘 들어봐요.

전문직 남편. 우리도 전문직. 그리고 두 남편 모두 재혼이고 첫 번째 아내와는 사별을 했어요. 심지어 두 번째 아내는 첫 번째 아내와 직업이 같죠.

그런 점까지 똑같잖아요. 그렇죠?

쓰노가에는 옛날부터 마사하루 씨를 예뻐했어요. 자식도 없고 아들처럼 여겼을 거예요.

아아, 그 손목시계.

물론 그이도 알아봤죠. 마사하루 씨가 자기가 선물해준 그 시계를 차고 왔다고 기뻐했어요.

마사하루 씨도 꽤 관록이 붙었던데요.

그러게요…… 다마키 레이코 씨에 대해서는 거의 아는 바가 없어요.

내가 쓰노가에와 결혼했을 때는 레이코 씨가 세상을 떠난 지 세월이 많이 흐른 뒤였고 그이한테 전처 얘기를 들은 적도 없거든요.

나는 레이코 씨와 함께 연기를 한 적도 없고 얘기한 적도 없어요.

이제 와서 생각해보면 나하고 나이 차도 별로 나지 않는데 오래 전에 죽었으니 영원히 젊은 채로 남아 있겠네요. 그 무렵의 이미지로 영원히 기억되겠네요. 나만 점점 나이를 먹어가고.

《밤이 끝나는 곳》에 대해서도 그이와 대화를 나눈 적이 없어요. 집에서는 서로 일 얘기를 거의 하지 않거든요.

그래도 그이는 그 작품을 영화로 찍고 싶었을 테고 그건 아마 지금도 마찬가지일 거예요. 다 같이 얘기하는 걸 보니까 알겠더군요.

—— 어젯밤 다시 맨덜리로 가는 꿈을 꿨다.

네?

아아, 미안해요. 그냥 생각이 났어요.

방금 그거요?

《레베카》예요. 대프니 듀 모리에의 소설.

네, 히치콕의 영화가 더 유명하죠.

《바람과 함께 사라지다》와 《레베카》는 영화를 보고 나서 원작을 읽었는데, 원작도 영화 못지않게 재미있었다는 인상이 남아 있어요.

당연하죠, 비비언 리를 보고 여배우를 동경하지 않은 소녀는 없었을걸요. 그 헤어스타일, 목소리, 어깨가 드러난 드레스.

요즘도 가끔 다시 봐요. 네, 《레베카》도. 히치콕 영화도 좋아하거든요. 기적처럼 아름다워서.

왜 그럴까요, 정말 신기해요.

그 시대 여배우의 넘치지도 모자라지도 않는 연기가 신기해서 못 견디겠어요. 자연스럽고 절제된 듯하면서도 감정이 잘 전달되거든요. 《사이코》의 재닛 리는 몇 번을 봐도 굉장해요. 그런 노련한 연기는 지금 미국에서도 좀처럼 볼 수 없거든요.

아, 그렇지, 《레베카》 얘기를 하고 있었죠.

여기 와서 내내 《밤이 끝나는 곳》 얘기를 했더니 《레베카》가 생각났어요.

맞아요, 그것도 첫 번째 아내와 사별한 남자가 젊은 여자와 재혼하는 얘기였죠.

네, 맨덜리라는 호화 저택에는 전처의 그림자가 짙게 남아 있죠.

전처의 질서와 추억이 온 사방에 가득해요. 젊은 아내는 그 그림자에 겁을 먹고 두려워하죠. 압박감마저 느껴요.

아뇨, 그런 뜻이 아니에요.

어머, 그렇게 들렸나요?

《밤이 끝나는 곳》에 다마키 레이코 씨의 그림자가 남아 있는 것처럼 느끼냐고요?

그건 아니에요……. 그런 얘기를 하는 게 아니라.

나는 그 영화에서도 마지막에 맨덜리 저택이 불길에 휩싸인다는 걸 떠올린 거예요.

아까 읊조린 건 《레베카》 원작 소설의 첫 문장이에요.

어젯밤 다시 맨덜리로 가는 꿈을 꾸었다.

무척 인상적이어서 지금도 기억해요.

영화는 조앤 폰테인이 고상하고 아름다웠어요. 젊은 사람 특유의 위태로움도 잘 느껴졌죠.

마지막 화재 장면이 어마어마했죠.

흑백영화인데도 불길이 아주 환하게 치솟았다는 기억이 있어요.

《밤이 끝나는 곳》도 마지막에는 유곽이 불길에 휩싸이고 붕괴되죠.

그 안에서 여자가 지켜보는 가운데 남자가 춤추는 장면은 정말 아름답죠. 쓰노가에도 그 장면을 찍고 싶어 할걸요. 나도 그 장면을 스크린에서 보고 싶거든요.

음, 미안해요, 얘기가 《레베카》와 《밤이 끝나는 곳》을 왔다 갔다하네요. 지금은 《레베카》 얘기예요.

혹시 알고 있었어요?

원작에는 맨덜리 저택이 불에 타올랐다는 건 한 마디도 쓰어 있지 않아요. 네, 정말이에요.

그걸 알고 어찌나 놀랐던지. 영화에서는 클라이맥스에 이르는 굉장한 장면인데 원작에는 화재 장면이 전혀 없다니까요.

마지막 문장은 이런 거였어요.

——그리고 바다에서 불어오는 바닷바람을 타고 재가 날아왔다.

이게 다예요.

굉장하다고 생각했어요. 이 한 문장만으로 맨덜리 저택의 최후를 표현한 소설가도, 이 한 문장에서 그 장면을 만들어낸 영화감독도.

《밤이 끝나는 곳》의 화재 장면을 쓰노가에가 찍으면 어떻게 나올까요.

활활 타오르는 불길을 정면에서 찍는 대신 일렁일렁 움직이는 불길의 기운과 온도만 느껴지게 하고 춤추는 남자의 모습은 슬로모션으로 촬영할까?

혹은 무대배경을 활용해 연극적인 세트장으로 꾸몄을지도 모르고,
《바람과 함께 사라지다》의 불타는 애틀랜타를 탈출하는 장면에
필적할 만한 것을 찍으려고 별렀을지도 몰라요.

그런데 과연 정말로 찍을 수 있을까 싶기도 해요.

첫 번째 아내를《밤이 끝나는 곳》의 불타는 장면 촬영 중 발생한 화
재로 잃은 그이가 그 장면을 주저 없이 찍을 수 있을까. 그렇기 때문
에 오히려 찍을 수 있을지도 모르고 역시 트라우마가 남아서 못 찍을
지도 몰라요.

양쪽 다 가능성이 있어요.

어젯밤 다시 맨덜리로 가는 꿈을 꾸었다.

첫 장면은 이미 맨덜리가 불에 타 세상에서 없어진 시점에 여주인
공이 회상하는 것으로 시작해요.

더 이상 존재하지 않기 때문에 차분히 회상할 수 있고 애석해할 수
있죠. 그런 장면이에요.《밤이 끝나는 곳》의 필름도 존재하지 않기
때문에 아름다울지도 몰라요. 영화가 완성되었다면 이렇게까지 열
성적으로 얘기하지 않았을지도 몰라요. 미완성이기 때문에 안심하
고 애석해할 수 있을지도 모른다는 그런 생각이 들어요.

……그나저나 당신은 사사쿠라 이즈미 씨가《밤이 끝나는 곳》을 영
화로 각색했다는 사실을 알고 있었나요?

아아, 역시 알고 있었군요.

네, 실은 나도 그 영화에 출연할 예정이었거든요.

주인공의 표면상의 엄마 역으로요. 그러기엔 내 나이가 너무 많은

것 같기도 하지만. 사실 처음에는 출연할 예정이 없었는데, 원래 그 역을 맡기로 한 배우가 다쳐서 엉뚱하게도 나한테 그 역이 왔답니다.

그이의 체면도 있고 해서 맡을지 말지 고민했지만 나도 해보고 싶은 역이었던 터라 받아들일 예정이었어요. 아니, 그이는 몰라요. 정식으로 결정되면 말하려고 했지만 결국 그 기회는 오지 않았죠.

갑자기 이즈미 씨가 죽었기 때문이에요.

얼마나 놀랐는지 몰라요. 심지어 자살했다는 걸 듣고 더더욱. 설마 마사하루 씨의 아내가 그렇게 될 줄이야.

생전에 마사하루 씨와 함께 둘이서 우리 집에 놀러 온 적이 몇 번 있거든요, 벌써 오래전 일이지만.

아주 야무진 아내였어요.

이즈미 씨가 쓴 드라마를 봤기 때문에 어떤 사람일지 궁금했는데 여러 의미에서 '과연, 이 사람이 그 드라마를 썼구나' 하고 납득이 갔죠.

완벽주의자. 빈틈없는 사람. 결코 마음 깊숙한 곳에서부터 편히 쉬는 일은 없겠구나, 하고 생각하게끔 항상 뭔가를 철저히 생각해야 한다고 스스로에게 강요하는 듯한 분위기가 있었어요.

언젠가 내가, 마사하루 씨는 피곤하지 않을까, 하고 중얼거렸더니, 그이가 "녀석은 그런 타입을 재미있어하지"라고 말하더군요. "녀석은 수집가거든" 하고.

이즈미 씨가 죽은 이유는 결국 아직도 모른다고 들었어요. 유서도 없었다고 하고.

초고는 이미 완성되어 있었던 터라 각색 때문에 고민했다든가 그 이외의 트러블이 있었다는 소문도 전혀 없었고 이해가 가지 않더군요. 사람이 무엇 때문에 고민하는지 타인으로서는 알 길이 없지만 나는 그녀가 완벽주의자였기 때문에 그렇게 되었다고밖에 생각되지 않았어요. 그런 사람은 자기 스스로를 몰아붙이기 마련이니까.

이제 와서 보면 솔직히 말해 자살했다는 걸 듣고 수긍이 가는 부분도 있었어요. 그렇게까지 스스로를 몰아붙이는 사람이라면 어쩔 수 없었을지도 모르겠다고.

《밤이 끝나는 곳》 때문에?

글쎄요. 그건 모르겠네요.

그런데…… 이번에 다른 사람들의 얘기를 들으면서 생각했는데, 그 영화는 그런 타이밍의 얘기일지도 모르겠어요.

그런 타이밍이라는 건 그야말로 '운이 없다'라는 뜻인데요.

뭐랄까, 모든 일이나 인생에는 반드시 '파도'가 있잖아요.

수많은 사람들이 갖고 있는 수많은 파도가 서로 부딪혀서 세상을 이루죠. 세상일이 굴러가요.

당연히 좋을 때도 있고 나쁠 때도 있죠.

그런 가운데 좋지 않은 파도가 왔을 때, 부정적인 파도가 왔을 때 보이는 풍경이라는 게 있다고 생각해요. 좋지 않은 곳에 빠져들 때 보인 풍경이 매우 매력적으로 여겨지기도 하죠. 그 작품이 바로 그런 작품이지 않을까요? 사람이 나락으로 떨어질 때 그 사람의 눈앞에 이 세상 것이 아닌 아름다운 면모를 살짝 내비치는 거죠. 그런 작품이지 않을까 하는 생각이 들어요. 왜 있잖아요, 고열에 시달리면 색채가 현란해 보이는 순간이. 그런 불길한 아름다움. 세상에, 정말 아름답다, 하는 생각이 들면, 아, 지금 고열에 시달리고 있구나, 하고 깨닫게 되면서 흥분과 불안이 뒤섞인 묘한 기분.

그 영화에 끌리는 건 사람이 그런 상태에 있는 시기로, 어쩌면 그 작품에 관여한 사람에게만 보이는 풍경이 있기 때문이지 않을까요.

아, 아뇨, 당신이 그렇다는 말은 아니에요.

어디까지나 그 작품의 영상화에 관여한 사람들이 그랬지 않았을까 하는 거죠.

이즈미 씨가 《밤이 끝나는 곳》의 각색을 받아들였을 때는 그다지 좋지 않은 시기였다는 얘기도 들었어요.

이즈미 씨는 상도 많이 받았고 스스로에게나 타인에게 엄격한 사람이었기 때문에 프로듀서나 디렉터가 어려워하는 면도 있었다고 해요.

잘 아시다시피 영화계는 세대교체가 빈번히 이루어지는 곳이에요. 그리고 프로듀서나 디렉터는 무조건 자기보다 연하인 크리에이터와 팀을 이루고 싶어 하죠. 그러면 필연적으로 나이 든 각본가는 쓰기가 어려워져요. 아마 이즈미 씨도 그런 교체기에 접어들지 않았을까요?

그런 시기에 그 일이 등장하지 않았을까.

네? 방금 뭐라고 말했나요?

필연성? 그 말이 왜요?

이즈미 씨가 그렇게 되고 나서 마사하루 씨가 그이를 몇 번 찾아왔었어요.

겉보기에는 그리 충격을 받은 것처럼 보이지는 않지만 '이상한 꿈만 꾼다'는 말을 했나 봐요. 이즈미 씨는 옛날부터 친정과 사이가 나빴는데 친정 식구들이 이즈미 씨의 죽음에도 냉담한 반응을 보였다면서 그게 못마땅하다고도 했죠.

듣자 하니 마사하루 씨는 평소 잠을 잘 때 꿈을 거의 꾸지 않는다고 하더군요.

그런데 이제껏 살아오면서 며칠 동안 몰아서 꿈을 꾼 시기가 몇 번 있었다고 해요.

이즈미 씨가 죽은 뒤에 오랜만에 다시 몰아서 꿈을 꾸었다는 얘기를 했나 봐요. 그이가 해몽을 할 수 있는 건 아니지만 마사하루 씨의 꿈 얘기를 계속 들어줬다고 해요.

글쎄요…… 이것만은 당사자가 아니면 모르는 거라서. 그이도 반려자를 먼저 떠나보낸 경험이 있으니까요. 두 사람이 무슨 얘기를 나눴는지 그 이상은 들은 바가 없어요.

그런데 문득문득 느껴지곤 해요.

어쩌면 이 사람은 지금도 맨덜리로 가는 꿈을 꾸는 게 아닐까 하고.

다 타버린 저택의 꿈을 어렴풋이 꾸고 있는 게 아닐까 하고.

하지만 우리는 이미 타버린 뒤의 저택밖에 모르잖아요. 얼마나 아름다운 저택이었는지 얘기로 들어서는 알 수가 없죠.

아, 뭔데요?

묻기 어려운 거요?

괜찮아요, 화내지 않습니다. 당신 일인걸요.

아아, 마나베 자매요.

쓰노가에의 자식이라는 소문 말이군요.

당연히 알죠. 엉터리이긴 해도 유명한 소문이거든요. 누구에게 들었는지는 짐작이 가지만.

어머, 사과할 것 없어요.

그 자매의 어머니가 손수 퍼뜨린 소문이거든요.

잔인하죠. 그런 소문을 퍼뜨리면 나중에 무조건 딸들 귀에 들어갈 텐데. 딸들이 상처를 받는다는 생각을 안 했던 걸까요. 실제로 두 사람은 큰 상처를 받았고 아직도 그 상처는 아물지 않았을 거예요.

그런 '누군가가 되고 싶었던 사람'이 '아무도 되지 못한다'는 걸 깨달았을 때는 정말 믿기지 않을 정도로 무슨 짓이든 한다고 생각해요. 그런 어머니를 보고 자랐기 때문에 자매는 '누군가'가 된 게 아닐까요. 그것이야말로 어머니에 대한 복수가 아니었을까, 그런 생각이 드는군요.

그러게요, 두 사람이 그 소문을 정말 믿는지는 잘 모르겠어요.

두 사람 다 무척 총명해서 어머니가 그 소문을 직접 퍼뜨렸다는 것과 어머니가 마음속으로 딸의 아버지가 쓰노가에면 좋을 텐데, 하고 바랐다는 걸 눈치채지 않았을까요?

그이와 자매의 어머니 사이에 무슨 일이 있긴 있었느냐고요?

글쎄요, 있었을지도 모르고 없었을지도 모르죠.

다만 그이는 자신이 자매의 아버지라고는 전혀 생각하지 않아요. 그렇게 확신한다는 건 알아요.

그이가 자기 자식처럼 여기는 사람은 마사하루 씨뿐이에요. 그이가 손목시계를 선물한 유일한 젊은 사람이 바로 마사하루 씨랍니다.

이즈미 씨가 죽은 일로 쓰노가에는 틀림없이 동질감을 느낄 거예요. 그 전까지는 아들 같은 위치였다면 이제 '동지'가 되었다고 할 수 있겠죠.

그렇게 따지면 우리도 '동지' 아닌가요?

쓰노가에와 마사하루 씨, 두 사람만 알 수 있는 게 있다면 우리만

알 수 있는 것도 있을 거예요. 어쩌면 그들과 우리는 이 배에 함께 있
으면서도 여전히 전혀 다른 풍경을 보고 있을지도 모르겠어요.

34 잔상의 바다 ────────────

　　　　　그 여행의 후반…… 사람들과 끝없이 일대일로
인터뷰하던 시간은 나중에 돌이켜봐도 기묘한 시간이었다고밖에 말
할 수 없다.

마치 영화 같았다. 나는 그때 관객이 되어 영화를 보고 있었다.

한 사람 한 사람이 이야기하는 모습이 내 안에 영상이 되어 새겨졌다.

이제껏 수없이 많은 취재를 해왔는데도 그 취재는 예전의 것들과
뭔가가 근본적으로 달랐다.

어떤 의미에서는 '지나치게 잘된 취재'였다고 해도 좋을 것이다.

그 전까지 경험해온 취재가 픽션을 위한 '현실'의 취재였다면 그 취
재는 논픽션을 위한 '허구'의 취재였기 때문이리라.

나는 완전히 익숙한 상태였다. 현실 세계에서 이야깃거리나 재료
를 주워와 부풀리고 발전시켜 픽션의 퍼즐 조각으로 끼워 넣는 일에.

하지만 그것은 전혀 다른 행위였다.

나는 이미 완성된 작품……《밤이 끝나는 곳》에 얽힌 사람들, 이라
는 다큐멘터리를 보고 있었다는 기분에 사로잡혔다.

인터뷰 행위가 일종의 공범 관계를 바탕으로 성립되어 있는 것은

인터뷰를 하는 쪽도 받는 쪽도 서로 암묵적으로 동의한다.

그 여행 자체가 공범 관계였다. 모두가 무의식중에 협조해서《밤이 끝나는 곳》에 얽힌 사람들이라는 작품을 완성해낸 것이다.

그들이 저마다 이야기하는 모습이 지금도 내 머릿속에 스크린 사이즈로 들어가 있다.

한없이 농밀하기만 한 시간이었다.

나는 한 명씩 인터뷰를 마칠 때마다 몸속에 찌꺼기처럼 피로가 쌓이는 것을 느꼈다. 끈적끈적해서 좀처럼 씻어낼 수 없는 복잡한 피로를.

마사하루는 그런 내 상황을 알아차리고 배려했다.

가만히 놔두었고 아무것도 묻지 않았다.

아니, 마사하루는 그 나름대로 뭔가에 몰두하고 있었던 것 같다. 자료인지 낡은 노트를 계속 넘기며 생각에 잠긴 모습이 시야 한쪽에 보였다.

우리는 한 방에 있으면서도 각각 다른 세계에 살고 있었다.

가끔 하는 관광은 적당한 휴식이 되었다. 아무 생각도 하지 않고 이끄는 대로 따라가 그곳의 경치를 바라보는 것은 재활 치료 같은 효과가 있었다.

그래서 베트남 할롱만의 아름다운 경치는 자연 속 '힐링 영상'처럼 내 안에 남아 있다.

그것은 참으로 신비로운 풍광이었다.

일찍이 꿈속에서 이런 풍경을 본 듯한 기분이 들었다.

한마디로 말하면 다도해라고 할 수 있다. 만 안에 있어서 해면이 거울처럼 잔잔하다.

그 안에 있는 수많은 섬들······ 바다로 돌출한 바위 같은 섬부터 사람이 사는 섬까지 크고 작은 다양한 섬들이 떠 있다.

따뜻한 지역인 만큼 바다 색깔도, 섬을 뒤덮은 나무들도 어딘가 난색의 그러데이션을 띠고 있어 인상파 그림을 보는 것 같았다. 반짝반짝한 빛의 알갱이가 풍경에 아로새겨져 있어 다양한 색깔이 보이는 것이다. 미끄러지듯 바다를 누비는 관광선 안에서 가만히 한 점을 보고 있는데도 각도에 따라 색깔이 완전히 달라 보인다.

공기는 어쩐지 탁하고 부옇다.

먼 곳은 엷은 망사 천이 둘러쳐진 듯이 흐릿하게 번져 보였다.

그것이 멍하니 풍경을 바라보고 있던 내게 기묘한 감각을 일깨웠다. 옛날 비디오 화면도 아니면서 이중, 삼중으로 흔들린 영상을 보고 있는 느낌이 든 것이다.

요즘에는 그런 입자가 거친 영상은 찾아볼 수 없지만 어렸을 때 TV 브라운관이 망가지면 빨간 선과 파란 선이 분리되어 마치 '귀신'이 나온 듯한 화면이 비치기도 했는데 그 생각이 났으며 다도해는 한때 봤던 3D 안경을 쓰고 보기 위한 그림과 똑같았다.

어쩌면 나는 지금 정말 '귀신'을 보는 걸지도 모르겠구나.

조금의 흔들림도 없이 수면을 이동하는 배의 난간에 기대어 그런 생각을 했다.

만약 이 풍경을 그림으로 그린다면 누구나 모네의 그림처럼 그릴 것이다. 눈앞에 펼쳐진 모습이 딱 모네의 그림 같기 때문이다.

배 안에서는 현지 여자들이 만든 레이스 테이블보 등을 팔고 있었다. 염색하지 않은 천으로 만들어 소박한 멋이 있는 테이블보를 커피 테이블용으로 한 장 샀다.

이 아름다운 만에 앞으로 다시는 올 일이 없겠구나, 하고 생각하니 괜히 이상한 마음이 들었다.

《밤이 끝나는 곳》에 얽힌 사람들을 생각하면서 이 아름다운 풍경을 봤다는 기억만 남겠지.

왠지 굉장히 사치스럽고 굉장히 아까운 일을 하고 있다는 기분이 들었지만, 반대로 관광이라는 건 그런 거다, 여행이라는 건 그런 거다, 하는 생각도 들었다. 평소 같았으면 생각하지 않았을 일도 계속 생각하게 하는 것이야말로 여행의 묘미일지도 모른다.

이 여행을 통해 보는 모든 풍경이 《밤이 끝나는 곳》에 얽힌 사람들을 위해 존재한다는 생각이 들었다.

나와 마찬가지로 아무 생각 없이 멍하게 있는 마사하루와 두서없는 이야기를 나눴다.

인터뷰 때 나왔던 이야기 중에서는 그 건만 언급했다.

—— 저기, 마나베 자매 중 한 명이 쓰노가에 감독의 딸이라는 소문, 알고 있었어?

아무렇지도 않게 그렇게 물었을 때 마사하루는 무슨 뚱딴지같은 소리냐는 표정을 지었다.

—— 뭐? 그런 소문이 있었어?

너무 황당해하는 바람에 오히려 내가 더 당황했다.

친척이라서 진작 알고 있는 줄 알았는데 오히려 한집안이기 때문에 더 모를 수도 있는 모양이다.

나는 자매의 어머니가 자기 소망을 담아 퍼뜨린 소문이며 쓰노가에 감독을 비롯해 관계차들은 아무도 진지하게 받아들이지 않지만,

자매도 그 소문을 알고 있어 그녀들과 어머니 사이에 심각한 균열이 생긴 듯하다고 말했다.

——흐음, 그랬군.

마사하루는 그제야 납득이 된다는 얼굴이었다.

그는 나름대로 과거 마나베 자매와 관련된 기억에서 의문스러웠던 것이 해소된 듯했다.

나는 쓰노가에 감독이 마사하루를 아들처럼 여기고 있으며 아내를 떠나보낸 사람끼리의 연대감을 가지고 있다는 이야기는 하지 않았다.

——결국 두 사람의 아버지가 다르다는 건 사실이겠지.

잠시 후 마사하루가 중얼거렸다.

——그 때문에 온갖 억측이 나도는 거니까. 아버지가 다르다는 것만 가지고 그럼 누가 아버지냐, 하고 따지는 거지. 그렇게 억측하다 보면 한도 끝도 없어.

——하긴, 정말 그렇겠어.

나는 맞장구를 치고 덧붙였다.

——한 가지 사실이 있으면…… 눈에 보이는 게 있으면 이야기는 얼마든지 지어낼 수 있다는 거네.

마사하루가 나를 흘끗 본다.

무슨 말을 하려다 말았다는 것을 알 수 있었다.

——재미있는 풍경이네.

이윽고 그가 그렇게 중얼거렸다.

——그러게.

나도 그의 시선 끝을 좇았다.

——원근감이 없어. 보다 보니까 거리감이 이상해지는군. 왜 그런 거지?

——공기가 끈적하고 먼 곳이 없어 보여. 습도 때문인가? 꼭 무대 뒤에 설치된 배경 그림 같아.

——정말 무대장치 같다.

——파도가 없어서 조용하기 때문인 것도 이유일지 몰라.

——아, 정말 배의 엔진 소리마저 없으면 무음이겠어. 상자 속 정원 같군.

——맞아, 너무 예뻐서 인공적으로 느껴질 정도야.

——애니메이션에 나올 법한 장소인데. 프로덕트 디자이너가 세계관을 설명하기 위해 보드에 그려 넣을 법한.

——응, 어떻게 보면 현실감이 없는 풍경이야. 일부러 만들어낸 것 같아.

——그러고 보니 우리, 되게 실례되는 말을 하는 거 아닌가? 이런 장관을 눈앞에 두고.

——안 되겠어, 우리 둘 다 의심이 너무 많아. 혹시 속고 있는 거 아닌가 하는 생각부터 드니까. 세상이 이렇게 아름다울 리가 없어, 하고.

——세상은 눈에 보이는 게 전부가 아니다, 도 있지.

둘이서 실없이 웃었다.

——세상이 이렇게 아름다울 리가 없다, 라.

마사하루가 혼잣말을 하는 것이 들렸다.

——잔상의 바다, 로군.

뭐? 하고 나는 되물었다.

——방금 뭐라고 한 거야?

——잔상의 바다. 이 풍경 말이야.

마사하루는 바다를 향해 두 손을 펼쳐 보였다.

——어쩌면 지금 눈앞에 보이는 건 우리가 '보고 있는' 줄 아는 것의 잔상일지도 몰라. 저 안쪽에 있는 섬도 왠지 환영 같지 않아? 저쪽에 커다란 스크린이 쳐져 있고 누군가가 비추고 있을지도 모른다고 생각했어.

——응, 정말 그러네.

나는 TV의 '귀신'이랑 비슷하네, 하고 말하려다 말았다.

불현듯 피아노 섬에서 본 피아노 박물관의 사람 그림자가 떠올랐기 때문이다.

잔상의 바다.

이 풍경에 딱 맞는 표현이라는 생각이 들었다.

앞으로 이 풍경을 떠올릴 때면 마사하루의 이 말도 따라오겠지. 그런 예감이 들었다.

——마사하루, 당신은 뭐 하고 있어?

문득 그런 질문이 새어 나왔다

——뭐 하고 있냐니?

한순간 그가 움찔한 것을 나는 놓치지 않았다.

해서는 안 되는 질문이었나?

그렇게 생각했지만 포커페이스를 유지한 채 계속했다.

——매일 뭘 그렇게 열심히 조사하나 싶어서. 나는 나대로 인터뷰에만 매달리고 있는데, 당신도 그 일에 몰두하고 있잖아.

——숙제.

마사하루는 작게 어깨를 추켜올리고 불쑥 내뱉었다.

——숙제?

——그래, 숙제. 전부터 계속 마음에 걸렸는데 이제야 겨우 손댈 수 있게 됐어.

——업무에 관련된 거야?

——그렇다고 할 수도 있고 아니라고 할 수도 있어.

애매모호한 대답을 한 뒤 그는 고개를 기울였다.

——숙제는 답을 맞춰보는 게 필요하지.

——답을 맞춰볼 수 있는 숙제인 거야?

그렇게 묻자, 마사하루는 허를 찔린 듯한 표정을 지었다.

——으음. 글쎄. 모르겠어.

고개를 절레절레 흔든다.

나도 그 이상은 묻지 않았다.

다시 둘이서 환영 같은 다도해에 눈길을 주었다.

스크린의 바다. 잔상의 바다. 어딘지 모르게 가짜 같은, 꿈같은 풍경을 우리는 미끄러지듯 나아가는 배 안에서 눈에 새겨 넣듯이 계속 바라봤다.

35 어린 엄마를 데리고 ————
(쓰노가에 다다시의 이야기)

마사하루는 꿈을 잘 꾸지 않는다고 했지만 나는 꿈을 잘 꾸는 편이네.

어렸을 때부터 내가 꾸는 꿈은 아주 선명했지. 옛날에는 색이 들어간 꿈을 꾸면 좋지 않다고 했는데 무슨 근거가 있어서 하는 소리였나?

그저 사진과 영화가 계속 흑백이었기 때문에 생소해서 그렇게 말하지 않았을까 하는 생각이 들었지. 내 꿈은 어렸을 때부터 컬러였고 말이야.

단골 꿈 없는가?

잊을 만하면 꾸는 꿈. 아아, 이 꿈은 전에도 꾼 적이 있는데, 하는 꿈 말이야.

나는 몇 가지 있거든. 전부 시시하고 두서없는 꿈이긴 하지만.

그중 하나가 특히 인상적인데.

어머니를 데리고 시골길을 터벅터벅 걸어가는 꿈이지.

흥미롭게도 꿈속에서 내가 데려가는 어머니는 어린 여자아이의 모습을 하고 있네. 그런데 꿈속의 나는 그 아이가 내 어머니라는 걸 알고 있어. 아직 어린아이인 어머니의 손을 잡고 걸어가고 있다는 걸 아는 거지.

꿈속에서는 아무 말도 나누지 않네. 둘이서 묵묵히 걷기만 할 뿐. 그곳이 실제로 있는지는 알 수 없지만 나는 그 길을 알고 있고 계속 걷다 보면 큰 강이 나오고 다리를 건너면 집에 갈 수 있다는 것도 알고 있지.

다리가 가까워지면 나는 손으로 다리를 가리키며, 저거 봐, 저기만 건너면 금방 집에 도착해, 하고 어머니에게 말하지. 그것이 유일한 대사라네. 대체로 꿈은 거기서 끝나지.

《밤이 끝나는 곳》에 얽힌 이야기, 흥미롭게 듣고 있네.

결과적으로 그 소설이나 영상화에 다양한 전설이 따라붙는 것도 흥미롭다고 생각하지. 그런 '사연이 있는' 것은 이 세상에 분명히 존재하는 법이니까.

다만 모두가 잊고 있는데 굳이 지적하고 싶지 않네만 소설 《밤이 끝나는 곳》은 기본적으로 '엄마를 그리워하는 이야기'네.

그렇지?

주인공 주변에는 세 명의 엄마가 있지.

낳아준 엄마, 길러준 엄마, 표면상의 엄마. 주인공은 세 엄마 모두에게 자신의 엄마라는 실감을 느끼지 못하네. 그러면서도 그녀들 각각이 엄마이길 바라지. 그런데 결국 모든 엄마에게 거부를 당해. 누구에게도 받아들여지지 않네. 주인공은 그 사실에 상처를 받지. 끊임없이 상처를 받아. 그 상처는 평생 지워지지 않네.

《밤이 끝나는 곳》은 주인공이 정체성을 찾는 얘기인 동시에 정체성의 근원, 다시 말해 엄마를 찾는 얘기지.

미궁이자 유곽이자 성채이기도 한 추월장은 주인공에게 엄마의 상징이기도 하지. 그런 추월장이 마지막에 불길에 휩싸여 무너져 내리지……. 그것이 의미하는 바는 알고 있겠지?

주인공의 정체성 붕괴…… 가짜 정체성이 무너져 내리는 거라네.

내가 사사한 시라이 감독님도 가정이 불우한 사람이었어. 그래서 그 얘기에 끌린 거야.

나도 비교적 어머니를 일찍 여의었기 때문에 '엄마를 그리워하는 이야기'로써의 《밤이 끝나는 곳》에 끌렸다고 생각하네.

아야미와 시오리도 마찬가지야.

그 애들과 어머니의 갈등에 대해서는 여기저기서 들어서 알고 있을 테지.

그 두 사람도 필시 마음 깊은 곳에서는 '엄마를 그리워하는 이야기'로써 그 소설에 끌렸을 거야. 특히 두 사람은 소설 속 주인공과 겹치는 부분이 많아. 자신들의 정체성을 어머니가 찾아주기를 바랐지만 결국 얻지 못했다는 것 말이네.

생각해보면 참으로 애달픈 얘기지.

아아, 그런 소문이 돌았다는 건 알고 있네.

그런데 나는 그 애들의 아버지가 아니야.

그 애들의 어머니와 관계를 가진 적은 한 번도 없네. 그런데 애들 어머니가 나와 관계를 가졌다고 생각한 건 사실인 모양이야. 누군가와 헷갈리는 게 분명한데 그게 나라고 믿었던 거지. 애들 어머니는 거짓말을 한다는 의식이 아예 없었을 거야.

그렇게 되면 결국 어느 쪽의 얘기를 믿느냐 하는 문제가 되니까 나는 일부러 해명하지 않았네만.

그래도 내가 아버지가 아닐까 하고 답답한 마음을 풀지 못하고 있는 아야미와 시오리는 딱하게 생각하네. 결국 어머니의 부정을 의심하는 것이지 않나. 오랜 세월을 애들이 그런 상황에 놓이도록 하다니 어머니가 못할 짓을 했다고 생각하지.

그렇다고 묻지도 않았는데 "나는 너희 아버지가 아니다"라고 말하는 것도 이상하고 괜히 긁어 부스럼 만드는 꼴이지 않나. 그래서 앞으로도 그 애들에게 그렇게 말할 생각은 없네.

동서양을 막론하고 '엄마를 그리워하는 이야기'가 존재하는 게 재미있지 않나. 《엄마 찾아 삼만리》라는 것도 있지 아마.

'아빠를 그리워하는 이야기'는 별로 없는데 말이야.

특히 남자에게 아버지의 존재는 넘어야 하는 벽 같은 것인 데다 태어났을 때부터 어머니를 '빼앗긴' 상태라 경쟁 관계에 있다고도 할 수 있지.

게다가 어머니를 일찍 여의기라도 하면 어려서부터 어머니를 '빼앗겼다'는 감정을 품게 되지. 그때부터 어머니를 '애타게 그리는' 대상으로 신격화하고 말아.

뭐, 남자는 다 머더 콤플렉스가 있다고 할 수 있지.

음?

자네 전남편이 심한 마마보이였다고?

하하하, 이런 얘기는 처음 하는군. 많든 적든 남자는 다 머더 콤플렉스나 마마보이 기질이 있지만 특히 심한 남자는 아내에게 재난이나 마찬가지지.

마사하루도 자네 얘기는 거의 하지 않았거든. 아니, 녀석은 개인적인 얘기는 누구와도 나누지 않는다네.

녀석도 별난 놈이지, 옛날부터 그렇게 포커페이스였네. 원래 냉정한 성격인 탓도 있겠지만 아무에게도 속마음을 보이지 않고 감정을 드러내지 않아.

어렸을 때부터 어른스러웠고 항상 한 발 물러서서 주위를 관찰하는 아이였지. 옛날부터 녀석을 대할 때면 왠지 대등하게 대했던 것 같네. 어린아이인데도 나와 죽이 잘 맞았지.

그러고 보니 마사하루의 전처도 친정 식구와 사이가 좋지 않았다고 했네만.

못 들었나?

이즈미 씨만 혼자 식구들과 어울리지 못했다고나 할까, 식구들 중 유일한 완벽주의자였던 까닭에 식구들이 어려워했나 두려워했나, 어쨌든 멀리 했다고 하네.

그래, 알고 있네. 이즈미 씨가 《밤이 끝나는 곳》의 시나리오를 썼지.

초고를 끝내놓고 그 직후에 그…… 자살했다고.

글쎄.

그걸 《밤이 끝나는 곳》에 관여한 탓이라 말할 생각은 없네. 뭐, 남이 보기에는 악연 이외에 아무것도 아닌 것처럼 보일지도 모를 테지만.

나와 마사하루가 《밤이 끝나는 곳》과 관련해 아내를 잃은 건 맞지만 저주받았다고 생각한 적은 없네.

그래도…… 이즈미 씨의 경우에는 역시 《밤이 끝나는 곳》의 '엄마를 그리워하는' 부분에 중독되었을지도 모르겠어.

아니, 방금 생각난 거지만 말이야.

그래, 이런 건 여태 한 번도 생각해본 적이 없군.

식구들 중에서도 이즈미 씨와 어머니의 관계가 안 좋았다고 했지. 마사하루는 처가 식구들을 몇 번밖에 만난 적이 없는데 이즈미 씨와 어머니 사이에 묘한 긴장감이 흘렀다고 했어.

다름 아닌 어머니인데도 이즈미 씨와 공통점이라고는 없이 절망적일 만큼 서로를 이해하지 못하는 두 사람, 가족이자 모녀라는 사실이 믿기지 않을 만큼 '말이 통하지 않는' 두 사람이었다고 했네.

비극이지, 그런데 실제로 그런 경우가 꽤 많아.

세상에는 서로 말이 어긋나기만 하고 무슨 말을 해도 근본적으로 말이 통하지 않는 어떻게 할 도리가 없는 '다른' 유형의 인간이 있어. 가족이라고 해서 무조건 서로를 이해한다든가 공통점이 있다고는 할 수 없지.

그런 두 사람이 어머니와 딸이라면.

필시 서로를 힘들게 할 테지.

이즈미 씨는 어머니와의 관계로 오랫동안 상처를 받은 게 아닐까 싶네. 자각하고 있었는지는 몰라도 어렸을 때부터 쌓이고 쌓인 갈등이 《밤이 끝나는 곳》을 각색하는 동안 큰 상처로써 쩍 벌어진 게 아닐까 싶어.

나는 상처를 받았구나, 하고.

나는 평생 어머니를 원했는데 그런 어머니를 얻지 못했구나, 하고.

그 사실을 깨달았을 때 이즈미 씨는 어떤 감정이었을까.

분노인가? 절망인가?

유서는 없었다고 하네.

어떻게 보면 충동적인 행위였을지도 모르지. 분노나 절망이 있었다 해도 이즈미 씨는 깊이 생각한 끝에, 라기보다는 '왠지 그냥' 그 행위를 한 듯한 기분이 드는군.

그래, 마사하루는 한때 상당히 좋지 않았네.
그렇다기보다 좀처럼 실감이 나지 않아 당혹스러워했지.
나도 그랬으니 잘 알지.
나 때는 눈 깜짝할 새 일어난 사고였으니까 갑자기 눈앞에서 사라졌다는 인상이 강했네.
없어졌다는 실감이 전혀 나지 않았어.
시신은 거의 숯처럼 검게 타버렸지. 그래서 솔직히 눈으로 봐도 그게 아내의 몸이었다는 것이 도저히 믿기지가 않았네.
그래서 머릿속에 '아내가 사라졌다', '어째서?' 하는 물음표만 떠올라 있는 상태였지.
갑작스러운 부재.
이해할 수 없고 실감 나지 않고 받아들일 수 없었네.
오랫동안 반신반의했지.
마사하루도 똑같이 느꼈어.
'애도할 수가 없다', '모르겠다'의 반복이었네.
그의 경우는 나보다 더 괴로웠을 테지.
아무 말도 없이 아내가 자살을 해버렸으니 말이야.
'믿음직스러운 남편이 되지 못했다', '아내를 이해하지 못했다' 하는 후회가 상당히 깊었겠지.
이즈미 씨의 완벽주의는 일찍이 유명했기 때문에 오히려 주위 사람들이 동정하고 측은히 여겼다는 것도 괴로웠던 모양이야. 아내를 자살로 떠나보낸 불쌍한 남편으로 여겨져 필시 자존심에 상처를 받았을 테지.

그래서 재혼 소식을 들었을 때는 안심했네. 자네를 이번에 처음 봤네만 내내 지켜본 바로는 자네라서 다행이라는 생각이 들었어, 정말로.

그래, 상당히 중요한 키워드로군.

초반에는 중요한 말을 하고 있다는 생각을 못 했는데, 이렇게 얘기하다 보니《밤이 끝나는 곳》에서 '어머니'는 아주 중요한 키워드라는 걸 깨달은 것 같네.

자네도 그런가?

새로운 발견이군. 대화라는 건 참 재미있지. 얘기하다 보면 스스로도 깨닫지 못한 것이 보이기도 하니까 말이야. 사람과 대화하는 건 중요한 거야.

그도 그럴 것이 내가 꾸는 어머니의 꿈이 힌트가 되었으니 말이네.

어머니란 고마운 존재야.

아, 그렇지, 처음에 말한 작은 어머니를 데리고, 저기만 건너면 금방 집에 도착해, 라고 말한 시점에서 끝나는 꿈 말인데.

실은 그 꿈의 끝에서 나는 입을 다물고 있지만 그 후 어머니가 어떻게 되는지 알고 있어.

꿈속에서 다리를 건너서 집에 도착하면 어머니가 살해된다는 걸 알고 있지.

어머니를 살해하는 사람이 누구인지는 분명하지 않아. 아버지인지 친척인지도 알지 못하지. 다만 시커멓고 거대한 폭력적인 존재가 어머니를 기다리고 있고 어머니는 목숨을 잃고 말아. 나는 그 사실을 알면서도 차마 말하지 못하고, 알면서도 어머니를 그곳으로 데려다 줬다는 자각이 있어.

아아, 저기 도착하면 어머니가 죽는데.

그렇게 확신하면서도 나는 싱글벙글 웃는 얼굴로 화목하게 얘기하면서 어머니와 함께 걷고 있어. 한 걸음 한 걸음 그 장소를 향해.

어머니는 아무런 의심 없이 내가 손잡아 이끄는 대로 따라오고 있네.

내 안에는 어쩔 수 없어, 그렇게 정해져 있으니까, 하는 체념의 기분이 남아 있지. 어머니 손에서 전해지는 온기를 느끼고 있어.

이 꿈이 무슨 뜻일까 하는 생각을 하지.

뭐, 이해하기 쉽게 생각하면 역시 나는 어머니를 누군가에게 '빼앗겼다'라고 생각한다는 것일 테지. 폭력적인 '죽음'이라는 것에 어머니를 빼앗겼다고. 그 일로 상처를 받았고, 신경 쓰고 있고 마음속에 간직하고 있다는 뜻이겠지.

혹은 내 곁에 있어주지 않은 어머니를 원망하고 있을지도 모르지.

요컨대 어머니에게 복수하고 싶다, 곁에서 나를 어여삐 여겨주지 않은 어머니에게 대갚음을 하고 싶다. 그런 거라고 생각하네.

어린아이인 어머니.

꿈속의 어머니는 왜 작은가?

어째서 어린 모습을 하고 있는가?

꽤 오랫동안 생각했지.

나는 어머니를 원망하고 있지만 동시에 소유도 하고 싶었다.

어머니를 내 것으로 만들고 싶었다. 보호하고 싶었다.

그렇게 해석하고 있어.

그나저나.

이런 말을 할 생각은 없었네만 왠지 털어놓고 싶어서 말이야, 말해도 되겠는가?

이제 와서 이런 말을 해봤자 뭣 하지만…… 솔직히 말하면 나는 메시아이 아즈사 본인에게는 그리 관심이 많지 않아.

물론 그녀가 어떤 배경을 가진 사람인지, 《밤이 끝나는 곳》이 어떻게 태어났는지는 궁금하지만 말이야.

그런데 사실을 말하자면 지금 여기에 《밤이 끝나는 곳》이라는 작품이 있고, 책이 있길래 읽었다는 정도랄까.

이 작품만 있으면 메시아이 아즈사 본인은 아무래도 상관없네.

심지어 작가가 누구인지 몰라도 상관없을 정도지.

작가인 자네에게 이런 말을 하면 실례일지도 모르겠네만, 일단 출판되어 세상에 나온 책은 이제 모두의 것, 그 책을 읽은 사람의 것이야. 작품 자체가 독립해서 더 이상 작가에게 속해 있지 않은 거지. 그래서 솔직히 말하면 저자가 뭘 어떻게 하고 싶은지는 아무래도 상관없네.

읽은 사람이 어떤 이미지를 떠올렸는지, 어떤 식으로 해석했는지가 중심에 있고, 이걸 시라이 감독님과 내가 영상화하고 싶다고 생각한 그 의욕과 욕망이 중요한 것이지, 저자가 어떻게 받아들일지는 염두에 두지 않았어. 영화감독은 모두 그렇다고 생각하네.

그래서 말이야, 영화를 찍는 쪽이 모두 그렇다는 걸 알기 때문에 저자가 의외로 영상화를 반기지 않고 속으로는 원하지 않는다는 것도 알고 있지. 자기 작품을 빼앗긴 기분이 드는 것도 당연하다고 생각하네.

실제로 우리가 '취取하고' 있는 것은 맞으니까.

'취하다'라는 단어에는 '자기 것으로 만들어 가지다'라는 뜻이 있어. 촬영의 촬도 취할 촬撮자를 쓰지. 말 그대로 저자에게서 '가져와서 촬영하고' 있지 않은가. 가져와서는 급기야 시각적인 영상으로 세상에 유포하는 셈이니까. 이미지를 고정하는 셈이니까.

그런 의미에서 영상화는 책임이 무겁다고 할 수 있지.

원작을 읽기 전에 《바람과 함께 사라지다》를 영화로 본 사람은 나중에 원작을 읽고 여주인공 스칼렛 오하라에게서 비비언 리가 아닌 다른 사람을 상상하기는 어렵겠지. 비비언 리가 스칼렛을 완벽히 연기한 만큼 이미지가 고정되었으니까 말이야. 시각화한다는 건 어마어마한 일이기도 하네.

그래서 반대로 이것 외에 더 좋은 것은 다시는 없는, 그런 시각적인 영상을 만들 수 있다면 더 바랄 것이 없지.

영화 《밤이 끝나는 곳》을 완성하고 싶었는데.

불행히도 몇 번이나 무산되었지만 나는 아직 포기하지 않았고 당장에라도 찍고 싶은 심정이야. 그런데 또 솔직히 말하면 그 원작은 이제 찍을 시기를 놓친 게 아닌가 싶은 기분도 드는군.

유통기한은 아니어도 영상화에도 어느 정도 그런 게 있다고 생각하네.

동시대에 만들어두지 않으면 안 되는 것이 있으니까.

고도 성장기 얘기가 그렇겠지.

마쓰모토 세이초의 강렬한 소설도 사회문제가 속속 드러났던 그 무렵의 작품이 대부분이야. 그동안 수없이 영상화되었지만 쇼와시대에는 가까스로 공감할 수 있었어도 지금 만들면 별로 설득력도 없고 관객은 공감하기 어려워.

극단적으로 말해 시대극도 이제 못 만드네.

지금도 제작되고 있기는 하나 시대극을 연기할 수 있는 배우가 없어. 옛날 얼굴이 없지. 다들 팔다리가 길고 작은 얼굴에 윤기가 흐르는 데다 몸의 중심이 높아서 기모노를 입었을 때의 몸동작이 나오질 않아. 쇼와 시절이었다면 그나마 에도시대부터 이어져 내려온, 연결되어 있다는 느낌이 들었겠지만 이제는 다른 종류의 인간이라고밖에 볼 수가 없네.

이것만은 어쩔 수가 없어.

시대는 변화하지. 세태도, 사람들의 심리도 바뀌어가.

《밤이 끝나는 곳》도 진작…… 쇼와 때 찍어뒀어야 했다고 생각하네. 최소한 쇼와의 향기가 남아 있을 때 촬영하고 싶었지.

이제 우리는 찍을 시기를 놓쳐버렸어. 이 작품을 영상화할 타이밍을 놓치고 말았지.

이즈미 씨가 쓴 시나리오가 창고에 들어간 것도 결국 그런 이유 때문이지 않을까 싶네.

영상화되어서는 안 되는 거지. 그 시기는 진작 끝났으니까. 그래, 작품이 스스로 판단한 듯한 기분이 드는군. 그 또한 '저주받았기' 때문인가.

그래도 캐스팅에 관해서는 지금도 가끔 생각하네.

영화가 아니라 연극 무대에 올리면 어떨까, 하고 말이야.

세 명의 엄마 역할은 누구에게 맡기면 좋을까, 하고 생각하면 재미 있지. 오히려 지금 시각화한다면 연극 무대가 더 좋을지도 모르겠군.

꿈…… 꿈이라.

그렇지, 방금 또 생각났네.

아까 선잠을 잤을 때 꾼 꿈인데.

자네와의 약속 전에 잠깐 졸았거든.

옛날부터 쪽잠을 자는 데 익숙해서 말이야. 쉴 수 있을 때 쉬어두 지 않으면 체력이 못 버티니까 20분, 30분이라도 틈만 나면 언제 어 디서든 확 집중해서 잠자는 습관이 들었지. 이 나이가 되도록 그 습관 은 여전해. 딱히 지금은 일을 하는 것도 아니고 자려고 하면 얼마든 지 잘 수 있는데 말이야.

선잠을 잘 때 가끔 이상하게 또렷한 꿈을 꾸는 일이 있잖은가?

실제로 눈앞에서 벌어지고 있는 게 아닌가 싶은 꿈을. 현실과 이중 으로 겹쳐 보여 과연 꿈이었는지 정말 벌어진 일이 아니었나 싶을 만 큼 혼란스러운 선명한 꿈을.

영화 촬영을 할 때는 자주 그런 꿈을 꾸었네. 꿈속에서 다음 장면 을 다 찍고, 컷! 하고 외친 것까지 기억하는데 실제로는 아직 찍지 않 은 일이 여러 번 있었지. 앗, 방금 완벽한 타이밍에 다 찍었는데, 하고 손해가 막심한 기분이었어.

아마 꿈속에서도 계속 생각하고 계속 찍고 있었던 게지.

그래서 실제로 그 후에 찍어보면 꿈속과 완전히 똑같이 찍은 적도 많이 있었어. 어떤 의미에서는 꿈속에서도 그걸 '정말로' 찍고 있었던 거야.

선잠…… 백일몽이라는 게 그런 건가.

그리고 선잠을 자면서 꾼 꿈은 이상하게 잔상이 남기도 하지. 졸면서 본 리얼한 영상이 눈앞에 아른아른할 때가 있어.

실은 방금도 그랬네.

그랬다고 말한 건 이제야 내가 그걸 자각했기 때문이야.

무슨 꿈을 꾸었는지 기억났거든.

무슨 꿈이냐고?

그게 말이야…… 잘 짜인 각본이라고 생각할지도 모르겠네만 두 번째 영화화 때 함께 자살했다고 하는 두 사람 있지 않은가?

왜 있잖은가, 마사하루가 '눈의 밀실'인지 뭔지라고 했던 그 기묘한 상황에 있었던 두 사람.

그 두 사람의 꿈이야.

이상하기도 하지.

꿈을 꿀 때는 그 두 사람의 꿈인지 몰랐거든.

꿈속에서 나는 두 사람 중 여자가 되어 있었네.

여자가 된 채 상대 남자를 몰아세우고 있었지.

그래, 신기하게도 나는 꿈속에서 대체로 여자가 되어 있어……. 직업 때문인지 여자의 마음을 상상하는 일이 많아서인지 아니면 머더 콤플렉스가 있어서인지는 몰라도, 꿈속에서는 거의 여자가 되어 있더군. 어린 어머니를 데리고 가는 꿈은 예외지만 말이야.

나는 숙소의 썰렁하고 낡고 작은 방 안에서 남자와 심각하게 격론을 벌이고 있어.

두 사람이 얼마나 성실한 연기자냐 하면, 자신들이 이 현장에서 어떻게 연기해야 하는지, 어떻게 하는 것이 '정답'인지 하는 연기론 같은 것을 끈질기게, 번갈아가며 주장할 정도였지.

그 구체적인 내용은 잘 기억나지 않는군.

그야말로 젊고 열정적인 연기자가 할 법한 말을 죽 늘어놓았던 것은 틀림없네. 자기가 말해놓고 흥분한 것도 기억나는군.

그리고 꿈속에서 나와 남자는 되도록 냉정하게 논쟁하고 있어. 그러다 온몸이 서서히 차가워지더니 공기가 무거워졌지.

갈수록 서로를 몰아붙이고 궁지에 몰린 표정이 되지.

뭐랄까, 자신들이 이 현장에 대해, 연기에 대해 진지하다는 걸 증명하기 위해서는 '죽는 수밖에 없다'라는 분위기가 되어가네.

꿈속에서 나와 남자는 배우라는 직업에 일생을 바쳤고 그걸 서로에게 증명하고 싶어 하지. 그렇게 하려면 지금 여기서 '동반 자살'을 해 보이는 수밖에 없다는 결론에 도달하고 있어.

머리로는 어리석은 짓이라는 걸 알고 있네. 죽어버리면 본전도 못 찾는 것은 물론 연기를 계속할 수 없는 데다 현장이 돌아가지 않는다는 것도 알지.

그런데 지금 당장 두 사람은 어떻게 할 수 없을 만큼 막다른 곳에 몰려 있네. 서로 그 자리에 못 박혀서 벗어나지 못한다는 걸 알고 있어. 자신들은 이제 죽는 수밖에 없다는 걸 알고 있지.

어떡하지, 어떻게 동반 자살을 해야 좋을지, 이건 어리석은 짓이다, 어떻게 하면 벗어날 수 있지, 아니, 역시 여기서 보란 듯이 동반 자살을 하는 수밖에 없어.

그렇게 갈등하고 있는 대목에서 눈이 떠지더군.

그때는 잠에서 깬 순간 그 꿈을 잊어버렸네만 방금 갑자기 생각났네.

참으로 이상하지.

꿈은 잠에서 깨면 순식간에 잊어버리는 데다 웬만해서는 나중에 생각나지도 않는데.

왜 지금 생각났는지 모르겠네만…… 그래도 덩달아 생각났네.

두 번째 영화화 때는 연극 관계자가 동반 자살이었다고 했지?

영화계에 인맥이나 얽매인 것이 없는 제작진이 만들었다고.

나는 연극을 보는 것도 싫어하지 않기 때문에 그 동반 자살로 추정되는 배우들도 알고 있네. 좋은 중견 배우였다는 것도 알고 있었지.

그래서 나는 무의식중에, 아니, 실은 당시부터 마음속에서 '필시 그런 것이었겠군' 하고 생각하고 있었네.

'그런 것'이란 아까 내가 졸았을 때 꿈에서 본 그런 상황을 말하는 거네. 그게 그 사건의 진실이지 않을까, 하고 생각한 거지.

배우라는 건 심플한 거라네. 복잡하면서도 심플하지. 연기를 하다 보면 자기 자신을 잊어버리지. 엄청난 짓을 저지르기도 한다네. 물론 다양한 유형의 배우가 있으니 일률적으로 말할 수는 없지만 그런 면은 많든 적든 누구나 갖고 있어.

내가 좋아하는 얘기가 있어.

영화배우 더스틴 호프만과 로런스 올리비에가 《마라톤 맨》을 촬영할 때의 일화지.

촬영 중간에 두 사람이 대화를 나누었네. 그 영화에서 더스틴 호프만은 제목처럼 항상 달린다는 설정의 역할인데, 그날 '지친 모습을 표현하기 위해 정말 잠을 자지 않고 한참을 달려왔다'고 로런스 올리비에에게 말했지. 그러자 로런스 올리비에가 의아한 표정을 지으며

'연기로는 표현하지 못하느냐'고 물었다고 하더군.

그 일화를 떠올릴 때마다 웃음이 나더군.

아니, 어느 쪽이 옳은가 하는 얘기가 아니야.

양쪽 다 옳아. 어느 쪽이든 상관없어. 그렇게 생각하네. 중요한 건 스크린에서 '지친 것처럼 보이면' 되는 거니까.

아아, 얘기가 딴 데로 샜군.

다시 말해 '지친 것처럼 보이게' 하기 위해서라면 배우는 무슨 짓이든 한다는 거야.

그래서 생각이 났네.

그 준주연급 배우 두 사람은 클라이맥스 장면인 불길에 휩싸인 유곽 안에서 사야코가 지켜보는 가운데 구가하라가 춤을 춘 뒤, 무너져 내리는 건물에 휘말리는 장면에서 사야코 역과 구가하라 역의 스턴트 대역을 맡기로 했다는 얘기를 말이야.

그것도 동반 자살을 하는 장면이지 않나.

두 사람은 리허설을 하려고 했던 게 아닐까.

스턴트 대역이기는 해도 실제로 둘이서 곧 동반 자살을 하려는, 함께 끝을 내려는 모습을 촬영하는 거니까 그 분위기를 만들어야 하지.

두 사람은 분위기 조성을 하고 있었다고 생각하네.

촬영 기간이라는 게, 이렇게 말하긴 뭣 하지만 기간 한정으로 미쳐 있는 것이나 마찬가지라네. 모두가 공통된 환영을 보고 있는 거지. 서로 망상을 공유하고 보완해가며 살아가는 것이나 마찬가지야.

게다가 그 로케이션…… 실재하는 여관에서 영화를 찍고 세간과 동떨어진 곳에서 공동생활을 하고 있었으니 그야말로 '벗어날 수 없는', '피할 수 없는' 상태에 놓여 있었던 게지.

그런 곳에서 영화에는 익숙지 않고, 지나칠 정도로 성실하고 열정적인 연극배우가 리허설을 하고 있었다면 본인들이 생각하는 것 이상으로 현실과 동떨어진 심경이 들었다 해도 놀랍지 않네.

그런 게 아니었을까 싶네.

서로 말리지도 못하고, 문득 '저질러버린' 것이 아닐까 하고.

그런 일도 있으니까.

아이들이 집단으로 폭력을 휘둘러 한 사람을 무참히 살해하는 일이.

그런 끔찍한 사건이 끊이지 않아.

왜 그런 짓을 했을까. 멈출 수는 없었을까. 피할 수는 없었을까.

사람들은 그렇게 생각하지. 뉴스를 보고 안타까워서 의문이 들어.

하지만 본인들도 돌이킬 수 없는 결과가 되리라는 것을 알면서도 멈출 수 없었을 테지.

피할 수 없어. 벗어날 수도 없어.

누군가 수건을 던져주는 사람이 없는 한 절망에서 벗어나지 못하고 기어코 그곳에 다다르는 수밖에 없네. 그런 상황도 확실히 존재하지.

그 두 사람도 그런 걸 봐버린 게 아닐까.

그 작은 방에서 두 사람은 마에 흘려버린 게 아닐까.

오랫동안 그렇게 느껴왔다는 것을 이제야 말로 표현한 기분이 드는군.

흉기가 없었다는 것?

아아, 신도 요스케의 '살인'설 말이로군.

나는 그때 신도가 얘기를 줄여서 말했다는 걸 알아차렸네.

신도는 '저녁을 먹으라고 부르러 간 스태프가 두 사람을 발견했다'고 했지.

실은 그때 두 사람을 부르러 간 사람이 시로마 감독이었다고 하네. 두 사람에게 연기에 대한 상담을 요청받은 감독이, 촬영이 난항을 겪어 계속 불편한 상황에 놓였던 감독이, 저녁을 먹으라고 부르러 왔다는 핑계로 나른한 몸을 일으켜 방에 찾아온 감독이 두 사람이 죽어 있는 모습을 발견했지.

얼마나 충격을 받았을까. 자신이 두 사람을 죽였다고 느끼지 않았을까.

시라이 감독님이 화재로 인한 스태프의 죽음에 강한 책임을 느낀 것처럼. 어쩌면 시로마 감독이 무의식중에 흉기를 주웠을지도 모르지. 그걸 뒤늦게 깨닫고 패닉에 빠졌을지도 몰라. 순간적으로 자기가 만진 흉기를 숨겼을지도. 그래, 자신의 '살인'을 은폐한 거야……. 이중의 의미에서의 '살인'을 말이야.

그것이 '흉기 없는 살인'의 진실이라는 기분이 드는군.

동반 자살…… 옛날부터 생각했네만 이토록 연극적인 죽음이 또 있을까.

동반 자살은 타인에게 발견되는 것, 타인에게 '둘이서 함께 죽었다'하고 확인되는 것으로 완성되는 죽임이지.

타인에게 인정받는 것으로 성취하는 죽음이자, 사랑의 증명이 되는 죽음이야.

참으로 이상하지 않나? 남의 시선에 의해, 소문에 의해 완성되는 죽음이라니.

애초에 동반 자살이라는 건 옛날에 교토나 오사카에서 실제 사건을 연극으로 제작해서 널리 알려진 형식이지.

에도시대 극작가인 지카마쓰 몬자에몬이 쓴 극이 인기를 끈 탓에 여기저기서 '동반 자살'이 '유행'했다고 하니 더더욱 기묘한 죽음이라는 생각이 드는군.

인간은 자기가 만든 픽션을 위해, 망상을 위해 죽을 수 있는 생물이야.

그런 생각이 드는군.

실제로 여기 온 뒤로 우리가 나눈 대화는 대부분 죽음에 관한 것이지.

메시아이 아즈사도 그렇고 '저주받은 영화' 등장인물도 그렇고.

《밤이 끝나는 곳》…… 그곳에는 무엇이 기다리고 있을까. 어쩌면 생의 끝을, 기다리고 있는 죽음을 눈앞에 두고 나서야 비로소 자신이 지금까지 살아 있었다는 것을 깨닫게 될지도 모르겠군.

36 초대 ————————

(신도 요스케의 이야기)

이것 참, 그리운 옛이야기를 할 수 있어서 기쁘군요.

생각지도 못하게 당시 감정이 불쑥 생생하게 되살아났습니다. 수십 년이나 지났는데, 스스로도 깜짝 놀랐지 뭡니까.

속상하기도, 충격을 받기도, 자포자기하기도, 절망하기도 했죠. 그래, 그때는 그랬지, 이때는 이랬지 하고 아주 오랜만에 기억을 더듬었습니다.

저는 가는 사람은 잡지 않는 주의라서요. 어떤 실패를 하든 그 자리에서 잊고 비교적 질질 끌지 않으려고 했지만, 아무래도 질질 끌었던 부분이 있었구나 싶었습니다.

이렇게 그 영화에 대해 생각한 것도, 아니, 그렇다기보다 옛일을 제대로 떠올려보거나 생각해본 게 어쩌면 처음일지도 모르겠군요.

저는 군마현에 있는 두부 가게의 막내아들로 자랐습니다.

위로는 누나가 둘, 형이 둘 있죠. 오 남매 중 이른바 '깍두기' 같은 겁니다. 바로 위 누나와도 네 살이나 차이 나니까 저 같은 꼬마랑 놀아도 재미가 없겠죠. 그래서 형, 누나 들에게 따돌림을 당했습니다. 저는 같이 어울리고 싶고, 놀이에 끼워줬으면 해서 매일 형, 누나 들을 따라다니며 알짱대고 은근슬쩍 끼어들었더니 저를 '슬쩍이'라고 부르더군요.

처음에는 귀찮아해도 포기하지 않고 쫄래쫄래 따라다녔더니, 사람이란 점점 적응하기 마련이더군요. 머지않아 신경 쓰이지 않고 공기 같은 존재가 됐죠.

그렇게 여기저기 드나들면서 형, 누나 들의 심부름을 하게 되었고 차츰 없어서는 안 될 존재가 되면서 결과적으로 많은 것을 보고 듣다 보니 소식통이 된 겁니다.

그때 가족 안에서의 역할과 위치가 지금도 고스란히 이어져 제 인생이 된 것 같더군요.

프로듀서도 다양한 유형이 있는데, 뒤에서 듬직하게 버티고 현장에는 오지 않는 사람이 있는가 하면 부지런히 얼굴을 내밀며 상황을 파악하는 유형도 있죠. 사람마다 다르거든요.

그래서 프로듀서가 무슨 일을 하는지는 좀처럼 설명하기가 어렵습니다. 사람에 따라 사고방식이 다르고 저마다 하는 방식도 다르거든요.

최근에는 한 작품에 여러 명의 프로듀서를 두는 일도 있습니다만, 과연 어떨까요. 뭐, 예산 규모도 커지고 제작위원회 형식이 늘어나는 탓이긴 하지만요.

네, 보시다시피 저는 부지런한 유형입니다. 딱 봐도 그렇지 않습니까?

전쟁 영화나 조폭 영화를 보면 포로수용소나 교도소에는 반드시 담배나 간식을 비롯해 온갖 물건을 조달해주는 등장인물이 나오지 않습니까.

제가 바로 그런 유형입니다. 여기저기 숨어들어서 온갖 물건을 그야말로 '슬쩍'해오는 놈이었죠.

옛날에는 단골집에 주문을 받으러 돌아다니는 사람이 따로 있었죠. 프로듀서는 그런 사람이라고 생각합니다.

감독에게, 배우에게, 스태프에게 필요한 것을 묻고 조달해주는 그런 일이죠.

뭐, 처음에는 누구나 그렇듯이 영화배우를 동경했죠. 배우의 심부름꾼이나 단역 배우 같은 것도 하고 감독을 동경하기도 했습니다.

그러다 차츰 깨달았던 겁니다.

역시 내 적성에 맞고 내가 하고 싶은 일은 '알짱'대는 것이지 실제로 영화에 나오거나 영화를 찍는 일이 아니다, 현장에 있는 것은 좋아하지만 영화 장인도 아니고 만드는 쪽이 아니라는 걸 말이죠.

아니, 영화를 '만들고 싶다'고 생각한 건 사실입니다. 그 얘기를 영화화하고 싶다, 그런 열정은 있죠. 그런데 제가 직접 찍는 게 아니라 누군가가 대신 찍어주는 일이 실현되면 좋겠다, 그런 의미에서의 '만들고 싶다'입니다.

뭐, 눈치채셨을지도 모르겠지만 이쯤에서 밝히자면 저는 매우, 정말 진심으로 영화 《밤이 끝나는 곳》을 만들고 싶었습니다.

《밤이 끝나는 곳》이 스크린에 걸리는 모습을 보고 싶었죠.

이건 비밀입니다만, 이 마음만은 실제로 메가폰을 잡은 감독들에게도 결코 지지 않는다고 생각합니다.

이 깡패 같고 속물처럼 생긴 얼굴로는 상상하기 어렵겠지만 제가 이래 봬도 문학청년이었습니다. 물론 쓰노가에 감독님 같은 교양인은 아닌 데다 문학청년이라 해도 당시 어디에나 있을 법한 일반적인 놈이었죠.

문학 중에서도 탐미파와 환상파를 좋아했습니다. 이렇게 털어놓는 것도 부끄럽지만요.

《밤이 끝나는 곳》도 출간되자마자 바로 읽고 너무 마음에 들어서 읽고 또 읽고 영상으로 표현된 장면을 상상했습니다. 배우는 누구를 캐스팅할까, 어떤 감독이 찍으면 좋을까 진지하게 고민했죠.

시라이 감독님이 찍는다는 소식을 들었을 때는 가슴이 울렁거려서 밤에 잠 한숨 못 잤던 게 기억나는군요. 그 당시 저는 신출내기 프로듀서라서 그런 거물 감독과는 함께할 수 있는 신분이 아니었죠.

어떻게든 현장에 들어가고 싶었지만 과연 아무리 '알짱'대도 시라이 사단은 빈틈이 없더군요.

어쩌나 속상하고 아쉽던지. 실제로 스스로에게 그만한 힘이 없는 것도 통감하게 됐죠.

굉장한 무력감과 굴욕감, 좌절감에 빠졌습니다.

여기 와서 처음에 떠올린 감정이 그거였죠.

그래서 시라이 감독님의 《밤이 끝나는 곳》이 엎어졌다는 소식을 듣고 맨 먼저 든 감정이 깊은 안도였다는 것도 고백하겠습니다. 눈앞이 탁 트인 기분이었습니다. 사람이 죽었는데 참 이기적이었죠.

그래도 기뻤습니다.

다행이다, 나한테도 기회가 있구나, 하고.

그 작품은 내가 만든다, 내가 만들어 보이겠다, 내가 실현하겠다. 그렇게 굳게 결심했죠.

다시는 그런 굴욕감과 무력감을 맛보지 않겠다.

그렇게 가슴에 새겼습니다.

실은 엎어졌다는 소식을 듣기 전부터 남몰래 생각하기는 했습니다.

연극계 사람들을 데려오면 나도 만들 수 있지 않을까, 하고 말이죠.

시라이 감독님과 같은 판에서는 도저히 승부할 수 없었으니까요. 그리고 당시에는 소극장계 연극이 사회현상이 될 만큼 주목받기도 했고 주류 영화사가 아닌 독립계 영화사도 하나둘씩 등장하고 있었죠.

그쪽이라면 나 같은 젊은 프로듀서도 활로가 열리지 않을까. 그런 생각을 했습니다.

작품 하나를 가지고 영화화가 동시에 이루어지는 일은 결코 드물지 않습니다.

지금이야 영상화 판권을 처음에 확보한 곳에 일정 기간 영상화가 우선되지만, 옛날에는 그 부분이 느슨했기 때문에 같은 시기에 같은 원작을 가지고 영화 제작을 진행하는 일도 있었거든요.

그래서 원래 다른 영화사에서 해볼까, 하는 아이디어는 어렴풋이 간직하고 있었죠.

그런데 시라이 감독님이 찍는다고 하니까 충격이 커서 움직일 엄두가 나지 않았던 겁니다.

그러다 엎어졌다는 소식을 듣고 별안간 의욕이 생기더군요.

시라이 감독님을 배려해서 당분간 주류 영화사에서는 그 원작에 손대기 어려워진 상황도 저한테는 다행이었죠.

그래서 주도면밀하게 준비할 수 있었던 겁니다.

주류 영화계에서는 진지하게 보지 않았다는 것도 기억합니다. 연극계 사람들이 실험적인 걸 하고 있구나, 하고 말이죠.

변덕으로 시작한 것처럼 여기고 있었고, 저도 그렇게 생각해주는 편이 오히려 편했기 때문에 아무렇지도 않은 얼굴을 하고 있었지만 실은 그런 일이 있었기 때문에 저로서는 간절히 바란 프로듀싱이었습니다.

자, 이제 만든다. 만들 수 있다.

크랭크인을 할 때의 고양감과 흥분은 지금도 잊을 수가 없군요.

온몸의 피가 타오른다고 해야 할까, 기쁘고 벅차서 울고 싶은 심정이었죠.

아, 그 감정을 떠올리는 것도 오랜만이군요. 그리워라.

그런 제 기분을 주위 사람들은 눈치채지 못하도록 하고 혼자 기쁨을 음미했습니다.

그때의 현장은 정말 이렇게 돌이켜봐도 참으로 신기한 현장이었습니다.

영화계에서는 무명이나 다름없는 사람들만 모였기 때문에 언론에서 그다지 취재하러 오지도 않았고, 일반적인 영화 촬영이었다면 다른 현장과 겹치기 촬영을 하는 배우도 많아서 들락날락하느라 어수선했겠지만 그런 일도 없었거든요.

그 산속의 오래된 여관을 통째로 빌려서 그 좁은 공간만으로 정말 한때《밤이 끝나는 곳》의 세계를 살았다는 느낌이 듭니다.

특별한…… 아주 특별한 현장이었죠.

지금도 꿈을 꾼 게 아닌가 하고 생각할 때가 있습니다.

이렇게 돌이켜봐도 정말로 있었던 일인가 하고 말이죠.

다른 얘기지만 영화의 묘미란 뭘까요.

명작과 명작이 아닌 영화는 무슨 기준으로 나누는가.

오랜 옛날부터 생각한 건데 말이죠.

가령 B급 영화든 뭐든 역시 명작이라는 건 분명히 존재합니다.

왜 그런가. 어디가 다른가.

아직도 생각하곤 하죠.

그래서 제가 낸 답은…… 긴장감입니다.

영화가 지닌 긴장감.

이건 현장 분위기와는 별로 상관이 없답니다. 어디까지나 결과로서 영화에 담긴 것이 지닌 긴장감이라는 거죠. 오히려 누군가 통제한다고 해서 생기는 것도 아닙니다.

영상이라는 건 참 신기합니다.

긴장감 있는 영상과 그렇지 않은 영상이 있거든요.

왠지 눈을 뗄 수 없고 숨을 삼키고 꼼짝도 하지 못한 채 바라보고 마는 영상. 그런 영화 있지 않습니까?

딱히 두근두근 조마조마한 전개가 있지도 않은데 스릴 있고 오묘한 느낌이 드는 영화.

한편 명배우가 아무리 명연기를 펼쳐도 이상하게 집중이 되지 않고 눈앞을 쓱 지나가고 마는 영상, 지루해서 관객의 시선을 붙잡아두지 못하는 영상도 있죠.

요컨대 그런 긴장감 있는 영화가 명작이라고 생각합니다.

눈을 떼지 못하게 하는 긴장감이 감도는 영화.

그럼 무엇이 그렇게 만드는가.

오랫동안 말할 기회가 없었습니다만, 얼마 전에 어떤 젊은 영화 평론가――젊다고는 해도 그도 이제 환갑이 가까운 나이일 것 같지만――주로 서브컬처, 그야말로 B급 호러 영화만 전문적으로 리뷰를 써온 그의 글을 읽으면서 '과연' 하고 생각한 적이 있는데 말이죠.

영화가 명작이 되는 순간은 영화라는 자리에 뭔가 이 세상 것이 아닌 것이 '초대'되어 담겼을 때다, 라고 하더군요.

그는 자신의 전문인 B급 호러 영화에 대해 한 말이겠지만, 제가 봤을 때 그 말은 모든 영화에 해당하는 말이라 무릎을 탁 친 겁니다.

그래, 감독의 실력――아니, 물론 감독의 실력도 중요하죠. 기술의 차이는 분명히 존재합니다――을 넘어, 뭔가 인지人智를 넘은 것이 담기는 일이 있습니다.

'초대'라는 말을 사용했는지 아닌지는 잘 기억이 나지 않는군요.

어쨌든 그야말로 영화라는 현장은 무녀처럼, 흑마술처럼 어떤 '자리'를 만들고, 신이 깃드는 물건인 의대依代를 마련해 영화의 신이라고 할 수 있는 존재를 불러들여 머물게 하는 장소라는 겁니다.

아니, 제가 환상 문학을 좋아하긴 해도 딱히 오컬트에 관심이 있는 건 아닙니다만.

명작이라 불리는 필름에는 확실히 우연을 뛰어넘은, 엄청나게 오묘한 것이 담겨 있는 것 같습니다.

그리고 제가 경험한 그 현장은, 그때는 그야말로 뭔가가 그 장소에 '초대'되었다고밖에 생각할 수 없군요.

그 촬영 기간 동안의 오묘한 분위기는 아직도 기억납니다.

아니, 그보다는 그런 분위기의 촬영 현장은 그 전에도 그 후에도 본 적이 없습니다.

제가 작가였다면 그 현장에서 소설을 한 편 썼을 텐데 말이죠. 그만큼 허구적이라고 해야 할지, 그 현장 자체가 픽션 같았죠. 낮에는 영화 속 《밤이 끝나는 곳》의 세계. 밤에는 근처 숙소에서 젊은이들의 사적인 드라마.

기억은 참 이상하죠. 시간이 지나면 생각나기 쉽게 정돈되고 가지런해져서 어딘가에 보관되는데 그 보관 방식이 제각각이란 말이죠.

혹시 이런 기억 없습니까?

모든 것을 부감 형태로 기억하는 것 말입니다.

그 자리에 있던 것을 위에서 내려다보는 것처럼 기억하고 있죠. 그 안에는 물론 나 자신도 들어가 있고요.

그때의 기억이 그런 상태이거든요.

더 자세히 말하자면 제가 그 현장에 두루 퍼져 있는 듯한, 모든 장소에 있고 모든 장면을 목격한 듯한 기분이 드는 겁니다.

그만큼 저는 그 현장의 분위기에 매료되어 푹 빠져 있었죠.

실은 이제 와서 하는 말이지만 현장은 혼란스러웠습니다.

감독이 아무리 다큐멘터리를 꾸준히 찍었다 해도 상업 영화는 처음이었거든요. 뭐, 무리도 아니지만 조금 찍고는 망설이고 또 조금 찍고는 고민하는 식이었죠.

배우들도 전부 연극배우 출신이라 카메라 앞에 서본 경험이 전혀 없어서 영화 연기에 대해 나날이 고민하는 상황이었죠. 모두가 고민에 빠져 있었습니다.

저는 저대로 아직 중견이라고 하기에는 어중간한 프로듀서였고요. 그나마 감독을 제외한 스태프는 경험 있는 사람들로 채웠지만 그런

데도 현장의 평균연령은 상당히 낮았고 모두가 시행착오를 하고 있
지 않았을까 싶군요.

전형적인 연극 청년들이라 다들 지나치게 착실했죠. 논쟁을 좋아
하는 사람들이었습니다. 그런 사람들이 촬영 현장과 숙소에서 온종
일 같은 멤버끼리 붙어 있었던 겁니다.

당연히 갑갑하죠.

껄끄러운 관계도 생기고, 사소한 일로 부딪히죠. 폐색감이 엄청났
을 겁니다.

그래도 저는 의외로 행복했답니다.

무엇보다 지금 《밤이 끝나는 곳》을 촬영하고 있어 행복했고 그 현
장에 있을 수 있어 행복했죠.

작품을 만드는 과정이 그리 순조로울 리가 없지 않습니까.

당신도 알 겁니다.

불안을 가득 안고 출발해서 시행착오를 겪다 보면 어느새 막다른
길이 나오죠. 발이 걸려서 멈췄다가 제자리만 맴돌고 결국에는 팔방
이 꽉 막힌 것 같아 절망합니다. 그러다 또 조금씩 움직이기 시작하죠.

소용돌이 속에 있을 때야 당연히 힘들죠. 하지만 바로 그곳에 작품
을 만들고 있다는 실감이 있고, 얼얼한 통증의 실체가 있는 겁니다.

그 현장의 공기의 감촉이라고 할까요, 저는 그 안에 있을 수 있어
행복했습니다.

하지만 현실적으로 정말 큰 문제였습니다. 감독은 갈수록 스태프
나 배우와 관계가 나빠지기만 하고 궁지에 몰려 있었거든요.

저는 매일 아침 감독을 현장으로 끌고 나오는 것이 하루의 첫 일과
가 되었죠. 하기 싫다, 생각할 게 있다면서 걸핏하면 방에 틀어박히

려 하는 감독을 설득하는 일부터 시작해야 했습니다.

또 이제 와서 생각하면 그 촬영 장소로 선택한 여관이 좀 이상했습니다.

건물이란 참 대단하죠, 장소의 힘이라는 건 정말 대단합니다.

집은 그 집주인의 사상을 여지없이 드러내기도 하죠.

그 오래된 여관은 대대로 이어온 노포였는데, 역대 당주들의 집 짓기 취미가 고스란히 반영되어 증축에 증축을 거듭한 끝에 그야말로 미궁처럼 되고 말았죠. 여관 안을 거닐다 보면 누군가의 뇌 속을 돌아다니는 것 같기도 하고 차츰 건물이 지닌 독에 중독되어 어질어질해지는 겁니다.

일본식과 서양식이 절충된 별채가 있는가 하면 중국식 건물도 있고 뭐든지 다 있습니다. 키치하고 과다한 장식에 살짝 뒤틀려 있기까지 하죠. 그 모든 것이 세월을 거치면서 가까스로 기적적인 균형을 유지하고 있죠.

그야말로 '추월장'입니다.

추월장.

《밤이 끝나는 곳》의 또 하나의 주인공 말입니다.

저는 그 유곽에도 마음이 끌렸죠. 어떤 집일까 하고 멋대로 도면을 그릴 정도로 말이에요.

일단 중국식이라는 기술이 있기는 해도 서양식도 있고 다실까지 있으니 일본식으로 지어진 곳도 있죠.

그 여관이 참 많이 비슷하더군요.

그래서 그 여관에서 며칠씩 지내다 보면 정말 추월장에서 사는 듯한, 소설 속에 들어와 있는 듯한 기묘한 기분이 들었습니다.

스태프와 배우들도 비슷한 말을 하더군요.

그리고 그…… 현장의 분위기가 나빠짐에 따라 그 여관을 꺼림칙하게 느끼는 사람이 늘어났습니다.

그 무렵은 여관을 폐업한 지 한참 후였기 때문에 드나드는 사람이 없는데도 인기척이 느껴진다고 하더군요.

밤중에 군복을 입은 젊은 남자가 복도를 걷고 있었다, 기모노를 길게 늘어뜨린 여자가 정원에 서 있었다 하고 말입니다.

물론 실제로는 의상을 걸친 배우가 연기 때문에 고민하느라 어슬렁거렸을 뿐이라고 생각하지만요.

그런데 다들 정신 상태가 불안정해지더니 하나같이 신경질적으로 변하는 데다 그런 분위기는 쉽게 전염되지 않습니까. 급기야 혼자서는 여관에 들어가기를 꺼려하는 스태프까지 생기더군요. 그걸 입 밖에 내는 사람은 없었지만요.

저는 아무것도 보지 않는 체질입니다.

영능력 제로. 귀신이나 UFO도 본 적이 없고 불길한 예감을 느낀 적도 없습니다.

그래서 현장의 이상한 분위기를 느끼면서도 집단 환영이라고 결론 짓고 별로 신경 쓰지 않았습니다.

그런데…… 딱 한번, 본 겁니다.

저뿐만이 아니었죠.

대낮에 촬영하면서 모두가 봤습니다.

그동안 까맣게 잊고 있었군요. 무의식중에 봉인한 건가. 그게 뭐였을까, 하고 생각하긴 했어도 제대로 생각하기를 거부하고 있었을지도 모르겠습니다.

언제였더라, 촬영을 시작한 지 꽤 지났을 무렵이었죠. 요컨대 촬영이 잘 풀리지 않아 모두가 조금씩 이상해졌을 시기의 일이라는 거죠.

낮에 촬영을 하고 있었습니다.

하늘은 우중충하게 흐리고 바람이 없는 날이었던 걸로 기억합니다. 바람 한 점 불지 않는다고 하죠, 정원을 봐도 움직이는 나뭇잎이 한 장도 없었습니다.

연극의 무대배경 같다고 생각한 게 기억나는군요.

그날은 주인공의 세 엄마 중 낳아준 엄마를 촬영 중이었습니다.

그녀가 방에서 지내는 장면이었죠.

처마 끝에 철제 새장이 매달려 있습니다.

텅 빈 새장 속에서 그녀는 새를 보고 있어요. 새가 있다고 생각하는 연기를 하는 장면이었습니다.

실은 그 새장은 그 여관에 원래 있던 것이었죠.

제작비를 아끼기 위해 쓸 수 있는 건 뭐든 다 썼습니다.

헛간에서 그 새장을 발견하고 "이거, 딱인데" 하고 기꺼이 쓰기로 한 겁니다.

아무튼 카메라가 돌기 시작하고 여자가 새장을 올려다봅니다.

그러자 새장이 움직인 겁니다.

모두가 "앗" 하고 놀란 표정을 지었죠.

느닷없이 새장이 흔들리기 시작한 겁니다.

다들 서로의 얼굴을 보고는 사방을 둘러봤죠.

지진인가, 싶었던 겁니다.

그런데 사방은 쥐 죽은 듯 조용합니다. 바람도 전혀 없고 다른 것은 딱 정지한 상태였죠.

그런데 새장은 여전히 흔들리더군요.

심지어 점점 크게 흔들리는 겁니다.

좌우로 분명하게, 거의 옆으로 누울 정도로 격하게 흔들리고 있었죠.

모두 손끝 하나 까딱할 수 없었습니다.

카메라는 돌아가고 있고.

올려다보고 있는 여배우의 얼굴이 새파랗게 질려 있었죠.

거기서 그녀는 새 울음소리를 흉내 내기로 되어 있었지만 목소리를 내지 못하더군요.

그래도 연기해야 한다는 배우의 본능이 있어서인지 가까스로 목소리를 냈습니다.

그런데 그 목소리가, 여자의 목소리가 아닌 겁니다.

끄윽, 하는 듯한, 으윽, 하는 듯한 남자가 아주 굵직한 목소리로 우짖는 것 같더군요.

그 목소리를 들은 순간 저는 등골이 오싹했습니다.

스태프들도 마찬가지였죠. 다들 기겁해서 허둥지둥했습니다.

카메라도 멈췄고요.

그때 새장이 떨어진 겁니다.

심하게 흔들려서 처마 끝에 달아놓은 고리에서 떨어져 땅바닥에 퍽 떨어지더군요.

난리가 났습니다.

그녀는 자기 목을 붙잡고 새파랗게 질린 채 떨고 있었습니다.

여기저기서 아우성치는 바람에 약간의 패닉 상태가 되었죠.

그때 필름을 어떻게 했더라 싶어 나중에 다시 돌려봤지만 그 영상은 없었습니다. 분명히 찍었는데 말이죠.

아아, 이 열쇠고리, 재미있죠?

자, 보세요, 아시겠습니까. 호텔 열쇠를 본떠서 만든 겁니다.

오버룩 호텔, 237호실.

네, 스탠리 큐브릭이 찍은 영화 《샤이닝》에 나오는 호텔이죠.

일본어로는 경관장景観荘으로 번역되었던가요.

그 오버룩 호텔은 실제로 있는 호텔이라고 하더군요. 그 호텔이라면 무슨 일이 벌어져도 이상하지 않죠.

추월장도 마찬가지였죠.

우리가 지낸 그 '추월장'도.

두 배우가 사망한 건 그 새장 소동이 있고 나서 며칠 뒤의 일이었습니다.

그 사건이 벌어졌을 때 저는 '졌다'고 생각했습니다.

졌다.

'추월장'에 졌다. 《밤이 끝나는 곳》에 졌다.

충격과 절망으로 온몸의 힘이 빠져나갔습니다.

말 그대로 휘청이다가 그 자리에 풀썩 주저앉은 걸 기억합니다.

그런데 '역시', '마침내' 하고 납득이 갔던 것도 기억합니다.

이렇게 될 수밖에 없었어. 역시 이렇게 되었구나.

그렇게 생각했습니다.

왜냐하면…… 우리가 그 장소에 뭔가를 '불렀기' 때문입니다. 그곳에 '자리'를 마련해버린 겁니다. 이 세상 것이 아닌 존재를 '초대'해버린 겁니다. 그래서 파국을 맞이할 수밖에 없었죠.

그런 생각이 들더군요.

모두가 씌었던 귀신이 떨어져 나간 얼굴을 하고 있었죠. 꿈에서 깼다고나 할까. 속세로 돌아왔다고나 할까.

그래서 영화를 완성하지 못한 건 안타깝지만 그렇게 될 수밖에 없었다는 기분이 듭니다. 반대로 만약 영화를 완성해냈다면 그 일만으로 끝나지는 않았을 것 같더군요. 더 많은 일이 기다리고 있지 않았을까. 희생자가 더 늘지 않았을까. 그런 생각이 들었죠.

부끄러운 얘기지만 그래도 그 촬영 현장이 제 청춘이었습니다.

이렇게 말해도 될까, 꼭 동아리 활동을 하는 것 같았거든요. 저는 대학을 나오지 않아서 잘 모르지만 동아리 활동을 하면 이런 느낌이지 않을까 싶었습니다. 그만큼 풋내기 같기도 했고 신선했다고도 할 수 있겠죠.

그래서 후회하지 않고 제게는 여전히 매우 소중한…… 매우 개인적인 기억입니다.

37 축복받은 허구의 연회 ────────
(다케이 교타로의 이야기)

Q와 얘기했다더군.

Q가 자네에 대해 "그 사람 좋은 사람이더라"라고 하더군, "멋진 사람이야" 하고 칭찬했네.

녀석이 젊긴 해도 사람 보는 눈이 있거든. 장사하는 집에서 커서 어렸을 때부터 쓰키지 수산시장에서 일하는 사람이나 손님을 많이 봐서 그럴 테지.

녀석에게 우리가 어떻게 만났는지는 들었을 테지?

그래, 약간 미화되긴 했어도 그 얘기가 맞네.

알다시피 개구쟁이 같은 성격에다 얼굴은 또 곱상하게 생겨서 별의별 소리를 다 듣긴 해도 마음은 고운 아이지?

이 상태라면 녀석이 내 마지막 파트너가 될 것 같군그래.

'Q'라는 별명을 붙인 건 이름 때문만은 아니야.

Q, 즉 질문이지. Q&A의 Q, 퀘스천 말이야. 녀석은 내게 위대한 퀘스천이거든. 인생, 사랑, 뭐 이 나이가 되어서도 그건 역시 퀘스천이더군.

그렇지?

대답이 있기는 한 건가? 대답을 찾아 헤매는 사이 인생이 끝나버릴 테지.

영화도 마찬가지야. 나에게는 영화 자체가 인생에 대한 퀘스천이었지.

계속 매혹되고 있어. 계속 뒤쫓고 있지. 계속 동경하고 있어. 계속 수수께끼로 여기고 있지.

좋아, 아주 좋아.

아니, 이 여행 말일세.

사람들이 영화에 대해 얘기하는 걸 듣고 있으니 기분이 좋군. 인생이 영화이고 영화가 인생이지않나. 영화에 얽힌 모든 것이 사랑스럽고 동시에 사위스럽지. 테마가 저주받은 영화인 것도 독특하고 말이야.

메시아이 아즈사, 라.

자네는 어떻게 생각하나? 내가 호텔에서 만난 그 여자는 누구였을까? 진짜 메시아이 아즈사였을까?

적어도 내가 만난 그 여자는 깊이가 없는 시시한 인물이었네. 연신 수다스럽게 떠드는 경박한 여자였어.

한데 작가와 작품이 꼭 일치하란 법은 없으니 참 신기하지 않나. 물론 작품에 인품이 배어나는, 작품 이퀄 작가인 유형도 있지만, 인품이 점잖은 인물이라고 해서 반드시 걸작을 찍는다는 보장도 없지. 인품이 형편없어도 작품은 고결하고 숭고한 경우도 있으니까. 그게 인간의 복잡하고도 재미있는 지점이지.

또는 단 한 작품만 걸작인 경우도 있어.

어떻게 된 영문인지, 기적적으로 어떤 조건이 딱딱 맞아떨어져서 뜻밖에도 걸작이 되어버린 일이 있거든.

작가 중에도 있지 않나. 한 작품만으로 역사에 이름을 남긴 사람이. 저자의 이름마저 잊어버리고 어떤 인물이었는지 알 수도 없는데 작품만 남아 있지.

마치 처음부터 혼자 이 세상에 나타난 것 같은 작품. 게다가 단 한 작품이지. 그런 것도 재미있군.

메시아이 아즈사는 그런 유형이지 않았을까. 그런 경박한 여자에게서 그런 작품이 태어나는 기적. 그 기적을 영화로 찍으려 하는 감독들.

좋아, 아주 좋아.

시라이 사단의 촬영을 보러 갔었다는 얘기는 일전에 했지.

그래, 쓰노가에 감독이 조감독으로 참여했을 때.

지금도 잘 기억하고 있지. 왜냐하면 쓰노가에 감독이 말이야, 어설프게 잘생긴 외모를 뽐내는 흔해빠진 배우라면 맨발로 냅다 도망칠 만한 대단한 미청년이었거든. 시라이 감독도 만만치 않게 멋쟁이로 유명한 미의식이 높은 남자였지.

둘이서 나란히 회의라도 하고 있으면, 햐, 눈 호강이 따로 없었지. 어이쿠, 이 얘기는 Q에겐 비밀로 해주게. 녀석은 자기가 태어나지도 않은 시절의 일까지 거슬러 올라가 질투하는 특별한 재주가 있거든.

한데 이건 비밀인데 말이야, 실은 현장 분위기가 좋지 않았네.

엄하고 딱딱했어.

그 원인을 스태프는 잘 알고 있었네. 나도 알았지.

시라이 감독은 쓰노가에 감독이 결혼한 걸 용납할 수 없었던 게야. 더구나 여배우와 결혼했으니 말이야.

감독은 두 종류가 있지.

여배우와 결혼하는 감독과, 여배우와는 결혼하지 않는 감독.

이건 동서고금을 막론하고 뿌리 깊은 테마라고 할 수 있지. 여배우와는 결혼하지 않는 감독이 봤을 때 여배우라는 업무 상대, 이른바 상품에 손을 대다니 무슨 짓인가 하는 거지. 영화에 모든 것을 바친 사람으로서 공과 사를 혼동하는 것으로 보이는 거야.

한데 여배우와 결혼하는 감독 입장에서는 나는 영화가 내 전부이기 때문에 사생활도 영화의 연장이다, 그럼 함께 일하는 동료이자 일을 가장 잘 이해하는 여배우와 결혼하는 것이 당연하지 않은가 하는 논리인 거야.

양쪽 다 옳다고 생각하고 어느 쪽이든 상관없네. 나야 좋은 영화만 볼 수 있다면 뭐든 OK니까.

한데 시라이 감독은 여배우와는 결혼하지 않는 감독이었고 쓰노가에 감독을 높이 평가하고 몹시 아꼈지.

쓰노가에 감독도 그걸 알고 있었어. 그러니까 시라이 감독에게 결혼에 관해 의논할 수 없었던 거지. 여배우와 결혼한다고 하면 반대할 게 뻔하니까 말이야.

그 결과 결혼식은 가족끼리 조용히 치렀지. 시라이 감독 몰래 결혼한 것도 그를 격노하게 했네.

심지어 결혼 사실을 아주 오랫동안 숨기다가《밤이 끝나는 곳》을 촬영하기 직전에야 시라이 감독에게 들켰지.

그래, 시라이 감독은 영화에 캐스팅한 여배우 중 한 명이 쓰노가에 감독의 아내라는 걸 몰랐던 거야. 만약 알았다면 절대로 기용하지 않았을 테지.

그런 연유로 크랭크인을 했을 때 분위기가 최악이었네. 하긴, 그런 사정이 있었으니 분위기가 나빠지는 것도 당연하지.

아니, 왜, 무서운 것일수록 오히려 더 보고 싶지 않나, 그래서 나도 현장에 갔는데…… 이제 와서 말이지만 이거 뭔 일이 터져도 터지겠는데, 하는 생각이 들었지.

그랬더니 그런 일이 벌어졌네.

사고 소식을 들었을 때는 나도 온몸이 떨리더군.

시라이 감독의 탄식은 이런저런 복잡한 의미의 탄식이었다고 생각하네.

요컨대 시라이 감독은 자신이 그녀를 죽였다고 생각했을 테지. 아닌 게 아니라 그는 그녀를 꽤씸하게 여겼으니까. 정확히 말하면 쓰노가에 감독과 결혼한 그녀를 심하게 질투했지. 없어지면 좋을 텐데, 하고 바랄 정도로 말이야.

그 탓에 사고를 불러들인 게 아닌가 하고 후회가 막심했을 게야.

시라이 감독은 쓰노가에 감독을 사랑했거든.

말 그대로의 의미로 말이야. 러브.

맞네, 시라이 감독은 여배우가 아닌 일반인과 결혼해서 자식도 있었지만, 정말 사랑한 사람은 쓰노가에 감독뿐이었을 테지.

쓰노가에 감독?

아아, 그 사람은 양성애자라네. 입 밖에 낸 적은 없어도 옛날부터 그랬지. 시라이 감독을 좋아했을 테지만 그도 나름대로 고민이 많았겠지.

쓰노가에 감독도 재미있는 사람이라네.

두 분류로 나누어 말하자면 '여배우와 결혼하는 감독'이면서도 약간 독특하단 말이지.

여배우라서 사랑했다, 아름다운 여자라서 사랑했다, 이런 느낌이 아니었거든.

신기한 사람이지. 남녀 상관없이 사랑을 중립적인 방식으로 하는 사람이야.

그 사람이 가진 캐릭터에 흥미를 느껴 결혼하기로 했다는 사람이지. 관찰하기 위해, 이해하기 위해 결혼을 하다니.

그래서 첫 아내를 잃었을 때 비탄하는 방식도 독특했네.

아직 다 이해하지 못했다, 구석구석 다 알아내기도 전에 떠나버렸다, 그게 아쉽다, 같은 소리를 한 것이 인상적이었지.

어떤 의미에서는 철저히 영화감독이라고 할 수 있어. 인간 자체에 관심이 있고 그걸 이해하고 표현하고 싶어 한다는 의미에서 말이야.

오호, 자네 남편도 그런 유형인가?

아아, 남편이 쓰노가에 감독의 먼 친척이라고 했지.

두 사람이 죽이 잘 맞는 건 비슷한 면이 있어서니까.

그나저나 당시에 나는 이렇게 생각했네. 그 영화는 무산될 만해서 무산된 거라고.

신중함을 내려놓고 말하자면 정말로 시라이 감독이 그녀를 죽였을지도 모르네. 말 그대로 사고로 위장해 그녀를 고의로 죽였을지도 모르지.

그럴 정도로…… 간절히 바라던 영화였는데도 그 영화를 박살 낼 만큼 시라이 감독은 깊이 증오했고 동시에 쓰노가에 감독을 향한 애정이 깊었을지도 모른다고 말이야.

자네들 얘기를 들으면서 그런 생각을 했네.

그걸 '저주받은 영화'라고 부르나? 도대체 무엇에 대해 '저주받았다'고 하는 걸까 하고.

감독의 정념이 그 사고를 불렀다면 그 원작이 아니어도 사고가 일어났을지도 모르지. 다른 작품이었어도 사고가 일어났을까?

아니, 역시 그 원작이어야만 했네.

그 원작은 자신의 정체성을 찾아가는 얘기지. 자신의 특성을 자각하고 자신이 누구인지, 무엇을 사랑하고 있는지를 스스로 깨달아가는 얘기야.

그렇다는 건 시라이 감독도 마음 어딘가에서 그 점을 의식하고 있었다는 얘기가 되지.

그 원작을 영화화하고 싶어 하고 마침내 실현했다는 건 원작 속에서 감독 자신의 모습을 발견했고 그걸 구현해나가는 작업이라는 것을 마음 어딘가에서 자각하고 있었을 게야.

그리고 크랭크인을 했을 때 자신에게 일어난 일과 자신이 놓인 상황이 그야말로 원작과 이중으로 겹쳐 보인다는 걸 깨닫고 경악하지 않았을까.

말하자면 그는 현장에서 발견한 게 아닐까……, 자신이 쓰노가에를 깊이 사랑하고 있다는 걸 말이야. 그런 쓰노가에를 배신 같은 형태로 잃었다는 것을. 그 상실감과 배신감이 상상 이상으로 자신을 깊이 상처 입혔다는 것을. 심지어 배신한 사람과, 배신의 원인이 된 사람이 둘 다 자신과 같은 공간에 있지.

　이 무슨 연옥이란 말인가, 하고 생각했을 테지. 한데 그와 동시에 반대로 이 무슨 기회란 말인가, 하고 생각했을 수도 있어.

　이 현장은 배신자를 벌할 수 있는 다시없는 기회이기도 하다는 걸 마음 어딘가에서 깨닫지 않았을까.

　물론 이건 내 단순한 망상이네. 뭐, 늙은이의 헛소리라고 생각하고 적당히 흘려듣게나.

　감독에게는 영화를 완성하는 것이 가장 큰 바람이자 최선이지.

　한데 말이야, 영화 또한 인생이지 않나.

　감독이 무의식중에 인생에 대한 복수를 염두에 두지 않았다고 누가 말할 수 있겠나? 그런 모순이나 끔찍함마저 영화니까 말이야.

　잘은 몰라도 그런 걸 환기시킨다는 의미에서 역시 《밤이 끝나는 곳》은 저주받은 원작일지도 모르네.

　한데 말이야, 그렇게 따지면 이건 어떤가?

　영화라는 건 전부 저주받은 게 아닐까.

　영화뿐만이 아니네. 영화를 만들고 싶다는 충동, 뭔가를 환기시킨 다는 점에서 창작물이라는 건 전부 인간들의 저주일지도 모르지.

　아아, 그래, 전부 기억하네.

　그 소문은 사실이야, 지금까지 본 영화는 전부 다 기억하고 있지. 원한다면 처음 본 영화부터 순서대로 읊을 수도 있네.

　글쎄. 나는 어렸을 때부터 이랬기 때문에 다른 사람들도 다 그런 줄 알았지.

한데 학교에 가보고 내가 특수하다는 걸 깨달았네. 처음에는 장난을 치는 줄 알았다니까. 왜 일부러 기억나지 않는 척을 하나 싶었지. 한데 정말로 기억하지 못한다는 걸 알았을 때는 놀라 자빠질 뻔했지.

뭐, 소위 직관적 기억력이라고 하더군. 눈으로 본 것을 그대로 기억하니까 영화를 고스란히 기억하고 있지. 영화 평론가 중에는 그런 사람이 많아.

물론 다른 것도 기억할 수 있지만, 열두 살 무렵에 쓸데없는 건 기억하지 않기로 했네. 영화 자체나 영화에 관련된 것만 기억하기로 결심했지.

내가 어렸을 때는 별 시원찮은 일밖에 없었으니까. 으스스하다느니 이상한 애라느니 하면서 배척되기만 했으니까 괴로운 일은 잊기로 했네.

맞아, 가능하거든. 아니, 그렇다기보다 의지력으로 그렇게 했지.

뭐, 그래도 실은 기억하고 있네만. 영화에 관련된 기억은 라벨을 붙여서 꼼꼼히 정리해두었지만 다른 기억은 그냥 내버려둬서 아무데나 널려 있는 그런 느낌이랄까.

나도 이제 늙어서 요즘에는 예전만 못해.

전에는 불러냈을 때만 영상이 나왔거든.

예를 들어 오늘은 몽고메리 클리프트의 출연작을 확인해볼까, 하고 생각하면 출연한 영화가 머리에 줄줄이 떠올랐지.

그중에서 특히 좋아하는 《젊은이의 양지》를 머릿속에서 공들여 상영하는 거야.

그러면 마지막에 엘리자베스 테일러가 몽고메리 클리프트에게 하는 대사에서 정지하지. 이 대사가 기가 막히게 좋거든.

"우리는 안녕을 말하기 위해 만났나 봐요" 라고 해.

이 장면이야말로 엘리자베스 테일러의 모든 출연작 중 그녀가 가장 아름답다고 생각하네.

자, 그러면 다음은 엘리자베스 테일러의 다른 작품 중 이 장면에 필적할 만한 아름다운 장면은 어떤 걸까 하고 이번에는 그녀의 필름을 확인하지.

이런 식으로 얼마든지 계속할 수 있네. 영화관에 가지 않아도 머릿속 상영으로 즐길 수 있지.

그런데 말이야, 최근에는 불러내지도 않았는데 영화가 먼저 찾아오더군.

플레이 버튼이 저 혼자 알아서 눌리고 영화가 상영되는 일이 있어.

심지어 영화 외의 장면이 뒤섞일 때도 있네.

어렸을 때 기억이 영화와 뒤섞여 영상으로 나오는 거지.

어이쿠, 이런, 죽을 때가 다 됐나, 라고 말하면 Q가 불같이 화를 내지. 재수 없는 소리 말라고 말이야.

아니, 뭐, 재수 없는 소리를 하려던 건 아닌데. 흔히 말하곤 하지 않나, 죽기 전에 그동안의 인생이 주마등처럼 스친다고 말이야.

한데 요즘 사람한테 주마등이라고 하면 알아듣나? Q는 속은 쇼와 시대 사람이라 알지만.

나는 인생의 대부분을 영화관의 어둠 속에서 지내왔지. 제법 괜찮은 인생이었어. 어둠 속에서 수천 명, 아니 수만 명의 인생을 간접 체험했으니까. 단 한 사람의 인생치고는 호화롭다고 생각하지 않나?

그래서 나로서는 잘 납득이 가지 않는 것이 있네.

요즘에는 현실에 충실한 나머지 허구의 세계를 가벼이 여기는 사람이 있잖은가.

영화나 소설을 가리켜 "지어낸 얘기잖아. 결국 거짓말이란 거잖아. 그런 데 시간을 쓰는 건 낭비 아냐?" 하는 의견을 가진 젊은 사람도 많다고 하고.

현실이 중요하고 최우선이다. 물리적으로 도움 되는 것과 득을 보는 것이 최고다.

맙소사.

얼마나 근사하고 충실하게 살고 있는지는 몰라도 어차피 그건 그 사람만의 인생에 불과해.

물론 무슨 말이 하고 싶은지는 잘 알지. 한 번뿐인 인생이니 쓸데없는 일은 하고 싶지 않다, 시간을 낭비하고 싶지 않다, 훌륭하고 알찬 인생을 살고 싶다 이거 아닌가.

한 번뿐인 인생. 흔히 그렇게들 말하지. 한 번뿐인 인생, 후회 없이 삽시다, 하고 싶은 일을 합시다.

그건 괜찮네. 사실이니까. 전적으로 그 말이 맞아.

한데 말이야, 정말 그렇게 대단한 건가? 사람의 인생이라는 게 그리 훌륭한 건가?

대부분의 사람은 먹기 위해, 자손을 남기기 위해, 하고 싶지도 않은 일을 하고 힘든 일을 겪어가며 살아가지. 물론 힘든 일을 겪지 않는 사람도 있어. 그저 빈둥빈둥 아무 생각도 하지 않고 살아가는 사람도 있긴 해. 하지만 대부분의 사람은 그렇게 힘든 일을 겪으며 기타 등등의 한 사람으로 살다가 죽지.

확실히 한 명 한 명의 인생은 무엇과도 바꿀 수 없는 '다시없는' 인생일지도 몰라.

에헴, 아무래도 상관없는 얘기지만, 나는 '다시없다'라는 표현을 싫어하네. 왜 그런지 이 표현을 들으면 소름이 쫙 돋는단 말일세. 참으로 위선에 찬, 끈질기게 강요하는 듯한 표현이라고 생각되지 않나? 이 말을 입 밖에 내는 놈들치고 진심으로 '다시없다'고 생각하는 사람을 본 적이 없네. 입 밖에 낸 순간 얄팍해지고 낯간지러워지는 말이 있는 법이지.

뭐, 본인이 마음속으로 자기 인생을 '다시없는' 인생이라고 생각하는 건 전혀 상관없네. 그렇게 생각하는 사람은 인생을 착실히 살아가려는 것이니, 그건 그것대로 훌륭한 일이야.

한데 반대로 본인이 그렇게 생각하지 않아도 그건 또 그것대로 괜찮지 않을까 싶네. 기타 등등의 한 사람으로, 자연의 섭리에 따라 생물로서 본능대로 이렇다 할 주체성 없이 살아가는 것.

그 또한 옳아. 그 자체는 좋지도 나쁘지도 않네.

한데 말이야, 나는 현실만 중히 여기는 사람들에게 이렇게 말하고 싶어.

자네들이 충실하게 보내고 싶어 하는 자네들의 인생. 그 안에 진실은 없다고.

사실과 현실은 있어. 생활도 있고 감정도 있지. 가끔은 감동 같은 것도 조금은 있을지도 모르지.

한데 진실은 없어. 인생 속에는 진실이 없네.

분명히 말하겠네.

진실은 허구 속에만 있네.

더 정확히 말하자면 허구 속에는 진실에 닿을 수 있는 순간이 있어.

이건 단언할 수 있네. 인간의 인생은 그것만으로 벅차서 진실이 파고들 여지가 없어. 인생을 살아가는 당사자에게는 그 속의 진실이 보이지 않아.

그렇기 때문에 우리는 영화관의 어둠으로, 소설 속으로 진실을 추구하러 가네. 찾으러 가지.

그렇지 않나?

영화감독은 왜 영화를 만드는가. 사람은 왜 허구의 이야기를 만들려 하는가. 그건 그 속에서밖에 나타나지 않는 진실에 닿기 위해서야.

단 하나의 인생, 단 한 사람의 보잘것없는 인생.

내 인생은 나만의 것이야. 다른 사람의 인생은 내 알 바 아니고, 나라는 인간의 지성이나 체력 조건에 의해 제약되는 극히 좁은 범위 내의 것밖에 체험할 수 없네. 몹시 부자유하고 한계가 많지.

그게 뭐가 재미있나?

한 번뿐인 인생?

다시없는 인생?

그게 어디가 재미있다는 건가?

인간의 인생, 인간의 모습, 그 전모……는 무리라 할지라도 그 일부분을 조금이라도 더 알고 싶다면 허구에 닿는 방법밖에 없네. 타인의 인생을, 인간을 간접 체험하고 이해하기 위해서는, 많은 인생을 경험하기 위해서는 허구에 닿을 수밖에 없어.

어이쿠, 어울리지 않게 유치한 소리를 늘어놓았군 그래.

한데 이게 내가 느끼는 바야. 인생의 대부분을 영화관에서 허구에 푹 젖어 지내온 내가 얻은 결론이지.

그래서 이번 여행에 대해서는 모두에게 감사하는 마음이야.

허구에 대해, 영화에 대해 계속 얘기할 수 있다니. 몇 시간씩, 며칠씩 다 큰 어른들이 진지하게 말이야.

좋아, 아주 좋아.

나는 행복하다네. 허구의 연회, 만세.

이것 참, 웬일로 흥분을 다 했군그래.

여느 때보다 더 일찍 잠이 오는군.

늙은이의 시간표는 자잘하게 짜여 있지. 엉뚱한 시간에 잠을 자거나 깨어 있는 바람에 도무지 날짜 감각도, 낮인지 밤인지, 여름인지 겨울인지도 알 수 없게 되었네.

자, 그럼 이쯤에서 마무리하지.

미안하지만 가서 Q를 불러주겠나?

38 카드의 성 ——————

(마나베 아야미의 이야기)

당신들, 사이좋더라.

아아, 물론 마사하루하고.

부러워. 서로 신뢰한다고 해야 할까, 아무 말도 하지 않아도 다 안다는 느낌이.

두 사람은 다른 사람들과 함께 있을 때는 거의 말을 나누지 않더라? 그런데도 뭔가 통한다는 느낌이 들어. 두 사람 다 살짝 물러나서 사람들을 가만히 관찰하는 것도 똑같고.

공범자 같다고나 할까, 서로 닮았더라.

뭐, 당신도 알다시피 마사하루는 전처가 그렇게 떠나서 걱정이 많았는데, 당신이라면 괜찮겠어.

전처하고 함께 있으면 왠지 긴장감이 감돌았거든. 아니, 사실 이즈미 씨는 항상 긴장하고 있는 사람이었지만.

이제 와서 보면 이즈미 씨가 웃는 얼굴을 본 적이 없어. 늘 고민에 잠긴 얼굴을 하고 어쨌든 빈틈이 없는 사람이었어.

어머, 당신도 만난 적이 있다고?

그랬구나. 아아, 나랑 비슷한 인상을 받았구나.

그래그래, 빈틈은 없는데 어떻게 보면 무방비하다고 할까, 어린아이 같은 면이 있었어. 맞아, 친정 식구들과의 관계로 고민이 많다고 들었어.

이즈미 씨는 아마 살면서 자기 안의 뭔가와 타협하는 것만 해도 벅찼을 거야. 그녀에게 일이란 그 타협하기 위한 작업이었던 거지. 그래서 그렇게까지 자제하고 완벽주의를 고집했을지도 몰라.

그러다…… 일로도 타협할 수 없다는 걸 깨닫고 절망했을지도.

어머, 단도직입적으로 묻네.

놀랐어. 완곡하게 들어올 줄 알았거든.

우후후, 그래도 여기서 조심스럽게 들어오면 글쟁이 같은 거 못 해먹지.

글쟁이라는 거 참 신기한 직업이지 않아? 글쟁이가 되는 길은 천차만별이고 사람마다 제각각이잖아. 이즈미 씨처럼 가족에 대한 감정을 승화하기 위해 글을 쓰는 사람도 있는가 하면 메시아이 아즈사 같은 사람도 있어.

메시아이 아즈사?

그러게. 이번에 다양한 얘기를 들었더니 점점 더 모르겠어. 스스로 전설이 되려고 수 쓰는 속물이었는지, 아니면 사람을 싫어하는 고고한 예술가였는지. 혹은 경력을 사칭한 범죄자였는지. 전부 재미있는 얘기이긴 하지만.

우리 초판본 컬렉션?

으음, 언제부터 수집하기 시작했는지는 잘 기억이 안 나.

거의 초기부터였던 건 확실해. 대학생 때로 거슬러 올라가거든. 당시에는 수집한다는 인식도 없이 그냥 발견할 때마다 샀을 뿐이야.

그래서 수집가라는 인식은 없었는데…… 메시아이 아즈사에 관한 걸 모으기 시작한 건 프로 만화가로 데뷔하고 나서야.

이런 걸 뭐라고 할지.

나랑 비교하기는 좀 그런데, 혹시 알고 있었어? 스티븐 킹이 포크너의 세계적인 수집가라는 거. 맞아, 윌리엄 포크너. 미국 문학의 거장이지.

조금은 알 것 같은 기분이거든.

내가 프로 작가가 돼서 소위 쫓기는 입장이 된 거잖아. 잘난 척하는 것 같아서 좀 그런데, 사람들이 우러러보는 입장이 되었다고 할까? 그러면 내가 우러러봤던 시절의 것이 그리워져. 같은 업계 종사자로 책을 읽는 게 아니라, 그냥 한 사람의 독자였던 시절의 나 자신이 부러운 거지. 그때로 돌아가고 싶어서, 그 '우러러봤던' 자신을 되찾기 위해, 떠올리기 위해, 간접 체험하기 위해, 한때 자신의 우상이었던 사람의 물건이 갖고 싶어져. 수집하고 싶어져. 그래서 실제로 수집하고 수집가가 돼.

그런 거 아닐까.

지금처럼 인터넷으로 뭐든 살 수 있는 시대가 아니었던 탓에 고생 좀 했지.

시간 있을 때마다 부지런히 헌책방을 돌기도 하고, 우리 팬클럽 사람들에게 공지를 띄워서 협조받기도 했어.

애초에 관련 물건이 거의 없어서 출간 광고가 실린 주간지나 작은 서평 같은 거였지만.

그래도 그런 것들을 구했을 때는 지금보다 몇 배는 더 기뻤어.

아무리 작은 거라도 하나 손에 넣을 때마다 하늘로 올라가는 기분이었지.

초판본은 표지에 차이가 있어. 미묘한 차이지만.

어머, 알고 있었구나. 아, 마사하루가 갖고 있어서. 맞아, 마사하루도 실은 꽤 열성적인 팬이야.

당시에는 책 표지를 만드는 종이 조달이 플렉시블…… 요컨대 되는대로 형편에 따라 조달할 때도 있지 않았을까.

실은 그래서 표지가 몇 종류나 되는지를 알 수가 없어. 우리가 가진 《밤이 끝나는 곳》만 해도 스무 권이 넘는데 전부 다 다르더라. 아니, 다른 것 같은 느낌이 들어. 이제 와서 보면 표지 일부가 파손되어 있고 인쇄 얼룩인지 뭔지 잘 모르겠는 것도 있고. 표지가 여러 종류의 패턴으로 이루어진 건 확실한가 봐. 왜 그런 무명 신인 작가의 책 표지에 그렇게까지 공을 들였는지는 모르겠지만.

그래서 괜히 수집을 완성하고 싶어진다니까. 이런 게 수집가 기질이지?

아, 미안. 얘기가 사방팔방으로 새네. 이게 바로 전형적인 아줌마의 얘기 방식이거든. 질문받은 걸 곧장 대답하는 대신 상대방의 말 중 사소한 부분에 반응해서 엉뚱한 대답을 하고, 얘기가 자꾸 딴 데로 새는 거.

그럼, 당연히 알고 있었지.

나랑 시오리가 우리 아버지 딸이 아니라는 소문. 혹은 나랑 시오리의 아버지가 서로 다른 사람이라는 것도.

그리고 어머니가, 우리 아버지 중 한 명은 쓰노가에 감독님이라고 했다는 것까지.

아, 물론 그런 소리를 믿을 만큼 우리는 어수룩하지 않아.

허세 부리려고 그러는 건 아니야.

응, 당신이 의심하는 것도 충분히 이해가 돼.

재미있는 얘기잖아.

그런데 믿지 않아. 어머니의 그런 헛소리는.

닮지 않았다는 건 인정해. 나랑 시오리는 닮은 데라고는 요만큼도 없으니까. 그런데 우리는 둘 다 우리 부모님 자식이야. 나는 어머니를 쏙 빼닮았고 시오리는 아버지를 빼닮았거든. 아니, 정확히 말하면 시오리는 친할아버지를 닮았고 나는 외할머니를 닮았어.

하나도 재미없지?

그런 재미없는 얘기로는 아무도 수긍하려고 하지 않더라.

우리 아버지도 반박할수록 더 가십거리만 된다는 걸 아셔서 반박은 물론 상대조차 하지 않으셨어.

우리 어머니의 소문을 들은 사람은 우리가 아무리 말해도 처음부터 믿을 생각이 없어. 당신도 그렇지 않아?

그런데 솔직히 말해 우리 어머니는 어차피 '참새가슴'이거든. 그런 엄청난 일을 저지를 만한 사람이 아니야. 결국 예술가로도 대성하지 못하고 오노 요코를 흉내 내는 데서 그쳤잖아.

그리고 원래 성격이 그리 나쁜 사람도 아니고, 굳이 따지자면 머리도 그리 좋지 않아. 표독스러운 사람도 아니거니와 터무니없는 사람도 아니야.

요는 독창성이 없고 평범하다는 거지. 오히려 사람이 착하달까, 괴짜 같은 구석은 전혀 없는 사람이었어. 반대로 그 점이 어머니의 비극이었을지도 몰라. 알지? 청춘의 한 시기에 '평범'이라는 말이 얼마나 잔혹하고, 예술가를 목표로 하는 사람은 자신이 평범하다는 걸 얼마나 인정하기 싫은지를.

물론 미대에 들어갔으니까 다소 감각은 있었겠지. 예쁜 사람이었고 그런대로 재치 있는 매력적인 사람이었던 것도 맞아. 다양한 사람과 교제했다는 것도 사실일 거야. 적어도 쓰노가에 감독님을 동경했고 한때 사귀기도 했겠지.

그런데 나는 어머니가, 사람들이 떠들어대는 만큼 수많은 남자와 관계를 가졌다는 생각은 들지 않아. 소문은 그랬는데 사실은 어땠을까. 어머니는 자신을 대단한 사람으로 보이게 하고 싶어 했어. 예술가들의 뮤즈처럼 보이고 싶었겠지. 그리고 사람들은 어머니에게 뱀프라는, 요즘 말로 하면 팜 파탈의 꼬리표를 달고 싶어 했어. 서로의 의도가 일치한 결과이지 않을까 싶어.

왜냐하면 우리가 아는 어머니는 그리 부지런한 사람도, 배짱 있는 사람도 아니었거든. 애초에 뭔가에 집착할 만한 사람이 아니었어. 그렇게 보이고 싶어 한 건 맞는데, 팜 파탈이 되려면 나름대로 재능과 운이 필요하잖아. 어머니는 둘 다 없었거든.

오히려 어머니가 평범했던 탓에 우리가 그 저주를 이어받았다고 할 수 있어.

우리는 반드시 '누군가'가 되어야 했어. 이중의 의미에서 말이야.

어머니를 위해. 어머니 대신에. 동시에 어머니에 대한 복수로.

모든 의미에서 우리는 '누군가'가 되어야 했어. 그것만은 어렸을 때부터 절실히 느꼈지.

어머니에 대한 앙갚음으로라도, 어머니를 위해서라도 우리는 비범한 인물이 되어야 했어.

이 양가감정, 알겠어?

그래, 당신도 어느 정도는 알 거라고 생각해. 글쟁이가 된 여자가 얼마나 억압을 받아왔는지 알지?

우리 자매가 받은 억압은 그야말로 모순되었다고밖에 말할 수가 없어. 우리가 '누군가'가 되면 어머니를 기쁘게 하는 동시에 어머니를 괴롭게 하니까. '누군가'가 되지 못하면 어머니를 낙담하게 하는 동시에 어머니를 안도하게 하니까.

어느 쪽이든 그 결과는 우리 자신에게 곧장 되돌아와.

어느 쪽이든 우리는 괴로워하게 되어 있어.

알고 있었어.

그런데 이러니저러니 해도 우리는 어머니를 사랑했거든.

그래, 역시 결국에는 어머니의 착한 딸이고 싶었어. 어머니가 그걸 어떻게 생각했는지는 이제 와서 보면 알 수 없지만 우리는 어머니를 위해 노력했고 어머니에게 복수하기 위해 노력했어.

사랑이 있었던 건 틀림없어. 그 사랑이 서로에게 상처만 준 것이었다 해도.

우리는 만화가로 데뷔한 걸 오랫동안 어머니에게 알리지 않았어.

원래 자주 대화하는 사이도 아니었고 어머니는 밖으로 나도느라 딸들이 뭘 하는지 전혀 몰랐거든. 우리 자매는 대학생 때부터 본가에서 나오기도 했고.

우리가 상을 수상한 것도 친구에게 들었나 보더라. 어쩌면 시마자키 와카코 씨가 알려줬을지도 몰라. 어머니와 시마자키 씨가 아는 사이란 거, 들었지?

언제였더라…… 뭔가를 가지러 본가에 갔을 때 어머니랑 딱 마주쳤어.

잡아먹을 듯한 얼굴로 "너희, 만화 그린다며?" 하고 묻더라.

"맞아, 우리 지금 그걸로 먹고살아" 하고 대답했더니 뭐라고 했을 것 같아?

"치사해"라더라.

잊히지도 않아, 그 치사하다는 말이.

당연히 "어? 아니, 왜?" 하고 물었지. 그랬더니 정색하고 말하더라.

"엄마인 나한테서 물려받은 재능으로 돈을 벌면서 은혜도 갚지 않다니."

황당해서 "뭐어?!"라고 말해버렸어.

당신은 미대에 들어가는 게 고작이었겠지, 우리는 일반 대학에 갔어도 재능이 있었어.

그렇게 쏘아붙이는 말이 목구멍까지 차올랐지만 결국 말하지 않았어. 그러고 말았지, 뭐.

나중에 사람을 통해 들었는데, 실은 자기가 딸들을 가르친 덕분에 애들이 재능을 꽃피울 수 있었다고 했다더라. 그리고 데뷔했을 무렵의 작품은 자기가 스토리를 지어줬고 또 다듬어줬다나 뭐라나.

기가 차서 할 말이 없더라. 그런데 반대로 속이 후련해진 것도 사실이야.

어머니를 분하게 했다, 우리를 질투하게 했다, 그 잡아먹을 듯한 얼굴을 우리 쪽으로 향하게 했다. 이제껏 우리에게 거의 무관심했고 방임주의였던 그 어머니를.

앞으로 누군가가 당신 딸들을 칭찬할 때마다 분해해라. 자신은 손에 넣지 못한 찬사를 받는 모습을 손가락이나 물고 구경해라.

이로써 우리는 어머니에게 복수했다, 하고 생각했지.

실은 이 여행을 하면서 생각난 게 있어.

뭐일 것 같아?

메시아이 아즈사의《밤이 끝나는 곳》의 만화화.

그래, 그동안 한 번도 생각한 적 없다는 게 이상하지.

그런데 생각해보면 좋은 기획이지 않아? 영화화보다 실현성이 훨씬 높아 보이고.

무엇보다 '우리'한테 딱 맞는 기획이잖아. 정말이지 '우리'를 위해 존재하는 기획이잖아. 여기에 오지 않았더라면 평생 생각해내지 못했을지도 몰라.

그러게, 만화화 때 저작권이 어떻게 될지 모르겠어. 누구에게 허가를 받아야 할까. 그 부분은 시마자키 씨나 영화 관계자에게 물어보려고. 마지막 드라마화 때는 누구한테 허가를 받았지? 나는 그런 쪽은 잘 몰라. 계약 관련은 시오리한테 다 맡기거든.

옛날에는 딱 반씩 나눠서 그렸는데. 응, 우리는 비슷한 시기에 그림을 그리기 시작했고 어렸을 때부터 그림체가 비슷해서 어색한 느낌은 없었을 거라 생각해. 만화가로 데뷔하고 나서도 둘이서 같이 그린다는 걸 모르는 사람도 많았어. 한때는 우리가 봐도 둘 중 누가 어느 걸 그렸는지 몰랐을 정도였지. 엄청난 동질감이랄까, 일체감이 있었어.

그 시절은 참 행복했는데.

그림을 그린다는 건 신기한 행위야.

사람은 왜 그림을 그리는 걸까. 아이를 내버려두면 알아서 그림을 그려. 땅바닥에, 모래에, 종이에 낙서를 하지.

애초에 '그림 그리기'라고 해서 아이에게는 대체로 스케치북을 주잖아. 잘 생각해보면 신기하지 않아? 사람은 무조건 그림을 그린다는 인식을 무의식중에 공유한다는 거잖아.

나랑 시오리는 두 살 터울이야.

철 들었을 무렵부터 둘이서 그림을 그렸던 기억밖에 없어. 어머니도 "너희는 스케치북만 던져주면 얌전했지. 내버려두면 한없이 그림만 그렸어"라고 했던 것 같아.

우리는 말이 거의 없는 아이였어.

어머니가 밖으로 나도느라 우리를 방치한 탓도 있었을 거야. 그런데 우리는 '그림 그리기'로 의사소통을 했거든. 그래, 자매의 의사소통뿐만 아니라 지금 생각해보면 세상과도 그림을 통해 소통했던 것 같아.

있지, 그렇지 않아? 그림을 그리거나 소설을 쓰거나 뭔가를 만든다는 건 세상을 자기 안에서 재창조하는 작업이 아닐까. 어렸을 때 위화감을 느껴서 받아들이지 못했다고 생각했던 세상과 다시 한번 연결되고 싶은 거 아닐까.

이미지로만 알고 있는 게 있잖아.

실제로 본 건 아닌데 얘기로는 알고 있는 거 말이야.

예를 들어 '원시인이 먹는 고기' 같은 거.

가운데에 햄 같은 고깃덩어리가 있고 양옆으로 뼈가 삐져나와 있는 걸 모닥불에 구워서 뼈를 손으로 잡고 뜯어 먹는, 그런 이미지.

그 이미지는 어디에서 왔을까. 애니메이션인가? 일본인뿐만 아니라 외국 사람들도 그런 이미지가 있을까?

아무튼 그런 고기를 실제로 본 적은 없잖아. 돼지고기든 소고기든 고기가 그런 형태로 나오지는 않지. 애초에 그건 무슨 고기이고 어느 부위일까. 매머드 고기? 그럼 코끼리 고기에 가깝다는 건가? 혹시 다리 부분일까?

어쨌든 다들 알다시피 실제로는 존재하지 않아. 그런 게 꽤 있다는 생각이 들어.

어머, 무슨 얘기를 하느냐는 얼굴이네.

얘기가 계속 딴 데로 새네, 이해해줘.

카드의 성에 대해 얘기하고 싶거든.

그래, 트럼프 카드.

서양 영화나 드라마 같은 데서 본 적 없어? 트럼프 카드를 쌓아 올려서 성을 만드는 장면.

있지? 만화에서도 나오잖아. 누가 옆을 지나가거나 재채기를 하면 순식간에 무너져 내리지.

모래성만큼 허무하고 덧없는 이미지.

그런데 모래성도 그렇지만 카드의 성은 절대로 못 만들어.

당신은 만들어본 적 있어?

우리가 얼마나 많이 시도해봤는지 몰라. 그런데 맨 아래층도 못 만든다니까. 영화에 나오는 카드의 성은 이렇게, 카드를 비스듬히 해서 두 장을 한 세트로 세우거든.

그 역 V자형의 세트를 죽 늘어놓고 그 위에 카드를 가로로 걸친 다음에 그 위에 또 역 V자형의 다음 층을 얹어주는 거지.

도저히 안 되더라. 두 장 한 세트로 세우는 것도 겨우 하는데 그 위에 또 카드를 얹는 건 더 못 하지. 그 위에 몇 층을 더 얹어야 하는데 불가능하지.

종이 카드로 카펫이나 러그 위에서 하는 거면 1층은 어떻게든 될 것 같은데.

요즘 트럼프 카드는 거의 플라스틱이지 않아? 매끌매끌해서 마찰력이 없는, 자르거나 섞거나 구부리는 걸 전제로 하는 재질로 카드의 성을 만들다니 어림도 없지.

모래성은 그림이나 영화에 나오는 것처럼 입체적이고 탑과 창문이 달려 있는 건 실제로는 못 만들어. 다져서 쌓아 올리는 것만으로 벅차거든.

드라마에 나오는 카드의 성은 소품 담당이 테이프로 붙이는 등 무슨 속임수를 써둔 게 틀림없어.

왜냐하면 안 되거든. 일반적인 방법으로 해서는 어림도 없어.

현실에도 그런 게 꽤 많다는 생각이 들어.

이미지로는 알고 있지만 실제로는 말도 안 되는 것. 어딘가에 존재한다고 모두가 믿고 있지만 알고 보면 존재하지 않는 것.

사랑이나 평화, 평등 같은 거랄까.

안타깝지만 그런 것도 카드의 성 같은 거지.

맞아, 우리도 만화로 그리기 위해 만들어본 거였어.

"카드의 성 말이야, 자주 보이는데 정말 만들 수 있어?" 하고.

우리 만화가 판타지이긴 한데 장대한 허구를 쌓아올리려면 세부적인 현실성이 중요하거든.

게다가 시각화해야 하기 때문에 사물은 반드시 실물로 봐야 해.

그래서 조사 작업에 시간을 많이 들이고 있지.

큰 거짓말을 하려면, 그 거짓말을 믿게 만들려면 사소한 사실을 겹겹이 쌓아서 신뢰를 얻는 수밖에 없다고 하잖아. 알지?

둘이서 여러 트럼프 카드를 모아서 시험해봤는데 우리 결론은 '못 만든다'였어.

시오리가 아주 끈질기게 시험했지. 나도 그렇지만 시오리도 철저하게 공들이는 성격이거든.

실은 10년쯤 전에 건초염을 앓았어. 그것도 아주 심하게.

직업병이니까 어쩔 수 없지만 이게 진짜 아프거든.

지압이나 마사지, 침술까지 받아봤는데 아직도 완치되지 않았어.

그래서 자연히, 아니 부득이하게 작화는 시오리가 맡게 된 거야. 어쩔 수가 없어, 선이 예전처럼 그어지지가 않는걸.

그래도 플롯이랑 콘티는 내가 맡아. 편집자와 협의해서 콘티는 거의 내가 짜고 있지.

물론 작화는 힘든 작업이야. 독자가 제일 먼저 보는 게 그림이니까 시오리도 부담이 어마어마해. 최종적으로 사람의 눈에 띄는 부분을 완성해야 하니까 책임이 크고, 콘티에서 막히면 마감까지 남은 시간이 짧아지니까 물리적인 압박도 상당해.

나는 지난 몇 년간 편집자한테 끊임없이 잔소리를 듣고 있어.

시오리 선생님이 힘드니까 빨리 콘티를 완성해달라더라.

나도 충분히 알지. 신인도 아니고, 모를 리가 없잖아.

그런데도 가끔은 진절머리가 나.

이 사람들은 무에서 유를 창조하는 게 얼마나 힘든 일인지 정말 알기는 할까 하고.

각본이 형편없는 영화는 아무리 스타 배우가 출연해서 뛰어난 연기를 펼쳐도 어차피 형편없는 영화밖에 되지 않아.

그림이 아무리 예뻐도 스토리가 재미없고 콘티가 엉망이면 곧바로 질려버리지.

늘 머리를 쥐어짜가며 생각해. 자나 깨나 콘티 생각뿐이지. 사람들은 내가 아무것도 안 하는 것처럼 말하는데, 나는 정말 하루 종일 생각하거든. 머릿속에서는 작업을 하고 있어. 그런데 옆에서 보면 아무것도 안 하는 것처럼 보이니까 게으름 피운다고 하더라.

속상해서 정말, 마사하루까지 그렇게 생각하더라. 고생하는 건 시오리 누나지, 누나가 아니잖아, 라면서.

당신은 어떻게 생각해? 내가 맡은 작업은 이른바 소프트웨어라고 할 수 있는데, 그 소프트웨어에 대한 존경심이 없어도 너무 없지 않아? 하긴, 일본은 옛날부터 소프트웨어에 대한 존경심이 부족한 나라였으니까.

《밤이 끝나는 곳》을 만화로 만들고 싶어.

나는 메시아이 아즈사를 존경하거든.

그래서 각색에는 시간을 들이고 싶어. 그대로 만화로 하면 되는 수준이 아니거든. 우리가 만화화를 맡는 이상 우리 것이 되도록 완벽한 콘티를 짜고 싶어. 그리고 완벽한 작화로 완성하는 거지.

그렇게 하면 우리도 한 팬으로서, 한 독자로서 '성불할 수 있겠다' 하는 생각이 들어.

그나저나 평론이란 참 이상하지.

어머, 미안해, 또 얘기가 딴 데로 샜네. 독자로서 성불하는 생각을 했더니, 독자인 동시에 독자가 아닌 평론가가 절로 생각났어.

옛날에는 평론가라면 아주 질색했는데. 제 손으로는 아무것도 창작하지 못하면서 남이 만든 작품에 트집이나 잡고 잘난 척을 한다고 생각했거든.

그런데 내가 직접 창작을 해보니까 그건 또 그것대로 뭔가 부족한 것 같고 아쉽더라. 특히 만화는 오랫동안 평론의 대상으로 여겨지지 않았고, 어디서 누가 어떻게 읽어주고 있는지 실제 작가는 좀처럼 알 수가 없잖아?

잘 팔리고 있으니까, 팬레터가 쏟아지고 있으니까 인기가 있다. 사랑받고 있다. 높이 평가되고 있다. 기대되고 있다, 그런 건 알아.

정말 근사한 일이지. 많은 사람들이 행복해지고 매우 고마운 일이긴 한데 실은…… 나는 아직도 인기라는 걸 잘 모르겠어.

최근 몇 년 동안 정말 독창적인 평론은 곧 창조적인 것이라고 생각하게 됐어.

훌륭한 평론을 읽으면 그 작품이 재창조된 듯한, 새로운 작품으로 다시 태어난 듯한 생각이 들거든. 그건 곧 작품을 만드는 것이나 마찬가지이지 않을까 싶어. 그리고 아, 이렇게도 읽을 수 있구나, 하고 감탄하는 것 자체도 참 즐거운 일이라는 걸 깨달았지.

저자가 의도하지 않은 데까지 깊이 헤아리며 읽는다고도 할 수 있어. 그러네, 나는 그렇게 깊이 헤아리며 읽는 게 좋아, 설사 오독하고 억측하게 되더라도. 그 편이 더 친밀하고 재미있어 한다는 느낌이 드니까.

분명 나는 누군가가 그렇게 깊이 읽어주기를 바랐나 봐. 그런 대상이 되고 싶다, 그만한 내용이 있는 작품을 쓰고 싶다고 말이야.

생각해봐, 옛날 하이쿠 시인인 마쓰오 바쇼의 하이쿠는 겨우 17자로 되어 있잖아.

랭보의 시, 카프카의 단편, 셰익스피어의 희곡. 겐지 이야기.

이 작품들을 가지고 전 세계에서 다양한 언어로, 원전에 비해 수백 배, 수천 배에 달하는 수많은 글을 쓰잖아.

단 17자에서 얼마나 많은 말이 이끌려 나왔는지 알아? 정신이 아득해질 정도로 많아서 이 안에 우주가 포개져 들어 있는 게 아닌가 싶다니까.

그렇게 많은 말을 이끌어내다니 물론 원문이 훌륭하니까 그렇겠지만 나는 인간의 망상력이랄지, 깊이 헤아리며 읽는 힘이 감탄스러워.

이 수많은 말들이 도대체 어디서 나오는 걸까? 아무튼 놀라운 힘인 건 분명해.

옛날에 국어 시험문제에 잘 나왔잖아.

다음 중 작가가 하고 싶었던 말을 고르시오.

다음 중 작가의 생각에 가깝다고 생각되는 것을 고르시오.

그렇다, 질리도록 풀었던 사지선다.

누가 봐도 틀린 답과 표면적으로는 정답처럼 보이지만 실은 전혀 아닌 답과 헷갈리게 하는 답과 정답. 이 네 가지 중 앞의 두 가지를 배제하라. 그리고 헷갈린 답과 정답의 두 가지로 좁혀서 생각하라. 그렇게 배웠던가.

그런데 말이야, 실제 작가라고 해서 그런 대단한 것까지 생각했을까?

당신은 어때?

당신은 사회성 있는 소설을 주로 쓰던데, 사람들을 계몽하고 사회에 경종을 울려야 한다는 생각을 갖고 있는 거야?

뭐, 표면적으로는 그렇게 대답하겠지. 그럴듯한 이유를 붙여야 하니까. 그냥 출판사에서 그런 소재로 써달라고 한 이유가 가장 크더라도 말이야.

그런데 실제로는 다들 그냥 쓰고 싶어서 쓰는 거야. 그게 솔직한 심정이라고 생각해. 실제 작가의 대부분은 그렇지 않을까. 드물게 사명감이나 심원한 사상을 품고 쓰는 사람도 있을지 모르겠지만.

테마는 사랑입니다.

테마는 위로입니다.

그런 걸 실제 작가가 제 입으로 말해서 어쩌겠다는 건지.

그래도 사람들은 작가가 요약해주기를 바라니까.

요컨대 어떤 이야기입니까? 어떤 생각으로 쓰셨습니까? 테마는 무엇입니까?

그런 건 읽은 사람이 알아서 생각하게 내버려둬, 한마디로 정리할 수 없으니까 이렇게 길게 썼잖아, 하고 쏘아붙이고 싶다니까.

일단 작가의 손을 떠나면 이제 그 작품은 끝까지 읽은 독자의 것이야. 지나치게 깊이 읽다가 오독하고 억측하게 되더라도 어디까지나 끝까지 다 읽은 사람의 것이지. "어느 부분을 읽고 그렇게 생각했습니까?", "아니, 읽지는 않았는데 누구누구가 그렇게 말하더라고요", "다들 그렇게 말하던데요?" 그러니까 '다들'이 누구냔 말이야.

결국 사람은 자기가 읽고 싶은 대로만 읽어. 반대로 말하면 자기 지식과 경험의 범위 내에서만 읽을 수 있는 거지. 그래서 모두가 같은 글을 읽는다고 해서 무조건 같은 걸 읽고 있다고 할 수는 없어.

그래, 메시아이 아즈사에 대해서도.

간밤에도 자면서 생각했어.

나는 메시아이 아즈사에게서 도대체 뭘 찾고 싶은 걸까?

그런데 방금 말하면서 깨달았어. 사실 나는 메시아이 아즈사 본인에 대해서는 크게 관심이 없구나, 하고.

아니, 물론 나름대로 관심은 있어……. 어떤 사람이 이런 작품을 창작했을까, 문체나 문장력은 어떻게 개발하고 길렀을까. 그리고 작품의 배경과 그녀의 독서 경험도 궁금하고 다른 작품을 더 남기지는 않았는지도.

그런데 내가 가장 관심이 가는 건 역시 《밤이 끝나는 곳》이라는 소설 그 자체야. 메시아이 아즈사에게 관심이 있는 건 이 소설이 태어나기까지의 과정이 알고 싶기 때문일 뿐이고.

그래…… 내 머릿속에는 오직 《밤이 끝나는 곳》의 세계만 존재하고 그것만으로 완결되어 있어.

이제 소설이라기보다는 《밤이 끝나는 곳》이라는 '자리'로 존재해.

이 '자리'를 구석구석 한 군데도 빠짐없이 맛보고 싶고 언제까지나 이 '자리'에 있고 싶어.

말로는 잘 표현이 안 되네. 더 깊숙이 읽고 싶고, 다시 한번, 아니 몇 번이라도 새로운 《밤이 끝나는 곳》이 나타나는 걸 지켜보고 싶어. 읽을 때마다 다른 모습으로 나타나는 이 작품을 계속 체험하고 싶어.

내가 이 소설에서 뭔가를 추구하고 있다는 뜻이야……, 몇 번이고 계속해서.

도대체 그게 뭘까.

응? 뭐라고 생각해?

당신도 그렇지 않아?

왜 이 소설에 끌렸어?

정말 이 소설에 관심 있는 거 맞아? 왜 대체로 당신이 써왔던 분야와는 확연히 다른 메시아이 아즈사에 관한 취재를 하고 있어?

정말 메시아이 아즈사의 팬이라면 눈물을 흘리며 기뻐할 만한, 《밤이 끝나는 곳》에 깊이 관여한 사람들에게?

이 환경이 정말, 정말로 특별하고 호사스럽다는 거 알고 있어?

마사하루의 아내라서?

남편의 지인이기도 하고 신혼여행도 할 겸?

당신은 그거랑 똑같아. 입사 면접에서 지원자끼리 토론하게 하고 한 손으로 몰래 메모하면서 채점하는 면접관.

지원자에 대해 알고 있는 거라고는 대강 훑어본 이력서 내용뿐이지. 아무도 마음에 두고 있지 않으면서 생글거리는 얼굴로 주저 없이 가위표를 치는 사람.

미안해요, 딱히 비난할 생각은 없었어. 다만 당신이 적임자인지 의문이 들었을 뿐이야. 오히려 마사하루가 적합하지 않을까 싶었거든.

미안해요, 혹시 기분 상했어?

정말 그럴 생각은 없었어.

내가 왜 이렇게 흥분하지?

당신이 너무 냉정하고 사무적이라 본모습이 보이지 않아서 초조했나? 마사하루의 아내라는 이유로 질투한 건가? 시오리가 그러더라. 내가 당신을 질투하고 있다고. 아니면 당신이 내 얘기를 잘 들어줘서 투정을 부리는 걸까? 혹은 오랜만에 일에서 손 놓고 있었더니 괜히 불안해서 화풀이를 하는 걸까?

하아.
미안해요, 자기혐오 때문이야.
아마…… 나는 이 책에 나 자신을 투영하고 있나 봐. 이 책 속에서 내 모습을 보고 있어. 적어도 내 안에 있다고 느끼는 모습을.
사랑하는데도 사랑받지 못한 것이라든가.
사랑하는 동시에 그만큼 증오하기도 하는 것이라든가.
용서받지 못할 일과 용납할 수 없는 것이라든가.
애초에 없었던 것과 한때는 있었는데 잃어버린 것이라든가?
아아, 그런 걸 바라서 내가 책을 읽는구나.
그래서 분명…… 앞으로도 《밤이 끝나는 곳》을 읽겠지.

39 에스컬레이터 ───────────

위로, 위로, 더 위로.

훗날 마지막 기항지인 홍콩을 떠올릴 때면 고즈에의 머리에는 고급 호텔의 중국요리도, 활기 넘치는 시가지도 아닌 낮은 지붕의 가파른 에스컬레이터에 올라타 이동할 때의 순식간에 멀어지는 지상의 입구가 생각난다.

홍콩은 과거 은행에 근무했을 때도 친구와 와본 적이 있지만 이 에스컬레이터는 타지 않았던 것 같다. 맛집 탐방과 쇼핑하기 바빠서 관광다운 관광은 하지 않았던 기억이 있기 때문이다.

아니면 탔던가? 그때는 여자 넷이었기에 어디를 가도 수다 삼매경에 빠져 주변 경치를 제대로 보지 않았기 때문에 어쩌면 에스컬레이터를 탄 것조차 의식하지 못했을지도 모른다.

이번에는 오랜만에 땅 위에 내려섰다는 안도감이 들어 마사하루와 함께 홍콩 거리를 정처 없이 거닐며 즐겼다.

즐겼다고는 해도 대화는 거의 나누지 않았던 것 같다.

이때 고즈에는 새삼 자신과 남편의 동질감이랄까, '체온'의 낮은 정도가 비슷하다고 생각했고 그런 점이 서로 닮아서 정말 다행이라고 생각했다.

고즈에는 긴장되는 인터뷰를 계속하느라 지쳐 있었고, 마사하루
는 그 나름대로 자료 같은 것을 읽고 생각에 잠긴 모습인 데다 뭔가
에 지쳐서 진절머리가 난 표정이었다. 두 사람의 '피곤한 정도'까지 비
슷한 상황이라 피로를 풀고 활력을 되찾을 겸 이국의 거리를 떠돌듯
이 돌아다닌 것이다.

위로, 위로, 더 위로.

홍콩은 좁은 도시다.

해변과 가까운 산 사이에 빽빽하게 들어선 고층 건물과 아파트가
그야말로 사방팔방으로 뻗어 있다.

간판이 어수선하게 뒤섞인 골목에는 오래된 노점과 포장마차가 줄
지어 있고 중화권 향신료 냄새가 코를 간질인다.

한자는 동아시아의 라틴어라고 누가 말했던가.

유럽에 가까워지면 풍경 속에서 글자가 사라지는 반면 한자권이 가
까워지면 풍경 속에 글자가 점점 늘어나 공간을 채워가는 것이 신기
하다.

어쩌면 한자가 표의문자라서일까?

고즈에는 그런 생각을 했다.

어쩌면 동양인은 한자를 '풍경'의 일부로 보는 것은 아닐까. 그래서
이렇게 공간을 채우고 있는 글자를 견딜 수 있을지도 모른다.

과거 일본인은 어떤 잡음도 우뇌로 듣고 소음도 음악으로 흘려듣기
때문에 시끄러워도 아무렇지도 않다, 하는 그럴싸한 말을 들었듯이.

아무튼 언뜻 봤을 때 무슨 뜻인지 어렴풋이 안다는 것은 크게 안심이 된다. 게다가 홍콩의 표기는 번체자라서 일본인에게 익숙하다.

위로, 위로, 더 위로.

홍콩의 에스컬레이터에 관해서는 들어서 알고 있었다. 깜짝 놀랄 만큼 고속이라는 것이었다.

왜 에스컬레이터를 타게 되었는지는 모른다. 그냥 길을 걷다 보니 입구를 맞닥뜨렸으리라.

앞사람이 차례차례 당연하다는 듯이 에스컬레이터에 빨려 들어가는 바람에 그 대열에 끼게 되었던 것 같다.

에스컬레이터에 탔을 때는 너무 가팔라서 순간 겁이 났다. 게다가 한없이 길어 종점이 보이지 않았다.

그리고 듣던 대로 빨랐다.

어어 소리가 절로 나오는 스피드로 상승해갔다.

도대체 어디까지 올라가는 거야? 저 끝에 뭐가 있지? 이 속도라면 도중하차는 불가능하다. 어느새 천국에 도착해 있어도 모르는 것 아닐까.

고즈에는 작게 웃었다.

그래, 승천하는 길이 이러면 참 쾌적할 텐데. 이대로 천국에 가는 것도 나쁘지 않지.

왜 그래? 하고 마사하루가 돌아봤다. 고즈에의 웃음소리를 들은 모양이다.

엄청난 속도야. 이러다 천국에 도착하겠다 싶어서.

그러게. 정말 빠르다.

종점이 보이기 시작했다. 익숙한 모습으로 좌우로 흩어지는 사람들.

다행히 당황하지 않고 에스컬레이터를 내리자 양옆에는 당연한 듯이 골목길이 뻗어 있고 그곳에는 당연하게도 번화한 거리가 있어 사람들이 빨려 들어갔다.

그리고 눈앞에는 다음 에스컬레이터가 있어 통행인이 잇따라 빨려 들어갔다.

아직도 올라갈 곳이 있구나. 꽤 높이 올라온 줄 알았는데.

고즈에는 에스컬레이터를 올려다봤다.

가보자.

두 사람은 상승하는 사람들의 대열에 합류했다.

다시 어어 하고 상승해가는 화살표의 일부가 된다.

나, 아야미 씨한테 혼났어.

고즈에는 마사하루의 어깨에 대고 읊조렸다.

마사하루가 떨떠름한 얼굴로 돌아보며 "미안" 하고 말했다.

어머, 당신이 사과할 거 없어.

고즈에는 어깨를 으쓱 추켜올린다.

뭐, 혼나는 것도 당연해. 내가 다른 사람들처럼 철저한 팬이 아닌 건 사실인걸. 네까짓 게 왜 이 배에 탔어? 마사하루 덕에 떡고물이나 챙기러 온 주제에 젠체하지 마, 라고.

아니, 잠깐, 정말 그런 소리를 했다고?

마사하루는 반은 어이없어하고 반은 머쓱해했다.

그가 화내는 모습을 보인 덕분에 고즈에는 왠지 만족했다.

뭐, 요약하면 그런 뜻이지. 그래도 어렴풋이 느끼고 있었던 거라

얼굴 보고 확실히 말해줘서 오히려 안심했어. 뒤에서 그러는 것보다는 훨씬 나아.

흠, 아무도 그런 소리 안 해. 그 누나만 그렇지.

마사하루가 낮게 말했다.

고즈에는 "이 얘기는 이걸로 끝"이라고 말하듯 마사하루의 어깨를 톡 쳤다.

위로, 위로, 더 위로.

신기하게도 한 번 더 긴 에스컬레이터를 타고 고지대에서 눈 아래 펼쳐진 홍콩을 내려다봤을 때의 감격은 흐릿하다. 상승한다는 것은 그 자체가 본래의 목적이리라. 그곳이 종점이며 하이라이트였을 것이다. 그런데 물론 훌륭한 경치, 그야말로 신의 시점에서 보는 홍콩 거리에 흥분했을 터인데 어쩐 일인지 기억이 뿌옇다.

그리고 그 후 에스컬레이터를 타고 내려갔을 때의 기억이 없다.

올라갔을 때만큼 긴 거리를 내려갔을 터인데 하강하면서 어떤 감각이었는지에 대한 기억이 없다. 몸에 새겨져 있는 것은 그 부자연스러울 만큼 빠른 상승 속도와 그 안에 있었을 때의 인상뿐이다.

훗날 내려가는 에스컬레이터는 올라갈 때보다 속도가 느리다는 사실을 뒤늦게 알게 됐다. 사람은 올라갈 때는 속도가 빨라도 무서워하지 않지만 내려갈 때는 무서워하기 때문에 내려가는 에스컬레이터는 올라갈 때보다 속도를 줄이는 경우가 있다는 것이었다.

그때 홍콩의 내려가는 에스컬레이터가 속도가 느렸기 때문에 인상에 남지 않은 걸까. 아니면 단순히 돌아가는 길에는 몸이 익숙해진 탓에 신선함을 느끼지 않았던 걸까.

모르겠다.

해변의 시가지로 돌아와 크루즈 서비스 담당인 컨시어지를 통해 예약한 고급 호텔의 고급 중화요리에 입맛을 다실 무렵이 되어서야 두 사람은 긴장을 풀고 느긋하게 음식과 술을 즐길 수 있었다.

황홀한 야경 속을 어슬렁어슬렁 걸어 배로 돌아갔다.

통금 시간이 지나고 승객 수 확인이 끝난 깊은 밤에 배는 항구를 떠났다.

승객들이 갑판으로 나와 서서히 멀어지는 홍콩 거리를 지켜본다.

고즈에와 마사하루도 그 속에 끼었다.

모두가 조용히 멀어지는 보석함을 바라보고 있다.

참으로 신기한 광경이었다.

고즈에는 예전에 취재차 중남미에 갔을 때의 일을 떠올렸다.

그때 밤 비행기를 이용하게 되어 밤이 늦어서야 도시를 떠났다.

이륙 후 점점 상승해가자 도시가 저 아래로 차츰 멀어져갔다.

이윽고 시야에 또렷한 바둑판같은 네모난 도시가 담겼다.

그 빛으로 이루어진 네모가 차츰 작아지고 멀어져갔다.

그 아름다움은 지금도 선명하게 기억한다.

그것이 이번에는 옆에서 보인다.

건물 가득히 줄무늬를 그리며 빛나는 빛의 덩어리가 이윽고 시야에 담긴다.

어둠의 면적이 빛을 서서히 압도해간다.

빛은 조금씩 멀어져 힘을 잃는다.

머지않아 작은 덩어리가 되어 희미하게 번진 빛이 된다.

그리고 그 한 점이 사라지고 사방이 컴컴해지자 그때까지 들리지 않았던 파도 소리만을 의식하게 된다.

두 사람은 빛이 사라진 뒤에도 한동안 갑판에서 어둠속을 바라보고 있었다.

방금 그 인상적인 광경을 보는 와중에도 고즈에는 에스컬레이터를 타고 있었을 때 조화를 이루며 함께 호흡하던 자신을 느끼고 있었다.

위로, 위로, 더 위로.

고즈에는 파도 소리를 들으면서도 계속해서 상승하는 감각을 자기 안에서 언제까지나 느끼고 있었다.

40 과거를 향해 손을 흔들다 ————
(마나베 시오리의 이야기)

홍콩 야경, 정말 아름답더라.

봤어?

아, 갑판에 나왔었구나.

갑판에 사람 많았어?

하긴, 마지막 기항지였으니까.

우리? 언니랑 나는 방 발코니에서 봤어.

엊저녁은 날씨가 푹해서 다행이었어.

비행기 같으면 순식간에 멀어졌을 텐데, 어제처럼 배로 해안에서 천천히 멀어지는 것도 여운 있고 좋더라.

하염없이 바라보고 있었더니 괜히 감상적인 기분이 들었어. 언니는 눈물까지 글썽였던 모양이야.

맞아, 우리도 상륙해서 호텔에서 중화요리를 먹었어. 당신들은 어디서?

아, 그랬구나. 컨시어지에 부탁했구나.

아니, 우리는 일본에서 예약하고 갔거든.

일본에서 먹는 것하고는 호화로운 느낌이 다르더라. 뺄셈 나라의 요리와 덧셈 나라의 요리의 차이가 느껴졌어.

　언니가 웬일로 잔뜩 가라앉아서 왔더라.

　대신 사과해달라고 하던데.

　언니가 당신한테 화풀이했다며?

　미안해. 무슨 소리를 했는지 대강 짐작은 가. 언니의 독설은 파티 토크의 하나로 나쁜 뜻은 없어. 아는 사람은 익숙해서 아무렇지도 않지만 모르면 상처 입겠지? 미안해.

　잘 반성하지 않는 사람인데 웬일로 반성을 다 하더라. 용서해줘.

　우후후, 이 순서로 하길 잘했네. 내 다음이 언니였다면 인상이 최악으로 끝났을 거 아냐. 그러고 보니 궁금하네. 왜 나를 언니 다음으로 정했어? 아니, 그보단 내가 마지막이겠구나. 어째서? 어떤 기준으로 순서를 정한 거야?

　흐음. 그건 과대평가야. 나는 그리 똑똑하지 않아. 회의에서 마지막 순서로 발언하면 똑똑해 보이잖아, 그거야.

　후후, 언니가 물어뜯는 것도 이해가 되네. 당신은 나하고 약간 비슷하거든. 한 발짝 물러서서 지켜보면서 상대방이 허점을 드러내기를 가만히 기다리는 느낌이.

　무슨 일이든 반칙하기 십상인 우리 언니 같은 사람은 우리 같은 사람이 거북하고 눈에 거슬리지. 그런 동시에 부러워하기도 해.

　우리 사이?

　글쎄, 어떨까. 자매라서 늘 가까이 있다 보니 이제 사이가 좋고 나쁘고의 수준을 넘어섰지.

　다만 서로 보완관계인 건 맞아. 일에서도, 인생에서도.

둔색환시행　　　　　　　　　　　　　　　　　　　　543

동시에 떼려야 뗄 수 없는 까닭에 강렬한 근친 증오가 있는 것도 사실이야. 떨어지지 못하니까 서로에게 깊이 상처를 주기도 하고. 그래서 사생활 공간은 정확히 분리했지.

맞아, 언니는 건초염이야. 옆에서 보기만 해도 괴롭더라.

언니는 어렸을 때부터 필압이 셌거든. 그래서 어깨랑 허리도 딱딱하게 굳었어.

그림체는 비슷한데 서로 그리는 방식은 완전히 달라. 나는 힘을 주지 않고도 그릴 수 있어서 다행히 아직 팔이 멀쩡해. 그래도 선을 젊었을 때처럼은 못 그리겠더라. 딱딱한 펜은 해마다 힘들어져서 몇 년마다 조금씩 부드러운 펜으로 교체하고 있어.

디지털로 완전히 전환한 만화가도 많긴 하지만 나는 종이의 감촉과 잉크 냄새가 없으면 그림을 그린다는 실감이 나지 않아서 앞으로도 아날로그로 작업할 것 같아.

응, 제 손으로 그림을 못 그리게 된 것도 언니한테는 큰 스트레스야. 선을 미려하게 그리는 데서 오는 굉장한 쾌감이 있거든. 만화가를 자칭하면서 그걸 잃다니 말도 못하게 괴로운 일이야. 게다가 예전처럼 콘티가 쉽게 떠오르지 않아서 계속 생각만 하는 것도 스트레스겠지. 물론 작화도 물리적으로 힘들긴 하지만 언니가 훨씬 힘들 거라 생각해. 나도 콘티를 고민하고 의견을 내기도 하는데 언니가 만든 초안이 있기 때문에 의견을 낼 수 있는 거지. 그 초안을 만드는 건 정말 어려운 일이야.

내가 속으로는 언니를 많이 안쓰러워하는데, 그런 티를 내면 언니가 못마땅해하는 것 같아서 겉으로는 무미건조하게 대하고 있어.

나 너무 힘들어, 이렇게 힘든데 아무도 알아주지 않잖아, 하고 말하게 내버려두는 거지. 그렇게 푸념하는 것도 언니의 스트레스 해소법이니까.

내가 놀란 얼굴을?

언제 적 얘기야?

흐음, 환영 파티 날 밤이라. 여행 초반이네. Q짱의 친척이 영화《밤이 끝나는 곳》의 첫 번째와 두 번째 제작 현장에서 소품 담당자였다는 얘기를 하고 있었을 때구나.

왜 그랬지? 내가 왜 저녁 식사에 늦었더라?

잠깐만 있어봐, 일기를 볼 테니까.

아아, 이거. 일기라기보다는 일지, 에 가깝겠다. 매일매일 일의 진척 상황을 적고 있거든. 스케줄 수첩도 겸해서.

응, 여행 중에도 일하고 있어. 매일 언니하고 같이 콘티 짜는 일. 콘티 짜기는 습관을 들여야 할 수 있는 부분도 있어서 매일 꾸준히 해야 해. 편집자에게 확인을 받고 나서야 펜 선 작업에 들어갈 수 있기 때문에 작화는 쉬고 있지만.

아아, 이때구나.

편집자랑 전화하고 있었어. 이때는 아직 휴대폰이 간신히 터졌거든. 곧 전파가 잡히지 않게 된다고 하길래 이런저런 업무 연락을 했지. 애니메이션화 관련해서 협의도 하고. 맞아, 계약 관련이나 사무적인 일은 내 담당이야. 언니는 그런 세세한 일을 어려워하거든. 나는 그런 일이 힘들지 않은 편이야, 딱히 부담스럽지도 않고.

그래그래, 언제 전화가 끊길지 몰라서 편집자와 나, 둘 다 빠른 말투로 얘기했었어. 그리고 나서 저녁 먹으러 갔지.

생각났어.

여기 적혀 있어, '응접실 의자'.

뭔가를 떠올리는 계기라는 건 참 신기해.

그날 저녁 레스토랑에 들어갔을 때 안쪽 테이블의 의자가 약간 어긋나 있어서 의자 등이 내 쪽을 향해 있었어.

그게 눈에 들어온 순간 두 달 전에 그린 그림에 오류가 있었다는 걸 깨달은 거야.

아, 그렇지, 그 의자는 응접실 의자가 아니야, 침실 의자였지, 하고.

만화 속에 나오는 저택의 의자가 전부 천 커버를 씌운 의자였는데, 응접실에 있는 의자와 침실에 있는 의자의 천 커버 무늬가 달라. 그런데 응접실 의자에 침실 의자의 천 커버 무늬를 그려버린 거야. 그걸 아무도 몰랐다는 걸 깨달은 거지.

단행본으로 나올 때 고쳐야겠다 싶어서 나중에 이렇게 메모해놓은 거야. 메모하면 잊어버리지만.

맞아, 내가 그린 그림은 거의 다 기억해. 언니랑 같이 그렸을 때도. 언니는 자기가 어디를 그렸는지 거의 잊어버리지만.

아, 그랬구나, 그때 그 표정이 겁에 질린 걸로 보였구나.

아하하, 확실히 겁에 질릴 만하네, 프로로서 있어서는 안 될 실수를 발견했으니까.

설마 그런 데서 생각날 줄은 몰랐지.

분명 레스토랑 의자가 놓여 있던 각도가 내 기억 속의 그 의자 각도와 정확히 일치했기 때문일 거야.

막상 들어보니 '뭐야' 싶지?

출생의 비밀을 눈치챘다, 살인 사건의 진실을 알아차렸다, 뭐 이런 게 아니라 미안하네.

　우후후, 마사하루가 실망하겠어.

　마사하루는 미스터리를 정말 좋아하더라. 간간이 듣기도 했는데 이번에 느긋하게 얘기해보고 처음 알았지 뭐야.

　우리한테 출생의 비밀 따위 없는 거, 언니한테 들었지?

　가십거리도 스캔들도 없어. 정말 어처구니가 없다니까.

　어머니와의 갈등 말이지.

　언니는 갈등이 심했지만 솔직히 나는 그 정도는 아니었어. 엄마를 잘 몰랐으니까.

　그래, 《밤이 끝나는 곳》이 '엄마를 그리워하는 이야기'라는 쓰노에 감독님의 지적은 옳아. 우리가 끌린 이유 중 하나가 그거였다는 것도.

　바꿔 말하면 '아버지의 부재 이야기'이기도 하지.

　그렇지? 엄마가 세 명이나 나오는데 아버지 얘기는 요만큼도 안 나오잖아.

　우리 집도 그랬어.

　과묵하고 온화한 사람이었기 때문이기도 하겠지만 우리 아버지는 놀랄 만큼 존재감이 없었거든. 나는 어머니보다 아버지에 대해 더 아는 게 없었어. 아버지가 무슨 생각을 하는지 한 번도 들어본 적이 없어. 지금은 얼굴도 잘 생각이 안 나.

　부모 자식 간은 참 불가사의해. 언니와 나는 생긴 건 조부모님을 닮았는데 성격은 누구를 닮았는지 모르겠어.

　한때 너무 궁금해서 부모님을 가만히 관찰해봤는데 우리는 성격도 부모님을 요만큼도 닮지 않았더라. 어쩌면 생긴 것과 마찬가지로 성격까지 조부모님을 닮았을지도 모르지만, 이제 와서는 알 도리가 없지.

'어머니를 향한 그리움과 아버지의 부재'에 대한 소설.

정말 그래.

그런데 말이야, 내가 《밤이 끝나는 곳》에 느낀 건 '이루어질 수 없는 사랑'을 그린 소설이라는 거였어.

그 속에는 축복받은 연애는 하나도 나오지 않아.

그렇지?

형수를 연모하고 급기야는 죽이는 남자.

배다른 남매인데 서로 사랑해서 관계를 가지고 마는 남녀.

동성의 연인과 동반 자살에 실패한 남자.

아내가 있는데도 젊은 연인을 임신시키는 작가.

그리고 세 명의 엄마를 가진 주인공.

누구의 사랑도 이루어지지 않아, 보답받지 못해.

이리하여 사랑은 스러지고 추월장은 화재로 무너져 내린다, 라는 결론이지.

아니, 추월장은 화재로 무너져 내려야만 했어. 끝나지 않는 밤 속에서 시뻘건 불길을 토해내며 무너져 내려야만 했지.

이루어질 수 없는 사랑, 이루어지지 않은 사랑은 아무것도 남기지 않아. 남지 않아. 거기에서 새로운 생명이 태어나는 일은 없어.

그곳에 있는 건 그야말로 압도적인 '부재'야. 사랑 자체가 없었던 일로 돼버리지.

그래서 추월장도 사라져. 그 존재가 사라져. 불탄 자리에 있는 건 '부재'뿐.

어쩌면 메시아이 아즈사는 '부재'를 그리고 싶었던 걸지도 몰라. 사랑의 '불모'가 그녀의 테마였을지도 몰라.

아아, 《밤이 끝나는 곳》의 만화화, 말이지. 언니가 얼마 전에 그런 얘기를 한 건 맞아.

어디 보자…… 나 개인적으로는 해보고 싶기도, 아니기도 해. 굳이 따지자면 하기 싫은 것 같기도 해. 언니는 좋은 생각이라며 흥분했지만 제 손으로 선도 못 그으면서 정말 하고 싶은 걸까. 내가 언니였다면 무조건 내 손으로 선을 긋고 싶어 할 것 같은데.

얼마 전에 얘기했지? 우리 만화가 영상화되는 거에 대해 복잡한 심정이라고. 기쁘면서도 기쁘지가 않아. 곁에 두고 가지고 놀던 장난감을 다른 데서 온 사람에게 빼앗기는 기분이 들어.

그래서 《밤이 끝나는 곳》도 시각화하기가 미안하달까, 마음이 내키지 않는다고 할까. 그건 그대로 영상화되는 일도 만화화되는 일도 없이 영원히 '언젠가 시각화하고 싶은 전설적인 작품'인 채로 있는 편이 좋지 않을까 싶어.

왜냐하면 시각화를 하면 왜소화되잖아. 신성을 상실해버려. 혀끝에 닿는 온갖 좋은 것들이 생략된 손안에 쏙 담기는 것이 되어버려.

그게 나쁘다는 게 아냐. 수많은 사람에게 내용이 전달된다는 의미에서 영상이 가진 힘은 강렬하니까.

그런데 정말로 보고 싶을까.

스크린으로. 만화로.

정말 시각화하고 싶어? 그렇게 묻는다면 으음, 하고 고개를 갸우뚱할 수밖에 없는 것이 솔직한 심정이야.

그리고 역시…… 나는 왠지 무서워.

그 책.

메시아이 아즈사.

그 책을 샀을 때의 일을 아직도 기억해.

맞아, 그 책을 먼저 가진 건 나였어. 아버지가 사준 그 책을 읽고 언니한테도 권했어.

중학교 2학년 때였나.

아버지랑 서점에 가서, 거기서.

앞뒤 사정은 기억나지 않지만 아버지는 일이 바빠서 우리를 데리고 놀러 가는 일이 거의 없었고, 아버지랑 둘이서 서점에 가는 건 좀처럼 없는 일이라 생생히 기억해. 왜 그때 어머니와 언니는 같이 있지 않았지? 그 이유는 전혀 기억이 나지 않네.

아버지가 뭐든 좋아하는 책을 사줄 테니 천천히 골라보렴, 하길래 서점 안을 빙 둘러봤어.

옛날 책방, 참 정겨웠는데. 지금처럼 엄청나게 많은 간행물이 있었던 것도 아니고 잠깐 눈을 떼면 매대에서 책이 금방 치워지는 일도 없었지.

언제 가도 같은 책이 진열되어 있어서 책등의 순서를 다 외워버렸을 정도.

조용하고 특별하고 약간 상류층적……은 이제 안 쓰는 말인가, 아무튼 그런 분위기였어. 지식으로 가득한 농밀한 세계.

이리저리 한참을 둘러봤어. 도감이나 아동문학 등 갖고 싶은 책이 많았지만 결정적으로 마음을 끄는 게 부족했지. 모처럼 아빠가 사주는 거니까 기념이 될 만한, 그때 아빠가 사줬다고 자랑할 만한 아주 특별한 책을 사고 싶었거든.

아버지를 오래 기다리게 했기 때문에 이제 그만 정해야 한다고 초조해했던 것도 기억나.

둘러보다 지쳐서 한숨을 한 번 쉰 것도.

그런데 그때 뭔가가 나를 부른 듯한 기분이 드는 거야.

그래, 말 그대로 들리지 않는 목소리를 들은 듯한 기분이 들었어.

문득 돌아봤더니 어른 소설 코너더라.

책장에 꽂힌 어떤 책의 책등에 눈이 빨려 들어갔어.

다소곳이 놓여 있는 자그마한 단행본의 검은 책등.

신기하게도 이럴 때면 정말 글자가 떠올라 보여.

밤이 끝나는 곳, 메시아이 아즈사

내 눈으로 뛰어 들어왔다는 느낌이었어. 나도 모르게 가까이 가서 책을 뽑았지. 손에 든 순간, 이거다, 싶었어. 그길로 곧장 아버지한테 가서 "이게 좋아"라고 말했지.

아버지는 약간 당황한 것 같았어. 어린이용 책이 아니라 지루한 어른용 책을 골랐으니까, "정말 이게 좋다고?" 하는 얼굴로 나를 쳐다보고는 아무 말 없이 계산대로 가서 사줬어.

가슴이 벅차오르고 뿌듯했어. 나는 올바른 선택을 했다, 사야 할 책을 샀다는 확신이 들었지.

그런 적 없어?

서점에서 '마주쳤다'라고밖에 표현할 길이 없는 경험을 한 적 말이야. 책장에서 이상야릇한 기운을 내뿜고 있는 책을 마주친 적.

그때 뭔가 나를 부른 것처럼 느낀 건 정말이야. 책 스스로가 불러야 할 사람이 오기를 서점 안에서 가만히 기다리고 있다는 생각이 들더라.

책을 읽으며 흠뻑 빠졌지……. 지금 생각해보면 그 나이에 내용을 얼마나 이해했겠냐마는 그 세계에 매료된 것만은 확실해. 바로 언니한테도 권했더니 언니가 더 푹 빠지더라.

그래, 기억 속의 책은 언제나 진짜보다 좀 더 크고 불가사의하고 근사해.

뭐랄까, 전설이 된 작품은 실제로 현물로 보면 대부분 시시한 법이거든. 결코 미칠 듯이 재미있지도 않고 완성도도 떨어지고 모순이 있기도 하지.

《밤이 끝나는 곳》도 마찬가지야.

어마어마한 걸작이라고 할 수 없는 데다 앞뒤가 맞지 않는 곳도 있잖아.

다시 읽을 때마다 기억하던 것만큼 좋지는 않네, 하고 생각하고 어머, 이런 얘기였구나, 하고 생각하지.

도대체 몇 번이나 읽었더라?

최근에도 다시 읽었거든. 그리고 읽을 때마다 '별거 없네' 하고 생각해.

그런데 또 읽게 된다니까……. 기억하던 것만큼 크지 않다는 걸 몇 번이나 확인했는데, 그런데도 역시 예전보다 이미지 속의 책이 '커졌다'는 걸 알게 돼.

이제는 환영 속의 글, 환영 속의 작품이 현물보다 더 큰 지경에 이르렀어. 그리고 내 안의 《밤이 끝나는 곳》이 원래 것보다 더 위대하고 불가사의하고 훨씬 매력적이야.

그동안 다시 읽은 시간과 들인 세월을 생각하면 위대하지 않으면 용납이 안 되는 지경인 거지.

그렇게 생각하지 않아?

영화감독들도, 프로듀서도, 편집자도 이제는 원작 소설이 어땠는지 상관없는 것처럼 보여. 저마다 품고 있는 자신의 이미지와 망상이 더 큰 거지.

그래서 이 중에서 가장 중립적인 건 당신일지도 몰라. 괜한 망상에 사로잡혀 있지 않은 것만으로도 당신은 기록자로서 적임이야.

언니가 화낸 것도 그 부분이지?

마사하루는 어떨까.

마사하루도 당신 다음으로 중립적으로 보이긴 해.

언니가 그를 아끼는 건 알아. 나도 마사하루가 좋고. 그런데 마사하루에게는 잘 모르겠는 구석이 있어. 정말 착한 아이인데, 가끔 가슴이 서늘하곤 해.

심지가 얼어 있는 듯한…… 어쩐지 엄하고 냉철한 부분이 있는 것 같아.

응, 비판하는 건 아니야. 마사하루의 직업상 필요한 자질이잖아.

메시아이 아즈사의 정체가 뭐였는지 솔직히 이제 아무래도 상관없어.

그녀는 분명히 존재했고 《밤이 끝나는 곳》을 썼어. 달리 유령 작가가 있었는지, 그녀가 지금 살았는지 죽었는지도 모르지만,《밤이 끝나는 곳》이라는 작품이 남아 있는 건 사실이야.

그녀는 존재하면서도 존재하지 않아. 그걸로 충분하지 않을까. 아까도 말했다시피 이 작품이 '사랑의 부재'와 '사랑의 불모'를 표현한 것이라면 더더욱 말이야.

멀어지는 홍콩의 야경 같은 거네.

기억 속 야경은 눈부시게 아름다워. 이 세상의 것이라는 게 믿기지 않을 만큼 그저 찬란하게 빛나고 있지.

배에서 봤던 홍콩의 야경은 앞으로 내 기억 속에서 더 찬란해지겠지. 나이를 먹을수록 더 화려하고 더 아름다워지겠지.

그리고 우리는 배에서 손을 흔들어.

아무도 보고 있지 않고 아무도 배웅하지 않는데도 멀어져가는 홍콩의 바닷가를 향해.

제목은 잊어버렸는데, 밀란 쿤데라의 소설 중에 손을 흔드는 여성의 묘사가 반복해서 나오는 게 있어.

당신, 읽었어?

안 읽었다고? 으음, 무슨 책이었더라.

그저 여자가 손을 흔든다는 게 전부인 묘사인데 몇 번이나 계속해서 나와서 그 이미지가 머리에 남아 있거든.

생각해보면 묘하지.

사람은 왜 손을 흔들까. 아무도 보고 있지 않은데 손을 흔들어. 누군가를 향해 손을 흔들어.

누군가가 손을 흔들어주면 기뻐서 나도 손을 흔들지.

특히 헤어질 때 손을 흔들지.

나는 옛날부터 의문이었어.

남에게 손을 흔든다. 사람은 손을 흔든다.

이건 도대체 뭐지? 무슨 행위지?

어젯밤에도 그런 생각을 하다가 문득 떠올랐어.

우리는 남을 향해 손을 흔드는 게 아니라, 과거를 향해 손을 흔들고 있는 거라고.

그래, 멀어져가는 홍콩에 손을 흔드는 건 그곳에 있었던 자신의 과거를 향해 손을 흔드는 거야.

멀어져가는 과거를 향해 과거를 아쉬워하며 과거를 그리워하며 손을 흔들지. 과거에 안녕을 고하는 거야.

그게 바로 손을 흔드는 행위인 거야.

결국 우리가 하고 있는 것도 그런 거지.

이렇게 매일 얘기하는 것도 과거에 대해서잖아. 지나간 날들에 대해, 예전에 쓰였던 책에 대해, 예전에 완성하지 못했던 영화에 대해.

우리는 내내 과거를 향해 손을 흔들고 있어. 손을 흔들어 답해주는 사람은 어디에도 없는데 말이야.

그런데도 우리는 과거를 향해 손을 흔들지 않고서는 있을 수가 없어. 과거는 자신들의 추억 속에서만 존재한다는 걸 알고 있고 우리 육체와 함께 그 추억도 언젠가 사라진다는 걸 알면서도.

그렇지만.

그렇지만 이번에는…… 이번만큼은 누군가가 손을 흔들어 답해주고 있는 듯한 느낌이 들어. 아주 멀리 떨어진 곳에서. 오래전으로 거슬러 올라간 과거에서.

밀란 쿤데라의 소설 속 등장인물처럼 손을 흔들고 있는 건 분명한데 그 얼굴은 그늘져서 보이지 않아.

그래서 말이야…… 이건 내 망상인데, 나는 손을 흔들고 있는 그 인물이 왠지 여자일 것 같은 기분이 들어.

겉모습은 여자가 맞아. 긴 머리에 여자 옷을 입고 있거든. 그런데 그 늘진 부분은 우락부락한 얼굴의 남자가 아닐까 싶어.

이런 말 하는 거 처음이야.

방금 갑자기 말해놓고 스스로도 깜짝 놀랐다니까.

아마 오랫동안 의식 밑에서 생각해왔을 거야. 이렇게 당신하고 얘기하다 보니까 깨달은 거지. 실은 서점에서 그 책을 처음 발견한 순간부터 그렇게 느꼈다는 걸 깨달았어.

어째서일까.

아마 이름 때문이겠지.

이 메시아이 아즈사라는 필명.

적어도 이 필명을 생각한 사람, 필명을 지은 사람은 남성이지 않을까 하는 생각이 들어.

아즈사梓는 일본에서는 일반적인 여성의 이름이지.

동시에 아즈사는 가래나무라는 뜻이기도 해. 옛날에는 이 나무로 활을 만들었기 때문에 '가래나무 활梓弓'이라는 수식어로 쓰였어. 일본의 전통적인 정형시인 와카에서 특정 어구인 '당기다'나 '펴다' 앞에 붙이는 수식어 말이야.

활이라 하면 자연히 사냥이나 전쟁이 떠오르니까 공격성을 감추고 있는 인상이지.

그리고 성씨는 또 '메시아이飯合'잖아. 메시는 밥이라는 뜻이 있으니 단순한 언어유희일지 몰라도, '메시아' 하면 '구세주'가 생각나지. 메시아는 신약성경에서 예수 그리스도를 이르는 말이라고 나와. 그러니까 이 성씨는 남성의 모습을 하고 있지.

다시 말해…… 메시아이 아즈사라는 필명 자체가 여자의 모습을 한 남자인 거야.

필명이라는 것도 참 신기해. 그냥 지었다고 생각했는데 그 정체가 어디선가 자연히 드러나니까.

이건 내 개인적인 인상인데,《밤이 끝나는 곳》을 쓴 사람은 여성성을 많이 가진 남성이 아닐까 싶어.

물론 사람은 누구나 여성성과 남성성을 다 가지고 있어. 사람에 따라 비율이 다르고 경우에 따라서는 '여성성'과 '남성성'이라는 성분 자체가 다를 수도 있어.

특히 작가는…… 픽션을 쓰는 사람은 양쪽 다 필요하지.

《밤이 끝나는 곳》은 '사랑의 불모'가 테마인 동시에 젠더의 뒤틀림이 주제의 하나인 거지.

어쩌면 저자 자신이 지닌 뒤틀림이 드러난 걸지도 몰라.

사람들 얘기를 들은 바로는 '메시아이 아즈사'라는 여성은 분명히 존재했어.《밤이 끝나는 곳》은 그녀가 쓴 작품이며 그녀가 작자였다고는 생각하지만 나는 그 그늘에서 남성의 존재가 느껴져. 어떤 식으로 관여했는지는 몰라. 여성인 '메시아이 아즈사'는 자신이 쓴 자기 작품이라고 믿고 있었겠지만 진짜 작자는 그 남성일 것 같아.

참 이상해. 성별의 구분이 많이 없어진 세상인데도 책을 읽을 때는 저자의 성별이 궁금해지니까.

독자는 무의식중에 남자 자리에 앉아서 읽을까 여자 자리에 앉아서 읽을까를 정하거든. 앉은 자리에 따라 보이는 풍경이 달라진다는 걸 알고 있기 때문에 저자의 성별이 불확실하면 어느 자리에 앉아야 할지 몰라서 불안한 마음에 주위를 힐끔힐끔 살피게 돼.

그리고 나는 그 남성은 이미 오래전에 죽지 않았을까 하는 생각이 들어.

실제 여성인 '메시아이 아즈사'보다 더 먼저.

'메시아이 아즈사'의 정신적인 부분은 그 남성과 함께 소멸하고 이후 표층적인 '메시아이 아즈사'가 남은 거야.

그래서 사람들 얘기 속에 나오는 '메시아이 아즈사'는 공백이 많아…… 사람에 따라 인상이 달라서 어떤 인물인지 짐작이 가지 않아. 그야말로 표면적인 느낌이 들어.

당연히 그 이후에는 작품이 태어날 수가 없었지.

하지만 그걸로 된 거 아닐까.

단 한 작품이라도 후세에 남기는 것이야말로 글 쓰는 사람으로서 가장 바라는 일 아냐? 이렇게 얘기되는 작품을, 미래에서 손을 흔들어주는 작품을 말이야.

당신은 아직 젊으니까 자기 작품이 남을지 어떨지 생각하지 않겠지.

우리도 평소에는 눈앞의 마감을 치느라 허덕일 때가 많아서 그런 생각은 거의 안 해.

그런데 이번에 새삼 그런 생각이 살짝 들더라. 그동안 그려온 수많은 작품 중 앞으로도 남을 작품은 뭘까 하고.

그렇다고 눈에 불을 켜고 '남기고 싶'은 건가 하면 또 그렇지도 않아.

작품마다 그때의 독자들이 읽어주고 깨끗이 사라지는 것도 좋을 것 같아.

왜냐하면 우리가 읽어온 만화나 소설을 떠올려봐도 한때 아무리 많이 팔린 작품이라도 지금은 대부분 사라졌으니까.

그리워, 다시 읽고 싶은데, 하고 생각해도 구할 수 없는 게 많아.

전 국민이 봤던 TV 드라마도 지금은 누가 각본을 썼는지도 모르고 영상도 남아 있지 않지. 남아 있어도 만든 사람 이름이 표기되지 않은 것들뿐이고.

그래서 나는 셰익스피어의 정체에 대해 이러쿵저러쿵하는 건 난센스라고 생각해.

알지? 셰익스피어가 여러 명의 학자들이었다든가 정치가가 신분을 감추었던 거라든가, 그 정체에 대해 온갖 소문이 나돌았잖아.

셰익스피어의 생애에 관한 기록이 거의 남아 있지 않아서 더 그랬나 봐.

어이없어.

그 정도로 인기 많은 희곡가였다면 그야말로 만화가가 주간지에 연재하는 거나 마찬가지거든.

매주 닥쳐오는 마감을 소화하기도 바빠죽겠는데 사생활이라는 게 있을 수가 없지.

인기 있는 TV 드라마 각본 담당이 누구였는지, 시청자는 보통 그런 것까지는 신경 쓰지 않아. 신경 쓰는 사람이 있더라도 대부분의 시청자에게는 작가의 출신이 어떻고 하는 건 아무래도 상관없는 일이지.

인기 만화가도 사생활은 거의 알려지지 않은 채 사라진 사람이 수두룩해.

셰익스피어는 인기 희곡가였기 때문에 남길 만한 사생활이 없었다고 생각해.

그런데 그의 작품은 남았지. 그의 생애는 밝혀지지 않았어도 작품은 남았어. 그 이상 뭘 더 바랄 게 있겠어.

그래서 나는 메시아이 아즈사가 조금 부러워.

미래에서 손을 흔들어주는 작품을 써냈으니까. 단 한 작품이라도 그런 게 있으니까.

나도 단 한 작품이라도 좋으니 미래에서 손을 흔들어주는 만화가 있었으면 좋겠어.

그럼 언젠가 먼 훗날에, 아득한 과거에서 나도 작게 손을 흔들어 답할 수 있으니까.

41 도서관에서 ─────────────

　　　　　다 읽은 책을 탁 덮은 뒤 기지개를 쭉 켜고 하아암 하고 소리 내어 하품을 했다.

　숨을 천천히 내쉬고 의자에 아무렇게나 기대어 앉았다.

　나 말고는 아무도 없는 도서관.

　기승전결이 확실한 두근두근 조마조마한 미국 스릴러소설이었다.

　여기서 이 책을 읽은 것은 내가 처음이었던 모양이다. 페이지를 펼칠 때 차락차락 소리가 났고 가름끈이 한가운데에 딱 접혀 있어 종이에 움푹 팬 자국까지 나 있었기 때문이다.

　저자는 미국의 세계적인 베스트셀러 작가. 과연 페이지 터너로, 믿고 읽는 작가의 책답게 앉은 자리에서 다 읽고 아아, 재미있었다, 하고 만족하며 책을 덮을 수 있었다.

　지능지수가 높은 흉악한 연쇄 살인범과 유년기의 트라우마를 안고 살아가는 수사관의 싸움. 수사관은 궁지에 몰리고 그의 소중한 사람에게 연쇄 살인범의 마수가 뻗친다. 두 주인공이 대결을 펼치는 클라이맥스에서는 아무리 생각해도 보통 사람 같았으면 벌써 죽었을 부상(언어맞고 꺾이고 찔리고 총까지 맞았다)을 입은 몸으로 마지막 순간에 기지를 발휘해 가까스로 연쇄 살인범을 이기고 사랑하는 사람과 함께 살아남는다. 그러나 연쇄 살인범의 시체가 발견되지 않는다. 쓰러뜨린 것은 분명하지만 영 개운치 않은 불안한 마음을 지울 수가 없다……

필시 몇 년 뒤면 속편이 나올 것이다. 실은 연쇄 살인범은 살아남아서 신분을 바꾸고 주인공 앞에 나타나(게다가 이야기 초반부터 자연스럽게 등장한다) 다른 사람을 조종해 대형 사건을 일으켜 천천히 주인공에게 복수를 한다. 그런 전개가 되려나, 하고 생각했다.

이처럼 전 세계적으로 다양한 이야기가 생산되고 선전되고 소비된다. 엔터테인먼트는 그야말로 거대한 산업이다.

사실 내가 처음에 쓰고 싶었던 소설은 방금 읽은 그런 소설이었다. 이 저자를 존경했고 동경했고 힘이 모자라면서도 목표로 했다고 할 수 있다.

서정적이고 문학적인 것은 최대한 배제하고 이른바 정보소설이라 불리는 건조한 대중소설을 쓰고 싶었다. 그저 독자가 재미있게 읽어주면 된다고 생각했다. 금방 낡은 소설이 되어도 상관없었다.

실제로 그런 소설로 데뷔해 여성이 썼다고는 생각되지 않는다, 스케일이 크다, 기개가 있다는 등의 평가를 칭찬의 말로 받아들였다.

서정적인 것, 문학적인 것.

그것은 내게 취미였다. 일과는 별도로 사생활에서 즐기는 것으로 정해놓았다.

그래서 이번 테마는 구미가 당기면서도 그간 써왔던 분야를 벗어나기 때문에 겁에 질리기도 했고 일종의 기분 전환이라고 생각했다. 이참에 내가 커버할 수 있는 분야를 확장하게 된다면 더할 나위 없이 좋고, 가능하면 내 특기 분야인 정보소설의 기법을 활용해 쓰려고 했다.

그래서 나더러 문외한이라며 아야미가 화낸 것도 지당하다고 생각했고 반대로 그 말을 듣고 뻔뻔스러운 자세를 갖게 된 것도 사실이다.

그렇다, 나는 이 테마에 대해서는 당사자도 아니거니와 대단한 애정도 없다.

그런데도 이해하고 싶고 나름의 해석과 의견도 있다. 참관인이 적성에 맞는 모양이다.

지금은 그렇게 마음을 내려놓았지만 아무래도 지금까지 써온 소설과는 취재 내용의 방향성이 전혀 달라서 모두의 이야기를 듣는 것이 중노동이었다. 계속 부하가 걸려 버거웠다.

취재에는 익숙할 터인데 한 사람, 또 한 사람과 취재를 끝낼 때마다 녹초가 된 것이 느껴졌다.

그리고 그 인터뷰이 전원과 같은 공간에서 생활하고 있다. 물론 선내는 널찍하고 각자 방이 따로 있지만 식사를 하러 가면 어김없이 마주치고 어디에 있어도 마음 편히 쉬지 못한다.

게다가 녹음된 내용을 글로 옮기는 정신이 아득해질 만한 작업이 남아 있다. 마음만 급하고 좀처럼 진전이 없는 작업에 비해 시간은 눈 깜짝할 새에 지나간다. 과연 이것은 정말 여행 온 김에 일도 곁들이는 것이었는지 일하러 온 김에 여행을 하는 것인지 점점 헷갈렸다.

그렇다고 이런 작업은 나중에 할까, 차분해지면 할까 싶다가도 못하리라는 것을 알기 때문에 가급적 뜸들이지 않고 해치워야 한다는 강박관념이 있다. 당연히 수면 시간을 줄여서 계속 작업하게 된다. 언제든지 중지할 수 있고 언제든지 잘 수 있는 환경이 갖추어져 있기 때문에 더 시간 감각이 없어졌다.

마침내 마나베 시오리까지 인터뷰를 마치고 방으로 돌아왔을 때에는 하얗게 불태운 정도를 넘어서 한동안 의자에서 일어날 수가 없었다.

나도 모르게 마사하루가 가져온(집에서인지 선내 바에서 가져왔는지는 모른다) 위스키를 슬쩍해서 스트레이트로 들이켰을 정도다.

거울로 내 홀쭉해진 얼굴을 보며, 방에 틀어박혀 글만 쓸 때보다 더 고단하네, 하고 씁쓸히 웃었다.

그러면서도 묘한 성취감이 있었던 것은 부정하지 않겠다.

원고는 이제부터 쓸 것이고 아직 한 장도 쓰지 않았는데도 모두의 이야기를 듣는 동안 그만큼 긴 여행을 한 듯한 기분이 들어 벌써 만족할 것 같았다.

솔직히 위스키를 홀짝이며 딱히 글로 쓰지 않아도 될 것 같은데, 하는 생각이 머리를 스쳤다.

모두가 저마다의 《밤이 끝나는 곳》에 대해 말하는 것으로 만족하는 듯 보였고, 아무리 그들의 말을 한 자 한 구 정확히 글로 쓴다 해도 그들의 표정과 목소리, 대면했을 때의 분위기와 내가 느낀 것을 완벽히 재현할 수는 없다.

그렇다면 참관인인 내가 모든 것을 받아들였다, 들었다는 사실만으로 그만 끝내도 되지 않을까.

저주받은 영화. 결코 끝까지 촬영하는 일도, 완성되는 일도 없었던 영화처럼 이 방대한 기록도 이대로 창고에 넣어두어야 마땅하지 않을까.

됐어, 이제. 모두에게 욕을 먹고 비난받아도 좋아.

그런 자포자기의 감정이 솟아올랐다.

그러자 어디선가 소곤소곤하는 소리가 들려왔다.

결국 그 책은 어떻게 되었을까.

우린 뭘 한 걸까.

그렇게 시간을 들였는데.

역시 그녀가 하기에는 부담이 컸어. 애초에 그 사람이 써온 것과는 분야가 완전히 다르잖아.

아무것도 쓰이지 않은 채 세월이 흐른다. 관계자도 한 사람, 또 한 사람 빗살이 빠지듯이 귀적에 든다.

이윽고 이 여행도 전설이 된다. 《밤이 끝나는 곳》의 원작과 영화에 얽힌 전설의 대열에 끼는 것이다.

관계자가 한자리에 모여 추억담을 나눈 모양이다. 그 인터뷰한 작가는 사람들 이야기를 듣고 내용을 정리하다가 정신에 문제가 생겨 결국 그 인터뷰는 세상에 나오지 못했다고.

늙은 마사하루가 벽장의 맨 위 칸에서 부스럭거리며 작은 박스를 꺼내는 장면이 눈앞에 떠올랐다.

나는 이미 세상을 떠났고 마사하루가 혼자 살고 있다. 어느 날 그곳에 젊은이들이 여러 명 찾아온다.

실례지만 어르신과 어르신 부인께서 크루즈 여행에서 《밤이 끝나는 곳》의 관계자들을 인터뷰하셨다는 게 사실인가요? 그때 녹음본은 남아 있나요? 혹시 남아 있다면 저희가 들어도 될까요? 저희는 그 책과 영화에 대해 조사하고 있습니다.

마사하루가 고개를 기울인다.

녹음본은 잘 모르겠고 그걸 글로 옮긴 건 있을 거야. 찾아볼 테니까 연락처를 알려주게.

젊은이들은 "잘 부탁드립니다" 하고 머리를 숙이고 돌아간다.

마사하루는 먼 과거의 크루즈 여행을 떠올린다.

아아, 그런 일도 있었군.

마사하루는 집 안을 부스럭거리며 찾는다(신기하게도 이 이미지 속에서 마사하루는 본가에 돌아와 있다. 그가 어렸을 때 지낸 일본 가옥에서 살고 있다).

어디에 넣었더라.

한때 무적을 자랑했던 마사하루의 기억력도 최근 들어 부쩍 감퇴했다.

머리를 느릿느릿 긁는다. 그 머리는 완전히 백발이다.

아, 그렇지, 거기다.

퍼뜩 생각난 마사하루는 작은 받침대를 가져와서 밟고 올라가 벽장의 맨 위 칸을 연다. 그곳에는 낡아빠진 작은 박스가 있다. 박스 측면에 이 크루즈 여행의 일정과 함께 내 글자로 '《밤이 끝나는 곳》 관계자 인터뷰'라고 적힌 것을 발견한다.

고즈에의 글자를 보는 건 오랜만이군.

그런 생각을 하면서 마사하루는 불안한 손놀림으로 박스를 꺼내 천천히 바닥에 내려놓는다…….

그런 장면을 머릿속에 멍하니 그리고 있었다.

그만큼 나는 지칠 대로 지쳐 있었고 《밤이 끝나는 곳》에 싫증이 난 것을 넘어 아주 지긋지긋해하는 상태였던 탓에 인터뷰 자체로 만족하고 있었던 것이다.

동시에 내 머릿속에는 바다를 유유히 가르는 여객선의 모습이 떠올라 있었다.

배는 시시각각 일본에 가까워지고 있었다.

어느덧 이쪽 여행…… 현실의 여행도 끝나가고 있다.

이쯤에서 뇌를 쉬게 하지 않으면 무엇 하나 흡수하지 못한다.

그런 생각에서 이곳에 온 것이다.

내가 아닌 다른 사람이 쓴, 마지막까지 쓰인, 게다가 완성도 있는 두근두근 조마조마한 읽을거리를 찾아서.

다행히 기대했던 것이 주어져 잠시 나에 대한 것도, 내 일에 대한 것도 잊고 즐길 수 있었다.

그 덕분에 마음을 다잡고 좀 더 힘을 낼 수 있을 것 같았다.

나는 좋아, 하고 의자에 바르게 앉았다.

한 사람 더 인터뷰를 해야 한다.

책을 책장에 되돌리기 위해 의자에서 일어났다.

한 권만큼의 틈이 벌어진 책장의 문을 열었다.

이제 곧 마지막 인터뷰이가 이곳에 온다.

언제든지 할 수 있었지만 아무래도 우리 방에서 할 생각은 들지 않았다. 다른 장소에서 어디까지나 인터뷰이와 인터뷰어로서 대면하고 싶었다.

나 말고는 아무도 없는 도서관.

유리문에 그림자가 비쳤다.

그림자가 손을 들어 인사한다.

"오, 수고가 많군."

"잘 부탁해."

나는 책장 문을 닫고 내 남편인 후키야 마사하루를 돌아보며 미소 지었다.

42 사우다지
(후키야 마사하루의 이야기)

　　　느낌이 이상한데. 아내한테 인터뷰를 받다니.

　이렇게 마주 보고 대화하는 것도 오랜만인 것 같군.

　벌써 며칠째 같이 있으면서 매일 얘기를 나누었는데 말이야. 이렇게 장시간을 같이 있어본 적은 처음이지, 아마?

　인간끼리의 관계란 참 이상해.

　남녀가 사귀는 과정을 예를 들면.

　서로에게 어렴풋한 호감을 느끼고 조금씩 거리를 좁혀갔다고 쳐.

　친해지고 편안한 분위기가 되어 이윽고 '실은' 하고 속마음을 털어놓게 되지.

　속마음에도 여러 단계가 있어.

　처음에는 직장 생활에 대한 고민이나 불평. 좋아하거나 싫어하는 동료와 상사 얘기.

　그다음은 개인적인 얘기를 하는 단계로 넘어가지. 가족이나 친구, 자기 자신에 대한 얘기를 털어놓아. 자기는 사실 겁쟁이다, 외로움을 많이 탄다 등 약점을 보여. 그리고 드디어 서로에게 호감을 고백하는 흐름이 되는 거야. 뭐, 사람에 따라서는 갑자기 고백하는 경우도 있지만.

나는 왠지 남녀 관계하면 홈베이킹이 연상되더라.

어머니가 요리를 좋아하시는데 특히 양과자를 잘 만드셨거든. 어린 우리에게 아주 공들여서 양과자를 만들어주셨어.

가끔 그걸 배우고 싶다고 여자애들이 찾아오기도 했어. 동네 아이나 할아버지의 제자였지.

내 생각에 홈베이킹을 배우고 싶어 하는 애들은 딱히 양과자가 먹고 싶은 게 아니라, 그걸 만드는 자신을 다른 사람들이 알아줬으면 했을 뿐인 것 같아.

양과자를 먹고 싶은 거면 사면 되니까. 세상에는 둘이 먹다 하나가 죽어도 모를 정도로 맛있는 양과자가 차고 넘치도록 많고, 그쪽이 맛이 보장돼서 더 좋잖아.

그러니까 홈베이킹을 하는 여자는 자기는 안 먹고 반드시 남에게 먹이는 거야.

이거, 내가 만들었어.

동네 사람 중에 홈베이킹을 잘하는 사람이 있어서 그 집으로 배우러 다니거든요.

마사하루 군, 어때? 맛있어?

어머니의 '학생'들이 만든 실패작을 내가 먹어야 했지. 속에 껌처럼 '응어리'가 져 있는 커스터드 크림, 설구워져 진득진득한 케이크. 맛없는 양과자는 진짜 말도 못하게 맛없더라.

미안, 얘기가 딴 데로 샜네. 남녀 관계 얘기였지.

서로 '이런 재료를 가지고 있습니다' 하고 보여준 뒤, '실은 이런 재료도 있습니다' 하고 부스럭부스럭 꺼내고 모아서 함께 과자를 구워.

자, 이런 게 만들어졌습니다. 무난한 파운드케이크가 완성되었습니다. 경사스럽게 커플 탄생.

일단 커플이 성립하면 또 처음부터 다시 해야 하지. 표면이 노릇노릇 구워져 하나의 케이크가 된 커플. 그 커플의 케이크가 어떤 색이고 어떤 모양인지 일단 인식하게 되면 좀처럼 그 모양을 무너뜨릴 수가 없게 돼.

서로 그토록 속마음을 털어놓고 연인 관계가 되었는데도 한동안 '다음' 속마음을 꺼내기가 어려워져. 케이크에 포크를 가져다 대기가 어려워지지.

다음으로 포크를 가져다 대서 그 속의 '속마음'이 나오는 건 파국이나 결혼을 선택할 때야.

무슨 말이 하고 싶은가 하면 인간끼리는 관계가 안정, 혹은 고정되면 속마음을 꺼내지 않아도 잘 지낼 수 있다는 거야.

평소 입 밖에 내지 않는 말, 내서는 안 된다고 생각하는 말, 입 밖에 내느냐 내지 않느냐 하는 의식조차 하지 않는 말. 그런 말이 사람과 사람 사이에 대량의 지하수처럼 흐르고 있지. 군데군데 괴어 있기도 하면서.

그런데도 사람은 잘 살아가.

가끔 있잖아.

'우리 사이에는 비밀이 없습니다. 무슨 일이든 적극적으로 의논하고 다 솔직히 털어놓을 수 있는 관계입니다'라고 말하는 사람들. 나는 그거 거짓말이라고 생각해. 그게 비즈니스하는 자리라면 훌륭하지만, 만약 그게 사실이면 되게 폭력적이고 서로에 대한 배려가 없는 거라고 생각해.

　예전에 한 말인데, 기억하지?
　협상하는 자리에서는 거짓말은 해서는 안 되지만, 말할 필요가 없
는 것은 굳이 말하지 않아도 된다고.
　애초에 속마음을 밝힐 필요가 있을까?
　애초에 속마음은 정말 속마음일까?
　세상에는 상대방의 환심을 사기 위해 밝히는 속마음도 있는가 하
면 상대방을 상처 입히기 위해서만 밝히는 속마음도 있어.
　'죽어' 혹은 '죽을 거야'라든가, '죽어버리겠어' 혹은 '죽여줘'라든가,
'좋아해' 혹은 '싫어해'라든가, 사람은 마음에도 없는 말을 바로 입 밖
에 내지. 자신이 무슨 생각을 하는지 모르는 사람도 많고, 나도 내가
실은 뭘 어떻게 느끼고 뭘 바라는지 잘 몰라.
　나는 당신이 이번 여행을 하면서 한 그 말이 잊히지가 않아.

　진실은 퍼레이드에서 눈보라처럼 흩날리는 색종이 같은 거니까.

　한창 퍼레이드를 하고 있을 때는 팔랑팔랑 나부끼는 색종이가 매
우 귀하고 아름답게 보이지만, 퍼레이드가 끝나면 그저 성가신 쓰레
기가 되지.
　그래, 사람들은 진실이 대단한 것인 줄 알아.
　진실을 알고 싶다. 누구나 그렇게 말하지. 그런데 그렇지 않은 경
우도 많아. 오히려 알고 싶어 하지 않는 경우도 있거든.
　일하면서 자주 듣는 말이야. 그야 나 같아도 당연히 알고 싶지. 진

실이라는 것이 있다면 말이야.

그런데 실제로 중요한 건 사실 쪽이야.

누가 때렸는지. 누가 훔쳤는지. 누가 거짓말을 했는지. 사람은 그 사실에 대해 대가를 치러야 해.

진실이 반드시 대단한 거라는 보장은 없어.

이번에 사람들 얘기를 들으면서 절실히 느꼈지.

그래서 메시아이 아즈사의 진실도 모두 저마다가 '믿고' 있는 진실인 채로 남아 있어도 되지 않을까.

아니, 말해두지만 내가 당신한테 비밀이 있다는 얘기가 아니야.

애초에 뭐가 '비밀'인지도 모르고. 나도 당신에 대해 모르는 건 얼마든지 있어. 그렇다고 당신에게 '비밀'이 있다고는 생각하지 않아.

아, 역시 알고 있었구나.

이즈미가 《밤이 끝나는 곳》의 시나리오를 썼다는 거.

응, 그냥 말하기가 싫었어. 뭐…… 말하기 어렵다는 건 알지?

그래도 미안해, 《밤이 끝나는 곳》에 관한 여행이니까 말했어야 한다는 건 인정해. 미안해.

이즈미에 대해 말하자면 여전히 '모르겠다'는 게 솔직한 심정이야. 왜 자살했는지도, 죽기 직전에 무슨 일이 있었는지도. 어쩌면 아무 일도 없었을지도 몰라.

실은 아직도 실감이 나지 않아. 지금도 어디선가 담담히 일을 하고 있지 않을까 싶을 때가 있거든.

내가 요 며칠째 읽고 있는 건 이즈미의 창작 노트이자 작업 일지야.

아니, 일기는 아니야. 어디까지나 작업 일지.

이왕 말한 김에 덧붙이자면 이즈미는 일기를 쓰지 않았어. 작업 일지가 일기였지.

그야 뭐, 나도 겁먹었던 건 인정해.

솔직히 읽기 무섭더라.

나에 대한 원망이나 불만이 죽 적혀 있으면 어쩌나 하고.

내가 알지 못했을 뿐 뭔가 심한 짓을 저지른 건 아닐까 하고. 이즈미가 자살한 이유 중 나도 포함되어 있는 거 아닌가 하고.

날 고소하면 어쩌나 걱정하는 내 모습을 깨닫고 헛웃음이 났지.

아, 이즈미는 이미 죽었지, 그럼 이즈미에게 고소당하는 일은 없겠네, 하고. 더 말하자면 이즈미의 가족은 내게 고마워할지언정 고소하는 일은 없겠군, 하고. 굳이 따지자면 내가 이즈미의 가족을 고소했어야 하지 않았나 하는 생각이 들었을 정도야.

그래, 이즈미가 친정 가족들과 사이가 좋지 않다는 건 짐작이 갔지?

실제로 이 배에서 일지를 차분히 읽어보니 맥이 빠지더라.

거의 완벽할 정도로 일에 관한 것밖에 적혀 있지 않았거든.

물론 생활 스케줄이 적혀 있긴 했어. 사야할 물건이나 각종 수속 같은 거.

당신도 들어서 알겠지만, 내가 사법시험에 떨어져 재수 중일 때 이즈미가 나까지 먹여 살렸을 정도로 이즈미는 일찍부터 돈을 벌었어.

완벽주의자인 건 당연히 알고 있었지만, 작업 일지를 읽고 경탄했어. 매일 꼼꼼히 일정을 세우고 정말 그 예정대로 각본을 썼거든.

각본이 그런 식으로 쓸 수 있는 건가? 오늘은 몇 장 써야지, 하고 정하고 정확히 그 매수를 채우는 일이 정말 가능해?

아아, 사람마다 다르다고. 그건 그렇겠지.

이즈미였으니 그렇게 할 수 있었던 거군.

응, 상자 쓰기라고 하나? 시나리오를 쓸 때 미리 각 장면의 요점을 기록하는 방식 말이야. 플롯도 꼼꼼하게 써놓았더라.

알겠어, 괜찮으면 나중에 읽어봐. 이즈미도 당신이 참고 자료로 읽는 거면 신경 쓰지 않을 거야.

개인적인 얘기는 한 글자도 없었어.

협의 내용, 누구와 전화로 무슨 의논을 했는지. 그런 것까지 포함해 '작업'에 대해 완벽하게 적혀 있었지만 이즈미의 심경에 관한 건 아무것도 없었어. 그녀답다고 하면 그녀답다고 할 수 있지만, 설마 그렇게까지 철저하게 하고 있을 줄은 몰랐지.

그런데 반대로 《밤이 끝나는 곳》의 영상화에 따른 이즈미만의 각색 과정을 알 수 있어서 무척 재미있었어.

당연하게도 주인공과 세 명의 엄마와의 관계가 축이 되어 있어도 시라이 감독과 쓰노가에 조감독 콤비의 경우에는 엄마에 대한 사모의 정이 느껴졌는데 이즈미의 경우에는 이해할 수 없는 장애물처럼 그려져 있었거든.

맞아, 이즈미와 친정 가족 관계가 스며 나왔다는 생각이 들어.

오호, 이즈미와 마주친 적이 있었군.

당신 소설을 드라마로 제작할 때였다고?

얘기도 나눴어? 아아, 얘기를 나눴다고 하기에는 좀 다른 경우였네. 뭐라고 했다고?

……필연성.

정말이야?
아니, 아무것도 아니……라고 할 수도 없네.
이즈미가 마지막에 남긴, 책상에 붙어 있던 포스트잇에 적혀 있던 말이거든.

필연성, 물음표. 이즈미가 유일하게 남긴 말이야.

필연성.
생각해보면 이 말이 이즈미의 행동 원리였던 것 같아.
"그거 필연성 있는 일이야?"
"필연성이 없네."
전화로 협의할 때 자주 그렇게 말하는 걸 들었지.
"내가 그 일을 할 필연성이 어디에 있다는 거야?"
이 말이 단골 멘트였지.
필연성. 그게 이즈미가 일을 맡을지 말지 정하는 판단 기준이었던 거야.
그래, 그러니까 이즈미가 《밤이 끝나는 곳》의 시나리오를 맡았다는 건 그래야 할 필연성을 느꼈기 때문이지.
이제 와서 보면 그런 부분에 더 관심을 기울이고 빨리 알아차렸어야 했어. 지금 당신이 '필연성'이라고 말하기 전에는 생각해본 적도 없었으니까.
도대체 그 일의 어디에서 이즈미는 '필연성'을 발견한 거지?

원작 내용인가? 일을 의뢰한 스태프인가? 아니면 그동안 영화 제작이 무산된 경위에서?

어쩌면 그거일지도 모르겠군. 그 업계는 무슨 일에든 길흉을 따지는 곳이잖아.《요쓰야 괴담》을 무대에 올릴 때는 무조건 사당에 공양하러 간다든가.

이즈미는 미신이나 징크스 같은 걸 전혀 신경 쓰지 않는 사람이었어. 그런 걸 신경 쓰지 않는 각본가는 아마 없을걸. 그렇기 때문에 이즈미가 맡아야 할 필연성이 되지 않았을까?

어쨌든 이즈미는 그 일을 받아들였고 완성해냈어.

남겨진 포스트잇의 '필연성과 물음표'는 무엇에 대한 거였을까.

어?

아아, 그건 그렇지.

일반적으로 생각했을 때 '자기 존재의 필연성'이라는 뜻이 되겠지. 그 후에 자살했으니까.

문제는…… 마음에 걸리는 건 왜 그런 생각을 했느냐는 거야.

무슨 계기로 '자기 존재의 필연성'에 대해 생각했을까? 역시《밤이 끝나는 곳》의 시나리오를 쓴 일, 이라고밖에 생각되지 않아.

필연성을 느끼고 받아들인 일이, 자기 필연성에 대해 생각하게 하는 계기가 되었다. 아이러니하다고나 할까.

그렇게 되면 결국 각본 내용에 대해 생각할 수밖에 없겠군. 각본 혹은 원작 내용에 대해서.

나는 이즈미가 쓴 각본도 읽었어.

원작에 충실한 각본이었어. 과부족 없이 원작의 에피소드를 잘 녹여냈더라. 나 같은 일반인이 봐도 완성도가 높아 보였어.

다만 딱 하나, 원작과 크게 다른 부분이 있었어.

그게 뭐냐 하면 바로 성별이야.

원작에서는 주인공이 여자아이로 변장한 남자아이라는 설정이었지만 이즈미의 각본에서는 주인공이 여자아이로 되어 있어.

비짱이라는 별명도 유리구슬(비다마)에서 따왔다는 것만 똑같고 엷은 색의 눈동자가 유리구슬을 닮았다는 이유로 되어 있지.

이렇게 달라진 부분에 대해 각본을 읽었을 때는 별로 깊이 생각하지 않았어.

원작에서는 실은 남자아이였다는 것이 드러나 있지 않고 스스로에 대한 위화감이나 이물감의 진실로 밝혀지면서 반전으로 작용하지만, 그 부분을 영상으로 설명하려면 어려우니까 그렇게 바꿨다고 생각했지.

그런데 주인공을 여자아이로 하면 어떻게 되지?

원작과 크게 다른 부분이 하나 더 나올 수밖에 없지.

뭔지 알겠어?

그래, 원작에서는 주인공은 선대 천황의 피를 이어받은 사생아라는 설정이지. 쿠데타를 일으키는 반란군이 옹립하는 최후의 카드로, 세간의 눈을 돌리기 위해 여자아이로 꾸며서 산속에 숨겨놓았다는 것으로 되어 있잖아.

그런데 여자아이라면 그 설정이 사라지지.

여성이 천황의 뒤를 잇지는 않으니까.

원작에서는 그 부분도 반전의 하나인데 여자아이로 설정했기 때문에 당연히 이즈미의 각본에서는 그 부분이 잘려나가 있어.

그렇게 되면 이즈미가 쓴 《밤이 끝나는 곳》은 겉으로는 원작대로 보일지 몰라도 본질적인 부분에서는 완전히 다른 이야기가 돼버려. 아무리 모든 에피소드를 다 녹여냈다 해도 말이야.

나는 《밤이 끝나는 곳》은 결국 정체성의 확립이 테마인 소설이라고 생각해.

나는 누구인가. 나라는 존재는 무엇인가.

혈통의 문제. 부모 자식 간의 문제.

세 명의 엄마는 주인공의 분열된 자아를 나타낸 거라고 생각해.

젠더의 문제. 성적 지향의 문제.

원작에서 주인공이 연심을 품는 건 아름다운 청년 장교잖아. 주인공이 동성애자라는 뉘앙스를 풍기고 있지.

그런데 주인공을 여자아이로 해버리면 이런 문제가 축소돼. 혹은 없어져버리지.

주인공은 단순한 방관자이자 관찰자가 되고.

좀 복잡한 가정환경에서 자란 소녀가 추월장의 멸망을 목격했다, 이게 전부인 소설이 되지.

이즈미가 그 사실을 몰랐을 리가 없어.

아마 처음에는 그저 각색할 때 영상적으로 표현하기 어렵고 불필요하다고 생각해서 영상화하는 데 필요한 '작업'을 '숙련된 각본가'로서 진행했다고 생각해.

그런데 정작 각본을 완성하고 보니 실은 자기가 테크닉적으로 그렇게 각색한 게 아니었다는 걸 깨달은 게 아닐까 싶어.

그렇다면 어떻게 되겠어?

그 사실을 깨달은 이즈미는 어떻게 생각했을까?

프로페셔널한 이즈미, 이 일에 자신이 관여해야 할 필연성을 느낀 이즈미는.

자신이 해야 할 일을 했을 터인데 알고 보니 원작을 제대로 각색하지 못했다는 걸 깨달아. 원작을 다른 이야기로 바꿔버렸다는 걸 깨닫지.

그건 이즈미에게 상당한 충격이었을 거야.

그리고 또…… 좀 더 덧붙이자면 그저 내 망상일지 모르지만 이즈미가 무슨 생각을 했는지 상상해볼게.

이즈미는 어쩌면 자신이 무의식중에 그렇게 각색했다고 생각하지 않았을까.

이즈미는 원작을 정체성의 이야기로 이해하고 있었는데 그렇게 해석하기를 피했어. 그렇게 해석하고 싶지 않았던 거지.

정체성, 혈통, 부모 자식 간의 문제.

그건 그녀 자신의 문제이기도 했어. 그녀가 피해온, 다루기 싫어했던, 항상 논리적인 그녀로서는 받아들이기 힘든 테마였어.

그래서 무의식중에 피한 거였지. 충실히 각색한다고 한 일이 알고 보니 원작을 왜곡해 다른 이야기로 해버렸어.

그걸 인정하기 어려웠을 거야.

충격이었을 테지.

거기서 새삼 자기가 생각하는 필연성, 자기 존재의 필연성에 대해 생각하지 않았을까.

그 포스트잇은 일에 대해서도, 자기에 대해서도 이런저런 것들을 통틀어 생각했을 때의 '필연성?'이지 않았을까?

이즈미는 그걸 깨달았을 때 깊이 절망했을지도 몰라.

그런 일 있지 않나?

어떤 우연한 계기로 마음이 깊이 가라앉았을 때. 스스로도 어떻게 할 수 없을 만큼 침울할 때.

이즈미의 성격상 절망할 때도 담담했을 것 같은 기분이 들어.

절망하는 자신을 객관적으로 지켜보고 있었을 것 같아.

충동적인, 문득 어두운 그림자가 드리워졌을지도 몰라.

아주 작은 변칙적인 행위.

그게 이즈미를 저쪽으로 건너가게 했어.

그렇게 된 게 아닐까. 그게 이즈미의 죽음의 진실이지 않을까.

그런데 말이야, 이 또한 원작의 '저주'라고 할 수 있나?

결국 이즈미도 《밤이 끝나는 곳》의 저주의 희생자가 되는 건가.

모르겠군.

어?

엇, 정말이네.

나, 울고 있네.

뭐야 이거, 말 그대로 눈물, 눈물이군.

이즈미가 죽었을 때 별로 실감이 나지 않았어. 갑자기 없어져서 어떻게 받아들여야 할지 몰랐거든.

미안.

티슈 고마워. 별걸 다 가지고 다니네. 당신, 학교 다닐 때 소지품 검사하면 선생님한테 칭찬받았겠어.

그런데 미리 말해두지만, 이거 이즈미를 위한 눈물이 아니야.

응, 방금 깨달았어.

이건 나를 위한 눈물이야. 내가 불쌍한 나를 위해 흘리는 눈물이야.

아니, 웃을 일이 아닌데, 지금.

응, 나 불쌍하지 않아?

나, 되게 많이 상처받았거든. 깊고 깊은 상처를 받았다는 걸 뼈저리게 깨달았어, 방금.

뭐, 이즈미는 원래 어떤 행동을 할 때 나한테 일일이 양해를 구하는 성격이 아니었어. 뭔가 할 때 어떤 심정이었다든가, 말을 남기거나 뜻을 넌지시 비치는 성격이 아니라는 걸 알고는 있었어.

그런데도 상처받았었구나.

나한테 아무 말도 남기지 않았다는 거에 대해, 뜻을 넌지시 비치지도 않았다는 거에 대해.

배우자였는데. 이즈미의 가족보다 더 가족이라고 생각했는데.

상처받았었구나.

무엇보다도 이즈미의 '필연성'에 내가 포함되지 않았다는 것에.

나한테 말을 남겨야 할 필연성, 나를 혼자 두지 않아야 할 필연성, 이즈미는 그걸 못 느꼈던 거야. 내가 슬퍼하리라는 걸 상상해주지 않았어. 홀로 남겨질 나를 생각해주지 않았어.

그 때문에 나는 내내 상처를 받은 거야.

나 진짜 불쌍하다. 그러니까 조금만 더 울게.

미안, 어디 가서 커피 좀 가져다줄래?

43 둔색환시행 ———————————

바다를 보고 있었다.

사방을 둘러봐도 아무것도 없는 바다, 그저 눈앞에 펼쳐져 있는 바다를.

하늘은 연회색으로, 해는 보이지 않았다. 색채와 농담이라고는 없이 밋밋하기만 한 하늘이 펼쳐져 있었다.

수평선은 말 그대로 수평한 선이었다.

자연의 섭리에 따라, 우직하게, 충실하게 오직 하늘과 바다를 가르고 있었다.

그리고 바다는 엷은 먹색(둔색)이었다.

탁하고 칙칙한 바다는 거대한 질량을 가득 싣고 세상을 채우고 있었다.

손톱자국처럼 생긴 수많은 파도가 표면을 뒤덮고 있고 끝나지 않는 리듬으로 위아래로 흔들리고 있었다. 그 단조로운 리듬은 바라보는 자의 말을 서서히 빼앗았다.

바다를 보고 있었다.

바다를 보고 있으면 머리가 텅 비고 육체도 어느덧 투명해져 바다의 표면에 녹아 널리 퍼지면서 눈만 있는 존재가 된 듯한 기분이 든다.

지금 여기서 바다를 보고 있는 것은 누구일까? 이 눈은 누구의 것일까?

그런 의문이, 상념이, 안개처럼 포실하게 허공에 피어오르는 것 같았다.

눈만 있는 존재가 된 지금, 내 목소리를 잊어버렸다.

그런데 바다에 나온 이후 들은 수많은 목소리가 파도 사이로 떠올라 포개어지고 다가왔다가 멀어져갔다.

목소리가 들리는 것과 동시에 목소리 주인의 무심결에 보인 표정도 되살아났다.

미안해요. 잘 표현이 안 되네.

Q짱이 눈을 크게 깜빡깜빡할 때 긴 속눈썹이 살랑거리는 것을 넋을 잃고 바라본 것.

시마자키 시로가 흥분을 억누른 모습.

그 가능성을 언제 알아차린 건가?

그의 아내 와카코가 씁쓸히 웃으며 가십거리를 말할 때 보인 음침한 기쁨과 희미한 죄책감이 뒤섞인 표정.

자매 중 한 명이 쓰노가에 감독의 딸이 아니냐는 소문 말이야.

시미즈 게이코의 공범자 분위기의 눈초리.

당신과 나는 왠지 공통점이 많네요.

쓰노가에 다다시 감독이 꾸었다는 어린 엄마의 꿈.

그렇다, 쓰노가에 감독의 꿈조차도 파도 사이로 어렴풋이 떠올랐다.

차르륵, 필름 돌아가는 소리가 난다. 어색하게 움직이는 인물.

한 청년이 작은 여자아이의 손을 잡고 간다. 손을 잡아끄는 대로 천진난만하게 따라오는 여자아이. 손을 잡은 청년을 완전히 신뢰하고 있는 것이다.

그 청년은 어쩐지 서글픈 미소를 띠고 여자아이를 내려다본다.

두 사람은 시골길을 나란히 걷고 있다. 저 앞에 큰 강 위에 놓인 다리가 보인다…….

어젯밤 다시 맨덜리로 가는 꿈을 꿨다.

불길에 휩싸인 저택. 불길에 휩싸인 추월장.

파도 사이로 타다 남은 재가 무수히 흩날린다.

아직 잔불이 남아 있어 이따금 번쩍하고 불빛을 내뿜고 이윽고 사라진다.

진실은 퍼레이드에서 눈보라처럼 흩날리는 금색 색종이.

뭔가가 그 장소에 '초대'되었다고밖에 생각할 수 없군요.

신도 요스케가 신기해하는 목소리. 스스로 그렇게 말하면서도 믿지 않는 듯한 목소리였다.

초대.

모든 예술 작품은 다 그렇지 않을까. 스크린으로, 무대로, 페이지 속으로 뭔가를 불러들인다. 각각이 마련한 장소로 뭔가가 강림해주기를 한결같은 마음으로 기도를 올려 기우제를 지내듯 간절히 바란다.

먼 과거에서 아득한 미래까지 우리는 간절히 바라는 것밖에 할 수 없다. 자기 힘으로 어떻게 할 수 있는 문제가 아닌 것을 어딘가 먼 곳에 있는 누군가가 변덕스럽게 혹은 가엾게 여겨 가끔 빗방울을 똑똑 떨어뜨리듯 은혜를 베풀어주기를 기다릴 뿐이다.

과연 대답은 있는 걸까?

다케이 교타로의 우아한 목소리.

인생 속에는 진실이 없네

진실은 허구 속에만 있네.

다케이 교타로가 무심결에 지은 미소 속에, Q짱의 말처럼 젊은 시절의 아름다움이 가득 차 있었다. 제라르 필리프. 영원한 미청년.

그들은 영원히 나이를 먹지 않는다……

죽은 자는 그 순간에 시간을 멈춘다. 모두 젊은 채로 젊은 모습의 스냅사진만 남긴다. 살아 있는 자는 점점 그들을 앞질러간다.

쓰노가에 감독의 첫 번째 아내.

마사하루의 첫 번째 아내.

그녀들은 나이를 먹지 않는다.

그리고 메시아이 아즈사도 나이를 먹지 않는다.

모자를 쓴 여자, 신나게 재잘대는 여자, 인상이 분명치 않은 여자, 어쩌면 남자였을지도 모르는 여자.

히죽거리며 비웃음을 띤 여자가 파도 사이로 떠다닌다.

열병에 걸린 듯한 눈을 하고 득의의 미소를 띤 채 이쪽을 살피고 있다.

더, 더 많이 나에 대해 이야기해줘.

더, 더 많이 나를 애타게 그리워해줘.

그 탐욕스러운 표정에 안달이 나 미치겠다는 감정이 서린다.

더 해달라고 했잖아! 뭐? 그걸 왜 몰라! 고깟 정도로는 이제까지의 내 공백이 메워지지 않잖아.

메시아이 아즈사가 소리친다. 그 눈에는 핏발이 서 있고 입술에서는 끈적한 침이 튄다.

그 여자에 대해 이렇게 열심히 떠들어대도 괜찮을까요? 그 여자가 자기 뜻대로 됐다고 우쭐거릴 것 같지 않아요?

말소리가 겹친다. 메아리처럼 바다의 여기저기서 들려온다.

우리 목소리가, 우리 열정이 그녀의 자존심을 살찌운다. 얼굴이 하얗고 퉁퉁하게 부풀고 그녀는 뒤룩뒤룩 살쪄간다.

거대한 모자를 쓴 거대하고 추악한 여자가 파도 사이로 비웃는다.

사람은 그것을 저주라 부른다.

그 또한 저주일까?

마나베 아야미가 화내고 있다. 느닷없이 분노를 터뜨린다. 아야미의 증오의 불꽃이 나를 쏘는 것을 느낀다.

두 사람의 결론. 카드의 성은 만들지 못한다.

뿔뿔이 흩어지며 무너지는 카드.

하트, 스페이드, 클로버, 다이아몬드. 적과 흑의 카드가 뒤섞여 파도 위로 흩날린다.

사랑하는데도 사랑받지 못한 것이라든가.

사랑하는 동시에 그만큼 증오하기도 하는 것이라든가.

카드가 파도에 떠올라 이리저리 흔들리다 파도 사이로 사라진다.

멀어지는 홍콩의 야경.

모두가 손을 흔든다. 갑판에 서 있는 사람들의 뒷모습.

누구나 과거를 향해 손을 흔든다.

손을 흔들어 답해주는 사람은 있을까?

파도 사이로 수많은 팔이 튀어나온다.

그 손은 전부 크게 흔들리고 있다.

안녕. 안녕. 잘 가요. 잘 지내요.

손을 흔드는 그들의 위로 금색 색종이가 흩날린다.

저것 봐, 예쁘다.

와, 정말.

안녕. 잘 가요. 잘 지내요.

물결이 일렁거린다. 목소리를 잃은 눈이 홀로 그것을 보고 있다.

손톱자국처럼 생긴 수많은 파도가 위아래로 흔들리는 엷은 먹색의 바다를.

바다를 보고 있었다.

회색 바다, 심심하고 밋밋한 바다를.

눈만 있는 존재가 된 것 같았다. 투명해진 몸이 바다 표면에 녹아든다.

육체를 잃고 눈과 사고思考만 존재한다.

파도 사이로 다양한 정경이 떠오른다.

그것은 과거의 것인 듯하다.

어린 시절의 일, 한때 사랑했던 것, 한때 가지고 있었던 것, 까맣게 잊고 있었던 것.

그 모든 것이 아련히 떠올랐다가 사라진다.

저런 감정이 있었구나. 이런 감정도 있었구나.

저런 식으로 느꼈구나. 이런 식으로도 생각했구나.

남의 일인 듯이 관망하며 그리워하는 마음이 어렴풋이 되살아난다.

하지만 지금은 너무나 멀다.

그 모든 것은 그저 지나갈 뿐.

아무 말도 하지 않는다. 아무것도 바라지 않는다.

어렸을 때 기르던 개도, 동경했던 이웃집 소녀도, 끝내 말라 죽은 정원의 벚나무도.

그 모든 것은 말없이 파도 사이로 사라진다.

엷은 이미지도 순식간에 걷혀 없어진다.

모든 것은 이런 식으로 지나간다.

모든 것은 이런 식으로 떠나간다.

색채 없이, 시간도 빛도 없이 그저 흔들리기만 하는 파도가 계속되는, 이 엷은 먹색의 바다 속으로.

44 환송 파티 ─────────

"……그나저나 당연히 해줄 거지?"

의미심장하게 속삭이는 마사하루의 목소리에 고즈에는 무슨 뜻인
가 싶어 돌아봤다.

"뭘?"

밝게 웃고 떠드는 소리.

선장이 주최한 환송 파티는 건배 인사와 함께 분위기가 자유롭게
풀어지고 사람들은 저마다 친한 사람끼리 이야기꽃을 피우고 있었다.

내일 오후에는 요코하마항에 도착한다.

길기도 하고 짧기도 한──무척 농밀한 시간이었던 것은 확실하
다──이 여행도 마침내 종반에 이르렀다.

정장을 차려입은 사람들의 표정에는 여행 끝 무렵의 안도감과 피
로감, 아쉬움, 쓸쓸함이 미묘하게 뒤섞여 있고(물론 '아이고', '지겨워',
'후련하다' 하는 속마음도 포함되어 있다) 어딘지 모르게 느슨한 해방감
이 전체를 흐릿한 막처럼 뒤덮고 있다.

"왜 있잖아. '명탐정, 사람들을 모아놓고, 자, 하고 운을 뗀다'."

"그게 뭐야."

고즈에는 웃음을 터뜨렸다. 그 바람에 손에 든 잔이 기울어져 샴페

인을 쏟을 뻔해, "어머" 하고 황급히 잔을 바로 세운다.

"어디서 들은 센류인데. 누가 지었더라."

"처음 들었어."

"역시 마지막에는 마무리가 필수지. 추리소설은 대단원이 있어줘야 하니까."

"나더러 명탐정 역을 하라고?"

"당연하지. 이대로 끝내기엔 아깝잖아, 세리머니를 해줘야지."

고즈에는 쓴 것을 삼킨 듯한 표정을 지었다.

"딱히 할 얘기도 없는데."

"당신 책이잖아. 협조해줘서 고맙다는 정도는 말해야지."

"그건 그런데."

"뭐 생각해둔 거 있을 거 아냐."

마사하루가 진지하게 묻기에, 고즈에는 그의 표정을 흘끗 살폈다.

"없지는 않지. 당신이야말로 하고 싶은 말이 있는 거 아니야?"

마사하루가 어깨를 으쓱했다.

"없지는 않지."

마사하루가 고즈에의 말을 똑같이 따라했다. 고즈에도 덩달아 어깨를 으쓱한다.

"그런데 원고는 아직 쓰지도 않았어. 아직은 녹음된 내용을 글로 옮기는 단계인걸. 게다가 모든 것을 쾌도난마처럼 시원히 해결한 셈 치고 대단원의 막을 내릴 수도 없는 노릇이야. 애초에 해결해야 할 문제가 뭐였는지, 뭐가 수수께끼였는지도 아직 잘 모른단 말이야."

"그러네. 메시아이 아즈사의 정체? 저주받은 영화의 수수께끼? 남이 봤을 때는 그냥 추억담을 나누는 것처럼 보일지도 모르겠군."

문득 고즈에는 뭔가 생각난 듯이 고개를 들었다.

"그 말을 들으니까 생각났는데, 그럼 감상전을 하면 어떨까?"

마사하루는 순간 입을 다물고 잠시 생각에 잠긴 뒤 고개를 천천히 끄덕였다.

"감상전, 이라. 그럴듯하네."

"그렇지? 지난 2주간 메시아이 아즈사와 《밤이 끝나는 곳》에 푹 젖어 지냈잖아. 이런저런 설로 대국을 펼쳤다고 할 수도 있어. 그러니까 소감이 어땠는지, 뭘 생각했는지 사람들 얘기를 들어보면 어떨까?"

"흠. 그쯤 하는 걸로 만족해야지."

"차라리 당신이 지휘를 맡으면 어떨까? 실은 하고 싶잖아, 명탐정역."

마사하루가 눈동자를 이리저리 굴린다.

"으음. 글쎄. 이래저래 생각해둔 건 있는데, 막상 당신한테 이즈미 얘기를 하고 났더니 속이 후련해졌거든."

이즈미의 이야기.

조용한 도서관.

마지막 인터뷰.

그때 마사하루는 고즈에가 커피를 가지고 돌아왔을 때도 조용히 눈물을 흘리고 있었다. 마음을 완전히 풀어놓은 상태였던 것이다.

그런 무방비한 남편을 처음 보는 고즈에는 저도 모르게 그 모습을 찬찬히 살펴봤다.

어쩔 줄 몰라 하는 어린아이 같다.

고즈에는 그런 생각을 하면서 마사하루 앞에 커피 컵을 내려놓고 자리에 앉았다.

차멀미가 심했다고 하는 유년기 시절에는 이런 표정을 하고 있었을지도 모른다.

고즈에는 자기 커피를 홀짝이면서 마사하루에게서 뭔가가 빠져나와 눈물과 함께 흘러 나가는 것을 가만히 보고 있었다.

그것은 결코 불쾌하지 않은 시간이었다. 오히려 말이 필요 없는 매우 충실한 한때였다. 그를 애처로워하고 사랑스러워하는 마음이 자기 안에 서서히 솟아오르는 것을 느끼고 고즈에는 묘하게 감동하기까지 했다.

안아주고 싶다.

그때 고즈에는 그렇게 생각했다.

이 남자를, 내 남편을 힘껏 안아주고 싶다고 순수하게 생각했다.

"그런 것 같더라. 나는 누가 카타르시스를 느끼는 모습을 처음부터 끝까지 본 건 처음이었어."

"나?"

"응. 뭔가가 녹아서 흘러 나가는 것처럼 보였거든."

"실은 나도 당신이 나를 침착하게 지켜보고 있는 건 알고 있었어. 봐줘서 기분이 조금 좋았어."

"어머, 그랬구나."

"그럼 내일은 우리만의 환송 파티를 하는 걸로. 처음에 모임을 가진 라운지에서 10시에 모이는 걸로 하자."

두 사람은 떠들썩한 파티가 열리고 있는 로비를 돌아다니며 업무 연락을 하기로 했다.

쓰노가에 다다시 감독과 그의 아내 게이코는 변함없이 화려한 기운을 내뿜으며 팬들에게 둘러싸여 있었기 때문에 금방 찾을 수 있었다.

같이 있던 신도 요스케와 그 아내에게도 내일 모임에 대해 전달했다.

모두 화목한 분위기 속에 안심한 표정을 하고 있었다. 고즈에와 마사하루를 보자 모두 하나같이 그리운 듯한 표정을 짓는 것이 재미있었다.

의외였던 것은 다케이 교타로와 Q짱 커플이다.

처음에는 손님들이 Q짱의 아이돌처럼 화려한(약간 이질적인 느낌마저 드는) 미모와 다케이 교타로의 조합에 압도되어 섣불리 다가가지 못하고 멀찍이 서 있었던 것으로 기억한다.

그런데 지금은 어떠한가.

두 사람 주위를, 쓰노가에 감독 부부 못지않게 많은 남녀가 이중, 삼중으로 둘러싸고 있지 않은가.

Q짱이 무슨 말을 할 때마다 웃음꽃이 피고 하나같이 손주라도 보는 듯이 따뜻한 눈길을 하고 있다. 원래 노인에게 인기가 많은 성격도 거들어 Q짱이 그 둘레의 중심이 되어 있다. 다케이 교타로도 그 모습을 흐뭇하게 바라보고 있었다.

마사하루가 다케이 교타로의 귓가에 연락 사항을 속삭이자 교타로가 고개를 크게 끄덕이는 것을 보면서 고즈에는 슬며시 로비를 둘러봤다.

문득 어두컴컴하게 가라앉은 듯한 한구석에 눈길이 머물렀다.

그곳에 시마자키 부부와 마나베 자매가 있었다.

벽 앞에 놓인 의자에 네 명이 나란히 앉아서 진지하게 대화를 나누고 있다.

별안간 옛날에 읽은 책의 한 구절이 머리에 떠올랐다.

긴자의 대형 유흥업소에서 일하는 웨이터의 시점에서 쓰인 소설의 한 구절.

호스티스에게 진지하게 작업을 거는 손님의 자리는 주변 자리보다 유독 어둡게 가라앉아 보인다, 라는 구절이었다.

그 구절은 정말이었구나, 하고 고즈에는 왠지 미소가 지어졌다.

저들은 잡담이나 파티 토크와는 동떨어진 이야기를 하는 듯했다.

마사하루에게 눈짓으로 네 명이 있는 자리를 가리키자 그가 바로 왔다.

둘이 같이 다가가자 시마자키 시로가 알아보고 손을 들고는 아내와 함께, 오늘 벌써 몇 번이나 본 그리워하는 미소를 띤다.

아야미의 눈에 동요의 빛이 살짝 깃든 것이 엿보였다. 그녀는 동생의 말대로 고즈에에게 폭언한 것을 '반성하고 있는' 모양이다.

고즈에는 아야미를 향해 생긋 웃은 뒤 고개를 끄덕했다. '마음 쓰지 않는다'는 사인. 당신이 반성하고 있다는 것을 안다, 하고 꾸밈없이 솔직한 미소를 띠었다고 생각했다.

그 증거로 아야미도 안심한 얼굴을 하고 멋쩍은 미소로 고개를 끄덕여 답했다.

시오리에게 시선을 옮기자 방금 그 모습을 보고 있었는지, 역시 작게 고개를 끄덕이고 손을 가볍게 들어 보였다.

"야, 이거, 다들 여기에 계셨군요."

마사하루가 가볍게 말하고 두 손을 펼쳐 보인다.

"혹시 비즈니스적인 얘기라도 나누고 계셨습니까?"

네 명의 얼굴을 차례로 보자, 그들은 서로의 얼굴을 보고 잠시 주저했다. 이윽고 시오리가 입을 열었다.

"메시아이 아즈사 관련해서 뭔가 추진할 수 있지 않을까 하는 얘기를 하고 있었어. 《밤이 끝나는 곳》이 출간된 지 몇 십 주년 기념, 뭐 그런 거."

"우리가 만화화하는 것도 포함해서."

아야미가 덧붙였다.

"그야말로 쓰노가에 감독님이 영화화라도 해주시면 좋은 계기가 될 텐데 말입니다."

시마자키 시로가 말했다.

고즈에는 쓰노가에 감독이 《밤이 끝나는 곳》은 영화화할 시기를 놓쳤다고 말한 것을 떠올렸다. 연극 무대에 올리는 편이 좋겠다고 했던가.

"고즈에 씨 책도 같이 나오면 좋을 텐데."

시오리가 고즈에의 얼굴을 가만히 본다.

고즈에는 "그러게요" 하고 어중간한 대답을 하는 데 그쳤다.

내 책. 정말 책으로 만들 수 있을까.

이 여행을? 메시아이 아즈사를? 《밤이 끝나는 곳》을? 바로 내가?

멍하니 있는데 마사하루의 목소리가 들렸다.

"그럼 내일 감독님께 다시 제안하시지 그러세요? 내일 오전 10시, 처음에 모였던 꼭대기 층 라운지에서 우리만의 환송 파티를 열려고 하거든요."

"어머, 좋네."

"내일은 낮부터 한 잔 해야겠군."

"이제 마지막이니까."

모두 동의하며 흥겹게 말했다.

잠시 잡담 시간이 되어 고즈에는 대화에 끼며 적당히 맞장구를 쳤다.

그러나 머릿속에서는 아까의 의문이 빙글빙글 소용돌이쳤다.

정말 내가 책을 쓸 수 있을까?

"그럼 업무 연락을 마쳤으니 내일 뵙도록 하죠."

"수고했네."

"내일 봐."

마사하루를 따라 그 자리를 뒤로 했다.

"이제 연락은 다 돌렸군."

그렇게 말하고 안절부절못하기에 니코틴을 채울 때가 됐구나, 하고 생각했다.

"나, 담배 피우고 올게."

"다녀와."

고즈에는 마침 지나가던 직원의 쟁반에서 화이트 와인 잔을 집어 들었다.

조심스레 잔에 입술을 대면서도 머릿속에서는 아직도 같은 의문에 대해 생각했다.

파티가 한창인 로비를 나오자 그곳이 사람들의 훈김으로 얼마나 가득했는지 알 수 있었다.

갑자기 기온까지 몇 도 내려갔는지 마사하루는 몸을 살짝 떨었다.

흡연실로 가는 익숙한 길.

이 길도 내일까지라고 생각하니 괜히 아쉬운 기분이 든다.

먼저 온 손님이 있었다.

차분히 서 있는 실루엣.

마사하루는 어? 이게 누구야, 하고 생각했다.

다무라 씨였다.

그러고 보니 이른 아침도 아닌데 다무라 씨를 만나는 것은 처음이다.

다무라 씨를 못 알아볼 뻔한 것은 그가 턱시도를 멋지게 소화하고 있었기 때문이다.

턱시도는 입어버릇하지 않으면 잘 소화하기가 힘들다. 몸에 익지 않으면 빌려온 옷이나 행사 때 사진 찍으려고 입는 옷처럼 보인다.

그런데 다무라 씨는 턱시도가 몸에 착 붙는다고밖에 할 말이 없을 만큼 잘 어울렸다. 말쑥하고 품위 있고 은근히 섹시하기까지 하다.

마노로 된 근사한 커프스단추가 눈길을 끈다.

오오, 멋있는데. 이 사람 진짜 정체가 뭐지?

마사하루가 흡연실에 들어오자 다무라 씨도 알아보고 서로 가볍게 인사했다.

"그 조합으로 즐기시는 건 어떻습니까?"

마사하루가 가벼운 농담을 건넸다.

다무라 씨는 마사하루의 시선이 꽂힌 것을 알아차리고 쓸쓸히 웃었다.

오른손에는 샴페인 잔, 왼손에는 하이라이트.

"솔직히 말해 맛없네. 서로의 맛을 아주 제대로 엉망으로 만들고 있어."

다무라 씨의 목소리를 처음 들었다.

예상대로 부드럽게 가라앉아 있고 그러면서도 초연한 목소리였다.

마사하루는 "아하하" 하고 소리 내어 웃었다.

다무라 씨의 말투에서 능청스러운 유머를 느꼈기 때문이다.

"내일은 벌써 귀국이군요."

마사하루는 담배에 불을 붙이며 혼잣말처럼 중얼거렸다.

"그러게."

다무라 씨가 한숨 섞어 말했다.

"눈에 시끄러운 일상으로 돌아가겠군."

"눈에 시끄럽다고요? 귀가 아니라?"

마사하루는 무심코 되물었다.

다무라 씨는 창밖을 바라보며 희미한 미소를 띠었다.

"바다는 참 좋다니까. 있는 건 하늘과 수평선뿐이니."

창밖은 캄캄했다.

아무것도 보이지 않는 칠흑 같은 어둠.

그러나 다무라 씨의 눈은 어둠 속에 있는 한 점을 바라보고 있다.

"인공물이 아무것도 보이지 않지. 도시는 눈에 너무 시끄러워. 온갖 인공물과 정보가 놀라우리만치 많이 눈에 날아들지."

"하긴."

마사하루도 창밖으로 눈길을 보낸다.

다무라 씨와 마사하루의 모습이 유리창에 어둡게 비친다.

"바다는 좋아."

다무라 씨가 한 번 더 말했다.

두 사람은 말없이 어두운 창밖을, 그곳에 있을 터인 바다를, 어둠의 밑바닥에 있는 바다를 보고 있었다.

45 대단원 혹은 성자의 행진 ─────────

'대단원'이라는 말을 처음 알게 된 것은 어린이용 추리소설에서였던 것 같다.

목차에 장 제목이 죽 늘어서 있는 가운데 대체로 마지막 장의 제목이 '대단원'이었다.

이게 뭘까. 이 한자는 뭐라고 읽을까. 어떤 의미일까.

책을 여러 권 읽고 목차에서 매번 그 단어를 보다 보니 저절로 알게 됐다.

오랜 이야기의 끝에 모든 것이 원만히 해결되었다는 것, 이야기가 무사히 마무리되었다는 것을 나타내는 말.

이를테면 동화의 마지막 구절인 '그리고 오래오래 행복하게 살았답니다'와 똑같다는 것을.

어렸을 때 봤던 연속극이나, 푹 빠져서 읽었던 연재만화의 최종회도 마찬가지였다.

그 전까지는 파란만장하고 문제가 산더미처럼 쌓여 있었는데 갑자기 모든 등장인물이 서로를 이해하게 되고 온갖 문제들이 척척 해결되면서 잘됐군, 잘됐어, 하고 마무리되었다.

요컨대 그것이 '대단원'인 것이다.

물론 이 세상에 대단원은 없다. '그리고 오래오래 행복하게 살았답니다' 하고 매듭짓고 책을 탁 덮어서 끝나는 일도 없다. 인생은 계속된다. 일상생활로 돌아가 욕실 청소를 하거나 우체국에도 가야 한다.

나는 소설을 쓰면서 '대단원'이라는 말을 의식한 적도 없고, 다루는 내용으로 봐서는 모든 것을 깨끗이 해결하는 결말은 있을 수가 없다. 오히려 독자에게 얼마나 카타르시스를 줄지 혹은 주지 않을지 조절하는 문제로 늘 고민한다.

그렇지 않아도 지금은 이야기를 잘 끝내기가 어려운 시대다.

지나친 해피 엔딩이면 현실성이 없다고 지적하고 뭔가를 암시하며 열린 결말로 하면, 아, 속편이 제작되는구나, 하고 괜한 기대를 한다.

내던지듯이 끝내면 뒤에서 무슨 문제가 있었나 의심하고 제휴 광고의 유무를 따지고 출판사의 경제적 사정이나 작가의 건강 상태 등 사람들은 멋대로 억측을 한다.

좋았던 옛 시절의 '대단원', 꿈같은 '대단원'. 이제는 거의 사어가 된 케케묵은 말이다.

그래도 어떤 향수를 불러일으키는 '대단원'에 대한 동경은 있다.

예전에 이야기를 순수하게 신뢰했던 시절. 왕자와 공주가 결혼하고 악당은 퇴치되고 나라는 번영하고 백성은 만세를 외친다. 종이 뎅뎅 울리고 등장인물은 웃는 얼굴로 퇴장한다.

마나베 시오리의 말을 빌리자면 독자도 객석에서 웃으며 등장인물에게 손을 흔들어 배웅할 수 있다면 얼마나 좋을까.

그렇다면 우리의 이 이야기는?

파란 어항 같은 이 공간에 세 번째로 모인 면면을 바라본다.

쓰노가에 부부가 있다.

쓰노가에 감독은 어젯밤 환송 파티 때만큼은 아니지만 격식을 갖춘 복장으로 왔다. 아내도 치밀한 무늬가 들어간 도시적이고 차분한 에도코몬 기모노 차림이다.

다른 사람들도 나들이옷을 잘 차려입고 있었다.

그도 그럴 것이 오늘은 우리의 환송 파티다.

나는 정장을 입고 오길 잘했다는 생각에 어깨를 보며 먼지 터는 시늉을 했다.

Q짱이 다케이 교타로의 휠체어를 밀면서 나타났다. 오늘도 산뜻한 주홍색 실크 셔츠를 입고 있다.

두 사람을 처음 봤을 때는 정말 깜짝 놀랐다.

오늘도 같은 브랜드의 다른 색상으로 이루어진 니트 앙상블을 입고 나타난 마나베 자매.

도대체 커플룩을 얼마나 갖고 있는 걸까. 즉 두 사람은 늘 함께 쇼핑을 가거나 아니면 옷을 전담하는 단골 부티크가 있다는 뜻이다.

시마자키 부부도 정장 차림이었다.

직업 때문인지 이 두 사람은 많이 닮았다.

신도 부부.

그러고 보니 결국 신도 요스케의 아내는 한 번도 입을 연 적이 없다. 잘 생각해보면 굉장한 일인 것 같다.

신기한 사람이다. 남편 옆에 그림자처럼 붙어 있지만 그렇다고 불만이 있는 것 같지도, 심심해하는 것 같지도 않다.

특히 오늘은 여느 때의 무표정에 비하면 푸근하게 웃고 있는 듯한 모습이다.

이렇게 보니까 실은(이라고 말하는 것도 실례지만) 단아하고 청초한 미인이었다. 지금까지 웃는 얼굴을 거의 보지 못한 탓에 그 아름다움을 알아보지 못했다.

그녀는 그녀 나름대로 이 자리를 즐기고 있다고 생각하고 싶었다.

이 멤버가 다 모이는 일은 이제 다시는 없으리라. 지난 2주간 서로의 인생이 얽힌 일도 육지로 돌아가면 금방 잊어버릴 것이 틀림없다.

그렇게 생각하자 마음이 싱숭생숭했다.

처음 이 라운지에 온 것은 2주 전.

겨우 2주밖에 안 됐구나, 라고 해야 할지, 벌써 2주나 지났구나, 라고 해야 할지.

긴장한 채 이곳에 모여 다 같이 이야기를 나눈 것이 오랜 옛날 일처럼 느껴진다.

그 날카롭게 곤두선 느낌.

이제 와서 생각하면 모두 하나같이 다른 사람이 어떻게 나오는지 살피고 속마음을 떠보고 있었다.

갑자기 "네 주변에 모자 쓴 여자 없니?"라는 질문을 받았다는 이야기를 듣고 살짝 겁이 나 방 한쪽에 누가 있는 것은 아닌가 싶어 슬며시 돌아봤던 일도 벌써 그립다.

마사하루가 어제 주문해두었는지 와인 쿨러에 담긴 샴페인 병과 간단한 술안주, 그리고 와인 병도 마련되어 있었다.

자리에 앉은 사람들은 누구 하나 긴장한 사람 없이 편안해 보인다. 서로를 보는 눈에는 동지애와도 같은 공감의 기색이 있어 어쩐지 동창회 같은 분위기가 감돌고 있다.

그렇다, 이건 동창회다.

그런 생각이 들었다.

혹은 생존자들의 모임일지도 모른다.

'저주받은 원작 소설' 및 '저주받은 영화'에서 살아남은 생존자들의 연회.

그렇기 때문에 이토록 극한의 감정을 체험하고 공유한 사람들 특유의 허탈감이 떠도는 것이리라.

"자자, 다들 수고하셨습니다."

마사하루가 앞장서서 사람들에게 잔을 나눠주고 샴페인을 따라주고 있다.

모임의 주최자답게 부지런히 움직이는 모습을 보고 왠지 웃음이 났다.

속이 후련해졌으니 이제 됐다고 했으면서 역시 명탐정 역을 하고 싶은 것이리라. 애초에 그가 이 여행, 이 기획의 숨겨진 중심인물이었던 것은 누구나 알고 있을 테니 그가 이 '동창회'를 지휘하는 것에 불만은 없을 것이다.

뭐였더라, '명탐정, 사람들을 모아놓고, 자, 하고 운을 뗀다'였던가? 정말 그런 센류가 있을까.

문득 눈물을 흘리던 그의 모습이 눈앞에 떠올랐다.

눈물이라는 것은 신기한 것이다.

사람은 감정을 드러낼 때 왜 눈물을 흘릴까. 체내에서 흘러나오는 수분에 도대체 무슨 의미가 있다는 걸까.

땀은 체온을 떨어뜨리고 소변은 몸에서 불필요한 것을 배설한다.

그렇다면 눈물은 뭐란 말인가.

마사하루가 담소를 나누고 있다.

그 웃는 얼굴에는 걱정이나 그늘이라곤 없이 여느 때의 활달하고 싹싹한 그의 모습이 있다.

아, 어쩌면 눈물은 뇌의 배설물일지도 모른다.

그런 생각이 들었다.

흥분하고 슬퍼하고 이성을 잃는 등의 변칙적인 감정의 혼란을 가라앉히기 위해 과도한 감정을 밖으로 밀어낸다.

그때 마사하루에게서 '뭔가가 흘러 나간'다고 느낀 것은 단순한 비유가 아니라 정말 필요 이상의 감정——마음의 응어리나 슬픔, 불만, 분노 등 그의 안에 오랫동안 맺혀 있던——이 흘러 나갔던 것이다.

감정의 발로.

그것은 나에게 대단히 창피한 것이라 가능하면 피하고 싶다. 하물며 남이 보기라도 하면 고통과 굴욕을 느끼는 것이기도 하다.

그러면서도 마사하루가 우는 모습을 봤을 때는 고통스럽지 않았고 오히려 안심이 됐다. 왠지 내 대신 혹은 내 몫까지 뭔가를 흘려주는 것처럼 느끼기까지 했다.

아니, 마사하루뿐만이 아니다.

불현듯 깨달았다.

이 여행의 후반에 모든 사람들에게 개별적으로 이야기를 듣고 그들이 '감정을 토로'할 때마다 나는 똑같이 느끼지 않았던가.

아야미의 분노조차 '내 대신', '내 몫까지' 토로해주고 있다고 어디선가 느끼지 않았던가.

그렇게 생각하자 이상하게도 개운한 기분이 들었다.

그들에 대한 인터뷰는 부담이긴 했지만 동시에 내가 토해내지 못한 뭔가를 대신해서 쏟아주었을지도 모른다.

마사하루가 무심코 내 얼굴을 보고 흠칫 놀란 표정을 지었다.

"무슨 일이야?"

"어?"

"놀란 얼굴을 하고 있어서."

"내가?"

"응."

그 말을 듣고 반대로 내가 놀랐다.

방금 그 발견이 내게 그런 표정을 짓게 할 줄이야.

"자!"

마사하루가 그렇게 운을 떼고 손뼉을 치자 모두가 말을 멈추고 그를 주목했다.

"감상전. 아니, 답을 맞춰보는 시간입니다."

마사하루는 주목받는 것을 즐기기라도 하듯 씨익 웃었다.

정말로 "자"라고 말하는구나.

나는 웃음을 터뜨리고 싶은 것을 애써 참았다.

"아니, 그런데요, 답을 맞춰본다고는 했지만 애초에 문제가 뭐였어요?"

늘 그랬듯이 Q짱이 천연덕스럽게 물꼬를 터주었다.

"메시아이 아즈사가 살았는지 죽었는지? 아니면, 영화의 저주?"

하긴, 그러네, 하는 표정이 모두의 얼굴에 떠오른다.

역시 그는 언제나 좋은 역할을 해준다.

"음, '질문' 설정은 중요하지. 아주 중요해. 방금 정말 훌륭한 질문을 해줬어. 심지어 이제 와서, 여행 마지막 날에 그런 근원적인 질문이 나왔다는 건 훌륭한 일이지."

마사하루가 쓴웃음을 띠며 대답하자 해맑은 웃음소리가 터져 나왔다. 그의 쓴웃음은 Q짱과 같은 생각을 했기 때문이리라.

"인생 자체가 하나의 커다란 '질문'이라고 할 수 있지."

다케이 교타로가 초연하게 중얼거렸다.

"오오, 명언이 나왔군요."

쓰노가에 감독이 웃는다.

"문제가 해결되었는지 아닌지는 둘째 치고 공양이 되긴 했지. 창고 행 영화만큼 애틋한 것도 없는데, 오랫동안 후회되고 미련을 버리지 못해 끌고 온 것을 정리해서 속이 후련했네."

"반대로 잔불을 더 들이쑤신 면도 있긴 하지만요."

신도 요스케가 투덜거렸다.

"《밤이 끝나는 곳》을 영화로 만들지 못한 것이 못내 아쉽고 지금도 기회만 있으면 만들고 싶어졌지 뭡니까."

"만들겠나?"

쓰노가에 감독이 신도의 얼굴을 보며 농담조로 말하자 순간 신도의 눈이 번쩍인 듯했다.

"해보시겠습니까?"

쓰노가에 감독의 눈에도 마찬가지로 진지한 빛이 떠올랐다. 그러나 이내 그 빛은 사라지고 고개를 젓는다.

"아니, 그건 이미 촬영해야 할 시기를 놓쳤다고 생각하네. 쇼와시대에 찍었어야 했어. 쇼와의 얼굴이 남아 있었던 시대에."

아아, 하고 신도의 얼굴에 동의하는 표정이 떠올랐다. 동시에 안타까워하는 표정도.

"지금 같으면 차라리 연극 무대에 올리는 편이 낫지 않겠나. 무대가 더 그 허구적인 설정이 돋보일 것 같네."

"그렇군요. 연극화라."

신도는 의표를 찔렸는지 잠시 생각에 잠긴 뒤 고개를 들어 감독을 봤다.

"재미있을 것 같습니다. 만약 실현된다면 쓰노가에 감독님께서 연출을 맡아주시겠습니까?"

"좋지, 하겠네."

두 사람의 머릿속에서 뭔가가 움직이기 시작한 듯했다.

"오, 좋군, 좋아. 새로운 프로젝트의 시작이로군. 그렇게들 나와야지" 하고 다케이 교타로가 유쾌한 얼굴을 했다.

"어머, 우리도 만화화 프로젝트를 시작할 생각이거든요."

아야미가 몸을 내밀었다.

"정말 하려고?" 하고 시오리가 싸늘한 시선을 던진다.

"정말이지 그럼."

아야미는 태연히 시오리를 돌아보고 다음으로 시마자키 시로를 쳐다봤다.

"어젯밤에도 말씀드렸는데요, 시마자키 씨네 출판사에서 해주실 수 없나요?"

"이왕 할 거면 원작의 리바이벌 연재와 연극화를 함께 진행해서 상승효과를 노리고 싶군요."

시마자키 시로의 머릿속에서 계산기를 두드리는 소리가 들리는 듯했다.

"리바이벌 붐이 일어나면 메시아이 아즈사가 뿅 하고 나타나는 거 아닌가 몰라요."

Q짱이 중얼거린다.

"아니, 그럼 메시아이 아즈사가 살아 있다는 거야?"

아야미가 눈을 동그랗게 뜬다.

Q짱이 고개를 절레절레 흔든다.

"살아 있다기보다는 이제 아무래도 상관없지만, 왠지 '자칭' 메시아이 아즈사는 한둘이 아닐 것 같지 않아요? 선생님이 만난 메시아이 아즈사도 '자칭'인 것 같았고. 내가 메시아이 아즈사입니다, 하고 주장하는 사람이 얼마나 많겠어요."

"아, 알 것 같아."

시오리가 고개를 크게 끄덕였다.

"성공에는 백 명의 엄마가 있지만 실패는 고아다, 같은 거지. 뭐 하나가 인기를 끌면 자기도 그 일에 참여했다는 둥 자기 덕분이라는 둥 주장하는 사람은 어김없이 나오는 법이니까."

시오리의 말투에서 절절함이 묻어났다. 자신의 어머니를 떠올리고 말하는 것이리라.

"한 네다섯 명쯤 나오는 거 아니에요? 그건 또 그것대로 메시아이 아즈사다워서 재미있을 것 같아요."

시마자키 와카코가 쿡쿡 소리 죽여 웃었다.

"그럴 경우 본인인 건 어떻게 증명할까?"

와카코가 마사하루를 쳐다본다.

"제법 어려울 것 같은데요."

마사하루는 팔짱을 끼고 생각에 잠겼다.

"우선 다케이 선생님께 직접 만나서 확인해달라고 해야 하지 않을까요?"

"후훗. 제가 할까요?"

시미즈 게이코가 매력적으로 웃었다.

마사하루가 눈을 끔뻑거린다.

"네? 하시다뇨, 뭘요?"

"메시아이 아즈사 역할."

모두가 어리둥절해했다.

게이코는 사람들을 죽 훑어본다.

"연극화가 실현되고 나면 제가 메시아이 아즈사라고 주장하고 나서는 거죠. 메시아이 아즈사를 연기하고 싶은 사람이 네다섯 명이나 나온다면 그중 한 명쯤은 진짜 연기자가 들어 있어도 되잖아요."

"아하. 그것도 리바이벌 붐의 준비 작업이라 이거군요."

신도 요스케가 고개를 끄덕인다.

후훗, 하고 게이코가 또다시 웃었다.

"메시아이 아즈사는 참 이상한 사람이에요. 연극처럼 과장된 몸짓을 하는 여자. 경박한 여자. 하지만 작품은 매력적이죠. 저는 메시아이 아즈사라는 사람이 잘 이해가 가지 않았고 실제로 그리 관심이 있는 것도 아니었어요. 그런데 이제야 관심이 생겼다고나 할까, 해보고 싶다는 생각이 들었어요."

그녀는 샴페인을 한 모금 마신 뒤 계속했다.

"생각해보니 이제껏 경박한 인물은 해본 적이 없구나 싶어서요. 그동안 인간적인 깊이를 표현하는 데 고심했으니까 이번엔 반대로 경박한 역이 더 어려울 것 같아요. 굴절된 자기 과시욕도 그렇고 언뜻 경조부박한 느낌이지만 그러면서도 작품이 지닌 끝없는 어둠도 그렇고. 그런 걸 다 갖춘 인물을 어떻게 하면 잘 표현할 수 있을까, 하고 고민하게 되네요."

"흐음. 당신이 메시아이 아즈사를 한단 말이지."

쓰노가에 감독은 흥미로워하는 눈초리다.

"그것도 재미있을 것 같군. 그렇지, 《밤이 끝나는 곳》을 연극 무대에 올릴 때는 메시아이 아즈사도 등장시키면 되겠어. 극중극으로 《밤이 끝나는 곳》의 연기를 펼치고 인물들이 프레임 아웃한 뒤에 메시아이 아즈사의 집필 과정이나 사라지기까지의 경위를 당신이 연기하는 거지. 그게 요즘 시대의 《밤이 끝나는 곳》일지도 모르겠군."

쓰노가에 감독 머릿속에 무대 위의 게이코가 보이는 듯했다.

나도 상상해본다.

게이코가 큰 모자를 쓰고 거드름을 피우며 다케이 교타로나 시마자키 시로와 마주 앉아 있는 모습을.

틀림없이 게이코는 무대 위에서 메시아이 아즈사로 다시 태어날 것이다. 짙은 화장을 하고 교태를 부리는 경박한 수다쟁이 여자를 완벽히 연기할 것이다. 과장된 손짓 발짓. 눈을 치뜨고 은근히 유혹하는 표정. 보는 사람의 속을 뒤집어놓는 어딘지 어긋나 있는 여자를.

"꼭 보고 싶군요."

신도 요스케가 황홀한 표정을 지었다. 그의 머릿속에도 게이코가 연기하는 모습이 선명히 떠올라 있는 것이 틀림없다.

"재미있을 것 같아요. 그렇지, 극중극으로 하면 《밤이 끝나는 곳》의 허구성이 잘 들어맞을 것 같아요."

아야미가 고개를 끄덕인다. 그녀는 그녀대로 극의 구성을 떠올리고 있으리라. 메시아이 아즈사가 등장하는 플롯이나 대사를 생각하고 있을지도 모른다.

"으으, 나는 싫은데요."

Q짱이 괴상한 목소리를 냈다.

"천하의 명배우 시미즈 게이코가 그런 이상한 여자 역할을 하는 건
싫어요."

"어머, 천하의 명배우라니. 과분한 칭찬, 고마워."

게이코가 넉살 좋게 머리를 숙였다.

"아, 진짜, 계속 치켜세웠다가 그 여자 영혼이 접근하면 어떡해요?
이제 그만해요."

Q짱이 고개를 마구 흔들었다.

"나 참, 의외로 겁이 많다니까, 자네는."

다케이 교타로가 "흥" 하고 콧방귀를 뀌었다.

"그야……."

Q짱의 얼굴이 파랗게 질려 있다.

"어젯밤에 선생님도 봤잖아."

"그건 그냥 승객일 테지."

두 사람이 소곤소곤 속삭인다.

"봤다니, 뭘 봤는데?"

마사하루가 물었다.

Q짱은 잠시 망설이다가 큰 눈을 번쩍 뜨고 대답했다.

"……모자 쓴, 으스스한 여자요."

"그건 또 무슨 소리야?"

사람들의 얼굴이 핏기가 싹 가신 듯이 창백해졌다.

순간 첫 번째 좌담회 날로 돌아간 것 같아 현기증이 났다. 시곗바늘

이 거꾸로 돌아가 이곳에서 처음 만난 날로 돌아간 것이 아닐까. 어쩌면 우리는 영원히 이 배 안에서 같은 여정을 반복하고 언제까지나 메시아이 아즈사의 이야기를 계속하는 것이 아닐까…… 그런 착각마저 들었다.

"어디서 봤어?"

시오리가 나직한 목소리로 물었다.

"거울 속이요."

"앗,"

그 말을 들었을 때가 더 오싹했다.

거울 속.

사람은 고대부터 거울에 마력을 느꼈다. 모든 것을 반대로 비추는 것. 똑같이 생겼기는 하지만 결코 똑같지는 않은 것을 보여주는 것.

"아, 으스스해, 어디 거울이었어?"

시마자키 와카코가 당황하면서도 들뜬 목소리로 물었다. 아마 그녀도 '거울 속'이라는 말에 겁이 나서 과장되게 반응하는 것으로 얼버무리려는 것이리라.

"레스토랑에 가는 길 코너에 거울 있잖아요. 거기."

"아, 거기."

모두가 그 장소를 떠올리고 있는 것을 알 수 있었다.

환송 파티 장소이기도 한 레스토랑 옆은 널찍한 라운지도 겸하고 있다.

그 라운지를 따라 세워진 벽 모서리가 비스듬히 잘린 곳에 큰 거울이 걸려 있다.

"우리 방이 있는 층에서 엘리베이터로 내려간 뒤 라운지로 향하는 복도를 걷다 보면 정면에 그 거울이 보이거든요. 벽이 비스듬히 되어 있어서 라운지 구석이 거울에 비치는데요."

Q짱이 손바닥을 비스듬히 했다가 쓱 내린다.

"그 거울에 라운지 구석에 서 있는 모자 쓴 여자가 비친 거예요."

"그럼 파티에 가는 도중에 봤다는 거네."

아야미가 확인한다.

"그렇죠."

"어떤 모자를 쓰고 있었나?"

시마자키 시로가 물었다.

"그러니까, 하얗고 챙이 넓은 거요. 부드러워 보이는 소재였고 코르사주 같은 장식이 붙어 있었어요."

하얗고 챙이 넓은 모자.

문득 마사하루와 눈이 마주쳤다.

아마 그도 나와 똑같이 피아노의 섬에서 본 모자를 쓴 여자를 떠올리고 있으리라. 그때는 어떤 모자였더라? 방금 들은 그런 모자였나?

이미 기억이 까마득해서 나부끼는 낡은 레이스 커튼밖에 떠오르지 않는다.

"나랑 선생님이 동시에 그걸 보고 걸음을 딱 멈췄다니까요. 아아, 무서워."

Q짱은 그때 일을 떠올리고 새삼 섬뜩해졌는지 몸을 부르르 떨었다.

"선생님도 보셨군요. 어떠셨습니까? 전에 호텔에서 만난 메시아이 아즈사와 닮았던가요?"

쓰노가에 감독의 질문에 다케이 교타로는 어깨를 으쓱했다.

"보긴 봤어도 아주 잠깐이었으니 말이야."

Q짱이 고개를 끄덕인다.

"맞아요, 앗, 저기 모자 쓴 여자가 있네, 싶었더니 그 사람이 쓱 움직여서 거울에 비치는 범위 밖으로 나가버렸거든요."

"흐음. 그럼 파티 장소로 가고 있었다는 소리네?"

"그렇겠죠. 그런데 그때 그 사람하고 눈이 마주쳤거든요. 내 눈에 그 사람이 보였다는 건 그 사람도 내가 보였다는 거겠죠. 멀리 떨어져 있었는데도 시선이 딱 부딪쳤어요."

Q짱은 으스스함이 가시지 않는지 자기 팔을 문질렀다.

"내가 시력이 굉장히 좋거든요……, 그런데 이상했어요. 분명히 눈이 마주쳤는데, 그 사람은 눈이 없지 뭐예요."

"무슨 뜻이지?"

시오리가 눈살을 찌푸린다.

"텅 비어 있더라고요. 눈 부분에 구멍이 뚫린 것처럼."

또다시 오싹했다.

"헉, 뭐야, 저 사람, 눈이, 텅 비었잖아, 하고 생각했죠."

"어우, 싫어, 무섭잖아, 그만해."

시마자키 와카코가 비명을 지른다.

"흐음, 그래서였군. 그때 자네가 굳었던 건."

교타로가 Q짱의 얼굴을 여유롭게 쳐다본다.

"설명했잖아, 선생님, 괴상망측한 게 있다고."

"그래서 어떻게 됐어?"

마사하루가 그다음을 재촉한다.

Q짱은 마음을 가다듬었는지 허리를 곧게 폈다.

"한동안 몸을 못 움직이겠더라고요. 혹시 그 여자를 본 다른 사람이 비명이라도 지르는 거 아닌가 싶었는데, 아무 일도 없었어요. 그래서 파티 장소로 가서 한 바퀴 둘러봤는데 그 사람은 어디에도 없더라고요."

"모자를 벗었을지도 모르겠네."

"그럴 리는 없지 않을까? 파티에 패션으로 모자를 쓰고 온 여자가 굳이 벗지는 않을 것 같아."

아야미와 시오리가 소곤대며 의견을 나눈다.

"분명히 어떤 사람 몸을 뺏어서 나타났을 거예요."

Q쨩은 꺼림칙한 듯이 말했다.

"승객 중에 자기주장이 강하지 않고 남의 영향을 잘 받는 보통 사람을 발견하고, 마침 잘됐다면서 빙의인지 뭔지를 해서 나타난 거라고요. 그러니까 그 사람 얘기를 자꾸 하면 안 된다니까요."

"아아, 무슨 말인지 알겠어. 원래는 생판 남인데 의대나 빙의체로 작용한다는 거네. 그리고 영능력이 있거나 그런 게 눈에 보이는 사람이 보면 그곳에 메시아이 아즈사의 모습이 보인다, 이건가."

아야미가 고개를 크게 끄덕인다.

"흐음. 성불하지 못한 거군요."

신도가 느긋하게 중얼거리는 말에 모두가 주목했다.

"성불?"

"살아 있을지도 모르는데요?"

여러 명의 목소리에 신도는 고개를 천천히 흔들었다.

"그렇죠, 어쩌면 살아 있을지도 모르죠. 그런데《밤이 끝나는 곳》의 작가로서 그녀는 이미 죽었습니다. 그렇지 않습니까, 그 이후 한 작품도 쓰지 않았으니까요. 제 말은 작품《밤이 끝나는 곳》과,《밤이 끝나는 곳》의 작가인 그녀가 성불하지 못했다는 겁니다. 그러니까 우리가 뭔가를 만들어야 한다는 겁니다."

그 달관한 듯한 말투에는 모두를 납득시킬 만한 것이 있었다.

"연극화와 만화화. 이걸로 명예 회복은 될 것 같군."

쓰노가에 감독이 장난스럽게 말했다.

"명예 회복……."

마사하루가 멍하니 되뇌더니 갑자기 진지한 표정으로 감독을 봤다.

"명예 회복이라 하면 무슨 명예 회복인가요?"

그 얼굴이 지나치게 진지한 탓에 감독은 순간 당혹스러운 표정을 보였지만 이내 미소를 머금었다.

"그녀와 그녀의 작품이 잊혔던 것에 대해서. 혹은 오랫동안 '저주받은 작품'이라는 꼬리표가 따라다녔던 것에 대한 명예 회복이지. 이번에 시각화가 이루어진다면 그 두 가지 불명예를 다 불식할 수 있지 않겠나?"

"아아, 그렇군요."

마사하루는 여전히 진지한 얼굴로 끄덕인 뒤 가만히 생각에 잠긴 표정을 지었다.

"마사하루, 무슨 생각을 하는 건가?"

쓰노가에 감독의 눈에 희미한 불안이 엿보인다.

감독의 불안은 내가 느끼고 있는 불안이기도 했다. 마사하루의 이 표정은 보는 사람을 불안하게 한다.

마사하루는 모두가 주목하고 있는데도 아랑곳하지 않고 조금 더 생각에 잠겨 있었다.

"그래."

갑자기 마사하루가 작게 고개를 끄덕이더니 그제야 얼굴을 들었다.

"저도 해줘야 할지도 모르겠군요."

"뭘?"

쓰노가에 감독이 몸을 내밀었다.

"명예 회복 말입니다."

"누구의?"

이번에는 아야미가 몸을 내밀었다.

"이즈미의."

그 이름이 나온 순간 이번에는 모두가 동요해 일제히 몸을 뒤로 물렸다. 물론 나도 포함해서.

아아, 역시 다른 사람들도 피하고 있던 이름이었구나.

새삼 그런 생각이 들었다.

금기였던 그 이름을 입 밖에 낸 본인은 맑은 눈을 하고 허공의 한 점을 바라보고 있다.

"저는 《밤이 끝나는 곳》을 영화화하는 데 걸맞은 각본가였다고 자부한 이즈미가, 결국 그 의무를 다하지 못한 것에 절망해서, 그래서 자살했다고 생각했습니다."

그는 나를 흘끗 보고 고개를 살짝 끄덕였다.

자신이 도서관에서 한 이야기를 떠올리라는 뜻이리라.

그리고 그는 다시 허공에 시선을 던졌다.

"그런데 어쩌면 그렇지 않을지도 모르겠군요."

"……그렇지 않을지도 모르겠다, 라. 그럼 무슨 이유 때문이지?"

시오리가 가라앉은 목소리로 물었다.

얼어붙은 듯 꼼짝 않고 있던 사람들 사이로 안도하는 분위기가 흘러 움직임이 돌아왔다. 물론 나도 포함해서.

"그리고 괜한 의문일 수도 있는데, 왜 지금 그런 생각을 한 거야? 무슨 계기라도 있는 건가?"

시오리가 거듭 질문했다.

그렇다, 그것은 나도 의문이었다.

왜, 지금? 쓰노가에 감독의 말 중에 마음에 걸리는 말이라도 있었을까? 감독이 방금 뭐라고 말했더라?

언뜻 시오리가 그 의문을 품은 것은 그녀를 인터뷰할 때 내가 '왜 레스토랑에 들어왔을 때 놀란 얼굴을 했느냐' 하고 질문했기 때문이라는 기분이 들었다.

애거사 크리스티의 《깨어진 거울》의 한 장면처럼.

"아, 그게."

마사하루가 머리를 긁적였다.

"쓰노가에 감독님의 '명예 회복'이라는 말 때문인 것 같은데…… 아니, 아니다, 그보다 훨씬 전에…… 그래, '공양'. 그 말에 반응한 걸 거야."

공양.

사람들 머리에 그 말이 떠오르는 것을 알 수 있었다.

"생각해보니까 내가 이즈미한테 공양한 적이 없더라. 아, 물론 이즈미의 가족과 함께 스님을 모시고 법요 의식을 하고 있긴 해. 이즈미와, 그리고 나와도 도무지 맞지 않았던 그 가족과 함께. 1주기, 3주기 등등. 그런데 공양은 하지 않았다는 걸 깨달았지."

마사하루는 생각난 듯이 샴페인을 마셨다.

그 잔이 빈 것을 보고 와인 쿨러 가까이에 있던 쓰노가에 감독이 말없이 샴페인을 따라줬다.

"고맙습니다."

마사하루가 가볍게 인사를 했다.

"그래서 공양해야겠다는 생각이 들었어. 그런데 공양이란 뭘까, 하고 생각하던 참에 감독님의 '명예 회복'이라는 말이 들려서 반응한 거야."

"그래, 알겠어. 그럼 '그렇지 않을지도 모르겠다'라고 생각한 이유를 알려줘."

시오리가 차분히 재촉했다.

"그건 아직 머릿속에서 정리가 덜 되었으니 일단 놔두고, 아까 말한 이유를 어쩌다 생각하게 되었는지부터 설명하겠습니다."

마사하루는 그렇게 전제를 달고 지난번 내게 이야기한 내용을 간략하게 정리해서 설명했다.

이즈미가 자신의 '필연성'을 얼마나 중시했는지. 포스트잇에 남겨진 '필연성?'이라는 말.

그녀가 쓴 각본이 왜 결과적으로 원작을 왜곡하는 이야기가 되었는지.

그것이 자기 가족과의 관계에서 유래되었다는 것을 깨달은 그녀가 얼마나 자책했는지, 그리고 자책할 수밖에 없었는지.

그 논리 정연한 설명을 듣는 사이 나는 이상한 느낌이 들었다.

죽은 사람이 한 명 더 있었던 것이다.

그렇다, 우리는 지금껏 우리 대화 속에 등장하는 망자는 메시아이 아즈사뿐이라고 생각했다. 물론 과거의 사건, 사고로 인해 많은 망자가 존재하지만 대화의 중심은 내내 메시아이 아즈사였다. 여행하는 동안 느꼈던 것은 그녀의 그림자뿐이었다.

그런데 사실 망자는 한 명 더 있었다……. 얼굴도 모르는 베일에 싸인 여성 작가가 아니라, 우리 대부분이 알고 있고 절반은 만난 적이 있는 망자.

돌연 이즈미의 존재가, 부재하는 그녀의 존재가 이 자리에 뭉게뭉게 부풀고 있는 듯한 기분이 들었다.

그녀의 그림자가, 그 냉정한 눈이 여기저기 편재해 있다.

아아, 이렇게 컸구나.

순간 그 눈에 집어삼켜진 듯한 착각에 빠져 나는 몸서리가 쳐졌다.

아무도 알아채지 못했지만 이처럼 냉철한 망자가 처음부터 이곳에서 우리를 지켜보고 있었던 것이다.

"흐음. 꽤 설득력 있네."

아야미가 연신 고개를 끄덕인다.

"필연성…… 왠지 쓸쓸한 말이야."

문득 그녀의 얼굴에도 어린 소녀 같은 덧없는 표정이 떠올랐다. 그 생각지도 못한 무방비한 얼굴에 가슴이 철렁했다.

"그래, 나도 납득이 가는군. 그게 정답이라는 생각이 들어. 방금 그 설에서 '명예 회복'을 하면 도대체 어떻게 되는 건가?"

쓰노가에 감독이 고개를 기울였다.

마사하루가 작게 웃는다

"아니, 이게 정말로 '명예 회복'이 될지는 자신이 없습니다. 다만 그런 해석도 가능하다고 생각했을 뿐이에요."

모두가 자신의 다음 말을 기다리고 있는 것을 알았는지, 마사하루는 다시 샴페인으로 입술을 축이고 나서 잠시 침묵한 뒤 입을 열었다.

"이즈미는 의식적 혹은 무의식적으로 원작을 왜곡해서 각색했습니다. 그걸 깨닫고 절망했다는 것까지는 똑같습니다."

아직 생각을 정리하는 중인지 잠시 허공을 보더니 다시 입을 열었다.

"그저 절망뿐이었을까, 하는 생각이 들더군요."

자신의 필연성을 부정하는 일을 해버렸다, 하는 절망.

"뭐랄까…… 이즈미는 틀림없이 스스로에게 실망했을 테고, 어쩌면 평생 부정하고 봉인해온, 자기도 어쩔 수 없는 인간이라는 걸 인정하게 되었을 가능성도 있지 않았을까 합니다."

어느덧 마사하루는 재판에서 변론하는 말투로 말하고 있었다.

그 눈은 먼 곳을 응시하고 있어 지금의 그는 어떤 법정에 서 있는 듯한 느낌마저 들었다.

그리고 피고인석에는 그녀가 앉아 있다.

그 냉철하고 더없이 차분한 눈길로 변호 중인 마사하루를 바라보고 있다.

"철저한 완벽주의자. 항상 스케줄대로 일을 진행하죠. 자신을 필요로 하고 자기밖에 할 수 없는 일을 합니다. 이즈미는 자기 인생도 스케줄대로 밟아나가는 것에 자긍심을 느꼈을 겁니다. 하지만 그런 그녀조차 내면의 갈등을 무시하지는 못했습니다. 그 갈등으로 인해《밤이 끝나는 곳》의 원작을 충실히 각색하지 못하게 된 겁니다. 충격이 컸을 테죠. 스스로를 부정한 느낌이었을 겁니다. 하지만 어쩌면, 이건 어디까지나 제 희망적인 관측입니다만, 어쩌면 한편으로 그 일에 조금이나마 위안을 느끼기도 하지 않았을까 싶습니다."

피고인석의 그녀의 표정에는 변화가 없다.

미동도 하지 않고 변호인을 바라보고 있다.

"이제껏 죽기 살기로 살아왔고 자신을 완벽하게 통제하고 있다고 생각했지만, 역시 나도 사람의 자식이구나, 하고 말이죠. 가족에 대한 말로 표현할 수 없는 어렴풋한 감정이나 논리적으로 설명할 수 없는 감정, 도저히 서로를 이해하지 못하는 데서 오는 허탈감, 아무리 억눌러도 복받쳐 오르는 거무칙칙한 충동. 이 나이가 되어서도 그건 어떻게 할 수가 없구나, 내 행동에 영향을 주는구나, 하는 걸 깨달은 게 아닌가 싶습니다."

이미 우리는 법정의 방청객이었다.

법정은 물을 끼얹은 듯 조용했다.

"어쩌면 이즈미는 그걸 처음으로 인정한 것이 아닐까 생각합니다. 필시 자신의…… 외로움에 대해서도."

'외로움'이라고 말하기 전에 잠시 주저한 그의 말투에서 나는 그때의 마사하루를 떠올렸다.

응, 나 불쌍하지 않아?

나 진짜 불쌍하다.

그제야 자신이 상처받았다는 것을, 자신이 불쌍하다는 것을 인정한 마사하루.

그런 그가 지금 이즈미에게도 인정할 것을 압박하고 있다.

"이즈미는 스스로에게 자신의 외로움을 인정하도록 허락한 겁니다. 그 순간 그녀의 얼굴에 떠오른 것은 대부분 절망이었을지도 모릅니다. 하지만 어쩌면…… 어쩌면 거기에는 쓴웃음 같은 것도 있었을지도 모릅니다."

나는 흠칫 놀랐다.

피고인석에 앉아 있던 이즈미의 표정이 다소 누그러졌기 때문이다.

아주 작은 변화였다. 하지만 나에게는 보였다…… 엷은 쓴웃음이.

처음 보는 그녀의 표정이었다.

"그 쓴웃음이 이즈미의 심경에 어떤 변화를 가져왔을까요. 저는 알 것 같습니다. 그녀는 지나온 인생을 돌이켜봤을 겁니다. 스스로를 얽어맨 '필연성'의 세계를 자신이 걸어온 길에서 봤을 겁니다. 그리고 깨달았을 겁니다. 이제 그곳으로 돌아갈 수 없다는 것을."

이즈미의 엷은 쓴웃음은 어느새 뚜렷한 쓴웃음이 되어 있었다.

그리고 서서히 '쓴' 부분이 빠지고 온화한 미소로 변해간다.

"이즈미는 생각했습니다. 나는 이제 그 '필연성'의 세계로는 돌아갈 수 없다, 그리고 그걸 후회하지 않는다고. 이즈미는 포스트잇을 남겼습니다. '필연성? 그게 뭐 얼마나 대단한 건데?'라고. 그게 그녀의 메시지였습니다. 그리고 그녀는 더이상 뒤돌아볼 일이 없는, 돌아갈 생각이 없는 그 세계에 단호히 이별을 고한 겁니다."

피고인석의 이즈미가 쓱 일어서는 것이 보였다.

잔잔히 미소를 띤 채 조용히 퇴정한다.

판결도 듣지 않고.

변호인에게 인사도 하지 않고.

우리 방청객들은 그녀가 퇴정하는 모습을 말없이 지켜봤다.

쾅, 하고 법정 문이 닫히는 소리가 들린 듯한 것은 나뿐만이 아니었으리라.

"……공양이 된 것 같지 않나?"

쓰노가에 감독이 불쑥 중얼거렸다.

"명예 회복도."

시오리가 덧붙였다.

네, 분명 그랬을 거예요.

나도 마음속으로 동의했다.

틀림없다. 나는 이즈미의 미소를 봤다. 아마 나 외의 사람들도, 그리고 마사하루도 그녀의 미소와 퇴정을 틀림없이 봤을 것이다.

"그런가?"

마사하루는 의문형으로 말하긴 했지만 그 목소리에는 납득의 울림이 있었다.

"흐음, 마사하루는 그런 식으로 변호하는구나."

아야미가 감탄한 목소리로 말했다.

마사하루는 쑥스러운 얼굴이다.

"대체로 그렇지, 뭐. 다만 방금 그건 상당히 서정적이었어. 실제로는 더 사무적인 느낌이야."

"서정적, 이라. 하긴. 부럽네, 우리도 그런 식으로 변호받고 싶었는데."

아야미가 시오리를 쳐다본다. 시오리도 말없이 아야미를 본다.

우리. 닮지 않은 자매. 복잡한 자매. 상처받은 자매.

"무슨 변호를 말하는 거야?"

마사하루가 미간을 찌푸렸다.

그러자 아야미가 머쓱한 얼굴로 입을 삐죽 내밀었다.

"어머, 알면서 그러네. 우리 어머니로부터, 그리고 세상으로부터 보호받고 싶었어. 까닭 없는 비난을 받아온 우리 명예를 꼭 회복하고 싶어."

"까닭 없는 비난이라. 확실히 그런 부분이 있었을지도 모르지만."

마사하루는 모호하게 말했다.

"있었어. 그 사람 때문에 피해를 본 사람들이 얼마나 많은데. 쓰노가에 감독님도."

아야미의 고집스러운 눈이 쓰노가에 감독 쪽을 향했다.

모두가 당황한 듯 동작을 멈추고 아야미와 시오리, 그리고 쓰노가에 감독을 차례로 본다.

마나베 자매의 어머니가 쓰노가에 감독과 관계를 가져 자매 중 한 명을 낳았다는 소문. 설마 아야미가 그 소문을 쓰노가에 감독 앞에서 꺼낼 줄이야.

모두가 어색한 표정을 짓고 있어서 이 자리에 있는 거의 모두가 그 가십을 알고 있음을 깨달았다.

"곤란하셨죠?"

아야미는 감독을 사납게 노려봤다. 부정의 대답을 거부하겠다는 표정이다.

감독은 말없이 어깨를 살짝 움츠렸다.

모두가 주시하는 가운데 그는 감정을 전혀 드러내지 않았다.

"괜찮아요, 괜히 마음 쓰실 것 없어요."

아야미가 더 밀어붙인다.

감독은 쓴웃음을 짓고 그 표정 그대로, "그건 말이네" 하고 입을 열었다.

아야미는 이 자리에서 무조건 감독이 그녀의 어머니에 대해 이야기하는 것을 듣고야 말겠다는 각오인 것이다. 감독은 자신이 입을 열 때까지 그녀가 단념하지 않으리라는 것을 알고 마음을 정했으리라.

"이런저런 소문이 있었던 건 사실이네."

후 하고 한숨을 내쉰다.

"그런데 이 업계가 화제만 되면 장땡인 곳이라 말이야. 자네들 어머니뿐만 아니라 그 외에도 있는 일 없는 일로 별의별 말을 다 들어왔지. 너무 많아서 셀 수도 없고 다 기억할 수도 없을 정도로. 도대체 내가 몇 명이나 있는 건가 싶을 만큼 여기저기서 염문을 뿌리고 있었던 것 같군. 솔직히 일일이 신경 썼다가는 못 버텨냈을 테지."

"그래, 그랬지, 감독은 잘생긴 데다 능력까지 있어 인기가 많았으니 말일세. 인기도 없으면서 능력까지 없는 놈들이 시새움을 내면 그보다 무서운 것도 없다니까."

다케이 교타로가 히죽히죽 웃으며 끼어들었다.

"숙녀분들, 어머니가 감독에게 폐를 끼칠 만큼 미인이었다고 자랑하고 싶은 건 알겠네."

"자랑이라뇨."

아야미가 발끈하는 것을 느낄 수 있었다. 얼굴이 주홍색으로 물들었다.

"아니 아니, 기분을 상하게 했다면 미안하네."

교타로가 사과하는 손짓을 했다.

"한데 말이야, 자기가 감독과 특별한 관계라고 떠벌리고 싶어 하는 놈들이 숱하게 많았네. 그러니까 용서해주게."

"용서요?"

그 말에 반응한 것은 시오리였다.

"용서라뇨? 왜 우리가 그 사람을 용서해줘야 하는데요?"

억누른 목소리인 만큼 오랜 세월 동안 쌓인 분노가 느껴졌다.

시오리의 얼어붙은 듯한 창백한 얼굴은, 얼굴을 붉히고 화를 참고 있는 아야미와는 대조적이었다.

"으음. 내가 지금 변호해주고 싶은 사람도 누나들 어머니 쪽이야."

마사하루가 조용히 말했다.

그 순간 아야미와 시오리가 그를 매섭게 쏘아봤다. 과연 마사하루도 그 무언의 비난에는 주춤할 수밖에 없었다.

"도대체 뭘 변호하겠다는 건데? 자식들을 망치고 헛소리나 불어넣은 것도 모자라 다 큰 자식들을 방해하기만 한 그 사람의 뭘?"

아야미가 펄펄 뛰며 화를 냈다.

분노가 시뻘건 불길이 되어 그녀를 에워싸고 타오르는 것이 보일 지경이었다.

"……그러니까."

마사하루가 두 손을 펼쳐 보인다.

"그러니까는 무슨 그러니까야."

아야미의 강한 어조를 식히듯이 마사하루는 조용히 계속했다.

"그런 것밖에 할 수 없을 만큼 비참한 사람이었으니까."

마사하루가 두 사람의 얼굴을 가만히 바라본다.

아야미와 시오리가 말문이 막혔다는 것을 알 수 있었다.

잠깐의 침묵.

"누나들 말대로 형편없는 어머니였을지도 몰라. 자기애밖에 없는 옹졸한 사람이었을지도 모르지. 그런데 누나들은 살아남았잖아. 생존했잖아. 게다가 비범한 인물이 되었지. 창작자로서 이름을 날렸어. 누나들은 어머니를 이겼어. 그렇지?"

두 사람은 같은 눈을 하고 입을 다물었다.

"누나들도 오래 전에 깨달았을 거야. 누나들 어머니가 불쌍한 사람이라는 걸."

마사하루는 나직하게 말했다.

"물론 원망이나 지울 수 없는 분노가 있다는 건 알아. 아까 내 얘기 들었지? 나는 아주 오랫동안 비참했어. 유서도 없이, 아무런 조짐도 없이 갑자기 아내가 자살했고 나는 그런 아내의 남편이니까."

자조의 웃음을 짓는다.

"나도 아까는 누나들과 똑같았어. 자기 연민에 빠져 이즈미를 원망했거든. 내가 불쌍하다고 생각했어."

거기서 마사하루는 내 얼굴을 흘끗 살폈다.

"아, 여전히 내가 불쌍하다고 생각하고 있긴 하지만."

나는 고개를 끄덕여 보였다.

그렇게 생각해도 상관없다. 그렇게 인정한 그에게 존경심을 품고 있으니까.

내 마음이 전해졌는지 그 또한 고개를 살짝 끄덕이고 자매 쪽으로 몸을 틀었다.

"그리고 나는 누나들 어머니의 심정을 조금은 알 것 같아."

마사하루는 깍지 낀 두 손을 무릎 위에 얹었다.

"뛰어난 창작자를 동경하는 마음. 자신도 그렇게 되고 싶었던 사람의 마음. 왜 내가 아닌 다른 사람이 스포트라이트를 받고 있는지 질투하고, 뛰어난 창작자 옆에서 그 사람의 오라를 보고만 있는 내가 싫어지는 심정을."

나는 가슴이 뜨끔했다.

마사하루의 그 말이 나를 향한 말처럼 느껴지기도 했기 때문이다.

설마, 하고 생각했다.

자만하고 있는 것이 아니다.

솔직히 나는 그가 나를 부러워한다고 느낀 적이 한 번도 없다. 나는 일류 창작자도 아니고 더구나 이즈미보다 뛰어나다는 생각은 요만큼도 없다.

마사하루가 작가에 대한 존경심을 갖고 있는 사람인 것은 알고 있었지만 그 안에 내가 포함되어 있을 줄은 몰랐다.

내가 지금 괜한 걱정을 하고 있는 것은 아니라는 확신이 들었다.

마사하루는 정말로 나에게도 그런 마음을 갖고 있었을까?

나는 뭐라 말할 수 없는 복잡한 기분이 들었다. 스스로도 상상도 못 할 정도로 동요하고 있었다.

"누나들은 그런 거 모르겠지."

"어머, 알지, 왜 몰라. 이 세상에 우러러볼 만한 천재와 선도자가 얼마나 많은데. 우리도 밑바닥에서부터 고생해서 올라왔거든?"

아야미가 턱을 딱 들었다.

그제야 화가 가라앉기 시작했는지 표정이 부드러워졌다.

마사하루가 씨익 웃는다.

"노력하는 것도 재능이라는 거 알지?"

"물론이지."

"그럼 내가 누나들 어머니를 변호하고 싶어지는 것도 알겠네."

"으음, 그럭저럭."

그렇게 대답한 시오리도 눈가의 힘이 느슨해졌다.

두 사람의 온화한 표정에 안도하면서도 나는 아직 내 안의 동요가 가라앉지 않은 것을 절실히 느꼈다.

나는 이상한 고양감에 휩싸여 있었다.

몸이 점점 가벼워지는 것 같았다. 정말로 몸이 붕 뜨는 듯한 감각이 있었다. 다소 오컬트적인 생각이라 입 밖에 내기도 꺼려지지만, 이즈미가 '성불했다'는 것을 알 수 있었다. 이게 무슨 소리인가. 다시 말해 이즈미가 그동안 내 어깨 부근에 쭉 붙어 있었다는 건가?

이런 소리를 하면 이즈미는 웃음을 지을 것이다.

그게 무슨 비과학적인 소리람. 내가 그럴 리가 없잖아. 당신이 착각한 거 아니야?

쓴웃음을 지으며 그렇게 말하는 이즈미의 얼굴을 본 듯한 기분이 들었다. 그 웃는 얼굴은 나쁘지 않았다. 냉소가 아니라, 눈에서 해맑음이 느껴졌다.

그렇다, 단순한 자기만족일 것이다. 스스로를 교묘히 설득해서 달랜 것이다. 그렇지만 불쌍한 나에게는 조금이나마 위안이 됐다. 내가 불쌍하다는 것을 알게 된 것만으로 이익이었는데 위로까지 받았으니 경사스러운 일이지 않은가.

평소부터 가슴이 후련한 승리나 다방면의 원만한 해결 같은 것이 세상에 흔치 않다는 것을 뼈저리게 느끼고 있다.

사소한 승리, 부조리한 패배, 겨우 마이너스가 되지 않을 정도의 이익, 쌍방의 불만을 삼킴으로 인한 고통 분담. 그런 후련하지 않은 결말이 이 세상의 대부분을 차지한다. 답답하거나 석연치 않거나 납득이 가지 않거나. 불만의 잉걸불은 잘 타지도 않고 여기저기서 시커먼 연기만 내고 있다. 이미 끝난 일은 다시 꺼내봤자 소용없으니 잊기로 하지만 그런데도 가끔씩 걷잡을 수 없는 분노가 우연히 터져 나오기도 한다.

그래서 이번 일은 나에게 대단한 승리다.

나는 그 승리를 마나베 자매에게도 나눠주고 싶었다. 두 사람이 사로잡혀 있는 분노와 슬픔에서 조금이나마 해방시키고 싶었다. 뭐, 내 개인적인 고양감에서 하는 행위로, 괜한 참견일지도 모르지만.

고즈에가 그런 내 마음의 움직임을 낱낱이 정확하게 파악해주고 있는 것도 느껴졌다.

그 또한 왠지 뿌듯해서 지금의 내 만족감으로 이어지고 있었다. 고즈에는 다 알아준다. 그것이 얼마나 든든한 일인지 새삼스레 의뢰인의 심정을 이해한 듯한 기분이 들었다.

설핏 마음이 로망에 젖어 있는데 갑자기 거리낌 없는 목소리가 씌워진다.

"아니, 그런데요, 물론 나도 방금 얘기를 듣고 이즈미 씨가 성불했다고 생각했어요. 살짝 감동까지 했고. 그런데 말이에요, 메시아이 아즈사는 어떻게 해야 성불할 수 있어요?"

당연히 그것은 Q짱의 목소리였다.

"그 사람은 명예 회복만으로는 만족하지 않을걸요?"

"그리고 저주는 계속된다, 인가."

다케이 교타로가 흥얼거리듯이 말했다.

"계속되는 것도 나쁘지 않을 것 같은데요. 메시아이 아즈사도 그걸 바라겠죠. 자기 저주의 굴레가 앞으로 영원히 계속되기를."

신도 요스케가 달관한 듯한 얼굴로 말한다.

"방금 마사하루는 어째서 이즈미 씨의 공양이 되었다고 생각했나?"

느닷없이 쓰노가에 감독이 내게 진지하게 물었다.

"어째서라니……."

갑작스러운 질문에 당황했다.

어째서 이즈미의 공양이 되었는가.

하지만 곧바로 대답이 떠올랐다.

"이해했다는 생각이 들었기 때문인 것 같습니다."

"이해했다."

감독이 반복했다.

"네. 이즈미를 이해하게 되었다고. 그렇게 느꼈더니 마음이 편해졌어요. 그런 거라고 생각합니다."

사람들이 긴장하며 등을 살짝 펴는 것을 알 수 있었다.

"으음" 하고 아야미가 끙끙댔다.

"우리가 정말 이해할 수 있을까. 여기 모인 멤버들은 아마 일본에서 메시아이 아즈사에 대해 가장 잘 아는 사람들일걸? 그런 우리가 입이 아프도록 얘기했는데도 아직도 이해했다는 생각이 들지 않아."

웬일로 자신이 없는 얼굴을 하고 있다.

"이해하지 못해도 사랑할 수는 있어요. 그 반대도 마찬가지고요."

시미즈 게이코가 말했다.

모두가 그녀를 주목했다. 게이코의 눈은 어쩐지 먼 곳을 응시하고 있다.

"어느 쪽이 더 행복할까요."

시오리가 게이코에게 조심스레 말을 건넸다.

게이코는 먼 곳을 응시한 채 소리 없이 웃었다.

"글쎄요. 양자가 일치하면 가장 좋겠지만 때로는 그렇게 되지 않죠. 이해의 정도와 사랑의 정도에 차이가 있곤 하죠. 그래도 제 생각에는 사랑받고 있어도 이해받지 못한다면 무척 고독할 것 같아요. 아마 그 반대보다 더."

"그럴지도 모르겠군."

쓰노가에 감독이 동의했다.

잠시 침묵이 흘렀다. 게이코의 말은 감독을 향한 것이었을까? 틀림없이 모두가 그 생각을 했을 것이다. 그렇다면 감독의 대답은?

두 사람이 여느 때처럼 포커페이스를 유지하고 있어 끼어들기가 꺼려졌다.

완벽한 세트. 완벽한 상품.

나는 두 사람을 바라보며 그런 생각을 했다.

말로 표현하지 않으면 모른다. 옳은 말이다. 변호사라는 내 직업도 말로 표현해야 돈을 벌 수 있다.

하지만 그런 직업이기 때문에 영화를 보고 있으면 말로 표현해도 어쩔 수 없다는 생각이 자주 들곤 한다.

입 밖에 내지 않는 많은 것들, 많은 시간이 사람과 사람의 관계를 만든다. 더구나 생판 남끼리 부부라도 되면 말로 표현할 수 없는 얼마나 많은 감정이 두 사람 사이를 채우게 될까.

부부는 댐 같은 것이다. 둘이서 협력해 댐을 에워싸 부지런히 물을 퍼붓고 정기적으로 물을 방류해 그 에너지로 전기를 생산한다. 댐을 유지하며 얻은 전력으로 자식을 키우거나 사회활동을 하는 것이다. 큰비가 내리면 넘치지 않게 물을 방류해야 하고 반대로 물이 마를 것 같으면 물 소비를 절약해야 한다. 두 사람의 협력 태세는 항상 미묘한 균형으로 이루어져 있다. 서로의 신뢰에 금이 가면 언제 댐이 터져도 이상하지 않다. 따라서 항상 나름대로 풍부한 물을 일정한 수

위로 유지해야 한다. 물을 함부로 방류하지 않기만 하면 되는 것이 아니다.

나는 감독과 게이코의 사이에 채워진 깊은 물을 생각했다. 풍부하긴 하지만 걸쭉해서 바닥이 보이지 않는 깊은 물을.

나와 이즈미의 댐은 사이가 가로막혀 있었을지도 모른다. 같은 댐인데도 중간에 커다란 칸막이가 있어서 각각의 댐에 물을 부지런히 퍼부었지만 상대방이 어떤 타이밍에 물을 방류했는지, 물이 얼마나 채워져 있었는지를 서로 몰랐던 것이다. 이즈미의 댐은 견고하게 만들어졌을 터인데 실은 오래전부터 물이 새고 있었다. 조금씩 새어 나오더니 어느덧 물의 양이 줄어 있었고 그것을 알아차린 이즈미는 마지막에 모든 물을 방류하기로 했다.

그렇다면 나와 고즈에의 댐은?

갑자기 불안해졌다.

나와 고즈에는 같은 댐을 에워싸고 있을까? 물은 얼마나 채워져 있을까?

그 의문이 생긴 것과 동시에 목소리가 들렸다.

"……시오리 씨."

시오리의 얼굴에 동요가 일었다.

아니, 시오리뿐만 아니라 왠지 모두가 움찔하는 것을 알 수 있었다. 나도 포함해서.

방금 그 목소리에는 지금까지 했던 대화와는 다른 울림이 있었기 때문이다.

그리고 그 목소리는 고즈에의 것이었다.

고즈에가 시오리의 얼굴을 고요히 보고 있다.

"네?"

시오리가 어리둥절한 얼굴로 고즈에를 본다.

"제가 시오리 씨를 인터뷰했을 때 들은 얘기를 지금 여기서 해도 될까요?"

고즈에가 차분히 가라앉은 목소리로 그렇게 물었다.

시오리는 당황한 듯이 고개를 갸웃했다.

"어떤 얘기를?"

"메시아이 아즈사의 필명과 젠더에 대해 시오리 씨가 느낀 바 말이에요."

고즈에는 시오리에게 눈빛으로 호소하면서 고개를 좌우로 저었다.

"사생활 부분이 아니라요."

시오리는 알아들었는지 "아아" 하고 고개를 끄덕였다.

"네, 상관없어요."

"고맙습니다."

고즈에는 머리를 살짝 숙여 인사한 뒤 고개를 들어 모두를 둘러봤다.

"잠깐 제 의견을 말씀드려도 될까요?"

고즈에는 차분한 눈으로 모두의 시선을 태연히 받아들였지만 시마자키 시로 쪽을 흘낏 보고는 쑥스러운 미소를 지었다.

"시마자키 씨에게는 조금 말씀드렸지만요."

"그 얘기를 여기서 하려는 건가?"

시마자키 시로가 쓴웃음을 띠며 고즈에에게 말했다. 고즈에도 쓴웃음과 고개를 끄덕여 답한다.

"네. 여러분은 어떻게 생각하시는지 의견을 들어보고 싶어서요. 저도 메시아이 아즈사를 이해하고 싶었거든요."

"아깝다는 생각도 들지만 나도 다른 사람들 반응이 궁금해."

나는 고즈에를 처음 보는 여자처럼 멍하니 보고 있었다.

다른 사람들도 마찬가지였다. 차분한 그녀에게 모두가 뜻밖이라는 얼굴로 주목하고 있다.

명탐정, 사람들을 모아놓고, 자, 하고 운을 뗀다.

당연히 내가 명탐정인 줄 알고 있었다. 오늘의 주역은 내 차지가 될 것이라고. 실제로 이즈미를 '이해한' 것으로 명탐정의 역할을 다했다고, 그렇게 생각했다.

하지만 그렇지 않다고 말하는 목소리가 어디선가 들려왔다.

혹시 명탐정은 그녀가 아닐까.

이때 내 심정은 나중에 돌이켜봐도 잘 이해되지 않을 만큼 신기했다.

결코 미리 준비한 것은 아니었다. 오히려 마사하루가 내게 어떤 감정을 갖고 있는지 동요하고 있던 참이었는데, 어디선가 서서히 또 다른 내가 나타나더니 갑자기 발언을 하고 있었다.

아니, 스스로는 '준비한 것은 아니'라고 생각했지만 어쩌면 오래전부터 준비했을지도 모른다. 모두의 이야기를 듣고, 《밤이 끝나는 곳》을 다시 읽고, 각각 인터뷰를 진행하는 동안에도, 기항지에서 관광을 하고 있을 때도.

어느덧 나는 이런 식으로 이야기하고 있었다…….

저는 여러분에게 《밤이 끝나는 곳》과 메시아이 아즈사에 대해 어떤 인상을 갖고 있는지 물었습니다. 그리고 이런저런 흥미로운 얘기를 들을 수 있었습니다.

《밤이 끝나는 곳》에 대해서는 어머니에 대한 그리움이다, 정체성을 찾는 이야기다, 보답받지 못하는 사랑의 이야기다, 사랑의 불모다 하는 의견이 있었습니다. 하나같이 절로 고개가 끄덕여지는 대답이었죠.

그리고 메시아이 아즈사에 대해서는 여러분들 모두가 당혹스러워하시는 걸 느꼈습니다. 도무지 인상이 분명치 않다, 인상이 자꾸만 바뀐다…….

그건 저도 마찬가지였습니다. 여행 전반에 여러분이 나누신 대화를 듣고 참 신기한 사람이라고 생각했거든요.

저는 여러분의 개별 인터뷰를 하기 전에 《밤이 끝나는 곳》을 다시 읽었습니다.

네, 이 배에서요.

이 또한 신기하더군요. 여러분의 얘기를 듣고 나서 새삼 책을 읽어봤더니 많은 부분에서 위화감을 느꼈거든요.

제가 어렴풋이 생각한 것을 시마자키 씨에게 말씀드린 건 시마자키 씨가 메시아이 아즈사의 담당 편집자를 알고 계셨기 때문이에요. 맞아요, 행방불명이 된, 《밤이 끝나는 곳》의 단행본을 만든 담당자말이에요.

시마자키 씨와 얘기했을 때는 제 생각이 제대로 정리되지 않았지만, 인터뷰를 진행하고 마지막 순서인 시오리 씨와 얘기를 했을 때 시오리 씨도 저와 비슷한 느낌을 받았다는 걸 알게 되었어요. 시오리 씨의 설명을 듣고 아아, 그랬구나, 나도 어디선가 그렇게 느끼고 있었구나, 하고 생각했죠.

시오리 씨는 필명에 대한 얘기를 들려주셨어요.

작가가 필명을 지을 때…… 필명을 댈 때 무의식중에 자신이 드러난다, 라는 얘기였죠.

뭔지 알 것 같았어요. 나와 동떨어진 이름을 지었다고 생각했는데 어디선가 자기 정체에 대한 단서를 남겨놓는 그런 거죠.

필명을 짓는 방식은 다양해요. 좋아하는 소설의 등장인물의 이름이나 어머니의 결혼 전 성씨에서도 따오죠. 자기 이름의 철자 배치를 바꾸기도 하고 말장난을 이용하기도 해요. 닮고 싶은 연예인이나 유명인의 이름에서 따오기도 하고 필명의 유래를 듣는 것도 참 재미있답니다.

제 경우에는 성별을 알 수 없는, 어느 쪽으로도 가능한 이름을 필명으로 했어요. 제가 즐겨 쓰는 소설이 비교적 '남성적'으로 여겨지는 유형이었기 때문에 여성으로 특정할 수 있는 이름이 아닌 편이 좋을 거라고 판단했거든요.

어떻게 보면 저도 성별을 속였다, 성별을 숨겼다고 할 수 있겠죠.

시오리 씨도 필명에는 뭔가 숨길 수 없는 것이 드러난다고 하셨어요. 시오리 씨가 느낀 점을 알려드리자면…….

메시아이 아즈사라는 이름에는 여성의 차림새를 하고 있지만 남성의 얼굴이 붙어 있다, 고.

메시아이라는 성씨는 '메시아', 즉 구세주, 예수 그리스도의 이미지가 있고, 아즈사는 여성의 이름이긴 하지만, 활을 연상시키고, '가래나무 활'은 '당기다', '펴다' 앞에 붙이는 수식어이기 때문에 공격적이고 남성적인 말이기도 하다.

다시 말해 여성을 칭하면서도 본래는 남성임을 드러내는 것이 아닐까, 하는 지적이었습니다.

실제로 《밤이 끝나는 곳》도 그런 이야기잖아요?

어린 남자아이가 생명의 위험에서 벗어나 안전하게 지내기 위해 여자아이로 길러지죠. 어린 그는 자신이 뭔가를 속이고 있다는 걸 자각하지만 그게 뭔지는 설명하지 못해요. 게다가 엄마가 세 명이나 있는데 그녀들에 대한 감정도 복잡하고 분열되어 있죠. 세 엄마 모두 주인공의 정체성을 흔드는 원인이 되어 주인공은 항상 불안과 스트레스에 시달려요.

소설을 쓰면서 흔히 받는 질문이 있습니다. 영화감독이나 만화가를 비롯해 이야기를 만드는 사람이면 누구나 받는 질문일 것 같은데요.

등장인물은 모델이 있는가?

주인공은 작가 자신의 투영인가?

여러분, 고개를 끄덕이고 계시는군요.

제 경우에는 모델은 늘 없습니다. 제 모습을 투영했는지 묻는다면 등장인물마다 조금씩 제 일부가 들어 있다고 대답하죠. 제 경험을 토대로 인물을 만들기 때문에 모든 인물에게 제 경험이나 일면이 영향을 주는 건 당연하겠죠. 사람은 다양한 면을 갖고 있으니까 어느 한 면을 조금 강조해서 등장인물을 만들어내는 식이에요.

그리고 《밤이 끝나는 곳》의 경우, 저자가 이 주인공에게서 자기 자신을 보고 있다는 인상을 받았어요. 그것도 상당히 강하게. 이 작자는 주인공에게 자기를 투영하고 있다고 느꼈죠.

그렇다면 필명인 메시아이 아즈사와, 《밤이 끝나는 곳》의 주인공은 이중으로 겹쳐 있는 것이 아닐까. 남성이지만 여성성을 걸치고 있는 점도 똑같지 않은가.

그렇게 생각했습니다.

그럼《밤이 끝나는 곳》이 등장하기 전과 후에 이 작품의 주변에서 사라진 남성이 있지 않을까.

그런 생각을 했습니다.

그랬더니 그 조건에 해당하는 사람이 한 명 있었습니다……. 네, 《밤이 끝나는 곳》의 단행본을 담당한 편집자입니다.

어쩌면 그 편집자——히누마 씨라고 하는데요——가 메시아이 아즈사라는 필명을 짓고 여성 작가로서《밤이 끝나는 곳》을 쓴 것이 아닐까.

《밤이 끝나는 곳》은 두 작품을 바탕으로 그것을 조합해 하나의 작품으로 펴낸 겁니다.

제 생각에 그 기본 작품을 쓴 사람은 이니셜이 M.A인 여성일 것 같아요. 그런데 그 작품을 남기고 이미 죽은 거죠. 그래서 그 작품에 홀딱 반한 편집자가 뒤를 이은 거예요. 그는 아주 우수한 편집자였다고 하니 그의 우수한 '편집' 능력을 활용해 새로운 작품을 만들어낸 겁니다.

어쩌면 그는 실제로 트랜스젠더였을지도 몰라요. 그걸 계기로 메시아이 아즈사로 살아가기로 결심하지 않았을까요?

시마자키 씨를 만났을 때 그가 여장을 했는지, 아니면 성전환 수술을 한 상태였는지는 모릅니다. 하지만 늘 모자를 써서 모자의 인상을 전면에 내세웠던 건 그를 아는 사람들이 알아보지 못하도록 조심한 것이 아닐까.

인상이 자꾸만 바뀌었던 것도 그가 메시아이 아즈사의 캐릭터를 만드는 도중이었기 때문이라고 생각할 수 있죠.

갑자기 편집부를 찾아오거나 메시아이 아즈사가 두 명이라면서 이해할 수 없는 행동을 한 것도, 어떤 때는 M.A, 어떤 때는 히누마, 또 어떤 때는 메시아이 아즈사, 이렇게 자기 정체성이 아직 확립되지 않았기 때문이죠. 《밤이 끝나는 곳》의 주인공이 세 명의 엄마를 두었고 그사이에서 흔들렸던 것처럼.

메시아이 아즈사로서 살아가기를 택했지만 역시 그는 《밤이 끝나는 곳》을 뛰어넘는 작품을 쓰지 못했어요. '편집'은 가능해도 그 이후의 오리지널은 탄생시키지 못한 거죠.

그는 초조했을 거예요. 두 명 있지만 실은 내 작품입니다, 하고 주장한 건 거짓이 아니었어요. 메시아이 아즈사는 정말 두 명이었던 거예요……. 기본 소설을 쓴 죽은 여성과, 죽은 여성이 쓴 소설의 완성도를 높여 새로운 작품을 만들어낸 남성.

그가 그 후 어떻게 살았는지는 모릅니다. 어쩌면 또 어딘가에서 편집자로 일하고 있을지도 모르죠. 글 쓰는 일을 하고 있을지도. 하지만 결국 다른 작품은 쓰지 못했어요.

《밤이 끝나는 곳》의 마지막 장면 말인데요.

어른이 된 비짱이 의사에게 고백을 합니다.

그는 거의 매일 밤 추월장의 꿈을 꾼다고 해요. 그는 '지금도 나의 밤은 끝나지 않았다는 생각이 든다'라고 밝히죠.

밤이 끝나는 그곳에서 사야코와 만나기로 약속했지만 가지 못했기 때문이라고 그는 말해요. 약속을 지키지 않았기 때문에 나의 밤은 한 번도 밝은 적이 없다고.

나는 그곳에 가야 한다. 하지만 언젠가 살아 있는 동안 그곳에 갈 수 있을까. 그는 그렇게 말합니다.

그리고 마지막 문장이 나옵니다.

사야코가 기다리고 있는 그곳, 내 오랜 밤이 끝나는 곳, 늘 멀리 보이기만 하고 결코 손에 닿지 않는 밤의 끝이 걷히는 곳에.

이걸 그런 시선으로 읽으면 마치 두 명의 메시아이 아즈사와, 두 명이 꿈꾼 훌륭한 소설을 가리키는 것처럼 보여요.

두 사람은 합작으로 《밤이 끝나는 곳》을 탄생시켰지만 과연 그다음은 있는 걸까. 메시아이 아즈사는 '늘 멀리 보이기만 하고 결코 손에 닿지 않는' 곳을 목표로 했죠. 하지만 소설의 마지막 부분에서 그것을 절대로 손에 넣을 수 없다는 걸 예견해요.

저자와 작품이 여기서 또 이중으로 겹쳐 있는 거죠.

그것이 어쩐지 애달프고 안타까워요.

그렇기 때문에 이 작품은 기적적인 합작이자 유일무이한 작품이 되어 지금도 우리 같은 특정 독자를 매혹하고, 결코 손이 닿지 않는 곳을 목표로 하는 창작자들을 계속해서 끌어당기는 거겠죠.

기묘한 침묵이었다.

누구 하나 옴짝달싹하지 않는다. 마치 장식물처럼. 혹은 정지 화면처럼.

그리고 하나같이 비슷한 표정을 하고 있었다.

나는 무심코 모두를 훑어보면서 묘한 감동을 느꼈다.

모두가 나를 주목하고 있다. 나는 모두의 시선을 '느끼고' 있다.

이 표정을 뭐라 설명하면 좋을까. 소설로 쓴다면 어떻게 묘사하면 좋을까.

흥미. 안도. 체관. 비애. 허탈.

내 가설은 받아들여진 걸까?

납득이나 만족의 표정은 찾아볼 수 없었다. 그렇다고 냉소나 비판의 표정이 있는 것도 아니다. 플러스도 마이너스도 아닌 그저 잔잔하다고밖에 할 수 없는 평온한 바다를 닮은 표정. 감정의 수면의 높이가 전부 동일하게 느껴졌다. 개개의 표정이면서, 감정이 공유된 전체로 이루어진 하나의 것으로 보였다.

그야말로 영화의 한 장면 같다.

카메라가 내 위치에서 모두의 얼굴을 찬찬히 훑듯이 촬영하면서 옆으로 이동한다. 등장인물 한 명 한 명의 표정 위로 시선이 흘러간다.

여행이 끝난 것이다.

문득 그렇게 생각했다.

우리의 여행은 끝났다.

물론 진짜 끝은 아직 멀다.

몇 시간 뒤면 배는 항구에 도착한다. 가까워지는 육지, 그리운 일본의 육지를 발견하고 안도한다.

닫는 데 고생한 빵빵하게 부푼 캐리어를 끌고 느릿느릿 로비에 집합한다. 줄지어 순서대로 체온을 재고 여권에 도장을 받는다.

크루즈 직원에게 웃는 얼굴로 인사하며 작별을 아쉬워한다. 땅 위에 내려서서 "아직도 흔들리는 것 같아"라고 말하면서 택시에 올라탄다. 섣달의 도심으로 가는 길은 여느 때처럼 혼잡하리라. 도시의 떠들썩함에 휩싸이자마자 평소 생활로 되돌아온다.

택시 안에서 마사하루와 둘이 각각 정신없이 여기저기 메일을 보내거나 전화 통화를 한다. 나쁜 소식이나 뜻하지 않은 소식에 놀라거나 끙끙대면서도 머릿속은 완전히 업무 모드가 되어 있다. 잃어버린

2주간의 앞뒤를 맞추는 데 이랬다저랬다 머리를 굴리면서도 녹초가 된 몸을 이끌고 집에 도착한다.

아이고 피곤하다, 드디어 도착했네, 하고 서로 말한다.

짐도 푸는 둥 마는 둥하고 우체국에서 보관해준 우편물을 가지러 간다.

"이렇게나 많다니!" 하고 박스 하나를 꽉 채운 대량의 우편물에 질리고 무게에 기겁하면서 가지고 돌아온다.

그렇다, 그때까지가 여행이다. 어렸을 때 귀에 딱지가 앉도록 들었듯이 '집에 도착할 때까지가 소풍'이다.

그런데 이때 나는 여행이 끝났음을 확실히 느꼈다.

아마 그것은 환영이리라. 자신의 가설을 펼침으로써 만족했다고 하면 그뿐인 일. 단순한 착각이라 해도 부정하지 않겠다.

대단원이다.

그 말이 떠올랐다.

이것은 나의 '대단원'. 아마도 오직 내 안의.

나의 《밤이 끝나는 곳》에 얽힌 이야기는 방금 한 바퀴 빙 돌고 나서 일단 덮었다.

다른 사람은 어떤지 잘 모른다. 《밤이 끝나는 곳》에 얽힌 이야기는 이야기하는 사람의 수만큼 각각 존재한다. 덮지 않은 사람도 있으리라. 덮을 길이 없는 사람도 있으리라. 덮기를 원하지 않는 사람도 있을 것이 틀림없다.

그래도 상관없다. 결국 이것은 내 눈으로 본 이야기일 뿐이니까.

문득 저 멀리서 흥겨운 음악이 흘러나왔다.

이 멜로디는 〈성자의 행진〉이다. 통통 튀는 듯한 발걸음으로 다가

오는 밝은 딕실랜드 재즈.

누군가 오고 있다.

한 줄로 서서 춤을 추듯 우스꽝스러운 스텝을 밟으며 다가온다.

아아, 망자들이다.

단번에 알 수 있었다.

누구 하나 옴짝달싹하지 않는 정지 화면 같은 우리 뒤를, 《밤이 끝나는 곳》에 얽힌 이야기를 들려주는 등장인물들의 주위를, 망자들이 음악을 연주하며 빙글빙글 행진한다.

그리운 망자들.

나는 그들의 얼굴을 차례차례 바라본다.

우리가 이야기했던 망자들, 우리의 기억 속 망자들, 기억 속에서밖에 모르는 망자들.

물론 선도 역은 메시아이 아즈사 외에는 맡을 수 없다. 트롬본의 슬라이드를 그럴듯하게 움직이고 있지만 음정이 맞지 않아 악기를 잘 다루지 못한다는 것을 알 수 있다. 바로 뒤에는 사사쿠라 이즈미가 있다. 트럼펫을 손에 든 그녀는 기술적으로는 완벽한 듯하다. 완벽주의자인 그녀라면 그것도 당연하리라.

다만 메시아이 아즈사의 얼굴은 변함없이 크고 하얀 모자에 가려 보이지 않고, 이즈미는 비꼬는 듯한 엷은 쓴웃음을 띠고 있다.

두 사람뿐만이 아니다.

우스꽝스러운 얼굴로 북을 치고 튜바와 색소폰을 든 사람들이 이어진다. '저주받은 영화'의 제작 과정에서 목숨을 잃은 스태프와 배우들이다.

박복한 얼굴의 다마키 레이코는 의외로 고지식한 인상이었다. 표정이 밋밋하지만 그녀도 조용히 미소를 짓고 있다.

함께 목숨을 잃은 남녀 연극배우는 이미지보다 훨씬 젊었다. 이렇게 젊었다니, 가슴이 아프다. 이 젊은이들이 함께 죽다니. 어찌나 안쓰러운지 갑자기 숨 쉬기가 힘들어졌다.

그들은 영원히 나이를 먹지 않는다. 서로 얼굴을 보며 싱글벙글 웃고 있다.

그러고 보니 〈성자의 행진〉은 그 쾌활한 멜로디와는 달리 미국에서는 흑인의 장례식에서 연주되던 곡이라고 들은 적이 있다.

과연 망자들은 활기가 넘쳤다.

평평한 표정의 정지 화면 같은 '생자'들보다 훨씬 생명력이 넘치고 선명해 보였다.

그렇다면 당신들 덕분이네, 하고 누군가가 말한 듯한 기분이 들었다.

당신들이 오래오래 이야기해준 덕분에, 당신들이 상상해준 덕분에 우리도 이렇게 실체화되었어. 당신들 속에서 우리는 분명히 존재했어. 우리는 다시 한번 태어나서 다시 한번 살았어.

그럴지도 모르겠네, 하고 나는 고개를 끄덕였다.

Q짱의 말대로 됐네, 하고 Q짱을 쳐다봤지만 그는 시치미 뗀 얼굴로 입을 다물고 있었다.

당신이 염려한 대로 됐네? 우리가 계속 이야기하고 있었더니 정말 다들 나타났어.

누군가가 흥 하고 콧방귀를 뀌었다.

육지가 가까운 모양이다. 흙냄새가 난다.

망자들은 잠시 연주를 멈추고 술렁거리며 서로의 얼굴을 봤다.

이제 가야겠다. 땅 위에서는 춤을 못 추거든.

메시아이 아즈사가 모자를 고쳐 쓰고, 이즈미가 어깨를 움츠린다.

다시 연주가 시작되었다.

쾌활한 멜로디. 통통 튀는 리듬.

베이스라인을 연주하는 튜바. 트롬본의 슬라이드가 기세 좋게 허공을 찌른다.

트럼펫이 요란한 고음을 뽑아내고 클라리넷이 나풀나풀 춤을 춘다.

아무도 뒤돌아보지 않는다.

그렇게 망자들은 나타났을 때와 마찬가지로 활달한 발걸음으로 떠나갔다. 주저 없이, 미련도 보이지 않고 하나가 되어 질서 정연하고 예의 바르게.

음악이 서서히 멀어진다.

멜로디가 작아지고 튜바의 묵직한 리듬만이 전해진다.

나는 그들의 모습이 보이지 않을 때까지 가만히 그 뒷모습을 배웅했다.

원환圓環이 닫히는 그 순간을 얼빠진 얼굴로 지켜본다.

종장 ————————————

　　　일상이라는 이름의 세계로 돌아온 뒤 곧바로 2주
간의 여행은 비일상이라는 이름의 변칙적인 카테고리로 밀려났다.
그 2주간도 그 와중에는 명백한 일상이었건만.

　분주한 생활에 쫓기면서도, 일상과 여행의 경계선은 어디에 있을까,
하고 머리 한구석에서 어느새 멍하니 생각하고 있는 것을 깨달았다.

　지금도 여행은 계속되고 있다.

　인생이라는 이름의 여행뿐만 아니라 그 2주간의 여행도 포함해서
내 안에서 나란히 계속되고 있다는 생각이 든다.

　그 여행 속에서 우리는 영원히 이야기를 계속하리라.

　대답 없는, 더 이상 확인할 길이 없는 것에 대해. 그 책에 대해. 실현
되지 못한 그 책의 영화화에 대해.

　만화화와 연극화가 진행되고 있는지 여부는 알지 못한다. 어쩌면 진
행되고 있을지도 모르고 아닐지도 모른다. 원래 여행 중에 흔히 겪는
집단 환상으로 분위기가 달아올랐을 뿐, 아무도 실천할 생각까지는
없었을지도 모른다. 그 여행을 즐기기 위한 그때뿐인 립 서비스였을
지도 모른다.

또 만나요. 다음에 꼭 한잔 합시다.

그렇게 말할 때는 누구나 진심으로 약속한다. 적어도 그때는 진심이라고 믿는다. 그러나 동시에 이 약속이 이루어지지 않으리라는 것도 이미 마음속 어딘가에서 알고 있다.

아직도 그 여행이 문득 되살아날 때가 있다.

혼잡한 시내의 횡단보도 앞에 서 있다가 신호가 바뀌어 한 걸음 내디딘 순간에.

흡연실에서 담배에 불을 붙인 순간에.

차가운 비가 내리는 밤, 커튼을 치려다가 어두운 유리창에 유령처럼 비친 흑백의 내 얼굴과 눈이 마주친 순간에.

어항 같은 파란 공간을.

다무라 씨의 근사한 마노 커프스단추를.

그리고 엷은 먹색으로 번진 한없이 묵직한 수평선을.

문득 정신이 들면 내가 배 안의 소파에 앉아 거대한 바다에 떠올라 있다는 것을 깨닫는다.

이 넓고 큰 바다는 먼 그 밤으로 이어진다.

아무도 다다를 수 없는 밤, 이루어지지 않는 헛된 약속이 있을 뿐인 까마득한 밤으로.

알고 있어도 우리는 여행을 계속한다. 끝나지 않는 여행을, 반드시 도중에 중단될 운명에 놓여 있는 각각의 여행을.

아마도 목적지에 이르는 일이 없다는 것을 깨달았을 때 비로소 그 풍경을 볼 수 있으리라.

우리의 긴 밤이 끝나는 곳, 모두가 멀리 올려다보면서도, 결코 손에 닿지 않는 우리의 밤의 끝이 걷히는 곳을.

둔색환시행

초판 1쇄 인쇄일 2024년 10월 29일
초판 1쇄 발행일 2024년 11월 7일

지은이 온다 리쿠
옮긴이 이정민

발행인 조윤성

편집 구민준 **디자인** 정효진 **마케팅** 이지희
발행처 ㈜SIGONGSA **주소** 서울시 성동구 광나루로 172 린하우스 4층(우편번호 04791)
대표전화 02-3486-6877 **팩스(주문)** 02-585-1755
홈페이지 www.sigongsa.com / www.sigongjunior.com

ISBN 979-11-7125-749-2 03830

WEPUB 원스톱 출판 투고 플랫폼 '위펍' _wepub.kr
위펍은 다양한 콘텐츠 발굴과 확장의 기회를 높여주는
SIGONGSA의 출판IP 투고·매칭 플랫폼입니다.